CW01508833

Geniale traduttore (dal francese, dal tedesco, dal russo di Gogol' e Puškin), letterato di raffinata cultura (i suoi più diretti ascendenti vanno da Hoffmann e Poe a Gogol' e Isidore Ducasse), Tommaso Landolfi (Pico Farnese 1908-Roma 1979) è, nelle parole di Gianfranco Contini, «il solo scrittore contemporaneo che abbia dedicato una minuziosa cura, degna d'un *dandy* romantico (quale Byron o Baudelaire), alla costruzione del proprio "personaggio": un personaggio notturno, di eccezionalità stravagante, dissipatore e inveterato giocatore; un personaggio che viene introdotto e anzi ostentato costantemente nell'opera». Tutte le opere e le traduzioni di Landolfi sono in corso di pubblicazione presso Adelphi.

Tommaso Landolfi

Le più belle pagine

scelte da Italo Calvino

ADELPHI EDIZIONI

Prima edizione: novembre 2001
Seconda edizione: febbraio 2007

© 2001 ADELPHI EDIZIONI S.P.A. MILANO
WWW.ADELPHI.IT

ISBN 88-459-1666-9

INDICE

LE PIÙ BELLE PAGINE

SCELTE DA ITALO CALVINO

I. RACCONTI FANTASTICI

IL RACCONTO DEL LUPO MANNARO

L'amico ed io non possiamo patire la luna: al suo lume escono i morti sfigurati dalle tombe, particolarmente donne avvolte in bianchi sudari, l'aria si colma d'ombre verdognole e talvolta s'affumica d'un giallo sinistro, tutto c'è da temere, ogni erbetta ogni fronda ogni animale, una notte di luna. E quel che è peggio, essa ci costringe a rotolarci mugolando e latrando nei posti umidi, nei braghi dietro ai pagliai; guai allora se un nostro simile ci si parasse davanti! Con cieca furia lo sbraneremmo, ammenoché egli non ci pungesse, più ratto di noi, con uno spillo. E, anche in questo caso, rimaniamo tutta la notte, e poi tutto il giorno, storditi e torpidi, come uscissimo da un incubo infamante. Insomma l'amico ed io non possiamo patire la luna.

Ora avvenne che una notte di luna io sedessi in cucina, ch'è la stanza più riparata della casa, presso il focolare; porte e finestre avevo chiuso, battenti e sportelli, perché non penetrasse filo dei raggi che, fuori, empivano e facevano sospesa l'aria. E tuttavia sinistri movimenti si producevano entro di me, quando l'amico entrò all'improvviso recando in mano un grosso og-

15

getto rotondo simile a una vescica di strutto, ma un po' più brillante. Osservandola si vedeva che pulsava alquanto, come fanno certe lampade elettriche, e appariva percorsa da deboli correnti sottopelle, le quali suscitavano lievi riflessi madreperlacei simili a quelli di cui svariano le meduse.

«Che è questo?» gridai, attratto mio malgrado da alcunché di magnetico nell'aspetto e, dirò, nel comportamento della vescica.

«Non vedi? Son riuscito ad acchiapparla...» rispose l'amico guardandomi con un sorriso incerto.

«La luna!» esclamai allora. L'amico annuì tacendo. Lo schifo ci soverchiava: la luna fra l'altro sudava un liquido ialino che gocciava di tra le dita dell'amico. Questi però non si decideva a deporla.

«Oh, mettila in quell'angolo,» urlai «troveremo il modo di ammazzarla!».

«No» disse l'amico con improvvisa risoluzione, e prese a parlare in gran fretta. «Ascoltami, io so che, abbandonata a se stessa, questa cosa schifosa farà di tutto per tornarsene in mezzo al cielo (a tormento nostro e di tanti altri); essa non può farne a meno, è come i palloncini dei fanciulli. E non cercherà davvero le uscite più facili, no, su sempre diritta, ciecamente e stupidamente: essa, la maligna che ci governa, c'è una forza irresistibile che regge anche lei. Dunque hai capito la mia idea: lasciamola andare qui sotto la cappa, e, se non ci libereremo di lei, ci libereremo del suo funesto splendore, giacché la fuliggine la farà nera quanto uno spazzacamino. In qualunque altro modo è inutile, non riusciremmo ad ammazzarla, sarebbe come voler schiacciare una lagrima d'argento vivo».

Così lasciammo andare la luna sotto la cappa; ed essa subito s'elevò colla rapidità d'un razzo e sparì nella gola del camino.

«Oh,» disse l'amico «che sollievo! quanto faticavo a tenerla giù, così viscida e grassa com'è! E ora speriamo bene»; e si guardava con disgusto le mani impiastricciate.

Udimmo per un momento lassù un rovellìo, dei flati sordi al pari di trulli, come quando si punge una vescia, persino dei sospiri: forse la luna, giunta alla strozzatura della gola, non poteva passare che a fatica, e si sarebbe detto che sbuffasse. Forse comprimeva e sformava, per passare, il suo corpo molliccio; gocce di liquido sozzo cadevano friggendo nel fuoco, la cucina s'empiva di fumo, giacché la luna ostruiva il passaggio. Poi più nulla e la cappa prese a risucchiare il fumo.

Ci precipitammo fuori. Un gelido vento spazzava il cielo terso, tutte le stelle brillavano vivamente; e della luna non si scorgeva traccia. Evviva urrah, gridammo come invasati, è fatta! e ci abbracciavamo. Io poi fui preso da un dubbio: non poteva darsi che la luna fosse rimasta appiattata nella gola del mio camino? Ma l'amico mi rassicurò, non poteva essere, assolutamente no, e del resto m'accorsi che né lui né io avremmo avuto ormai il coraggio d'andare a vedere; così ci abbandonammo, fuori, alla nostra gioia. Io, quando rimasi solo, bruciai sul fuoco, con grande circospezione, sostanze velenose, e quei suffumigi mi tranquillizzarono del tutto. Quella notte medesima, per gioia, andammo a rotolarci un po' in un posto umido nel mio giardino, ma così, innocentemente e quasi per sfregio, non perché vi fossimo astretti.

Per parecchi mesi la luna non ricomparve in cielo e noi eravamo liberi e leggeri. Liberi no, contenti e liberi dalle triste rabbie, ma non liberi. Giacché non è che non ci fosse in cielo, lo sentivamo bene invece che c'era e ci guardava; solo era buia, nera, troppo fuligginosa per potersi vedere e per poterci tormentare. Era come il sole nero o notturno che nei tempi antichi attraversava il cielo a ritroso, fra il tramonto e l'alba.

Infatti anche quella nostra misera gioia cessò presto; una notte la luna ricomparve. Era slabbrata e fumosa, cupa da non si dire, e si vedeva appena, forse solo l'amico ed io potevamo vederla, perché sapevamo che c'era; e ci guardava rabbuiata di lassù con aria di vendetta. Vedemmo allora quanto l'avesse danneggiata il suo passaggio forzato per la gola del camino; ma il vento degli spazi e la sua corsa stessa l'andavano gradatamente mondando della fuliggine, e il suo continuo volteggiare ne riplasmava il molle corpo. Per molto tempo apparve come quando esce da un'eclisse, pure ogni giorno un po' più chiara; finché ridivenne così, come ognuno può vederla, e noi abbiamo ripreso a rotolarci nei braghi.

Ma non s'è vendicata, come sembrava volesse, in fondo è più buona di quanto non si crede, meno maligna più stupida, che so! Io per me propendo a credere che non ci abbia colpa in definitiva, che non sia colpa sua, che lei ci è obbligata tale e quale come noi, davvero propendo a crederlo. L'amico no, secondo lui non ci sono scuse che tengano.

Ecco ad ogni modo perché io vi dico: contro la luna non c'è niente da fare.

LA SPADA

Una notte Renato di Pescogianturco-Longino, rovistando fra il retaggio degli avi... Occorre però dire brevemente in che consistesse questo retaggio. I Pescogianturco-Longino, a prescindere dagli avi crociati, erano stati tutti gente più o meno solida (come suol dirsi), si erano occupati dell'amministrazione dei propri beni, e della prosperità della famiglia in generale; fino ad arrivare al padre di Renato, buon'anima, che rappresentava quasi l'anello di congiunzione fra quell'edificante serie di gentiluomini e suo figlio. Questi, in poche parole, non era mai riuscito a combinare alcunché di buono, era fantastico capriccioso estremamente sensibile, e sopratutto pigro oltremisura: un malinconico scialacquatore. Insomma la sua illustre prosapia pareva destinata a corrompersi pienamente e da ultimo a estinguersi in lui; poiché l'apparire d'uno di questi cotali danna le più antiche famiglie a certa morte. È mirabile inoltre considerare in quanto breve tempo la prosperità di cui dicemmo si tramutasse in istento e poi in neghittosa miseria: nel corso di due sole generazioni. Eppure fu così; e, quanto a Renato, egli poteva benissimo considerare unico, o quasi, retaggio degli avi il vario e preclaro ciarpame sparso per le soffitte del maniero, all'infuori del maniero stesso. Dove, per tagliar corto ai preamboli, ormai s'era ridotto a vivere in penuria di mezzi.

Quella notte, si diceva, da un mucchio di armi e gualdrappe polverose, tutta roba d'altri tempi, estrasse a un dato momento una spada inguainata, che gli pareva di non aver mai vista prima. Alla luce del candeliere osservò dapprima la guaina, e vide ch'era di nobili tessuti, quali velluti e bissi, tenuti insieme da costole di pelli preziose e pinte dei più vivi colori, da borchie e fermagli che parevano d'oro e d'argento, malgrado la brunitura di che il tempo li aveva velati, opere di cesello. Quello sembrava, infine, un prezioso arnese davvero, e ciò specialmente eccitò l'attenzione di Renato: chissà che non se ne potesse cavar qualcosa? Egli decise di portarsi la spada nei suoi appartamenti e d'esaminarla con comodo.

Da qualche tempo Renato soffriva di strani turbamenti, di presentimenti che si rivelavano senza oggetto, ma che comunque lo angosciavano non poco. Confusamente si diceva egli che sarebbe stato tempo di far qualcosa e di uscire da quella situazione; pure, a parte un tal vago senso di rimorso, un bizzarro eccitamento lo pervadeva spesso, paragonabile a quello del cercatore di tesori quando si sente, per virtù divinatoria, prossimo a scoprirne uno. Gli pareva appunto d'avere una grande ricchezza a sua disposizione, non sapendo tuttavia precisamente di che genere fosse né come, ad ogni modo, avrebbe potuto servirsene. E adesso, quando fu colla preziosa spada davanti al fuoco del camino, fu ripreso da questo senso più forte che mai.

Appena un po' spolverata, la guaina si rivelò quale Renato l'aveva intravista nel solaio. Inclita arme davvero era quella, e d'egregio artefice! E non c'era ormai dubbio che le borchie fossero d'oro fino, o che le pietre dell'elsa fosser topazi e smeraldi, sebbene quasi spenti dalla lunga segregazione. Nondimeno Renato non si decideva a trarre la lama; quasi un inesplicabile timore glielo impediva. Infine lo fece con moto brusco.

Le lame che il sole d'autunno allunga di tra le imposte socchiuse in una buia stanza, i dardi acuti che avventa contro gli angoli riposti, le vivide lingue che talvolta il fuoco leva, erano un nulla appetto a quella lama abbagliante! Renato socchiudeva gli occhi attonito perché il suo vivo splendore non li ferisse; eppure in quell'antica sala non c'era molto chiaro! Gli è che la lama sembrava splendere di propria luce. Forbita, intatta dai tempi antichi, si sarebbe detta di foglia d'oro, se poi una qualche cupezza, raggiante, per così dire, dall'interno (ché non ne ombrava neppure un poco la splendente trasparenza) non avesse imparentata la misteriosa materia di che era fatta al topazio stesso o forse a inusitate pietre d'oriente. Poiché era trasparente: Renato vi scorgeva, attraverso, le lingue del fuoco nel camino, solo un poco deformate. E così sottile, era, che pareva non avere spessore alcuno e tanto meno un filo e un dorso, o i due tagli e la nervatura, come tutte le altre spade; così sottile, che si sarebbe dovuta piegare e gualcire se un arcano procedimento di tempra non le avesse attribuita rigidezza e flessibilità quanto a ogni altra lama di buon acciaio.

«Capperi!» fece Renato a voce alta; e s'accostò la lama al pollice, come usa per saggiare il taglio. Non l'avesse mai fatto! un crescente d'unghia e un minuscolo spicchio di polpastrello saltarono via prima ancora, gli sembrò, che avesse esercitata la più lieve pressione. O meglio, questo è il punto, parve che la lama fosse passata attraverso l'unghia e il polpastrello come senza tagliare, certo senza suscitare dolore; e solo un istante dopo, a un movimento di Renato, il preciso spicchiolino di dito si distaccò e il bruciore si fece sentire. «Capperi!» disse ancora Renato asciugandosi il po' di sangue; «ecco davvero un'arma tagliente!».

Riprese la spada e volle provarla su materia più consistente. L'allungò su un ciocco rotondo che, nel camino, ardeva da un estremo, mentre l'altro era sostenuto da un alare; e ve l'aveva appena poggiata, senza neppure premere, che il ciocco si fendé docile secondo un taglio straordinariamente preciso: il solo insensibile peso della spada era bastato a ciò. Balenando di sbieco contro le fiamme essa infulvì, pari a un vivo specchio di rame, e labili parole parvero affiorarne, incise forse o contemprate, parole leggere nel cuore della lama, non si sapeva dove tracciate, come quelle che la polvere del sole può scrivere su un alito di vento. Renato lesse: « Io Cavaliere Gastaldo Di Pescogianturco-Longino Temprai questa spada Più tagliente di quella d'Orlando Or tu non avrai più nemico ». Parevano versi e i caratteri erano molto antichi.

Qui Renato fu preso da grande concitazione e vibrò la spada contro la testa d'un alare, quasi disfida alle parole del suo remoto avo; e il pomo di rame forbito, opera fina, ruzzolò all'istante tra le fiamme. Dunque la spada tagliava colla stessa agevolezza anche il ferro! Abbandonando il camino e l'alare decapitato, Renato si levò e prese ad aggirarsi per l'antica sala roteando la spada e vibrandola contro qualunque oggetto gli venisse a tiro, e gridava, nel frattempo, parole sconnesse d'esultanza e malinconia, quali: « ohimè, ecco ogni fortuna mi s'apre! me misero, ecco il mondo è mio, chi ormai potrà resistermi? ». E, contro qualunque oggetto vibrata, quella lama di sole non sembrava conoscere ostacoli e s'apriva la sua via; essa ogni cosa trapassava, quasi spettro di lama. Né l'oggetto colpito rivelava fenditura alcuna, se, mancando l'equilibrio alle due parti e a seconda dell'obliquità del taglio, non si scommettesse invece al suolo; ma pure, quando anche non appariva, la spada l'aveva tagliato e si sentiva che sarebbe ormai bastato un soffio, o il menomo movimento, a partirlo del tutto.

Si aggirava dunque Renato per la sala gridando, e sul suo volteggiare rotolava al suolo ogni cosa, ove non tenesse in bilico. Rotolarono così le teste dei due busti di pietra fra le tre porte, illustri antenati, caddero con fracasso le spalliere di alcuni seggioloni e con frastuono di ferraglie dalla vita in su le quattro armature; una marmorea mano di donna si tendeva da una nicchia e fu mozzata; s'afflosciarono a terra le vecchie portiere fendute in un lampo. Attirato dallo schiamazzo comparve stupito su una soglia il vecchione che faceva ormai tutta la servitù del maniero; Renato gli gridò qualcosa e il vecchione si ritirò subito, vedendo che il padrone non cessava di roteare la fiammeggiante spada.

Quella notte Renato dormì colla lama nuda accosto, nell'antico letto col baldacchino. Ecco, pensava, la fortuna che presentivo, ecco il tesoro che cercavo senza saperlo, ecco la mia grande ricchezza e la felicità che attendevo. Questa spada può penetrare fra le intime particole d'ogni corpo, scommettendole segretamente, ogni cosa può penetrare. Con questa spada menerò grandi imprese; quali non so ancora, ma grandi di certo. E voleva addormentarsi, ma a lungo non poté: l'angosciava oscuramente la presenza di quella viva spada, che anche al buio gli splendeva accanto.

*

Ma passarono giorni su giorni senza che Renato potesse trovare un degno uso per la sua spada portentosa. E come, direte, possibile mai che di un'arme simile non ci sia nulla da fare? Pure, talvolta è così. Inoltre si sa bene che più egregia è un'arme, a più grand'uso ha da servire: quella non era una spada comune, e a comune impresa non avrebbe saputo essere impiegata. In tal modo, aspettando d'ora in ora la maggiore impresa, e le minori sdegnando, anche di queste alla fine si perde l'occasione e ci si ritrova da ultimo, sal mi sia, con un pugno di mosche. Renato poi, dové confessarselo a malincuore, nemici non aveva da distruggere e disperderne la schiatta; mostri non v'erano più da pronare; a che dunque gli sarebbe servita la spada? Strano certo, lo ripeto, apparirà a chiunque; ma provate voi stessi a immaginare un uso acconcio di questa spada e vedrete. Invece, nonché difenderlo dai suoi nemici, essa medesima di Renato era divenuta in alcuna maniera nemica (e ben più lo fu nel seguito!). Difatto, il non potersene, o sapersene, servire non gli toglieva già la responsabilità del possederla; tormentoso sentimento invero! Ecco, si diceva egli, io ho fra le mani un'arma meravigliosa e non so valermene; e questo pensiero lo privò del poco di pace che ancora gli rimaneva. Oggi, si diceva talvolta levandosi un limpido mattino, oggi farò una cosa... una cosa bellissima! Ma il mattino cedeva al meriggio e poi alla sera in questo inane proposito. Egli portava bensì seco la spada nelle sue passeggiate per i campi e decapitava a ogni passo i puri gigli selvatici che si dondolavano alla brezza del crepuscolo (fedele immagine della posteriore tragedia!); aveva bensì, per novella prova, fendute a mezzo il corpo due mucche che gli appartenevano; e non v'era più, al maniero, una testa un braccio una spalla di statua o un morione d'armatura che tenessero. Ma oltre a ciò non gli riusciva d'immaginare altro. Sì, la spada era quasi divenuta il suo nemico; e quasi avrebbe preferito non averla sortita in retaggio.

*

E venne, una sera, la fanciulla bianca. Bionda era, d'inclita bellezza, flessuosa come un giunco e schietta come un argenteo pioppo. Vestita fino ai piedi di seta bianca e spessa, un'alta cintura ne stringeva l'esile vita. Guardava timida e dolce.

«Che vuoi?» s'acciglió Renato quando la vide comparire. «So bene» rispose ella timorosa «che non vuoi vedermi; ma pure vivere senza di te ormai non saprei, l'ho sentito certo, in questi giorni. E ho pensato che avrei meglio affrontato mille morti». Renato, che non si separava quasi mai dalla vivente spada, la prese senza riflettere dalla gran tavola di quercia ove giaceva; e fra lui e la fanciulla si levò la lama fiammeggiante. «Vattene» replicò egli «va' via, lasciami. M'odi?». «Non andrò» disse ancora la fanciulla senza arretrare, solo un poco abbacinata dal fulgore della lama. Traverso cui Renato poteva scorgere la sua immagine lievemente appannata e torta, come in un'acqua appena turbata. «Non andrò per nulla al mondo, ormai». «Ma io non voglio! non voglio essere amato» riprese Renato pestando i piedi e roteando la spada. E, in una, pensava: non sarebbe forse questa la grande impresa? «Odi,» proseguì poi più dolcemente «odimi, fanciulla: non veste il sole i campi dei suoi raggi d'oro, non cantano gli uccelli dei boschi, non mormorano foglie e ruscelli, non si discioglie libero il vento fra i gioghi dei monti? Che hai tu da fare con me e con questo nido di gufi?». «Il sole» rispose la fanciulla «è fuliggine, i campi cenere, e tutta la natura è lugubre e muta, non te n'avvedi Renato? se tu sei lontano». «Bada a te, fanciulla!» gridò Renato e, in preda a una strana ebbrezza, pensava: questa è la grande impresa. «Io nulla ho da temere» disse ancora la fanciulla dolcemente.

E furono le sue ultime parole: levando l'arme all'improvviso, Renato appoggiò sulla fanciulla un gran fendente. La lama attraversò per lungo l'esile corpo senza incontrare resistenza; pure la fanciulla non cadde e, immobile, guardava fissamente il suo assassino coi dolci occhi, sorridendo tuttavia a fior di labbra. Splendeva la bianca fronte come un'alba contro una buia vetrata e lontane stelle della notte le erano sopra; né dell'orrenda ferita si scorgeva traccia. Ma la spada che Renato ancora reggeva sembrava aver abbandonato in quel corpo di giglio ogni fulgore: l'arme egregia s'era fatta di botto smorta come cenere, cupa come un tizzo spento, una malinconica e trista arme in verità! E Renato medesimo, caduta d'un subito l'ebbrezza, contemplava allibito la fanciulla immobile e non osava credere a se stesso. Gettando lontano l'arme infeconda, «Dio!» gridò «che cosa ho fatto!».

Allora la fanciulla, sebbene trapassata nelle sue visce-re, volle sorridere all'amato e rassicurarlo. E bastò que-sto. Il suo volto accennò a fendersi e lentamente prese a scomporsi. Una tenue, dapprima quasi invisibile riga rossa apparve, su dai capelli d'oro fino al collo, e giù giù per il seno e per la bianca seta; e questa fenditura ad al-largarsi e il sangue a pullularne, gorgogliando appena specie fra i capelli. Il sorriso era ormai un'orribile smorfia, un ghigno ambiguo e spaventoso; la crepa del fragile corpo rapidamente s'apriva; la fanciulla crollava, partita dall'implacabile spada. Traverso la fessura già ri-devano le lontane stelle della notte; in men che non si dica la fragile fanciulla, inusitata vista, si scommise al suolo sotto gli occhi del suo uccisore. E quelle sparse membra soltanto il placido sangue riuniva.

*

Fu così che l'arme inclita e portentosa, che Renato avrebbe potuto impugnare in difesa del bene o alme-no per la sua felicità, gli servì invece a distruggere quello che aveva di più caro sulla terra.

Essa poi, così spenta, e sebbene tagliente come pri-ma, chi più l'avrebbe voluta? L'uomo che la raccolse, buttandola nella più profonda voragine della terra vol-le salvare il mondo dal suo funesto potere. Ma altri uo-mini, o dei, ne la trassero, ad altri senza loro colpa fu data in sorte. E questi se la trascinarono dietro pel loro cammino terrestre come una croce, e così ancora sarà per la disgrazia di tutti.

LA NOTTE PROVINCIALE

«Occorre che vi rifacciate» prese allora a dire l'amico «al fondo d'una delle nostre province. E non già a una piccola città malinconica fornita tuttavia di circolo o, come dicono, di *casina*; immaginate piuttosto un minuscolo paese, un borgo sperduto fra le montagne. Al tempo della mia storia io vivevo laggiù, e del resto (aggiunse sorridendo) è là che son nato.

«Avete, ora, idea di che cosa sia una serata in un luogo simile? Intendo quando i signori del paese, magari anche il segretario comunale e il medico condotto, si riuniscono in una di quelle bicocche cercando di passare il tempo e di scacciare la noia il meglio che possono? Se, dico, non ne avete idea alcuna, ve ne darò, spero, una approssimativa col mio racconto stesso. Aggiungerò, allo scopo di procedere in seguito più spedito, che la notte cui mi riferisco era una notte di tempesta. Da tre giorni soffiava senza tregua il gelido vento di settentrione scuotendo la casa, si può dire, dalle fondamenta; saprete che da noi non v'è un'imposta che tenga in maniera perfetta, e attraverso le innumerevoli aperture e fessure di quella casa esposta a ogni intemperia, per le ampie gole dei camini, dappertutto il vento s'insinuava fischiando e gemendo. C'era inoltre, ricordo, uno sportello o uno scuro che a ciascuna raffica sbatteva sordamente, chissà dove: nessuno della casa era riuscito a determinare quale fosse appunto questo sportello, né dunque aveva potuto appuntarlo.

«Eravamo in parecchi giovani, senza contare i vecchi; le fanciulle non mancavano, ardenti e un po' mézze, com'è laggiù la loro natura. Fra queste io avevo da tempo notato una giovinetta esile e pieghevole al pari d'un giunco. I suoi capelli erano castani, o piuttosto verdastri, i suoi occhi fondi e cupi, quasi attoniti eppure vivaci; parlando, ridendo, ella si trovava sempre al di qua di qualche luce (o almeno così io la rammento), epperò sembrava sempre trattenere fra le sue labbra brillanti un po' d'oro perduto dal sole durante la sua corsa diurna. La sua bocca spirava un alito infuocato, e tuttavia leggero, pregno dei profumi più selvaggi e più delicati. Devo dire che in generale la fanciulla appariva quasi bruciata dal suo stesso ardore; spesso la sua pura fronte era ombrata come da un pensiero molesto, ella medesima, a volte, restava lungamente taciturna, in preda a una pena sconosciuta; il suo gesto abituale era portare una mano al piccolo seno, quasi volesse calmare i battiti troppo impetuosi del cuore (ella era d'altronde facile all'affanno). Giacché era poi una bambina ancora; poteva avere forse quattordici anni. Quanto a me non ne avevo a quell'epoca più di diciotto; e se vi paresse ch'io mi sia troppo dilungato o accalorato nella mia descrizione, ebbene vi dirò, in breve, che questa fanciulla mi era molto cara.

«Tentammo tutti i giochi in uso, cioè i "proverbi", "il telegramma", "la posta", e altri ancora. Fra la mia "posta", rammento, ebbi un suo bigliettino, sul margine lacerato d'un giornale. Lo so, perdonatemi, a memoria; diceva: "la bellezza e l'amore estivo passano rapidamente, e una ragazza ragionevole non osa fidarsi di un così fragile bene" (s'era allora al principio dell'autunno).

«Giochi in uso, ho detto, ma anche abusati; essi in verità ebbero scarso successo, e ben presto fummo soverchiati dalla noia. Continue smanie possiedono la nostra gioventù. Smessi quei giochi, sopravvenne un attimo di sospensione, durante il quale tutti ascoltavamo il vento ostinato. Qui uno dei vecchi propose il gioco dell'assassino, da molto tempo messo in disparte, sì da poter passare per nuovo. Accettammo entusiasti e l'allegra agitazione riprese.

«Dirò brevemente in che consista questo gioco. Precede un sorteggio segreto: posto e accuratamente mescolato in una qualunque bussola di fortuna un numero di schede uguale a quello dei partecipanti, ciascuno pesca la sua e ne prende visione in privato. Le schede sono tutte bianche, all'infuori di due, che recano rispettivamente la scritta "assassino" e "poliziotto", o commissario che s'abbia a dire. Codesti due personaggi principali prendono dunque possesso delle loro funzioni all'insaputa dei restanti giocatori e reciprocamente l'uno dell'altro. Si spengono ora le luci e comincia il gioco propriamente detto: i partecipanti s'aggirano qua e là per la casa, al buio pesto e in silenzio, finché uno di essi non emetterà un grido e non stramazzerà al suolo, ovvero, se è un vecchio, su un canapè. Questi è la vittima cui l'assassino, fingendo di usargli violenza, avrà fatto intendere che deve considerarsi morto. Riaccese dopo ciò le luci, il poliziotto dovrà identificare l'assassino valendosi di indizi o testimonianze che gli riesca raccogliere dagli altri (esclusa, s'intende, la vittima) o che egli stesso si sia procurati sfruttando nell'oscurità il proprio incognito. La conclusione è normale: se l'assassino verrà scoperto, pagherà un pegno, in caso contrario la penitenza toccherà al poliziotto.

«Spero converrete che un simile gioco si presta alle più diverse combinazioni. Esso, da un punto di vista assoluto, ha un solo lato debole: ingenera un continuo sospetto fra compagni e simili, assai ingiustificato, come vedrete alla fine. Molto più utile è, il gioco, per coloro che vogliano scambiarsi fuggevoli baci nelle tenebre.

«Ma, qui giunto, mi compete riconoscere che ho mancato i miei migliori effetti di narratore; mi sono perso, difatto, in preamboli, ed eccomi alla fine della storia prima ancora di cominciarla. Giacché ben poco mi resta da dire. Io erravo a tentoni e in punta di piedi (onde non fornire indizi allo sconosciuto poliziotto) per la vasta sala, e cercavo una vittima qualunque; proprio a me era toccata in sorte la parte di assassino. In quella mi sentii stringere alla vita da due braccia convulse; non tardai a riconoscerle, due labbra soffici e ardenti sfiorarono appena le mie. Volevo trattenere la fanciulla, ma essa si divincolò prestamente e s'allontanò nel buio mormorando una parola d'affetto che non intesi. Era la prima volta che faceva ciò. Io non pensai neppure a ucciderla; stordito e felice, ripresi ad aggirarmi qua e là senza scopo e il gioco, mancando il mio intervento, si protraeva più del consueto. Intorno udivo confusamente risate soffocate di ragazze, e schiamazzi vari: quei giovani, per attirare l'attenzione dell'ignoto assassino e indurlo finalmente ad agire, picchiavano contro i mobili, tossivano e si schiarivano la gola fragorosamente.

«Poi forse m'avvicinai senza volere agli schiamazzatori ed essi, uditomi (ché non mi davo più la pena di smorzare i miei passi) e non sapendo quali panni vestissi, tacquero, e tacque anche il loro scalpiccio; vi fu un silenzio assoluto e lacerante, non fosse stato pel vento che gemeva e per lo sportello che ritmicamente sbatteva, chissà dove. Fui preso allora, all'improvviso, da una grande angoscia, in palese contrasto col mio precedente stato d'animo. Qui udii un grido alto, all'estremo opposto della sala; riconobbi la voce, sebbene paresse davvero stravolta dal dolore; quasi nello stesso istante si riaccesero le luci.

«Avveniva talvolta che qualcuno s'arrogasse i diritti dell'assassino senza essere stato dalla sorte designato a tale ufficio; tanto per mettere confusione. Pensai che così fosse avvenuto anche ora e m'avviai protestando verso il luogo dove il corpo di lei giaceva al suolo. Ma già prima di raggiungerlo distinsi in volto ai primi accorsi una funesta costernazione, meglio, un immenso stupore. Tutti questi giovani avevano il viso accorato degli innocenti offesi e colpiti, delle creature tradite. Tacevano e ansavano appena; fu solo un poco dopo che scoppiarono grida.

«La fanciulla giaceva riversa, pallidissima e con gli occhi chiusi; una mano riposava sul petto abbandonata, secondo il gesto abituale. Il cavo della clavicola, un po' a sinistra della fontanella della gola, recava confitto fino alla guardia un pugnale o uno stocco, un'arma infine di notevoli proporzioni, la cui elsa sporgente gettava un'ombra leggera sulle palpebre inazzurrate della creatura colpita. Estratto questo coltello, il sangue sgorgò a fiotti dalla ferita.

«Ora la storia è finita davvero. Inutile aggiungere che l'assassino non fu mai scoperto; né il poliziotto in carica né gli altri dipoi, seppero che dire o che fare. Del resto chi di noi, e di tutta l'umanità, avrebbe avuto interesse a uccidere una tale fanciulla? Il vero assassino non aveva lasciato tracce o fornito indizio alcuno.

«Conservo ancora quell'arma (concluse l'amico asciugandosi un po' di sudore e guardandoci finalmente negli occhi). La lama, lunga e tagliente, è sottilmente damascata; l'impugnatura si direbbe di corno, con riflessi madreperlacei, verdi rossi, assai cupi. Ma pure... Ebbene, (l'amico sorrise timidamente) l'impugnatura si direbbe di una materia sconosciuta. E la lama poi? Certo essa splende come acciaio polito, ma da che viene che i leggeri grumi di sangue su di essa siano ancora d'un rosso vivo, oggi quando tanti anni sono passati?».

LA MOGLIE DI GOGOL'

«Fragori di guerra intorno»

... Giunto così ad affrontare la complessa questione della moglie di Nikolaj Vasil'evič, un'esitazione mi prende. Avrò io il diritto di rivelare quanto a tutti è ignoto, quanto lo stesso mio indimenticabile amico tenne a tutti celato (e ne aveva le sue buone ragioni), quanto, dico, servirà senza dubbio alle più malevole e balorde interpretazioni; senza neppure contare che offenderà forse gli animi di tanti sordidi e preteschi ipocriti, e, perché no, qualche anima candida davvero, se è che ancora se ne danno? Il diritto, da ultimo, di rivelare cosa davanti a cui il mio medesimo giudizio si ritrae, quando non penda dalla parte d'una più o men confessata riprovazione? Ma infine, precisi doveri m'incombono come biografo; né, giudicando che ogni notizia d'un sì eccelso uomo sia per riuscir preziosa a noi e alle future generazioni, né vorrò io affidare a labile giudizio, cioè nascondere, quello che solo alla fine del tempo potrebbe semmai essere sanamente giudicato. Giacché, come ci arrogheremmo noi di condannare? Ci è dato forse sapere a quale intima necessità, non solo, ma a quale superiore e generale utilità rispondano di tali eccelsi uomini gli atti che per avventura ci appaiano vili? No certo, ché di quelle privilegiate nature noi nulla, in fondo, intendiamo. «È vero,» disse un grande «anch'io fo pipì, ma per tutt'altre ragioni!».

Ma ecco senza più ciò che mi risulta in modo incontrovertibile, ciò che so di sicura ragione e posso in ogni modo provare, circa la controversa questione – d'ora innanzi, oso sperare, non più tale. Che tralascio, perché ormai superfluo allo stadio attuale degli studi gogoliani, di riassumere previamente.

La moglie di Nikolaj Vasil'evič, è presto detto, non era una donna, né un essere umano purchessia, neppure un essere comunque vivente, animale o pianta (secondo taluno, peraltro, insinuò); essa era semplicemente un fantoccio. Sì, un fantoccio; e ciò può ben spiegare le perplessità o, peggio, le indignazioni di alcuni biografi, anch'essi amici personali del Nostro. I quali si lagnano di non averla mai vista sebbene frequentassero abbastanza assiduamente la casa del suo grande marito; non soltanto, ma di non averne mai «neanche udito la voce». Dal che inferiscono non so che oscure e ignominiose, e nefande magari, complicazioni. Ma no, signori, tutto è sempre più semplice di quanto non si creda: non ne udiste la voce semplicemente perché essa non poteva parlare. O più esattamente, non lo poté che in certe condizioni, come vedremo, e in tutti i casi, tranne uno, da sola a solo con Nikolaj Vasil'evič. Bando tuttavia alle inutili e facili confutazioni; e veniamo a una descrizione quant'è possibile esatta e completa dell'essere, od oggetto, in parola.

La cosiddetta moglie di Gogol', dunque, si presentava come un comune fantoccio di spessa gomma, nudo in qualsiasi stagione, e di color carnicino o, secondo usa chiamarlo, color pelle. Ma poiché le pelli femminili non son tutte dello stesso colore, preciserò che in generale si trattava qui di pelle alquanto chiara e levigata, quale quella di certe brune. Esso, o essa, era infatti, è ozioso aggiungerlo, di sesso femminile. Piuttosto, conviene dire subito che era altresì grandemente mutevole nei suoi attributi, senza però giungere, com'è ovvio, a mutare addirittura di sesso. Pur poteva, certo, una volta mostrarsi magra, quasi sfornita di seno, stretta di fianchi, più simile a un efebo che a una donna; un'altra prosperosa oltremodo o, per dir tutto, pingue. Mutava inoltre di frequente il colore dei capelli e degli altri peli del corpo, concordemente o non. E così anche poteva apparir modificata in altre minime particolarità, come posizioni dei nèi, vivezza delle mucose, eccetera; persino, in certa misura, nel colore stesso della pelle. Sicché da ultimo ci si potrebbe chiedere quale essa fosse in realtà, e se davvero se n'abbia a parlare come d'un personaggio unico; non è però prudente, lo vedremo, insistere su tal punto.

La ragione di questi mutamenti stava, secondo i miei lettori avranno già capito, in nient'altro che nella volontà di Nikolaj Vasil'evič. Il quale la gonfiava più o meno, le cambiava parrucca e altri velli, la ungeva coi suoi unguenti e in varie maniere ritoccava, di modo da ottenere press'a poco il tipo di donna che gli si confaceva in quel giorno o in quel momento. Egli anzi si divertiva talvolta, seguendo in ciò la naturale inclinazione della sua fantasia, a cavarne forme grottesche o mostruose; perché è chiaro che oltre un certo limite di capienza ella si deformava, e così pure appariva deforme se restava al di qua d'un certo volume. Ma presto Gogol' si stancava di tali esperimenti, che giudicava «in fondo poco rispettosi» per la moglie, cui a suo modo (modo per noi imperscrutabile) voleva bene. Voleva bene, ma a quale appunto di codeste incarnazioni? si potrà domandare. Ahimè, ho già accennato che il seguito della presente relazione fornirà forse una risposta purchessia. Ahimè, come ho potuto testé affermare che era la volontà di Nikolaj Vasil'evič a governare quella donna! In determinato senso, sì, ciò è vero, ma altrettanto certo è che presto ella divenne, nonché sua mancipia, sua tiranna. E qui si spalanca l'abisso, la gola del tartaro, se volete. Ma si proceda per ordine.

Ho anche detto che Gogol' otteneva, colle sue manipolazioni, *press'a poco* il tipo di donna che volta a volta gli conveniva. Soggiungo che quando, per straordinario caso, la forma ottenuta incarnava invece compiutamente quella vagheggiata, Nikolaj Vasil'evič se ne innamorava «in modo esclusivo» (com'egli diceva nella sua lingua), e ciò serviva anche a renderne stabile per un certo tempo, vale a dire fino a che non sopravveniva il disamore, la sembianza. Di tali violente passioni, o cotte come purtroppo oggidì si dice, non ne ho tuttavia contate che tre o quattro in tutta la vita, per così esprimermi, coniugale del grande scrittore. Aggiungiamo subito per speditezza, che Gogol' aveva anche imposto, qualche anno dopo quello che si può chiamare il suo matrimonio, un nome a sua moglie. Esso suonava «Caracas»; che è, se non vado errato, la capitale del Venezuela. I motivi che determinarono tale scelta non son mai riuscito a penetrare: bizzarrie di alte menti!

Se ci si riferisca alla sua forma media, Caracas era ciò che si dice una bella donna, ben formata e proporzionata in ogni sua parte. Come s'è già rammentato, ella aveva in proprio luogo tutti i più minuti attributi del suo sesso. Particolarmente degni di nota erano i suoi organi genitali (se questo aggettivo può qui aver senso), che Gogol' mi permise di osservare durante una memoranda serata, di cui oltre. Essi risultavano da ingegnosi ripiegamenti della gomma; nulla vi era stato dimenticato, e vari accorgimenti, nonché la pressione dell'aria interna, ne rendevano agevole l'uso.

Caracas aveva anche uno scheletro, sebbene anche questo rudimentale, fatto forse di stecche di balena; specialmente curata era stata soltanto l'esecuzione della gabbia toracica, delle ossa del bacino e di quelle del cranio. I due primi sistemi riuscivano, com'è giusto, più o meno visibili a seconda dello spessore, dirò così,

del pannicolo adiposo che li copriva. È un vero peccato, mi sia concesso soggiungere di sfuggita, che Gogol'
non abbia mai voluto rivelarmi il nome dell'autore di
sì bell'opera; in tal rifiuto poneva anzi un'ostinazione
che non mi riesce chiara.

Nikolaj Vasil'evič gonfiava sua moglie coll'aiuto d'u-
na pompa di sua invenzione, assai simile a quella che si
tien ferma coi due piedi e che oggidì vediamo usata in
tutte le officine meccaniche, attraverso lo sfintere ana-
le; dove era situata una piccola valvola a battente, o comunque in linguaggio tecnico si chiami, paragonabile
alla mitrale del cuore, tale insomma che, una volta
gonfio, il corpo poteva sì prendere ancora, ma non cedere aria. Per sgonfiarlo, era necessario svitare un cap-
puccetto posto nella bocca, in fondo alla gola. E tuttavia!... Ma non anticipiamo.

E con tanto mi pare d'aver esaurita la descrizione delle particolarità notabili di quell'essere. Se non che mi
compete ancora rammentare la stupenda fila di dentini
che ornava la sua bocca, e gli occhi bruni che, salvo la
costante immobilità, simulavano alla perfezione la vita.
Dio mio, simulare non è la parola; vero è bensì che nulla di quanto si dicesse di Caracas sarebbe propriamente
detto. Anche di questi occhi si poteva modificare il colore, con uno speciale procedimento assai lungo e noioso, epperò era cosa che Gogol' faceva di rado. Dovrei
parlare della sua voce, che una sol volta mi fu dato udire. Ma non lo posso senza entrare nel vivo dei rapporti
fra i due coniugi, e qui non mi sarà possibile ormai seguire un ordine qualunque, né di ogni cosa rispondere
con altrettanta e assoluta certezza. In coscienza non mi
sarà possibile! a tal punto è di per se stesso e nella mia
mente confuso ciò che imprendo a narrare. Ecco dunque, alla rinfusa, alcuni ricordi.

La prima, dico, e ultima volta che udii Caracas parlare, fu a una certa serata rigorosamente intima, trascorsa nella stanza dove la donna, mi si passi il verbo,
viveva; stanza a tutti preclusa, addobbata press'a poco

alla foggia orientale, priva di finestre e situata nel luogo più impenetrabile della casa. Che ella parlasse non ignoravo, ma Gogol' non aveva mai voluto chiarirmi le proprie circostanze in cui lo faceva. Lì dentro eravamo, s'intende, soltanto noi due, o tre. Nikolaj Vasil'evič ed io bevevamo vodka e discutevamo del romanzo di Butkov; ricordo che, uscendo alquanto di tema, egli andava sostenendo la necessità di radicali riforme della legge di successione; la avevamo quasi dimenticata. Quando disse di punto in bianco, con voce estremamente rauca e sommessa, da Venere nel Toro: «Voglio fare popò». Sobbalzai, credendo aver traudito, e la guardai: stava seduta su un mucchio di cuscini contro la parete ed era quel giorno una tenera beltà bionda, piuttosto in carne. Il suo volto mi parve avesse assunto un'espressione tra maligna e furbesca, fra puerile e beffarda. Quanto a Gogol', arrossì violentemente e le saltò addosso ficcandole due dita in gola; e tosto ella ricominciò a smagrire e, si sarebbe detto, impallidire, riprese quell'aria attonita e smarrita che le era propria, per ridursi alla fine non più che una pelle floscia su una sommaria intelaiatura d'ossa. Anzi, poiché aveva (per intuibili ragioni di comodità nell'uso) la spina dorsale straordinariamente flessibile, si piegò quasi in due; e rimase a guardarci da quella sua abbiezione, di terra dov'era scivolata, per tutto il resto della serata. «Fa per gioco o per malizia,» brontolò Gogol' a mo' di commento «perché di simili bisogni non soffre». Generalmente, in presenza d'altri, cioè mia, egli mostrava di trattarla con disdegno.

Seguitammo a bere e a discorrere, ma Nikolaj Vasil'evič sembrava fortemente turbato e come assente. S'interruppe a un tratto e mi prese le mani scoppiando in lagrime. «E ora?» esclamò. «Capisci, Foma Paskalovič, che l'amavo!». Giova infatti rilevare che ciascuna forma di Caracas era, a meno d'un miracolo, irrepetibile; era insomma ogni volta una creazione, e vano sarebbe riuscito il tentativo di ritrovare le particolari proporzioni, la particolare pienezza e via dicendo, d'una disfatta Caracas. Sicché la tal bionda in carne era per Gogol' ormai perduta senza speranza. E questa fu veramente la fine miseranda d'uno di quei pochi amori di Nikolaj Vasil'evič cui mi son più sopra riferito. Egli poi rifiutò di fornirmi spiegazioni, respinse tristemente i miei conforti, e presto per quella sera ci separammo. Ma il suo stesso sfogo servì ad aprirmene d'ora innanzi il cuore; cessarono molte delle sue reticenze, e presto egli non ebbe quasi segreti per me. Il che mi è, fra parentesi, motivo d'infinito orgoglio.

Durante i primi tempi di vita in comune, era sembrato che le cose andassero bene per la «coppia». Nikolaj Vasil'evič appariva allora contento di Caracas, e dormiva con lei regolarmente nello stesso letto, cosa che d'altronde seguitò a fare fino alla fine, asserendo con timido sorriso che non si dava compagna più tranquilla e meno importuna di lei; del che tuttavia io presto ebbi ragione di dubitare, a giudicar soprattutto dallo stato in cui lo trovavo talvolta al suo risveglio. In capo però a qualche anno le loro relazioni s'imbrogliarono stranamente.

Questo, s'avverta una volta per tutte, non è che uno schematico tentativo di spiegazione. Ma insomma pare che la donna principiasse in quel torno a manifestare velleità d'indipendenza o, come dire, d'autonomia. Nikolaj Vasil'evič aveva la bizzarra impressione che colei andasse acquistando una propria, sebbene indecifrabile, personalità, distinta dalla sua, e gli sfuggisse per così dire di mano. Certo è che una continuità purchessia finì con lo stabilirsi fra le sue diverse e svariate apparenze: fra tutte quelle brune, quelle bionde, quelle castane, quelle rosse, quelle donne grasse o magre, aduste o nivee o ambrate, c'era nondimeno alcunché di comune. Ho, sul principio del presente capitolo, posto in dubbio la legittimità del considerare Caracas un personaggio unico; eppure in realtà io stesso, ogni volta che la vedevo, non riuscivo a liberarmi dall'impressione, per quanto inaudito ciò sia per parere, che si trattasse in fondo della medesima donna. E per questo appunto, forse, Gogol' sentì il bisogno di imporle un nome.

Altra cosa è tentar di stabilire in che propriamente consistesse la qualità comune a tutte quelle forme. Può darsi fosse né più e né meno che il soffio creatore medesimo di Nikolaj Vasil'evič. Ma in verità sarebbe stato troppo singolare che egli si fosse sentito tanto scisso da se stesso e tanto a se stesso avverso. Giacché, per dir tutto subito, Caracas, chiunque ella fosse difatto, era comunque una presenza inquietante e, giova esser chiari, ostile. In conclusione però, né io né Gogol' riuscimmo mai a formulare un'ipotesi vagamente plausibile sulla sua natura; dico formularla in termini razionali e a tutti accessibili. Non posso ad ogni modo tacere d'uno straordinario caso che si produsse in quel torno.

Caracas si ammalò di un morbo vergognoso, o almeno se ne ammalò Gogol', che pure non aveva né ebbe mai contatti con altre donne. Come ciò avvenisse o donde provenisse la sozza infermità, neppur provo ad almanaccare; io, solo so che ciò avvenne. E che il mio infelice e grande Amico mi diceva talvolta: «Vedi dunque, Foma Paskalovič, qual era il nocciolo di Caracas: essa è lo spirito della sifilide!»; mentre tal altra accusava assurdamente se stesso (all'autoaccusa egli fu sempre disposto). Questo caso fu oltre a tutto una vera e propria catastrofe per quanto è dei rapporti, già così oscuri, tra i coniugi e dei contrastanti sentimenti di Nikolaj Vasil'evič. Il quale era poi costretto a cure continue e dolorose (quelle del tempo), la situazione essendo aggravata dal fatto che nella donna la malattia non appariva ovviamente curabile. Soggiungo ancora che Gogol' si illuse per un certo tempo, gonfiando, sgonfiando la moglie e attribuendole i più vari aspetti, di ottenerne donna immune da contagio; dovette però desistere senza aver sortito alcun risultato.

Ma abbrevio il racconto per non tediare i miei lettori; oltrediché, sempre più confuse e meno sicure si fanno le mie risultanze. È affretto il tragico scioglimento. A proposito tuttavia del quale ultimo, si intenda bene, nuovamente mi protesto sicuro del fatto mio: di esso fui infatti testimone oculare, e così non lo fossi stato!

Gli anni passarono. E sempre più forte pareva farsi il disgusto di Nikolaj Vasil'evič per la moglie, sebbene il suo amore non accennasse a diminuire. Verso gli ultimi tempi l'avversione e l'attaccamento per lei si davano così fiera battaglia nel suo animo, che egli ne usciva affranto e addirittura stroncato. I suoi occhi irrequieti, che tante e così diverse espressioni sapevano assumere e tanto dolcemente talvolta parlare al cuore, serbavano ormai quasi sempre una luce febbrile, come se egli fosse sotto l'effetto d'una droga. Le più strane manie insorsero in lui, accompagnate dai più sinistri terrori. Sempre più spesso m'andava parlando di Caracas, che accusava di cose impensate e sorprendenti. Qui io non potevo seguirlo, dato il mio saltuario commercio colla moglie e la mia poca o nessuna intimità con lei; data soprattutto la mia sensibilità estremamente limitata in confronto della sua. Mi limiterò dunque a riferire talquali alcune delle sue accuse, senza far parte veruna alle mie personali impressioni.

«Lo capisci sì o no, Foma Paskalovič,» mi diceva sovente, ad esempio, Nikolaj Vasil'evič «lo capisci sì o no che *sta invecchiando*?». E mi prendeva le mani, com'era la sua maniera, fra commozioni indicibili. Egli accusava anche Caracas di abbandonarsi a suoi piaceri solitari, malgrado la di lui espressa proibizione. Infine prese addirittura a incolparla di tradimento. Ma i suoi discorsi in proposito finirono col diventare tanto oscuri, che mi passo dal riportarli oltre.

Quanto appare certo è che negli ultimi tempi Caracas, vecchia o no, s'era ridotta una creatura acida o, francescanamente, acariastra, ipocrita e affetta da manie religiose. Non escludo che ella possa aver influito sull'atteggiamento morale di Gogol' nell'ultimo periodo di sua vita, atteggiamento a tutti noto. La tragedia comunque scoppiò improvvisa una notte che Nikolaj Vasil'evič festeggiava meco le sue nozze d'argento, una purtroppo delle ultime notti che trascorremmo insieme. Che cosa per l'appunto l'abbia determinata, quando ormai egli pareva rassegnato a tutto tollerare dalla consorte, non mi è possibile, né è da me, dire. Quale avvenimento nuovo potesse essersi prodotto in quei giorni, ignoro. E mi attengo ai fatti; i miei lettori si formino da sé la propria opinione.

Quella sera Nikolaj Vasil'evič era particolarmente agitato. Il suo disgusto per Caracas pareva aver raggiunto una violenza senza precedenti. Il famoso «bruciamento delle vanità», cioè dei suoi preziosi manoscritti, era già stato da lui compiuto, non oso dire per istigazione della moglie. Talché il suo stato d'animo era anche per altre ragioni assai vessato. Quanto alle sue condizioni fisiche, erano sempre più pietose, e rafforzavano la mia impressione che egli fosse drogato. Tuttavia prese a parlare in modo abbastanza normale di Belinskij, che gli stava dando dei dispiaceri coi suoi attacchi e la sua critica alla *Corrispondenza*. Ma si interruppe a un tratto esclamando, mentre le lacrime gli salivano agli occhi: «No, no! È troppo, è troppo... non è possibile più!...». E altre frasi oscure e sconnesse, su cui si esimeva dal fornir chiarimento. Sembrava del resto parlare seco medesimo. Giungeva le mani, scoteva il capo, si levava bruscamente per risedersi poi dopo aver mutato quattro o cinque passi convulsi. Quando Caracas comparve, o meglio quando ci recammo, a notte avanzata, nella sua stanza orientale, egli più non si controllò e prese a comportarsi come (se m'è lecito un tale paragone) come un vecchio rimbambito in preda alle sue manie. Mi dava ad esempio di gomito, ammiccando e dicendo insensatamente: «Eccola lì, eccola lì, Foma Paskalovič!...»; mentre ella pareva considerarlo con sprezzante attenzione. Ma al di là di simili «manierismi» si sentiva in lui un sincero ribrezzo, che aveva raggiunto, suppongo, i limiti del tollerabile. Infatti...

Nikolaj Vasil'evič sembrò, in capo a un certo tempo, farsi forza. Scoppiò in pianto, ma in un pianto, quasi direi, più virile. Di nuovo si torceva le mani, mi afferrava le mie, passeggiava, mormorava: «No, basta, non è possibile!... Io una cosa simile?!... A me una cosa simile? Come è possibile reggere a *questo*, reggere *questo*!...», e simili. Quindi inopinatamente si scagliò sulla a suo tempo ricordata pompa, per raggiungere poi come turbine Caracas. Le inserì la cannula nell'ano, prese a gonfiare... Piangeva intanto e gridava invasato: «Come l'amo, Dio mio, come l'amo, la povera, la cara!... Ma deve scoppiare. Misera Caracas, creatura infelice di Dio! Ma devi morire», e così di seguito alternatamente.

Caracas si gonfiava. Nikolaj Vasil'evič sudava, piangeva e seguitava a pompare. Io volevo trattenerlo, ma non ne ebbi, non so perché, il coraggio. Ella cominciò a deformarsi, fu presto una parvenza mostruosa; pure, fin qui non dava segni d'allarme, giacché era poi abituata a quegli scherzi. Ma quando cominciò a sentirsi piena in modo intollerabile, o forse penetrò le intenzioni di Nikolaj Vasil'evič, assunse, avrei detto, un'espressione fra stupida e sgomenta, persino supplichevole, senza tuttavia perdere quella sua aria sdegnosa: aveva paura, si raccomandava quasi, eppure non credeva ancora, non poteva credere alla sua prossima sorte e a tanta audacia in suo marito. Questi d'altronde non aveva modo di vederla perché le era dietro; io la guardavo come affascinato e non movevo un dito. Infine la soverchia pressione interna forzò le fragili ossa inferiori del cranio, imprimendole sul volto un ghigno indescrivibile. La sua pancia, le sue cosce, i fianchi, il petto, quanto potevo scorgere del deretano, avevano raggiunto inimmaginabili proporzioni. D'improvviso ella ruttò ed emise un lungo gemito sibilante; fenomeni che, volendo, si possono ambedue spiegare colla anzidetta violenta pressione dell'aria, la quale s'aprisse d'impeto un passaggio attraverso la valvola della gola. Gli occhi da ultimo le si stravolsero, e minacciavano di schizzar fuori dalle orbite. Colle costole largamente aperte e non più riunite dallo sterno, ella era ormai simile in tutto e per tutto a un pitone che digerisca un asino, che dico, un bue, se non un elefante. I suoi organi genitali, quegli organi rosati e vellutati tanto cari a Nikolaj Vasil'evič, protuberavano orrendamente. A questo punto la giudicai già morta. Ma Nikolaj Vasil'evič, sudando e piangendo, mormorando: o cara o santa o buona, seguitava a pompare.

Scoppiò d'improvviso e, per così dire, tutta insieme: non fu cioè una regione della sua pelle a cedere, ma tutta la superficie di essa nel medesimo tempo. E si sparse per l'aria. I pezzi ricaddero poi più o meno lentamente a seconda della loro grandezza, che era minima in ogni caso. Ricordo distintamente un pezzo di guancia con una parte della bocca rimasto appeso allo spigolo formato dal piano del camino; e altrove un brindello di seno colla sua punta. Nikolaj Vasil'evič mi fissava smemorato. Poi si riscosse e, in preda a nuova furia, si diede a raccogliere accuratamente quei poveri cencini ch'erano stati la levigata pelle di Caracas, e tutta lei. «Addio, Caracas,» mi sembrò di sentirlo sussurrare «addio, mi facevi troppo pietà...». E subito dopo soggiunse distintamente: «Al fuoco, al fuoco! Anche lei al fuoco!»; e si segnò, colla sinistra, si capisce. Raccolti che ebbe tutti quegli avvizziti cenci, arrampicandosi persino sui mobili per non dimenticarne alcuno, li gettò in mezzo alla fiamma del camino, dove cominciarono a bruciare lentamente e con odore oltremodo sgradevole. Nikolaj Vasil'evič infatti, come tutti i Russi, aveva la passione di buttar cose importanti nel fuoco.

Rosso in volto e con un'espressione indicibile di disperazione eppur sinistro trionfo, egli contemplava il rogo di quei miseri resti; m'aveva afferrato un braccio e lo stringeva convulsamente. Ma avevano, quei frammenti di spoglia, appena cominciato a consumarsi, che egli parve ancora una volta riscuotersi e improvvisamente rammentarsi di qualcosa o prendere una grave decisione; e d'un subito corse via dalla stanza. Di lì a pochi secondi lo udii parlarmi attraverso la porta, con voce rotta e stridula. «Foma Paskalovič,» gridava «Foma Paskalovič, promettimi che non guarderai, *golubčik*, quello che sto per fare!». Non so bene cosa rispondessi, o se tentai di calmarlo in qualche modo. Ma egli insisteva. Dovetti promettere, come a un bambino, che mi sarei volto contro il muro e avrei atteso sua licenza per girarmi. La porta allora si spalancò con fracasso e Nikolaj Vasil'evič rientrò precipitosamente nella stanza, correndo verso il camino.

Devo qui confessare la mia debolezza, del resto giustificabile, considerate le straordinarie circostanze in cui mi trovavo: io mi girai prima che Nikolaj Vasil'evič me lo permettesse, fu più forte di me. Mi girai appena in tempo per vedere che egli recava qualcosa fra le braccia, qualcosa che subito gettò col resto nel fuoco, il quale adesso vampeggiava alto. Peraltro, la brama di *vedere* avendomi afferrato irresistibilmente, sì da vincere in me ogni altro moto, mi buttai ora verso il camino. Ma Nikolaj Vasil'evič mi si parò davanti e mi respinse pel petto con una forza di cui non lo credevo capace. Nel frattempo l'oggetto bruciava con una gran fumea. Quando egli accennò a calmarsi, non potei scorgere se non un mucchio di cenere muta.

In verità, se volevo *vedere*, era soprattutto perché avevo già *intravisto*. Ma solo intravisto, epperò non dovrei forse osare ulteriori referti, né introdurre un malcerto elemento in questa veridica narrazione. Eppure, una testimonianza non è completa se il teste non riferisce anche ciò che gli è noto non di sicura ragione. In breve, quel qualcosa era un bambino. Non un bambino in carne ed ossa, si capisce, alcunché piuttosto come una pupattola, o un bamberottolo, di gomma. Alcunché, infine, che all'apparenza si sarebbe detto *il figlio di Cara-*

cas. Avrò anch'io avuto il delirio? È quanto non saprei dire; questo è comunque ciò che vidi, confusamente ma coi miei propri occhi. E a quale sentimento ho obbedito or ora quando, riferendo del ritorno di Nikolaj Vasil'evič nella stanza, ho taciuto che brontolava fra sé: «anche lui, anche lui!»?

E con ciò quanto mi è noto della moglie di Nikolaj Vasil'evič si esaurisce. Di quello che fu in seguito di lui medesimo, dirò nel prossimo capitolo, l'ultimo della sua vita. Interpretare poi i suoi sentimenti nella relazione con sua moglie come in tutte, è diversa e ben più ardua cosa; è ciò tuttavia che s'è tentato in altra sede e altra parte del presente volume; alla quale rimando il lettore. Spero intanto di aver portato sufficiente luce su una controversa questione e d'aver svelato, se non il mistero di Gogol', quello almeno di sua moglie. Implicitamente ho rintuzzato l'insensata accusa che egli maltrattasse e persino picchiasse la sua compagna, nonché le rimanenti assurdità. E che altro intento può avere in fondo un umile biografo quale io sono, se non quello di giovare alla memoria dell'uomo eccelso che fece oggetto del proprio studio?

OMBRE

Ora che rison di moda le memorie dei ladri, non vedo perché anch'io non dovrei raccontare un curioso episodio della mia lunga e, grazie a Dio, fortunata carriera. Esso, veramente, con detta carriera ha ben poco a fare, tanto magro fu il bottino che raccolsi in quella circostanza, ma, o m'inganno, o il suo interesse non è minore per risiedere altrove. Comunque, al fatto.

Ero giovane in quel beato tempo. Cioè, beato perché ero giovane e per questa ragione soltanto: in realtà non tutti i giorni avevo di che mettere la pentola al fuoco, non avevo ancora dato inizio a quell'attività costante e, in certo senso, protetta dalle leggi, che mi ha in seguito assicurato il benessere e fin la prosperità, né avevo ancora incontrato la compagna della mia vita, la quale ha saputo tanto bene aiutarmi. Girovagavo dunque senza meta, in cerca d'occasioni e soprattutto di idee; e così, una notte d'estate che la fame si faceva particolarmente sentire (e questa condizione mi rendeva disposto a tutto), mi trovai a passare, per una via secondaria, davanti a una grande e antica villa, distante parecchi chilometri dal più vicino abitato, che era poi un paesino della nostra più fonda provincia. E, non tanto perché sperassi o divisassi alcunché, ma piuttosto per semplice curiosità, buttai lo sguardo traverso un cancello che dava accesso al parco. Quello che vidi mi fece sul primo momento rizzare i capelli in capo.

Da una porta laterale dell'edificio era uscito qualcosa che, a non chiamarlo fantasma, ci sarebbe stato da passar per pazzi; qualcosa, dico, che riproduceva punto per punto l'immagine di questi enti cara alla fantasia popolare; e che traballando si avviava, sotto i miei occhi esterrefatti, verso le fitte ombre del parco. Vanamente io cercavo di aguzzare lo sguardo su quella gran sagoma bianca: la notte era illune e nuvolosa, la villa (colle sue adiacenze) completamente buia, tanto che si sarebbe detta disabitata.

Non dico pensassi proprio di trovarmi in presenza d'un vero fantasma, eppure si può credere che quella vista, colla mia languidezza poi, fosse tale da sbigottirmi. Ma ecco per fortuna, di lì a un momento, una nuova e meno terrificante apparizione dare al caso più comportevole aspetto. Era, questa, dirò così un'ombra umana; la quale, uscita dalla medesima porta, raggiunse il fantasma e con lui s'intrattenne in un breve colloquio a voce soffocata. Rientrò quindi, mentre quello proseguiva verso il parco. Dove non era peraltro ancora arrivato, che un fragoroso sparo sul dietro della villa mi fece sobbalzare. Come non bastasse, questo fu subito seguito da un grido acuto (maschile), e poi da un alto e confuso vocio. Insomma, cosa diavolo stava capitando in quella solitaria dimora? Più d'una spiegazione mi passò pel capo, e tutte tragiche, ma sul momento non potevo dar nella giusta; che del resto non tardò.

M'ero tratto nell'ombra d'un albero, donde potevo comodamente seguire lo svolgersi degli avvenimenti. Vidi così, ben presto, una compagnia di persone, o di ombre, attraversare il parco diretta verso il fondo, e ora appunto, a darmi ragione dell'enigma, mi raggiunse distinta una voce di donna; alquanto isterica, dominata non si sapeva se dal pianto o dal riso. Diceva: «No, no, è inutile, è inutile! Prova invece... Tu devi mostrare di non aver paura, e allora si lasciano anche comandare, sai. Vieni, vieni, si viene anche noi». Passarono poi forse due minuti, e udii una tremante voce, maschile questa, che intonava: «In nome di Dio ti ordino...» (il resto non si capì).

Dunque la spiegazione era facile e allegra: quei signori stavano solo facendo uno scherzo a qualche loro amico un po' sempliciotto. Dovevano avergli fatto credere che la villa fosse abitata dai fantasmi, e seguitavano a divertirsi alle sue spalle. A conferma di ciò, vidi in questo punto una coppia di fantasmi che, di corsa e con sommesso riso, rientravano per altra porticina sul fianco.

E ora, volendo procedere spedito, dirò subito che quella scoperta bastò per far passare il mio interesse generico e di mera curiosità, in personale e ragionato. Difatto, quale miglior occasione avrei potuto trovare per esercitare la mia attività, e conseguentemente sfamarmi, di questa? Introdursi nella casa doveva essere la cosa più facile del mondo, vista la gran confusione che c'era, e che le porte erano aperte, che tutto era buio, che i padroni avevano di molti grilli per il capo. Sarei riuscito senza dar nell'occhio a superare il cancello davanti a cui ero, e di ciò non dubitavo: se soltanto avessi potuto impadronirmi d'un lenzuolo! Allora sì che avrei agito davvero al coperto.

Altri spari echeggiarono verso l'insondabile fondo del parco, cui uno rispose dalla casa. Questo appariva il momento favorevole. E, in breve, data senza più un'occhiata alla via deserta, mi abbrancai all'inferriata di tal finestrone che s'apriva nel muro a poca distanza dal cancello. Di qui al sommo del muro il passo non era lungo; mi ritrovai sul tetto, verosimilmente, d'una limonaia, donde non mi fu difficile calarmi nel parco.

E ora daccapo mi fermai a riflettere. C'era in primo luogo la faccenda degli spari, che mi preoccupava un poco: non capivo ancora bene a chi o a che cosa tirassero costoro, ma il fatto è che tiravano e che occorreva prudenza. In secondo luogo, sta bene tutto quanto ho più sopra osservato, ma, a introdurmi senz'altro in casa, rischiavo sempre di trovarmi a naso a naso con qualcuno che avrebbe potuto riconoscermi, o meglio non riconoscermi affatto. D'altra parte, in qual modo procurarmi un lenzuolo o alcunché di simile prima d'entrare in casa? Eppure, come sentirete, a chi sa ben guardare e tiene la testa a posto le occasioni non mancano mai.

Procedetti cautamente per il parco, al riparo delle annose piante, in modo da aggirare la casa e scoprire un po' meglio i luoghi; dei quali i miei occhi, già abituati alla profonda oscurità, distinguevano ormai, sia pur vagamente, i particolari. Attorno a me udivo un continuo fruscio e scalpiccio, tanto prossimi da costringermi un bel momento a riparare in furia dietro lo spigolo d'una torre o padiglione che sorgeva lì presso. Ora, da quel punto potevo scorgere la livida facciata posteriore della villa, e potevo anche vedere, un po' in tralice, un fantasma immobile a ridosso d'un gran cespo, quasi a piè della facciata medesima. Ma d'improvviso a una delle finestre si fece un'ombra chiara, brandendo qualcosa che sembrava un fucile, subito raggiunta, con uno scoppio di voce, da un'altra che pareva volerla trattenere. «Lasciami, lasciami!» urlò convulsamente la prima, e dalla sua arma partì un colpo in direzione, come si vide dalla fiammata, del fantasma. Nulla peraltro seguì di ciò che avrei potuto aspettarmi: né grida del colpito, né sue reazioni di sorta. La sagoma bianca rimase dov'era senza pure dar un crollo. Evidentemente, come mi fu confermato più tardi, ma come avevo d'altronde immaginato, il fantasma, vistosi preso di mira, s'era dato a precipitosa fuga attraverso e oltre il cespo, abbandonando il sudario. Comunque, eccomi finalmente, avendo impiegato la necessaria circospezione, in possesso dell'agognato lenzuolo; bucherellato quanto si vuole, giacché era stato impallinato, ma perfettamente adatto allo scopo. Ed eccomi pronto a entrare, sia pur fuggevolmente, nella casa e nella vita di quegli uomini. Dove, per un certo tempo, feci la parte del topo, cioè di quell'animale dai silenziosi e misteriosi passaggi che, non veduto, ascolta tutti i nostri discorsi, sorveglia tutti i nostri atti, anche i più gelosi, e di cui nessuno, non fosse per le sue giostre, sospetterebbe soltanto l'esistenza.

*

Imboccai una porta qualunque, entrai. Ma, qui giunto, e non essendo al postutto uomo di penna, rinuncio a descrivere partitamente le fasi e le circostanze della mia ricognizione, e, sacrificando qualsiasi possibile effetto, mi limito a riferirne i risultati. Qua, insomma, spiando, là ascoltando e, quando fosse il caso, spingendomi personalmente alla scoperta, fui ben presto in grado di ricostruire perfettamente la situazione, come, più o meno, di orientarmi nella casa e nelle sue adiacenze. Per le persone, in capo a un'ora avevo imparato a riconoscerle tutte, salvo alcuni fantasmi che giravano sempre a capo coperto, e anzi le distinguevo meglio di quanto non si possa credere; giacché, a parte la completa assuefazione, ormai, del mio occhio, non bisogna dimenticare che tutte le porte e le finestre erano spalancate, ad accogliere il po' di chiaro esterno. Debbo infine avvertire, e forse non ce ne sarebbe bisogno, che sebbene io fossi evidentemente entrato lì dentro al solo scopo di rubare, pure vi fui trattenuto più del necessario da una specie di invincibile curiosità.

Dunque riassumiamo. La casa era, come ho già detto, una grande e antica casa, con una disposizione di vani quanto mai complicata, con corridoi e passaggi, con stanze cieche, o una dentro l'altra, e stanze invece fornite di numerosi accessi, non sempre palesi, con cambiamenti di livello al medesimo piano, con vaste cantine; arredata poi in carattere, con profusione di tendaggi, portiere e tappezzerie varie. In una parola, una vecchia casa signorile di provincia; e il teatro più adatto per la beffa che vi si stava giocando. Padroni di essa erano un conte, il quale girava quasi sempre seguito da un suo fattore o amministratore o uomo di fiducia, e sua sorella. V'erano inoltre un amico di casa e forse parente, cui si doveva l'idea prima della burla, un altro amico e parente, un'amica o lontana parente di essa sorella, e naturalmente il beffato stesso, un barone piccolo, biondastro e atticciatello. In tutto cinque uomini e due donne, beninteso senza contare i fantasmi, maschi e femmine, di cui per ovvie ragioni non posso precisare il numero, reclutati tra la servitù della villa e gli altri dipendenti, quali i casieri, il terzomo colla sua famiglia e che so io (poiché alla villa doveva essere congiunta una tenuta). Il fattore medesimo poteva, in caso di necessità, diventare fantasma. Costui e i signori, comprese le donne, erano ciascuno armato fino ai denti, di armi da caccia, di pistole vecchie e nuove, e tutti sparavano all'impazzata e a nessun proposito in aria, contro gli alberi, le finestre aperte, contro i fantasmi non vulnerabili, cui accennerò in seguito; sparavano per allegria, per gala, per sempre più stordire il barone. Il quale era anche lui armato, anche lui sparava, e senza brigarsi di distinzioni tra i vari tipi di fantasmi; ma le sue cartucce venivano a volta a volta abilmente «castrate» (cioè private, nel nostro caso, del piombo) prima di essergli consegnate, e in generale si cercava di dirigere la sua attenzione e il suo fuoco su oggetti che potevano riceverlo senza danno. Ciò non toglie che tali interventi (come nell'occasione più su riferita, quando m'ero conquistato il mio sudario) potessero risultare tardivi, e allora bisognava tener gli occhi aperti. Del resto, tutta la burla, considerato il complesso delle circostanze, non era priva di gravi pericoli per le persone, epperò forse pareva più eccitante; una burla da signori. La casa era al buio per la buona ragione che i fantasmi non si mostrano alla luce. Si obbietterà che sarebbe dunque bastato al barone lasciarla accesa o riaccenderla per tenerli in rispetto; ma questo era probabilmente ciò che egli stesso non voleva. In altri termini, l'attrazione dell'orrore doveva in lui essere, come avviene, più forte della semplice paura. Forse egli era stato spinto a chiedere da sé, per sfida, la soppressione della luce, e ora, spirito formalistico e petulante quale sembrava, sebbene affascinato, s'interessava quasi scientificamente ai modi di quelle apparizioni. O forse s'illudeva ancora di scoprirvi l'inganno; illusione, se mai, delle più vane, poiché questo era talmente grossolano, che bisognava essere, come lui, bell'e iti per non scoprirlo. E, da ultimo, io trovai le cose già fatte e non devo impicciarmi a spiegare come o perché furono fatte. Soggiungo solo che, a buon conto, la valvola principale era stata addirittura asportata.

Vociando, ridendo (ma a parte), sparando, agitandosi in mille modi, e i fantasmi apparendo, scomparendo, sgusciando, tutte queste persone trascorrevano liberamente e capricciosamente da una stanza all'altra, di su, di giù, dentro e fuori, in un incessante andirivieni. L'intera casa, dalle cantine al solaio, col parco, era campo delle loro gesta, né v'era stanza o padiglione cui fosse vietato l'accesso. Per me, l'unico modo che avessi per sostenere la mia posizione era fare anch'io da fantasma più o meno attivo, e così, un po' seguivo il corso dei miei compagni, un po' m'appartavo per le mie operazioni; e, o passavo completamente inosservato, o, che è lo stesso, la mia presenza, osservata, era dovunque giudicata naturale. Talvolta qualcuno mi rivolgeva la parola, ma le circostanze mi permettevano di rispondere solo con un cenno, o di non rispondere affatto.

Cominciai col fare una visita in cucina, dove trovai

senza difficoltà qualcosa da mettere sotto il dente. Subito dopo, poiché anche le mie tasche erano fameliche, mi detti da fare per nutrirle. Ma quei gran signori, Dio li protegga, dovevano avere, con tante altre aristocratiche inclinazioni, quella pei soldi bucati, e fra tutti tenevano in casa una somma talmente esigua, che mi vergogno a dichiararla (è vero che qualcosina di più trovai in casa del fattore). Volli attaccarmi ai preziosi e non ebbi miglior fortuna: se oggetti veramente di valore avevano, certo li portavano indosso o, seguendo una deplorevole abitudine, li tenevano sepolti, a nessuno utili, in banca. Sulle tolette delle donne rinvenni un par di buccole, due o tre spillini, un braccialetto, qualche altra gioiuccia, di mediocre titolo poi, e fu quasi tutto. Risultato generale: un mese di vita, o due al più. E pazienza: sarebbe troppo facile il nostro mestiere se si trovasse sempre alla prima quello che si cerca. No, anch'esso abbisogna, oltre che di prudenza, d'assiduità, di laboriosa tenacia, di fortezza, e di non so quante altre virtù più o meno cardinali.

*

«In nome di Dio (nostro salvatore, suggerì una donna)... Ah... sì. In nome del Dio nostro salvatore, ti ordino di mostrarti per intero. E ora di piegare a destra. E ora a sinistra. Ora di riscomparire nell'inferno (macché, devi dire: nel baratro infernale)... nel baratro infernale donde sei sorto...».

Qui c'era daccapo il barone, il quale, davanti al muro del parco e circondato dalla compagnia, comandava a un cencio o grossolano fantoccio che qualcuno manovrava con una pertica dall'altra parte.

«Hai visto come è andato?».

«Oh, ma... eccone un altro. Eccolo, eccolo, lì, da quella parte...».

Questo però non rispose agli esorcismi, forse perché

era stato piantato lì dal manovrante, e il barone gli sca-
ricò contro tutto il caricatore del proprio pistolone.

«Già, e cosa pretenderesti fare?».

Il dabbenuomo fuggì verso la casa prendendosi la
faccia tra le mani.

«Senti, vieni qua, no adesso proprio sul serio,» tar-
tagliava un momento dopo afferrando pel petto, e poi
abbracciando strettamente, il primo amico, l'ideatore
diremo «tu mi giuri... mi giuri sul tuo onore di gentiluomo che non è tutto un inganno, che non mi state
facendo uno scherzo, che...».

«Lo giuro» fu l'alta e solenne risposta di colui, che
dell'onor di gentiluomo doveva avere un concetto
sommario, oppure era stato educato dai gesuiti a far le
corna dietro la schiena, a sollevare da terra il piè destro, a non so cosa altro. Il barone quasi scoppiò in
pianto.

Fu ora per la prima volta che il contegno di Lorenzo
(il secondo amico) e di Marta (la sorella del conte) mi
incuriosì. Mentre, infatti, un così drammatico colloquio si stava svolgendo, questi due, senza farvi punto
attenzione, si fissavano invece intensamente, secondo
pareva. O meglio, era l'uomo che, volto a mezzo verso
la donna, la fissava, laddove ella si guardava in aria
astratta la punta delle scarpe. L'uno poteva avere quarant'anni, ed era alto e ben formato; l'altra due o tre
anni di più forse, come si rilevava soprattutto da qualche suo gesto stanco, giacché peraltro era da credere
che, bruna, flessuosa, di carnagione abbagliante e quasi fosforica, ella si fosse serbata fresca al pari d'una giovinetta. Ma in quella rientrò rumorosamente il conte
col fedel fattore, che certo si erano allontanati per ulteriori preparativi, troncando il loro trasognamento e
le mie osservazioni.

Altri maestosi fantasmi, pieni o vuoti, stavano o lenti
incedevano per tutte, ripeto, le stanze della casa; i secondi, i vuoti, dovevano però essere rimossi di frequente, per evitare che il barone, ormai animato dal-

l'audacia della disperazione, non si ritrovasse una volta, fattosi troppo sotto, con un lenzuolo in mano. Riparlo di questi fantasmi, alcuni dei quali davvero 'riusciti', per riferirmi alla curiosa impressione che essi facevano a me medesimo, come anche, ho tutte le ragioni di supporre, al conte e ai suoi compagni. Per dirla senza rigiri, lì nel buio facevano talvolta paura a noi stessi. Eppoi ho dimenticato di rammentare tutti gli accessori della messinscena, quali strascinii di catene, mugolii, lamenti, schiocchi di sudari; che erano suoni lugubri e agghiaccianti, non c'è che dire. Si aggiungano le strazianti grida, a tratti, del barone, e si giudichi altresì, se tali erano i nostri sentimenti, dei suoi.

E così, in queste giostre, il tempo passava. L'ora era ormai avanzata.

*

«Allora verrai, verrai?».

Nelle parole di Lorenzo c'era un'urgenza quasi spasmodica. Egli e Marta, sopravvenendo nella camera dove io mi trovavo, che credettero vuota, mi avevano respinto e confinato dietro una portiera. Mio Dio, s'intende che dietro la portiera c'era una porta, spalancata come tutte, epperò avrei potuto andarmene benissimo per i fatti miei; ma invece restai lì.

«Verrai?».

«No. Non posso... Non posso».

«Ma perché? Vuoi dirmi, puoi dirmi una volta perché?».

«Così. No, davvero, Lorenzo, non posso. Io... non esco mai».

«Non è vero! Esci tante volte, colla macchina e anche a piedi, vai a trovare le zie, fai cento cose in paese. E sarebbe così facile per te... Vieni da me soltanto per mezz'ora, ti giuro che non ti tratterrò più di mezz'ora. Non c'è nessuno da me, lo sai, io sto solo come un cane. Allora? Verrai, eh?».

«No... No. Eppoi, se mio fratello...».

«Tuo fratello! Parli sempre di lui. Ma alla tua età puoi fare quello che ti piace. Del resto tuo fratello non è uno sciocco; se anche... può benissimo capire che tu...».

«Non lo conosci».

«E daccapo! Ma che cosa importa poi questo? Ebbene, non è necessario che tuo fratello lo sappia. Ma tu forse non vuoi perché pensi che io... No, non è quello che voglio, Marta. Io solo vorrei parlare una volta con te per bene, con calma, senza paure... O forse... Ma ecco che parlo sempre io, come al solito. Spiegami, fammi capire qualcosa, di' qualcosa».

«Ma non ho niente da dire; tu sai tutto, ti ho già detto tutto».

«Che cosa, mi hai detto? Non fai altro che ripetere che non puoi venire da me, che non puoi nessun'altra cosa. Dicessi almeno che non vuoi».

«Ecco, sì, non voglio».

«Ma questo è falso! Falso al cospetto di Dio, è una menzogna, una bestemmia. Senti, non puoi una volta abbandonarti, abbandonarti, così, ai tuoi sentimenti, sciogliere codesto oscuro groppo che hai dentro, codesto nodo di serpenti, di cose fredde che ti diacciano il cuore, e trovare una voce, delle parole, parole da dire a un altro essere, anche a uno sciocco come me...?».

«Lorenzo, non mi tormentare».

«Ascoltami, Marta. Io ti voglio bene. Ma tu forse non ci credi, non riesci a crederci, anche se qualche volta ti sforzi di farlo. E tu questa la chiami diffidenza. Ma non è semplice diffidenza, è... non so... un sentimento più invincibile, più tirannico, più... È che sei gelida e superba come la cima nevosa d'un monte, egoista come... No, cosa ti dico! Tu sei queste cose e tante altre più dolci, più... Io non posso più guardarti senza provare il bisogno indomabile di abbracciarti, di... Tu sei abbagliante, eppure spandi calore... Le tue lunghe mani, i tuoi denti, le tue ciglia brillanti... Scusami. Non era questo che volevo dire: quanto mi fai parlare, tu muta!... Io ti voglio bene. Ma anche tu mi vuoi bene, lo so e non posso ingannarmi, lo capisco dai tuoi occhi, dal fremito della tua voce, da tutto. E allora...».

«Lorenzo! Lorenzo, non parlarmi così... Ebbene, tra poco tornerai in città e non penserai più a me. Quando parti? Perché non parti subito?».

«No, Marta, non fare così. Tu ti martori, ti uccidi, tu afferri con una mano di ghiaccio il tuo stesso cuore per soffocarne i battiti... È questo che temi? Che io parta, che ti dimentichi? O davvero lo speri? Ma dimmi, parla, spiegami qualche cosa. Temi che un giorno io non ti voglia più bene mentre tu seguiterai a volermene, e il tuo orgoglio soffre fin d'ora per questa cosa che non esiste, che non potrebbe esistere? O temi... Ma io voglio sposarti, io posso sposarti anche domani, Marta».

«Oh, Lorenzo, lasciami stare, vuoi che te ne preghi in ginocchio?».

«Vieni qua, Marta, dammi la tua mano».

«No. Senti: se speravi... se volevi ispirarmi questi sentimenti, se avevi la forza per farlo, perché non l'hai fatto prima? Ora è tardi».

«Tardi! Ma cosa dici, perché tardi?».

«Sono vecchia».

«Oh, Marta, smetti con questa storia».

«Ma no, è così, io... È difficile da dire, come tutto, per me. C'è stato un tempo in cui potevo davvero essere qualcosa per un uomo, per un uomo come te... Ora è tardi, ti dico; è tardi per tutto».

«Ah, è questo! Saresti tanto ingenerosa da non dare quello che puoi sol perché prima potevi dare di più (ammettiamo che sia vero); da negarti all'uomo che ami perché non puoi più darti (sempre ammettendo che sia vero) nel pieno fulgore della tua bellezza, della gioventù? Non è possibile questo».

«Ma io non ti amo, Lorenzo. Avrei forse potuto amarti allora, un tempo. Ora non posso più; e non devo».

«Oh, eccola di nuovo che bestemmia. Credi, o dici, di non amarmi perché non hai alcuna intenzione di abbandonarti a questo amore, perché la tua natura si rifiuta di abbandonarsi a checchessia. Ma devi pure provare a... Ed eccola che di nuovo invoca un dovere, dei doveri. Doveri verso chi, o che cosa? Doveri a prezzo del proprio sangue, della propria vita? Non ne conosco. Io, so che mi ami, se anche non lo sai tu. Vuoi provare una volta, solo per un breve tempo, per un attimo appena, a cedere a un altro il dominio di te stessa? Perché non fai questa prova, così, solo per prova? Se soltanto potessi immaginare che senso dolce se ne ricava, che senso di sicurezza, di pace, anche se l'altro sbaglia tutto. Non è questo dopo tutto che conta, non serve far le cose bene in assoluto, basta farle, così, in accordo; basta non essere soli. Noi due, siamo soli. E io non voglio più esserlo, e non voglio che lo sia tu. Soli colla nostra inutile intelligenza, colle nostre complicazioni, colla nostra noia; coi nostri doveri, appunto. Ma se fossimo in due sarebbe tutt'altra cosa: tutto avrebbe un senso, anche la nostra noia, e persino l'intelligenza, che in questo mondo, l'ho detto, è la dote più inutile, potrebbe servirci a qualcosa... Tu sei mia cugina, e mi sei così prossima anche di carne. Quante cose in comune ci ha dato la parentela di sangue! Tu mi sei sempre sembrata cosa calda e familiare, e, tu così lontana a volte, cosa già mia. Quando da ragazzo...».

«Oh, voi. Venite di qua, ora sì che ci sarà da divertirsi».

Era il conte che attraversava la stanza parlottando e ridendo sommessamente col fattore. I due avevano fatto appena in tempo ad allontanarsi l'una dall'altro.

Di là, c'era qualche nuova grulleria del barone; che ancora e sempre voleva, o mettere in fuga i fantasmi, o saziarsi della loro vista.

*

Ripresero poco dopo, in un'altra sala dove, ormai, li avevo di proposito seguiti. Per quella virtù fosforica, cui ho già accennato, della sua pelle, potevo distinguere assai chiaramente tutti i gesti di lei. E, poiché stavolta s'era un poco sciolta, quella voce ricca e vibrata, fremente di tratto in tratto, appariva la voce stessa della provincia cupa e ardente, colle sue passioni invincibili e segrete, coi suoi orgogli, le sue infinite complicazioni, i suoi inceppamenti, le sue difficoltà di espressione, i suoi abbandoni senza speranza, le sue verginità indomabili e gelose, fatte pegno di superiore dignità, la forza selvaggia delle sue convenzioni, che tutto brucia e cui tutto si può sacrificare, coi suoi triti doveri. L'esaltante provincia, dico, dove non esistono soluzioni «pratiche e razionali», e che tengan conto dei diritti dell'uomo o della donna, dove disumanamente e nobilmente si muore per un puntiglio, e ci si può perdere per una parola; dove tutto importa, dove il linguaggio stesso è un'eco di tempi meno volgari.

I vari e incessanti rumori della casa erano come il fondo unito su cui risaltava questo colloquio.

«Perché vuoi ancora buttar via la tua vita, Marta?».

«Perché l'ho già buttata via... allora».

«E va bene, ora parlo per te, senza pensare più a me stesso. Vediamo, perché l'hai buttata via allora?».

«Perché! Io... non lo so. Perché sono una sciocca, certo. Forse hai ragione tu, per orgoglio; perché sentivo o mi figuravo che altro mi fosse dovuto, perché non c'era nessuno che mi toccasse il cuore... E così il tempo è passato, e ora è troppo tardi, te l'ho già detto».

«Ma tardi per che cosa, come? Tu non hai disperso la tua vita, tu non hai fatto in tutti questi anni che accumularla dentro di te, e anzi arricchirla, farla fermentare; neppure una briciola ne è andata perduta. Non hai fatto che tenerla in serbo per colui che... E se anche non son io quell'uno... Tutta questa immensa forza accumulata è pronta per ridare la vita a una creatura languente. Non è questo il più nobile scopo? Eppoi, non hai più molti anni davanti a te; lo so che nessuno era degno di te, che io non lo sono ora, ma... E vorresti rinunciare, così, a tutto, anche ai più minuti, ai più bassi piaceri; al piacere, per esempio, che pure non impegnerebbe il tuo orgoglio? Vuoi tenerti preziosamente custodita codesta tua verginità senza senso? Per chi? Vuoi rinunciare a qualunque cosa perché non puoi aver tutto?».

«A qualunque cosa. Tutto, deve essere, o nulla. Tu, dici che è senza senso».

«Oh, se sapessi dov'è l'uomo per te, dovessi sostenere con lui una lotta mortale, vorrei portartelo qui sulle mie braccia...».

Ella si passò le mani sulle tempie, affondando le dita tra i capelli. Disse bruscamente, cupamente:

«Sì; è già qui, ora, in questo medesimo momento. Sei tu, Lorenzo».

«Marta! Oh, Marta, io lo sapevo, ma è la prima volta che lo dici. Ripetilo. Vieni, fatti più accosto, dammi infine la tua mano. Ripetilo».

«Sì... e forse per l'ultima volta. Sì, sei tu, ma questo che cosa significa?».

«Come che cosa significa! Significa tutto, significa che tutto diventa semplice, che la felicità che non abbiamo avuto finora...».

«Niente diventa semplice. Tutto invece diventa più difficile, tremendo, intollerabile».

«Eh, che parole! Lascia ora questi pensieri, Marta, non sono da questo momento. Senti, guarda, io sono felice ora. Anche tu devi esserlo, non puoi non esserlo. Marta, cugina, sorella mia, e sposa, e amante, e... dammi un bacio».

«Smetti, Lorenzo, cosa fai! No, lasciami, non voglio... Non voglio».

«Un bacio solo, leggero, un bacio da sorella».

«No, lasciami, per carità. No... E no» conchiudeva quasi col pianto nella voce.

Gli si era avvinghiata, gli cercava la bocca colla sua, che ritraeva al primo sfioramento, poi gli metteva una mano sulla bocca puntandogli il gomito contro il petto, poi si abbandonava un momento, per subito riprendersi, gli attirava il capo, lo respingeva quasi nello stesso punto, gli accarezzava le tempie, si inarcava, tentava sfuggirgli e trattenerlo. Ansava; la sua voce, ancor più sommessa, ripeteva: «per carità, per carità».

Infine si sciolse del tutto con movimento brusco. Ma subito gli si ristrinse addosso e, abbracciandogli il viso colle mani e ad esso avvicinando il suo, disse con voce improvvisamente dura, quasi sibilante:

«Ebbene, ascoltami, Lorenzo. Io...». Le parole che stava per pronunciare parevano costarle uno sforzo. «Io ti voglio bene, io ti amo più che me stessa. Volevi saperlo (già lo sapevi) e lo sai. Volevi da me questo, che io te lo dicessi colla mia voce e con queste parole, e l'ho fatto. Ma ora... Ti amo più che me stessa, ma non più che... Del resto questo qualcosa che ho qui dentro è invincibile, è imperioso, e vuole la sua vittima, le sue vittime. No, lasciami, taci, e ascoltami bene. Ti amo, ma non sarò mai tua. O, se una volta dovessi cederti, se dovessi avere la debolezza, la forza, di' come vuoi, di cederti, ti ammazzerei subito dopo, te lo giuro. Intendimi bene, Lorenzo, mio amore: ti ammazzerei subito dopo. Non so dirti perché sia così, perché non voglio che nessuno possa dire di avermi avuto. È, così».

*

«Pss, ehi, vien qua un momento».

«Che c'è?».

«C'è che... Senti, io sarò grullo, ma... devo dirti una cosa».

«Ma che c'è?».

«Quanti sono questi fantasmi in tutto?».

«Ma... io non lo so. Perché ti interessa? Oh! forse che anche tu...».

«Hai già capito?».

«Sì, credo. Perché confesso che anch'io... Ma pensavo che fosse tutta una mia fantasia».

«Forse, anzi certamente è, tutta una fantasia, però...».

«Ma Filippo lo sa quanti sono. Diavolo, come mai s'è allontanato? Però attento: a lui non bisogna dire... bisogna dire soltanto che temiamo un estraneo, che so, un malandrino, si sia introdotto qui dentro. Si capisce che non la berrà, ma insomma... E non dir nulla alle donne, per carità. Ah, eccolo. Dunque, Filippo, noi temiamo... uhm... abbiamo ragione di temere che qualcuno sia penetrato qui e... e ora sarebbe lungo spiegare. Voi sapete certamente quanti sono i fantasmi? Bene, si tratta di ricontarli e riconoscerli uno per uno. Siamo intesi?».

«Bene, signor conte, sarà un po' difficile in queste condizioni, ma mi proverò. Poi, a dire il vero, non lo so mica se qualcuno di qui non fosse in paese stasera. Questo però sarà facile saperlo dalle donne. Basta, vado».

. . . .

«Marta, ho paura».

«Di che cosa, sciocchina!».

«Ma, sai, tutto qui dentro da un pochino mi dà un senso di disagio. Eppoi senza volere ho sorpreso un discorso di Stefano e Giovanni: anche loro hanno paura».

«Ma cosa dici!».

«Sì, sì; si son promesso di non dir nulla a noi, a Filippo hanno detto che temono di qualche malandrino, ma la verità è che hanno paura anche loro».

«Non capisco di che stia parlando».

«Ebbene, vuoi saperlo? Anch'io avevo avuto la stessa impressione. Insomma, a me pare che ce ne sia uno di più, dico dei fantasmi».

«Ma che immaginazioni sono queste!».

«No, no, è proprio vero. Ho contato bene. Cioè, non sapevo con precisione quanti fossero, e quindi non potevo proprio contare, ma, così, a impressione, mi sembra... Anzi ne sono sicurissima. Del resto, non potrebbe davvero essere entrato qualcuno... qualcuno che volesse farci del male, non so, un assassino? Ammetti che avrebbe potuto benissimo».

«Assassino, dici?... E per uccidere chi, poi? Tra noi nessuno ha nemici, tutti sono benvoluti e... amati».

«Pensa, egli sarebbe qui, proprio qui in mezzo a noi, e noi non ne sapremmo nulla... E infine, vuoi che ti dica? Questi scherzi, io mi ci son tanto divertita, ma pure... Questi scherzi da ultimo non mi piacciono. Non si può tanto scherzare coi fantasmi, non si sa mai: queste cose possono attirarli davvero. Vorrei che riaccendessero la luce».

*

Così i beffatori stavano per divenire beffati, e seguendo quali oscure vie! Pure, tra questi beffatori ero io stesso, che in certo qual modo beffavo i beffatori. Complicazione divertente (almeno spero) per il lettore; non per me in quel momento. Infine, bisognava pensare ad abbandonare il campo, e più che presto. Tuttavia, la cosa non si presentava proprio facile, giacché non soltanto il dannato Filippo, ma tutti quelli che avevano paura andavano ormai riconoscendo i fantasmi, e aspettandoli al varco, circostanza che mi stringeva alquanto i panni addosso. Non disperavo comunque di trarmi d'impaccio: mantenendomi calmo, e sempre ritirandomi davanti a quegli insensati, avrei bene finito col trovare una porta libera, e una volta fuori... Allorquando fui aiutato da un impreveduto e terribile caso.

Era quasi il mattino. Malgrado il senso di disagio diffusosi tra i suoi occupanti, i rumori e l'agitazione della casa seguitavano senza riposo. Seguitavano gli spari, e le monotone invocazioni, gli squittii del barone, seguitava il vasto movimento d'ombre. Ed ecco da qualche punto imprecisato nelle viscere della casa si levò improvvisamente un grido. Gridi ne avevo sentiti tanti quella notte, ma questo aveva qualcosa di particolare: era urgente, era, come dire? vero. Un grido d'orrore. Anche gli altri dovevano aver percepito tale suo diverso carattere, perché qualcuno si spinse avanti cauto, altri corsero. Poi voci alte giunsero da quel luogo, appelli, infine nuove grida di: luce! E anch'io d'istinto corsi da quella parte, incurante del mio grave pericolo.

La valvola non si trovava. Finalmente la luce brillò, addirittura accecante dopo tanto buio, sorprendendomi così, allo scoperto; e avevo anche perduto o abbandonato il lenzuolo nella corsa. Fortunatamente tutti erano già fluiti per le scale che, dal grande andito, menavano in cantina. Come è naturale, non tutte le luci erano accese quando avevano tolto la valvola, ma questo fanale dell'andito sì, non c'era rimedio. Eppure, se io ero accorso così avevo le mie ragioni. Voglio dire che quasi immaginavo, atrocemente sospettavo, quello che avrei trovato. Dunque dovevo *vedere*. E finii col trovare il mio posto di osservazione: dietro al battente della pesante porta sulla cantina, che, dalla fessura tra esso medesimo e lo stipite, concedeva ampia veduta su tutta la scena. La quale scena mi appariva sottoposta, poiché la scala seguitava con breve rampa oltre la porta.

Questa cantina era una delle solite cantine a volta; ampia, fredda e ben tenuta, epperò più scorante. Ma un fitto ragnatelo avviluppava la lampada attaccata al soffitto. E lì, in quell'aria crudele e un po' allucinante, lì ai miei piedi giaceva il cadavere di un uomo: di Lorenzo, di chi altri? Egli era caduto bocconi colla giacchetta largamente rovesciata sulle spalle, i capelli innaturalmente scomposti. Una macchia di sangue, fissa, non dilagante, e non troppo ampia, era in mezzo alla sua schiena, se mai un po' verso sinistra. Doveva essere morto da più di un'ora, sebbene non so da cosa lo arguissi. E, se non erano una mia fantasia le bruciacchiature che mi pareva di scorgere sulla stoffa della camicia, dovevano avergli sparato a bruciapelo.

In semicerchio attorno a lui, e fronteggiandomi, erano tutti i personaggi di questa storia, con non so che di polveroso, e al tempo stesso di calcinoso, nei visi costernati e perplessi; colle palpebre aggrinzite contro la luce come quelle degli animali notturni. C'erano anche tutti i fantasmi, chi col sudario rigettato indietro, chi recandolo sul braccio, chi avendolo buttato da una parte.

Sulle prime tacevano, poi si misero a parlare e ad agitarsi tutti insieme. Né il barone si smentì in questa occasione. Egli sembrava violentemente sballottato tra i due poli dello sdegno per la beffa subita e del raccapriccio, nonché del rincrescimento, per ciò che era capitato; e, se prima aveva la testa confusa, figuriamoci ora. «Ma chi sarà stato,» gridava istericamente «ehi, voi, chi è stato, come è stato? Ah, povero amico nostro. Oh, io vi odierò per tutta la vita. E bisogna far qualcosa, facciamo qualcosa. Sono stati loro, è stato uno di loro...» eccetera.

E anche l'indomabile Marta era lì, era l'unica che non si agitasse. Con un viso immobile, duro, di pietra, con uno sguardo cupo e fermo, senza una lacrima, ella fissava il corpo rigido dell'uomo amato.

Infine, rammentarono la polizia. Polizia, uhm: fra l'altro ci avevo da guadagnare come minimo un'accusa di omicidio. Era davvero il momento di ritirarsi. Eppoi si cominciavano a muovere, e non potevo in nessuna maniera rimaner lì. Eppoi ancora, era a momenti l'alba.

*

La polizia. E che doveva fare la polizia in un caso simile? Io solo sapevo che cosa era avvenuto, e nessun altri poteva appena immaginarlo. Ad ogni modo, vanamente spulciai le gazzette nei giorni seguenti. Forse tacquero per un riguardo al conte e ai suoi. In generale, non c'è pericolo che queste benedette gazzette diano notizia d'una sciagura o d'una cosa qualunque cui uno abbia assistito personalmente, e nel nostro mestiere delle volte è noioso un tal silenzio.

Comunque io sapevo, e voi direte che potevo, che anzi avrei avuto il dovere, di denunciare il fatto. Eh, signori miei, se fossi andato avanti con codesti doveri, non mi troverei al punto in cui sono. No, non impicciarsi dei fatti altrui è stata la semplice regola della mia vita, che mi ha condotto a questa posizione tranquilla e... beh, onorata. Non si direbbe, eh, dalla presente storia, che non usi impicciarmi dei fatti altrui? Ma almeno lasciar le creature al loro destino mi è sempre parsa la norma più onesta e più saggia.

È vero che ora sapete anche voi. Ma tanto tempo è passato, e non credo ci sia da temere qualche vostro civico slancio. Già, chissà come è andata a finire quella gente. Alcuni saranno anche morti. Soltanto di Marta ho saputo per caso che è una vecchia e aristocratica zitella e bada alla sua proprietà. Ella vive tuttora in quella casa, ma sola.

E con ciò basta. Più su mi sono persino messo a fare il poeta: è tempo di tornare al lavoro.

LETTERE DALLA PROVINCIA

Ad Alberto Carnevale

1

Carissima Solange,

avevi torto e torto. Ho aspettato fin qui a dichiarartelo per essere ben sicura, e ora te lo dico in tutta coscienza: «io te lo dico proprio», secondo si esprime la buona signora di Caulaincourt. Che, io non sapermi adattare per più di una settimana a questa vita? Ma qui, Solange, è il paradiso terrestre! E d'altronde vedi un po': saranno presto due mesi che ci sono. Sapessi, mia cara, quante volte benedico l'ispirazione che mi ha condotta in questi luoghi... e quella dello zio che, dovendo farlo, ha saputo almeno morire a tempo debito. Che vuoi, i balli dell'Imperatrice, e più le mie frequenti visite al Palais Royal, non erano certo fatti per ristorare il mio vacillante *budget*, né per dare soddisfazioni al mio povero medico. Qui invece... Qui, per cominciare, unisco l'utile al dilettevole. Per esempio, gusto il piacere del possesso, voglio dire della proprietà, che non si prova davvero coi banchieri parigini, i quali la fan da padroni coi vostri capitali se si avvedono che di finanza non ne capite nulla, e soprattutto che quei capitali sono tanto ridotti da non promettere pingui affari per loro medesimi. Del resto non so cosa sarebbe se lasciassi tutto nelle mani di questo intendente che, non per sparlare dell'amministrazione del defunto zio, si è già comprato due case al villaggio e un pezzo di terra nelle vicinanze. Ma non è di questo che volevo parlare e non è questo il motivo per cui benedico la mia risoluzione. Oh, povera Solange, come potresti tu conoscere o io illustrarti le pure gioie della vita campestre, di questo mondo nuovo e delizioso? Per me, non c'è che rimandarti all'autorità del signor di Maynard o del signor Parny, come faccio.

Insomma, eccomi felice proprietaria d'un vero castello e d'una vasta tenuta, e, di questa, diligente amministratrice. Spesso m'aggiro nella mia vettura da campagna per i miei boschi, che l'autunno già comincia a indorare, spesso anche vado al villaggio, che posso dire ugualmente mi appartenga, con tutti i suoi semplici abitanti (e salva la faccenda dell'intendente). Dio mio, detta vettura cigola alquanto, né il cocchiere o lo staffiere hanno l'aria pensosa e i baffi pettinati dei loro congeneri di Parigi, né, ancora, c'è da capire una parola quando parlano: in compenso le loro livree sono di gran lunga più vistose.

Parigi! Certo, ci tornerò qualche volta, ci verrò anzi spesso un po' più in là. Ma, devo dirtelo? Parigi e tutto il suo mondo mi fanno ora l'effetto d'un sogno affannoso...

Non devi d'altra parte pensare che qui si soffra la solitudine. Fra tutti i molto o poco nobili proprietari dei dintorni che si sono affrettati a venirmi a rendere omaggio, i più, si capisce, sono gente insopportabile, provinciale, ottusa e bigotta; pure ce n'è qualcuno... ce n'è uno... Sì, tanto vale parlar chiaro. Egli è giovane, è bello, è fantasioso, è romantico, cavalca come un inglese, legge i nostri poeti e li recita con voce ardente... Ebbene, perché no? Dopo tutto è uno dei più bei nomi della regione, è libero e indipendente come me. Ma già ti sento chiedere: «perché no, che cosa?». Eh, mia cara, altro non so dirti pel momento, e passo.

Questa lettera s'è però allungata oltre il conveniente: avrai tu, voglio dire, tra le tue feste e i tuoi balli almeno il tempo di leggerla? Giacché di meditarla non l'avrai certo, né spero punto che tu sappia strapparti per qualche giorno al turbine della vita parigina e permettermi di riabbracciarti. Addio per ora, dunque, ti darò presto altre mie notizie.

Anne

2

Eccomi daccapo a te, diletta Solange. Ne è passato del tempo da quando non ci vediamo, e anche dal nostro ultimo scambio di lettere; ma ho avuto tante belle cose da fare.

Dunque: vuoi sapere come fa la gente di qui per cadere in letargo al principio dell'inverno (e ci siamo quasi)? È presto detto: non fa nulla di particolare, ossia non si prepara in alcun modo all'avvenimento, se preparazione non si deve chiamare la solenne scorpacciata con relativa bevuta che ha luogo il giorno precedente a quello stabilito. Così, niente *lits embaumés*, niente unguenti, niente purghe di sangue o delle caligini, nessun iniettamento o servigiale, nessuna quarantina ipocondriale, e come ancora si chiamino le numerose operazioni cui si procede nelle nostre (e ormai dovrei dire vostre) *Maisons de léthargie*. E senza tutto ciò, dico, le cose pare vadano lo stesso a meraviglia; ma prova un po' a raccontarglielo, agli specialisti parigini. E sai dove, cadono in letargo? Non mica in «ambienti opportunamente condizionati», né avvolti in quella «soffice sostanza reagente che...» eccetera eccetera, ma semplicemente dove si trovino o dove loro talenti, che so, in cucina, nel fienile; e in una qualunque pelle di becco, di quelle che servono per gli otri o per le ciaramelle. Più precisamente, sembra che si facciano appendere o si appendano da se medesimi a una trave... e buona notte! Fatto sta che di queste pelli, o piuttosto sacche di pelli (una sola pelle non basterebbe neppure a un bambino), ne ho viste alcune, e appunto appese a una trave, qualche giorno fa, quando ho portato il mio soccorso a tal famiglia numerosa e indigente. Vuote sul momento, si capisce, ma me ne fu spiegato l'uso. Hanno il pelo in dentro, e mostrano da una parte come un prolungamento, per le gambe. In queste sacche infatti costoro usano star seduti o press'a poco, sicché, gravando le loro parti molli sul fondo, ti so dir io che parranno a suo tempo tanti paioli sospesi. Te ne darò del resto notizia perché non andrà molto, come sento, che cominceranno i letarghi. Altra cosa: a Parigi il numero di coloro che *vont en léthargie* è assai limitato, anzi del tutto trascurabile, per quanto io sappia; propriamente parlando, da noi, cioè da voi, non s'addormentano se non quelli tra i poveri che non abbiano alla lettera un tozzo di pane da mettere sotto il dente, o qualche vecchio generale a riposo, qualche isterica che non tolleri il freddo e simili. Qui per contro la pratica sembra sia di gran lunga più diffusa, e che lo sia persino tra i giovani, persino tra i bambini.

Beh, staremo a vedere. Ti terrò, come ho detto, informata, e per questa volta non ho altro d'interessante. Ricordami.

A.

3

Cara Solange,

l'inverno si avvicina a gran passi, anzi da queste parti è già arrivato, e la gente di qui è infatti già cominciata a cadere in letargo: ormai non le conto più, le sacche piene che vedo appese alle travi durante le mie visite di beneficenza. Esse, s'intende le sacche, trasudano un umor fetido quasi fossero vesciche di strutto, e sulla loro superficie si va già deponendo la fuliggine, perché stanno quasi sempre in cucina. Per quanto schifoso, lo spettacolo è però sulle prime sorprendente! Inoltre, io confesso con timidezza che non avevo mai visto una creatura umana in letargo. Sì, sì, lo so bene che ora mi darai la baia; e invero, dopo aver fatto la saputa, nell'altra mia lettera, mi son rammentata da me che invece una tal pratica è stata, a Parigi in un certo periodo, quasi di moda tra gli innamorati infelici (i quali anzi si sforzavano di prolungare indefinitamente il tempo del letargo), laonde è quasi vergognoso per una donna di mondo o che tale sia stata non esser minutamente informata della partita. Ma infine lo ripeto umilmente: io non avevo mai veduto una creatura umana in letargo. Queste, per verità poco visibili, stanno lì come ciocchi e non si sentono neppure rifiatare: curiosa razza davvero, che non teme di sottrarre al tempo della vita l'intera invernata. Curiosa e forse saggia; ma lasciamo da parte la filosofia.

Piuttosto, nella mia confessata ignoranza, mi domando: è questa pratica una pratica appunto, cioè come dire un'abitudine, ovvero qualcosa che si riferisce alla natura particolare di questa gente e in generale di tutti quanti cadono in letargo, ovvero ancora l'abitudine è per loro diventata una seconda natura? Non so bene che idea farmi di ciò, e neppure, l'hai veduto, porre bene la domanda. Certo, se si dovesse giudicare dagli innamorati delusi di Parigi, verrebbe fatto di pensare che il cadere in letargo sia cosa che si possa fare o non fare a volontà; eppure... Chi sa del resto perché io mi impacci daccapo di simili riflessioni, a meno che non sia un altro effetto di questa vita. Insomma, sta' a sentire.

Qualche giorno addietro c'era in una di queste povere case un bimbetto minutino e bellino, che io già conoscevo, in breve un mio piccolo amico. Lo stavano preparando al letargo; egli stesso sbadigliava e si fregava i pugni sugli occhi, né pareva in alcun modo rammaricato. Ma a me dispiaceva che dovesse buttar via così quattro o cinque mesi della sua fresca esistenza, e parlai ai suoi, dicendo che sarei stata disposta a prenderlo con me per l'inverno. Intendevo non soltanto che li avrei liberati di quella bocca da sfamare, ma che mi sarei sforzata di svegliarlo, di fargli prendere interesse alla vita, che diamine. Essi mi capirono solo in parte. Consultato il moccioso, barbugliò qualcosa di poco chiaro, ma infine non parve avverso al progetto. Per concludere, lo portai con me al castello. E ora è inutile ti racconti tutto quanto ho escogitato e fatto per tenerlo di buona cera e allegro, o soltanto sveglio, dico letteralmente sveglio; senza riuscirci. Non sembrava divertirsi a nulla, non si interessava di nulla, sbadigliava senza posa e pareva non avere altro desiderio che quello di dormire; anzi mi si addormentava positivamente qua e là per la casa, tra le mie stesse braccia mentre gli parlavo, mentre mangiava le più inusitate leccornie. Dire che è tutt'altro che sciocco, come ho potuto constatare a suo tempo, ossia prima che lo prendesse questo languore. Per concludere di nuovo, ho dovuto riportarlo, profondamente addormentato, ai suoi, i quali, con un sorriso come a dire che se l'aspettavano, lo hanno senza più riposto nella sua sacca, soggiungendo: «E ora se ne riparlerà ad aprile, seppure».

Ebbene, che cosa ne dici? Oh, ma perché mi scrivi tanto di rado, perché non mi racconti mai un po' per bene di Parigi e della vostra vita? Cosa credi, che io sia diventata davvero una selvaggia? Addio, scrivi presto.

A.

4

Solange cara,

comincio a essere preoccupata, è inutile che me lo e te lo nasconda. È incredibile la quantità di persone che già si sono addormentate qui; dovunque io vada, non vedo che le orribili e fetide sacche pendenti dalle travi. E per la più corta: ti parlai, ricordi? nella mia prima lettera d'un tal giovane nobile e romantico che... sì, che insomma mi faceva la corte. Ebbene egli... anche lui... Oh, Solange! Si era ieri qui da me in salone; io avevo fatto un po' di musica, egli mi aveva a sua volta recitato una poesia, proprio sua, pensa, e la cui manifesta ispiratrice solo il pudore mi impedisce di mentovare; l'ora era propizia agli sfoghi del cuore. E io appunto andavo pensando che avrei al postutto potuto dargli ormai apertamente qualche speranza, che non c'era alcuna ragione né in me né fuori di me perché non lo facessi; e così gli ho abbandonato la mano che egli in un impeto mi aveva presa, quando... Ah, amica mia, come fare a spiegarti? Con orrore ho veduto in fondo al suo sguardo come un languore, ma non del genere che puoi pensare, no, come un intontimento, persino un'indifferenza, l'indifferenza da ultimo dell'uomo che è sul punto di addormentarsi. Capisci, Solange, in quel momento, principiava ad addormentarsi! Per un po' ha tenuto tra le sue la mia mano senza far nulla, guardandomi sempre più imbambolato, parendo dimentico del supremo istante e di tutto il resto, poi si è in parte riscosso, ha lasciato questa povera madida mano, ha sbadigliato (sebbene assai urbanamente), si è avvicinato alla finestra, ha tamburellato sui vetri, ha pretestato non so che mal di capo, ha borbottato in aggiunta alcunché di incomprensibile, e, senza neppure attendere licenza (io ero troppo allibita per parlare), ha levato i tacchi. Questo è tutto. Mi dicono oggi che anche lui è caduto in letargo. Oh, senza dubbio la sua sacca sarà di zibellino. Mio Dio! Che altro vuoi che dica se non «mio Dio»?

E gli altri! Non so se ti abbia mai parlato di certi miei parenti, o meglio parenti di mio zio. Mi son recata da loro iersera stessa, un po' per vincere lo sgomento. E li ho trovati tutti attorno a una tavola, gravi e silenziosi. Uno dava ogni tanto un'occhiata alla gazzetta buttata su detta tavola; ma non propriamente alla gazzetta: agli avvisi della gazzetta. Un altro fumava mezzo sigaro guardandosi le unghie; ma non lo fumava, si limitava ad accenderlo di tratto in tratto. Un terzo teneva gli avambracci coricati sulla solita tavola e non faceva bellamente nulla.

Tutti tacevano o parlavano a fatica del tempo; e tutti avevano in fondo allo sguardo quella sonnolenza che ho bene imparato a riconoscere. Non è difficile prevedere che presto s'addormenteranno del tutto anche loro.

Stamane mattina, intanto, è sfilata davanti a me esterrefatta (avendo insistito per vedermi) un'intera processione di contadini recanti offerte in generi; m'è stato in confuso spiegato che codeste offerte, fatte tradizionalmente in questo giorno dell'anno, son dette «per il letargo» – il quale tuttavia si chiama qui con altro nome. Santo cielo, un atroce sospetto mi attraversa la mente; che anche lo zio si addormentasse? E veramente mi par di rammentare ora che, lui così preciso in ogni altra circostanza, alle mie lettere invernali usasse rispondere soltanto a primavera... Ma no, cosa vado immaginando! Pure, poco fa, essendomi cacciata non so più per qual motivo in cantina, dove non ero mai scesa, vi ho scoperto un intero deposito delle infami sacche, e parecchie già piene! Mi sembrava bene di non aver visto da tanti giorni certuni della servitù. In compenso l'amministratore è vispo come nulla fosse, e anche il vecchio servo personale regge bene, salvo che è sempre un po' intontito di suo; lo stesso dicasi della prima cameriera. Mentre la cuoca da un certo tempo...

Ma di', Solange: credi ci sia il pericolo che si addormentino fino a uno? Tutti, cioè i superstiti, mi assicurano che no, che chi ha qualcosa da fare resta sveglio. Diamine, come me la caverei in un caso simile?

È caduta la neve in abbondanza, e una spessa coltre

copre ormai i campi fin dove si spinge lo sguardo. È bello; è anche un po' triste.

Che cosa fate a Parigi? Vuoi infine deciderti a scrivermi una volta per bene? A Parigi, invece, su quest'ora appunto cominciano ad arrivare le carrozze all'Opéra: le dame ingioiellate lanciano occhiate vivaci a dritta e a manca, mentre gli spasimanti le puntano di sulla soglia; e tutto vive, s'agita e vibra, l'aria stessa vibra, à Parigi. Oh, credi che soffra di queste nostalgie? Disingànnati: sono i miei nervi che mi giocano talvolta qualche brutto tiro. Eppoi devo resistere, me lo son promesso. Addio per ora.

A.

5

Solange, mia Solange, mia unica amica, ascoltami, tu devi salvarmi, ora, subito: devi prendere, l'istante stesso che riceverai queste righe, devi prendere la tua vettura da viaggio e correre, volare qui per salvarmi. Solange! mi intendi bene? Dio mio, non posso andar per ordine, sento il suo cavallo che scalpita e sbuffa giù nella corte; il cavallo dell'ussero, dico. Sì, sì, si sono addormentati tutti fino all'ultimo, qui al castello, al villaggio, dovunque, tutti, tutti! Anche l'amministratore, anche il vecchio servo poche ore fa. Non c'era rimasto che lui in piedi, e non m'è riuscito in nessuna maniera di tenerlo sveglio, non coll'*armagnac*, non offrendogli denaro; si vedeva che faceva i suoi sforzi, ma alla fine la cosa è stata più forte di lui. Non ho tempo di raccontarti. Mi son precipitata fuori: neve, silenzio, deserto. Pareva di essere in una favola, ma no, nelle favole c'è sempre un'aria benigna: in un incubo terribile... Ecco che perdo un tempo prezioso, e il suo cavallo scalpita sempre più forte... Da ultimo, dopo un tempo infinito, ho veduto, lontano lontano sulla neve, un puntolino nero, che ingrandiva rapidamente. Era lui, quest'ussero giovane e bello, lui che, comunque sia, il Signore mi ha mandato. Galoppava furiosamente. S'è fermato a malincuore. L'ho pregato, scongiurato di portarmi via con sé sulla sua sella. Ha risposto: «Son portaordini, madamigella». Sapessi cosa ho dovuto dire e fare per convincerlo ad aspettarmi dieci minuti, non più di dieci minuti (e ha cavato l'oriuolo), il tempo di scriverti questo messaggio disperato, che ha promesso sull'onore di farti recapitare per la più corta. Ora non ho che due minuti. E ora capiscimi bene, mia Solange: io non so far da mangiare, non so far nulla, e del resto in casa non c'è nulla, io ho paura dei cavalli e non saprei guidarli per fuggire, se poi non si sono addormentati anche loro, io insomma morirò sul posto se tu non mi salvi. Solange, oh Solange, mi odi? Sì, avevi ragione tu, ma ora non c'è un minuto da perdere... E se... e se gli succedesse qualcosa per la strada?... Giusto cielo, sento la sua voce che mi chiama... Solange, anima mia, che dirti ancora? Salva la tua povera

A.

DUE VEGLIE

1

«Donna mia, che dirti ancora? Tu stai per scendere nella fredda tomba, e con te saranno in essa chiusi ogni mio affetto, ogni bene, ogni speranza, tutto ciò che avevo di casto, di nobile, di fidente, e anche ogni bene terreno, ogni gioia, e in breve tutto quanto può far bella la solitaria vita dell'uomo. Io t'amo, creatura gentile, t'amo ora più che mai, io che ti avevo incontrata dopo lunghi anni di malinconia, dopo lungo cammino per arido deserto; e tu mi sei tolta. Io che avevo in te riconosciuto tutte le perfezioni e tutte le delizie, in te compiuto ciascun voto del mio cuore, ciascun impeto del mio sangue; e tu mi sei tanto presto e crudelmente tolta, così che quasi si confondono gli sponsali e questi funebri onori. E tu pure mi amavi, né altra più saprebbe amarmi al tuo modo; posso dunque ben dire che nella tua tomba sarà chiuso non solo il mio amore ma quello che d'amore mi veniva, il mio paradiso. E che sarà di qui innanzi la mia vita se ciò che tale la faceva, se il suo spirito vitale le è strappato? Ah volentieri io darei tutto il mio sangue, tutto meno una gocciola da goderti poi, perché il tuo si risciogliesse; ah volentieri, altro non potendo, ti seguirei in codesto buio viaggio, non temessi con ciò di affliggere la tenera amante, che ancora mi proteggerà dalla sua luce, o dalla sua tenebra! Eppure chi mi ridarà te, te stessa? Sei bella e sei buona; ma ahimè che devo dir eri. In te rifulgeva altezza d'ingegno e ogni altro vezzo dell'animo, che a leggiadria, appunto, e a bontà cedono luce mentre ne ricevono calore. E tutto ciò, e tutto ciò mi è tolto... E tu, topolino che ti arrampichi guardingo su pel piede di quella seggiola, cosa cerchi nella casa del dolore? Creaturina che dovrei uccidere o scacciare, avanza tranquilla e tienimi compagnia! Ma, spaventata dalla mia voce, tu rotoli via con minuto galoppo; e non so biasimarti, ché tu ti affretti, felice, verso il segreto buco dove ti attende la tua femmina... E felice anche te, canoro usignolo i cui trilli empiono la lontana notte, per ciò che, come disse il poeta, la tua piccola sposa vive con te nel medesimo nido. Vive: dolce, unica parola... Ma che vedo! le sue guance si soffondono di lieve rossore... Ah no, che è crudele inganno dei miei occhi stanchi... Ah sì, che non è inganno: miracolo tra tutti giocondo, ella rivive! Oh gioia inesprimibile che anche me riconduce dalla morte alla vita! Ecco prende a mormorare qualcosa...».

2

«Il mio bel vaso di cristallo su quella panca malferma: basta il più piccolo urto a farlo cadere».

«Distintamente parla: oh resti qui per sempre abolito, resti passato incubo orrendo, il mio lutto!».

«Toglilo subito di lì. E questi ceri, questi fiori?».

«Sono per illuminare e celebrare il tuo risveglio. Mia carissima, tu sei tra le braccia del tuo amato e resa alle liete accoglienze della natura tutta, tu...».

«Accidenti, dev'essere il quindici domani? A parte la rata dell'aspirapolvere, sa Iddio come faremo ad andare avanti fino alla fin del mese. Al giorno d'oggi non

c'è mai quattrini abbastanza; di' un po', lo sai per e-
sempio a quanto sono arrivati gli spinacci?».

«Gli... Veramente, come io già... si dice spinaci e
non spinacci. Ma poi... Guarda, per la finestra aperta
le stelle, appena impallidite dalla luna or ora tramon-
tata, paiono occhieggiare in questa stanza che un momento fa era la sede di sinistri terrori...».

«Le serve sono un vero castigo di Dio: la nostra ci
deruba a man salva, sulla spesa e in casa, e questo certo non aiuta. No, delle volte mi sento proprio scorag-
giata».

«...quasi volendo farsi partecipi della nostra festa
d'amore!».

«Dovresti prenderla sul fatto e darle una buona lezione; ma già, tu non ti interessi di niente».

«Oh, mia diletta, spira gli effluvi vivificanti di questa
notte d'aprile e...».

«Tra l'altro, quante volte non le ho detto che la va-
rechina rovina i panni; ma lei per far presto... Eh, si capisce: frusta mia e cavallo d'altri».

«Ma infine...».

«E l'Ada poi, che cosa si immagina quando viene
qui ripicchiata e inghirlandata come una giovinetta, di
umiliarmi per caso? Ci vuol altro; è soltanto ridicola,
alla sua età. E per cominciare ci vorrebbe una sarta un
po' meglio. Come non lo sapessi, del resto, di dove
prende i suoi quattrini: ah poveri mariti. Ma sì è inutile parlarne a te che ci hai una simpatia per lei».

«Ma no, ti giuro, io...».

«Per quest'estate avrò assolutamente bisogno di un
prendisolino nuovo: il vecchio s'è ridotto in un modo,
eppoi ora non vanno più così».

3

«Oh, se Dio vuole stavolta tu sei morta davvero! Molti anni sono passati da quella mia prima veglia, quando

tu all'improvviso rinvivisti. Io allora "volentieri avrei dato tutto il mio sangue", eccetera; e, "rispondendo ai miei ardenti voti, il cielo volle che tu ti destassi dal tuo letargo mortale", eccetera eccetera (ché in simili termini usavo a quel tempo esprimermi e perfino pensare). E a proposito cos'era stato? Mah, una catalessi, o non so più come la definissero. D'altronde non è quello che importa... Lunghi anni: che immagine luminosa di te mi lasciavi, mi avresti lasciato allora! E ora che dirti? Beh, non esageriamo: tu, come tutti, sei in fondo senza colpa; sicché sia pure pace all'anima tua. E sta bene; ma... ma che cosa mi hanno dato tutti questi anni? (O se si vuole diciamo ci hanno dato, perché il discorso al postutto si potrebbe sempre capovolgere). Ti credevo dolce, bella, buona, intelligente e passa, e mi son dovuto convincere che eri anche arcigna, cattiva, stupida, volgare, oltreché brutta; anche e non, per la verità, particolarmente, ma infine ce n'era quanto bastava. Tu dunque, anziché dare, mi hai tolto qualcosa, ossia (per esser precisi) quello che potevi avermi dato prima più un tanto: una bazzecola, la possibilità medesima di sperare e di esser felice poiché non può più illudersi chi fu deluso una volta. Uhm, ciò stesso che mi toglievi poteva e magari doveva rendermi più cara, lo capisco bene. O per dir meglio capisco che dovrei capirlo, ma in realtà non lo capisco per nulla: come, più cara forse che il primo giorno, che quando moristi la prima volta? Eh no, nessuno riuscirà a convincermi di una simile buaggine: sono una triste umanità e tristi affetti quelli che nascono dalla delusione e non si nutrono solo di appagamento, di felicità; affetti infermi, un ripiego della nostra disperazione, una confessione della nostra volgarità, che tronfiamente vogliamo nobilitare, come tante altre cose inferme e abbiette, come per esempio il nostro schifoso dolore di creature umane eccetera. "Era una donna, niente più che una donna, e proprio perché tale io la amavo": così parlano una certa retorica... e la nostra impotenza. Ma, lasciando da parte le

considerazioni, che cosa è stata in sostanza la nostra vita (magari pel solo fatto che era in comune, ossia che
in due la vita non può essere altra da sé), se non una
specie di discorso (quando non disputa) senza fine, anzi senza capo né coda, ronzante, ostinato, torvo
perfino, Dio sa su quali argomenti? Se non una sordida
sequela di inutili preoccupazioni, prive di ogni luce? E
a mia volta, s'intende, io ho senza volere "ignorato le
tue più meravigliose malinconie", col resto. A farla breve, non ho forse ragione di desiderare retrospettiva-
mente... diavolo di frase! dico di rimpiangere che tu
non sia morta a tempo, cioè quando facesti quella
finta? Sì, felice quello la cui sposa muoia se possibile il
giorno stesso delle nozze; perché gliene rimane un'immagine pura, che qualunque seguito non può se non
insozzare. Ah, quella prima notte, se avessi avuto tanto
così di buon senso, invece di disperarmi avrei dovuto
gridare: Gran fortuna che tu sia morta! E successivamente, invece di giubilare, avrei dovuto mettere il lutto
al cappello! Infatti tu rinvivisti, e tra il prima e il dopo ci
fu appunto la differenza che c'è tra la vita e la morte;
ma, beninteso, morte era questa, questa di qua. Tanto è
vero che non possiamo sperar vita se non dalla morte,
ove poi anch'essa non sia per tradirci; o, altrimenti detto, che nostra unica nemica è la vita stessa... Ma guarda
un po' che ricomincio coi ragionamenti!... Tu, piuttosto, topo che ti affacci di dietro alla credenza, possibile
che non si riesca a liberare di voi questa casa? Sì, sì, fug-
gi pure: ti raggiungerò in qualche modo. Voglio provare col grano avvelenato... E tu altro, petulante e dannato usignolo che, approfittando di questo straccio di
giardino, sei venuto stavolta fin sotto le finestre, tu colle tue cascate di perle in bacini d'argento o cosa ancora
abbiano inventato i poeti, quando la farai finita? Una
buona schioppettata, se non altro per spaventarti, ecco
quello che ci vorrebbe per te».

Ecco. La vendetta era compiuta; e la rapina, che a suo modo era anch'essa una vendetta anzi una nemesi; compiuto insomma l'assassinio, perpetrato (o piuttosto eseguito) non diremo secondo le regole, ma contro tutte le regole, sì da farne davvero il delitto perfetto sognato da ogni delinquente che rispetti se stesso. Tutte le precauzioni erano state prese, dalle più elementari alle più complesse e, ma sì, raffinate; e questo delitto non sarebbe rimasto impunito per qualche fortunato concorso di circostanze (come sempre può avvenire), sibbene e molto semplicemente perché sarebbe stato impossibile scoprirne l'autore. Quando ora questi avesse, come ultimo tocco, posto nelle mani del morto l'arma omicida, ognuno avrebbe dovuto, forzatamente e col pieno consenso di tutte le proprie facoltà, credere a un suicidio; del quale poi, ossia della quale immagine, l'assassino medesimo aveva di lunga mano stabilito le premesse colla sua influenza segreta sulla situazione finanziaria e sentimentale della vittima. E per quest'ultima operazione, per quest'ultimo e decisivo tocco, come pure per porsi in salvo indisturbati, c'era tempo d'avanzo: la prossima ronda del guardiano notturno non sarebbe seguita prima di dieci minuti buoni, e cosa non si fa in dieci minuti!

Per essere esatti, il morto aveva già nelle mani l'arma omicida: ciò faceva parte delle precauzioni più avvedute, perché non si sa mai, da una angolazione appena aberrante del colpo i soliti tronfi funzionari della scientifica avrebbero forse potuto arguire qualcosa. Sicché l'assassino aveva prima stordito la vittima e quindi, operando dalle sue spalle, costrettala a spararsi in bocca colle sue proprie mani congiunte. Pure, essendosi nella convulsione mortale l'ucciso abbandonato all'indietro ed avendo allargato e distorto le braccia, la rivoltella era rimasta in una mano a caso, e precisamente nella destra, che forse non era quella giusta rispetto alla precisa direzione del colpo; e inoltre era rimasta, si capisce, in una posizione innaturale e forzata, poiché altro è fare una cosa di propria volontà, altro è farla in stato di parziale o totale incoscienza e sotto la pressione di altre mani. Ebbene, ma ci voleva poco a controllare mano e posizione. Si poteva perfino, volendo, riatteggiare il cadavere nella identica attitudine serbata dal corpo ancor vivo al momento dell'assassinio-suicidio. Ma l'assassino scartò subito questa possibilità: sapeva tutto di lui, della partita, epperò sapeva anche quanto incerte ed aleatorie risultino, a dispetto d'ogni studio, simili ricostruzioni (o simili rimodellamenti), in cui, non si sa perché, c'è sempre qualcosa che non torna. No, il cadavere doveva rimanere esattamente dove era e come era, e il suo intervento doveva limitarsi a scegliere la mano giusta e a correggere appena la posizione dell'arma. Non era difficile, s'è detto: dunque all'opera.

Ma qui, all'improvviso, l'assassino fu colto da un senso di orrore. Scegliere la mano giusta! Era come dirla. Sì, perché tale scelta, egli se n'avvedeva ora o rammentava, non era solo in relazione al colpo, alla sua direzione e ad altri particolari tecnici, ma era una scelta fondamentale e determinante. L'assassino, per esser più chiari, s'era rammentato che il morto era mancino, e al tempo stesso, come un brivido, lo aveva percorso un altro ricordo... Cerchiamo di essere più chiari ancora. In un suo meraviglioso racconto Gaboriau ci narra d'un omicida che, come il nostro, aveva inscenato un suicidio e che sarebbe perfettamente riuscito nel proprio intento, non fosse stato per una minuzia. Anche lì, come qui, il morto era mancino; l'omicida aveva pertanto posto la rivoltella nella sua mano sinistra; senonché gli inquirenti ignoravano che il morto fosse mancino e furono messi in sospetto dalla apparente irregolarità della messinscena, ossia appunto da ciò che in essa era perfettamente regolare; onde seguì ultimamente la cattura del colpevole. Tralasciamo ora di rilevare la finezza di un tale assunto narrativo (che in definitiva fa dell'errore lo strumento e come la sostanza della verità, e per altro verso mostra, non pure quanto sia avverso lo scrupolo al ben fare, ma addirittura quanto appaia o sia di fatto improbabile la verità stessa) e torniamo al caso nostro.

La perplessità in cui l'improvviso ricordo del racconto di Gaboriau aveva gettato il nostro assassino era complicata d'un tanto dal fatto che, secondo egli ben rammentava, il morto s'era sempre vergognato (per qualche inesplicabile motivo) d'esser mancino e s'era sempre studiato di nascondere tale sua particolarità; per cui sembrava assai poco verosimile che la gente ne avesse notizia, o almeno che questa nozione fosse tanto diffusa da arrivare agli orecchi degli inevitabili investigatori. Inoltre c'era da fare i conti colla maggiore o minore intelligenza e sensibilità dei medesimi. E poi no, non «inoltre»: il problema era tutto qui; e gli investigatori erano, sì sì, delle teste di rapa, ma poteva sempre esserci tra loro un uomo abbastanza fine da... Da che cosa? Tutta la sua finezza se mai, a poco gli sarebbe servita ove avesse ignorato, bellamente ignorato, che il morto era mancino. Un momento: neppur questo modo di ragionare appariva corretto, giacché...

Altrettanto inopinatamente, all'assassino il tempo a disposizione cominciò a sembrare terribilmente corto. Difatto, c'è una bella differenza tra il dar corso a una decisione già presa e il decidere: per la prima cosa può bastare un attimo, per la seconda a volte non basta l'eternità. Non basta per due ordini di motivi, l'uno interno, l'altro esterno: si può dare una costituzionale e subbiettiva incapacità di decisione, la quale neanche a farlo apposta va sovente unita a una grande sicurezza di comportamento rispetto a ciò che sia ovvio e che non richieda un vero e proprio giudizio, e si può dare una impossibilità obbiettiva di decisione, in altri termini un problema insolubile. Ma esisteva poi, si poteva concepire un problema insolubile, o non era piuttosto ogni apparente insolubilità dovuta a una scorretta impostazione ovvero a un'insufficienza di dati, ovvero a tutte e due insieme? Dal che sarebbe venuto che, con opportuno ripensamento... Ma vedi un po' che cosa e con qual calma andava egli speculando, e perdendo un tempo prezioso! Tuttavia non era speculazione oziosa, poiché bisognava decidere, e per decidere bisognava pur pensare. Ma d'altra parte non c'era tempo per pensare; donde che non c'era tempo per decidere. Ma decidere bisognava malgrado tutto, e alla svelta; donde che... che cosa, che bisognava per forza pensare, ovvero che bisognava decidere senza pensare? Ohibò, egli era un loico, lo abbiamo bell'e veduto; altrimenti non si sarebbe neppur trovato in questa situazione, ossia avrebbe compiuto un delitto purchessia e si sarebbe affidato, come tutti gli altri assassini, in larga misura alla sorte. Aveva da perdere lui, di fronte a se stesso, doveva salvaguardare il suo capolavoro; a fare una cosa a caso ci avrebbe rimesso di dignità. Ma insomma, al pari di molti altri nelle peggiori estremità, egli si andava perdendo in preliminari, mentre i minuti passavano; o più esattamente tra le modalità della decisione, quasi evitandone il merito... È bensì vero che qui e forse sempre le modalità della decisione, e in generale del pensiero, erano o sono la decisione e il pensiero stessi, così come la giusta impostazione d'un problema equivale alla sua soluzione, e che il merito non può essere concepito distinto dalla modalità se non temporalmente o sistematicamente, quale una fase anteriore e caotica di essa: tanto dire che i preliminari sono poi ciò che più importa. No, ciò che unicamente importa... Oh basta!

Altri due minuti erano passati: ne restavano cinque utili; quattro e mezzo, perché non meno di trenta secondi erano necessari per attraversare il vasto atrio, raggiungere la scala di servizio e di lì la strada, cioè il vicolo buio sul dietro. Cercò di non lasciarsi dominare dal panico e di ripensare rapidamente tutto daccapo. Ma se c'è una cosa che non tolleri fretta né incitamento, questa è il pensiero appunto. Provate ad aver fretta a Venezia, quando non vi sia dato contare unicamente sul cavallo di S. Francesco: beh, a che vi serve? Colla differenza che mentre lì la vostra fretta non fa ritardare, come non fa anticipare, il vaporino o sia pure il motoscafo, il pensiero si comporta come quegli isterici i cui moti tanto più divengono lenti e impacciati quanto più uno esorti loro stessi a far presto. Sicché il risultato ultimo di questo frettoloso ripensamento dell'assassino fu una gran confusione mentale, anzi oscurità. Egli consultò l'orologio: un altro minuto era passato! Si studiò allora, facendo violenza a se stesso e alla propria natura, di porsi per così dire nudo di fronte al proprio problema: porsi, inserirsi in un ordine constatativo e familiare, senza permettere al rotolo delle implicazioni di svolgerglisi vertiginosamente nel cervello, e in primo luogo cercando di scindere il problema nei suoi elementi. Ma non era facile (soprattutto il porsi eccetera); e, accidenti, non c'era tempo; e d'altra parte, come scindere eccetera senza prima...?

Vediamo. Un problema, s'è detto, è insolubile solo a

motivo di una sua errata impostazione o di una insufficienza di dati: ma si può esser sicuri che le due cose non ne facciano una sola? e, se mai, come si farebbe
a distinguere tra le due, in altri termini a stabilire quale delle due sia causa d'insolubilità? Giacché poi, a lume di naso, le due cose sono difficilmente assimilabili
in quanto motivi, o almeno difficilmente producibili al
medesimo titolo: invero, e prescindendo dalla loro diversa natura intrinseca (ché l'una è questione di diritto, l'altra semplicemente di fatto, se è permesso prendere a prestito una simile terminologia), la seconda è
determinante della prima, laddove la prima non lo
è della seconda. L'insufficienza di dati, cioè, rende impossibile, nonché un'impostazione corretta, una impostazione purchessia del problema, mentre un'impostazione scorretta non rende insufficienti i dati... Puah,
balordo sofisma! basato su leggeri spostamenti dei
valori verbali. Vero è invece che un tale rapporto non
può essere considerato in termini meramente dialetti-
ci. Bisogna ricorrere a concetti matematici, poniamo a
quello di funzione: l'una cosa sarebbe funzione del-
l'altra. Già, ma quale di quale? Beh, diciamo allora che
l'una è la costante, l'altra la variabile del problema...
Ah, ma in quali vuote considerazioni mi sto perdendo,
e in questi ultimi minuti? Ecco, ne è passato un altro
mezzo; in tre minuti ormai occorre decidere e far tutto. No, così non va, bisogna chiuder la mente a ogni
cosa, dar per buona ogni cosa. Dunque, alla svelta: impostazione del problema – non c'è più tempo per im-
postar nulla, e d'altronde in qualunque caso conviene
principiare dai dati, se no si nuota nel mare del possibile. Dati allora – eh, ma qui ce ne sarebbe da fare delle considerazioni! Di grazia, qualcuno mi dica come si
opera per riconoscere i dati di un problema; vien quasi fatto di pensare che i dati dipendano dall'impostazione e non viceversa (poco importa se mi sto in certo
modo contraddicendo). Macché dall'impostazione:
dalla soluzione addirittura. È solo prefigurando o ipo-

tizzando una soluzione, che i dati si fanno evidenti e balzano distinti alla mente; il che per avventura starebbe a significare che la soluzione d'un problema non può mai essere affidata alla logica o unicamente alla logica; e altre belle cose che per brevità... (diavolo, non sto facendo lezione! Sto...). Già già, «prefigurando» e «ipotizzando» non sono le parole giuste: «presentendo» è la parola. E d'altra parte neppure «i dati» rende senso: «dati» bisogna dire, senz'articolo, visto che ciascuna delle infinite soluzioni possibili ha, reca in sé, i suoi propri dati; visto, per parlare a cuore aperto, che i dati sono essi stessi ipotesi, che un problema non ha dati, che non si danno dati. E infinite soluzioni, sicuro: non è vero che esistano problemi i quali ne ammettano due sole. Un simile problema, al contrario, non si vide mai: se non altro, infiniti sarebbero i modi di eluderlo o declinarlo, e questi, lo si voglia o no, sono pur sempre soluzioni. Anzi anzi, direi che un supposto problema a due soluzioni sarebbe ripugnante al concetto stesso di problema, sarebbe un'alternativa piuttosto che un problema, sarebbe... sarebbe un'alea, e tanto varrebbe tirare a sorte per risolverlo, o meglio sostituire il colpo di dadi alla soluzione. Difatto è implicito nell'idea delle due soluzioni che le due si equivalgano in peso, altrimenti detto che presentino all'indagatore due probabilità semplici ed opposte; laddove un problema deve di sua natura essere sbilanciato, e risolverlo significherà scoprire da quale parte penda la bilancia – bilancia beninteso a n piatti... Uhm: sarà vero tutto ciò? Non credo. Credo piuttosto, ora come ora, che ogni e qualsivoglia problema sia di sua natura insolubile. Ma certo, o quanto meno che tutte le possibili soluzioni siano sbagliate o, peggio, giuste. Ma poi no, quest'ultima è soltanto un'uscita elegante: tutte sbagliate. E neppure tutte sbagliate, poiché il problema del problema, la questione cioè di esso, non si pone neppure in questi termini, in termini di soluzione o meno, di successo o meno nell'indagine. Un problema non è qualcosa che possa essere investigato; esso potrà essere tutt'al più constatato; un problema è qualcosa che interrompe l'ordine naturale dei pensieri e degli atti, una specie di malattia. Non bisogna incapparci, ma se ci capita una tale disgrazia abbiamo un bel fare e dire. Finché non si presenta, tutto va liscio, quando si presenta già non c'è più nulla da fare, già è troppo tardi per tutto...

Mio Dio, dove sto andando?... Non m'è rimasto che un minuto: in questo minuto devo decidere e agire a seconda... Decidere: sarà magari insolubile il mio problema, come tutti gli altri, ma la realtà mi grava egualmente addosso con tutto il suo peso, con tutta la sua ignobile urgenza e mi chiede una decisione! Decisione, mostro cornuto e graveolente, bestiaccia nera di ogni anima bennata... Ah, possibile che non mi riesca di pensare, così, alla buona, volgarmente, come tutti, come questo guardiano notturno, questo grottesco colosso dagli occhi liquidi che tra un minuto e mezzo esattamente sarà giunto col suo passo d'automa sulla soglia di quest'uscio?... Calma, calma: in un minuto si inventa il calcolo infinitesimale, basta un'illuminazione. Un'illuminazione: una bazzecola!

Ragionando volgarmente: qui, nel mio problema, c'è un'incognita. E come no, bravo; non sarebbe forse la capacità mentale e fantastica dei futuri investigatori, già in principio chiamata in causa? Ahimè, quanto specioso un tal punto di vista... Cerchiamo di rifarci a ciò che ha scatenato quest'inferno di inutili raziocini (inutili? Un raziocinio non è mai inutile; lo è sempre). È manifesto che gli investigatori di Gaboriau erano gente grossolana, perché, trovando un suicida colla rivoltella nella mano manca e prima di concludere che nella scena c'è qualcosa di irregolare, bisogna accertarsi se per caso colui non sia mancino: d'accordo. D'accordo? Mica tanto: si potrebbe benissimo affermare il contrario, affermare che la scena è difatto irregolare, salvo che qualcuno o qualcosa non venga a raccontarci che il suicida era mancino. La prova insomma si potrebbe concepire a carico del suicida o di chi per lui, piuttosto che a carico degli investigatori; e in tal caso coloro i quali, sopravvenendo qui, non fossero per trovare alcunché di strano nel fatto che questo morto avesse la rivoltella nella mano destra, ovvero fossero per trovarvi molto di strano, ovvero non fossero... eccetera colla coppia di reciproche, non potrebbero o dovrebbero necessariamente esser definiti gente grossolana; come dire che io non ho neppure un'ipotesi cui riferirmi per la soluzione del mio problema, o, più semplicemente, che il dato fondamentale, se si vuole l'incognita, non è l'intelligenza o meno, la sensibilità o meno degli investigatori. E quale o dove è allora? Beh, probabilmente è dentro di me. Sì sì, lo sappiamo a memoria, ma in realtà dir questo è dire men che nulla: le cose dentro di noi sono pur sempre fuori di noi; cioè adagio, noi diciamo che son dentro di noi quelle cose con cui siamo riusciti a stabilire un rapporto purchessia; ma un rapporto non è tutto, un rapporto, lungi dal negare o sostituire l'esistenza di quelle altre cose, lo afferma; un rapporto non è autosufficiente. E quando anche lo fosse, io con queste cose qui non ho alcun rapporto... Come non ho alcun rapporto! è uno scherzo? Tutt'altro che scherzo; lasciamo andare per carità, e torniamo agli investigatori di Gaboriau. Investigatori: di' invece personaggi letterari, personaggi speciosi loro medesimi. Mi fanno pensare agli avversari di quei tali maestri che giocarono anzi crearono le Immortali, le famose partite a scacchi che vanno sotto questo nome; i quali maestri mai e poi mai avrebbero potuto giocare o creare alcunché d'immortale se, appunto, non avessero avuto di fronte avversari assolutamente indegni di loro. Bah, buffo raffronto, che sembrerebbe posto antifrasticamente: che cosa se ne vuol cavare, che se gli investigatori fossero stati degni dell'assassino, questi avrebbe dovuto trionfare e loro soccombere? Eppure è in certo modo così. E del resto tutto ciò nel caso presente approda a poco, la questione non è qui. Diamo per dimostrato, infatti, che quegli investigatori fossero e possano essere definiti gente grossolana: orsù cosa ne discenderebbe? Ma ho formulato male la domanda; cosa discenderebbe, dovevo chiedere più pertinentemente, dal fatto che quegli investigatori, per una ragione qualsiasi, non si resero conto che il morto era mancino, che la messinscena del suicidio era perfettamente regolare e via dicendo? E la risposta è, di nuovo: un bel nulla. Del che si possono citare, così sui due piedi, almeno un tre motivi. Primo, e forse basterebbe come a Napoleone bastò la prima risposta dell'artigliere: quel falso suicidio era quel falso suicidio, e questo è questo. Secondo: non si può dedurre una norma, e tanto meno una vera e propria norma di comportamento, da un'eventualità. Questo punto o meglio questa formulazione richiederebbe, s'intende, particolari dilucidazioni, ma non c'è tempo; sia dunque sufficiente qui dire che la condotta di quegli investigatori non si pone come un evento incontrovertibile e ineluttabile, ossia non necessariamente gli investigatori che trovano un suicida colla rivoltella nella sinistra... eccetera eccetera, anzi la rivoltella o la sua posizione non è neppure elemento necessario dell'investigazione. Terzo: la loro qualunque condotta riguarda una fase posteriore della vicenda in esame, e in che modo questa fase potrebbe servire di esempio, di monito, di ammaestramento rispetto a una anteriore? Non c'è per contro alcuna relazione tra le due, così come non c'è tra le vicende stesse. Ah credetemi, ogni problema non è soltanto insolubile, è addirittura impensabile. È una tegola sul capo, l'ho già detto, e niente più.

Ma riflettete, prestatemi un momento attenzione e giudicate voi stessi di un simile garbuglio: la fase posteriore di cui parlavo è sì, in concreto, la fase futura rispetto a me ora, nondimeno la fase anteriore, debitamente passata rispetto alla posteriore, è per me quella presente... Eh, non ci vedete nulla di strano? Ma guardate, dico, a cosa servono le parole, soffermatevi su ciascuna, soppesatele una per una, e vedrete che la stranezza vi salterà agli occhi... Santo cielo! a chi sto parlando? a chi sto parlando invece di... Non so pensare, ecco dov'è il guaio; con tutti i miei titoli accademici non so pensare. E ormai è finita, non mi rimane che...

I circuiti mentali (non si dice il pensiero, che qui non c'entra per nulla) sono, com'è noto, più rapidi del lampo e della luce, ma ciò non basta ancora a francarli del tutto dalla schiavitù del tempo; e insomma l'assassino vide che ormai davvero non gli rimaneva più di mezzo minuto, non contando il mezzo necessario per porsi in salvo. E fu preso dal panico. Mezzo minuto è ancora un lungo tempo, per chi ha la testa a posto e la mente chiara; ma lui si sapeva ormai, né poteva più dubitarne, preda di quel suo... il lettore lo definisca come può, e aveva perduto ogni speranza. Pensò vilmente di fuggire, di abbandonare incompiuto o meglio irrimediabilmente compromesso nella sua essenza medesima il proprio capolavoro (che appunto da quell'ultimo tocco avrebbe dovuto acquistare senso e splendore). Un volgare delitto: a questo s'era ridotto il suo capolavoro?... Ma qui d'un tratto alcune delle sue stesse interiori parole gli fiammeggiarono nella mente: «Alea! Tirare a sorte!». Sì, sì, non c'era dubbio, era questa e non poteva essere che questa la soluzione per ben dieci minuti perseguita (e ci fosse stato dubbio, non c'era dubbio che non c'era tempo per chiarire il dubbio).

Si frugò febbrilmente in tasca, ne trasse una moneta, la lanciò in aria: testa, avrebbe messo (con tutte le precauzioni del caso) la rivoltella nella mano sinistra del morto; croce, nella destra. La moneta volò, ricadde fragorosamente, rotolò sul pavimento fin sotto la scrivania, e infine si fermò a pancia all'aria. L'assassino di dov'era non poteva leggere il responso, e si buttò carponi, avidamente, verso la moneta: felice che altri (chi?) o altro decidesse per lui; felice soprattutto che si decidesse; e ciecamente fiducioso che la decisione sarebbe stata quella giusta... Aveva quasi raggiunto la meta, quando d'improvviso si sentì guardato. Non proprio lui: sentì che qualcuno guardava il suo deretano, sporgente di sotto la scrivania. Si volse di scatto.

Il guardiano notturno era sulla soglia e lo dominava colla sua mole; i suoi acquosi occhi azzurri lo guardavano stupiti. «Ma professore...» balbettò incerto, quasi fosse lui in colpa. Poi vide il cadavere; non però che tra i nuovi sentimenti che in quegli occhi si rifletterono non seguitasse ad aver parte preponderante lo stupore.

L'assassino s'era nel frattempo rialzato; in silenzio, più collo sguardo che col gesto, indicò al guardiano il fascio di titoli e banconote sulla scrivania. L'offerta, cioè il baratto proposto, era palese; ma quegli, anche lui in silenzio, scosse il capo con un leggero sorriso. Sorriso di cui non c'era da fidarsi, si capisce; difatto egli levò la pistola che già teneva in mano, la puntò sull'assassino, fece un cenno d'invito e avvertimento in una. L'assassino capì, allargò le braccia, si tirò da parte per lasciare all'altro via libera verso il telefono, ma ebbe cura di mantenersi sotto il suo tiro. Già, pensò, che cosa vuoi aspettarti da questa sorta di bestioni!

«Ma dimmi almeno, Giovanni,» chiese, dopo, mentre erano colle mani in mano e l'uno di fronte all'altro in attesa della polizia, «tu non sei passato un minuto circa prima del previsto?».

«Sicuro» rispose con una fuggevolissima occhiata all'orologio sulla parete. «Sicuro: perché ho sentito cadere e rotolare una moneta. E allora, lei capisce professore, mi son precipitato qui in punta di piedi...».

Vedi mò a che punto uno può essere immerso in sciocche riflessioni. E vedi a che cosa è affidata la nostra sorte: quando sarebbe stato così facile far saltare la moneta sul tappeto anziché sul piancito; e quando ormai il problema era risolto!

IL BACIO

Il notaio D., scapolo e non ancor vecchio ma maledettamente timido colle donne, spense la luce e si dispose a dormire; quando sentì qualcosa sulle labbra:
come un soffio, piuttosto come lo sfioramento di un'a-
la. Non ci badò più che tanto, poteva essere il vento
delle coltri smosse oppure una farfallina notturna, e
prese sonno subito. Ma la notte seguente avvertì la medesima sensazione, e anzi più distinta: invece di scivo-
lar via, quel qualunque che gravò un attimo sulle sue
labbra. Alquanto stupito, se non allarmato, il notaio
riaccese la luce e si guardò inutilmente intorno; poi
scosse il capo e anche stavolta si addormentò, sebbene
meno agevolmente. La terza notte, infine, il che fu ancor più sensibile e si dichiarò per il che che era: non
correva dubbio, un bacio! Un bacio, si sarebbe detto,
del buio stesso, quasi il buio si concentrasse per un
momento sulla bocca del notaio. Il quale peraltro non
la intendeva a questa maniera: un bacio è sempre un
bacio e quantunque, quello, fosse un tantino arido e
non umido e dolce come egli lo sognava, era sempre
un dono del cielo. Probabilmente si trattava d'una

proiezione dei suoi desideri segreti, di un'allucinazione insomma; e benvenuta. Turbato, deliziato e sbigottito, il nostro eroe rimase steso come un ciocco nell'oscurità (da lui non a torto giudicata pronuba); ed ebbe, più tardi, il piacere di ricevere un nuovo bacio.

Di notte in notte i baci divennero più frequenti e più sostanziosi, benché al notaio non riuscisse tuttavia ritrovarvi o trovarvi alcun sapore di bocca femminile. E qui il notaio, checché gli consigliasse la sua antica ragione, fu preso dall'insana brama di evocare in qualche modo la creatura che glieli largiva: era stanco di abbrancare ogni volta l'aria, e un bacio presuppone bene una creatura che lo dia, o no? La quale potrà essere eterea e sottile quanto vuole, vi sarà pure una maniera per addensarla, da poterla stringere tra le braccia; Dio mio, non che egli avesse già perduto il senso di tutti i rapporti, sulle prime forse immaginava o si illudeva che la sua brama tornasse a quella di rendere più corposa la propria allucinazione; ma ben presto venne a non più dubitare della reale esistenza d'una baciatrice.

Tuttavia, guardando la cosa più davvicino, qual era poi la maniera per indurla a manifestarsi meno esclusivamente, per menarla a corporeità? Il notaio vide perfettamente che non disponeva, a tal uopo, se non di mezzi psichici; per cui prese a concentrarsi, ogniqualvolta era baciato, a protendere la propria volontà e le proprie energie, quasi sforzandosi di captare nell'attimo una particola della inafferrabile creatura, del suo fluido o della sua sostanza; particole che, sommandosi, dovevano finire col dar luogo a un essere purchessia. A questa pratica aggiunse in seguito un'azione di generico suscitamento o sollecitamento dal buio. E davvero, fosse quello il metodo giusto o per diversi motivi, non andò molto che cominciò a raccogliere i frutti di tanti conati.

Da premettere che la stanza dava su un'angusta corte, epperò non beneficiava nelle ore notturne di alcuna luce esterna; e ad escluderla d'altronde sarebbe bastato l'avvolgibile alla finestra, le cui stecche per eccezione combaciavano a dovere. Nondimeno, in quel buio di forno, al notaio sembrò scorgere una notte come un altro buio, un buio più nero; un'ombra, diciamo magari assurdamente, solo che non si capiva bene dove fosse né che contorno avesse. Più singolare ancora, una seconda notte nella stanza si levò una sorta di sanguigna aurora: una debole e sinistra luminosità che sorse di terra e si precisò nell'alto, quasi aurora boreale, in forma di fascia frangiata, abbrividente e sventolante, spengendosi quindi a grado a grado. Finalmente (passando ad altro ordine di fatti), una sera egli poté distintamente udire un riso sommesso da un angolo; ma un riso gelido, non allegro, innaturale.

Di tali risultati il notaio non sapeva se rallegrarsi o inorridire: gli è che la creatura si andava rivelando tutt'altra dalla vagheggiata, senza contare che non pareva disposta a ulteriori concessioni. Infra due, egli sospese per un tempo le sue pratiche di evocazioni; ma non per tanto cessò, quella, di manifestarsi in vari modi. Quanto ai suoi baci, erano divenuti ormai divoranti. E lui, smagrito, esausto e come svotato, perso il sonno e l'appetito, si chiedeva angosciosamente se non si fosse spinto troppo oltre; il suo lavoro andava alle ballodole, la sua salute era gravemente minacciata, non si poteva seguitare così. Da ultimo si decise, tardivamente, a ciò che se mai gli sarebbe stato d'aiuto sul bel principio: ossia convenne seco stesso di dormire colla luce accesa. La decisione, quel dare per persa la partita e rinunciare a tutto, costò non poco alle sue romantiche disposizioni; ma è pur vero che da tempo le sue prime estasi, di quando s'era visto oggetto di quelle misteriose attenzioni, avevano ceduto il luogo al senso di un pericolo incombente. Comunque sia, cominciò a dormire in piena luce; dormire, poi!

Per qualche tempo tutto andò bene, e lui riprendeva un po' fiato, sebbene si sentisse come privo di alcunché; ma ecco che una notte, lì in piena luce, daccapo ebbe o subì un bacio. Per la verità stava in quel punto (alla men peggio) dormendo, e, destatosi di soprassalto, poté pensare di aver sognato; tuttavia, quando si riappisolò, o meglio mentre era ancora tra veglia e sonno, un nuovo gagliardo bacio si impresse sulle sue labbra. «Si impresse», così suol dirsi; ma in realtà quel bacio fu come una tromba d'aria. In breve, il notaio intese che la creatura, non potendo più contare sul buio, approfittava adesso del suo sonno, e che nulla ormai l'avrebbe fermata. E contemporaneamente l'atroce sospetto che egli aveva tanto a lungo respinto divenne certezza; la creatura si nutriva di lui, si faceva grande e forte col suo sangue, colla sua vita, coll'anima sua.

Questo accertamento ebbe per effetto di togliere al notaio le residue forze e di piombarlo in una ottusa rassegnazione; di qui la sua esistenza non fu più che una lunga, e non troppo lunga, attesa della inevitabile morte.

Era idiota, grottesca, una tale faccenda eppure non pareva vi fosse difesa; grottesca e tragica, come spesso avviene. Fuggire? Ma dove o a che sarebbe valso se la creatura forse se l'era inventata lui stesso? E dov'erano, in caso, la forza, la volontà di farlo? Meglio invece favorirla nella sua opera, ché tutto si compisse nel più breve tempo possibile; e cercare almeno di vederla o intravederla, ora che s'era irrobustita. Sì, il solo sentimento che in lui sopravvivesse era una sorta di curiosità infame, della quale difatto egli si vergognava ma contro cui si sentiva impotente. Ricominciò a spengere la luce: il miglior modo per darle sicurezza e baldanza.

Vide o provò tante cose nelle sue notti d'agonia, e tutte orrendamente assurde. Dapprima fu come un'immensa massa, che sembrava occupare l'intera stanza ed era nondimeno stranamente vacua, distinta dal fitto buio circostante secondo può distinguersi un vuoto in un vuoto, simile a certe falle nel nero etere cosmico; essa brulicava di appendici o zampe o tentacoli, che si piegavano e risorgevano quasi sotto l'azione di un vento occulto. Poi d'un tratto questa massa negativa, questa bolla di vuoto, si convertiva in qualcosa di estremamente esiguo ed acuto, d'insinuante, che si frangeva in mille rivoli, pervadeva tutto e lui stesso a mo' di circolazione capillare. Oppure nella stanza si diffondeva un sottile odore dolciastro e putrido, evocatore di immagini incomprensibili e di paesaggi mai veduti. O era solo un senso, pari piuttosto a una fuggevole memoria, che con effetto indecifrabilmente spaventoso pareva anticipare se medesimo o lasciarsi dietro ogni cosa, ogni plausibile esperienza, e fronteggiare l'informe, l'inesistente addirittura. E ancora risa sommesse, gelidi ghigni, sfioramenti non diversi da brividi; e un acre sapore in bocca, benché come percepito attraverso tutta la superficie del corpo.

Ma ormai le ore del notaio erano contate. L'ultima notte ai suoi occhi (del corpo o dell'anima) s'aprì un'immane voragine rovesciata, un vortice grigiastro somigliante a una matrice o ad un nicchio; incombeva, e lo chiamava dal sommo della sua spirale. In pari tempo la sua pelle, ridotta ad arida squama, andava assumendo una smorta fosforescenza, che non era segno di vita ma di corruzione: quella da cui si levano i fuochi fatui. Vide se stesso quale un pesce del profondo, fiocamente luminoso nel nero abisso; ecco, non aveva più sangue, al suo posto aveva quel tenue lume che di lì a un attimo si sarebbe anch'esso spento; era la fine. Si abbandonò; e forse in quell'ultimo istante, per premio del suo abbandono, gli fu dato guardarla in viso, colei che lo aveva succhiato dalla vita, che ora gli strappava il supremo bacio.

Fu, la fine. E la creatura sconosciuta si risollevò dalla spoglia vuota e corse per il mondo.

LE LABRENE

1

Labrene: così talvolta le chiamo perché così le chiamava un mio compagno d'infanzia venezolano. Si tratta in sostanza d'un comune geco, e precisamente di quello denominato (salvo errore) dagli zoologi *platidattilo muraiolo*: sorta di coccodrillo in miniatura che frequenta e percorre serpeggiando le vecchie muraglie, penetrando al caso fin nelle stanze d'abitazione, ove, come dappertutto, guata e sorprende insetti vari e segnatamente farfalle.

Per questo animaletto fra tutti innocuo ho sempre provato un disgusto profondo, una nausea e repulsione d'ogni mia sostanza vitale, un tremore delle fibre più riposte. Già mia madre, mi si riferisce, usava, entrando in una stanza disabitata o passeggiando nella corte, levare senza motto il dito verso e contro il suo nemico, del quale un infallibile istinto le denunciava la presenza; e ciò affinché i suoi accompagnatori provvedessero a rimuovere la causa del suo turbamento. Quanto a me, e poiché nella mia casa antica m'era impossibile evitare ogni rapporto colle abborrite labrene, da bambino fantasticavo lungamente su cosa mi sarebbe avvenuto se un caso maligno mi avesse forzato a più intrinseci contatti, in altri termini a toccare una di loro o a subirne il tocco; né più angosciose serate ricordo di alcune estive passate colla mia famiglia nella corte appunto.

Sedevamo in semicerchio di fronte alla grande porta; sopra questa e contro il muro esterno della casa, una lampadina elettrica; celata nell'ombra del piatto, una labrena straordinariamente corpulenta, che ne sbucava non appena si approssimasse, attirata dalla luce, una farfalla notturna. O meglio, essa aspettava che la farfalla si fosse posata, e solo allora usciva ratto, la abboccava, la trangugiava. E che brividi, che sfinimenti, che orrore, costava a me quello spettacolo d'industriosità per altri forse edificante, quell'abile sfruttamento di circostanze favorevoli. 'Ma dunque cosa avverrebbe di me' mi ripetevo affascinato 'se la sua fredda e schifosa pelle dovesse per un attimo sfiorare la mia? Supererei la prova, riuscirei a sopravvivere?'. E mi pareva, ero sicuro, che sarei invece morto; e pregavo Dio che mi preservasse.

Ma una tale terribile e decisiva esperienza non doveva essermi risparmiata.

*

Le labrene, ho detto, penetrano a volte nelle stanze d'abitazione: e fuggono, aggiungo, precipitosamente verso le finestre o i balconi al sopravvenire dei loro legittimi abitatori. Se peraltro questi ultimi serrino alla prima le imposte, esse, vedendosi sequestrate, impazzano su pei muri in cerca di una via d'uscita; ed è in relazione a una simile eventualità che nella mia propria stanza non mancava mai una lunga e flessibile canna, mediante la quale potevo arrivare le tremende intruse quasi dovunque si trovassero e ritoccarle e via via buttarle fuori (di spiaccicarle contro il muro non mi sarebbe bastato l'animo, ero certo che la vista delle loro sparse interiora mi avrebbe fatto basire).

Ora avvenne una notte che, rientrato per coricarmi ed avendo appena chiuso la finestra, io scorgessi come una folgore trascorrente lo sguancio della medesima; e che, sebbene colla coda dell'occhio, in questo balenamento ravvisassi una labrena lanciata in direzione del telaio. Il suo manifesto intento era di porsi in salvo per la finestra, che tuttavia (lo si è testé veduto) era ormai chiusa; essa allora, tornata celermente indietro, si dette a percorrere disordinatamente le pareti, sempre tenendosi sull'alto, e finì col rifugiarsi contro la volta, donde neppure la mia lunga canna poteva sgomentarla (a meno di non manovrare la canna stessa a perpendicolo, ma ciò comportava il grave rischio che la labrena mi cadesse addosso). A conti fatti, mi competeva aspettare che la mia avversaria si movesse, dirò così, ultroneamente; il che accadde di lì a poco, quando essa, dopo matura riflessione e sentendosi forse poco sicura in quella stravolta positura, riprese peritosamente la via del basso. Giunse anzi tanto vicino a terra, che io credetti venuto il momento d'agire: evitando di passarle sotto, spalancai in primo luogo la finestra; indi mi accinsi a sospingere colla canna lei stessa verso l'aperto.

Il destino degli uomini è spesso affidato a un imprevedibile incidente, a un ostacolo da nulla... La punta arguta e flessibile della canna si insinuò per qualche millimetro sotto il corpicciuolo della labrena, ma, posto che i muri non sono sempre perfettamente lisci, s'impuntò ed inflesse un tanto su un tubercolo o bitorzolo dell'intonaco. Il risultato di ciò fu un successivo scatto della punta: che travolse la labrena e... e la proiettò con una certa violenza contro... Contro il mio viso.

Ebbi giusto il tempo di sperimentare sulla mia pelle più gelosa quello che per tutta la vita avevo paventato: il contatto della turpe bestia. E persi i sensi.

*

Quando li ripresi, la mia prima sensazione fu di abbagliamento e, in una, di stupore per l'inconsueto angolo di visione cui parevo costretto. Avevo davanti a me una volta di sala, e, colla coda dell'occhio, giungevo a scorgere alcuni mobili di scorcio, ossia di sotto in su: il tutto immerso in una luce incredibilmente violenta ed innaturalmente bianca, tanto che divorava i contorni degli oggetti e li rendeva quasi irriconoscibili. Mi resi altresì conto che non potevo girare gli occhi.

Del resto, un attimo dopo e con inesprimibile orrore, presi interamente coscienza della mia situazione: nonché girar gli occhi, non potevo muovere alcun membro; né emettere alcuna voce né fornire alcun segnale; e finalmente, *non respiravo*. Provai ad ascoltarmi il cuore, se battesse: *non batteva*.

Questa dunque l'orrenda verità: io giacevo lì supino, da tutti creduto morto (con piena ragione); e la mia vita o sopravvita restava unicamente, e d'altronde vanamente, concentrata nei miei superstiti sensi. Ma ecco, ora qualcuno mi chiuse pietosamente gli occhi, secondo appunto usa coi morti; e, com'è ovvio (i rimanenti sensi risultando nella mia condizione del tutto inservibili), mi rimasero soltanto e per unico tramite col mondo l'odorato e l'udito, dei quali il secondo doveva dimostrarsi di gran lunga il più attivo.

Senza però insistere sui miei sentimenti d'angoscia e di terrore, senza specificare per quale via giungessi a darmi un po' di coraggio ed a concludere che al postutto, benché morto, ero vivo ed avevo per conseguenza qualche probabilità di rivelarmi tale – cercherò di registrare qui con un certo ordine il corso degli eventi: dei menomi eventi di cui, ancorché impartecipe, ero in alcun modo il protagonista. Beninteso, sul principio le mie impressioni furono sommamente confuse; ma presto mi venne fatto di riconoscere chiaramente uomini e cose.

La grande agitazione che avevo dapprima percepita intorno al mio cadavere cedette in breve il luogo a una funebre calma: una porta si apriva e chiudeva a intervalli quasi regolari; passi leggeri giungevano in prossimità di quello che dovevo ben supporre il mio catafalco; poi udivo un abbozzato gemito o singhiozzo, una parola di cordoglio mormorata e talvolta perfino interrotta da lacrime; indi ancora i passi si riallontanavano e l'uscio ridava la libertà al pio visitatore.

Questi andirivieni durarono un bel tratto, ma cessarono pure e nella mia camera ardente cadde un pesante silenzio; solo, di tempo in tempo, udivo alcunché come il sospiro o soffio d'una fiammella di cero piegata dal vento, o come lo sfrigolio d'un lucignolo... Oh nuova angoscia! Difatto, e forse in relazione alla mia folle speranza di farmi conoscere vivo, ero venuto a temere sopra ogni cosa la solitudine. Ma ora d'improvviso, e quando meno pensavo di chiedergli aiuto, il mio olfatto fu investito da un sentore aspro e gagliardo, sulla cui natura mi sarebbe stato difficile ingannarmi: era aceto, quello che qualcuno manipolava giusto accanto a me. E che significava ciò? Considerato che la mia pelle era totalmente insensibile, la spiegazione non poteva essere se non induttiva, ma risultava comunque agevole. Rammentai insomma che dalle nostre parti è costume stendere sul viso dei morti un fazzoletto imbevuto d'aceto, acciò le care fattezze si serbino fresche e sode durante la lunga notte funebre; e invero una lieve diminuzione della facoltà auditiva (come il fazzoletto avesse coperto anche gli orecchi) mi confermò in tale interpretazione. Ma intanto quel prepotente odore aveva come dire abolito il mio già debole odorato. D'ora innanzi non potevo contare che sull'udito, per di più alquanto menomato: il mondo, non che avvicinarsi, si allontanava da me; ormai un tenuissimo filo mi avvinceva ad esso, un filo che poteva da un istante all'altro spezzarsi.

Del tempo, debbo dire, non avevo un'idea precisa: se ho da riferire in termini propri la mia assurda sensazione, esso mi si presentava come uno srotolarsi piuttosto che come un procedere. Lungo codesto srotolamento, a buon conto, si produssero alcuni episodi sonori più o meno degni di nota, ma tutto sommato privi per me d'interesse; quali l'inopinato abbattersi d'un corpo pesante (qualche visitatrice particolarmente sensibile?) o, più tardi, il sinistro gemere di mobili caricati (forse) da ponderose corone mortuarie; né son da dimenticare le odiose preci e solfe varie recitate al mio capezzale da voci sommesse e velate (di monache, certo). Episodi, ripeto, di poca conseguenza rispetto alla mia situazione. Salvo uno, di cui mi accingo a riferire.

*

Il solito uscio s'aprì d'un tratto per l'ennesima volta; ma ora non il solito timido passo ne avanzò, bensì un passo forte e quasi iattante che mi parve riconoscere alla prima. Tuttavia, per essere sicuro dell'identificazione, aspettai che il nuovo venuto parlasse: quando lo fece, in tono sommesso eppure autoritario, non ebbi più dubbi.

«Cara, cara Enrichetta,» udii dalla voce di mio cugino il barone S. (ché di lui appunto si trattava) «ho saputo appena adesso: come mi dispiace!... E tu, cugina?».

«Io?... Che vuoi dire?» udii mia moglie chiedere di rimando con un fil di voce.

«Voglio dire che mi dispiace tanto anche per te, e... Via, c'è nulla che io possa fare per giovarti?».

«Eh, cosa potresti fare!» replicò Enrichetta tra le lacrime. «O forse hai qualche potere contro la morte?».

«Contro la morte no, ma sì in favore della vita» disse il cugino con una strana intonazione.

«Oh Adalberto, non ti capisco e non è il momento di discorrere. Che significa?» soggiunse però, femminilmente curiosa. «In qual modo vorresti...?».

«Io ti amo» dichiarò lui perentoriamente.

«Ed io ti son molto grata del tuo affetto;» consentì mia moglie con una punta di perplessità o di sgomento «esso mi è di grande conforto in questa triste circostanza...».

«Macché affetto» interruppe aggressivamente il cugino. «Enrichetta! io, e tu lo sai da tempo, ti amo d'amore».

«Zitto, che dici!».

«Ciò che di sua propria virtù mi viene alle labbra».

«Ma... Qui, tu mi dici questo: non ti vergogni? qui, davanti al corpo morto di mio marito?».

«E quale luogo o quale testimone più opportuno!» esclamò l'altro come invasato. «Finché era vivo lo ho rispettato, il mio diletto congiunto ed amico: ora che è morto, a qual fine dovrei tacere?... Amico,» seguitò, certo rivolgendosi a me stesso «tu sai, ora che ti è aperta la piena conoscenza, se ho sofferto, se ho saputo a tua intenzione placare le tempeste del cuore, soffocare le notturne sommosse dell'anima mia. Ora, ora che sei morto, perché non dovrei sciogliere il mio voto?... Enrichetta, io t'amo; e tu m'ami».

«Non è vero!».

«È vero, se è vero che non si può amare senza essere riamati».

«Ma quest'ultimo non è vero» oppose fiaccamente mia moglie, come chi cerchi arginare le ardenti ragioni del cuore con quelle oziose dell'intelletto.

«Oh,» sbuffò il cugino «non è ciò, che io voglio da te, un tale dissimularsi dietro vani argomenti; io voglio che noi due ci si giuri qui eterna devozione, voglio che tu accetti la mia profferta così come io accolgo con tutta l'anima la tua, sebbene dubitosa e forse a te medesima oscura, ma palese a me da sempre!... Non temere, adorata, tu avrai tempo per disporti alla nostra unione; non turberò il tuo qualunque dolore, aspetterò che a tale unione tu sia interamente votata. Ma devi fin d'ora... Vieni, vieni».

«Che fai, Adalberto?... Oh mio Dio... Bada, possono vederci... No, no!...» furono le prossime, concitate e soffocate parole di mia moglie.

Al che seguì una breve pausa. Breve e, dirò così, gonfia: una pausa in cui mi parve d'udire il lieve, il lievissimo, l'impercettibile (per qualunque altro ascoltatore) suono che può venire da due bocche avide e finalmente congiunte.

«Oh no, basta! Vattene!» implorò e comandò Enrichetta un attimo dopo.

*

Quali sentimenti, quale profonda amarezza il colloquio testé udito dovesse istillarmi nell'animo, non serve dire; ma, sul momento, qualcosa di ancor più urgente reclamava la mia attenzione.

Dal concorso di suoni vari, e soprattutto da un cinguettare d'uccelli che giungeva al mio orecchio attraverso una finestra rumorosamente spalancata, avevo concluso che fosse sopravvenuto mattino. Ed ecco ora la casa intera ridestarsi, altre finestre stridere, porte dischiudersi con maggior frequenza e franchezza, passi incrociare alacremente nella sala. In pari tempo il mio udito ridiveniva limpido come in principio, donde arguii che mi fosse stato tolto il fazzoletto imbevuto d'aceto; ma per riattutirsi poco dopo, e anzi più sensibilmente, quasi un massiccio diaframma fosse posto tra me e le cose o persone circostanti. Dal che poi non potevo cavare se non una nozione: mi avevano sistemato nella mia bara. Udii infatti da voci sconosciute: «Sta bene così, non occorre altro; se mai rialza un po' il capo e raddrizza la corona tra le sue mani». «Però, come gli è cresciuta la barba: sarà il caso di fargliela rifare?».

Il pericolo era dunque grave e incombente: gli ignari si disponevano a seppellirmi; ed io non potevo più differire i miei tentativi per stabilire una comunicazione con loro, io dovevo fare quanto era in me per darmi a conoscere vivo.

Purtroppo, nessun tentativo sortì alcun risultato. Peggio: mi avvidi che, qualunque impegno ponessi nell'emettere un grido o un sospiro, con qualsivoglia concentrazione della volontà mi studiassi di indurre al benché minimo moto le mie membra interite, riuscivo solo a un più duro inceppamento. Decisi pertanto di lasciarmi andare: ossia di calmarmi innanzi tutto, e successivamente di reiterare i miei conati prendendomi di sorpresa. Ma una nuova circostanza m'incalzò e mi fece diacciare il sangue nelle vene.

D'un tratto, intendo, il mio udito, già grandemente limitato dalle pareti della bara, si attutì ancora fin quasi ad isolarmi dal mondo: ormai non percepivo chiaramente che i suoni più forti, i rimanenti restandomi apprendibili a fatica. E tra codesti più forti suoni udii adesso dei tonfi cupi, il cui significato (per sola forza d'udito, ché, come già detto, il mio corpo non subiva stimoli o sollecitazioni) mi apparve subito indubbio: essi avevano chiuso la bara che mi conteneva e ne stavano martellando i chiodi.

Di lì a poco la bara si mosse, le peste aggravate dei portatori e il loro ansimare me ne fecero fede; ed uscì sulla pubblica via, dove alla retta interpretazione degli eventi mi furono guida lo scampanio dalla chiesa madre, i commenti dei borghigiani, i suoni stessi che l'azzurro tramanda. Essi mi stavano portando all'ufficio funebre. Ed io ero divorato dal panico: già mi sembrava che l'aria mi mancasse, nel mio chiuso, e d'altra parte capivo bene che entro pochi minuti ogni tentativo sarebbe risultato inutile quand'anche riuscito, poiché i rumori esterni avrebbero soverchiato ogni mio segnale quand'anche possibile. In quella, difatto, sentii rompere sul mio capo la tempesta dei canti e degli accordi con cui si suole nelle chiese celebrare il trapasso d'un uomo; e mi detti per perso. 'Queste musiche' pensai 'accompagnano la mia ora estrema; io finirò con esse, se pure giungerò a tanto; ma a tanto non potrò giungere e morirò prima soffocato'.

L'ufficio funebre seguitava, con rombi d'organo e voci argentine di bimbi o di femmine, mentre io languivo rassegnato, aspettando la vera morte. Peraltro, strano, i previsti sintomi d'asfissia non comparivano ancora; non mi sentivo punto soffocare e, in generale, non stavo né meglio né peggio di poco innanzi... E qui, con immenso sollievo, mi resi conto del mio errore: la mancanza d'aria non poteva nuocermi in alcun modo, dal momento che non respiravo. Questa constatazione mi ridette coraggio, quantunque poco ne risultasse migliorata la mia situazione. Ma mi era almeno concesso di riservare i miei supremi sforzi all'ultima parte del dramma: quando, terminate quelle sacre e rumorose funzioni, essi mi avrebbero portato in lento corteggio al cimitero e con lunghi riti riposto nelle tombe.

Molte persone, giudicai, mi accompagnavano all'ultima dimora. Di esse alcune discorrevano futilmente, altre tessevano con sincero rammarico le mie lodi, tutte serbando un tono sommesso; a conti fatti c'era silenzio bastante da permettermi d'udire gridi remoti e solitari d'uccelli o perfino lo stormire delle fronde. Era cioè l'istante opportuno per tendere di nuovo le forze e tentare di trasmettere a quella gente di fuori un segnale.

Ahimè, non ebbi miglior successo di prima. Anzi, la mia spasmodica tensione mi causava di tratto in tratto un onnubilamento di tutte le facoltà (ovvero della sola ormai attiva), simile a ciò che, a non essere io come morto, si sarebbe detto un deliquio o sopore: dal quale tardavo a rinvenire. E in tali alternative di sopori e di strazianti veglie, sempre intramezzate da agonici tentativi, passò un certo tempo. Intanto il mio corteo funebre varcava la soglia del cimitero; udii cigolare il grande cancello; ravvisai la voce del custode, che per avventura conoscevo.

*

Avevo sovente osservato, lungo il viale maggiore che menava alla nostra cappella di famiglia, un ramo di pitosfora tanto basso, che era quasi impossibile non darvi di capo: se i miei portatori, calcolai adesso, recavano (com'era da credere) la mia bara sulla spalla, il ramo medesimo, giunti che fossimo al luogo, avrebbe vivacemente frusciato. E questo si produsse puntualmente; ed altrettanto puntuali furono i successivi, minuti eventi che la mia immaginazione (o piuttosto il mio udito) anticipava.

Fu dapprima un leggero sfregamento, accompagnato da un sospiro di soddisfazione (eravamo arrivati alla cappella, gli affaticati portatori avevano deposto la mia bara sul piancito). Fu poi un tetro mormorio di preci, con impercettibile urto contro il coperchio (forse il prete lo cospargeva di qualche acqua santa). Poi, dopo una lunga pausa, la voce nasale (del sindaco?) che enumerava le mie benemerenze e porgeva alati conforti ai miei cari, segnatamente a mia moglie. Poi daccapo il prete. E finalmente un suono metallico (di cazzuole senza dubbio), un acciottolare e rimestare sinistro. In brevi parole, stavano chiudendo la mia tomba, o sia il loculo a me destinato. Ché, se di altre prove avessi avuto bisogno, principiai adesso a percepire i suoni esterni come spioventi: la quinta di mattoni, cioè, doveva aver raggiunto una notevole altezza. Forse appena uno spiraglio restava aperto, forse la prossima posa di mattoni avrebbe nascosto per sempre la mia cassa agli occhi dei miei congiunti ed amici... Ora o mai! Ora o mai dovevo, se potevo, lanciare il mio appello.

Radunate in uno spasimo quasi insostenibile tutte le mie energie, lo lanciai: colla voce appunto, essendomi non so perché figurato che il gridare mi sarebbe stato più facile del muovermi, del dissuggellare le mie diacce membra. In verità cento volte, tra un mancamento e l'altro, avevo lanciato un simile appello, e mai ne era seguito alcunché: il silenzio aveva, d'entro me stesso, risposto a tali disperati e frenetici travagli... Ora invece, questa suprema e postrema volta, e mentre ogni speranza stava per essermi definitivamente preclusa, ora con immenso giubilo udii un benché debole suono rispondere e corrispondere alla mia agonia.

Debole troppo, certo. Niente più che un fioco lamento, dovette essere; tanto fioco, che nessuno degli affossatori lo raccolse. Ma io avevo, dirò così, trovato la via e rincalzai il primo gemito con un secondo, con un terzo. E qui d'un tratto l'opera dei maestri s'interruppe, i mormorii cessarono, essi parvero inorecchirsi. Di lì a un attimo una voce femminile esclamò: «Oh Dio oh Dio, m'è sembrato... Anche a te?». «Beh sì, ma...» replicò un'altra voce di donna. «Cosa c'è?» s'informò una d'uomo; e, saputo di che si trattava, sentenziò: «Le donne troppo sensibili non dovrebbero mai...». «Bisogna riaprire subito la cassa!» gridò con provvidenziale risolutezza una terza donna, in cui riconobbi la mia buona sorella. «Ma» s'inserì una voce sconosciuta «non possiamo farlo senza il permesso di... del...». «Macché permesso:» proruppe mia sorella «in una circostanza del genere parlare di permessi!... Qua, qua, voi: tirate fuori la cassa dal loculo e datevi immediatamente da fare. Sotto la mia responsabilità». Al che sul momento non seguì nulla, nessuno cioè dei suoni che una pronta esecuzione avrebbe comportato. Tentai trarre un ulteriore e più persuasivo gemito: non vi giunsi, ero daccapo muto; quel fuoco di paglia nel mio petto s'era rispento; riscivolavo anzi in uno dei miei mancamenti, dal quale certo non sarei mai più rinvenuto.

Da ultimo essi parvero prendere il loro partito, e, in una sequenza man mano più precipitosa, si levarono intorno a me gli agognati suoni: tonfo della mia bara contro terra, colpi di martello, stridori di chiodi sconficcati, brusio, clamori...

Ma, un attimo dopo, non ero più in grado di udire tutto ciò: l'emozione del sapermi salvo aveva fiaccato la poca coscienza che mi rimaneva.

3

Il mio nuovo risveglio (dopo due giorni, mi dissero in seguito) fu dei più lieti: benché ancora debolissimo, avevo piena padronanza dei miei movimenti e delle mie facoltà tutte; mi sentivo le membra invase da un gradevole formicolio, da un benefico tepore foriero di novella vita. La finestra che avevo di fronte incorniciava un grande mandorlo fiorito, accampato contro un cielo azzurro e scosso appena dalla bava primaverile.

La prima persona che mi si parò davanti fu mia moglie, in atteggiamento di amorevole sollecitudine; ma io avrei piuttosto voluto vedere il Demonio, e al suo festevole sorriso l'intero mio essere rispose con un moto d'orrore. Se invero avevo potuto dimenticarla, con tutto quanto la concerneva, nell'ultimo punto della mia terribile esperienza (allorché inevitabile mi appariva la morte), ora in me risorgevano d'un tratto gli amari, gli atroci sentimenti suscitati dal suo carpito ed ambiguo colloquio col cugino.

Ero fortunosamente rinato alla vita: ma a che prezzo? Quale, in particolare, usciva mia moglie dalle circostanze di cui una eccezionale condizione mi aveva fatto partecipe e testimonio? mia moglie, la mia buona, la mia amata ed amante moglie, la custode dei palpiti più segreti, l'urna della mia fede o (col detto dell'antico) il luogo del mio riposo? quella che non mai mi aveva tradito e mai aveva sofferto tradimento, che sempre mi aveva sostenuto nel mio cammino terreno e confortato nel mio passo vacillante? la mia seconda o forse prima anima? la mia Enrichetta, infine? Dico: era ella al contrario una mentitrice, un'infedele, un'abusatrice della mia fiducia e dell'amor mio? era una serpe covata nel seno, o, generalmente parlando, una donna spregevole? – Tale il quesito che mi angosciava e che, col ristorarsi (grazie anche alle sue amorevoli cure) delle forze, sempre più urgente mi si faceva.

Cominciai, s'intende, col riesaminare di parte in parte quello sciagurato colloquio secondo lo rammentavo (ma ero certo di rammentarlo bene). Tolte le illazioni cui forse mi sono abbandonato riferendone, e che son poi il fatto d'un mio posteriore giudizio, le prime ed altresì seconde battute di esso colloquio sembravano senza fiele o macchia, perfino ovvie; il fiele o veleno, e la macchia, si annidava se mai nella coda; al qual proposito però giova ancora una volta intendersi. Che Adalberto amasse mia moglie, non in questo poteva essere contenuta offesa o minaccia pel nostro coniugale amore, quantunque poco augurabile ciò avesse a risultare; laddove offesa e minaccia vi sarebbero state se Enrichetta avesse accettato o solo tollerato l'infatuazione del cugino. Cosa ovvia, del resto, e che in fondo poteva ridursi alla seguente questione: se davvero un bacio era stato tra i due scambiato, con quale animo mia moglie lo aveva accolto? Lo aveva ella soltanto subito, o altresì reso in pienezza di cuore? Nel primo caso, come mai non m'era giunta l'eco, un'eco concreta (il suono di un atto, d'una parola) del suo corruccio? Nel secondo... beh, il secondo caso si commentava da sé. È nondimeno da dire che la materia restava in ogni modo opinabile: motivi di opportunità, per esempio il legittimo desiderio d'evitare uno scandalo in momento tanto delicato, potevano aver trattenuto mia moglie e indottala a non formalizzarsi eccessivamente... Pure, e quell'aria, tra i due, come d'intesa? La quale pareva alludere a una pregressa familiarità, a precedenti rapporti...

E così via, con un'indagine che già minacciava di divenire insana.

*

Infine, io avevo davanti a me una donna nuova (o che tale sospettavo); ma un uomo non meno nuovo si vedeva ella davanti. Io non riconoscevo la mia amorosa compagna, ovverosia mi ostinavo a scorgerle sul viso una maschera d'impurità e di menzogna; ella, a sua volta, non ritrovava il mite, benigno consorte ed amico. Ci scrutavamo accigliati, quasi avversari ansiosi ciascuno di penetrare la guardia dell'altro, ed ogni pace era perduta, ogni abbandono negato; Enrichetta non era più Enrichetta, era una larva da cui non doveva venirmi se non incertezza ed inganno.

Tuttavia, tra queste torture dell'immaginazione, seppi per lungo tempo tener fermo il mio iniziale ed istintivo proposito: quello di non far mai parola a lei della mia trascorsa esperienza, né tanto meno delle mie scoperte, o pretese tali, nei suoi riguardi. Nessuno anzi doveva sospettare che, durante quella mia morte apparente donde ero per miracolo tornato alla vita, io avessi pure serbato una luce di coscienza; forse pensavo, così infingendomi, di meglio sorprendere gli altrui segreti. Nel frattempo andavo febbrilmente immaginando a quale prova avrei potuto sottoporre mia moglie per costringerla a tradirsi. Prova, o meglio confronto: e qual prova più probante o confronto più decisivo del convocare il cugino in persona? Quanto a me, avrei tenuto gli occhi aperti.

Adalberto venne e, col solito tono baldo ed altezzosamente cerimonioso, disse:

«Oh caro, caro! son convolato al tuo richiamo. Non mi stimavo in diritto di turbare la tua convalescenza...

Orbene, reduce, come stai? e che nuove ci rechi d'Acheronte?... Enrichetta! non ti avevo veduta: eh, anche per te deve essere stata dura...».

Eccetera eccetera; ed io osservavo attentamente ambedue, e non vedevo nulla. Nulla di notabile, di significativo: il cugino aveva l'aria d'un cugino appunto che visiti il cugino ammalato, mia moglie l'aria della moglie che assista il marito ammalato e lo esibisca al cugino in visita, attenta a che tale visita non sia di pregiudizio al marito ammalato... e insomma, ancora una volta, tutto appariva normale e in niente era possibile scorgere alcunché di singolare, o tanto meno peccaminoso.

Ma ecco, licenziandosi e dopo avermi abbracciato, Adalberto allungò una mano per una carezza al viso di mia moglie: carezza, si capisce, intesa come parentale, e difatto mi toccò ammirare la perfetta agevolezza del gesto. Era, a buon conto, più di quanto sperassi: in che modo avrebbe reagito Enrichetta? Raddoppiai d'attenzione, e potetti constatare due cose. Prima: che la carezza si protraeva un nulla più del necessario; seconda: che ad essa mia moglie rispondeva con un quasi inapprezzabile strabuzzamento d'occhi, quale si osserva talvolta nelle donne in amore, cui il benché minimo contatto è memoria e pegno di più intense voluttà.

Oh Dio, anche questa era materia opinabile, tanto più che il comportamento apparente dei due non subì variazioni.

«In gamba, cugino!» aveva concluso Adalberto; e ad Enrichetta, a senso: «Mi raccomando, cugina».

E lei:

«Grazie, grazie». Ed a me: «Sai, caro, Adalberto si è molto interessato del tuo... della tua disavventura; e, debbo dirlo, mi è stato molto vicino in questa tremenda prova...».

Ma già il cugino le aveva baciato calorosamente la mano e s'era ritirato.

*

Perplessità, angoscia, terrore: tanto in ultima analisi mi rimaneva dalle mie indagini e dalle mie elucubrazioni; e sempre più forte si faceva la tentazione di contestare apertamente a mia moglie i suoi trascorsi. Alla qual tentazione, contro ogni proposito, un giorno non seppi resistere. Principiai come svagatamente e prendendola alla larga:

« Enrichetta, desidero porti un quesito. Mettiamo che io fossi morto: tu...? ».

« Che significa? » replicò.

« No, dico: tu che faresti? ».

« Niente... piangerei ».

« Capisco; e poi? ».

« Che poi? ».

« Non potresti seguitare a piangere per tutta la vita ».

« E allora? ».

« Lo domando a te. Dovresti alla fine prendere il tuo partito, io penso ».

« Il mio partito! » ripeté, colta da un'improvvisa agitazione. « Oh che stupida e crudele inchiesta: » continuò mentre le spuntavano le lacrime « o ti pare che non abbia già pianto abbastanza, quando ti piangevo morto?... E che stupida insinuazione, soprattutto: dovrei rifugiarmi in un altro affetto, è questo che intendi? Ebbene, sappi che non sarà mai: buono o cattivo, in pieno senno o come ora sconvolto da un'orribile esperienza, perfino vivo o morto, tu, tu soltanto mi sei stato dato, ed a te voglio serbarmi eternamente fedele... Che ne sai tu? potrei sì piangere per tutta la vita e non chiedere altra sorte ».

E in verità piangeva ormai senza ritegno; né sul momento ebbi il coraggio di insistere, sebbene le mie disposizioni inquisitoriali mi impedissero di apprezzare quanto nelle sue parole poteva essere di consolante. Ma una settimana dopo tornai alla carica:

« Metti che, in quei giorni, io non fossi davvero come morto; metti che mi fosse stata lasciata una facoltà, magari una sola, l'udito o che so, mediante la quale mantenermi in contatto col mondo...».

«Che strana fantasia».

«Non dartene pensiero».

«D'accordo. E così?».

«Io potrei appunto aver udito... aver udito tutti i discorsi fatti intorno al mio presunto cadavere».

«Discorsi assai poco divertenti».

«Pochissimo; ma forse istruttivi».

«In che senso?».

«Mio Dio, qualcuno, credendomi morto, potrebbe avere scoperto l'animo suo».

«Qualcuno: e chi?».

A questa domanda così diretta daccapo non osai rispondere. E mia moglie andò via stringendosi nelle spalle, scotendo la testa e lanciandomi una lunga occhiata, del resto non senza osservare di sull'uscio:

«Da un po' di tempo ti trovo strano; dovresti fare anche tu, che diamine, qualche sforzo per ridiventare quello che eri».

*

Ma vi fu pure una terza volta; una sera che lo smarrimento e l'angoscia s'erano fatti intollerabili, risolsi di affrontare Enrichetta in termini più palesi. L'occasione, vale a dire l'avvio psicologico, mi fu fornita dalla mia stessa fisica prostrazione: giacevo sulla dormosa con tre guanciali sotto il capo e dovevo apparire estremamente pallido; mia moglie mi accudiva, seppure con un'ombra di sospetto o diffidenza, coll'abituale sollecitudine. Mi commiserava, mi vezzeggiava, e quella immagine di affetti domestici mi inteneriva fino alle lacrime, ma nel contempo allentava ogni mio controllo e, per imprevedibile effetto, mi rendeva audace; se poi la commisuravo all'altra immagine, di perfidia, che la memoria mi rimandava...

Visto che m'ero sperimentato incapace di menare a buon fine i discorsi tortuosi, stavolta addirittura aggredii Enrichetta.

«Povero caro, tu soffri» aveva ella detto chinandosi su me per aggiustarmi i guanciali. Ed io:

«Come non soffrire! Enrichetta, io davvero ti ho udita parlare con Adalberto».

«Lo credo» rispose, senza che nuvola passasse nei chiari occhi azzurri fissi su me. «Tante volte ho parlato con lui, e l'ultima in tua presenza; ebbene?».

«Enrichetta! non da vivo ma da morto, ti ho udita parlare con lui: la notte che mi piangevate, o meglio tutto facevate fuorché piangermi, nella mia camera ardente».

Qui il suo sguardo si fece più attento; ella raggrinzò le palpebre, parve esitare, e finì col dire:

«Caro, che dolore mi dai. Sì, tu persisti in una tua funesta fantasia, tu ti figuri di aver serbato un barlume di coscienza durante il tuo... il tuo spaventoso mancamento, allorché né l'arte medica né l'amore d'una moglie fedele potevano o potettero risuscitarti; e questa notte dell'anima popoli di vani fantasmi...».

«Vani fantasmi! Vani fantasmi le voci, le parole da me chiaramente udite mentre voi mi credevate morto, e che tanto bene mi rappresentavano il gioco alterno e concorde dei vostri sentimenti, forse dei vostri appetiti?».

«Vostri: ma di chi, povero amico?».

«Di Adalberto e tuoi!» proruppi offeso, furioso.

«Di Adalberto? miei? Ma quando?».

«Durante la veglia funebre, l'ho detto».

«Gli è,» obbiettò tra dignitosa e disgustata (del mio stato mentale) «gli è che quella sera Adalberto non si mostrò per nulla: era via, e non sapeva ancora...».

«Io dunque sono un pazzo da vivo e da morto?» gridai. «Ciò che udii è mero frutto d'immaginazione, è incubo generato e fomentato dal mio male?».

«Calmati,» replicò, scegliendo ormai la via della dolcezza «non dico questo e pazzo non sei. Ma pure, quanto a una possibile influenza di codesto ignoto male sulle figurazioni del tuo intelletto, devi ammettere...».

«Non ammetto nulla, e che c'entra l'intelletto! Ho presenti, ho ancora nell'orecchio le vostre parole; non può essere il fatto d'una follia, questo vivace ricordo».

«E del resto,» completò ella, senza badarmi e con una certa sottigliezza, il suo pensiero «è verosimile che codeste fantasie vengano appunto dal tuo rinascere alla vita: siano in qualche modo un'interpretazione posteriore, benché distorta. Quella sera, intendo, tu giacevi lì come un ciocco, e sarebbe stato difficile attribuirti il minimo sentimento o anche solo il minimo senso».

«Ti sbagli, ti sbagli!» urlai di nuovo. «In quel ciocco (come vuoi chiamarlo) batteva nondimeno un cuore... cioè non batteva e al diavolo!... Ma insomma, se anche non batteva, soffriva, era in grado di soffrire...».

«Va bene, va bene,» disse con ostentata condiscendenza. «Ma tu in sostanza cosa udisti?».

«Eh, come! vi udii discorrere».

«Cioè Adalberto (che non c'era) ed io?».

«Sicuro!».

«E di cosa si discorreva?».

«Di niente!».

«Di niente? In tal caso...».

«Di quel niente che fa i discorsi significativi anzi decisivi».

«Via: più in particolare?».

«Adalberto ti incalzava, e alla fine ti chiedeva un bacio».

«Ed io glielo davo, scommetto?».

«Oh senti! il tuo tono leggero, paziente e quasi quasi divertito è il peggior oltraggio che tu possa recarmi. È dunque argomento di beffa, per te, la mia angoscia?».

«Ma insomma cosa vuoi,» esclamò Enrichetta, ora davvero smarrita «che io accrediti ed avalli per tuo uso

ciò che non è mai stato? Bada,» soggiunse, già pian-
giucchiando alla sua maniera «mi costerebbe poco, il
farlo... Ma sì: Adalberto venne, mi chiese un bacio; ed
io, prevalendomi del fatto che tu eri insensato o meglio (per quanto ne sapevo) morto, anzi propriamente
della libertà che dalla tua morte mi veniva, io glielo
concessi, quel bacio... Va bene così? sei contento?».

«Bada piuttosto tu a te stessa,» replicai «e non ti
fidare troppo ciecamente dell'amore che ti ho portato
e tuttora ti porto. Tu osi affermare che...?».

«Senza dubbio e con ogni mia forza lo affermo!»
gridò. «Ossia, per parlare un po' più coerentemente,
affermo che non: nego. Nego tutto!». Mutando poi tono ed assumendo un'espressione grave: «Tu sei malato, questo il vero. Il tuo male non è quello di ieri, o
non è cessato; forse è cominciato appena ora. Valga il
mio affetto a ritrartene».

E con questa frase un po' agghindata (ma non altrimenti si esprimeva la sua sincerità), Enrichetta mi abbandonò ai miei pensieri.

*

Ai miei pensieri, alle mie incertezze; le quali ed i
quali vertevano su alcuni punti in particolare. Prima di
tutto, secondo Enrichetta medesima aveva allegato,
poteva pur sempre darsi che la malattia mi avesse confuso il capo fino a farmi, quella tal notte, traudire. Ma
d'altro canto mia moglie si era testé riferita con molta
precisione e non senza finezza alla sola sua possibile
giustificazione: il che, direttamente o indirettamente,
mi riconfermava nel mio proprio giudizio. Ella, dico
per maggior chiarezza, pareva aver voluto argomentare: 'Dal momento che tu eri morto, un mio tradimento, concedendolo, non sarebbe mai stato davvero tale:
si possono tradire i vivi, non i morti'. E sia; cos'era
però questo, se non una confessione? una confessione
implicita ed inconsapevole, sfuggitale nel calore della

rabbia e del sarcasmo? Eccetera con altri dibattiti ed altre ruminazioni; cui da ultimo si aggiunse surrettiziamente un'incertezza, dirò così, di fondo.

Il corso delle mie riflessioni mi aveva sovente portato ad almanaccare sulla vera natura del mio pregresso morbo: nozione che sembrava necessaria al riconoscimento delle circostanze e che pure avevo, non so perché (o forse perché dapprima m'ero imposto il silenzio), evitato di chiarire con aperta investigazione. Su questo punto i fuggevoli accenni di Enrichetta alla mia « terribile esperienza », come qualche sua frase apparentemente inequivocabile (ma altrettanto bene interpretabile quale mera immagine), non m'erano stati di alcun aiuto; né lo furono le sue risposte dirette, o reticenti o lacunose, quando mi decisi a interrogarla. Per cui volli sentire il nostro medico, che era anche amico di vecchia data.

« Dottore, » gli chiesi un bel giorno « da tempo desideravo essere informato con maggior precisione sull'origine del mio male: ora che son quasi guarito, penso voi possiate senza scrupoli dirmi ogni cosa. Di quale malattia, infine, si è trattato? ».

La sua risposta mi giunse impreveduta e mi sconcertò non poco.

« Caro amico, » disse « di che mai vi andate brigando! Vi importa davvero, ora che (come giustamente affermate) siete quasi guarito, conoscere per filo e per segno le cause della vostra passata infermità, il suo decorso, i suoi modi? Badate piuttosto a recuperare interamente le vostre forze ».

Poi, alle mie rimostranze:

« Beh, il vostro caso non è a tal punto raro... Non conviene vi preoccupiate ».

« Oh dottore, » esclamai « le vostre parole paiono fatte apposta per acuire, se non altro, la mia curiosità. Vi richiamo al vostro dovere professionale e al mio diritto di conoscere quanto mi riguarda. Non sono un bambino; parlate ».

«Ebbene,» disse lui a malincuore «che cosa propriamente volete sapere?».

«Di che specie e di che natura sia stata la mia malattia, vi ripeto».

«Disingannatevi: a tali domande non sono in grado di rispondere. Voi pretendete troppo dagli uomini di scienza... Anche la specie e la natura!» soggiunse, bofonchiando fra sé. «Niente di simile: la vostra malattia è stata di natura non ben precisabile, ecco tutto».

«Converrete che le vostre diagnosi siano singolari. Ad ogni modo, cosa mi dite, almeno, dei sintomi, delle manifestazioni?».

«Oh, è presto detto: di punto in bianco e da un minuto all'altro voi cadeste in una ardentissima febbre cerebrale, e... e di più non so contarvi».

«Ehi, dottore, come mai non sapete! Quando e come si produsse, insomma, l'incidente mortale: quello che mi menò fin dentro la mia tomba, da cui per miracolo son salvo?».

«Mortale? tomba?» ripeté con meraviglia. «Scusatemi, non intendo bene il senso dei vostri discorsi».

«Ma come!» saltai su principiando ad agitarmi. «Fui, sì o no, colto da una sincope, da una catalessi se preferite, che mi dette a credere morto? fui, sì o no, accompagnato al cimitero e quasi murato nel mio sepolcro?».

«No!» dichiarò lui recisamente.

«No?» gridai, incapace di contenermi. «Dottore, state attento e non cercate d'ingannarmi, neppure a fin di bene: dal fondo della mia morte apparente, quando tutti voi credevate spenta ogni mia facoltà, io serbavo al contrario un barlume e più che un barlume di coscienza, per cui mi sarebbe facile oggi smentirvi».

«Morte apparente!» fece eco con una specie di tetro stupore. «Ma nulla di simile mi fu dato osservare in voi... Tutto quanto posso dirvi è che, a un certo momento, il vostro stato dette seriamente a temere per la vostra vita. Di altro, di ciò cui oscuramente vi riferite, non ho conoscenza!».

«Voi non avete conoscenza!» proruppi come imbestiato, levandomi dalla poltrona dove traevo la mia lunga convalescenza, gettando la coperta che tenevo sulle gambe e mutando passi disordinati per la stanza. «Voi non l'avete! Ascoltatemi dunque...».

E qui sorpresi negli occhi del medico uno sguardo strano, quasi furtivo; e le sue prossime parole mi parvero precipitate.

«Del resto,» diss'egli «magari avete ragione».

«Che ragione?».

«Beh, a pensarci meglio vi fu sì un momento in cui appariste quasi morto...».

«Quasi, dite?».

«No no, calmatevi: morto del tutto».

«Alla buon'ora».

Ma c'era qualcosa di poco convincente in questa ammissione o ritirata del medico. Egli poi si congedò in tutta fretta, ed io rimasi colla sgradevolissima sensazione d'essere stato trattato come un mentecatto: che bisogna evitare di contrariare se non si vuole che dia in escandescenze.

4

Ed eccoci al tempo presente; benché, a dir vero, su tale punto io non abbia più le idee chiare. Saranno state le loro reticenti o sfacciate risposte alle mie ansiose domande, sarà stato tutto questo, questa specie di complotto tramato nell'ombra intorno a me, certo le prospettive temporali mi si sono come alterate. Io, per esempio, pensavo e tuttora penso che quanto ho qui sopra narrato sia avvenuto in un passato notevolmente lontano: e loro, almeno finché non dò aperti segni di malumore, pretendono che sia cosa di ieri; con altri soprusi. Ma finalmente la questione del tempo non è essenziale; torniamo piuttosto a noi.

Seguitando a osservare, a studiare il comportamento e le reazioni di Enrichetta, confrontandole colle risultanze del mio (come ho da chiamarlo?) involontario origliamento da morto, tenuto conto dell'infrenabile terrore che le si dipinge in viso ogniqualvolta ella mi venga innanzi, e in breve utilizzando tutti gli elementi di cui dispongo – sarei arrivato alla seguente conclusione. Mia moglie, innamorata di lunga mano del cugino Adalberto e pertanto determinata a sopprimermi, escogitò quel mezzo odioso: mi dette, dirò così, in braccio alle labrene. Ella infatti ben conosceva la mia avversione, o meglio fisiologica intolleranza per le immonde bestie; e sperò che le medesime potessero compiere la sua (di mia moglie) opera nefanda. Il che se poi non le venne fatto, a lei ed alle sue alleate, non fu colpa di nessuno sì felice caso.

Naturalmente, contestarle ciò in chiare parole (come ho fatto) non vale: non se ne cava che dinieghi e lacrime. Eppure io, lo ripeto e proclamo, ho i miei motivi, le mie prove incontrovertibili, come quattro e quattro otto; diavolo, ci ho riflettuto a lungo, mi son richiamato alla memoria le più minute circostanze... Quella notte, mettiamo, spirava un vento secco e teso: ebbene, con tale tempo (l'ho osservato mille volte) le labrene non entrano nelle stanze; se nella mia ce n'era una, vuol dire che qualcuno ce l'aveva messa.

E comunque sia, cosa pensare delle numerose labrene che da quel dì mi assediano e mi perseguitano? Ora quasi ogni giorno ne scopro una nella mia camera, quantunque sia difficile capire di dove entrano, giacché tengo porte e finestre tappate. Ma mia moglie ci entra, nella mia camera, e così mi spiego l'arcano: eh ci riprova, la cara Enrichetta, ben sapendo che una seconda volta non sopravvivrei... Non sopravvivrò, convien dire, dal momento che esse si fanno sempre più ardite e mi vengono sempre più accosto, laddove io sono ancora tanto debole e non ho neppur più la mia canna per difendermi... E come mai, in proposito, non ho più la mia canna? Credo che ciò sia in rapporto con qualche mia intemperanza della quale mi confesso volentieri: ancorché largamente giustificata dallo stato di esasperazione in cui Enrichetta e tutti loro sovente mi gettano. Tenterò di ricostruire l'episodio.

Si ha un bel dire, far finta di nulla e tacere, almeno finché gli altri hanno il coltello dalla parte del manico: viene però il momento che uno non ne può più, e allora magari (ieri):

«Enrichetta, vien qui e guardami nel bianco degli occhi... No no, non stornare lo sguardo: nel bianco degli occhi, ho detto... E cosa tremi, grulla! Non farmi perdere la pazienza. Dunque, Enrichetta, già mi avvenne di dichiararti che... sì, che ti ho penetrata; ho penetrato i tuoi disegni, la parte da te avuta nel mio orribile male, le tue attuali intenzioni, i tuoi colpevoli sentimenti per un altro uomo, insomma tutto. E tu, è vero, tutto negasti; ma io dalla tua improntitudine non mi lasciai ingannare... Eh? che c'è? ora ti metti anche a battere i denti? Perfetto: segno che capisci cosa voglio da te, adesso, subito. Voglio una piena confessione, una specificazione di tutte le tue colpe. Sicché poche storie; parla, di' la verità, sgrava la tua coscienza: tu volevi e vuoi, no, uccidermi? per restare libera ed abbandonarti all'amore di Adalberto, che tu stessa ami follemente? Orsù, aspetto. E bada, non è che io intenda positivamente contrastarti, potrebbe darsi che accettassi di sacrificarmi per la tua felicità. E così non aver timore; ti si chiede solo di manifestare senza più sotterfugi o infingimenti l'animo tuo... Ehi, coraggio però! Altrimenti finirò col perdere la calma».

Ma lei si passava una mano sulla fronte con un'espressione di smarrimento... che non avrebbe ingannato un bambino; e seguitava a tremare e pareva non trovasse parole da rispondere. E qui, si capisce, io ho cominciato a far la voce grossa:

«Enrichetta, se ti si chiede di parlare significa che devi parlare. Che ti prende?».

«Ma io,» ha balbettato finalmente «ma io non ho mai voluto e non voglio ucciderti...».

Oh beh, questo era troppo, questo giocare all'agnellino: voi che avreste fatto?

«Non vuoi uccidermi?» ho gridato fuori di me. «Prova allora a spiegarmi la presenza qui dentro di quella... di quella lì».

«Cosa?» ha avuto la faccia fresca di domandare.

«Quella labrena!» ho urlato con quanto fiato avevo in gola. «Quella lì contro la parete: la vedi o fai finta di non vederla?».

«Io... oh Signore... io non vedo nulla» ha detto, cavando qualche lacrimuccia dalla tasca del grembiule.

E di fronte a tanta doppiezza, a tanta bieca ostinazione, a tanta criminale astuzia, io non ci ho visto più: ho dato di piglio alla mia flessibile canna, e giù frustate sulle sue gambe da spiccar la pelle. Lei è fuggita, e io dietro; ma è inciampata, e le son saltato addosso.

Beh, certo se non me la levavano dalle mani... Ora magari son pentito; ma, torno a ripetere, se mi mettono in furore qual meraviglia che perda il controllo? Per questo ad ogni modo me l'hanno tolta, la canna.

Perfino col medico, m'è toccato adirarmi; perfino colla mia buona sorella, quella stessa che al cimitero, quando gemevo dalla bara, mi ridette alla vita.

È come una congiura, l'ho detto.

*

D'altronde non è neppur questo; è che...

La mia convalescenza, che sembrava ben avviata, adesso invece... Non v'è dubbio, si tratta d'una pericolosa ricaduta. Comincio a figurarmi, a vedere cose strane, spaventose...

Stamane destandomi m'è addirittura parso di non essere a casa mia, ma in un luogo orrendo, sconosciuto; m'è parso... esito a dirlo... che il cielo inquadrato dalla finestra non fosse libero e puro, ma come segnato e spartito da una sinistra ombra nera... Signore! un'inferriata?

E perché questa stanza è vuota d'ogni suppellettile? perché il letto da cui mi sono or ora levato è solo un giaciglio? perché, perché le smorte pareti mi appaiono... oh Dio salvami dall'orrore... mi appaiono *imbottite*? perché, perché, perché mi è impossibile muovere le braccia e le mani, quasi fossero avvinte in croce sul mio petto?

Da uno spioncino nella porta mi osserva un viso beffardo; o pietoso, fa lo stesso. Se soltanto potessi raggiungerlo, esso, lo giuro, non irriderebbe né compassionerebbe più nessuno per l'eternità... Oppure il viso è quello medesimo di Enrichetta, venuta a godersi il suo trionfo?...

E su tutto, tutto dominando, di tutto motrice, questa labrena...

Ancora una volta, di dove entrata qui se in questa stanza nessuno entra mai, neppure mia moglie?... E come pararsene, nelle mie condizioni?

Essa mi guarda, coi tondi, sporgenti, lucenti occhi; spia l'opportunità di venirmi a petto, di venirmi a faccia a faccia... Essa mi guarda, coi tondi, sporgenti, lucenti occhi; spia l'opportunità di venirmi a petto, di venirmi a faccia a faccia... Essa conosce il suo grande, il suo immenso potere...

In essa è concentrato tutto il male, tutto il dolore del mondo...

Mio Dio, salvami.

II. RACCONTI OSSESSIVI

MARIA GIUSEPPA

Io, se qualche volta vado a spasso dalla parte di su, come si dice al mio paese, e se passo vicino ai cancelli del Camposanto, penso sempre a Maria Giuseppa. Chissà, forse Maria Giuseppa è morta per causa mia, dodici anni fa. Eh eh, se qualcuno mi conosce di voi, Signori, non mancherà di ridere: «Una donna morta per Giacomo? E che vuol dire?». Perché questo qualcuno non mancherà di ricordarsi del mio naso a peperone, della mia aria da idiota, come dicono. E infatti debbo essere certamente un idiota; perché non mi son mai creduto un idiota e sentii dire a tanti che se mi fossi creduto tale sarei stato un po' meno idiota. Ma, in fede, forse che vale la pena di ragionare su questo?

Signori, io vi voglio raccontare come Maria Giuseppa è morta per me. Poiché, sia che si sia, sento che devo raccontarlo a qualcuno e devo sgravarmi di quella specie di rimorso che provavo quando la sentivo rantolare, essa, al lume di un candeliere a becco, dentro quella sua stanza senza finestre, quella che si chiama «camera scura», a casa mia. Fuori c'era un sacco di gente; le sorelle, le zie e non mi ricordo più chi altro.

Oh, perché, infine, di che dovevo provare rimorso? Non è peccato essere conquistato dalle grazie di una donna... Ma giudicate voi stessi.

Maria Giuseppa era una donna che tenevo con me, nella grande casa ormai senza abitatori, quando andavo a passarci un po' di tempo, l'estate. Il resto dell'anno Maria Giuseppa rimaneva sola là dentro, zappava l'orto, vendeva gli erbaggi e mi faceva sempre trovare un gruzzoletto al mio ritorno, poco, veh, ma quanto bastava per pagarle una piccola mesata e il mangiare per tutto l'anno. Tutti i miei parenti dicevano che Maria Giuseppa era una stupida, una ignorante senza idee, e veramente io non posso giudicare se fosse così o no, ma è certo che mi inquietavo sempre con Maria Giuseppa che voleva fare il comodo suo, che non voleva ubbidirmi ecc.

Guardate, io desideravo tanto di trovarmi solo solo in quella casa, ma perché lo desiderassi, che cosa ci andassi a fare o avessi intenzione di andarci a fare, in fede, non l'ho mai capito. Soltanto verso sera uscivo e andavo da qualche parente, ma tutta la lunga giornata d'estate, ero sempre solo. O meglio, solo no, stavo con Maria Giuseppa.

Io dormo pochissimo e perciò molto spesso quando prendevo il fresco la mattina nel cortile, in maniche di camicia e con i calzoni del pigiama, o tiravo di sopra i sassi ai gatti giù nell'orto, assistevo al ritorno dalla chiesa di Maria Giuseppa. Questa s'alzava sempre molto presto e andava alla prima messa alla chiesa madre del paese. La vedevo aprire timidamente il gran portone e guardarmi un po' mortificata e un po' timorosa, perché sapeva che io appena svegliato voglio il caffè. Io continuavo, senza rispondere al suo saluto, a tirare i sassi ai gatti ed incitavo il cane che era abituato alla manovra e inseguiva giù quei cosi neri velocissimi che diventano i gatti spaventati. Ho notato tante volte che i cani hanno lo stesso carattere dei loro padroni: è facile plasmare un'anima di cane, senza volerlo. Perciò il mio cane non aveva quell'aria spavalda che hanno certi cani degli uomini intelligenti, e se incontrava qualche suo simile lo si vedeva evitarlo con gran cura o, sennò, lasciarsi fiutare, sempre con quell'occhio non tranquillo, ma scemo, che è anche il mio, almeno quando mi guardo allo specchio. Però, dove il padrone suo non era vigliacco e cioè a casa sua, coi gatti, con Maria Giuseppa, anche lui sembrava che acquistasse un coraggio da leone.

Ma qualche volta che ero di cattivo umore investivo quella donna con un sacco di parole strane ed anche grasse, in cui compariva sempre qualche frase araba (perché, da giovane, io ho studiato l'arabo; però, dopo dieci anni di studio ho gettato tutti i libri e le grammatiche per aria e non lo so mica, l'arabo, adesso). Maria Giuseppa si parava come poteva dalle parole e dagli schiaffi che, ma raramente veh, le lasciavo andare qualche volta, e la vedevo attraversare il cortile ed affrettarsi a tirar da sotto la cenere i tizzoni accesi che vi aveva seppelliti la sera prima, per scaldarmi il caffè. Come era brutta Maria Giuseppa! Veramente, a vederla così, aggiustata e col principio delle bande dei capelli oliati che le usciva di sotto al fazzoletto, poteva sembrare anche una donna come tante altre del paese, però io sapevo che era brutta perché più di una volta ero salito improvvisamente nella sua camera e l'avevo trovata senza giamberghino e senza veste, e allora m'ero accorto ch'era una cosa liscia, senza fianchi e senza petto, e con certe gambe grosse di contadina. Tante volte, poi, quando le strappavo per gioco dalla testa il fazzoletto, m'aveva fatto quasi pietà quella testa stretta stretta, con una fronte che non era quattro dita e con quelle due bande di capelli tirati all'olio. Maria Giuseppa aveva grosse mani, grossi piedi e camminava sempre con un rumore da far spavento. Ma del resto l'avevo presa dalla campagna e, il primo giorno, non sapeva neppure sperare un uovo e le dovetti insegnare a far la frittata per non restar senza pranzo. Essa diceva che era campagnola e che là in campagna lavorava soltanto i campi e andava a giornata e non si occupava mai di cucinare. Ma, alla fine che vi importa tutto questo? Ho perduto il filo... Ah, ecco. Dunque, Signori, vi dicevo che non so che diamine andassi a fare in quella casa. In città, va bene; mi alzavo, andavo al caffè con certi bei tipi che mi insultavano, mi disprezzavano magari, ma poi facevano la partita con me. E insomma, non era mica una brutta vita con quel po' di rendita che ho ancora. Ma là...

M'alzavo presto, quasi all'alba, e scherzavo tanto col cane, lo tormentavo anche, se vogliamo, finché non arrivava Maria Giuseppa, e allora cominciavo a tormentare lei. Tormentare, adagio poi. Perché, come si possono chiamare tormenti tutti quegli scherzi senza male che le facevo? È vero che essa se ne affliggeva molto e che piangeva quasi tutta la giornata; qualche volta anzi si lagnava e gridava che non si sa per quale peccato la Madonna le aveva dato quella croce, e che se ne sarebbe andata piuttosto che sopportare ecc. Ma ecco, in fede, quello che non potevo soffrire: in primo luogo che gridasse, quando gridava, e la gente poteva credere che chi sa cosa le facessi. E in secondo, se non stava bene, perché non se ne andava? Chi la obbligava a rimanere? Veramente essa diceva che era affezionata alla casa (e infatti cercava di far tutto per bene e non mi rubava mai un soldo), ma son belle chiacchiere, si sa. Come si può essere affezionati a una casa che non è la nostra? Io non so neppure come ci si possa affezionare alla nostra... E poi, Signori, che soffriva essa? Guardate: io son sempre partito dal principio che, come dice un vecchio proverbio, bisogna attaccare l'asino dove vuole il padrone. Ora, se io le dicevo, per esempio, di mettere tutte le sedie della sala sulla tavola oppure se la chiamavo perché venisse a giocare con me con un pallone riempito di stracci, che ragione aveva essa di rifiutarsi e di resistere e di dire che aveva tanto da fare e di lagnarsi? Se io la chiamavo, il da fare era evidentemente quello che volevo io. Io la pagavo, e ditemi, Signori, che cosa deve fare una pagata se non quello che vuole il padrone e niente di più? Ma questo Maria Giuseppa non lo capiva. È vero però che, in fede, io riuscivo sempre a farle fare quello che volevo: bastava che le mettessi una gran paura gridandole vicino all'orecchio qualche insulto oppure che prendessi un bastone nodoso che tenevo apposta per quello. Non la battevo quasi mai, ma qualche volta la spingevo con la punta e, in ogni caso, era sufficiente la vista della mazza a Maria Giuseppa, come ai cani, per farla obbedire. Io ho visto certe tigri nei circhi che, pur facendo gli esercizi che il domatore impone loro, ringhiano per tutta la durata dello spettacolo. Così Maria Giuseppa faceva quello che le ordinavo, ma la sentivo borbottare tutta rannuvolata ed aspra (mentre, poniamo, riceveva il pallone sul braccio piegato contro il petto oppure se se ne stava seduta quando invece voleva andare a far mangiare le galline), che essa non era una bestia per essere trattata come un cane e che non aveva tempo di stare a perder tempo e di scherzare con me. Maria Giuseppa immusonita era una delle cose più irritanti per me. Essa sembrava che riprendesse allora la sua anima contadina, sebbene fossero ormai parecchi anni che stava in paese e a casa mia, e mi rispondeva male e a grugno duro. Poi piangeva più spesso del solito e per niente; bastava ordinarle, poniamo, di passare per una strada che non era la solita, allo scopo di dire, poniamo, questo e questo al tal dei tali, perché essa si mettesse a piangere. E se piangeva, il più delle volte parlava. E, se sempre quando parlava non c'era niente che la potesse trattenere, specialmente quando era addolorata non si poteva a nessun patto arrestarla. Aveva una voce non aspra, ma di tono un po' alto ed io (che sono nervoso) ero orribilmente irritato dai suoi lagni. Allora le correvo addosso, la insultavo bestialmente, ma non riuscivo mai a farla star zitta. La battevo dove capitava; in testa, sul petto, sulla faccia; ma essa anziché smetterla, raddoppiava di foga e, dopo certi acuti che accompagnavano il salire dei singhiozzi, prendeva un tono uniforme e parlava, parlava sempre. Io, stringendomi la testa fra le mani, ero costretto a scapparmene e la lasciavo là, inondata di lagrime, che parlava, seduta sur una sedia di legno, appoggiata ad una scranna di bassa spalliera. In fede, me la ricordo spesso così. Dall'altra camera la sentivo che chiedeva aiuto a tanti santi, che diceva di volersi andare ad annegare, che protestava che anziché trascorrere la sua vita mortificata in quel modo se ne sarebbe piuttosto andata. Però non se ne andava mai. Molte volte, è vero, se ne usciva e s'andava a querelare con qualche mio parente, ma tornava sempre verso sera e di nuovo paziente. Quel suo parlare, Signori! Quante volte io cercavo di interrompere un suo discorso o di farle raccontare una cosa in un altro modo dal suo, seguendo, come si direbbe, un altro metodo. Non c'era mai verso: se era interrotta, ricominciava a raccontare i fatti nello stesso ordine, ma, in ogni modo, non era capace di troncar là un discorso e di andarsene. Io sentivo le parole pullulare sotto le mie mani che volevano reprimerle e questo mi irritava molto. Le tirai una volta per questo un piatto in testa, che il Signore me lo perdoni, e poi stetti ad accarezzarla tanto tempo, Maria Giuseppa. Perché, si sa, sono un vigliacco. Chissà che avrebbe detto per il paese, se essa fosse andata a raccontarlo: Don Giacomino è stato sulla caserma, l'hanno portato i carabinieri!...

Maria Giuseppa, è vero, mi irritava per tante cose, però, come dire, io mi sentivo attirato verso di lei, dentro la cucina, senza saper come. A casa ci sono tanti libri che ha lasciati mio padre; io perciò qualche volta credevo di potermi mettere a leggere. Andavo a scovare certe edizioni da bancarella di Dumas o di Sue, ma neppure quello mi interessava. In fondo, non mi ha mai interessato nulla. E chi capisce tutte quelle cose che dicono e che fanno d'Artagnan e Aramis? Io sono sicuramente un idiota, ma ho sempre creduto che la vita sia qualche cosa di diverso, di più piccolo, di più grigio... Ma, in fede, Signori, perdo sempre il filo. Vi stavo dicendo che niente mi interessava di quei libri; oppure se anche mi ci distraevo un momento, sentivo improvvisamente una forza dentro, un impeto nervoso che non mi faceva star fermo, sul divano della sala dove mi mettevo. Ma poi, alla fine, che m'importa di starvi a dire questo? Il fatto è che mi mettevo a correre per il cortile, gettavo ridendo la palla di pietra che sta sul poggiolo della vecchia scala, le facevo fare tanti buchi a terra, mi rotolavo nella polvere, anche, col cane che guaiva di gioia, ma, alla fine, andavo a cascare sempre in cucina. Chissà perché? Forse la solitudine, ma quando trovavo Maria Giuseppa davanti alle fornacette che infilettava con tanta attenzione la carne, che pigliava le dosi d'aglio e di prezzemolo con tanta esattezza, le gettavo quasi sempre tutto a terra. Correvano subito i gatti a prendere la carne, e io ridevo beato. Naturalmente Maria Giuseppa cominciava a piangere, ma questa volta silenziosamente e perciò io mi ci divertivo. Io non lo so dire, eppoi è inutile che lo dica, Signori, ma mi sembrava di aver bisogno di farla muovere, di toglierla dal suo canale. Come si dice questo? Mi pareva di vederla incanalata, con tutte le sue energie. E non è tanto bello rompere certi mezzi tubi che portano l'acqua per gli orti e vedere la povera acqua correre di qua e di là ed essere assorbita dalla terra e non poter più correre dritta per il mezzo tubo? In fede, rido a pensarlo, Signori.

Comunque andasse, cercavo sempre tanti modi di punzecchiarla, di batterla, di farla piangere. Cioè, non volevo farla piangere io, ma essa piangeva alla fine dopo molto schermirsi e dopo molto pregarmi che la lasciassi stare. Qualche volta con una frasca la battevo forte sui fianchi, qualche volta le strappavo dalla testa il fazzoletto e lo gettavo per aria. Essa mi faceva divertire correndomi dietro e cercando di prenderlo al volo. Io non so dire che divertimento fosse quello di ve-

137

derla colla testa stretta stretta, coi capelli tirati all'olio, alzarsi sulla punta dei piedi senza riuscire mai a niente, perché era bassa, Maria Giuseppa, non mi arrivava forse alla spalla! Era un divertimento curioso quello; qualche volta mi si stringeva persino il cuore e allora le ridavo il fazzoletto e me ne ritornavo in una stanza qualunque.

Quelle giornate erano lunghe e brevi non saprei dir come. Passavo certe volte due ore, tre ore a canticchiare certi motivi e sempre gli stessi, senza cambiare mai, come fanno certi bambini piccoli, però vi devo dire in quale posizione: mi lasciavo scivolare sulla sedia, fino a non farci rimanere appoggiate che le spalle, poi piegavo le gambe in modo da fare come un ponte col corpo, tra le ginocchia e le spalle; il collo mi si indolenziva quasi sempre a stare alzato, perché io dovevo guardare innanzi a me, e così passavo mattinate o pomeriggi interi. In generale, poi, mi pareva che non sapessi mai che cosa fare. Forse era quella specie di noia che mi faceva fare quelle cose. Però noia non è la parola. Perché mi divertivo un mondo a prendere una vecchia sciabola e a fare la scherma dinanzi a un gran finestrone colle impannate di legno, in una specie di terrazza coperta che c'è nella mia casa. Il cane correva di qua e di là e abbaiava forte... ma mi seccavo presto di questo. E correvo a prendere molti soldi di tutte le forme e ci giocavo in mezzo alla sala. Parlavo solo: inventavo giochi nuovi e davo loro nomi, statuti, nomenclature. Io gridavo per esempio, Signori, non mi vergogno a raccontarlo: «Zara di dritta, forza, a te!» e lanciavo un soldo, e poi ne rilevavo la posizione e dicevo, poniamo, ma sempre ad alta voce: «Quattraio di sinistra; tira adesso la bella coppietta». E tanti altri nomi, dicevo, di colpi e di combinazioni immaginarie oppure inventate da me. Il cane guardava sì allora con un'aria strana, come se fosse spaventato, ma chi se ne curava! Io lo cacciavo a calci e rimanevo solo... Ma poi mi seccavo presto anche di questo. E pigliavo certe bocce e le gettavo fra le gambe del cane per vederlo saltare... ma in capo a cinque minuti mi stancavo. Signori, forse era necessario quindi che finissi in cucina, da Maria Giuseppa. In quanto alle bocce, se non vi siete seccati, vi racconterò il bel gioco che facevo sotto il portone. Ho un andito in pendenza che dal gran portone porta al cortile; è pavimentato ruvidamente, con tante teste di pietra che escono a fior di terra. Io mi mettevo giù, presso il cortile, e gettavo cinque o sei bocce verso il portone. Queste andavano su, poi ritornavano abbasso velocemente; io non dovevo farne passare nessuna, dovevo pararle tutte, e, se per caso qualcuna inceppava in una asperità del terreno e si fermava, dovevo farla ritornare colpendola con un'altra boccia, una di quelle che erano già scese. Questo era un divertimento al quale duravo un po' di più. C'era il sole, è vero, nel cortile, e un sole d'estate. Ma io mi mettevo il cappello e continuavo... ma al massimo due ore resistevo. E poi? Poi mi precipitavo gridando in cucina e, poniamo, prendendo per le spalle Maria Giuseppa la circondavo col braccio e le gridavo: «Porci tutti i diavoli, cara, cara!» scandendo le sillabe al ritmo dei miei battiti nervosi. In fede, Signori, sono soddisfatto di questa frase. È una frase come quella che adoperano gli scrittori: io ho letto quasi niente, non ho studiato quasi che arabo nella mia vita, ma, infine, qualche frase come questa l'ho trovata. Per ritornare a quello che dicevo, non sempre, dico, abbordavo malamente Maria Giuseppa. Però, in fondo, le maniere erano le stesse, sia che volessi accarezzarla, sia che volessi batterla per ischerzo. E poi, se pure ero tranquillo per caso, ci inquietavamo sempre con lei. Io infatti non sono religioso perché penso... ma le mie idee ve le dirò un'altra volta; insomma o bestemmiavo o dicevo eresie ed ella si dispiaceva e cercava di evangelizzarmi. Maria Giuseppa parlava sempre in dialetto, dialetto serrato, e non capiva che poche parole di italiano: tra queste c'erano quelle che diceva l'arciprete alla chiesa. Ed essa me le riferiva, ma sentite come: se diceva, poniamo, « si deve coltivare la vigna del Signore » induriva e staccava certe consonanti in modo molto buffo. L'*l* di *del* specialmente era grassa. Queste discussioni avvenivano quasi sempre quando io stavo mangiando e tante volte io le facevo una predica, le raccontavo la passione di Cristo o la vita di qualche santo, e poi, quando la vedevo estatica guardarmi e commuoversi ai casi di Nostro Signore, improvvisamente alzando il bicchiere, gridavo: « alla salute di Belzebù! » e bevevo, oppure un'altra bestemmia qualunque. Io ci godevo tanto a vederla cambiar faccia improvvisamente. Però, Signori, che debbo dirvi? non sono mica un malvagio; tanto è vero che, se la vedevo seriamente addolorata, cercavo di consolarla in tutti i modi. Ho detto sopra che, quando le tirai il piatto in testa, l'accarezzai solo per vigliaccheria; ma non è vero. Mi faceva veramente pena se soffriva. E non mi riusciva difficile consolarla, perché essa passava molto facilmente dal pianto al riso e viceversa: bastava a farla ridere un giuoco di parole, anche grossolano, come posso farne io.

Tante volte, invece, quando mangiavo, la facevo sedere di fronte a me, innanzi alla piccola tavola, e le comandavo di raccontare. Che cosa, non lo sapevo neppure io; però mi inquietavo orribilmente se non diceva nulla. E questo avveniva spesso, specialmente dopo che Maria Giuseppa ebbe visto che qualsiasi cosa dicesse non era mai di mio gusto. Qualche volta però che la lasciavo parlare mi diceva tante cose della panettiera, di chi era morto, e parlava a lungo dei bottegai e di come aveva fatto a comprare, poniamo, mezzo chilo di maccheroni o un chilo di riso. Io mi accorgevo che la consideravano tutti una scema, che la imbrogliavano sul prezzo e glie lo dicevo. Ed essa si metteva a piangere e gridava che non mi aveva mai rubato niente e che lavorava tutto il giorno per me; se ne andava in cucina e piangeva il più zitto che poteva. Questo prima mi irritava ma poi andavo là, la scuotevo e dicevo, poniamo: «devi finirla di piangere, per Santa Marina e San Rocco!» e la facevo ridere.

Essa sembrava che avesse sempre un piano determinato, per ogni cosa che doveva fare. Guai a spostare l'ordine delle azioni o a sostituirne una con un'altra! Rimaneva là, Maria Giuseppa, colle gambe larghe e la testa bassa come un montone e non si muoveva più. O meglio, si muoveva solo a suon di bastonate. Perciò forse io godevo tanto a farle fare sempre il contrario di quello che voleva fare. Aveva una passione per i fiori e spesso se ne andava nell'orto e dalla finestra la vedevo innaffiare, innaffiare, e tante volte accarezzare colla mano certi fiori. Allora mi prendeva una gran rabbia, non so perché, e la richiamavo; non che mi servisse qualche cosa, ma per il gusto, così, di vederla salire rannuvolata e di sentirla lagnarsi se le ordinavo, che so io, di sedersi sopra una sedia e di perdere il tempo così.

Maria Giuseppa non poteva sopportare di star colle mani in mano; protestava contro di me che aveva da fare nella casa. E questo, l'ho già detto, mi irritava molto. Essa infatti non stava mai ferma; però, pur correndo sempre e passando come un uragano con quel suo passo pesante, a sera si trovava a non aver fatto quasi niente. Io glielo gridavo, ma essa non lo capiva. Le bastava lavorare: se *rendesse* poi o no, sembrava che non fosse affar suo. Nel paese, come ho detto, la consideravano tutti una scema. Perché, non si deve credere che il mio paese sia uno dei soliti paesi di contadini o di gente occupata solo a tutte quelle piccole beghe; è invece evoluto, come dicono, e la gente ha ormai le idee slargate dal progresso. L'ambiente non aveva che poco da fare colla stupidaggine di Maria Giuseppa. Era così perché era proprio per natura stupida. Forse per questo stava con me. Perché, Signori, io non me la spiego una donna che viva con me e che si faccia maltrattare sempre senza andarsene mai. Il curioso però è che Maria Giuseppa non era una remissiva; anzi era enormemente testarda, mi pare di averlo già detto. Se sapeste quante volte mi sono inquietato con lei, l'ho battuta, senza ottenere che cucinasse senza sale, come volevo. Chissà perché lo volevo; forse soltanto per *fare una prova*, per stuzzicarla, chissà? Ma insomma non vi riuscii mai. Essa voleva sempre discutere, discutere e non faceva mai niente se non era convinta prima dell'utilità della sua azione.

Però, in fede, Signori, se ancora non avete capito chi è Maria Giuseppa, peggio per voi. Io vi volevo raccontare soltanto come essa sia morta per me e ho perduto, al solito, il filo. Un giorno, dunque, c'era festa al paese: Maria Giuseppa se ne era andata alla prima messa e tornando non si era neppure cambiata. Andava vestita alla contadina, come sempre, ma aveva una veste lucida lucida a palline che sembrava di seta, e un giamberghino giallo anch'esso lucido. In testa aveva un fazzoletto celeste con certi ori che le si addicevano molto. Quel giorno, come tutte le feste, c'era un passeggio di coloni che non finiva mai, per il cortile. Io facevo il serio, come sempre davanti alla gente, fingevo di interessarmi alle notizie della campagna, ma in realtà guardavo Maria Giuseppa che riceveva le cose portate: due ricotte, dieci uova, i fichi di stagione. Che ho da dirvi? mi sembrava di vederla allora per la prima volta; aveva un'aria allegra, e fresca; chi ne capisce niente? fu come se la trovassi bella, come se avesse respirata la festa. Alla fine tutti se ne andarono e si sentì la musica della processione che passava nel vicolo. Io avevo determinato di non affacciarmi; ma girai qualche minuto per la casa e non sapevo che fare. Allora mi affacciai. La santa, una piccola santa vestita da monaca colla faccina di cera e un bambino di cera piccolo piccolo ai piedi, era già sotto la mia finestra. La potevo quasi toccare colla mano. Non so chi fosse; me lo avranno anche detto, ma l'ho dimenticato. Forse era Santa Marina, quella che si prese l'accusa d'aver ingravidata quella monaca... però è inutile che stia a dire. Guardando i fratelli che portavano una croce con un panno bianco e che andavano avanti, mi accorsi di Maria Giuseppa che stava a una finestra più in là, quasi in fondo alla casa, e sembrava che si appoggiasse su qualche cosa di rosa. La processione si mosse, ma io non la guardavo più. Sentii salire fino a me il caldo della folla che cantava, due metri appena sotto il mio mento, ma io guardavo Maria Giuseppa. Che senso strano provavo! Donne, puah! nella mia vita quelle poche che sono passate sotto di me (che vi pare di questo doppio senso, Signori?) le ho trattate sempre come si meritano: m'ha visto mai qualcuno incantato davanti a una gonnella? Ma là era un altro fatto. Insomma, me ne infischio di starvi a dire il perché e il come. Maria Giuseppa adesso gettava certi oleandri sfogliati, certi petali di rose che doveva aver colto nel mio giardino, sulla testa della santa che passava sotto di lei. Un'altra volta chissà come mi sarei inquietato a veder quello, perché di prendere i fiori non mi aveva neppur chiesto il permesso; allora però non mi inquietai affatto. Ci pensai un momento a quello che avrei fatto, un'altra volta: sarei andato piano piano dietro di lei e mi sarei vendicato prendendola per le gambe e tirandola dentro improvvisamente. Come mi sarei divertito, anzi! Ma allora non feci nulla. La guardavo sempre e, quando ella si ritirò e scese di corsa per la scala di legno (forse ci aveva la carne sul fuoco), scesi giù anch'io. Non volevo farla inquietare affatto, allora, ma la volevo sentir parlare e la volevo guardare in faccia. Così, le dissi di raccontarmi la storia di quella santa che era passata, e mentre ella raccontava la guardavo, la guardavo bene. In fede, Signori, non mi importa un corno se non capirete quello che è successo. Io non potrei certo dire perché, se pure lo volessi: però ad un certo punto afferrai Maria Giuseppa per la testa e la baciai tanto, furiosamente sulla bocca. Chissà se gridò, se no? Si divincolava, ma io adesso la tenevo ferma con una mano, e coll'altra le strappavo il giamberghino di dosso, le alzavo la veste pesante. Chissà come sarà andata a finire?

Io non mi ricordo più niente, Signori, e m'infischio dei vostri sguardi di disprezzo. Mi ricordo appena appena, dopo – voglio dire dopo quel momento – Maria Giuseppa a terra. Mi faceva ribrezzo, mi faceva quasi ridere quella mammella avvizzita e nera tra un brindello di camicia e la catena di ferro dell'*abitino*. Ma me ne andai subito di là e non ricordo nulla di quello che andai a fare.

Ebbè, Signori, avrei quasi finito. Sì sì, guardatemi come vi pare, che mi importa? Maria Giuseppa si ammalò, ve l'ho già detto, e poi morì. Ma forse che è morta per me? E poi, se è morta per me, forse che devo averci rimorso io? Se m'è piaciuta un momento, oppure se, insomma, l'ho baciata, che ne ho colpa io? Alla fine non le ho fatto nulla di male.

Signori, datemi un piccolo bicchiere d'acqua, piccolo piccolo. E voi, che Cristo guardate? Lo sapete che son capace di spruzzarvi l'acqua in faccia? Ah ah, scherzo, o che volete che faccia sul serio?

Dimodoché, tanto per finire, adesso sto solo nella casa, solo sul serio adesso. Una donna viene in fretta per mezz'ora a fare qualche servizio e scappa via, la bestia, non si sa perché. Ma me ne fotto. Vado tutte le sere a spasso e qualche volta arrivo fino al Camposanto, come v'ho detto. Ho trentaquattro anni. Ho finito. Buonanotte, Signori.

1929

LA MORTE DEL RE DI FRANCIA*

1

> *Clown admirable en vérité!*
> BANVILLE

« ... Animo, ragazzi, fra cinque ore, all'alba, si decide la nostra sorte. I trepidi e gli scuorati non escano neppure di cambusa, domani dopo il cicchetto della staffa. Ma non ce ne saranno, no? (sguardi penetranti e decisi in fondo agli occhi di tutti gli astanti) Certo, si va e non si sa se si torna, ma perciò è bella la vita! E se è vero che avete fiducia in me... Io non vi ho insegnato nulla, e non è vero, come dite spesso, che vi sia superiore in qualche cosa, ma... (ricerca dell'espressione) ma siamo stati compagni in mille imprese gloriose, e il nostro destino non è (compiacenza al modo d'esprimersi degli ascoltatori) che le nostre tibie debbano servire di forchettoni a questi selvaggi. Andate ora, e cercate di dormire sognando le vostre femmine. Tu (a un gesto dell'interpellato:) sì, tu, che sei di guardia,

---

* Veramente, il titolo originale della composizione è *00* (*prefatto*). Ma una rivista come «Caratteri» ha bisogno di titoli tondi e distesi: e quest'unico motivo ci ha indotti alla sostituzione che s'è vista («ma questa è la morte del re di Francia!...») si usa dire delle musiche lunghe e noiose) [*N.d.E.* di «Caratteri»].

svegliami alle quattro, ohé, anche con una secchia d'acqua se è necessario. Intesi? (gesto noncurante di saluto con due dita a partir dalla fronte). Tu, tu, tu, restate, c'è ancora da discorrere un pochino. (a tutti:) Un momento, gli ordini per domani. (sguardo intenso semicircolare: rapidi gesti a chiamare fuori alternativamente questo o quello, i capi. Barbuglìo, sguardi diritti, gesti forti e decisi a ciascuno. Evidentemente le consegne sulle posizioni da mantenere a qualsiasi costo, sul modo di regolarsi in ogni evento possibile. Le mani accennano qualche volta a un monte o a una forza senza che la testa o lo sguardo le accompagnino. Poi, a ciascuno, gesto del mento per significare: ritorna al tuo posto; quasi contemporaneamente nuovo gesto appellativo della mano di taglio. A un cinese, in cinese:) Capito? di là non deve passare nessuno! (a un italiano in un dialetto meridionale:) Niente rumore, immagina di andare a trovare la moglie di Peppe a casa sua (sorriso furbesco); e non ti mettere a fumare... (a un tedesco in tedesco:) Non si beve birra domattina!... (saluto circolare. Sono usciti. Ai due o tre dello stato maggiore in un dialetto italiano meridionale, come dopo un'improba fatica:) Mah, speriamo bene! Ce ne vuole, ma... a loro si deve dire così (un po' stanco). Io però me la vedo brutta, domani: questa è la verità. Oh, vediamo allora quelle... (si bussa. Folla. Gridando, ma di nuovo perfettamente autoritario ed imperioso:) Che succede, che è? (ancora in dialetto. Poi:) Che, tu, ragazzo, vorresti venire con noi? (gesto della mano per far scostare la gente dal fondo del quadro di poppa. Estrae con gesto sicuro la grossa rivoltella e la bilancia facendola rapidamente saltare sulla mano) Guarda qui. (getta colla sinistra una grossa moneta. Sparo. La moneta colpita batte sulla parete di fronte e ricade sorda sul piancito) Vediamo tu, ora. E poi, ragazzo, non hai una madre, tu? (porge per la canna la rivoltella al ragazzo) Fa' qualche cosa tu, ora. (rapido scatto di lato del ragazzo. Sparo fulmineo: la pipa è spezzata fra i

denti del nostromo che si afferra intontito la mandibo-
la. Sensazione) Bravo per Cristo! Verrai con noi, allora. (tutti escono. Cenno di saluto. Ascolta, disappro-
vandolo ma tentato, alcunché dal suo compagno di destra. Inarca le sopracciglia e piega la testa come a dire:
chissà, forse, eppure, quasi quasi... Si finge distratto.
Ricarica con uno scatto la rivoltella, se la rimette alla
cintola: ancora in dialetto:) Per la Madonna, sono
stanchissimo. (gesto vago, si alza)...».

Colui che pronunciava queste parole era un vecchio
e glorioso capitano di lungo corso. A scanso di inesat-
tezze, poiché non è ben chiaro se si chiamasse Smith o
Dupont o Rossi o Mueller o Gonzalez o Ivanov, lo chiameremo Tale. Però, intendiamoci subito, non che egli
incitasse e disponesse il suo equipaggio ad una sortita
contro qualche bieca tribù delle Isole della Sonda che
si fosse, mettiamo, impadronita di un imprudente
compagno: le parole surriferite Tale le aveva pronunciate soltanto nell'intimo, confortevole ed amico, del
gabinetto di decenza, durante il suo laborioso disim-
pegno quotidiano.

In questo luogo sacro alla vita interiore degli uomini
ed eccitante del loro spirito, qualcuno è andato a scrivere i suoi capolavori, altri a smaltire, con una subli-
mazione dei più remoti sentimenti, l'amarezza d'un
dispiacere amoroso; ma tutti si ripiegano su se stessi,
nel ricordo e nella meditazione, e cercano incessante-
mente d'intendere le ragioni profonde delle cose e
della loro stessa anima. Così Tale vi si abbandonava al
ricordo e vi riviveva la sua vita eroica e mitica, avventurosa e noncurante. Dio mio, intendiamoci anche qui,
non che egli non esagerasse un pochino. Perché, dalle
sue parole e dalle sue azioni là dentro balzava fuori
l'immagine di un Tale straordinario, non soltanto poli-
glotta e rotto a ogni fatica, a ogni astuzia e ad ogni
frangente, dominatore d'ogni situazione e padrone
della chiave d'ogni circostanza (una delle sue specia-
lità consisteva nel condurre a termine l'impresa più

impreveduta e disperata mettendo in ballo moventi psicologici elementari o elementari leggi fisiche maneggiate con una destrezza fuor d'ogni limite), ma conoscitore delle più segrete abitudini delle belve e degli uomini, delle più remote proprietà di vegetali e minerali d'ogni latitudine, sempre sorridente, un po' scienziato come ogni cacciatore-dei-tropici che si rispetti. Se mancava il fuoco, se lo procurava con misteriose confricazioni, se mancava l'acqua estraeva una bevanda «fresca e aromatica» dall'albero della gomma, ecc. Supponiamo che si trovasse legato a un palo di morte con una mina sotto i piedi, e che si trattasse di spenger la miccia già accesa. Ebbene, quando ognun altro se la sarebbe cavata per virtù di un intervento miracoloso o di una complicatissima manovra che lo liberasse dalle pastoie un quinto di secondo prima che la miccia appiccasse fuoco alla polvere, lui usciva dalla pericolosa situazione con uno sputo inauditamente preciso, studiato sulla direzione del vento e il peso specifico della ptialina. Meravigliosamente sicuro e calmo sempre, «dotato di un sangue freddo eccezionale e di nervi d'acciaio», maneggiatore infallibile d'armi di ogni tipo, fornito di sensi acutissimi e di una percettività potenziabile in proporzione del pericolo, di una resistenza fisica eccezionale, capace di qualsiasi sforzo e di qualsiasi finezza, tollerante ogni ferita e ogni dolore senza un battito di ciglio, eternamente invulnerabile tra insidie, pericoli, trappole, piombo e frecce avvelenate, circondato da una eletta schiera di avventurieri dai nomi gloriosi, Acrocerauni, De La Tour d'Auvergne (che chiamava soltanto Tour d'Auvergne), suoi preziosi coadiutori; egli non soltanto – dico – appariva un uomo fisicamente perfetto e un perfetto uomo d'azione, ma anche, Dio gli perdoni, un sapiente in molti rami dello scibile, in glottologia, in istoria, versato in giure, nelle matematiche – era fatale – e non alieno persino dalle letterarie tenzoni, quantunque in fondo le considerasse cose da femminucce e attività da pusilli. Dall'alto del suo seggio nel gabinetto egli aveva verbigrazia fatto stupire una commissione di glottologi raccolti tra i più dotti del mondo, teneva delle lezioni sulle antiche dinastie cinesi, e accordava udienza a postulanti vari desiderosi d'essere illuminati su questioni di cuore o di pandette.

Esagerava dunque. Per esempio, sapeva benissimo in cuor suo di non sapere il cinese; eppure lo abbiamo visto, nella allocuzione succitata, rivolgersi in questa lingua a un marinaio. Ma in tutti i grandi uomini d'azione hanno una certa parte l'impostura e la mistificazione.

In generale, si può dire che questo processo di accrescimento ed arrotondamento nel ricordo fosse stato parallelo (segreta coscienza, pudore?) a un altro processo, che lo scrivente chiamerà, in via del tutto provvisoria, di depotenziazione fonica. Col passar degli anni le allocuzioni, le lezioni, le scene varie, in origine pronunciate e rappresentate a voce alta con gesti molto plastici, erano andate gradatamente perdendo d'intensità, fino a divenir mormorate e abbozzate, e fino a rifugiarsi, da ultimo, un po' più dentro alla coscienza di Tale. Tanto che, adesso, non si sarebbe potuto dire se le parole fossero mormorate o soltanto immaginate e se i gesti fossero soltanto intenzioni di gesti. La sua mimica e la sua voce parevano essere retrocesse sotto l'involucro della pelle.

Per finirla, poi, con questo argomento sgradevole del gabinetto, lo scrivente ricorderà che se ogni uomo di cuore desidera naturalmente nell'animo suo di potersi trattenere, come in ogni luogo tranquillo e confortevole in cui si sia meglio noi stessi, il più possibile là dentro (ma con un bisogno reale: le ragioni infatti di quella gran confortevolezza sono tutte fisiche e perciò lo scrivente si dispensa dall'accennarvi. Bruti sono coloro che vogliono impiegare un tempo minimo nella soddisfazione di quel bisogno "volgare". Gli stitici cronici sono dei disgraziati che hanno perduto ogni freschezza e ogni candore; quelli parziali od occasionali gli uomini più felici del mondo), ciò era più che mai sensibile in Tale. Il quale, a forza di desiderare, in circostanze difficili o ingarbugliate o tristi o alla vigilia di qualche grande risoluzione, il provvido stimolo corporale, era giunto al punto di identificare tristezza indecisione bisogno di chiarificazione o di consolazione, con quello stimolo. Equivalenza irreversibile, questa, per ragioni ovvie. Cosicché una disillusione poteva fargli l'effetto d'una purga, ma non mai il bisogno l'effetto d'un adulterio scoperto. Come in quella sua vita avventurosa e precaria fosse poi riuscito a trovare sempre dei luoghi comodi degni di questo nome, è un mistero che lo scrivente non è riuscito a chiarire.

Comunque, ad avvalorare, se ancor ce ne fosse bisogno, l'asserzione che Tale era un grand'uomo d'azione, basterebbe quel debole inconfessato e maligno che avrebbe potuto da solo metterlo a paro dei giganti e degli eroi della storia e del mito. Come Achille, come Sansone e come Margutte, Tale aveva un punto debole. E il suo punto debole erano i ragni. Ribrezzo od orrore religioso, idiosincrasia o attrazione abissale, sta di fatto che Tale non poteva assolutamente patire quelle bestiole. In linguaggio comune si direbbe che «aveva paura dei ragni». Entrando in una stanza dove nell'angolo più remoto ed oscuro si annidasse il tenue nemico a otto zampe, Tale lo scopriva d'acchito. Se c'era qualcuno, lo pregava di prenderlo e di gettarlo via senza fargli male;[1] altrimenti, pelle per pelle – come diceva a se stesso in quei momenti –, s'armava di un bastone il più possibile lungo e iniziava la lotta, per chia-

---

1. Come sopportare infatti lo spettacolo di un ragno innocente, che, schiacciato a mezzo da una malaccorta scopa, cerca ancora di fuggire, seminando il pavimento delle sue proprie zampe e bagnandolo di un liquido gialliccio (il suo sangue!), arrancando disordinatamente sulle poche zampe che gli son rimaste, per poi giacere infine colle zampe in croce, morto?

marla così, corpo a corpo col nemico, a gran fendenti
e rovescioni. Una volta Tale era ancor giovinetto e per-
lustrava la sua grande casa di notte, non è appurato in
quale occasione: all'improvviso sotto il gradino di una
scala di legno che menava al solaio, eccoti un ragno
enorme e gelatinoso, di color gialletto incarnatino.
Dapprima sbigottito, poi forse rincuorato dalla coscienza della sua passeggiata notturna, Tale pensò bene di accostargli la fiamma della candela per bruciarlo:
il ragno spiccò un salto mirabolante e dileguò per le
arie. Ebbene, il nostro eroe che, come s'intende, girava
in camicia e a gambe nude, fu afferrato da una tale fre-
nesia spasmodica, nel timore che il ragno gli fosse caduto addosso, che stette per un tempo imprecisabile a
saltellare convulsivamente sulle sue gambe alternate. Il
tempo passò, ma ogni volta che Tale ricapitava per
quella scaletta ombrava come un puledro. Un'altra volta a Tale che dormiva un ragno passò sul collo, egli lo
vide poi sul suo letto, onde, presi su baracca e buratti-
ni, se ne andò a dormire, o a vegliare fra incubi innominabili, altrove. Per molto tempo aveva egli temuto
che il contatto di un ragno sarebbe bastato a fermargli
il cuore per sempre; ma dopo quell'episodio: «eh»
usava brontolare «abbiamo una pellaccia dura!».
    Lungo sarebbe però accennare a tutte le circostanze
delle tempestose relazioni di Tale coi ragni. Tuttavia
c'è ancora da meravigliarsi che, durante il corso della
suddetta vita, il capitano fosse riuscito a resistere vitto-
riosamente agli assalti degli inevitabili mostruosi ragni
tropicali; eppoi sarebbe bastata ai suoi nemici uomini
una mano di ragni per sgominare tutta la sua alta strategia, e certo quelli avrebbero sortito un effetto ben
più clamoroso degli elefanti di Pirro.
    Tale era l'uomo che, alzatosi e proceduto alle altre
formalità d'uso, fece per uscire. Già con un senso di
fastidio: difatto, aperta e richiusa la porta, egli dové
procedere ad una purificazione integrale delle sue dita, sporche del contatto della maniglia. Quella mani-

glia non era in realtà particolarmente sudicia, ma era comunque quella «del gabinetto». Come, camminando, Tale doveva acciaccare giusto col centro della pianta i ciottoli sporgenti, così non tollerava il contatto delle cose sudicie. La purificazione avveniva con un opportuno sputo su un polpastrello che s'incaricava di irrorare gli altri polpastrelli e la parte infetta della palma, nel caso che si trattasse di contaminazione tattile; se invece l'oggetto sudicio era stato solo visto o una espressione coprolanica era stata udita, la cerimonia consisteva nell'espellere a colpi di volontà dagli occhi o dalle orecchie le esalazioni che vi avevano aderito. Di soffi di traverso dalla bocca, di baci all'aria in ricordo di persone care morte, di tutto questo necessario ed affaticante rituale hanno però già trattato altrove e non vale la pena d'insisterci qui.

Tale si sputò dunque in mano, si fregò le mani e alla fine, sistemate tutte le sue faccende interiori, si volse con sguardo benevolo alla vita.

Ciò è comprensibile: era una cristallina giornata della primissima primavera, sole chiaro, tutto pulito fresco stagliato. Tale attraversò il cortile pieno di verde in isboccio, e allora dalla porta del salone gli venne incontro Rosalba.

2

Louange aux femmes pour leur vie merveilleuse!

Il sole aveva appena iniziato il suo cammino celeste: Rosalba era una fanciulletta di forse dodici forse tredici anni. In accappatoio, pronta per il bagno. «Sono pronta papà» ella gridò appunto non appena vide Tale. Bisogna infatti sapere che Tale, oltre a un figliuoletto malaticcio e d'occhi gialli, lasciatogli dalla sua povera moglie, aveva anche questa Rosalba, adottata in tenera età «per dare una sorellina al piccolo» e che lo credeva suo padre. Coll'aiuto di lei egli si riprometteva di dar corso a un antico progetto divenuto realizzabile soltanto ora che, come diceva, s'era ritirato dagli affari (ed intendeva per affari quella sua vita meravigliosa): assistere ed accompagnare la crescita e il fiorire di un corpo femminile. Lui veramente aggiungeva: «e di un'anima», ma sia permesso allo scrivente di dubitarne. Per far ciò, era necessario impostare l'educazione del piccolo essere in un modo particolare, bandendo cioè certe convenzioni e certi pudori avanti lettera, evitando i contatti pericolosi, ecc. Era appunto quanto s'era studiato di fare Tale, e, bisogna riconoscerlo, col migliore dei risultati. Così, per esempio, aveva abituata la sua pupilla a prendere in sua presenza il bagno quotidiano: egli aveva così modo di osservare giorno per giorno i progressi e le modificazioni di quell'esile corpo. Che cosa si ripromettesse da tali osservazioni ovvero a cose fatte, cioè a sviluppo compiuto, e che cosa ne avesse, lo scrivente non saprebbe dire. Questi, come mero suggerimento, azzarderà l'ipotesi che non si trattasse di un puro interesse estetico; e che Tale non si fosse sobbarcato alla seccaggine d'assistere, tutti i giorni che Dio mandava in terra, al bagno di una bambina, se non in vista del momento in cui questa bambina avrebbe cominciato ad esser donna: in vista insomma del frutto acerbo. Ma c'era forse qualcosa di più, in quel desiderio di intrinsechezza coll'intimità di una giovinetta, cioè di più raffinato.

Ad ogni modo, tutto gli era andato fin qui a seconda. E Rosalba (lo si vide quando, con un gesto ingenuo, lasciò cadere in sala da bagno l'accappatoio) era venuta su una superba fanciulla. Con due occhi vasti e fondi, i capelli corti gonfi e lucenti. Un po' esile forse. La sala da bagno non era che uno sgabuzzino riadattato e la porta ne rimaneva sempre aperta a dar luce: i primi raggi tiepidi del sole, gli alberi e gli arbusti a due passi di là dalla soglia, gettavano riflessi glauchi sul suo corpo sottile e già in fiore. Non latteo e verginale, quel

corpo (il bianco è il colore sfacciato del pudore): bru-
niccio, al di là della verginità e del peccato. L'arco delle reni faceva pensare per il suo tono sordo a un suono
di flauto, le gambe erano leggermente ingrossate e
rinforzate a sostenere un torso lieve, le spalle spioventi
e un poco incurvate, sì che il seno, un tantino pendulo, s'ondava contro il tessuto lieve e quasi trasparente
delle costole, il ventre ampio e cavo, ombreggiato di
bruno e viola con sfumi di biondo verso l'alto, come
della vegetazione nascente. Le anche aguzze (erano la
cosa che subito colpiva in lei). Come intormentito ancora per il caldo del letto, con qualcosa di immammo-
lato e abbrividente all'aria fresca, quel corpo senza pudore fioriva un po' piegato di lato, come quello delle
madonne tratte da un dente d'elefante. Senza pudore:
Rosalba considerava una cosa comune e abituale il suo
bagno in presenza del padre e tutte le altre dimesti-
chezze con lui, e forse non sospettava neppure che le
altre, segnatamente quelle della sua età, non usano
scoprirsi innanzi ai propri padri. La mancanza di pudore era appunto la condizione che rendeva possibile
a Tale l'attuazione del suo progetto. Egli si studiava
per ciò in tutti i modi di non svegliare la recondita sensibilità di lei. Col fiato sospeso ad ogni istante, teso nello sforzo di non tradirsi, sia che le entrasse in camera
quando s'infilava le leggere mutandine, sia che la aiutasse a spugnarsi le parti meno accessibili a lei medesima del suo corpo, egli doveva vigilmente mascherare
quanto poteva esservi di carnale nelle sue sollecitudini
e darsi un'apparenza naturale e noncurante; altrimenti comportarsi, sarebbe stato favorire l'incosciente processo formativo di lei. Ora, in questo inflessibile sorve-
gliarsi di ogni minuto, risiedeva forse il più acre e completo piacere di Tale. Anche ammettendo questo, ed
anche ammettendo in lui la coscienza che ogni intimità decisiva avrebbe significato in fondo la distruzione di quella voluttuosa familiarità, resta però sempre
da domandarsi dove mai egli fosse andato a trovare la

forza di resistere all'incanto di quel giovane corpo, specie ora che la soluzione naturale era sul punto di rendere ormai inutile ogni sua attenzione.

Forse bisognerà ammettere anche che la naturalezza dei suoi rapporti colla fanciulla non fosse per nulla finta, e che proprio in questo si nascondesse la voluttà della cosa. Altrimenti detto, egli era sicuro di avere la fanciulla in suo potere, a discrezione e per qualsiasi uso. A una sicurezza basta d'esser concepita per passare in una zona lontana del nostro animo, dove finisce col diventare impersonale e generica, cioè al di là del particolare oggetto a proposito di cui s'era formata: c'è tanta gente cui basta il poter fare una cosa per non aver più bisogno di farla e per sentirsi soddisfatta come se l'avesse fatta. Ma tanti chiarimenti non sono poi per nulla necessari.

S'inizia ora, dopo il bagno, la giornata di Rosalba. E qui lo scrivente vorrebbe poter disporre d'una tavolozza dai colori smorzati e cristallini, luminosi eppur diafani. Di che cosa può esser fatta la giornata di una giovinetta dodici o tredicenne? Ma certo di piccoli episodi senza nome, riso sotto il leggero oro delle ciglia, cantò una poetessa d'altri paesi. Di quella poetessa lo scrivente non ha purtroppo né la mitica ingenuità né il candido vigore, e perciò rinunzierà, con suo disdoro e rammarico, a descriver quel riso. Il sole proseguì il suo cammino celeste, descrisse un arco sempre più alto, arrivò in cima, restò un istante come sospeso, quindi tristemente intraprese la sua discesa verso l'orizzonte; non preoccupiamoci per lui, domani sorgerà di nuovo, domani sarà la stessa storia.

Ma col calar del sole s'avvicina la sera, e colla sera le ombre, apportatrici di voluttuosi terrori. Ma non solo le ombre, anche gli amici; gli amici che si raccoglievano ogni sera a casa di Tale. Tale lo aveva ben pensato che quegli incontri sarebbero stati pericolosi per Rosalba (e infatti, durante il racconto delle sue mirabolanti avventure non la perdeva un momento di vista):

vi si era tuttavia lasciato andare per inerzia o necessità, o fors'anche perché temeva per la sua pupilla più la solitudine d'ogni altra cosa.

Per questo assunto, per narrare cioè acconciamente di queste desolate ed eccitanti riunioni familiari di paese, ci vorrebbero invece i foschi colori di cui certo dispone qualche gran prosatore dei nostri tempi. Nella sua pochezza lo scrivente si vede costretto a perdere un'altra bella occasione, e, per quanto la sua posizione rischi di divenire insostenibile, a declinare anche questo incarico.

Venivano un avvocato, anzi l'avvocato, col suo ventottenne figliolo (baffetti neri), lo speziale, il conciliatore, che so, il sindaco, assessori e funzionari vari colle loro rispettive signore; e, sia che si ascoltassero a semicerchio le cacce ai coccodrilli di Tale, o, mettiamo, un grammofono, sia che si facessero i rituali quattro salti o i più decrepiti giuochi di società, ci se la spassava perbenino.

Creola
Dalla bruna aureola
Per pietà sorridimi
Che l'amor m'assal.

Ma quella sera a Rosalba, chissà per quale ragione, dette inesplicabilmente noia il sussurrio del suo vicino (il bavoso conciliatore) durante un « telegramma », e se ne andò in terrazza a prender aria. Strano! il senso di quel fiato caldo le persisteva sull'orecchio e sulla guancia e quel mormorio, d'altronde incompreso, sibilatole con uno sforzo di petto, le ronzava dentro e non accennava a svanire, forniti ambedue di tutti gli attributi della materialità. Dopo un poco, che è che non è, il figlio dell'avvocato le tenne dietro. Tale però, che s'era accorto dell'armeggio, riuscì a trovare una scusa e a raggiungerli a sua volta. Uscendo li vide vicini sotto un cespo: il giovane parlava fitto e Rosalba era presa in pieno sul volto da una luna fradicia: i suoi occhi ne uscivano incupiti. La fanciulla ascoltava, colle sopracciglia lievemente alzate e la boccuccia socchiusa a cuore, come i bimbi. Da quella bocca pareva alitare un fiato leggero e impalpabile, un acre odore di verbena (lo sentiva evidentemente quel gaglioffo del suo interlocutore); la luna tra i suoi denti le infiggeva nell'oscuro cavo della bocca una lama acuta e gelida...

Poi tutti se ne andavano, indugiando lungamente nell'andito del portone, salutandosi a lungo, ritrovando in quei supremi istanti tutto il loro spirito, e dal loro sbadiglioso languore rinascevano, novelle fenici, gli argomenti capitali: «Dunque pare che mettano la seconda corsa della corriera...».

E si va a letto.

3

In solchen Nächten wächst mein Schwesterlein...
RILKE

Ma quella notte Rosalba non poteva dormire. Non poteva, perché c'erano troppi problemi da risolvere. Già da qualche tempo come un'oscura minaccia era in tutte le cose. In primo luogo che significavano gli sguardi umidi e appiccicosi del figlio dell'avvocato coi baffetti quando veniva la sera? Sguardi perduti in una forza più grande di lui e perciò supplichevoli, non imperiosi, non insistenti. Che significava quel mordicchiarsi il labbro, quello stornare lo sguardo come da uno spettacolo triste che faceva suo padre durante il suo bagno? Egli ormai non le dava quasi più consigli, neppure l'aiutava: l'arco delle reni rimaneva spesso inviolato alla spugna.

Era quello che bisognava sapere. Poi quel piangere sconsolato sui tramonti e sulla vecchia casa, se la vedeva livida nel tardo tramonto da un estremo del giardino, sulle gemme e sul verde degli alberi, quel piangere

interno che rare lagrime dava ma grosse e lente e pesanti che se ne sentiva lo scorrere sulle guance, lagrime che si svellevano con isforzo dal calmo alveolo... È
forse giusto che un tramonto faccia piangere, già, ma
bisogna assolutamente sapere perché questo avvenga,
a causa di quale preciso elemento. Poter concludere:
«ovvia, s'è capito, è il rosso che mi disturba!». Ma no,
si piange e non si sa perché, in tutto c'è una tranquilla
minaccia; meglio, un alzar di sopracciglia come dei
bambini a una cosa triste e un po' sconosciuta – sguardi di morti gozzuti di tristezza dai ritratti delle cappel-
le. E, peggio, la ruvidezza della spugna è ormai quasi
piacevole e brividosa sull'arco delle reni, il fiato è greve d'un peso che costringe a sospirare ogni cinque minuti. Ecco, ecco, forse: si è tristi non perché si sia tristi,
ma perché, se si sospira, bisogna pure che la nostra
anima giustifichi quel sospirare. Ad ogni modo c'è in
fondo a quel peso come la promessa di un piacere nascosto e nuovo. Un piacere: e come se è lecito? Forse è
necessario liberarsi di quel peso con un sospiro più
profondo, più profondo, un inaudito sospiro: è un
momento, si risale, si risale ancora più dentro, sempre
più in fondo, fino alla vertigine, fino a carpire l'ultimo
bioccolo di fiato che si è aggroppato nel fondo (ma di
che cosa?) e si è liberi. Ma forse no: occorre che quel
peso aumenti indefinitamente senza riposo senza respiro, fino a che il sangue si scateni in una romba furiosa battendo battendo alle tempie alla gola ai polsi
sul cavo delle ascelle sui polpastrelli sonori. Occorre
che quel peso sia schiacciato ecco: *schiacciato*.

Infatti tutti i rumori questa notte non si addormentano, non si spengono dopo il loro disperato richiamo,
e ogni suono lontano e vicino danza una ridda pericolosa. Sopratutto minacciosa. Uno stritolare di carro
sulla lontana strada lunare cresce si gonfia secondo il
ritmo del sangue nella testa – un ritmo terribile, non
accelerato, ma incalzante, grandeggiante –, si gonfia
di un oscuro e spaventoso senso di minaccia: car-ro

car-ro. Si gonfia. È lì lì per sbottare; Signore Iddio, per questa volta non è sbottato, per questa volta è passata e ricade come un cavallone. Ma l'altra ondata, che sarà, che sarà? Infatti, è un mare con enormi lame tempestose e tra le lame un immenso mostro a testa quadra col corpo di serpente. Il mostro vuol raggiungervi colla sua testa immane ma la risacca lo scosta. Ma la risacca lo accosta anche, e, assecondando il battere delle onde, ogni tanto (a ogni battere!) il mostro s'erge, grida, s'erge sul cavallone che viene e mentre s'erge grida con una voce grandissima, fortissima, e quando è più alto, quando la sua testa ha coperto l'orizzonte, il suo corpo il mare, allora appunto raggiunge il suo grido il tono più alto, allora il suo grido riempie l'aria. Non c'è più scampo: l'aria è grido, il mare è corpo, l'orizzonte è testa. Ma il cavallone ricade, il mostro con lui, ma il cavallone si gonfierà di nuovo e questa volta, chissà, forse il mostro raggiungerà la sua preda. Non l'ha raggiunta, il suo fiato ha sfiorato il nostro, ma ci sono ancora tanti cavalloni per quanti sono i secondi dell'eternità... ancora un balzo, ma risdruccida giù, ma ancora balza per afferrarci... ma no: ci sono tante onde per quanti sono i battiti del tempo, ma non sono tutte cavalloni, e se la risacca non preme il suo balzo, come potrà il mostro giungere fino a noi? I cavalloni si placano, il mare si placa, il mostro si allontana brontolando, scoppia un tuono, è finita. Ma il mare tranquillo è di pece, il cielo di piombo, immani gamberi fulvi ci sfiorano con lunghissime antenne, hanno occhi cornei e duri, occhi senza pietà. Pure la loro astiosa lentezza è così marmorea che non potranno averci. O Signore, quando dunque risplenderà il sole su questo mare, quando l'acqua sarà lucente come una colata d'oro? *Colata*: ecco dunque: *colata, schiacciato*. Ecco un po' di sole finalmente. Basta ripetersi e rigirarsi una parola qualunque dentro perché essa si svuoti del suo senso di tutti i giorni, buffa, proprio buffa. C'è di più: *binocolo*: donde affiora, non si sa, ma: *binocolo*!! bello no, buffo soltanto. Ridere ridere! bottiglie, champagne, donne, il figlio dell'avvocato...

Ma il riso è macabro: aspettate, parte dalla loggetta in cima alla scala, chiusa fra le tre pareti del vecchio cortile. O noi? o io? Ma certo, sono per aria e guardo quel riso. Per aria, ma ci inabissiamo in un immenso imbuto d'aria e di piombo. Sprofondiamo. E, in fondo, invece del buco c'è quel riso macabro. Solo il riso. Addio voli sulla Serra Capriola, libere ascellate sulle valli montane, no, si sprofonda Signori! Ecco il riso. Cioè, c'era. Ora? Cerchiamolo questo benedetto riso, macabro sì, ma in fondo simpaticone, che si diverte a sfuggir via attraverso le porte chiuse come un fuoco folletto. La casa! Ecco la casa. Ma l'altra casa è fuori dei nostri passi. L'altra casa! Che significa? Significa che s'attraversano le stanze di passaggio, quelle sulle scale interne, ma non si cerca per tutte le gallerie del primo piano. No, evidentemente bisogna andare giù per la scala a chiocciola di legno che porta in cucina. Però giù è meglio guardar prima nella dispensa a dritta, anzi è certo che il riso s'è rifugiato là. Mattacchione, sarà dietro la porta bisunta, che non si può aprire del tutto e ci rimane sempre un po' di spazio dietro. Sarà dietro la porta e forse, scoperto, farà ah ah con aria allegra. La dispensa. No, non c'è nessun riso. Che seccatura, alla resa dei conti, o dove si sarà cacciato? Forse ancora a dritta, sarà passato per gli sgomberi e sarà di nuovo in cortile. Già, ma perché non riposarsi un poco? Ecco il moggio di legno: sediamoci allora. Come tutto è distinto, pietosamente distinto e colorato in bigio! Come si vede tutto distintamente! Alle spalle il carniere, non occorre guardarci dentro per sapere che c'è, al di là della reticella contro le mosche, un pezzo di formaggio salato, carta grossa da maccheroni (e perché sta qui) e... ma che cosa è, ah la pernice. La pernice. All'angolo gli spiedi, di qua le pignatte, una fila di pignatte in ordine d'altezza sopra un asse, di là i coperchi, una fila di coperchi in ordine di grandezza infilati dietro un fil di ferro sulla parete. La bocca della cisterna. Il pacco della catena appesa a un chiodo, un cesto colle foglie e tre piatti dentro (ma perché poi la chiamano dispensa, diamine!). E di fronte ecco l'acquaio, ma l'acqua non ci corre naturalmente: ci lavano i piatti e c'è il buco per lo scolo, ecco perché lo chiamano così. Che altro? Travi tarlate, di color giallo cupo, sporche. Una cotenna di maiale. Ah ah la cotenna. Ma non c'è assolutamente nulla da dire sulla cotenna. Cotenna e basta. *Cotenna*: buffa anche questa. Le patate a terra. Spigate. Le patate, si capisce, sono animali. Alzano una strana testa con un lungo collo dal loro corpo bitorzoluto. Il collo e la testa verdi, il corpo color terra. Strani animali. Una testa troppo fresca per quel corpo decrepito. Come... come che cosa? Ma che si va a pensare, evvia... ma insomma, anche dal corpo dei cani sboccia qualche volta una tenue carne rosata, retrattile e sensitiva come le corna delle lumache. Anzi... Strani animali anche i cani. Che sgomento però! Comunque le patate le chiameremo... mettiamo *canie*. Ecco una bella parola: «Sbuccia le canie e tagliale sottili!». Eh eh. Certo c'è qualche cosa di misterioso in queste teste tenere delle patate, cioè delle canie. Misterioso, non c'è più da ridere da scherzare, non c'è più da parlare neppure in sé stessa: c'è da raccogliersi nel fondo più buio della propria anima a studiare, no, a sperare d'esser penetrata dalla rivelazione. La rivelazione delle teste tenere. Accidenti, abbiamo perduto l'allegria. Non c'è che sbigottimento torpore tristezza, ora. Proviamo col solito sistema: *buco*. Buco: no, nulla da fare: un buco è un buco. Ma perché si è detto buco? Ecco, perché c'è là giusto di fronte il buco grosso, non quello dell'acquaio, quello a terra sull'àstrico grigio e sporco d'acqua grassa, per lo scolo.

Ma ora tutto svanisce, cioè non si vede più. Il buco nero, come già il mostro sul mare, empie di sé l'orizzonte. Ma non grida, tace. Poi non è esatto che empia di sé l'orizzonte: due frasi! Resta là, alla distanza solita in margine all'àstrico grigio e macchiato d'acqua grassa. Ma ecco: se da quel buco uscisse d'improvviso una bestia strana, una bestia mai vista?! Oh, da questo buco la bestia può girare per tutta la casa, penetrare guardinga e soffice dovunque, accosciarsi sotto i guanciali, rannicchiarsi nel cavo delle ascelle di quelli che dormono, come non averci pensato prima! E che c'entra adesso l'amore? *Amore* non attacca neppure qui. *Buco* e *amore* sono refrattarie.

Ed ecco Rosalba si irrigidisce d'orrore. L'orrore non fa chiuder gli occhi, li tiene spalancati e rigidi, lucidi e immobili come stagni grigi. E gli occhi di Rosalba chiudono tutto l'universo nel loro giro, e al centro dell'universo c'è il buco nero. Dal buco nero qualcosa si esprime con un po' di sforzo, ma colla molle pieghevolezza dei gatti quando passano per i buchi all'angolo delle porte. Una forma grigia e viscida mette fuori il capo il collo il corpo. Perché, sebbene sia grigia e viscida e perciò non si distingua sullo sfondo del pavimento e del muro, pure a mano a mano che avanza se ne possono discernere il capo il collo e il corpo. Ma che dico discernere! Si può insomma vedere o sentire che quella forma ha un capo un collo un corpo. Dunque (se la relazione non è chiara non monta) è una bestia. La bestia, ecco. Ma delle cose, animate o no, che ci colpiscono come la folgore, delle cose che ci riempiono di attento meticoloso orrore, delle cose enormi e inaudite, non è vero che si riescano ad osservare tutti i minuti particolari.[1] Perciò come precisamente la bestia sia fatta non si può dire: ma ha gli occhi duri cornei e rappresi degli animali che non vedono, opachi e velati come quelli dei trichechi, un muso viscido e tenero,

---

1. « Giusto! » interviene, come sempre a sproposito, lo scrivente. « Forse che della morta donna amata si ricorda il colore degli occhi? Piuttosto che la reale è la forma fantastica a concretarcisi dentro in simili casi, e questa, per esser fantastica, ha attributi non logici ma soltanto ideali ».

lunghissimi baffi sottili e sensibili abbrividenti al contatto dell'aria. A guardarla meglio, anche il muso abbrividiva più di quello dei conigli, tutta la pelle della faccia abbrividiva. Bisogna dir così, perché la testa della bestia, erta sopra un collo alto e intaccato di solchi nel viscidume, aveva alcunché di umano. Gli occhi avevano la guardata di fronte, non di lato o sfuggente. Il suo corpo... il suo corpo chi lo sa? Ma era facile sentirne la forma generale. La bestia era una testa, come certi uomini sono un naso. Una mostruosa testa delicata e sensibile come... trovato! come la testa delle canie! Tesa, la bestia cieca. Verso che cosa? Oh, Rosalba capì fin dal primo momento che era tesa verso di lei. Non c'è nulla che si capisca meglio delle intenzioni dei nostri simili (perché come non chiamarlo un nostro simile?) quando non sono espresse in nessun modo. Se uno dice «voglio ammazzarti» può darsi che sottintenda qualche cosa, ma se uno vuole ammazzarti e non lo dice, come si capisce presto questo!

Tesa e dura, ma non si affrettava, avanzava colla calma degli esseri sicuri di sé. I lividi occhi non avevano sguardo, ma implacabili covavano la loro preda. Occhi che era impossibile sottrarsi alla loro forza: non avevano sguardo e non erano umani. Occhi ciechi a servigio di una luce inflessibile e segreta. Lenta e sicura, la bestia. Ma se era cieca, non perdeva tuttavia un passo della sua strada. Ecco: essa non vedeva cogli occhi. Come tentare di sfuggirle? Sarebbe lo stesso che voler sfuggire a un leone, sol perché è cieco, quando vi sentite visti e scoperti continuamente dal suo fiuto. Dunque bisogna subire; subire, ma che questo tormento sia breve perdio! Immobili, ma che ci raggiunga dunque se siamo in suo potere! E no, c'è tutto il tempo per guardare gli occhi cornei e duri, gli occhi che non si commuovono; si possono guardare, Rosalba poteva guardarli a suo agio. Terrore ormai non più, una tranquilla fissità incalzante. Ecco dunque la bestia che può girare per tutta la casa e penetrare dovunque, accosciarsi sotto il guanciale di chi dorme, nel cavo delle sue ascelle, tra le sue... e sì, tra le sue cosce al caldo. Al caldo, povera bestia che vive nei buchi degli acquai all'umido eterno, grasso di acque sporche. Tra le cosce... un dolore? No. Una prurigine? Piuttosto un fuoco e un acuto stiramento come se a stirare un nervo solo rispondessero tutti quelli del corpo. Prima, ma ora è necessario riempire questa fissità, non si può attendere il primo contatto con la bestia, colla sua testa, pensando proprio a nulla. *Amore*: no, non attacca, inutile, s'è già visto. Vediamo allora un'altra cosa: «il cane soffre se il suo padrone mangia e non gli dà nulla» (frase del babbo). Ecco, questa è una verità. Tutti danno da mangiare ai propri cani quando mangiano essi medesimi. Finalmente una norma sicura. Si sa che pensare della tristezza dei cani, se vedono mangiare e non rimediano nulla, e soltanto perché il senso di questa tristezza è stato chiaramente detto una volta per tutte. Ma le altre cose che solo noi possiamo scoprire, se anche più soddisfacenti, non sono affatto e mai sicure. Perciò forse più piacevoli.[1] Del resto che c'entra tutto questo? C'entra perché l'amore... perciò il suo senso non è mai sicuro.

Ma non c'è da pensare a capirci qualcosa nel ragionamento, i pensieri hanno ora il ritmo falso e accelerato di quando la nostra mente non vi aderisce perché è altrove, sminuzzata tra le apparenze. Anzi la mente allora non è mente, è tutta colata (e s'è colorata di fuoco) più giù più su chi lo sa, alla bocca dello stomaco, alla radice dei capelli. Ecco la vera mente. Che è paura, macché paura: fissità. La bocca dello stooomaco, dello stooomaco, cacchio.

Cacchio: la bestia non ha capito nulla di tutto questo, muta è ormai a un palmo da Rosalba. A terra: le ar-

---

1. Insomma Rosalba si riferiva forse, inconsapevolmente, alla tranquillante certezza delle così dette verità apodittiche. Voleva forse accennare all'esistenza di una categoria di fatti al di là dell'esperienza: fatti inconoscibili.

riva a mezzo stinco. Essa vuole che le gambe siano lentamente aperte. Allora apriamo lentamente le gambe. Essa vuole che non s'abbia camicia e nulla. Eh, ma se non s'aveva neppur prima. Il ferro del moggio, ora a pensarci, è freddo sotto. Dunque Rosalba è seduta sul moggio, colle gambe dolcemente aperte, la bestia è a terra, a un palmo dal suo corpo, tra le sue gambe. Ed ecco, colla sicurezza della capra che scerne d'acchito il racimolo più tenero, con un piccolo salto muto la bestia si impadronisce di Rosalba. Salta a mordere il bocciolo più tenero di lei, che il suo fiuto cieco le ha rivelato subito. Lottare? Si sa che non si può. Free-ddo del moo-ggio, freee-ddo del moo-ggio (sull'aria del *Bandolero stanco*). Tenerume con tenerume, è giusta. Ma la bestia non ha strappato nulla, non le ha strappato il suo bocciolo più tenero, nel cavo tra le cosce, per mangiarselo. La bestia vuol suggerla tutta. Ebbè, faccia pure. Dolore? che dite mai Marchesa? No, nessun dolore. La bestia rimane lì pendula a succhiare. Succhi, nessun dolore. Rosalba non guarda che il pignatino più piccino, grazioso colle mani sui fianchi. E il dolore quando verrà? Forse non deve venir mai. Bestiolina cieca e terribile, bigia e viscida, che fai? Ma fa', fa' pure. Ma ecco una improvvisa serietà. È inutile ribellarsi anche a questa. Il dolore, il dolore!! No, la gioia. Neppure, ma il pignatino inizia un grande giro, un giro che, così largo come è preso, lo porterà certamente dietro le stelle. Addio, bel pignatino! E l'àstrico e l'acquaio e le pareti e le travi gialle e sporche, prima a vortice poi indietreggiando, svaniscono. Ecco ancora galleggia sul grigio perla, colore del vuoto, la cotenna. Silenzio. Non c'è più nulla e il nulla è punteggiato d'un sorger muto di linfe, di un rovesciarsi di vuoto dentro vuoto, di cieli giacintini dentro cieli, di universi color pesca dentro universi. Silenzio e rumore assordante.

Ed ecco il sorgere delle linfe di giada si precisa. Non sorgono, sfuggono. Fluiscono irrimediabilmente e dolcemente, purificano, liberano, portano via la vita (la vita?)

tutto. Si dissolvono il sangue le vene le ossa i visceri e fluiscono via in linfa. Purificazione, la liberazione! La liberazione e forse, sì, sì, la vita! Le linfe fluiscono, colano.

Colano. Né tristezza né gioia, perché non sono necessarie né l'una né l'altra. Necessario (perché è) è il fluire delle linfe, il colare. Colano, e non c'è ora più la bestia e Rosalba è di nuovo sola, in piedi questa volta sull'àstrico bigio, nuda e bianca coll'ombra viola del ventre, l'ombra in basso a triangolo. Ma dunque la vita? E ora poi (forse qualche linfa che risale?) uno strappo prima leggero poi acuto, dentro, giù. Ma dunque? Ma che cosa è questo? Sangue, già, sangue. Un tranquillo fiume di sangue che cola giù dal cavo viola, cola e tesse una cortina a triangolo, trasparente come una cascata. Ma se è tranquillo non bisogna allarmarsi. Però, però... il sangue riempie tutta la stanza, il triangolo s'accorcia, s'accorcia sfociando nel lago con un calmo e soffice affondare di suono. Tra poco il triangolo non ci sarà più, Rosalba si guarda, e il sangue le arriverà ai fianchi. Oh, tirarsi su, fuggire: fuggire? È un bagno dolce quello del sangue. Il sangue non è caldo, è fresco. Liberazione, cola. Risale però, ecco il male. Spasimo alle viscere, ai reni. Ed ecco ancora, qui sotto il mento, due tenui ma pesanti globi di carne colla punta tenera come quella delle canie. Spasimo.

E Rosalba si svegliò di colpo. Come in treno, riprese contatto di botto colla realtà. La realtà era un gocciar caldo di tra le cosce. Un colpo e la coltre saltò via: sangue davvero, larghe macchie di sangue sul lenzuolo. E ancora un pullulare nascosto e tenue di sangue caldo. Caldo e non fresco, e nero. D'istinto, Rosalba balzò in piedi. Voleva chiamare il babbo, ma qualcosa la trattenne.

Forse il lettore non sa che signifíchi colare. Forse ignora le precise condizioni in cui l'oscura forza che costringe una gocciola a cadere, se nulla la sorregge, si esplica in tutta la sua cristallina chiarezza. Come sempre, una più vasta legge si esprime qui attraverso la legge particolare. Esiste un colar puro ed uno impuro: da un uomo nella sua posizione normale da nessuna parte potrà colare puramente qualcosa: una goccia di moccio che gli coli dal naso seguirà inevitabilmente una linea spezzata, dovrà cioè sdrucciolare su un piano obliquo prima di raggiungere la sua divina verticalità frecciale, diretta verso il cuore della terra. Un colare puro non potrà attuarsi in lui che dagli organi puramente periferici: qualcosa che si diparta dall'interno, dalla sua più profonda materia, non potrà mai gocciarne puramente (perciò forse l'uomo non è soggetto, e per sua disgrazia, ai catartici lavacri mensili). L'unica è immaginare una disfusione di sangue dai polpastrelli delle sue dita aperte lungo le cosce. Speriamo dunque che un giorno lontano una raggiera di fili di sangue colanti dalle nostre dita ci irretisca le gambe: è questa la nostra speranza.

Ma per una donna è un'altra cosa. Da una donna, dall'intimo dei suoi precordi può il sangue colare logicamente e in purezza stellare. Anzi ogni goccia grossa e pesante di sangue atro che batta scoccante e sorda sul pavimento è la diretta proiezione del centro di gravità di quella donna e ne segna per l'aria la linea ideale. E se, le gocce sovraccadendo alle gocce, un tranquillo lago mercuriale di liquido pigro convesso spesso e dai bordi lucenti se ne formerà, di quel lago la sbigottita sirena sarà Rosalba stessa, del dilagare centro e fulcro.

E Rosalba rimase dunque a contemplare quel piccolo lago, calma in apparenza, ma un pensierino sottile batteva fastidiosamente, come un tafano di primavera, alle pareti della sua anima. Ecco dunque l'amore – si diceva la fanciulla. E se soltanto credeva di sapere, che importa? Basta credere di vedere per vedere: tanto è vero che nessuna cosa esiste. E qui lo scrivente deve scusarsi col lettore d'essersi abbandonato, per amore di fedeltà, a una soverchia aderenza al modo d'essere di Rosalba.

Se n'è andata da altri l'insonnia-infermiera.
ACHMATOVA

Certo la primavera era maturata in una notte sola e l'estate giungeva recando nelle sue mani fasci di smanie e l'insonnia infermiera: ché anche Tale sentiva quella stessa notte un'oppressione e un'arsura senza limiti. Se quel greve mezzosopore avesse potuto concretarsi in un pensiero e in un'immagine, sarebbe stata senza dubbio quella di sua nipote Rosalba che, dietro una nebbia brillante e violacea, come una nuda nuotatrice scorta dal fondo del mare, gli sarebbe balzata tra le ciglia. Un colpo d'ascella e il fondo marino prima lentamente poi più rapido sprofonda ed ecco la superficie e la nuotatrice fra le nostre braccia. Tale si riscosse; era già sveglio.

Tale sapeva che le due bocche viste alla fioca luce lunare così inconsapevolmente vicine si sarebbero un giorno unite, paradisiache o terrestri (egli non sapeva che già il maggiore dei granatieri aveva sbavato, in un bacio incorrisposto, le verginali labbra di sua nipote; non sapeva perciò come quella bava avrebbe dovuto spumeggiare e fermentare attorno all'arco della bocca di lei). Vale a dire che un giorno Rosalba si sarebbe rifiutata di prendere il bagno quotidiano in sua presenza o l'avrebbe fatto con difficoltà e rossore, o dietro la sua precisa imposizione, togliendolo così alla sua felice indecisione di spirito e costringendolo ad assumere un ben deciso atteggiamento verso di lei. Sapeva questo, ma ne aveva fino allora allontanato il pensiero con isgomento. Ora però l'imminenza di quel momento gli pareva, chissà perché, stranamente attuale e che bisognasse preoccuparsene subito.

Oppressione, arsura... ecco infine un desiderio determinato: bere. Tale s'alzò con precauzione; nella stanza accanto dormiva il suo figliuoletto, così nervosino e gracile che interromperne il leggero sonno sarebbe stato imperdonabile. Senza saper come, si trovò davanti allo specchio e con un gesto abituale tirò fuori la lingua impastata. Viste colla coda dell'occhio, le forbici aperte sul canterano avevano l'aspetto di un grosso ragno che avesse dovuto abbandonare in una lotta quattro delle sue zampe. Ma Tale, già abituato a questo aracnemorfismo, non sussultò. Dallo scollo del leggero pigiama i peli del petto imbigivano; capelli grigi, quanto abbondanti, anche sulle tempie; solchi sulla fronte (rughe), agli angoli degli occhi: zampe d'oca, dicono le donne. «Tra poco sessant'anni, vecchio mio!». E, quasi naturalmente, Tale ripeté un gesto antichissimo che credeva sepolto per sempre: si scoprì. Il torso: peli grigi, le mammelle segnate da un'onda di grasso e la solita ridicola corsa di peluzzi pettinati giù giù fino al bellicolo. Si scoprì ancora: più giù il rigonfiarsi quasi appuntito del ventre, valicato da quella corsa pettinata (la giornata degli arrampicatori: quello là, avanti a tutti, più scuro, non è la pulce dei Pirenei?). Ancora più in basso, carni flosce, afflosciate ineluttabilmente, e del grigio anche qui, ecco il più grave! «Evvia, si sapeva e tanto piacere al c...» pronunciò forse ad alta voce, e si ricoprì. Il bagno, il bagno: come conservarla ancora e sempre in quella sua impossibile inconsapevolezza? Eh, le sue curve si disegnano, ed è destino che se ne vada come un farfallone per il bianco mondo![1] Rien à faire. Che si diceva? Ah, bere. E Tale aprì senza rumore la porta. C'era ora da attraversare la stanza del bimbo: il bimbo dormiva e dalle sue labbra semichiuse, dalla sua fronte imperlata spirava non so che di febbricitante e morboso. «Eccolo qui» si disse Tale passando vicino al suo letto senza sfiorarlo (i suoi pensieri avevano rapidamente presa un'altra pie-

1. Lo scrivente si scusa ancora una volta della sospetta icastica del bravo capitano: il quale evidentemente conosceva anche i romanzi russi.

ga) «fortuna che ha gli occhi chiusi. Bel padre sono, perdio, a non essere riuscito a capire di che colore sono i suoi occhi!». Ma anche qui, niente da fare, ci aveva studiato tanto e non era venuto mai a capo di nulla. Però, a considerare bene le cose, a Tale stesso sembrava che tutto il suo essere si ribellasse come in preda al terrore, quando si trattava di confrontare il colore di quegli occhi con quello degli altri oggetti conosciuti: la sua ragione e la sua memoria rifiutavano di agire regolarmente, come se temessero in ogni approfondimento una spaventosa rivelazione. La stessa cosa successe allora, e Tale, che aveva finalmente guadagnata la porta della cucina, riuscì a distrarsi anche da questo pensiero. Il suo acuto desiderio di bere lo reggeva in equilibrio: un desiderio filiforme simile in qualche modo al sottile tronco di pino che deve servire a passare da una cornice di montagna ad un'altra, sopra una gola dove un soffione boracifero o un pullulare d'acque sulfuree affuma e affoca l'aria. L'acqua alla fine; due bottiglie di vetro verdone di quelle sopravvissute a tutti i cataclismi e che servono abitualmente a metterci dentro i pomodori. Nella conca di rame, in fresco: ci vorrebbe il bicchiere, no, meglio bere a garganella. La sete è momentaneamente calmata. L'equilibrio dunque rotto. Se ne rende conto lo stesso Tale che si sente ripiombare sul soffione e cerca di illudersi d'avere ancora sete. Oh, grazie a Dio ecco un pizzico di pulce. Però, queste abbominevoli pulci, non si può stare un minuto a gambe nude che ti si attaccano a succhiarti l'anima! Ce ne sono parecchie e un po' dappertutto in questa casa. Il cane? (ad ogni modo, bene, ci occupiamo delle pulci). Il pizzicore rinforza fisso e appuntito. Noioso afferrarla e schiacciarla prima tra i polpastrelli sennò appena toccata terra che è che non è via un salto a dileguare. Bisognerà poi lavarsi le dita, seccatura! Ma, ohi, è necessario.

E Tale si chinò con astio ad afferrare la pulce, eccola sul malleolo (non aveva che le ciabatte ed era in camicia). Presa, e già tramortita, a scorrere, tra il pollice e l'indice, non c'è che da lasciarla cadere, speriamo poi di vederla su questo àstrico grigio e increspato. La pulce cadde, ma qualcosa di leggero e di grigio, di diafano e d'impalpabile come l'ombra, qualcosa di filiforme e lieve come sorretto dall'aria, entrò nel campo visivo di Tale. Egli non era ben sicuro di aver visto, come delle cose lampeggiate appena all'estremo limite del nostro sguardo e che (illusione realtà?) riaffochiamo con una certa meraviglia, ma già il cuore che non falla lo aveva avvertito del pericolo e parve agghiacciarglisi nel petto. La luce della lampadina luschera contrastava in quell'angolo della grande cucina coll'ombra che di lungo i muri la circondava e l'inghiottiva: la luce giallognola, già stremata, s'illanguidiva sull'àstrico grigio e ingrigiva essa stessa ed era poco più che ombra. Era il cuore della notte e gravava un silenzio di pietra, un impenetrabile silenzio dalle labbra severe e serrate. In quella luce e in quel silenzio, né grosso né piccolo in omaggio al suo diafano grigiore, un ragno attraversava la cucina.

Era un ragno della specie più comune, di una famiglia senza nome, quelli colle lunghissime zampe sottili come capelli e col corpo a grandipepe. Camminava spedito, secondo il loro costume, ma senza fretta: senza uno scricchiolio arrancava sulle sue impossibili zampe, che parevano aderire muscosamente al pavimento, tirandole a sé con piccoli strappi che avrebbero seriamente compromesso il suo equilibrio se molte altre zampe della stessa specie non lo avessero subito ristabilito dall'altra parte; il minuto grano del suo corpo, come in preda a una procella astrale, ballonzolava disordinatamente sulla trama aerea dei suoi sostegni, e volta a volta, quando l'ombra trascolorava e mangiava quella trama, pareva librarsi in una ridda dal ritmo mostruoso sulla mera aria. Arrancava così, eppure in quell'essere c'era alcunché di silenzioso e di solenne come il procedere del destino, che chiaramente scerniamo nelle nostre notti insonni. Tale, sebbene fosse a gambe nude e sebbene il ragno gli passasse a due palmi dal viso (la parte più gelosa del corpo), non dette in salti frenetici, come l'altra volta, neppure tentò di scostarsi. Forse per non aver preveduto a tempo il pericolo e per esserselo trovato improvvisamente troppo vicino, non mutò d'una linea la sua posizione e, colpito al cuore, rimase così, chinato affascinato e immobile. La pulce, tutto il mondo fuorché l'àstrico e il ragno, erano fuori della sua percezione. In condizioni normali una certa sensibilità esasperata e chiaramente tattile ai polpastrelli avrebbe dovuto avvertirlo che non li aveva ancora purificati del contatto immondo della pulce. Ma essa era svanita sul concretarsi.

Quell'essere seguiva anche una precisa direzione: Tale seppe subito che la implacabile camminata di lui lo avrebbe portato a passare a un dito, forse a meno, dalla punta (sdruscita, la convessità dell'alluce fuori) della sua ciabatta. Ma non ritirò il piede, sapeva che non avrebbe potuto: quello era troppo vicino ormai ed egli era preso nella sua sfera di immobile orrore. Ci vuole così poco, Tale lo sapeva, ad allarmare un ragno di quella fatta. Basta in fondo soffiarci su perché esso, a seconda dell'imminenza dell'avversario e della posizione, si appiattisca contro terra, irremovibile testa di chiodo coronata dagli sbuffi dei suoi otto fili a raggiera come dagli zampilli d'una fontana; o s'abbandoni come morto coi fili in croce e la pancia (per dir così, perché dov'è la pancia di quel grano bruno?) all'aria, immobile e secondo a ogni evento, floscio; o, puntato saldamente sui suoi fili (evidentemente forniti di ventose), pendulo da un muro o da una tela, inizi col suo meschino grandipepe una sarabanda, un mulinello infernale e minaccioso. E tuttavia quel ragno non mostrò d'accorgersi della presenza di Tale, del suo sguardo e del fiato che ratteneva, e, nient'affatto allarmato, continuò la sua fatale passeggiata. Passò a mezzo dito dall'alluce di Tale, proseguì, dileguò poi verso l'ombra fonda e, forse, il delirio. Fu allora che Tale si riscosse e si raddrizzò sulle gambe. Non c'erano più pensieri ora, in lui, solo un languore appena un poco febbrile, neppure un malessere. Stroncato, spezzato dentro. Fece per tornare a letto, ma, sull'atto d'andarsene, la sua natura si risvegliò ed egli provò come sempre l'assoluto bisogno di riandare colla mente le sue relazioni colla stirpe dei ragni, come a delimitare nello spazio e nel tempo il pericolo che gli veniva da quei terribili nemici. Si ripresentarono alla sua mente ragni di tutte le razze e di tutte le grandezze: da quelli mangiatori d'uccelli visti sui libri di storia naturale (non pericolosi, lontani e irreali) a quelli minuscoli dai palpi fremebondi che acchiappano le mosche sui davanzali delle finestre (neppur loro pericolosi: non-ragni).

Di ragni veri ce ne sono di molte specie: ci sono i ragni enormi e vecchi, neri come la pece, colla testa schiacciata e il corpo a cuore; stanno nelle vecchie stanze e sul corpo hanno una grossa croce, grandi zampe tozze e pelose, saltano spaventosamente. Ragni tozzi e sugherosi che a prenderli ritraggono le zampe attorno alle dita che li stringono; stanno negli orti e non sono di carattere troppo furtivo e convulsamente rapido e sgusciante. Ragnetti a quadrettini bianchi e grigi brillanti, dalla pelle di salamandra. Ragni che si scorgono sempre come attraverso un velo di nebbia, installati nei buchi in fondo a un imbuto di spessa tela. Grilli del focolare, che hanno tutta la natura dei ragni (quelli che Tale da bambino chiamava ragni-grilli). Ragni medi, gialletti e senza un particolare significato, stranamente proporzionati, né tozzi né snelli, tra corpo e zampe... «Sì» si disse Tale a questo punto seguendo un pensiero improvviso «ma catalogarli così non significa intenderli. La carne dei ragni, il mistero bieco della carne ragnesca ci rimane precluso. Chi potrà penetrarla, sapere di che veramente sia fatta? Occorre studiare per ciò» si disse ancora «forse quei ragni gialli dalle zampe troppo deboli a sorreggere il corpo rigonfio; il quale non è che una vescichetta di materia purulenta: una vescichetta di sanie; a sbuzzarla se ne vede colare un liquido giallastro e denso. Quella vescica non è gialla, a pensarci bene, è soltanto trasparente e colorata della materia interna. Ecco forse l'essenza dei ragni. Quella vescica è come la pelle di un bubboncello troppo tesa, un bubboncello che bisogna assolutamente bucare, se non si vuole che il pus dilaghi sotto e invada l'altra carne...». Ma qui una folgore attraversò di schianto il cervello il cuore le vene di Tale. Come al solito, egli seppe solo un istante dopo che cos'era. Quel rimescolìo mortale aumentò di tono, raggiunse il massimo tollerabile dell'intensità, accennò a decrescere, e allora cominciò a prender forma di pensiero, si precisò in un paragone. Ancora un giro di vite, ed ecco fissata in tutto il suo orrore l'immagine. Tale capì. Capì ora, all'improvviso all'impensata, di che colore fossero gli occhi di suo figlio: colore del corpo di quei ragni.

Qui un forte stimolo chiamò Tale nel luogo della sua più recente gloria. Ed egli tentò anche quel supremo rimedio. Corse là e, sedutosi con dignità, pronunciò: «Vi ho convocati qui, Signori...» ma la voce gli si smorzò languidamente e il contatto coll'immaginario uditorio non si stabilì. Lo stimolo stesso si rivelò fittizio: neppure più l'organismo di Tale fronteggiava la situazione: per essere così inattaccabile esso doveva avere interrotto l'armonia delle cose.

Ormai la condanna di Tale era segnata. Rientrò come tranquillo in camera sua, si vestì senza fretta, uscì. Lo sguardo che gettò, attraversandolo, al vecchio cortile, cuore della casa, era quasi distratto.

El rojo paso de la blanca aurora.
GÓNGORA

...Mais la croix de l'aurore se casse et se ride...

Neve sulle montagne, lassù, intraveduta appena alla luce delle stelle. E dove andava Tale? Non lo sapeva e non gli importava. Tutto gli era indifferente. Strade sassose, ben note, rotolanti sotto i passi di fortuna; poi clivi erbosi. E via attraverso il cerchio delle colline e ancora oltre i valichi dolci, poi più aspri. La linea delle serre, le valli montane. Una pendice boscosa costeggia una lunga valle che batte in fondo sul cielo alto. Ma è il bosco di carpini, sacro alle beccacce novembrine! Carpini neri, foschi, come li chiamano. Neve, neve. Via per il bosco. La bava, poi venticello, frizzante di prima dell'alba. Levantino. In fondo in fondo un chiarore tenue e incerto, un sospetto di pallore sul cielo bluastro e trasparente. Giornata pura. Alle spalle c'è ancora il nero di pece, con appena una volontà di turchino, e tutto incupisce sommergendosi nella notte. Notte più cupa, se solo le stelle più grosse e più sanguigne vi battono a lenti colpi e se una luna calante, tragica e sbilenca, roggia e sinistra, è come una vela caduta a una bonaccia improvvisa. Indecisa se accordar terrore al pericolo diurno che alia impercettibilmente dall'orizzonte, lo guarda di sbieco come un buffo cane, sospesa. Ancora una volta a Tale che seguiva la via della notte parve d'essere in un fondo marino e che la falda sterminata del cielo fosse la superficie di quel mare, lontanissima sulla sua testa: ebbe il senso dell'immensità del vuoto sotto la cappa del cielo come se un'acqua lo riempisse e rendesse sensibile (la luna una medusa rósa a fior d'acqua, le stelle stelle di mare col loro tenue palpito natatorio). Vertiginoso spavento. Ma un precisarsi inafferrabile, uno scattare quasi di quella remota chiaria, gli ridette coscienza.

Carpini foschi. Pochi, oltre i cacciatori, conoscono i carpini foschi. I carpini bianchi sono blandi e innocenti, di poco dissimili dall'avellana: i foschi hanno un'anima bieca pertinace e ostinata. Fioriranno anche loro come tutte le altre piante e metteranno foglie, ma lo faranno forse in segreto, e nessuno li ha mai visti fiorire e infrondarsi. In ogni stagione un bosco di carpini foschi non è che una bassa sterpaglia, quasi a strisciar terra intricata e nocchieruta, salda come la pietra, da cui si dipartono schietti e lunghissimi vinchi, apparentemente flessibili e duri come l'acciaio, in realtà viscosi e prensili come tentacoli. Di quale particolare missione siano investiti i carpini foschi sulla terra non è dato sapere. Ma un riflesso della loro anima oscura e impenetrabile scopre sgomento chiunque penetri in mezzo a quel popolo perlaceo.

Il cacciatore che cerca d'aprirsi un cammino attraverso un bosco di carpini foschi non lascia soltanto fatalmente brandelli di sé fra le nocchie unghiute delle radici e dei tronchi, non deve soltanto contendere e strappare mille volte il fucile a un groppo di stecchi che se ne sia beffardamente impadronito e lo tenga stretto come l'osso il cane; il misero, sperduto nella tenebra cosmica e nel viluppo di perla delle rampolle, deve anche, per passare, tirar di lato a ogni istante la flessibile protervia dei vinchi. E ad ogni istante quelli, retratti e innervati un momento, gli si abbattono sibilando – precisi e sicuri, calcolati al millimetro – sulle orecchie intirizzite, sul dorso venuto delle mani, sulle guance, sulla pelle sotto gli occhi, sulle palpebre chiuse precipitosamente, su tutto quanto v'ha di geloso e di delicato. Allungata la sua sferzata, spesso colla sua punta più sottile e arrendevole, il vinchio, fingendo di nulla, ritorna nella sua posizione normale e solo un lieve oscillìo indifferente testimonia della sua furtiva impresa. Come ciò avvenga non si sa: in una frattaglia d'altre piante, mettiamo anche di carpini bianchi, un ramo flessibile che sia stato prima piegato e poi abbandonato a sé stesso potrebbe tutt'al più scudisciare chi vien dietro. Ma ogni meraviglia è qui rapidamente esaurita. Come rapidamente si esaurisce ogni riserva di volontà. Si è preda al sortilegio di quel popolo aereo e perlaceo, protervo e bieco: nocchieruti gnomi e silfidi maligne vi danzano intorno liberamente la loro ridda, la cui voce è quel fruscio e quel sibilare. La sferzata, che senza perder nulla del suo scocco arzente par quasi indugiare e aderire alla carne, rende spesso il suono del frullar d'ali della beccaccia, quando s'alza impedita dalla vegetazione; è un'altra malignità del bosco ai danni del cacciatore. Eppure questi, se anche il soffice grumo di piume tortorate, a pernio sopra un becco aguzzo, gli passasse allora a un palmo dalla bocca del fucile, lo lascerebbe perdutamente passare.

In un bosco simile Tale era entrato. Ma egli vi camminava ora quasi speditamente: i carpini dovevano essersi resi conto della sua indifferenza, e il gioco non doveva parer loro troppo profittevole. Neve, l'alba s'è schiarita un poco. Graffi sibili e sferzate corrono sulla carne di lui come il rombo sordo e costante di un torrente. Neve: ma che è quella forma bianca che pare balzar dalla neve e sulla neve balzare? Esistono lepri completamente bianche – suggerì in Tale una voce falsa e inascoltata. Più grande più piccola per lepre. Una pecora smarrita? – insisté monologando la medesima voce. Non monta, quella bianca forma che gli corre davanti, color d'alba come il ragno color d'ombra grigia, sembra guidare Tale. La corsa verso la chiaria dell'alba.

Si inizia qui quella fase della vicenda narrata che si potrebbe chiamare della camminata orizzontale, e lo scrivente, in mancanza di coscienza nel suo eroe, è costretto a far capolino col suo grossolano modo d'immaginare le cose. Tutti hanno visto qualche bella diva del cinema procedere perdutamente verso la redenzione o verso l'amore. I suoi occhi guardano lontano e il suo sguardo è del tutto orizzontale; gli ostacoli le asperità del terreno sono sorpassati e colmate senza che quegli

177

occhi, fissi alla visione lontana, si chinino a guardarli. Le gambe e il corpo, docilmente e come affascinati dalla adamantina orizzontalità di quello sguardo, si piegano stirano adattano e torcono per conto loro alla linea terrestre, pur di non turbare l'inflessibile direzione di quel desiderio. E se un ramo o una sciarpa caduta inceppa il passo, se la sabbia o l'acquitrino lo appesantiscono, il collo del piede e lo stinco e le ginocchia e tutto lo trascineranno e lo vinceranno, senza sentirne il peso, purché solo quell'occhio rimanga libero e solo quello sguardo sornuoti diritto al mondo intero. Tutti hanno anche visto un qualsiasi barocco mezzo di locomozione allungarsi o accorciarsi a dismisura sotto all'ignaro Topolino, sicché a questi paia sempre di correre su una bella strada levigata. Ebbene, così, approssimativamente, camminava Tale, fisso lo sguardo alla bianca forma. Come al cinematografo. Guazzavano tra la neve e inciampavano sulle nocche delle radici i suoi piedi, si abbattevano sibilando i vinchi sulle sue più tenere carni, e la forma bianca, più vicina più lontana, lo guidava verso la chiaria dell'alba.

Finché cadde, e giacque. L'alba era ormai nel suo colmo: tutte le cose stillanti fresche argentine perlacee: le petraie argentee. Sotto il cielo di giada le inteste rampolle, per un istante ammansate ed attonite, parevano una foresta di faci perline e votive levate al cielo. Tale, a giacere tra la neve, sentiva il freddo penetrargli sempre più dentro nelle ossa, nel cuore. E un'ombra maligna venò l'alba. Il cielo trascolorò, incupì in un tono giallognolo. Di fronte a Tale, di tra il viluppo delle rame, si stendeva la valle, bianca e immacolata: di lato il fianco rotondeggiante di un contrafforte, rigonfio e bianco anch'esso di pura neve. Su quel gonfiore la prima aurora (l'aurora?) gettò il suo riflesso gialliccio: e tutto il contrafforte si mutò in un mostruoso corpo di ragno: di quei ragni che hanno per corpo una vescichetta di sanie.

Da quanto tempo Tale era là, a giacere tra la neve?

Certo il freddo nelle sue ossa e nel suo cuore era ormai gelo, perfetto gelo. Esso liquefaceva, lento ma sicuro, le ultime faville di calore e dalla pelle penetrava e stringeva. Stringeva e penetrava. Stringeva in una morsa sempre più stretta che sempre più rapidamente si chiudeva, come un obbiettivo. Ecco, c'è ancora un puntino di luce e di calore, poi più nulla. Come al cinematografo.

Ma che importava ormai a Tale dei ragni? Gli pareva anzi che tutto il suo ribrezzo fosse divenuto un immenso amore e assaporava la gioia commossa d'una riconciliazione con nemici ancestrali. Nello stesso tempo un borbottio interno lo avvertì che qualche cosa si compiva nelle sue viscere: e fulgidamente si precisò là un bisogno, un impellente, un irresistibile bisogno: le sue labbra si colorarono d'un debole sorriso.

Fiorisca pure la carne ragnesca!

Nota. – Qui lo scrivente crede opportuno, per un cumulo di ragioni una più intuitiva dell'altra, di metter punto. Solo accennerà, a mero titolo di cronaca, a una circostanza che non gli sembra, del resto, essenziale. Tale, lo si seppe poi, non era affatto un capitano di lungo corso, né aveva girato tutto il mondo tra le avventure più sbalorditive, come pretendeva. La sua vita era stata quella del solito impiegato a milledue, fino alla pensione. Parenti non ne aveva di nessuna specie, e del figliolino, che più tardi morì in convulsioni, i soliti maligni avevano a suo tempo vociferato che non fosse suo. Non contenti di ciò, erano anzi andati insinuando che il sedicente capitano (al secolo sottocapufficio in un dicastero della capitale) fosse afflitto da un tal difetto fisico, che né figlioli e neppure donne, ma solo castissime mogli potesse pensare e avere. Caste, s'intende, per quel che lo riguardava. Come e quando il capitano fosse poi andato a stare nel piccolo paese dove l'abbiamo trovato, non s'è potuto precisare. In quanto a Rosalba, la quale era stata raccolta a un anno da un ospizio di trovatelli, ella seppe in seguito così bene adescare il figliolo dell'avvocato che questi, in barba agli abituali saggi consigli dei suoi genitori, volle a tutti i costi sposarsela, e da allora lo scrivente l'ha perduta di vista.

Ma, come si vede, non si tratta che di trascurabili particolari.

IL LADRO

Da due ore il ladro, nascosto nella cantina, sentiva quel passo misurare spietatamente le stanze di sopra, scuotendo le vecchie travature, facendole scricchiolare, distaccandone a tratti minuti pezzi di calcina; non andava dunque mai a letto quella gente? Spesso anche, nel silenzio della notte, lo raggiungevano scoppi repentini di voce, irata o beffarda; poi, dopo lunghe pause, erano risate alte e sinistre, da gelare il sangue.

Il ladro era un novellino, egli voleva evitare ogni scandalo e ogni violenza. Sperava soltanto di trovare in questa vecchia casa qualche masserizia, magari delle cibarie, roba da nulla in fondo per il ricco proprietario, ma che avrebbe tuttavia fornito da vivere un po' a lui ladro e alla sua piccola famiglia. Ecco a che cosa era ridotto coi suoi capelli grigi! Tanto novellino era, che impiegò due ore ad accorgersi come quei passi lassù fossero i passi di un'unica persona: certo il signore. Ma pure con chi parlava egli, s'adirava o rideva?

Nondimeno quel passo misurato e continuo cominciava a dare una grande angoscia al ladro; diamine, rannicchiato così fra due botti, in una casa non sua...

Egli era timido e buono, lo si è visto. Inoltre quegli scoppi di voce nella notte erano veramente spaventosi; e le risate! Tutto ciò gli era divenuto intollerabile; ben risolto a non mettersi all'opera se non quando l'intera casa si fosse profondamente addormentata, decise tuttavia d'andare a vedere, con cautela, che cosa succedesse. Fra l'altro ve lo spingeva una strana curiosità, una curiosità paurosa che non si poteva padroneggiare.

Conosceva alla meno peggio la casa; rabbrividendo uscì di fra le botti, per una scala interna raggiunse il cortile. Da una porta a vetri veniva una fioca luce; il ladro voleva avvicinarsi, ma gli scoppi di voce ripresero più forti. O piuttosto il violento discorso. Di qui si sentiva meglio: l'uomo là dentro andava ininterrottamente dialogando, o discutendo, con qualcuno (al ladro parve infatti d'udire, a momenti, il suono d'un'altra voce, sebbene un po' più pacata); parlava in tono mutevole, ora alto ora basso, ora quasi sibilava ora mormorava, ma sempre concitatamente; accessi di risa sarcastiche ogni tanto interrompevano la discussione. Ma questi convulsi erano certo del principale parlatore, il più acceso; ed essi sopratutto erano terribili nella notte. Infine il ladro si fece coraggio e a passi di lupo, protetto dall'oscurità circostante, s'accostò alla porta; i vetri cominciavano solo a una certa altezza, mettendosi carponi si poteva guardar dentro senza esser visti. Il ladro guardò dunque.

Nella cucina (giacché era una vasta cucina quella stanza) ardeva una lampadina polverosa, diffondendo una luce giallognola; il focolare era spento, e si vedeva che s'era spento da sé. Su e giù davanti ai fornelli passeggiava un uomo dai capelli grigi, come quelli del ladro. Ma ciò che davvero faceva fremere era che quest'uomo camminava bizzarramente piegato in due, come a certe scimmie si vede fare, colle braccia pendenti e abbandonate, le gambe larghe e le punte dei piedi in fuori. I suoi occhi, cupi sotto le folte sopracciglia, guardavano spesso verso l'esterno, verso il ladro senza vederlo. E quest'uomo, in una tale postura, parlava senza posa.

Attraversato da un orribile sospetto, il ladro cercò cogli occhi l'interlocutore, senza trovarlo. Fin quando, agghiacciato di sgomento, riconobbe che l'uomo parlava con se stesso; mutando voce, a volte, quasi dialogasse con alcuno. Nella vuota cucina, davanti al focolare spento, nella smorta luce, e così piegato in due, l'uomo passeggiava e parlava senza posa, affannosamente.

«Ecco qua,» diceva «ormai questa è la posizione più comoda per te, compare. Sei vecchio, povero amico mio (proseguiva mutando espressione); e che aspetti ancora? La tua casa è vuota, il tuo focolare è spento, tu t'aggiri, voi signore v'aggirate qui dentro come nel vostro sepolcro, morto nella vostra tomba, cioè vivo ancora già nella tomba... al diavolo le maledette parole! (gridava in preda a una grande rabbia). Tacere, tacere, tacere in eterno (cantilenava scandendo le sillabe). Ma, vedete, i parenti, gli amici, vostro figlio... (soggiungeva mutando ancora di tono). Voi, signor mio, siete amato e rispettato, anche temuto, da molta gente, eh già, ve lo assicuro; inoltre la vostra ricchezza, e se non vogliamo dire ricchezza agiatezza... ehm ehm... In una parola la vostra onorata vecchiaia è assicurata contro eccetera. Che dite voi, che dici tu? (prorompeva nell'ira). I parenti. I parenti (ripeteva borbottando). Il figlio. Ah ah ah! (e giù all'improvviso una di quelle risate altissime che agghiacciavano). Mio figlio dov'è? In che modo, dimando (diceva proprio *dimando*) e dico si preoccupa o può preoccuparsi, anche volendo, di me? Temuto, sì, temuto (riprendeva sul motivo d'una canzoncina oscena di studenti). Temuto come si teme la rogna, la putredine o una carogna! (urlava con quanto fiato aveva in gola). Evviva la rima, la cara rima (seguitava con volubile fatuità). Così colà (prese poi a dire quasi senza interruzione), così colà, qua e là, bah bah, questo e quello, in su e in giù, bubù bubà (e sembrava riflettere nel contempo intensamente); e ancora: così colà eccetera».

Continuava l'uomo a ripetere queste parolette sconnesse e passeggiava furiosamente; e il ladro tremava in cuor suo dietro la porta e una grande pietà lo stringeva. Non pensava più allo scopo della sua visita in quella casa, aveva dimenticata la propria miseria, e avrebbe voluto aiutare quell'uomo, fors'anche abbracciarlo.

Fece egli qualche movimento inconsulto o sospirò; perché l'uomo si raddrizzò di colpo, si buttò contro la porta, l'aprì mormorando «è il vecchio cane, soltanto il vecchio cane». Il ladro restò scoperto nella poca luce e, carponi com'era, guardava il signore. «Tu, tu...» disse questi un po' interdetto, ma senza rabbia, anzi tristemente, «tu che vuoi?». Il ladro non rispose e si levava lento. «Volevi rubare eh?», riprese l'altro, non però ironicamente, ma quasi con malinconica allegria; e lo scrutava coi suoi occhi cupi. In quelli del ladro brillavano certo le lacrime; egli tremava un poco e non si muoveva. «Ma entra caro,» disse il signore all'improvviso «entra nella mia casa. Sei povero? (continuò serio). La tua donna, i tuoi figli non hanno da mangiare, no? Ma vieni». E lo spingeva dentro per un braccio.

Nella luce torba i due uomini si guardavano profondamente negli occhi; anche quelli del signore s'empirono di lacrime; poi egli sorrise dolcemente. Uno dei due tese le braccia, l'altro vi si buttò senza ritegno; il signore e il ladro s'abbracciarono piangendo, singhiozzando come bambini. E quelle lacrime non volevano finire, esse scorrevano scorrevano, e lavavano i loro volti, erano una consolazione per i loro cuori.

LA MATTINATA DELLO SCRITTORE

Lo scrittore si destò all'alba e, ancora a letto, si stiracchiò lungamente, consultandosi. Non si sentiva particolarmente rabbioso contro tutto e contro tutti, come qualche volta gli capitava, e una certa reazione fisiologica lo assicurava che anche il suo stato di salute era più o meno soddisfacente. In fondo non mi sento male, decise, e in genere per la mia età posso ancora accontentarmi. L'alba di primavera era radiosa; si udiva un cinguettio insistente di passeri e, mentre lui faceva ginnastica davanti alla finestra spalancata, una rondine fece per entrargli in camera, poi vedutolo volò indietro precipitosamente. L'occhio gli cadde su un campo di grano laggiù che, ondulato dal leggero vento mattutino, gli suscitò l'immagine delle zampe di un millepiedi in movimento. Però la mia sensibilità è ancora viva, si disse. Senza lavarsi per non perdere energia, passò nello studio e senz'altro mise penna in carta; cioè non esattamente.

Stava lavorando, ormai da due giorni, a un sonetto di cui aveva stabilito soltanto i due primi e i due ultimi versi: vediamo se stamani con un po' di buona volontà ne cavo le gambe. I quattro versi già stabiliti erano: *Aprile di vergogna per chi langue E per chi giace e per chi non ha dama*; e, in fondo: *E così Aprile il radioso volto Palliò di un velo (ahi, labile) di pioggia.* Ma nel mezzo? Egli avrebbe voluto esprimere nel sonetto la propria inerzia (appunto quasi peccaminosa) di fronte alla primavera, come quella di un cuore inaridito, non più tocco dalla speranza, e al tempo stesso tenere tutto su un tono classico, favoloso e quasi scherzoso, donde il lettore avrebbe meglio potuto misurare l'abisso di disperazioni in cui l'autore era perduto; il pretesto doveva essere una preghiera esaudita all'impetuoso Aprile. Ma altro è dire, altro fare; eppoi non provava ormai più quel sentimento. Ebbene, bisognava tentare di risuscitarselo dentro, né si poteva lasciare senza corpo quei quattro bei versi terminali; dunque si doveva andare avanti a forza di tecnica e di esperienza, quando altro mancasse. Esperienza: e perché diavolo era andato a scegliere quella rima in *angue* cui non rispondono che quattro parole nella nostra lingua? Ne veniva che bisognava per forza usare la parola *angue*, troppo antiquata in verità. Eppure non se ne usciva: lo scrittore pensò perfino alla possibilità di spezzare in clausola qualche parola, ma non gli sovvenne che la parola *anguestara*, egualmente insostenibile in un sonetto scritto oggi, almeno secondo la sua idea della poesia moderna. Rottosi alquanto il capo vanamente, lasciò in sospeso il problema, ed esaminò intanto i versi che aveva buttato giù come possibili. Il terzo ed il quarto del sonetto potevano infatti essere: *Che già tingendo vai di fuoco e sangue L'occhio del sole quando l'alba chiama.* Eh, veramente anche qui si andava un poco troppo in là, con quel *tingendo vai*. Il resto poteva magari stare, anzi quell'appello dell'alba (che è la gioventù del giorno come aprile quella dell'anno) e quell'occhio del sole (dato che in fine si parlava del volto di aprile) stavano bene senz'altro, e il *tingendo vai* si sarebbe dopotutto potuto eliminare. Vediamo appresso: *Al tuo tepore si disnoda l'angue*

Che agli uomini promette amore e fama. Qui casca l'asino, e lasciamo pure da parte quell'incontro di dentali forti: *tuo tepore.* Appresso ancora (qui i versi erano annotati alla rinfusa e con varianti): *Del fraterno novembre il volto esangue Meglio conviene ed una luce grama A chi la vita inutilmente affama.* Beh, si poteva alla meglio aggiustare, e, ancora una volta, la difficoltà non stava nelle rime in *ama*: se soltanto si fosse potuto togliere di mezzo in qualche modo quell'*angue!* Pazienza, veniamo alle terzine. Qui sarebbe bello seguire lo schema più rigoroso e farle su due sole rime, tanto per dimostrare ai nostri confratelli (i quali, con tanti discorsi, hanno abbandonato la rima solo perché non hanno valore di reggerla) che c'è ancora grazie a Dio chi sa fare un sonetto bello e buono, alla maniera antica. Però altre due parole in *oggia* che facessero al caso suo non era mica facile trovarle: ci sarebbe stato *poggia* o *appoggia*, e si poteva per esempio parlare di vita che poggia alla sua fine (no, più elegante e più profondo *il* suo fine); poi forse *moggia*, con qualche immagine un po' vivace, come: *Non riversare* (o *rovesciare*) *ancora le tue moggia.* Uhm, era da riflettere. E per gli altri due versi in *olto?* Beh, uno poteva essere senz'altro: *Lascia dormire quello ch'è sepolto.* Tuttavia... ma dunque, vediamo tutto daccapo perbenino.

Dopo un'oretta di spremitura del cervello, era ancora lontano dalla redazione definitiva, e cominciava a sentirsi stanco, anche perché aveva fumato molto, e così a digiuno. Se facessi un sonnellino? pensò; poi, a mente fresca... Ma gli venne in capo di meglio. Occorre infatti sapere che lo scrittore, vecchiotto e non più tanto valido, aveva per sfogo e ormai per vizio l'esecuzione di certi disegni osceni, che via via distruggeva. Si pose dunque a quest'opera e per un certo tempo vi trovò soddisfazione. Ma avrebbe voluto ottenere una maggior evidenza nei corpi femminili (quelli poi che contavano), avrebbe voluto che essi, con rotondità ben modellate, con ombre portate e coi loro menomi peluzzi, parlassero direttamente ai sensi, senza l'intermediario dell'immaginazione; e per ottenere questo sapeva troppo poco di disegno. Sicché in capo a un poco strappò tutto e, con un tantino di malumore ma non troppo (era saggio lui) si mise in poltrona con un libro in mano, dove ben presto si addormentò.

Si svegliò verso le dieci, si stiracchiò di nuovo e scese a passeggiare in giardino. Ascoltandosi attentamente, vedeva bene che non era il caso per stamani di insistere nel lavoro. D'altra parte, come trovare mezzogiorno (a quell'ora precisa andava a pranzo)? Forse un articolo: sì, l'articolo che per l'appunto al suo giornale stavano aspettando, sull'ultimo libro di... Risalì in fretta nello studio e scrisse facilmente il breve articolo, chiarendo con un certo acume, gli parve, un punto fondamentale nella concezione dello scrittore recensito. Ma a mezzogiorno mancava sempre un'ora. In questo benedetto paese non succede mai niente e non c'è mai niente da fare, brontolò. Avrebbe forse potuto pensare al romanzo, al grande romanzo che progettava. Eppure no, malgrado tutto oggi lui non c'era troppo, come suol dirsi. D'altro canto, non aveva neppure perduto la mattinata e, se non era proprio soddisfatto, non aveva ragione d'essere scontento di sé. In conclusione, il meglio era impiegare questo tempo a riguardare certi conti che il fattore gli aveva appunto presentato (lo scrittore era anche piccolo proprietario).

Li riguardò: ma come mai quest'anno aveva prodotto così poco olio? Si ripromise di chiarire il punto col fattore. E comunque, tra olio e tutto il resto del raccolto, si faceva una somma così esigua a suo credito, che non c'era da stare allegri. Bah, non ci pensiamo e non ci mandiamo il pranzo per traverso; perché, ormai, al sospirato mezzogiorno ci sarà mezz'ora al massimo? Anzi, è il momento di andare a far due chiacchiere colla fantesca in cucina: questa povera gente non si sa mai, alle volte hanno delle idee buffe e forniscono utili spunti.

Interrogata sulle novità del paese, la fantesca come al solito rispose che non ce ne era alcuna, ma poi pian piano prese a discorrere, raccontando cose di nessun interesse. Intanto lo scrittore, gettato su una sedia, andava osservando i piedi di lei, che gli parevano singolarmente piccoli per donna così rozza: ora la fantesca aveva sessant'anni ed era grossa e sgraziata, ma da giovane chissà, si diceva egli. Del resto, si ripeteva passando a un altro ordine di pensieri, non posso dire di aver perduto la mattinata: ho fatto un articolo, lavorato al sonetto, ho riflettuto... uhm. E così venne a considerare la sua vita in generale. Che dopotutto non era tanto squallida. Donne non ne aveva e in certo senso non poteva più averne, era solo e secondo ogni apparenza sarebbe rimasto solo, ma in compenso la libertà e tanti altri vantaggi, eppoi non gli mancava nulla. Ora, per esempio, non appena il suo giornale gli avesse pagato l'ultima serie di articoli, avrebbe potuto fare un viaggetto di piacere e di studio in qualche posto, diciamo a Venezia; e in seguito, se tutto andava bene... Diamo tempo al tempo, concluse vagamente. Soltanto, si disse a un tratto, se sfrutto ora questa risorsa del discorrere con costei, appena mangiato che cosa farò? Non posso mica rimettermi subito a lavorare (lavorare a che precisamente?). E quella dannata gatta che non torna ancora (colla gatta egli usava giocare in vari modi, addestrandola a raggiungere il cibo in luoghi di difficile accesso, a salire per scale a piuoli, eccetera).

La fantesca continuava i suoi discorsi senza interesse. A un certo punto a lui venne in mente certa donna del popolo che aveva intravista in casa di parenti giorni addietro e che lo aveva colpito per l'espressione degli occhi grigi e civettini, rimasti puri malgrado l'età, e per la forma allungata delle mani. Gli era parso insomma che quella donna avesse o meglio avesse avuto quanto si dice un gran temperamento, e si era ripromesso di chiederne notizia alla fantesca.

La fantesca la conosceva eccome, risultò anzi che la

donna era stata sua compagna d'infanzia. «È una» diceva la fantesca «che non è mai stata a scegliere tra gli uomini; e anche ora, alla sua età, se qualcuno la volesse...» – «Ma avevo sentito che fosse, un tempo, amante e mantenuta di... (un signore del paese)» – «Certo, ma di tanti altri nello stesso tempo, e i figli poi gli faceva credere che fossero suoi; per questo lui s'è trovato tanti figli di fuori via. A parte tutto però è una buona donna. Lo dice da sé: se non avessi avuto cuore non avrei fatto la puttana». Un detto da annotare, pensò lo scrittore, e disse: «E ora cosa fa?» – «Adesso sta per serva colla figlia appunto di quel signore, da quando è morto, colla figlia legittima, che è rimasta sola e lei non la vuol lasciare. Mentre una figlia sua e del signore, che è poi sorella di quella legittima, sta per serva in casa di...».

Magnifico, pensava lo scrittore, magnifico! Questo tipo di donna e queste complicazioni, sullo sfondo di una piccola e cupa vita di provincia... Da quanto tempo non faccio un racconto: ecco una buona occasione. E una cosa così, tra narrativa e documentaria, sarebbe proprio quel che ci vorrebbe per il mio giornale, proprio quello che il nostro pubblico vuole, e che per conseguenza i giornali pagano meglio. «E lei, cosa dice?» – «Cosa volete che dica, dice tutto com'è. Dice: a me il Signore non mi perdona. Ma io le faccio coraggio con Cristo che ha perdonato anche alla Maddalena; del resto di coraggio non ha bisogno, son solo momenti, qualche volta invece mi rimprovera perché sono stata troppo seria. Quando ero malata mi è venuta sempre a trovare, perché è di cuore davvero. E dice: compagna mia, ma non di cattiveria».

Altro bel detto, pensava lo scrittore; e bello anche il modo tenuto da questa povera serva picchiapetto nel considerare simili cose, cioè la sua naturale e primitiva indulgenza. Sì, un racconto o giù di lì ci potrebbe venir fuori, basterebbe aggiungere un nulla. Eh, ce ne intendiamo ancora un poco, riprendeva tra sé con una certa soddisfazione; in fondo in fondo siamo meno stupidi di quanto sembra.

«Solamente,» riprese a sua volta la fantesca con un timido e quasi civettuolo sorriso «solamente che lei dice che quando si ha cuore si diventa puttane, ma a me cuore mi pare di averne eppure la puttana non l'ho fatta. Al contrario: ma si vede che era destino che morissi giovinotta (pulzella)».

Eh, va' a far entrare in capo a costei il concetto di reversibilità o, nel nostro caso, di irreversibilità, pensò lo scrittore, non senza inorgoglire per la rapidità della sua formulazione interiore; e cercò di spiegarle che se anche tutte le donne di facili costumi hanno buon cuore, non è però detto che tutte le donne di buon cuore debbano forzatamente essere di facili costumi. Poi soggiunse: «Beh, butta giù la pasta».

Voleva fumare un'ultima sigaretta prima di pranzo, ma si accorse di aver dimenticato il pacchetto da qualche parte, forse nello studio. Invece non trovò le sigarette sul tavolo. Eppure mi pareva; che siano nel cassetto? Aprì il cassetto e neppur qui trovò nulla. Ma gli cadde sott'occhio la rivoltella che teneva lì dentro: una vecchia, piccola rivoltella a tamburo, la quale splendeva di luce mite.

E, guardandola, gli parve a un tratto che tutta la sua vita prendesse un senso definitivo e semplice; così come semplice e definito era quello che doveva fare ora, subito. Prese la rivoltella e ne fece girare il tamburo: neppure una carica mancava, bastava premere il grilletto.

Come chi compie un atto giornaliero, che non richieda particolare riflessione ma la cui opportunità sia di per sé evidente, alzò la rivoltella, se la appoggiò alla tempia, premette il grilletto.

UN OMICIDIO

Sarebbe bastato un nulla, sarebbe bastato che l'uomo, quando lui lo aveva afferrato pei risvolti della giacchetta torcendoglieli intorno al collo, rispondesse diversamente, perché la faccenda prendesse forse tutt'altra piega. Quel suo balbettare sbigottito e scontatamente dignitoso, invece, pareva fatto apposta per eccitarlo (lui qui); e neppure eccitarlo, ghiacciargli anzi definitivamente il sangue e in conclusione spingerlo a dar pieno corso. Nulla più ostava, a quel punto; l'uomo non aveva saputo opporre nulla. O magari non aveva capito la domanda, e ciò che essa sottintendeva, e tutto? Beh, ma in tal caso era fin troppo giusto che morisse.

Valeva d'altronde la pena, ora, di seguitare con codesti termini di giusto e d'ingiusto? valeva, più generalmente, la pena di tentare una ricostruzione dell'accaduto? Che ricostruzione? lui non aveva motivi veri e propri, o se mai i motivi erano tanto a fondo conficcati e quasi impastati nella sua sostanza più oscura, più fluida, innominabile, che bravo chi fosse riuscito a sceverarli da un simile calderone. Mentre la fine ultima dell'avventura appariva già indubbia: tra poco egli si sarebbe consegnato a qualcuno, e sarebbe cominciata la solita assurdità, una millantata intrusione nella sua coscienza, a lui stesso indecifrabile... «Celebrare un processo», dicono; ma badiamo bene a ciascuna parola. «Celebrare», «processo»: che espressioni senza senso.

Non c'è però di meglio da fare (che rifigurarsi, se non altro dall'esterno, tolta ogni pretesa di analisi, gli eventi o il qualcosa che li simulava): i finestrini del treno ritagliano tetri paesaggi piovosi, e fuggenti indietro all'infinito, quasi avidi di ricollocarsi e di trovar pace in un passato che sfida l'avvenire... Cos'altro dunque si potrebbe inventare?

S'era alzato alla sua ora, lavato, vestito come tutti i giorni. Eppure no: vestirsi, per esempio, da alcune settimane costituiva un problema; il tempo si mostrava incerto, ipocrita, schernitore; a piogge ostinate, con umido e freddo, succedevano improvvise schiarite con sole e terra ribollenti, a basse pressioni alte, a venti dolciastri tramontani. Prima sicché di vestirsi, lui aveva dovuto speculare dalla finestra, osservare il mondo di fuori, valutare le intenzioni degli elementi. Ma non c'era poi molto da capire: la giornata si presentava gessosa e smaccata, di una chiara lividità; tra terra e cielo sembrava correre uno spazio immenso, cioè ancor più vasto di quello che ogni mattino ci sbigottisce, e battuto dal vento; e questo cacciava le nuvole, che a volta a volta coprivano o scoprivano il sole; donde, per finale risultato, un incessante, straziante risucchio di luce e d'ombra, come alternamente cavate dalle viscere stesse di lui osservatore. (Il panorama era quello di sempre: case in costruzione, carreggiate gialle e fangose, una lontana ciminiera).

Era uscito, in ciascun gradino della sudicia scala, nel lastricato poroso del portone, riconoscendo un sé sconosciuto e insieme orribilmente noto: tristezza senza fondo del caffelatte all'angolo, con cenciolini natanti nella bigia, tiepida sbroscia («Fresco, oggi, eh? – Già, fresco»). Non avendo niente di speciale da fare, aveva deciso di recarsi alla stazione per controllare certi orari: da alcuni giorni gli era venuta l'idea di andare a Brescia. E perché a Brescia? Diavolo, era troppo chiedere; un bel dì ci si desta con un nome in capo: «Brescia», come un altro. Ma naturalmente occorreva ponderare, riflettere; tra il nome della città e la partenza per quella città c'è un abisso d'incertezza, di consultazioni d'orari. E tanto meglio, poiché in questi preliminari si passa, s'impiega (o si perde) un tempo prezioso (in quanto perduto)... Affrettare il tempo, ucciderlo: non è forse questo il supremo scopo?

Sul tranvai, giunti quasi ai piedi del grattacielo, s'era udito un improvviso scoppio di voci: un giovane di bassa fronte, di folti capelli neri, aveva preso per il petto una ragazza e le andava sibilando parole concitate; lei lo riguardava con occhioni sgomenti, misurando il grado della sua collera. Erano scesi subito; ma essi, o meglio il loro rapporto momentaneamente tempestoso, fornivano dopo tutto un'indicazione. D'altra parte non proprio di questo si trattava, rimanevano prove più desolanti da affrontare.

Di ritorno a piedi dalla stazione, s'era guardato, imperdonabile leggerezza, nello specchio esterno d'una bottega (se ne danno qua e là di aperti sulla strada). Ebbene, non parliamo delle occhiaie livide, della lingua patinata, dell'intero volto franante; piuttosto... Era il suo volto, quello che l'argentea spera gli rimandava? – E come no, certo! Tutto, gli rimandava il suo volto odioso. E cosa rappresentava esso, tra tanti, a cosa si riferiva, cosa pretendeva? quale messaggio gli era affidato? e... e come liberarsene?

Ora poi ci sarebbe stata la trattoria: «Pollo arrosto o girello? – Faccia lei». Al medesimo tavolo di sempre, l'equivoca bionda (ma colle radici della chioma brune); un poco più in là, il così nominato commendatore (uomo di larghe mance ma di pastrano incredibilmente striminzito); la squallida coppia dei visi di sego (impegnata in un'impossibile perpetuazione di voluttà compensatorie); e via di seguito. E il ragazzo ha un bel fregare il suo lurido cencio sulla tovaglia: vi resta pure qualche briciola del precedente pasteggiatore, né risultano deterse le macchioline di vino, le chiose d'unto...

A casa, aveva voluto scrivere una lettera, che aspettava da tempo. Lettera senza importanza, ma che perciò? Le frasi da snocciolare potevano, addirittura dovevano, essere generiche ed impregiudicanti (bisognava congratularsi con qualcuno per alcunché di indifferente a chiunque altro, matrimonio o promozione); e nondimeno gli uscivano a fatica dalla penna. E come mai: frasi così, pelle pelle, travagliarlo a tal punto? Gli è anche che in quei rigiri verbali, in quelle manifestamente ineluttabili ambagi, lui ancora una volta riconosceva la sua faccia invisa. «Avendo udito che... mi fo ad augurarti...». Ah, in qual modo salvarsi da ciò? «Mi fo ad augurarti», mio Dio: guarda dove si può giungere.

E così (fosse o non fosse logica una tale soluzione, si prospettasse o no efficace) era tornato in fretta alla stazione, disponendosi a partire senz'altro indugio per Brescia. Ormai, a buon conto, si sentiva preda di un cupo, ignoto, inconsulto furore; e perché giusto oggi, dopo tanti anni di rassegnazione, tanti anni da che innumerevoli specchi gli ributtavano, sputavano in faccia la sua faccia intollerabile? Domanda cui non meritava rispondere. Piuttosto, donde viene che in taluni momenti il suicidio o l'omicidio (son da ultimo la stessa cosa) ci si configurino davanti agli occhi abbacinati e languidi quali supreme tentazioni, quali meno disperati scioglimenti, quali dolcezze superstiti o promesse di salute? Forse è davvero lì, nell'uno o nell'altro, da cercare... bravo, che precisamente? Ma su, coraggio, la parola è: un riscatto.

In sala d'aspetto c'era una sola persona: un uomo di mezza età, fatticcio, con occhiali a stringinaso e larga scriminatura quasi sull'orecchio; ossia semicalvo, beninteso, ma il suo barbiere doveva avergli consigliato di lasciarsi allungare i capelli da una parte, sì da poterli rovesciare ed appiccicare sul cranio, mascherando in tal modo la calvizie (il cosiddetto «riporto»); impeccabilmente e tetramente vestito di sale e pepe come un notaio. Del resto ogni cosa, nel suo aspetto, dava segno di rispettabilità, e anche di sufficienza: certo egli si stimava membro attivo di una società ottimamente organizzata, e da questa consapevolezza traeva la propria calma dignitosa.

Nel mezzo della sala, un tavolo dal piano di marmo, su cui una borsa o valigetta del tipo «ventiquattro ore»: l'uomo aveva preso a frugarvi colle sue mani grassocce, con gesti posati, cavandone innanzi tutto un pettinino in custodia di cuoio e di esso servendosi per allisciarsi ulteriormente, amorevolmente, gli unti capelli del riporto. Ma seguitava ad annaspare lì dentro (annaspamento fastidioso, oltraggioso); erano così venute in luce molte minime scatolette che non si capiva cosa potessero contenere... E insomma che significava tutto ciò, perché questa sfida? perché scatolette? Le scatolette chiudono e preservano, laddove ognuno sa che non c'è nulla da preservare. Specialmente oltraggiosa la loro forma quadra e raccolta, perentoria, prepotente, in certo senso invincibile, ad onta poi (vedete l'aperta provocazione) della loro estrema piccolezza...

Era stato a questo punto che lui gli era saltato addosso, all'uomo, lo aveva afferrato per il bavero e aveva udito se stesso urlare da invasato: «Cosa fa lei qui?». E l'uomo aveva risposto ridicolmente, assurdamente; risposto, poniamo, un che del genere di: «Ma, ma dico, ehi, ma come si permette, ma lo sa con chi...?». E lui allora aveva cominciato a stringere, a torcere: sempre più, sempre più; e l'uomo era diventato rosso, indi paonazzo, indi dalla bocca gli era venuto fuori un palmo di lingua, e finalmente era rovinato al suolo. Ancora il convulso, riflesso springare d'una gamba; poi più nulla (ma orribili quegli occhi fuor della testa, pietosi quegli occhiali schizzati lontano). E lui era corso a prendere il treno in partenza; sul quale adesso si trovava.

Beh, non pareva vi fosse altro da aggiungere, o non a lui spettava farlo. In caso, rifacendosi al principio, importava sapere come avrebbe dovuto contenersi, in quali termini appunto replicare, lo sciagurato, per trovar pietà o remissione e sperare salvezza. E sicché, cosa avrebbe dovuto egli rispondere alla sua domanda insensata?

Mah, forse: «Non lo vede? Vivo».

BUONE SPERANZE

L'amministratore (che poi era anche redattore capo
o qualcosa del genere) lo guardava benignamente e ripeteva:

«Capisco la tua impazienza, mi rendo conto della
tua situazione; ma, vedi, non dipende interamente da
noi, noi a nostra volta siamo condizionati da... e dobbiamo aspettare che... Eh, magari potessimo disporre
di fondi a nostro piacere!... Tu in certo senso hai ragione, anzi hai ragione senz'altro: il ciclo d'articoli sulle incidenze sociali delle attività creative non ti è stato
ancora pagato. Ma, come dico...».

Il suo sguardo (dell'amministratore) era lustro e
quasi amorevole, quasi davvero partecipe. Quanto al
suo naso, rivelava di tratto in tratto, secondo i minimi
stiramenti del volto, una tal buffa mollezza; carnoso,
appuntito, si abbassava sovente sulla bocca, perfino vi-
brando; naso da scimmia, della scimmia giustappunto
chiamata «nasica». E lui, il letterato, nel mentre osservava senza allegria né interesse queste particolarità, si
diceva: "Eccolo, costui; e in fondo è proprio così che
bisogna essere: un po' sinceramente, un po' falsamen-

te amici di qualcuno o meglio di tutti, un tantino sub-
doli, molto faciloni, dotati di parola pronta per qualunque bensì deprecabile evenienza, di bastante energia, o forse smania o forse vera passione, da trovarsi
presenti dovunque ludi intellettuali, opportunità ed
utile ci reclamino...". Tutto ciò, del resto, non c'entrava affatto.

«Sta' tranquillo,» concluse l'altro: «appena avremo
la lettera, non mancheremo».

«E quando sarà?».

«Chi può prevederlo!».

La lettera: che lettera, di chi? Non meritava neppure
chiederglielo. Divertente invece il bisticcio, e come
una nemesi: lui letterato, la sua sorte dipendeva da
una lettera non meglio identificata.

Uscì di redazione nel solito crepuscolo immemoria-
le... In quanti di codesti violacei crepuscoli cittadini
aveva egli consumato le sue vaghe e vane speranze
(precise aspirazioni, un tempo)? Dalla stessa desolazione dell'ora aveva, un tempo, tratto argomento e pegno
di luce, di felicità: magari una sua parola significante
avrebbe schiarato, fatto fulgido il paesaggio e il mondo
intero, o almeno egli avrebbe potuto guardare ad esso,
da un suo calore interno, come chi si accucci tra tepi-
de coltri contro una notte di tempesta (o di pioggia
uggiosa).

Lasciamo. Piuttosto, a che ora partiva il suo treno?
Giacché lui aveva dovuto fare un viaggio apposta per
venire fin qui, e sortire un tal brillante risultato: tra le
disinvolte abitudini dell'altro, dell'amichevole nemico, c'era infatti quella di non rispondere mai ed in alcun modo alle missive dei collaboratori, specie se im-
barazzanti. Beh, ma a casa occorreva bene o male tornare... Tornare, mio Dio, a mani vuote? Il letterato fu
ripreso dall'acuta ossessione dei suoi teneri figliuoli
senza pane o senza balocchi, della moglie litigiosa, ac-
cusatrice; ossessione che sordamente aveva presieduto
a tutto il colloquio coll'altro.

L'altro, poi: così egli lo denominava fra sé con una certa voluttà. Ma, chiaro, l'altro era niente più che gli altri, tutti gli altri, dai quali tanto scarso conforto ci viene: l'altro, nella fattispecie, si infischiava dei suoi affanni (non dei suoi propri, ben intendasi); le ansie del preteso amico qui elucubrante gli erano estranee, indifferenti, gli risultavano addirittura incomprensibili. Né all'altro spettava, in ultima analisi, sentirsi responsabile dei vari ed irrimediabili fallimenti di chicchessia: unico e generale fallimento, anzi, di lunga mano scontato.

Tornò a casa, ma per ripartire subito dopo: non reggeva a quel senso di vuoto allo stomaco che sempre gli dava la mancanza di quattrini, col resto della disperata e tetra vita in famiglia. Ripartì verso il suo paese natale. Già una volta lo aveva fatto, sul punto di prendere la licenza liceale; aveva abbandonato tutto ed era fuggito laggiù per riacquistare, colla caccia e con lunghi ozi, le forze prostrate dalla evidente inutilità, assurdità dei suoi sudori scolastici; le forze, ossia la fiducia in un qualche ordine stabilito; che, proprio spregiandolo, aveva infatti ritrovato.

Adesso era diverso, adesso perseguiva il procedimento opposto: voleva definitivamente francarsi d'ogni restante forza o fiducia e sempre meglio disporsi alla inevitabile soluzione... E che! s'era ridotto ad improvvisare bubbole sulle incidenze sociali, e neppure questo serviva? La sua attuale situazione, d'altra parte, era solo la gocciola che fa traboccare il vaso. Da vedere, se mai, perché giusto laggiù, al suo paese, dovesse lui dar corso alle sue covate e maturate intenzioni; ma gli è probabilmente che ciascuno, avendo per qualsiasi motivo deciso di farla finita, si sceglie il paesaggio più domestico. E si sceglie il modo più congeniale: il suo, era forse una sorta di nuovo spregio, come dire che, essendo caduto tanto in basso, ancor più in basso voleva cadere.

Sulla sua montagna, in cima in cima, si apriva ed apre un certo pozzo naturale, o inghiottitoio o foiba: «chiaviche», chiamano quei pastori tali fessure senza fondo tra le rocce, dove vanno a buttare le carogne degli animali morti di malattia. Ebbene, basterebbe lasciarsi cadere lì dentro: si stringono pugni e denti, si chiudono gli occhi, si fa un passo avanti, e al rimanente pensa la natura, la quale non manca mai di annientare ciò che ha creato, se appena le si offra l'occasione (natura clemente, dopo tutto, giacché accetta di anticipare il suo scopo ultimo). Questo modo di morte, poi, presenta un palese vantaggio: che nessuno ritroverà il corpo sfracellato e sfigurato, nessuno dovrà ricomporlo abbrividendo, tremando, in esso ravvisando il sordido nocciolo della creatura umana e sperimentandone il ribrezzo.

Simili preoccupazioni, naturalmente, erano ancora un ponte gettato tra sé e la vita, ancora una debolezza, da superare al più presto; ma, a parte tutto... Poniamo: e se uno, saltato che sia nel detto pozzo, non muore alla prima? Che terribile agonia: rotti, sconciati, doloranti, fuori portata d'ogni orecchio, e, per suprema vista, umide, grommose pareti macchiate di sinistre vegetazioni del profondo; e, in irraggiungibile altezza, un bucolino crepuscolare che è quanto avanza della luce, del mondo. Si può durare così per giorni interi: è coriacea la carcassa umana... All'aspirante suicida tornò in mente un racconto della sua portiera: il pensionato infermo del sesto piano, non più reggendo alle sofferenze, s'era un bel dì buttato nella tromba delle scale. Eppure, e benché caduto sul lastrico di marmo, non era morto sul colpo (ma solo più tardi all'ospedale); aveva invece seguitato a levare urla raccapriccianti fino all'arrivo della ambulanza, un'ora o poco meno dopo. Nessuno osava toccarlo, scommesso e quasi scomposto come appariva; e lui gridava da togliere il sentimento; i piedi, narrava la portiera, gli si erano del tutto stravolti (visione da bolgia infernale).

No, non così atroce doveva essere od eventualmente essere la sua propria fine. Vediamo, non c'era un mezzo o un luogo più sicuro, per finirla (almeno) d'un tratto? C'era, forse: Gaeta. La vicina Gaeta, la città della nutrice d'Enea, degli Ipati e dei Docibili, ha come tutti sanno una montagna spaccata e una Grotta del Turco, posti magari troppo patenti; ma ha anche, in fondo a un'antica via, dietro al carcere militare, un meraviglioso salto su scogli aguzzi. Un gran salto, se la memoria era fedele: e chi avrebbe presunto o temuto di restare in vita un attimo solo, se si fosse precipitato di lì? A Gaeta dunque, ed appunto in quel luogo, doveva compiersi il suo destino. L'immagine, come avviene in casi del genere, gli si fissò dentro perfino carezzevole e consolante: lui stesso dilaniato dagli scogli, ridotto in brindelli, finalmente scancellato dal mondo.

Adagio: questi particolari erano soltanto una congettura. Il suo corpo rischiava al contrario, nella caduta, di rinsaccarsi su se medesimo; il che, senza farlo men morto e tuttavia serbandogli una tal quale unità, lo avrebbe abbandonato alla mercé delle indagini e dei riconoscimenti. L'immagine vagheggiata, cioè, non ottemperava pienamente alle condizioni richieste.

Ma qui il letterato si disse che il troppo pretendere è avverso all'ottenere il conveniente, che nessuna impresa è senza rischi, eccetera; e in definitiva si può far conto che, così sermoneggiandosi, raggiungesse un interno accordo. Per cui ora nulla più mancava se non passare all'azione, all'ultima e risolutiva: una minuzia pacifica epperò irrilevante.

Beh, quando? a quando la sospirata fine? e perché continuava egli a traccheggiare per quelle montagne, ruminando, ringoiando, rimasticando e considerando, invece di recarsi subito là dove era dalla sua sorte atteso?

Il legnaiuolo chiamò la morte; e, comparsa, la pregò di aiutarlo a ricaricarsi sulle spalle il proprio fardello... Questo è l'unico guaio e il vero inconveniente: uno può rendersi la morte prossima e presente quanto vuole, non perciò la accetta.

Ma, non c'era dubbio, di questa naturale ripugnanza egli sarebbe venuto un giorno o l'altro a capo.

III. RACCONTI DELL'ORRIDO

MANI

Federico rientrava: nel cortile gli saltò incontro a fe-
steggiarlo la vecchia cagnetta da caccia, lasciata a guardia. Il cortile, chiuso da tre lati, si apriva dall'altro sul-
l'orto sottostante, e, oltre una fila di case basse, su una
stretta valle che, risalendo dolcemente, si conchiudeva
all'orizzonte alto e lontano in una fila di colli rotondi;
una luna coperta lo illuminava di luce blanda ed om-
brosa.

Federico viveva completamente solo nella sua grande casa abbandonata e, per semplificare le cose, usciva
ed entrava da una porta di servizio donde, dopo un
certo giro attraverso due umidi ripostigli e una dispensa, si raggiungeva finalmente la cucina, prima stanza
fornita d'una lampadina elettrica. Sospirando e brontolando contro l'irriducibile noia della vita di paese,
prospettandosi una serata vuota e solitaria e la seccatura degli inevitabili ritocchi alla sua tarda cena, intro-
dusse nella toppa la massiccia chiave. La cagnetta voleva entrare anch'essa e, senza dargli il tempo d'aprire,
si precipitò come una catapulta contro la porta, bat-
tendola colle zampe anteriori; poiché, nella semioscu-

rità, gli si era poi seduta fra le gambe, egli la cacciò e quella, ricordatasi all'improvviso di un osso secco e lucido che aveva in serbo da una parte, lo raggiunse e cominciò a rigirarselo sonoramente fra le mascelle.

Attraversando il primo ripostiglio un leggero sfrigolio richiamò l'attenzione di Federico. Un topo – si disse, pensando che là dentro ce n'erano; infatti, acceso in fretta un cerino, ne vide uno grosso e corpacciuto che, appoggiandosi a dritta e a manca con movimenti goffi, scendeva a precipizio lungo il filo di un angolo e si celava dietro la bocca d'una cisterna fuori uso. Federico conosceva l'odio della cagnetta per i topi (questa del resto, condotta spesso da lui bambino in cerca di topi nelle soffitte, lo ostentava più del necessario per fargli piacere) e pensò di divertirsi a quella caccia notturna. La chiamò, ma fuori il suo alto rosicchiare riempiva imperterrito la notte silenziosa; infine egli seppe dare alla sua voce un tono di tanta urgenza e così promettente, che essa ne fu indotta a interrompere la sua occupazione e ad accorrere tutta eccitata. Federico le indicò il luogo dove presumeva che il topo si fosse nascosto, e, tuttora incitandola, picchiò grandi colpi sul coperchio di legno della cisterna; il topo, spaventato, abbandonò convulsamente il suo rifugio e un fremito spasmodico di unghioni sul pavimento ne indicò il passaggio fra le zampe della cagnetta che, non essendo riuscita ad afferrarlo, lo perdé di vista. Sebbene un naso d'uomo non valga un naso di cane, un occhio umano è certo più acuto di un occhio canino: Federico aveva buone ragioni per supporre che il topo – non si sa perché non avesse preso l'alto – si fosse appiattito sotto un cassone di ferro, poggiante non direttamente sul suolo, ma sulle sbarre di legno d'una vecchia intelaiatura da bagno; vi condusse il cane che, anziché mettersi a raspare attorno al cassone, si fermò, tutto teso, a una certa distanza, lungo la strada che il topo avrebbe dovuto percorrere fuggendo. Ma Federico ebbe un bel tempestare di calci il cassone e scuotere l'intelaiatura, l'animale non si mostrò; pensando allora d'essersi sbagliato e già stanco del divertimento, abbandonò l'idea e se ne andò più dentro. Di là udì però la cagnetta raspare e mugolare, segno evidente che il topo c'era; essa aveva finora attribuita al padrone la sua stessa certezza epperò taceva cedendogli l'iniziativa, ma, vedendo che aveva abbandonato il campo senza colpo ferire, non si dava pace. Ciò ridette a Federico il gusto dell'impresa e lo fece ritornare sui suoi passi, armato questa volta d'una vetusta bugia.

Posò la bugia a terra e alzò decisamente il cassone da una parte; il furbo animale s'era infatti schiacciato là sotto né, per quanto chiasso gli avessero fatto attorno, aveva dato segno di vita. Scoperto, non seppe decidersi subito sulla direzione da prendere e si gettava di qua e di là all'impazzata al disotto delle sbarre di legno: tanto, almeno, poteva arguirsi dai movimenti della cagna che, non avendo presa libera, non poteva impadronirsi definitivamente del suo nemico.

Una convulsa lotta si svolse fra i due animali, dominata dagli acuti squittii del topo; questo doveva evidentemente volgersi assai male contro il suo enorme avversario giacché esso, temendo per l'umida incolumità del proprio muso, non si decideva ad afferrarlo a tutta bocca, ma, lanciato un feroce morso, ritraeva vivamente indietro la testa. Con tutta probabilità il topo, protetto a mezzo dalle sbarre dell'intelaiatura, avendo al sicuro le sue parti più vulnerabili, non combatteva che col terribile grifo. Infine, la situazione divenendogli intollerabile, ingannò la cagna con un'abile finta e rovinò verso il cortile.

La cagna, rimessasi subito dallo sbalordimento, gli tenne dietro a gran furia, e passando con un balzo sulla candela la spense. Due delle sue zampate valevano molti passettini del topo epperò l'inseguimento per il cortile non fu lungo.

Federico, che era rimasto semplice testimone di tutto, uscì anche lui; la cagnetta, afferrato il topo a punta di muso per mezzo il corpo, lo sbatteva violentemente per aria onde tramortirlo, ed anche per impedirgli, colla violenza stessa del movimento, di azzannare le sue pelli delicate; poi lo lasciava cadere per giudicar dell'effetto. Quello, rotto e malconcio, dopo un istante di immobilità, faceva per trascinarsi via e la cagna lo riafferrava; ma questi erano i momenti più penosi per la fremente sensibilità di lei, ché il topo cedeva a caro prezzo la vita e, gettato indietro sul dorso (che è la sua posizione di battaglia) si difendeva come poteva colle mani (quelle del topo sono vere e proprie mani flosce) e coi denti. Non è escluso poi che un certo ribrezzo impedisse alla cagnetta un'azione travolgente o che il piccolo muso irto di duri mustacchi non le scuotesse, col suo potere suggestivo, i nervi.

A questo punto Federico si accorse che il topo nei suoi principi di fuga e nel suo dibattersi si trascinava dietro una specie di lungo cordone, di una lucentezza opaca, che a volte gli si avvolgeva intorno al corpo, a volte strisciava, lungo disteso, nella polvere del cortile, sicché finì presto col perdere anche quel po' di splendore. Chinandosi a guardare alla luce incerta della luna, scoprì che era un budello, e fu stupito della sua lunghezza e della sua sottigliezza. Corse dentro con una specie d'orrore per accendere una luce sul cortile: era proprio un budello, ormai irriconoscibile e polveroso che, senza volersi staccare dall'animale, se ne dipartiva come un cordone ombelicale. Ma ora, durante uno dei suoi molti tentativi di fuga, rimase impigliato a un ciottolo sporgente e si spezzò a mezzo; un lungo tratto continuò tuttavia a seguire il piccolo corpo nei suoi spasimi.

Il topo era stato finalmente domato e giaceva adesso in una posizione buffa, abbiosciato sulla pancia nelle parti posteriori, coricato sul fianco nelle anteriori sicché le mani davanti ne risultavano parallele al terreno, quelle di dietro disperatamente allargate e come schiacciate; il suo corpo era scosso dai fremiti convulsi dell'agonia e il piccolo muso boccheggiava. Federico non poté sopportare una simile vista e incitò la cagna perché lo finisse; ma essa, ormai soddisfatta, non volle capire: dal momento che il nemico era abbattuto, a che pro' rischiare ancora la morbida tenuità della gola? Federico andò a cercare una paletta e con quella s'ingegnò a finire il topo. Sulla testa non volle colpirlo temendo di schizzarsi di sangue e, d'altra parte, altrove sentiva la carne grassa e molle cedere sotto il colpo: il topo sembrava senz'ossa e continuava ad agitarsi in uno spasimo che pareva cosciente, raspando qualche volta il terreno con una mano; i suoi occhi cupi e lucenti, un po' fuori della testa, erano del tutto inespressivi. A vederlo giacere di fianco, sembrava che fosse abbandonato in una rassegnata e sanguinosa impotenza; eppure le sue parti posteriori sbozzavano il movimento d'una fuga. Ciò che colpì Federico fu l'aria d'innocenza di quel corpo.

Continuava a sbattersi e volle soffocarlo: per ciò, maneggiando la paletta a perpendicolo, gliela premette a lungo sul collo. Senza risultato: il collo cedeva e si arrendeva come il resto del corpo, né c'era verso di sentire la consistenza delle vertebre sotto la spessa imbottitura di carne floscia; solo, la pelle stirandosi scopriva i minuscoli denti fra i baffi ormai pendenti e, arrovesciando la testa, socchiudeva la boccuccia a V in un'espressione di inesprimibile leggiadria. Così il topo sembrava un bimbo che stia per piangere, eppure senza tristezza. Pareva anche che si fosse a bella posta atteggiato in quel modo. Federico, disperato, chiamò ancora la cagna, che finalmente acconsentì al suo desiderio: un sinistro crac segnò la fine della dimora in terra del nostro topo: il cane ne aveva frantumata la testa.

La lotta era stata del tutto incruenta; non una goccia di sangue macchiava il terreno o il bruno pelo del topo, né gli stillava dalla bocca. Federico lo raccolse per la coda, la cui punta s'era sfoderata nella battaglia rivelando il nerbo fuori dai pelosi anelli, e lo osservò alla luce: da uno strappo alla pancia, certo prodotto da una zanna della cagnetta, usciva una specie di fungo zigrinato e arido, e il resto di quel budello; e neppur qui una goccia di sangue.

Federico dispose l'animale in mezzo al cortile, in modo che la fantesca che veniva la mattina lo ammirasse e magari se ne spaventasse, fischiò al cane e si ritirò.

Dopo aver condita l'insalata, essere andato a prendere l'acqua, avere spento tutte le altre luci, ed essersi infastidito in mille altri modi, finalmente si pose a tavola. Abbiamo dimenticato ancora una cosa, il libro – ecco ora ci siamo. L'accordo iniziale di quelle solitarie cene era d'ordinario una chiacchierata in francese, così alla buona, con un immaginario interlocutore; trafiggendo la prima fetta di patata, Federico incominciò: ah, oui, Monsieur, je vous l'assure, c'est un spectacle dont vous devriez vous régaler... e seguitava a bocca piena fissando verso l'altro capo della tavola. Ma il pensiero improvviso del topo gli attraversò la mente: piuttosto che un pensiero, un senso intimo e sotterraneo, qualcosa che gli picchiò dentro inopinatamente accennando a scavare, e dileguò rapido. Federico ricominciò a parlare, l'apparizione interiore si ripeté diverse volte, e sempre con maggiore intensità: poteva essere passato un gran tempo dalla prima, invece erano passati solo pochi secondi e già egli aveva il senso fisico del topo morto giacente poco fuori della sua porta. Sebbene continuasse a mangiare di buon appetito, una tristezza una pietà e sopratutto un'angoscia inquieta e senza causa apparente cominciavano a turbarlo. La cagna si presentò ai piedi della tavola chiedendo da mangiare; essa pretendeva un trattamento speciale, dato il felice esito della sua impresa di poco prima, e non c'era verso, bisognava infatti ricompensarla; Federico le preparò alcuni buoni bocconi e le fece molte moine per darle della brava.

Finita la cena, si mise a leggere come al solito; stava

leggendo allora un romanzo sulle avventure di un suo omonimo, chiamato l'*Educazione sentimentale*, che lo aveva molto interessato fino alla precedente seduta. Ma ora tutto gli pareva scialbo e, d'altronde, alla lettura non poteva tener dietro ché il senso di nausea e d'inquietudine aumentava a dismisura; egli cercava nel libro qualcosa che potesse corrispondere alle sua cocente esperienza di quel momento e non vi trovava, gli sembrò, se non alcunché di molto più leggero; pretendeva che lo scrittore lo aiutasse in quel frangente, e quello bastava appena a se stesso e si agitava tranquillamente del tutto per conto suo.

Non c'è nulla che dia il senso della carne e del sangue quanto le viscere col loro caldo lezzo. Federico si sentiva soffocato da viscere di topo, preso alla gola da carne di topo; il sapore e il tanfo di quella carne grassa e segosa era diventato una condizione del suo essere, ed egli lo gustava direttamente col sangue, senza rimedio. Pensò di andare a letto; ma come dormire, si diceva, col cadavere dell'ucciso sulla porta? Gli pareva persino che lo spirito del topo morto gli aleggiasse attorno come una presenza quasi tangibile, un po' minacciosa un po' indulgente, e che fosse legato al suo proprio spirito da legami profondi e indissolubili.

Quella uccisione non si poteva riscattare, sarebbe rimasta per sempre invendicata, senza compenso.

Dormì malissimo e sognò cupamente una lunga teoria di topi in morione e cimiero che, reggendosi con una mano a un cordone scuro, gli sfilavano davanti e gli si inchinavano, uno per uno, graziosamente. Sopravvenne un topo di media grandezza che fece fermare tutta la colonna, lo guardò a lungo con tristezza e gli disse con una grave voce umana: ebbene, ti perdono; tutto poi finiva in uno squittio tempestoso e in una specie di ridda che si perdeva per l'aria oscura della notte. Lo ritroverò, oh se lo ritroverò! diceva a se stesso Federico e, rallegrandosi di avere un filo conduttore, si lanciava a volo lungo un sottile budello (ché non altro era risultato essere il cordone oscuro cui i topi si reggevano) teso verso l'orizzonte cupo; ma del budello non si vedeva la fine e a Federico, che volava da molte ore su valli buie, il fiato e le forze venivano a mancare, e così si svegliò.

L'alba sorgeva sul piccolo cadavere del topo; i suoi occhi sporgenti, ormai rappresi, ne riflettevano vagamente le luci; coll'aria degli impiegati solerti e dagli occhi ancora gonfi, che s'incontrano per le vie della città i mattini d'inverno, molte formiche indaffarate gli si agitavano attorno. Le acacie del cortile sembravano volersi schiarire la gola al principio della loro giornata. Un po' discosto da una parte e già mezzo risecchito, giaceva il pezzo di budello che s'era distaccato. Il cane accoccolato in un fosso tremucchiava al primo vento.

Uscì Federico in camicia da notte, sollevò il topo da terra, ne scosse le formiche e l'osservò ancora: le viscere strappate erano tutte polverose, povera carne viva. Federico gli ravviò i baffi, se lo strinse al petto, ninnandolo a pancia all'aria come un bambino, e accostandoselo alla guancia gli accarezzava con quella il pelo a verso; notò il segno di un dente, una chiazza senza pelo sulla piccola spalla, e vi passò l'indice delicatamente, come a lenirne il dolore. «Mio piccolo topo, mio povero piccolo topo!» si lamentava, e sempre lamentandosi scendeva, col topo fra le braccia, le scale dell'orto. Là intonò una strana salmodia e procedeva come una bimba che faccia, neniando, il funerale alla bambola; si inginocchiò, scavò una piccola fossa, vi depose il topo con ogni delicatezza e ricoprì. «Riposa in pace, mio povero piccolo topo!» ripeteva, e rimase a lungo inginocchiato a contemplare la poca terra smossa: di dietro i vetri d'una finestra di fronte una contadina lo guardava terribilmente incuriosita. Si alzò e, dignitoso nella sua lunga camicia, se ne ritornò sopra cantando a gran voce un salmo chiesastico, riaffioramento dei tempi del chiericato.

Con ciò non si vuole affatto dire che Federico fosse impazzito. Credo anzi che sia riuscito uno dei migliori avvocati della sua provincia, e certo colla cagnetta andò d'accordo fino alla fine, ma gli rimase un debole: qualche volta, anche quando ebbe i capelli brizzolati, girava la notte per le stanze disabitate della sua casa, per gli sgomberi e per i ripostigli, chiamando: venite piccoli topi, ma venite dunque piccoli topi fra le mie braccia!... I piccoli topi, quando aveva la ventura d'incontrarne, lo guardavano tra divertiti e spaventati coi tondi occhietti lucenti e gli trotterellavano davanti con un leggero rotolio di tuono.

IL MAR DELLE BLATTE

aux amis florentins du temps jadis

L'avvocato Coracaglina rincasava, un pomeriggio di primavera, con un'aria svelta e vivace che suo figlio non gli avrebbe mai conosciuto. Aveva quasi sessant'anni e per di più il figlio, alquanto perdigiorno e incapace di farsi una posizione, gli dava abitualmente serio pensiero; ma quella era una giornata di sole malato e assai tiepida. L'avvocato camminava franco e guardava con occhi sbrigliati e penetranti (la presenza del figlio non li appassiva) le belle donne, quando si sentì chiamare.

Dalla soglia rilucente d'una bottega di barbiere gli corse incontro il figlio in persona, senza giacca e con una manica rimboccata al disopra del gomito.

«Papà, papà, guarda che bel taglio!».

E mostrava una ferita profonda all'avambraccio, una ferita di rasoio lunga e precisa; il sangue ne scorreva in abbondanza, ma il giovane sorrideva contento. L'avvocato fu colpito d'orrore a quella vista, ma non ebbe il tempo di dir nulla perché il figlio, allargando con sicurezza le labbra della ferita e frugandovi dentro coll'altra mano, cominciò ad estrarne qualcosa. Ecco ecco un lungo pezzo di spago, poi un grano di pasta bucata; e porgeva questi oggetti al padre, il quale li prese e guardò dentro anche lui.

Dentro era più largo di quanto non si potesse credere; le pareti erano livide e in fondo si scorgeva una specie di melma sanguinolenta donde appunto affioravano i vari oggetti. Ecco ancora una bulletta da scarpe, alcuni pallini da caccia, dei chicchi di riso. Il giovane tirò fuori anche un moscone colle ali appiccicate e un vermiciattolo azzurro e diafano, ma li gettò subito lontano da sé con disgusto. Il vermiciattolo tuttavia, pervicace, cercò subito di arrampicarsi sulle scarpe di vernice dell'avvocato, ma il giovane col piede lo ributtò fra la polvere.

«Ah! È così che l'intendi?» protestò il verme con voce chioccia.

«Iddio ti maledica, che cosa facevi qui dentro!» ribatté il giovane senza dare troppa importanza all'incidente. «E ora si parte!» aggiunse rivolto al padre. «Non perdere questo». Gli consegnò gli oggetti tratti dalla ferita e lo tirò via in furia per una manica. Il padre lo seguì inciampando, senza saper dove infilare lo spago la bulletta e il resto, colle mani piene di oggetti melmosi e sanguinolenti.

Al porto un vento di mare non favoriva i preparativi della partenza. «Reggi qui» gridò all'avvocato il figliolo consegnandogli il capo di una grossa gomona. «Tira forte!». L'avvocato era riuscito finalmente a raccogliere in una sola mano gli oggetti affidatigli, onde poté coll'altra prendere la gomona e tirare. Cominciavano a cadere grosse gocce di pioggia; onde gonfie battevano la prua dell'imbarcazione volta al largo, e l'avvocato era già tutto fradicio dagli spruzzi. Gli alberi, il ponte, la chiglia scricchiolavano e cigolavano, la gomona si tendeva con violenti strappi; guardando in su l'avvocato s'accorse che stava reggendo un'enorme vela gonfiata in pieno dal vento. Le forze erano sul punto di mancargli: «ehi voi!» gridava a chiunque gli passasse vicino; ma nessuno gli dava retta. Se almeno avesse potuto aiutarsi coll'altra mano, ma avrebbe per questo dovuto lasciar cadere gli oggetti. Finalmente gli si avvicinò un uomo con una gamba di legno. «Li avete voi, amico?» chiese con aria minacciosa. Sembrava al vestito un personaggio d'importanza, forse il capitano.

«Io... io...» rispondeva l'avvocato.

«E via, bando alle chiacchiere, cominciamo». E chiamò: «Quello dello spago!».

S'avanzò un marinaio guercio, a torso nudo. Il capitano prese il pezzo di spago dalle mani dell'avvocato e glielo consegnò; quegli lo ricevé con poca buona grazia e s'allontanò brontolando. «Al diavolo!» borbottò distintamente quando fu a una certa distanza, e cominciò a giocherellare stizzosamente collo spago.

«Quello della bulletta!». Fu la volta di un altro e poi di altri due. Colui che ebbe i chicchi di riso fece per metterseli in petto fra la maglia e la carne.

«Bada a te, cane!» esplose il capitano levando uno scudiscio e accarezzando il calcio della pistola.

Pioveva ormai a rovesci. All'avvocato, che adesso poteva reggere con tutt'e due le mani la gomona, pareva di trattenere tutto il cielo grigio che volesse spiegarsi a volo; un fiato vigoroso, sboccando a imbuto dai suoi polmoni sull'aria, la chiudeva interamente in un giro di potenza. Gli parve che avrebbe potuto tener la vela per tutto il viaggio, anche fino all'isola.

«Che s'aspetta?» urlava ancora il nostromo dal castello di prua.

«Lucrezia» risposero da diverse parti.

La nave rugghiava e s'impennava, desiderosa d'abbandonarsi alle onde, ma l'avvocato la tratteneva, ché il vento soffiava dal mare.

E infine Lucrezia. Giunse sospinta brutalmente da due uomini in tricorno, assai muscolosi. Era seminuda, con un seno fuori, dalla cui punta a ogni strattone degli uomini gorgogliava un fiotto di latte. «Di qua di qua» il capitano faceva strada verso il quadrato. «Fermatevi!» gridava fieramente Lucrezia «fermatevi, devo fare un bisogno, vi dico!». La lasciarono libera un momento; allora, accostandosi al parapetto e prendendosi fra le dita i capezzoli, orinò in mare, prima da un seno poi dall'altro, due lunghi zampilli di latte. «Per una vergine non c'è male!» commentò una voce cinica.

Annottava. La passerella fu levata. L'ancora ritirata, a inesplicabile scorno dell'avvocato la grande vela s'afflosciò di colpo, e anzi prese a gonfiarsi leggermente dalla parte opposta; una raffica di vento sospinse la nave al largo e fece lontanare in un crepuscolo fumoso i lumi del porto; qualcuno venne e fissò a un uncino la gomona. Così l'avvocato, rimasto libero, poté cominciare a osservare un po' meglio ciò che si svolgeva attorno a lui e i suoi compagni di viaggio.

Nel quadrato si trovarono tutti riuniti, meno il figliolo dell'avvocato.

«Vi dico che questa è una fregata» sosteneva il capitano.

«No una goletta no un brigantino» risposero insieme il nostromo e il marinaio dello spago.

«Voi non v'immischiate nelle faccende che non vi riguardano» ribatté in furore il capitano, volto a quest'ultimo. «Pensate piuttosto che è il vostro turno di guardia». Il marinaio uscì sbattendo la porta. «Pallini da Caccia al timone!» ordinò ancora il capitano. Il designato uscì anche lui. Ognuno di costoro teneva stretto nella sinistra l'oggetto che lo contraddistingueva.

«Dunque una fregata».

«Al vostro servizio, capitano» concluse il nostromo.

L'avvocato si accorse appena allora che in un angolo giaceva, colle mani legate dietro le spalle e anche i piedi legati, Lucrezia. Il latte le gorgogliava ancora dalle mammelle ambedue scoperte, e formava sul piancito una pozza e un rigagnolo.

«Ciò vi costerà caro» diceva Lucrezia. «Mio padre, il

senatore Gliuvotto, troverà certo il modo di liberarmi. Scioglietemi, vigliacchi!».

«È una vergine lattante, s'intende come l'anice, non come i bambini» osservò il capitano, e tutti risero. «Bella mia, ora verrà il Grovio e te l'intenderai con lui. Noi non c'entriamo».

«Abbiate cura di me almeno, non vedete quanto latte perdo!». E la fanciulla si dibatteva con forza in preda a un accesso di furore.

S'udì in coperta un suono affrettato di cornetta; nella cabina tutti s'alzarono e atteggiarono il viso a gran rispetto mormorando: «Eccolo, viene». La ragazza si chetò un momento angosciosamente; la cornetta fuori continuava a squillare un saluto guerresco. S'aprì la porta in cima alla scaletta e l'avvocato vide comparire, nella gloria dei suoni e col viso indifferente del dominatore, suo figlio. Esso si fermò un momento a squadrare gli astanti, poi scese con passo forte la scala. Portava grandi stivali di cuoio lucido con un'enorme fibbia d'argento, strombati verso l'alto e che gli arrivavano quasi all'inguine; fra le brache e il rovescio di questi stivali si poteva scorgere un tratto di coscia nuda. Una sorta di tunica serica leggerissima, scollata fino al bellicolo, gli copriva le spalle e appena i tricipiti, il resto delle braccia restando nude; la sua vita era stretta da un'alta cintura dorata entro cui erano infilate uno stocco e due pistole. Dal polso destro gli pendeva uno scudiscio.

Come era mutato suo figlio! L'avvocato non lo riconosceva più; lo colpivano le sue mani forti e sovratutto i piccoli baffi arricciati, nonché, a vero dire, i cerchi d'oro che portava alle orecchie e la capigliatura leggermente inanellata.

«Gran Grovio,» pronunciò il capitano inchinandosi «la ragazza...».

«Vi ho già pregato di chiamarmi col mio titolo» sibilò il giovane con una cortesia gelida e minacciosa. «Fra l'altro non sentite come suona male?».

«Alto Variago,» riprese il capitano «compatite la mia ignoranza... La ragazza...».

«Ancora una volta, quale ragazza?» l'interruppe il Variago. Parlava con voce tanto sorda che il suo interlocutore doveva protendersi verso di lui per udirlo.

Il capitano indicò Lucrezia che con occhi d'odio, come una belva in cattività, fissava da terra il nuovo venuto.

«Bene, bene» sorrise diabolicamente il Variago. E, volto a Lucrezia:

«Ragazza, mi riconosci?».

«Roberto! Roberto Coracaglina! Voi!» esclamò all'improvviso Lucrezia. «Mio Dio!...». Un fiotto di latte, sboccandole dal petto, impresse a tutto il suo corpo una scossa violenta ed ella, tossendo debolmente, cadde colla guancia contro il pavimento. Fermo colle braccia incrociate in mezzo al quadrato, il Variago riprese, calmo e senza pietà:

«Lui in persona! Che ne dite di quel timido ragazzo che v'adorava in silenzio, da voi sempre deriso e dalle vostre amiche? Voi conoscevate, avete sempre conosciuti i suoi sentimenti, e vi divertivate a farlo soffrire. Bene, vi prevengo che qui le cose sono alquanto cambiate, e che dovrete venire a più miti consigli».

La ragazza tremava tutta senza rispondere. «Mio padre,» scoppiò alla fine «mio padre il senatore Gliuvotto...».

«Vostro padre il senatore Gliuvotto» ribatté il Variago «è lontano di qui in questo momento esattamente trecentodiciotto miglia (sottovento). Vi converrà prendervela con più filosofia. Se sarete buona non vi mancherà nulla. Così doveva essere» soggiunse come a se stesso. Quindi si chinò a esaminare i capezzoli della ragazza, la quale cercò d'opporgli resistenza.

«State ferma» disse imperiosamente il Variago. «I serpenti» aggiunse rivolto al capitano. Questi si precipitò a uno stipo e ne trasse una piccola cesta. «Presto, aprite». Il capitano esitava. «V'ho detto d'aprire» ripeté a voce più bassa il Variago. Il capitano sollevò il coperchio della cesta. Gli altri marinai, vivamente impressionati, si gettarono verso la scala. «Dove correte animali!» li inchiodò il Variago con un'occhiata furiosa.

Dalla cesta si levarono due serpi sonnolenti, strisciarono fuori sul pavimento vicino ai piedi dell'avvocato immobile, girarono lentamente il capo a destra e a sinistra quasi a orientarsi, poi si diressero con sicurezza verso la fanciulla. Ciascuno s'impadronì d'un capezzolo e rimasero così a succhiare il latte.

Passarono dieci lunghi minuti di silenzio. Lucrezia ansava, pareva soffrire o godere terribilmente. Poi restò colle labbra esangui semiaperte, riaprì gli occhi, si guardò attorno smarrita come chi torna da un sogno, un profondo respiro le gonfiò il petto facendo scorrere sul pavimento le code dei serpenti. La crisi era passata.

«Buttate via questi animali!» ordinò il Variago. Il marinaio della pasta bucata s'armò d'un paio di molle e s'accostò. Gli animali non si volevano staccare. Infine furono tratti via gonfi come mignatte, mostruosi. «Buttateli in mare».

Però attorno alle punte dei seni di Lucrezia rimase, sul tessuto delicato delle rosole, un cerchiolino, un'aureola d'un rosso vivo. Ma il flusso del latte era stato arrestato.

«Va meglio ora?» disse il Variago quasi con tenerezza, chinandosi.

«Amore!» mormorò la donna.

«Slegatela» gridò, questa volta, il Variago. «Slegatela! Vestitela come una regina, conducetela nella Cabina dei Sargassi!».

«Ah!» ribatté però Lucrezia con rabbia «credevate dicessi a voi? Vi sbagliate signor mio. Mio caro Roberto, avete un'aria così impaurita coi vostri capelli lisci, i vostri pantaloni lisi, la forfora sul colletto! Fatevi coraggio, che diamine! Guardate quell'ufficiale come batte i talloni. A Giuseppina non dispiacete, ve l'assicuro, ma dovreste, che so, curarvi un po' più le unghie, discorrere di cose divertenti...». La donna s'interruppe con uno scoppio di risa isteriche. Sembrava delirasse.

«Lasciatela dov'è. La vedremo, dovrà cambiare idea» disse rabbioso il Variago; e uscì risalutato dalla cornetta.

Uscirono anche l'avvocato e gli altri. Dentro rimasero solo, a guardia, gli uomini dal tricorno.

La nave, con tutte le vele spiegate, scivolava a una velocità prodigiosa sulle onde ormai calme. A prua, seduto su un groviglio di sartie, nella luce di una lanterna gialla, sedeva, guardando lontano, il Variago, circondato dai suoi uomini. Una larga luna si levava dal seno del mare. La notte era tiepida.

«Tutti qui» disse il Variago riscuotendosi. «La notte è bella, c'è vino e stelle. Vino di stelle, direi» aggiunse con compiacenza.

«Che razza d'espressione!» borbottò scontento Pezzo di Spago.

«Tutti qui, voglio che si beva e si canti. Portatela fuori».

Menando Lucrezia i due dal tricorno raggiunsero la compagnia; fu distribuito il vino. Lucrezia, sebbene si dibattesse fieramente, era ancora sopraffatta dai singhiozzi e mormorava a tratti qualcosa.

«Roberto, abbi cura di te, io t'odio. La forfora sul tuo colletto mi fa schifo. Tu non sei azzurro, non sei trasparente. Io t'odio. Amo lui».

Chinandosi verso l'avvocato, Bulletta spiegò: «Si riferisce forse al vermiciattolo».

Pallido d'ira il Variago s'alzò. Tutti si volsero verso di lui.

«Ragazza» egli disse freddamente col solito tono di voce. «Potrei farti passare una corda fra le gambe e farti sospendere nuda alla croce del trinchetto. Potrei tirare l'altro capo della corda a stratte, che ti segasse le carni. Sotto di te io potrei ricevere sulla fronte le gocce del tuo sangue...».

Mentre parlava andava riprendendo padronanza di sé, e nel medesimo tempo Lucrezia riacquistava forza e coscienza.

«Fatelo dunque!» gridò questa. «Dovevo dirvi che v'odio e che amo lui. Ora sapete».

«Bene bene,» ribatté il Variago «e invece preferisco fare con te due chiacchiere da amico. Che t'hanno insegnato al Collegio quest'anno? Geografia francese ricamo o scherma?».

«Perdete il vostro tempo».

«Ma no, sta' a sentire. Scommetto che ignori l'esistenza del Mar delle Blatte».

«Non l'ignoro affatto» ribatté ingenuamente la fanciulla.

«Dimmi allora che cos'è».

«È un mare con molti scarafaggi» fu la risposta sommaria.

«E dov'è?».

«Nessuno c'è mai stato».

«Bene. Comunque noi navighiamo verso il Mar delle Blatte. Pensi che anche laggiù il senatore Gliuvotto potrà venire a salvarti?».

«Ma sono sicura che *lui* troverà il modo di raggiungermi anche là».

«S'intende. Dimmi ora, ti fanno schifo le blatte?».

«Mi sono assolutamente indifferenti». Ma il tremito del mento tradiva, nella fanciulla, una violenta emozione.

«È quello che vedremo».

«Roberto, ascoltate...».

«Sono l'Alto Variago!».

«Roberto Coracaglina, ascoltate. Il sole sorge e tramonta, il cielo imbigisce, annerisce, stilla pioggia: io ho sempre davanti ai miei occhi un trasparente azzurro, un tenue azzurro luminoso. Del mio corpo fate ciò che volete». Così dicendo Lucrezia si strappava di dosso i pochi indumenti rimastile mostrando un corpo slanciato e splendente.

«Mummie, marmotte!» gridò il Variago «v'ho detto di bere e di cantare».

Pasta Bucata spiegò un organo di Barberia, si schiarì la voce e attaccò rauco:

Viveva al mondo uno scarafaggio,
Scarafaggio fin dalla più tenera infanzia...

«Al diavolo, cane, colle tue canzoni! Tu piuttosto, ragazza, cantaci una canzone sentimentale, con questa luna. Devono avertene insegnate al Collegio!».

«Piuttosto mi farei strappare la lingua».

«Se la pigli su questo tono ti dirò una parolina che t'insegnerà le creanze!». E il Variago mormorò qualcosa all'orecchio della fanciulla.

«Mentite!» gridò questa.

«Vedrai, e lo schiaccerò sotto il mio tallone».

«Egli vi ucciderà tutti».

«Lui, quel piccolo verme?! Papà, spogliati». Quelli dal tricorno si precipitarono sull'avvocato e lo spogliarono del suo abito; l'avvocato rimase mortificato da una parte, in mutande e in maniche di camicia. «I pantaloni» ordinò il Variago. Avutili, cercò con precauzione nei risvolti e finì coll'estrarne un piccolo verme azzurro e trasparente. «Sapevo bene che ti saresti nascosto qui dentro» disse sdegnoso. «E ora ascolta, ragazza: se non canti l'uccido in questo istante, lo schiaccio tra le mie dita».

Il verme, fra il pollice e l'indice del Variago, preferì conservare uno sprezzante silenzio; il piccolo capo s'ergeva minaccioso verso il nemico. La donna fece per slanciarsi in suo aiuto. «Amore,» gridava «t'ho ritrovato, so che tu mi salverai!...».

«Mettetelo sotto un bicchiere,» ordinò il Variago «nella mia cabina. E occhio! Ora a te, ragazza».

Lucrezia, prima con voce tremante poi a poco a poco con maggior sicurezza, cantò:

> *Conosco una fontana*
> *Per chi non ha fortuna*
> *C'è una betulla nana*
> *E polvere di luna.*

«Benissimo l'esordio!» berciò Pallini da Caccia.

> *In una grotta arcana*
> *Là vive una sirena*
> *Cantando rende vana*
> *Ogni lontana pena.*

> *In mezzo alla savana*
> *Lungi dalla marina*
> *La fonte si sdipana*
> *Miraggio a chi cammina.*

> *È una favola piana*
> *A chi l'intende è buona*
> *Per questo ogni p...*
> *Di c... si corona.*

Seguì un istante di silenzio; tutti guardavano il mare, lucente sotto la luna...

«Lucrezia Lucrezia!» sospirò infine dolcemente il Variago.

«Non v'intenerite, Roberto Coracaglina. La morale è per voi!» gridò beffardamente la donna.

«Vino, vino, canti perdio!» urlò ancora una volta il Variago, e tutti si diedero ad agitarsi. «Portatela in cabina, vicino al suo amore! Badate che non alzi il bicchiere!».

La nave rallentò. All'orizzonte si profilavano immani sagome strane, come spalti selvaggi di montagne, come rocche oceaniche. «Brandeburgo» disse il capitano. «Si fa scalo?».

«Siete pazzo?» rispose il Variago. «Alzate il fiocco, via a tutte vele».

«Come volete». Il capitano e gli uomini parevano scontenti di non fermarsi a quel porto.

L'avvocato s'accostò al parapetto. Alla luce della luna si scorgeva sulla costa, e digradante in anfiteatro verso il mare, una mostruosa città, dai giganteschi edifici. C'erano case piazze vie torri come altrove, ma ogni cosa spaventosamente grande e massiccia, di proporzioni inaudite e terribili. Tra le fronti solenni delle costruzioni, battute dal pallido raggio, si inabissavano strade nere come pece, s'aprivano gurgiti bui di piazze, voragini senza fondo. Tutto era calmo, non si scorgevano creature umane, nessuna luce, nessun segno di vita; alcune vaste fontane, collegate da canali elevati sul suolo e digradanti di terrazza in terrazza, facevano solo udire un freddo sciabordio. Ma era una calma minacciosa, da cui sembrava dovesse scoppiare a ogni momento un comando, una parola intollerabile. Come una fiera sentinella la città si levava alta sul mare.

L'avvocato, incapace di soffrire quelle inaudite proporzioni, fu preso da una vertigine e un terrore senza limiti. Il capitano gli si accostò: «Brandeburgo, il gigante dei mari» mormorò meditabondo. «I ragazzi volevano scendere, sapete, a causa delle donne-armadilli. Nei sotterranei di quella città abbandonata» spiegò «vivono donne capaci di chiudere nel loro amplesso tutto il corpo dell'uomo. Ma sì, non capite? Immaginate un porcellino di Sant'Antonio o, diciamo, un riccio, e una formica. Il porcellino, se si arrotola, può chiudere completamente fra la sua pancia e il suo petto la formica. Ora, la formica sarebbe l'uomo e il porcellino la donna, voglio dire la donna-armadillo. Vi assicuro che esser chiuso da tutte le parti fra carne morbida e calda di donna, senza neanche poter respirare, è in certi momenti un gran vantaggio!... Già, quand'ero giovane, anch'io... Brandeburgo, l'ultimo baluardo verso il Mar delle Blatte!» concluse ridiventando pensieroso.

La luna s'offuscò di nuvole, la città scomparve nel buio. I marinai ubriachi si stesero sulla tolda, l'avvocato li imitò, il Variago sparì in un boccaporto, la tranquillità scese sulla nave. Solo una piccola luce sulla barra illuminava, fra il ronfare degli uomini, il viso scontento di Bulletta subentrato al timone.

Nella grande cabina Lucrezia non dormiva. Guardata a vista dal nostromo sonnacchioso, ella tentava di porsi in comunicazione col vermiciattolo, il quale si trovava su una carta di navigazione sul tavolo del capitano, e sotto un bicchiere rovesciato. Il verme però, colla testina erta, sembrava guardare oltre di lei come meditando; Lucrezia accarezzava il bicchiere con tutta la palma, vi accostava la guancia e lasciava cadere sul vetro qualche lagrima. L'atteggiamento virile del verme era del resto giustificato: nessuna comunicazione era possibile oltre le pareti della sua prigione, e neppure la sua voce chioccia avrebbe potuto raggiungere l'amata.

«Nostromo,» diceva la fanciulla «permettetemi di alzare il bicchiere, di liberarlo, e avrete da me ciò che vorrete.» Così dicendo si prendeva nella mano un seno col suo cerchiolino rosso. Ma il nostromo, vecchierello, non si lasciava intenerire.

La mattina si levò su un mare liscio come l'olio. Lunghi filamenti d'alga vi affioravano. L'aria era limpidissima, cominciava a fare un gran caldo. Il mare era tanto trasparente che attraverso la massa verde dell'acqua si poteva scorgere il fondo accidentato, a una prodigiosa distanza sotto i navigatori. La nave si librava vertiginosamente sull'abisso come su un'aria. L'avvocato, ecco, poté vedere un puntino brillante staccarsi dal fondo e procedere verticalmente verso di lui; nel minuscolo puntino, a mezza strada, riconobbe una medusa solitaria, di proporzioni gigantesche, la quale, raggiunto quasi il pelo dell'acqua, rimase di traverso lasciandosi cullare dalla corrente. Ma in quel mare e quel cielo non altri indizi di vita.

Poteva essere mezzogiorno, e l'afa era aumentata a

dismisura, quando fu avvistata una terra bassa, un isolotto.

«Ci siamo, preparatevi» disse il Variago che era in osservazione ritto sulla prua.

«Quest'isolotto è la porta del Mar delle Blatte» spiegò ancora all'avvocato il capitano compiacente. «Ora vedrete».

Dall'isola venne incontro alla nave un grosso canotto istoriato, pieno d'uomini nudi. La loro pelle, malgrado il sole tropicale, conservava un candore abbagliante; essi parevano però tutti assai male in gambe, pallidi e scheletriti, e flaccide le poche carni. Uno, certo il capo, salì a bordo per la scaletta di corda e s'avanzò sul ponte con passo dinoccolato; per tutto indumento recava sulla testa una cresta di stoffa bianca, simile a quelle delle cameriere. Il suo viso sudaticcio era soffuso d'un pallore giallognolo; i capelli lisci e appiccicati sulle tempie gli ricadevano sul collo in folta zazzera; sotto gli occhi malinconici e dallo sguardo spento s'incavavano due profondi solchi neri. Egli pronunciò qualche parola in una lingua sconosciuta.

«Dategli gli oggetti» disse il Variago ai suoi.

Gli uomini s'avanzarono uno per uno e consegnarono al nuovo venuto ciascuno il suo oggetto: il pezzo di spago, la bulletta, il grano di pasta bucata... Ogni volta che l'uomo ne riceveva uno alzava le braccia al cielo mormorando alcunché, forse a gloria del suo dio. Avutili tutti, s'inchinò profondamente e fece un largo gesto verso il mare come a indicare che la via era libera. Dall'alto della murata, andandosene, gridò qualcosa ai suoi del canotto, i quali manifestarono subito una gioia sfrenata; giunto il capo, ognuno volle vedere e toccare gli oggetti, tutti poi s'abbandonarono a folli manifestazioni di allegria. Molti si buttarono in mare e accompagnarono a nuoto, vociando, l'imbarcazione che ritornava verso la costa.

«È fatto, filate» ordinò il Variago. Tutte le vele furono spiegate a prendere il poco vento, e la nave si preparò a doppiare l'estrema punta dell'isola.

«Ai vostri posti» ordinò ancora il Variago. Il capitano ripeté l'ordine più forte.

«Occhio, siamo nel Mar delle Blatte» aggiunse il Variago. «La ragazza e il verme in coperta!».

Il capitano, non cessando di sorvegliare attentamente la manovra, accese una lunga pipa e si volse all'avvocato. Questi, fra quei forti marinai a torso nudo che si agitavano per le loro faccende, faceva un'assai meschina figura, ozioso e in mutande com'era. Ma perciò appunto, forse, ispirava una certa pietà al vecchio lupo di mare.

«Ebbene, che ve ne pare dei Forforiti?».

«Come?».

«Quegli uomini erano della tribù dei Forforiti, che è composta di soli uomini, dunque mi capite. Ma badate a non capire quello che non è, ogni peccato così è punito da loro colla morte: piuttosto... insomma ci siamo intesi. Ogni trent'anni essi partono e rapiscono una donna dalla terra più vicina, che è però lontana sei giorni di navigazione, per i loro canotti; la donna non deve avere più di tredici anni, sapete, ed è assai rispettata fra loro. Ma dopo che ha fatto quaranta figli la uccidono barbaramente. Però anche così dovranno perire; tanto più che nella loro ultima spedizione hanno preso una donna sterile, che ha ormai settant'anni, e tuttavia sperano ancora di renderla madre e se la contendono». Al capitano parve invero d'essere stato troppo preciso nelle sue informazioni e s'affrettò a concludere: «Così dicono almeno. Questa tribù custodisce l'ingresso al Mar delle Blatte e con loro deve fare i conti chiunque voglia penetrarvi. Poiché» il capitano abbassò la voce «essi possiedono il segreto per ubriacare le blatte, con infusi d'erbe che gettano nel mare, e renderle aggressive».

«Voi voi...» balbettava l'avvocato «siete mai stato al Mar delle Blatte?».

«Che dite Signore! Parecchie volte!».

«E... e... è spaventoso?».

«Non per me, certo».

Ma in quella il capitano sgranò gli occhi, inghiottì la saliva, ebbe un singulto simile a un conato di vomito, e rimase cogli occhi sbarrati a fissare l'acqua frusciante contro la chiglia della nave.

«Guardate guardate... là... là...!».

Cullate dalle leggere onde che il passaggio della nave suscitava, alcune grosse blatte, dall'aria sonnolenta, galleggiavano sull'acqua; altre se ne vedevano più in là, e verso il mare aperto gli animali parevano infittire, nereggiando al sole del meriggio tropicale.

Il capitano, seguito dall'avvocato, corse freneticamente da un bordo all'altro; la nave era già quasi circondata di blatte. Si slanciarono verso prua; di là ai loro occhi si scoprì uno spettacolo assai singolare. Il mare a perdita di vista, senza una terra all'orizzonte, sotto la cappa affocata del cielo, appariva nero come l'inchiostro, e di una lucentezza funebre; una quantità sterminata di blatte, tanto fitte da non lasciar occhieggiare l'acqua di sotto, lo copriva per tutta la sua distesa. Nel gran silenzio s'udiva distintamente il rumore secco dei loro gusci urtati dalla prua. Lentamente, a fatica, la nave poteva avanzare, e subito le blatte si richiudevano sul suo passaggio.

Come un pazzo il capitano corse sottocoperta, per osservare gli animali da vicino. «Qua, qua,» gridava agli uomini che incontrava «qua, venite, guardate, bisogna uccidere questi schifosi animali!...».

Le blatte, di dimensioni normali, alcune più piccole altre più grandi, non differivano gran che da quelle terrestri; la parte posteriore del loro corpo, più fragile, era segnata da solchi. A ogni ondata le loro lunghe antenne si agitavano debolmente. Il capitano si slanciò di nuovo in coperta urlando.

«Figli di cani, bisogna fare qualcosa, vi dico, bisogna ucciderle...».

Ma il Variago lo raggiunse e, afferrandolo per i polsi:

«Cane e millantatore:» ruggì sordamente «è questo il tuo coraggio?».

Gli altri uomini erano accorsi. Tutti tremavano, alcuni battevano i denti: «Se immaginate che vi seguiremo per queste acque...» cominciò uno facendosi coraggio.

«Bravi, marmotte, intendete mangiare a ufo il mio pane! All'isola vorreste arrivare, e tremate davanti a pochi miseri scarafaggi?».

«Facciamo almeno qualcosa per allontanarle» propose un altro.

«Furbi! e volete che si sdegnino e ci attacchino e ci soffochino sotto le loro pance schifose?».

«Noi... noi...» dissero tutti «vogliamo tornare indietro, non ci importa più nulla dell'isola. Vogliamo uscire di qui. Lo faremo a qualunque costo, se è necessario passeremo sul vostro cadavere». Gli uomini si avanzavano minacciosi; la nave, di cui più nessuno reggeva il timone, sbandava paurosamente, suscitando fra il popolo delle blatte un certo allarme.

«Ah è così?» tuonò il Variago. Egli estrasse rapidamente dalla cintola le due pistole. «All'isola si va e all'isola vi condurrò, lo vogliate o no. Ai vostri posti, vi dico, e badate a voi se vi preme la pelle! Del resto ora tornare indietro è lo stesso che proseguire». Infatti sul mare già percorso le blatte s'erano richiuse fittissime e ormai il mare era nero da tutte le parti, per tutto il giro dell'orizzonte.

A questo punto si udì un calpestio affrettato e un vociare da poppa. Accorse uno degli uomini in tricorno:

«Alto Variago, il verme è fuggito!». Il prigioniero in effetti, posato a terra sulla tolda sotto il suo bicchiere, doveva avere approfittato della confusione per svignarsela passando per la commessura di due tavole.

Il Variago, seguito da tutti gli altri, si slanciò verso poppa. Il fuggiasco era introvabile; infine fu visto che attraversava arrancando la coperta e cercava di raggiungere un boccaporto. Tutti gli furono sopra; il ver-

me, sentendo giungere quella tempesta, si volse ergen-
do fieramente il piccolo capo. Gli uomini istintivamente fecero circolo, nel mezzo i due avversari rimasero
fronte a fronte.

Il Variago guardava con aria sprezzante la piccola
bestia ai suoi piedi. Questa a sua volta considerava attentamente lo smisurato nemico. Vi fu un istante di silenzio. Quindi il verme si decise a parlare:

«Roberto Coracaglina,» disse colla solita voce chioccia, e senza mostrare la menoma emozione «se mi
schiacciassi sotto il tuo tallone saresti un vile. Lo sei anche se non lo fai, giacché non lo fai perché hai paura
di me. La nostra partita dunque non si conchiuderà
mai. Ma io voglio ora proporti un patto come usa fra
gente d'onore; ascolta: Fa' che Lucrezia stessa possa
scegliere; ella apparterrà a chi di noi due saprà meglio
amarla. Accetti?».

«Da te,» suonò la risposta altrettanto calma «da te,
vermiciattolo, non raccolgo ingiurie né proposte. Ri-
mettetelo sotto un bicchiere, voi, chiudetelo anzi in
una scatola di fiammiferi; non scapperà più».

Gli uomini non si dispersero che sotto la minaccia
delle pistole del Variago. La loro resistenza non si doveva, ora, soltanto alla presenza delle blatte; invero
l'autorità del capo era stata seriamente scossa nei loro
animi dal non aver egli accettata la sfida. Inoltre rin-
chiudere il nemico in una scatola di fiammiferi pareva
a quei rudi avventurieri il colmo dell'ingenerosità.

Presto, d'altronde, ogni animosità si spense necessariamente; la via del ritorno era preclusa, conveniva a
ogni patto andare avanti, aprendosi un varco fra il bru-
lichio degli animali galleggianti, e questa faticosa manovra, nonché l'estrema tensione di ciascuno, esauri-
rono presto ogni energia.

Le ventiquattr'ore che seguirono sottoposero i navigatori ai più duri tormenti. Il calore era diventato insopportabile e l'aria spessa ristagnava del tutto; il sole
batteva spietatamente il ponte con raggi perpendicola-

ri. Per di più la provvista d'acqua a bordo non era lauta; tutti furono messi a razione e rimasero a trascinarsi, quasi nudi, in coperta (sotto era letteralmente impossibile restare), cercandosi dove potevano un cantuccio d'ombra.

La repugnanza di Lucrezia per le blatte, checché ella ne dicesse, era estrema. Alla vista degli animali galleggianti la fanciulla era sulle prime svenuta dal disgusto; ripresa coscienza, aveva cercato di farsi forza alla meno peggio e ora giaceva a poppa, coprendosi gli occhi colle mani. Il suo mento tremava violentemente, le labbra serrate sembravano trattenere a forza gli spiriti vitali, e tutto il suo corpo era, sotto il sole ardente, percorso da bridivi intensi come in preda alla febbre. Il Variago le si accostò:

«Ebbene ragazza, che ne dici delle blatte?».

«Carine» trovò il coraggio di rispondere Lucrezia, schizzando fiamme dagli occhi.

Qualche blatta meno sonnolenta delle altre s'arrampicava di quando in quando lungo le murate e passeggiava tranquillamente sulla coperta, accolta con rispetto da tutto l'equipaggio, che temeva di sdegnare le sue compagne; il Variago ne raccolse con delicatezza una che passava da quelle parti e s'avanzò verso la ragazza. Il viso di lei divenne paonazzo, poi subitamente d'un pallore mortale; ma ella si morse le labbra e non disse verbo. Il Variago le accostò un poco al volto l'animale, quindi lo ripose a terra con precauzione.

«Non impor...ta... ne...anche co...sì riuscirete a nulla» disse la fanciulla battendo i denti. «Roberto Coracaglina, oltre alla forfora siete anche un vile. Ho sentito quando lui vi proponeva una sfida e voi... voi...»; le parole si confondevano e non poté proseguire.

Il capitano, a torso nudo e lucente di sudore, si trascinava a poca distanza cercando di raggiungere il botticello dell'acqua; il Variago se ne accorse.

«Avete già avuto la vostra razione, filate» lo ammonì.

«Alto Variago, io brucio, io morrò se non...».

«Filate all'istante» ripeté il Variago levando lo scudiscio che gli pendeva dal polso.

«Ebbene, m'ucciderete, ma sappiate... devo dirvi che... la ragazza ha ragione! Sì, voi non avete accettata la sfida d'un verme, io... noi non abbiamo più nessuna fiducia in voi. Noi... tutti vi odiano come me...». L'uomo ricadde affranto e febbricitante.

«Cane» borbottò il Variago fra i denti, e spinse col piede il corpo accasciato. Ma il capitano pareva morto.

«Cane,» esplose il Variago contro quel corpo immobile «se ancora t'immischi in queste faccende...». Poi, tornando alla fanciulla, pronunciò perplesso:

«Era per te, Lucrezia. Se tu lo vuoi accetto. Ho accettato. Ora. Subito».

Lucrezia rise beffarda; il Variago a spintoni riscosse uno degli uomini in tricorno, mezzo addormentato da una parte, e gli ordinò di andare a prendere la scatoletta col verme. In quel punto si levò una leggera brezza; questa, insieme alla notizia corsa subito di uno spettacolo straordinario, parve d'incanto ridare gli spiriti alla torpida ciurma. Tutti s'affollarono verso la poppa della nave, teatro della singolare contesa.

«Voglio proprio vedere» diceva il cambusiere quasi allegro all'avvocato «come farà il verme ad amarla. Come fa un vermiciattolo a fare all'amore con una ragazza, diamine!».

Il verme fu estratto dalla scatoletta.

«Ebbene?» interrogò sdegnoso.

«Ebbene» rispose il Variago «la vostra sfida è accettata. Cominciamo subito; siete pronto?».

«Sempre ai vostri ordini».

«E tu Lucrezia sei pronta?».

«Sì».

Si estrasse a sorte quello che doveva cominciare. Toccò al Variago.

Egli si avvicinò alla ragazza e la baciò prima delicatamente sulle palpebre, accarezzandole con leggerezza i capelli. Poi i suoi baci si fecero più precisi, più roventi, giù giù sulle guance, verso la bocca. Poi le bocche si unirono a lungo e il Variago abbracciò forte la fanciulla. Lentamente, con una leggerezza quasi femminea, le sue mani forti correvano sulle spalle di lei, lungo il filo delle reni, raccogliendo le linee eleganti di quel corpo, cercandolo in ogni loro luogo di riposo. Poi la bocca dell'uomo s'abbassò, trovò il cavo delle ascelle, lo stacco dei seni, i seni, i fianchi, e allora le mani percorsero la slanciata rotondità delle cosce, dei polpacci, insistendo particolarmente sulle caviglie, sui malleoli, sul rovescio delle dita del piccolo piede, nel punto ove s'attaccano alla pianta. Ma durante tutto questo tempo Lucrezia giaceva immobile e fredda; da oltre la testa dell'uomo i suoi occhi sempre aperti conservavano quasi un sorriso, un lampo di sprezzante ironia.

Infine i due corpi s'avvinsero strettamente, o piuttosto quello del Variago aderì strettamente all'altro, tremò, vibrò, parve perdere la sua consistenza, per rimanere da ultimo pesante su quello delicato, diafano della fanciulla. Ma anche allora Lucrezia giacque gelidamente, cogli occhi aperti, non sbarrati, con uno sguardo e un viso indifferenti. Questi occhi s'erano chiusi un momento solo, mentre il Variago accarezzava le caviglie, e s'erano riaperti subito dopo vittoriosi.

Il Variago si levò tristemente, si ravviò i capelli con gesto distratto, si passò una mano sulla bocca, mormorò qualcosa di sconsolato che nessuno udì. «Sei una statua di ghiaccio» disse forte a Lucrezia, e si tirò da parte.

«Credete, Signore?» intervenne il verme. «Ad ogni modo complimenti a voi; ora è la mia volta».

«Però... Però...» disse sottovoce il cambusiere «Non c'è male...».

Gli astanti raddoppiarono d'attenzione: ora davvero lo spettacolo diventava interessante.

Il verme strisciò verso Lucrezia che, seduta, l'attendeva immobile e profondamente seria. Salì per il solco fra l'alluce e l'altro dito e s'avviò su per il piede, indugiò verso la caviglia, girò attorno alla noce del malleolo, proseguì lungo la gamba verso il ginocchio. Prese decisamente la valletta fra il polpaccio e la tibia, girò attorno al fusto della gamba, e per qualche secondo sparì alla vista degli spettatori: doveva essersi trattenuto nel cavo dietro al ginocchio verso il poplite. Ricomparve, s'inerpicò sulla rotula, e finalmente si trovò in piano. Ma preferì percorrere in fretta le cosce; sembrava in generale che procedesse il più possibile senza indugio, come se gli premesse d'arrivar subito su. Infatti, raggiunto l'osso dell'anca, riprese svelto l'ascesa. Nel frattempo la fanciulla, colle braccia abbandonate ai lati del corpo, la testa arrovesciata un poco all'indietro e le palpebre socchiuse, ansava leggermente, e l'ansito aumentava mano a mano che il verme si accostava al suo volto. L'animale evitò di proposito l'ombelico, passò fra i seni diremo senza guardarli neppure, attaccò la gola, procedé un momento arrovesciato contro il tetto del mento, uscì infine sulle guance e si diresse agli occhi.

Lucrezia strinse più forte le palpebre; sotto di esse si vedevano i suoi occhi arrovesciarsi: «No... no...» mormorò piano. Il verme raggiunse un'orbita e la percorse lentamente, soffermandovisi e calettandovisi; «oh oh» sospirava Lucrezia. Il verme girava, girava lentamente entro le orbite, travalicando il naso per passare dall'una all'altra. Il suo movimento regolare e sicuro teneva affascinati gli spettatori; a tutti parve di udire una specie di ronzio sonoro, come quando si passa a lungo il dito sull'orlo umido d'un bicchiere, e sembrava che fosse quel movimento a produrre quel suono. Lucrezia gemeva e mugolava, corrugando leggermente le sopracciglia. Infine il verme, arrestandosi, parve farle dolce violenza alle palpebre; Lucrezia le schiuse appena, e il verme prese a strisciare sull'attaccatura delle ciglia, sul taglio delle palpebre, forzandone il rovescio, premendo quasi volesse penetrare fra la palpebra e l'occhio. L'estasi della fanciulla durava e cresceva; il verme abbandonò gli occhi e raggiunse la bocca semiaperta. Vi sparì dentro, ma si vedeva ogni tanto il sommo del suo dorso, sicché fu chiaro che strisciava sulla parte interna delle labbra, che bacia le gengive. Di quando in quando si fermava, adagiandosi sulle soffici mucose, e Lucrezia allora smaniava e contraeva le dita ad artiglio come invitandolo a continuare il suo cammino.

L'animale ridiscese, passando questa volta dietro alle orecchie e indugiandovi; sul collo percorse le tre collane di Venere che lo adornavano orgogliosamente, contornò la scapola, scese nelle fossette, si diresse al seno. Parve col capino sondare la sensibilità delle punte; qualcosa nel contegno di Lucrezia gli fece accordare la sua preferenza al seno sinistro. Non fece altro, qui, che seguire il segno rosso lasciato dal serpe poppante; prima con studiata lentezza, poi più veloce, sempre più veloce, vorticosamente. Pareva, nella sua corsa sfrenata, uno di quei serpentelli pazzi che si mordono la coda.

Lucrezia si spense infine e sospirò profondamente. Ma il verme riprese la via verso il basso...

«Ebbene?» disse, quando tutto fu finito. «Roberto Coracaglina, mi sembra inutile chiedere a Lucrezia il suo parere. Da leale avversario menaci in salvo con questa nave e cercati per le vie del mondo un altro paradiso».

Il Variago sedeva affranto. Era stato ignominiosamente sconfitto; e che gli importava più dell'isola e del resto, ora che Lucrezia era perduta? Sedeva così, rivolgendo i più tristi pensieri, e non sapeva che rispondere; ma all'improvviso un pensiero basso, un vile pensiero da cui tuttavia non sapeva difendersi, gli attraversò la mente. La brezza era caduta, l'afa era diventata insopportabile; gli uomini, un momento distratti, ricominciarono a sentire gli acuti patimenti della sete e del sole, eccitati in più fino alla sofferenza e allucinati dalla bizzarra scena cui avevano assistito. «È ridicolo che io mi affligga così,» pensava il Variago «quando mi basta allungare un piede perché questo minuscolo verme scompaia dal mondo senza lasciar traccia». La tentazione era troppo forte, il sole scottava. Il verme, in attesa di risposta, era lì davanti a lui sulle tavole della coperta, colla piccola testa levata, inerme fragile e trasparente; il Variago non pensò più. Allungando fulmineamente la gamba lo schiacciò di scancio come quando si pesta un fiammifero nell'intento d'accenderlo; il verme infatti divampò bruscamente con una fiamma zolfigna e azzurrognola, e di lui non rimase altro che una minuscola spoglia bruciacchiata.

Lucrezia per un lungo istante non credé ai suoi occhi: quindi cadde in ginocchio, raccolse smemorata la spoglia e non poteva parlare.

«Roberto,» proruppe alla fine «dovevo saperlo! Voi avete distrutta vilmente la mia vita. Cada sul vostro capo la maledizione del Cielo! L'odio di tutti i viventi v'accompagnerà fino...».

Un urlo selvaggio alle spalle del Variago la interruppe. Questi non ebbe il tempo di voltarsi che quattro braccia robuste l'avevano già afferrato e lo tenevano inchiodato al suo posto; tutta la ciurma gli fu sopra.

«Basta, basta!» gridavano gli invasati «basta! tu non sei l'Alto Variago, tu sei Roberto, Roberto Coracaglina. Tu sei un vile, tu uccidi a tradimento il nemico che ti ha vinto lealmente. Tu sei un uomo basso e debole, peggio, peggio di noi. E noi ce ne infischiamo della tua isola, noi vogliamo solo tornare a casa».

«E vogliamo la ragazza, ora, subito » soggiungevano gli altri. «Sapremo tenerla contenta lo stesso, non dubitare, anche senza tutte le vostre smorfie!».

«E guarda anche» vociò Pezzo di Spago «che conto fo delle tue blatte!...». Così dicendo il forsennato si precipitò su una blatta che passeggiava tranquilla sul ponte, e prima che il capitano, il quale subito lo rincorse, potesse trattenerlo, la schiacciò brutalmente e con un largo calcio ne mandò a finire la piccola carcassa in mare; sul ponte rimase una minuscola pozzanghera di sangue bianco e denso.

«Pazzo che hai fatto!» gridò il capitano. Gli uomini senza dargli retta si gettarono verso Lucrezia e impegnarono una furibonda zuffa per il possesso di lei; il Variago assisteva impotente a tutto questo.

«Disgraziati!» diceva. «Che avete mai fatto, ora le blatte si sdegneranno e sarà la fine di tutti!». Nessuno l'udiva.

Ma fra il popolo delle blatte l'arrivo a volo della compagna uccisa aveva messo una grande agitazione; quegli stessi animali che pigri si lasciavano cullare dalle onde, arrancavano ora disordinatamente, agitavano le lunghe antenne, si scuotevano, s'urtavano e si scavalcavano. Qualcuno finì coll'accorgersene; allora, nell'imminenza del pericolo, il Variago fu lasciato libero e tutti lo supplicavano di condurli a salvamento.

Ma era troppo tardi: una lunga fila di blatte, arrampicandosi lungo una gomona che pendeva nell'acqua, invase la coperta. Altre blatte spuntavano dai parapetti e s'univano alle prime, non c'era più scampo; per quante gli uomini, pazzi dal terrore, ne uccidessero, un numero doppio almeno giungeva a sostituire le prime.

«Sciagurati, siamo perduti!» gridò il Variago. «Le blatte si sono inferocite, si salvi chi può!».

In breve il ponte fu tutto coperto di blatte, dietro a quelli che cercavano scampo sottocoperta se ne riversò pei boccaporti una enorme quantità; molti perirono così nella stiva, donde non poterono più uscire a causa delle blatte che ostruivano ogni apertura, penetrando lente e ammonticchiandosi una sull'altra, fino a seppellire gli uomini. Quelli di sopra lottavano strenuamente ma senza sortir il menomo risultato. Anzi la loro posizione si faceva sempre più critica; i vari strati di blatte arrivavano ormai al ginocchio, senza contare quelle che s'inerpicavano lungo il corpo degli uomini, i quali a fatica riuscivano, ancora per poco, a pararsi il volto. Contro quella sterminata progenie non c'era nulla da fare; per ogni blatta uccisa dieci, mille ne rispuntavano ormai da ogni parte. Uno si buttò in mare e perì così fra le compagne delle assalitrici. Le blatte entravano dovunque, si arrampicavano dovunque, colmavano ogni cavo, pendevano dai cordami e dalle tende, annerivano le vele.

Lucrezia, sul castello di prua, s'arrostava e si parava come poteva; ma le forze le mancavano ormai. Inoltre il disgusto le dava un languore profondo, un abbattimento sordo che la svuotava di tutto il suo sangue, ed ella era sul punto di abbandonarsi; le blatte le arrivavano ora ai fianchi, le scalavano senza posa il petto, le spalle, s'erano installate fra i suoi capelli, le passavano sulla fronte. Le sentiva fra le cosce, le riempivano il cavo delle ascelle, forzavano le labbra, fra poco le avrebbe avute in bocca.........

«Basta basta, per carità!» urlò all'improvviso Lucrezia coprendosi il volto colle mani, e scoppiò a piangere, a singhiozzare forte, bubbolando come per freddo.

«Come basta!...» disse Roberto asciugandosi col fazzoletto un po' di sudore.

«Basta, te ne scongiuro. No, hai ragione, sono stata cattiva, malvagia, sii generoso. No, io non amo Bernardo, amo te, te, Alto Variago, mio Variago, mio Signore...».

E la fanciulla appoggiò la testa sulla spalla di Roberto e pianse più dolcemente.

«Perdonami, prendimi, sarò la tua schiava...».

«In primo luogo per voi sono Roberto e non il Variago» scherzò il giovane, pazzo di felicità, abbracciandola.

«No, sei il mio Variago, il mio Signore, Variago... Var, ti chiamerò Var...».

L'avvocato dalla sua poltrona sospirò profondamente asciugandosi una lacrima col rovescio della mano.

«Roberto, è tanto che te lo volevo dire... anch'io ho avuto torto verso di te... Ragazzo mio, hai ragione, guarda, è tanto che volevo... guarda, facciamo così: tu avrai da me ogni mese quello che... quello che posso darti, ma da vivere bene, veh. E non dovrai avere nessuna preoccupazione, non dovrai far nulla... Che posizione e non posizione! Dovrai occuparti solo dei tuoi romanzi, insomma delle tue cose, come ti parrà e piacerà... ehm ehm...». L'avvocato si volse altrove per non far vedere che piangeva. «E per le spese del matrimonio... ehm... anche in questo ti aiuterò come potrò... Via perdonami, non potevo sapere... Sei felice ora?».

Roberto si buttò fra le sue braccia. Anche lui era commosso, e disse per darsi un contegno:

«Ma questa storia non mi conviene punto. Non dubitate, si sarebbero salvati in qualche modo. Appunto ora che si stava per arrivare all'isola...».

«Che isola?» chiese Lucrezia.

«È un'isola su un mare azzurro, sotto un cielo azzurro. S'arriva a una quieta rada tra le palme e gli aranci, tra alberi sempre verdi, tra fiori sempre fioriti...».

«E a codesta isola non ci si arriva lo stesso?» interruppe la fanciulla imporporandosi leggermente e abbassando gli occhi.

1936

IL BABBO DI KAFKA

Arrendendomi alle insistenze di molti amici, racconterò brevemente l'episodio che tanta influenza doveva avere sulla vita del Maestro (ed anche sulla mia).

«E se ora fra i battenti di quella porta (che era appena accostata) s'insinuassero due, anzi alcune, zampe, lunghissime sottili e pelose; e, la porta stessa cedendo alla pressione ed aprendosi pian piano, comparisse un enorme ragno, grosso quanto un cesto da bucato?...».

«Ebbene?».

«Aspetta, non t'ho detto tutto. Se questo ragno avesse al posto del corpo una testa d'uomo che ti guardasse fissamente da terra? Tu che faresti? T'ammazzeresti, no?».

«Io? Io non ci penserei neppure. Perché diamine dovrei ammazzarmi! Piuttosto ammazzerei lui».

«Io sì, io m'ammazzerei. Perbacco, vivere in un mondo dove sono possibili cose di questo genere!».

«E io ti so dire che tutto farei, tranne che ammazzarmi; neanche per sogno».

Non aveva finito Kafka di pronunciare queste parole

e guardava ancora in aria di sfida la porta accostata, quando il battente girò lentamente sui cardini e si produsse punto per punto la scena da me immaginata. Nella sala remota dove stavamo cenando, balzammo in piedi esterrefatti. Il ragno, o la testa d'uomo, molleggiando sulle sue lunghe zampe, avanzava verso la tavola e ci guardava con una certa espressione cattiva.

«Ebbene» gridavo io, lo confesso, quasi piangendo «ebbene, perché ora non l'ammazzi?».

Ma Kafka guardava l'animale, o uomo, cogli occhi sbarrati e non muoveva un dito; se non che andava arretrando insensibilmente verso un angolo della stanza. Gli è che quella testa (come seppi poi) era appunto la testa di suo padre, morto tanto tempo prima. Questi, guardando Kafka, aveva la sua espressione peggiore, gli occhi iniettati di sangue e quasi torti, il labbro superiore inarcato da una parte in segno di rabbia; come quando faceva le sue tediose scenate, di cui ora Kafka si ricordava benissimo, alzando la voce nella maniera più sgradevole. Ora non parlava, perché forse non poteva, ma quasi scoppiava, era evidente, dalla voglia di gridare. La testa, colla faccia rivolta all'insù, stava un poco inclinata, nella posizione d'un rospo.

«Che diamine ho fatto ancora?» si chiedeva Kafka ripreso dall'angoscioso senso di quando, bambino, era fatto segno a quelle scenate senza saperne esattamente il perché. «Papà...» mormorò.

Io, lo confesso, mi posi a battere le palme e a urlare scompostamente: via, via bestiaccia! senza però avere altro coraggio che questo. Allora il padre di Kafka, che tuttora avanzava circospetto verso di noi, parve ripensarci e far forza a se stesso (dominarsi davanti agli «estranei» era sempre stato il suo vanto, senonché tutti indovinavano i suoi sentimenti solo a guardarlo in viso, se anche non avesse mormorato fra sé, in casi simili, «corno, corno!»); rimandando la scenata, o l'aggressione, si volse e barcollando e arrancando se ne uscì in silenzio donde era venuto. Io, lo confesso, fuggii strappandomi i capelli e singhiozzando da qualche parte; Kafka dopo un istante si precipitò dietro a suo padre nel grande salone buio.

Inutile dire che né quella notte né i giorni seguenti gli riuscì di ritrovarlo, sebbene lo cercasse per tutte le stanze a tutte le ore. «Ma guarda,» si diceva «c'era a casa mia un simile animale e chi l'aveva mai visto! Chissà poi quanti altri ce ne sono dello stesso genere. Se non lo acchiappo non potrò più vivere qui». Sulle prime pensava di chiuderlo in una gabbia o nella camera che era stata la sua. Infine lo vide un giorno, al crepuscolo, che attraversava velocemente uno sgombero pieno d'oggetti polverosi, e comprese anche che passava con facilità attraverso le porte chiuse e forse attraverso i muri. Da allora si disse che l'avrebbe ammazzato senza pietà, non c'era altro da fare; s'intende che anche in tale occasione gli sfuggì.

Un giorno, quando disperava ormai di ritrovarlo e già si proponeva d'andarsene e abbandonargli tutto il vecchio maniero a discrezione, esso gli venne innanzi all'improvviso e in piena luce. Il futuro grande scrittore era nella sua camera da letto, per la cui finestra il sole penetrava largamente. Al sole parve più bigio e polveroso; il volto cinereo guardava stavolta al figliuolo con un'espressione stanca e quasi implorante e con grande affetto, colle lacrime agli occhi (come quando, prima, si sentiva male). Ciò malgrado Kafka, dato di piglio a una seggiola, lo stordì sul momento ben bene; poi corse in cantina a prendere un maglio da botte e con quello lo schiacciò del tutto. Dalla testa frantumata sgorgò, come di ragione, una specie di midollo più o meno liquido.

Con ciò Kafka credeva d'essersene liberato per sempre, anche se a duro prezzo. Ma quanti ragni, grossi o piccini, non alberga un vecchio maniero!

L'ETERNA PROVINCIA

1

Io ho una gamba di legno (beh, non proprio di legno: è una gamba americana che nessuno sospetterebbe e zoppico appena, ma fa lo stesso). Ragion per cui odio le donne. Il passaggio, mi pare, è abbastanza semplice di per sé; comunque posso aggiungere, *ad abundantiam*, che le donne non mi hanno certo fatto mancare le occasioni, di odiarle. E poiché oggi sono in questa disposizione, sono cioè a rivangare vecchie storie, mi costa poco esser più preciso.

Quella prima ragazza, per esempio, la prima di tutte. Era bellissima, aveva una gran criniera di capelli corvini, un visetto affilato, vasti occhi pensosi; ma, vedete caso, aveva anche lei non so che guaio a una gamba (non seppi mai esattamente cosa: una gamba grossa e pesante, che trascinava addirittura). Perché mi fossi innamorato proprio di lei sarebbe difficile, se non troppo facile, dire: forse appunto perché era menomata, e io ero allora un adolescente tenero e romantico; o forse perché inconsapevolmente ne speravo maggior comprensione. Invece...

Aveva padre arcigno, ma io riuscii a trovare una casa

subito sopra alla sua, sicché comunicavamo agevolmente con canti (studiava canto) e con bigliettini scambiati per le scale. Ah, quel primo fuggevole convegno in una cappellina fuori mano della città, secondo il costume dei poeti antichi e delle loro belle! La trovai che pregava in ginocchio, nell'attitudine che meglio si confaceva alla sua bellezza e al tempo stesso meglio celava la sua deformità; assunta d'altronde spontaneamente, senz'ombra di calcolo. E a quel convegno altri ne seguirono malgrado tutto, ella osò perfino ricevermi in casa sua nell'assenza del babbo... Che cosa era la vita in quei giorni per noi, per me, di inebriante e lieve insieme, come certi vini, come l'aria di primavera! Noi eravamo nuovi e lindi, con intatto il nostro bagaglio di speranze, e via discorrendo... Noi o io solo? O forse neppure io? Non so. Ho ritrovato per caso un mio scritto sommamente poetico di quei giorni: vi si loda il silenzio notturno (della mia stanzetta di dozzinante) cui è attribuito il potere di «tessere» sul mio capo una cupola fosca e vorticosa, ma evidentemente di natura benigna o protettiva, la quale sarebbe crollata con oscuro mio disappunto all'elevarsi della «voce» (di lei certo, che dall'altro piano mi dichiarava cantando il suo amore). Che cosa era questo, una premonizione, e valida per tutta la mia vita? Ma mi sto dilungando troppo.

Ecco, insomma: lei aveva una gamba a quella maniera, nondimeno pretendeva che il suo uomo le avesse tutte e due in buono stato. E magari anche con ragione: perché lei, liberalmente, cercava in me un uomo senza più, mentre io forse (come ho già detto) cercavo in lei appunto una ragazza sciancata. Ad ogni modo, e lasciando le sottigliezze, non appena, col procedere della nostra intimità, si avvide della mia menomazione, mutò suono. Cominciò coll'accusarmi nei suoi bigliettini di poco ardore e, con un curioso rimbalzo di sentimenti, di non saper amare anche la sua «gambina malata»; per venire un bel giorno a palesarmi bruscamente che le dispiaceva tanto ma s'era illusa, doveva ormai confessarlo, e invece si sentiva sempre il Tale qui davanti – e fece, me ne rammento bene, un ampio gesto impudico che la sfiorò dal pube alle labbra. Il Tale era un altro studente, in filosofia, con cui aveva avuto tempo prima una relazione senza conseguenze.

Mio cader dalle nuvole, mie disperazioni, miei propositi di riprenderla a tutti i costi; tanto ingenuo ero. Infine, mostrandosi ella incrollabile, non trovai di meglio che svegliare una notte il Tale per telefono e costringerlo a scendere in città dalla sua casa sulla collina: dovevo parlargli, dissi, di cosa segreta e rilevantissima. Ci conoscevamo appena di vista e non mi parve un genio; tuttavia non fu troppo sorpreso, quando ebbe conosciuto l'oggetto del sollecitato colloquio, e capì presto che cosa speravo, follemente, da lui. Aiuto, diamine, secondo si può chiedere a un rivale ormai disamorato (tale egli si professò subito), che pure possegga le chiavi del cuore da noi bramato: su cosa, secondo lui, avrei dovuto far leva per riconquistare quella donna, quali erano in generale la sua diagnosi e la sua prognosi? e via di questo passo. Una mia ridicola stranezza, si capisce, degna d'un secolo passato, come «assidersi al focolare del nemico»; alcunché tra disperato e tronfio e perfino cavalleresco, alla mia maniera.

Quanti bei discorsi mi fece; forse ci si divertiva, e non escludo che mi ci divertissi anch'io. Bei discorsi e nulla più, non occorre dirlo: quasi uno che ha una gamba di legno potesse d'un tratto non averla più! La ragazza rimase ferma, e le era facile evitarmi; quanto a me... tutto passa. In seguito trovò marito ben piantato, ora è nonna.

«Vero è che ciò non c'entra affatto» disse un poeta, ossia tutta questa storiella. Se non per soggiungere che come quella ragazza ce ne furono poi molte altre, intendo che si comportarono nella medesima maniera.

In conclusione, vogliate assumere il dato senza tanto

ragionarci sopra: che ho una gamba di legno e che odio le donne.

2

Per quante camere d'albergo è passata la mia vita! Vi ho trascinato la mia solitudine, la mia uggia, la mia infelicità. Lavorare o far qualcosa non è affar mio; per fortuna sono ricco. Orbene, fu in una di tali camere che mi venne la grande idea.

L'albergo era in una piccola città di provincia dove si affogava nella noia; il caldo era quasi intollerabile, la mia stanza era perfino infestata dalle pulci. Perché m'attardassi lì lo sa Iddio, se non è pel solito motivo che non sapevo dove andare e che in qualunque posto ho sempre trovato caldo o pulci o qualcosa di equivalente. Ad ogni modo usavo passare quasi l'intera giornata e in particolare i lunghissimi pomeriggi steso nudo sul letto, dove con accorgimenti riuscivo a salvarmi dai rabbiosi animalucci; guardavo giornali illustrati, mi sforzavo talvolta di leggere un libro, per lo più contemplavo il soffitto imbiancato. E così non tardai a notare un ragnatelo che ne pendeva: al quale, propriamente, dovetti l'idea.

Non poi ragnatelo, se mai vestigio di esso; un semplice ed esiguissimo filo, lungo forse un due spanne, come se ne possono vedere dappertutto, salvo che poca gente, scommetto, ha avuto l'opportunità di osservarne il comportamento. Uso di proposito questa parola: giacché, il mio almeno, era una cosa viva. Bastava un nulla d'aria, altrimenti insensibile, a farlo oscillare, torcersi, arricciolarsi; o che io soffiassi debolmente alla sua volta, o fischiettassi a fior di labbra; ma bastava anche niente. Direi anzi che non stava mai fermo. Perbacco, ci son giorni d'estate che l'aria in una stanza positivamente non si muove, e del resto io facevo esperimenti vari, tappavo porta e finestra, chiudevo le fes-

247

sure con coperte o indumenti; e lui lì seguitava a tremare e ad agitarsi, benché un po' meno tumultuosa-
mente. Nel mezzo della notte accendevo d'improvviso
la luce: abbrividiva sempre. Era un'anima in pena, ecco cos'era, o meglio un'anima cui qualcuno infliggesse
un continuo tormento; e a me piaceva immaginare
che quel qualcuno fossi io medesimo. Poco importava
se era un povero filino di ragnatelo: io mi sentivo finalmente un dominatore. Tra noi correva una specie di
corrispondenza: i miei soffi erano un implacabile,
atroce questionario, e i suoi contorcimenti le sue risposte impotenti, i vani tentativi di allontanare la tor-
tura, erano il suo terrore, l'implorazione non meno vana. Sì, io avevo su lui, per dir così, diritto di vita e di
morte: potevo con un soffio più brutale inchiodarlo al
soffitto, spengerlo per sempre. Se seguitava a tremare
anche quando non spirava un alito di vento, di ciò non
era forse causa il mio respiro stesso, come dire che lui
sentiva la presenza del suo carnefice?

Da queste fantasie, ora, all'idea di cui sopra il passo
era breve. Idea elementare d'altronde: io dovevo, e
collo strumento stesso della mia propria umiliazione,
sconvolgere, ferire, umiliare nei suoi sentimenti più teneri e delicati una donna qualsiasi, e in tal modo ven-
dicarmi di tutte; aprire nel suo animo una piaga se
possibile senza guarigione. Dovevo in altri termini farla innamorare follemente di me e, quando fosse stata
davvero a punto, svelarle bruscamente, ossia farle constatare di sorpresa, la mia menomazione; il fiero colpo
che ella ne avrebbe ricevuto, la sua impotenza a superare col suo amore un difetto fisico (benché oggi io
sappia bene che non è soltanto tale) dell'amato sarebbero stati la mia vittoria.

Si obbietterà che non diversamente, sorprese a parte, erano andate le cose fino ad allora e che di vendet-
te del genere me n'ero già prese, di fatto, a sufficienza.
Ma mi sarà facile replicare che, in primo luogo, non
ero punto sicuro della sincerità o profondità degli af-

fetti da me precedentemente ispirati, avevo anzi tutte le ragioni per dubitarne; che ad ogni modo in quelle precedenti storie ero stato io stesso seriamente impegnato, laddove avrei avuto ora mente e cuore liberi, e bastante disposizione a godere dell'altrui male e risoluta freddezza, premesse del resto indispensabili (così mi pareva) all'attuazione del mio proposito; che, finalmente, le cose sono nello spirito con cui si fanno. C'è insomma una bella, una capitale differenza tra il subire una cosa e l'imporla, quale tra il fatto e il diritto. Piuttosto, e per altro verso, potrà sembrare strano che io fondassi il mio progetto su alcunché di tanto aleatorio: chi può stimarsi sicuro di far innamorare follemente una donna? Ma in verità io sono o ero appunto quel che si dice un uomo da femmine (donde, più che dai loro materiali tradimenti, i miei rancori: le odiavo perché le amavo, non è una novità); ero di bell'aspetto, ben formato salvo l'invisibile gamba, intelligente in certa misura, nobile di volto e di modi, capace di provare o simulare affetti delicati, pensoso, malinconico e così via; inoltre fatuo quanto basta; un di quelli cui gli amici (quando non gli abbiano esaminato gli arti inferiori) usano dire: «Ah, se fossi come te le donne me le vorrei veder tutte ai piedi e farle torcere». Dunque per me non correva dubbio che avrei saputo cattivarmi e gradatamente esaltare i sentimenti d'una povera ragazza di provincia.

Per cui, accarezzata la bella idea, in essa rinfocolatomi, di essa infatuato, non mi rimaneva che scegliere la mia vittima.

3

Quando non giacevo in albergo, intento a soffiar sul filino, solevo trattenermi nel principale caffè cittadino, posto naturalmente sulla via principale; e verso sera mi passava davanti tutta la gioventù del luogo. Ce n'erano delle donne, belle e brutte, bionde e brune, umili ed orgogliose, di tutte le condizioni e per tutti i gusti, ed io me le andavo osservando una per una con una specie di segreta voluttà, così come un gatto di su un fornello può osservare un ignaro topo che rotoli attraverso la cucina.

Veramente, avevo dapprima pensato di non scegliere del tutto e di prenderne una a caso, dal che sarebbe risultato compiutamente simbolico il suo sacrificio; poi di umiliare l'intero sesso nella più superba, per migliore esempio e a mia maggior delizia; ma ora mi lasciavo piuttosto trarre dalle mie stesse disposizioni contemplative o dalla naturale tendenza di ognuno a differire i propri piaceri, e, quasi in attesa di qualche speciale ispirazione, non decidevo nulla. Codesto umor vago sopravvenuto rappresentava bensì un pericolo, e me ne rendevo conto, in quanto rischiavo di prendere un interesse purchessia a taluna di quelle donne (che già riconoscevo in buona parte) e di perdere la necessaria freddezza; ma tant'era.

Ben presto, d'altronde, una ragazza tra tutte si impose alla mia attenzione. Bella e formosa, d'un biondo cupo, non priva d'una certa eleganza naturale e perfino ben vestita quanto glielo permetteva la sua condizione (che doveva essere modesta); eppure c'era in lei qualcosa di goffo o di incerto, che peraltro mi riusciva impossibile isolare e pertanto irritava singolarmente le mie facoltà di osservazione. Sarà forse stato quel suo modo di buttare le spalle alternamente e quasi abbrividendo, che per un attimo la faceva apparire come scossa da un'improvvisa ventata; o una soverchia lunghezza delle gambe; o quel lieve strascicar dei piedi, quando era stanca; o la prominenza appena sensibile del ventre, quasi a simulare un'incipiente gravidanza, che doveva se mai eccitare tenerezza e invece per qualche motivo risvegliava istinti crudeli; o lo smarrimento, a tratti, del mobile sguardo, che poteva languire e spengersi d'improvviso; o tutto ciò insieme

– per me non avrei saputo dire. Ma più verosimilmente il senso da lei comunicato era in rapporto con un suo interno stato, con una sua sconosciuta ed affiorante pena. Una cosa a buon conto sembrava certa: che quella era una vittima votata. Fu dunque la mia designata, per quanto potesse costarne al mio orgoglio, un po' mortificato dalla facilità (secondo stimavo) di una tale conquista.

Ma il punto, per esser sinceri, era un altro. La supposta pena segreta della ragazza, infatti, non mancava di scatenare le mie più empie e sinistre immaginazioni e si risolveva per me nella promessa di più raffinate voluttà: aprire alla speranza un cuore che soffre, mi dicevo, e poi ripiombarlo nella disperazione è maggiore offesa che ferirne uno ignaro di speranza perché ignaro di sofferenza; né può misurare appieno l'abisso in cui sia caduto chi non ne abbia fatto precedente esperimento. E, chissà, forse la pena di colei era o era stata appunto pena d'amore... con altre bubbole.

Tutti conti, lo si vede bene, senza l'oste, relativi inoltre a non so che immagine convenzionale della ragazza di provincia. Che stanno soltanto a mostrare in quali oziose idee fossi invischiato, a dispetto della mia apparente risolutezza, e quanto grande seppur grottesco fosse il mio desiderio di nuocere.

4

Durante il passeggio la ragazza era quasi sempre sola; poche volte l'avevo veduta in compagnia di donne che parevano semplici amiche o d'un giovinetto sparuto che poteva essere suo fratello. Circostanza, con altre minime, senza dubbio favorevole ai miei disegni; ma che, tanto vale dirlo subito, si rivelò ben presto insufficiente. Né sembravano migliorare la situazione le piccole complicità che m'ero procurato coi miei quattrini (tra i camerieri del caffè, per intenderci); e infine l'impresa si presentava assai più ardua di quanto non avesse fantasticato la mia sicumera. Del resto il principale intoppo non pareva nei costumi o nelle convenzioni di quella angusta società: ella stessa in qualche modo mi sgusciava tra mano. Rispondeva e corrispondeva, ormai, alle mie assidue occhiate dal tavolino del caffè, ma non si mostrava in sostanza disposta a concedere molto di più; mentre io, che dai miei complici avevo pur appreso il suo nome, il suo stato ed altro, non riuscivo tuttavia ancora a concepire un modo di avvicinarla forzando la sua volontà, manifestamente benché blandamente avversa. Per esempio, avevo provato una volta a seguirla, sperando che raggiungesse luoghi o vie tanto solitarie da permettermi di parlarle senza scandalo e senza suo disagio: ella era tornata precipitosamente indietro, e da quel giorno usava limitare il suo passeggio alle vie frequentate, secondo ben vedevo dal mio osservatorio (che dominava il corso e gli sbocchi più importanti).

Vero è che in certi casi i camerieri di caffè non bastano; che, d'altra parte, quand'anche avessi voluto stringere relazioni solide in città e circuire la ragazza per vie normali, ne sarei stato impedito dalla evidente necessità di non mescolare alla storia gente superflua, peggio se babbi o mamme. Nondimeno avrei bene potuto riconoscere in ogni intoppo piuttosto una mia propria insufficienza o labilità; e non è detto che non lo facessi, ma il mio sentimento dominante restava un rovello di fatuità offesa, come l'opposizione della ragazza non fosse dopo tutto naturale. C'è caso, da ultimo, pretendessi di vederla correre e gettarmisi materialmente ai piedi, vinta da non so quali facoltà magnetiche o quale particolare forza di sguardo che a quel tempo mi attribuivo. Alle corte, in capo ad alcuni giorni io ero entrato in una sorta di furore contro me stesso, che veniva a significare contro di lei; del quale per altro verso gongolavo, come di disposizione specialmente propizia ai miei scopi. Se l'impresa era o mi appariva difficile, tanto meglio; rinunciarvi, mai.

Ora un giorno vidi la ragazza, dopo essermi passata davanti e avere scambiato con me le solite occhiate, scomparire in fondo al corso verso la campagna ovvero verso il giardino pubblico ad essa adiacente, luogo piuttosto selvatico e abitualmente deserto: il suo stato d'allarme doveva essere cessato, dal momento che non l'avevo più seguita. Senza por tempo in mezzo mi levai e la rincorsi.

La trovai in piedi accanto a un albero, un po' torta su un fianco, che pareva pensosamente contemplare la grande montagna laggiù oltre la valle, dorata dall'ulti-mo sole; non si vedeva nessuno intorno; i rondoni in-tronavano l'aria. Udendomi giungere si riscosse e si volse in fretta per rientrare in città, mentre io proce-devo risolutamente verso di lei. Peraltro non aveva via da girare al largo, poiché s'era spinta su un estremo bastione, proteso a mo' di prua: l'incontro con me era inevitabile, io esultavo e immaginavo tenerla in pu-gno... Ma, giunta alla mia altezza, nonché stornare il viso o abbassar gli occhi, ella mi guardò intensamente, volgendosi quasi per intero dalla mia parte, moderan-do il passo e forse addirittura arrestandosi per un bre-ve attimo, nell'attitudine insomma di chi sia sul punto di parlare. E il bello non è ancora questo; il bello è che io la lasciai passare senza dire o far nulla. Un momen-to dopo era già lontana, camminando rapida e abbrivi-dendo tratto tratto alla sua maniera; ed io, che ero giunto coll'animo del brutale conquistatore, restavo a guardarle dietro.

Ebbene, perché non le avevo parlato; forse perché ella aveva mostrato di prevenire, sia pure incompiuta-mente, le mie intenzioni, con ciò togliendomi virtual-mente la parola di bocca? O per mera sorpresa? Du-rante la serata, s'intende, passai in rivista numerose spiegazioni, tralasciando (anche questo s'intende) le più plausibili. Del resto la mia curiosità aveva poco a vedere con un'indagine su me stesso; e invero il principale effetto dell'incidente fu un puro e semplice rincrudirsi del mio furore. Per un motivo o per l'altro e mi fossi io o no comportato come uno sciocco, costei aveva saputo, aveva osato confondere questo zerbinotto cittadino, questo maestro dell'animo femminile: tanto più pieno doveva risultarne il suo castigo, ossia dovevo colpirla quale donna particolare non meno che quale donna in generale. Di quanto poco favorevole ai miei piani fosse una tale complicazione personalistica non mi avvidi neppure. Così come, almanaccando sui mezzi più idonei a piegare ormai la riottosa, non mi avvidi che mi preparavo a sfondare una porta aperta forse dal bel principio; ma io pativo, secondo spesso mi avviene per oziosità di vita e di pensiero, d'una specie di superallenamento (se si chiama così).

A proposito poi di codesti mezzi, è inutile seguire il corso tortuoso e in parte contraddittorio dei miei ragionamenti, di cui basta riferire la conclusione. Se non era stata tutta una mia fantasia la sua intenzione di parlarmi, il suo protendersi verso di me, la ragazza sarebbe infallibilmente ricomparsa il giorno dopo nello stesso luogo e alla stessa ora precisa: su ciò mi acquetai momentaneamente.

Quindi passai a consolarmi un poco col pendulo filino, i cui fremiti spasmodici mi rialzarono alquanto nella mia propria stima.

5

Venne; a passo incerto e a capo chino, né levò gli occhi prima di essermi accanto; occhi di un azzurro cupo, dei quali ora appena scoprivo la profondità; mi guardò timidamente senza far parola. Le accennai in silenzio una panca; mi seguì docile. Aspettava: che diavolo aspettava? Che io parlassi, è chiaro. Ma io non sapevo cosa dire, ovverosia il mio orgoglio mi vietava una delle solite frasette d'occasione. E perché poi o che c'entrava l'orgoglio con una simile sciocchina? Questo era altro discorso. O forse in ciò appunto trovavo il mio piacere, in quella lunga, assurda pausa, nel suo trepido imbarazzo, e insieme nel sentirmi ridicolo? Pure, di nuovo rimanevo muto davanti a lei, e se ne fortificava il mio duplice livore.

Fu lei, infine, che dovette parlare per prima.

«È bello qui» disse dubitosamente, guardandosi intorno con breve sospiro.

«Bello! che cosa ci vede di bello?» proruppi sfogando la mia rabbia. Invero dal punto in cui eravamo di tutto il giardino potevamo vedere soltanto pochi alberi scarni e una brulla piaggia, stata forse clivo erboso prima delle infestazioni domenicali di cani e bambini.

«Ma perché è aperto, è... libero» replicò turbandosi e lanciandomi uno sguardo inquieto.

Oh, ecco finalmente (mi parve) qualcosa di concreto su cui lavorare: ella si sentiva schiava nella sua piccola città, l'anima sua anelava... eccetera; si poteva partire di qui.

«E dunque, povera anima,» declamai accordando il mio strumento di seduzione «è questa la sua libertà o tanto crudelmente son soffocati i palpiti del suo cuore che debba apparirle vasto un così angusto spazio? Certo, angusto se anche di costì innanzi si scoprono una gran valle, un fiume, una montagna lontana. Ma ci sono orizzonti senza confine, ai sensi, alla mente, e agli spiriti nostri tutti; ma c'è una libertà che non è semplice rifugio dalla noia, dallo sgomento, dalla tirannia di persone o cose, una libertà che ci uccide, che travolge tutto quanto ci è caro come tutto quanto ci è inviso, prima di risuscitarci, puri, in un altro paese, sotto un altro cielo, prima di farsi sangue delle nostre vene, prima di rapirci...».

Diavolo, dove mai avrebbe dovuto rapirci? Non potevo dire in cielo perché avevo usato la parola un istante prima... Già, mi sentivo più che mai ridicolo; né poi, per quanto ne sapevo, ero sicuro che ella fosse capace di intendere le mie belle frasi. Declamavo e annaspavo. Ma forse volevo appunto stordirla o, chissà, suscitare la sua ammirazione. Ripresi: «Ma ci sono spazi...».

«In cui l'anima può smarrirsi».

Questa sua improvvisa e quieta risposta, per nulla singolare benché ambigua, ebbe però il potere di portare al più alto grado la mia trista rabbia e quella specie di concitazione senza oggetto, sia che la giudicassi sempre superiore all'immagine che m'ero fatta di lei o meglio ai miei preconcetti nei suoi riguardi, sia che mi paresse davvero adombrare un'irrevocabile ripulsa. Santo Dio, in che altro modo devo darlo ad intendere, che con tutte le mie arie non capivo niente di donne?

«Perché è vile o se è vile!» gridai con voce perfino stridula. «Un'anima nobile non trema e affronta la sua propria distruzione, se necessario per francarsi dalle sue catene; essa rifiuta ciò che la culla e la rende imbelle, né scende a patti coll'oppressione, colla volgarità giornaliera, coi vetusti pregiudizi, colle rappigliate morali! E perché poi distruzione? Pericolo mortale sì, ma da cui non è dubbia la salvezza. Chi vuol vivere vive e trionfa di tutto, e perisce chi vuole; o chi deve ed è bene perisca, chi non ha valore di passione... Ma è vita codesta sua, e questa mia se le piace? il rinunciare a ciò che ci sorride, il fremere di ciò che non è pauroso se non per chi ne frema, il perenne ripiegarsi dell'anima su se stessa, il poggiar la fronte contro le sbarre della propria prigione, il tedio, il rovello, l'oltraggio altrui, la rassegnata infamia d'un colpevole languore, l'interno buio? Ah, dove o che cosa sono gli immaginati impedimenti, sbarre, montagne che ci chiuderebbero d'ogni parte l'orizzonte e che dovremmo smuovere per forza di braccia, e tutto il resto, se non fumi ed ombre della nostra viltà, se non la nostra viltà medesima?...».

Avrei potuto continuare chissà per quanto tempo. E intanto pensavo: Vi è pure alcunché di sincero, di vero in queste mie vaghe e risibili vociferazioni, ma la giucca non ne capirà nulla. Seduta accanto a me, ella ascoltava, ancora a capo chino, guardandomi le ginocchia. Interruppe, difatto, bruscamente.

«Che cosa vuole da me?».

Domanda stupidamente borghese, la giudicai; che tuttavia mi colse di sorpresa.

«Io... io? Che cosa vuole, piuttosto, lei da me: poiché lei... i suoi capelli, i suoi occhi, la sua malinconia, e la sua stessa presenza in questa città...».

«Lasci» disse intendendo al volo che i miei tetri balbettamenti nascondevano un'intenzione galante. «E del resto non è a lei che lo chiedo ma a me medesima, così come non a me sola, forse, erano rivolte le sue parole... Vede, lei dice viltà. Ma è viltà tremare per ciò stesso che la fa vivere, l'anima, tentar di salvare la sua vita segreta, le sue illusioni, non so? domandarsi se davvero si possa spezzare la propria catena senza ribadirsene un'altra più pesante al piede, se addirittura lo spezzarla non sia di per sé una nuova catena? domandarsi se ciò che si agogna, ciò che verrebbe dopo sarebbe davvero meglio di ciò che fosse stato prima, anzi il meglio e il più nobile e il più giusto? dubitare di cedere la parte più gelosa di sé contro un ignoto compenso o contro nessuno, cederla forse alla lacerazione, al ludibrio? Non si tratta di affrontare la distruzione della propria anima, ovvero questo è solo un modo di dire. Se l'anima morisse! Ma essa in realtà non muore mai e sempre si trascina dietro il peso dei nostri castelli di carte crollati, i resti ormai inerti dei nostri sogni, delle nostre speranze, lo sfasciume e il marciume dei nostri sentimenti oltraggiati, disprezzati. Nulla può veramente ucciderla, nulla: esporla a nuove delusioni, a nuovi colpi, non significa altro, se questi giungano a segno, che aggravarla d'un nuovo e inutile peso, talvolta quasi intollerabile, che invilirla un po' di più; poiché neppure vale a fortificarla, la sventura, ma solo la invilisce. Come dunque biasimare chi trema, chi voglia veder chiaro in quel tanto del proprio destino di cui è o crede di essere arbitro, e tenti di risparmiarsi una disfatta senza gloria? Questo non è libero campo, non è cimento generoso in cui giusto prezzo della sconfitta sia la morte; qui non la morte si oppone alla vita, vita d'altronde appena sperata e sognata, da meritare e riscattare ancor dopo la vittoria, ma una lunga sordidezza, un'infinita ignominia. Come, di nuovo, biasimare chi non volesse combattere ad armi tanto impari? Nobile o vile, egli invero avrebbe sempre buon motivo di esitazione: perché quelle cose sono pur meno che la morte, e sono tuttavia di essa peggiori. È per questo anche... dopo tutto in ciò che ci culla e ci tiene lontani da una lotta che non promette nemmeno morte si potrebbe supporre contenuta una virtù protettiva della parte migliore appunto e più preziosa di noi stessi... Ma, lei dice, non è dubbia la vittoria, non è dubbia la... felicità. Ah, per crederlo bisognerebbe non aver mai gettato al vento...».

Si fermò di botto, come sbigottita di aver parlato così a lungo e con tale magniloquenza (della quale, se mai, sarei stato io medesimo a darle l'esempio). Tra l'altro avevo avuto modo di rilevare il suo forte accento locale. S'era fatto notte, i suoi occhi s'erano incupiti coll'aria e al tempo stesso ardevano, fitti nel buio; ansava leggermente, simile piuttosto a un bimbo di ritorno da una corsa che a chi soffra davvero.

6

Ma quanto era ed è in me di tristo voleva ancora la sua parte. Evvia, di che avrebbe dovuto soffrire quella grullina o perché in caso non lo diceva chiaramente? Su cosa appunto vertevano le sue concettose sottigliezze? Il suo discorso non era meno vago e gratuito del mio (mi pareva). O che per caso non volesse darmi una lezione? La mia replica tuttavia (lasciando la mag-

giore assurdità, e cioè il fatto stesso che sentissi il bisogno di replicare) non poteva essere che fiacca e casuale, come quando in un alterco una donna stizzosa si ac-
canisca a ribattere una sola, e la men rilevante, delle
parole volate.

«Guardi,» dissi saputamente «lei parla di ignoto o
nessun compenso: ma non è forse questa la sorte suprema di un'anima, l'abbandonarsi senza compenso o
coll'unico e massimo compenso del proprio abbandono medesimo? Non all'anima appartiene il desiderio,
la speranza soltanto, d'un diverso compenso».

Mi credevo assai abile tentatore. Scosse la testa con
un sorriso forzato.

«Ma no, come può dirlo!» mormorò fiaccamente.
«L'anima sola è nulla, intendo quando è sola e solitaria: come potrebbe esserle sufficiente compenso il proprio abbandono? Tanto varrebbe affermare che la coscienza del bene compiuto è sufficiente compenso al
buono. Un simile compenso è soltanto una difesa, un
ripiego, seppure solennemente sancito dalla nostra
morale. No, l'anima ha bisogno di nutrimento, e il suo
abbandono, da nulla o da nessuno accolto, non la nutre: la divora. Non fa nemmeno amore, l'anima da sola, vero amore; non d'amore langue e si strugge, ma
per mancanza d'amore. Dica piuttosto che l'abbandono è la sua sciagurata passione, il suo vizio segreto, al
quale malgrado tutto non può rinunciare».

Ah, questo era troppo: anche la morale e perfino il
verbo «sancire» mi tirava in ballo, lei sciocca provinciale! Voleva soverchiarmi, era manifesto, senza sapere
che noi intellettuali cittadini la morale e tutto il resto
l'avevamo qui nel taschino della giacchetta; ora dunque mi avrebbe sentito. Ma seguitò, con un breve gesto
della mano:

«Lo vede, io tento qualche volta di ragionare; ma so
da me quanto sia fallace la ragione, anche dove nega
se stessa. Tutto ciò non importa; e invece volevo dirle...
Che cosa fa lei qui, in questa città? Perché la vedo tutti

i giorni al caffè, che cosa mi annunciano i suoi sguardi? Dei suoi discorsi di questa sera ho capito poco, se non che mi sta in qualche modo tormentando, incalzando. So bensì» soggiunse decisamente e quasi duramente «che si prepara a partire, che lo farà presto, prestissimo: forse domani?».

Questo sì mi soverchiava, questa improvvisa piega della conversazione, alla quale nella mia boriosa insipienza ero del tutto impreparato. Neppure una frase galante trovai in risposta; è vero che non mi avrebbe ascoltato.

«Temo» riprese «di abituarmi a lei... di essermici già abituata. Allora, che cosa fa qui? È qui per affari, per studio o che? Ed è permesso venire, così, in un posto tranquillo senza esserci invitati, e restarci ed andare a proprio piacimento? Certo, questa città non è più la stessa da quando c'è lei. Non so se sia meglio o peggio di prima e non mi fa nulla saperlo; ma queste vecchie case son diventate luminose, raggianti, e c'è un aria leggera e sospesa... come nei sogni. Ed io non cammino, io volo fluttuando, e respiro tutto il cielo d'un fiato. Eppoi anche tremo, tremo, sia nobile o vile, e mi ripiego come un libro e vedo una minaccia in ogni cosa e le facciate delle case, battute pure dal sole, mi appaiono livide come nell'imminenza dell'uragano. Non so se devo benedire o maledire la sorte, sicché infine la benedico...».

Quel flusso di parole concitate e ciò che con tanto ritardo intendevo dettero l'ultimo crollo ai miei sentimenti, o almeno li sviarono momentaneamente. D'improvviso mi spuntarono le lacrime.

«La mia vita,» balbettai a nessun proposito «la mia vita è una cosa faticosa, ed io...». I singulti mi serravano la gola.

Si volse e avvicinò il proprio viso al mio, come scrutandomi; nel suo sguardo non c'era sollecitudine o compassione, ma una sorta d'immemore beatitudine.

Quanto a me, restavo lì interito, ringoiando le lacrime. Mi porse infine francamente le labbra.

«Ah, non capisci niente» disse dopo.

7

Così finì, in gloria, quel primo ridicolo colloquio fatto di astrazioni e di ampollose declamazioni, di spostature, di annaspamenti. Soprattutto di irrilevanze: lasciando da parte me stesso che avrei dovuto essere il motore immobile di ogni cosa, quale immagine ella mi aveva dato di sé? Senza dubbio da quel pretenzioso guazzabuglio aveva saputo in ultima analisi, lei, cavare un costrutto; ma, daccapo, chi era quella ragazza e che cosa veramente cercava? Mio Dio, non serviva stabilire chi fosse: era nessuna, era tutte, e insieme era lei stessa; era una donna. Già, ma appunto del lei stessa si trattava: chi era lei stessa?

Ovvero, dicendolo più chiaramente, perché mi ero innamorato di lei? Domanda senza risposta per definizione: e d'altra parte non era certo avvenuto durante il nostro colloquio. Comunque fosse, questo fatto, che ormai non potevo non riconoscere, contava men che nulla (a ciò volevo venire). Me ne ero innamorato; non per tanto cessavo di odiarla, anzi la odiavo un poco di più: perché donna, sommando tutto, perché quella particolare donna, perché me ne ero innamorato e perché me ne ero innamorato a dispetto di ogni mio proposito. Ma poi no, manca ancora qualcosa al conto: la odiavo specialmente e immediatamente per essere stato in sua presenza vittima della mia debolezza. Ah, cosa aveva creduto significasse il mio pianto, lei che se ne era follemente deliziata, o si illudeva bastasse non avermi ripagato con volgare commiserazione? Non defletteva invece dai propri disegni la mia perversa volontà, che in essi per contro si esaltava. L'amavo? Ma era un dono insperato della sorte, il neppur sogna-

261

to e supremo coronamento del mio progetto e in certo modo di tutta la mia vita! Mi sarei d'un colpo vendicato di loro, di lei e di me stesso.

Il resto si immagina. Giunsi cioè facilmente a rendere via via più intima e carnale la nostra relazione; ma senza varcare un determinato limite, nel che d'altronde i miei intenti concordavano colla sua resistenza. Il mio progetto infatti comportava che la fatale rivelazione del mio malanno (cui, secondo si ricorderà, era affidata la funzione di colpire a morte la vittima) seguisse in forma solenne e nel corso d'un vero e proprio convegno in luogo chiuso: qualcosa insomma come la «sbottonata» di buona memoria. Al qual convegno, certo, mi fu ben più difficile piegare la ragazza. Vi riuscii pure col tempo; ma, non potendo per ovvie ragioni sperare di riceverla in albergo, dovetti appositamente affittare una casa, arredarla alla men peggio come un nido d'amore, e intanto giustificare con qualche pretesto il mio lungo soggiorno in città. Nella biblioteca civica erano custoditi manoscritti d'un celebre e defunto poeta locale; nell'attesa presi davvero a esaminarli.

Infine tutto fu pronto e il gran giorno fissato. Lasciando l'albergo appiccicai al soffitto con una fiatata potente il mio pendulo filino di ragna, dopo avergli inflitto un ultimo frenetico turbinio.

8

Fu puntuale. Era trepida e un poco amara ma già decisa a tutto e, tutto sommato, felice (come richiesto); la sua inquietudine era evidentemente una reazione obbligata. Non ho mai saputo se avesse già esperienza di ciò.

Pioveva e annottava; restammo in silenzio, avvinti, a guardare la campagna inzuppata, poi tirammo le cortine di finto damasco e accendemmo la luce, che avevo voluto molto forte. Seguirono i soliti preliminari, nei quali badai bene di non perdere la testa; ché in forma solenne, ho detto, e in modo ben rilevato doveva seguire la famosa rivelazione o sbottonata, e non già durante una confusa mischia amorosa. Cominciammo dunque a spogliarci ciascuno per proprio conto, a tre passi di distanza; ancora in silenzio. Io ero in preda a sentimenti bizzarri e mal definibili, quasi dolorosi per la loro acutezza e pel loro conflitto, che in qualche modo finivano col farne uno solo, protervo e disperato al tempo stesso. Vi entrava, senza dubbio, la febbrile esaltazione di chi sia giunto al momento decisivo, all'evento di lunga mano preparato e da cui si aspetti la maggiore, la più atroce soddisfazione della sua vita; ma poi anche una vergogna, vergogna intanto fisica, del mio corpo stesso, giacché l'amavo, colei; e inoltre una vergogna di ciò che mi accingevo a fare, pel medesimo motivo e non solo per quello; e, quasi non bastasse, una specie di stanchezza o desolazione inopinata, che mi faceva apparire inutili o meglio lamentevoli tutti i miei colpi di scena e tutti i miei affanni in generale, i miei drammi, le mie commedie, con quella pioggia, in quel crepuscolo... Ma non piegava la mia volontà; giacché la odiavo, anche. E ora crudelmente la osservavo mentre si traeva peritosa la veste dal capo.

«Spengi la luce» disse senza guardarmi.

Ah, no certo: dove sarebbero andati a finire i miei effetti e le mie vere voluttà? Scossi la testa energicamente, cercando di assumere un'espressione infiammata, perché il mio diniego le sembrasse frutto di esigente passione. Non mi guardava direttamente, ma capì lo stesso; fece un piccolo gesto accorato, o forse di scherzosa minaccia, e seguitò a spogliarsi senza commenti, solo volgendosi altrove; magari poi fu lusingata dal mio impudico ardore. Di lì a un attimo le sue lunghe spalle abbaglianti uscirono dalle spume della biancheria: era nuda ormai. Anch'io avevo seguitato a spogliarmi, benché più lentamente; da ultimo anch'io fui nudo, colla mia gamba lustra.

Era il momento; ma pareva ancora armeggiare con qualcosa, e certamente meditava di sgusciare tra le coltri senza voltarsi. Bisognava invece che lo facesse, che mi fosse di fronte. La chiamai teneramente per nome; volse il capo e il busto soltanto, coprendosi il seno col braccio, e mi fissò timidamente con leggera espressione interrogativa; poiché non dicevo nulla, si girò di nuovo dalla sua parte reclinando il capo.

Ma come! così, senza più? Ero perplesso, ero sconvolto: possibile che in quella luce viva, se anche non aveva abbassato gli occhi, non si fosse avveduta della mia gamba, che attirava lo sguardo coi suoi bagliori? Tuttavia non v'era certezza di niente, e ad ogni modo non doveva, non poteva sfuggirmi, non poteva defraudarmi di... di tutto. La chiamai ancora.

«Ebbene?» rispose sommessamente, senza girarsi affatto.

«Suvvia, non capisci?» esclamai mal nascondendo l'impazienza, l'eccitazione, «voltati, ma voltati dunque: voglio vederti, ammirarti, voglio...».

Una sua spalla ebbe un piccolo moto nervoso, un sussulto; ma si voltò per intero, guardandomi stavolta gravemente, dritto negli occhi, senza badare a coprirsi. Era veramente molto bella, solo un po' mingherlina nelle spalle. Pareva aspettare; tutto pareva tranne una donna che si offre alla vista dell'amante.

«Maledetta sciocca!» gridai non più curandomi di dominare il mio furore «ma non vedi, non vedi? Ah, perché ti comporti così,» seguitai insensatamente «perché vuoi umiliarmi, togliermi anche il poco che m'è rimasto, il mio ultimo bene, sia pure turpe, sia pure atroce?».

«Che dici?» proferì fermamente, senza ancora abbassare lo sguardo (fattosi addirittura brillante, come di rabbia repressa o di sfida) e senza batter ciglio sostenendo il mio imbestiato.

«Che dico! Non vedi dunque, non vedi?».

«Che cosa?».

«Ah, ma questa, questa!». E mi battevo freneticamente sulla gamba, che rendeva un suono cupo; sommamente ridicolo nella mia nudità, nella mia sciagura.

Come Dio volle, abbassò fuggevolmente gli occhi sulla gamba, poi seguitò a fissarmi in volto senza parola e senza tradire alcuna emozione. Ansante, la riguardavo; trascorsero lunghi istanti di quasi intollerabile silenzio. Che significa ciò? mi chiedevo colla testa in un turbine; è costei una perfetta simulatrice o che altro diavolo è? E perché se mai simulerebbe o dissimulerebbe: forse davvero per malvagità, per aver penetrato il mio piano e per provocarne il fallimento? Ma come avrebbe potuto penetrarlo, non sapendo di me ossia di questa? O se no cosa pensare? Nondimeno il suo sguardo andava perdendo ogni durezza. Finalmente disse piano:

«E così?».

«E così, tu chiedi, e così! E puoi chiederlo? Tu puoi guardarmi e guardare questa senza sentirti stroncata, spezzata dentro, senza esserlo, per Dio, senza che un mugghio d'agonia salga dalle tue viscere! Tu hai l'aria di non aver veduto nulla: ma è nulla questa? Come può essere nulla per te o per chiunque altro? Sei dunque insensibile, o qualche diabolico intento si cela sotto la tua indifferenza? Mi odii o... o che? non v'è altra spiegazione. Ma forse non hai ancora veduto bene, non hai capito bene, non ti sei resa conto... Guarda, guarda! La vedi? Guardala! E sai tu che cosa questo, che cosa questa significhi per me, per te, per il nostro amore se è tale, per tutto? E come non cadi colpita, colpita nel cuore, nell'anima, nella speranza, non cadi per sempre, per non mai più risollevarti, come non rinneghi in questo punto la vita medesima e la provvidenza e il cielo?...».

«Zitto: perché vuoi farti male?» interruppe quietamente. Mi prese per la mano, mi trasse, così nudi come eravamo, verso il letto, mi costrinse a sederle accanto.

«No, no» seguitavo tuttavia, ma quasi improvvisamente ammollito. «Ed io... Tu non puoi togliermi quest'ultimo diritto: di farti soffrire, di soffrire io stesso più di te, più di ogni altro al mondo...».

«E allora, non hai nessuna intenzione di tacere?» disse. Mi attirò a sé, mi fece appoggiare il capo sulla sua spalla, prese a carezzarmi leggermente i capelli mormorando: «Non v'è altra spiegazione, mi pare di aver udito un momento fa? Sì v'è e semplice: io t'amo. È dunque una novità?».

La guardai: sorrideva coi lucciconi. E ancora una volta in sua presenza, contro la sua spalla, io ruppi in pianto. Ma questa volta non mi curavo di ringoiare le lacrime o di reprimere i singulti, e non sentivo più ombra di vergogna. Balbettai pure:

«Ma no, non può finire così: tu devi... tu devi almeno dirmi...».

«Che cosa devo dirti, sentiamo?» chiese giocondamente tra il pianto e il riso. «Ma me lo immagino, che cosa. Ebbene, sì, lo sapevo».

«Di... di che sapevi?».

«Ma di questa, che diamine».

«Tu... tu...».

«Noi donne, signor mio, vediamo tutto; e d'altro canto neppure un tipo come te può controllare ogni cosa o prevedere ogni incidente. A volte basta un nulla: se, mettiamo, si sta seduti al caffè per godersi il passeggio delle donne e se si tengono le gambe accavallate, è facile che alla fine i pantaloni vengano un po' su da una parte. E sai, non c'è da sbagliare: è così lustra; vedi com'è lustra e prepotente. Inoltre zoppichi un tantino, inutile tu ti faccia illusioni. Sicché mettendo insieme le due era facile. Beh, cos'hai da guardarmi così? Non è poi tanto terribile; no, no, sta' buono: dico, che lo sapessi».

9

E con ciò la breve storia sarebbe finita... Come come, protesterete, finita? Ma qui manca il meglio; manca, se non una morale, uno scioglimento; e se non uno
scioglimento, una conclusione formale. Perbacco, tu
cominci col dichiarare che odii le donne perché hai
una gamba di legno o di cosa, e gradatamente vien
fuori non solo che non le odii punto, ma che non hai
nessuna ragione per odiarle anzi tutte per amarle: a
che gioco si gioca? È soltanto che ti sei valso d'un facile espediente narrativo o che ti sei dimenticato, in
principio, di mettere i verbi al passato? Ci par troppo
semplice. O forse questo appunto volevi mostrare, rac-
contandoci codesto tuo fatterello privato, che l'amore
di quella donna ti ha redento dai tuoi turpi sentimenti, dalla tua malevolenza verso te stesso a causa della
tua disgrazia, dal tuo far di essa un capo d'accusa contro gli altri, e via discorrendo? Ma dillo allora apertamente, benedetto uomo, e lasciaci col cuore in pace;
sebbene, per esser sinceri, anche questo ci sembri un
po' troppo semplice. O c'è dell'altro involto tra le pie-
ghe dei tuoi ragionamenti non sempre limpidi? Per
farla breve qualche spiegazione ci devi ancora, è evidente. E in primo luogo ci devi delle informazioni pratiche, un seguito qualsiasi: non puoi pretendere di
piantarci in asso così, sul più bello di quel che pare
proprio una scena d'amore...

Fermatevi pure. Sposai la ragazza, se è questo che vi
interessa. Quanto al resto non datevi la pena d'insistere,
tanto non saprei che rispondere. Difatto ho spesso considerato tutto ciò, intendo la storia in sé e non il mio racconto, senza giungere a cavarne un senso preciso. Tutto
ciò è incerto e contraddittorio come dicono sia la vita
stessa (che così poco conosco): su cosa appunto batte
l'accento o in che ravvisare il contorno più plausibile
della faccenda? È veramente una storia, lo ripeto, che
scappa in qua e in là, a dispetto della particolare direzio-

ne presa in apparenza; di nuovo come la vita, in cui non c'è nulla che si possa tener fermo e tutto è a caso e ogni cosa sembra essere in margine a se medesima o a vattelappesca cos'altro, sicché qualunque interpretazione dovrebbe per forza risultare provvisoria ed elusiva, ossia negativa piuttosto che positiva, e non meno casuale.

Con questo non voglio dire che non ci sia niente da aggiungere; da aggiungere c'è sempre, se si fa per discorrere. Ecco a buon conto dove lei s'ingannava: non è solo la sconfitta, ma anche la vittoria (secondo i suoi termini) che si paga con una lunga sordidezza: non solo l'infelicità, ma anche la felicità. Io per esempio, sposatala, cominciai subito a chiedermi se il fatto che lei già sapeva della mia gamba non menomasse per avventura la purezza del suo abbandono e in generale del nostro amore; allora sì davvero sarebbe stato bello e sublime, pensavo, quando ella fosse stata in quel punto ignara di tutto e non avesse avuto il tempo di riflettere a nulla e colla sola forza del suo affetto... (laddove proprio nel suo aver avuto il tempo di riflettere si può vedere il bello, lo ammetto). Pensavo, e quali siano le conseguenze di un tal ordine di pensieri è noto; che cosa poi pensasse lei medesima non so, ma immagino facilmente. Del resto è appena un esempio, notatelo, e scelto fra i meno infamanti.

Ma forse non sono stato abbastanza chiaro. Non domandatemi insomma come sia finita: tutto finisce male. Anche quando la creatura umana si eleva sulla sua inferma natura e supera i suoi istinti, le sue follie, la sua caducità e si sublima e instaura un regno di fratellevole gioia, d'amore, di libertà e sembra tornare alle sue origini e sposa aliena sorte come propria e coll'eletto redento, essa stessa redenta, ascende alla sua vera patria, la quale è patria d'anime (inforcando per l'occasione, che non guasta mai, i pegasi o le brenne arrembate della sua eloquenza), eccetera eccetera – anche allora, se non altro perché non v'è fuoco che non sia di paglia, anche allora tutto finisce male.

UN PETTO DI DONNA

Seguivo collo sguardo la ragazza, che si moveva incertamente sul limite del marciapiede, parendo disporsi ad attraversare la strada. Era una superba ragazza, elegante non tanto negli abiti, quanto proprio di corpo: lunghe gambe affusolate ma della giusta grossezza, bacino stretto, spallucce delicate, e in cima una gran testa di capelli bruni, cui peraltro corrispondeva un faccino minuto, tenero, ambrato. La seguivo (collo sguardo) soprattutto a motivo del suo seno; che non sembrava compresso nel solito mortificante indumento, ma sobbalzava libero nel passo. Cinguettii, zufoli, profumi di primavera intorno. Ed io la guardavo, la ragazza, e pensavo solo: "Quel seno!", né sapevo od osavo aggiungere altro ai miei pensieri. Continuavo bensì il mio cammino, che mi portava a passarle accanto.

S'era decisa, aveva messo il piede sulla carreggiata. Una macchina sopraggiungeva velocissima, rischiando di travolgerla; essendole ormai a ridosso, con poco più che un gesto potetti afferrarla per i panni alla scapola e trarla violentemente indietro e magari salvarla. Mi si rivolse tra sbigottita e stupita, non ancora conscia del pericolo corso, mentre invano cercavo sondare la profondità di quegli occhi.

«Dio mio,» disse poi con voce stranamente robusta «che... che è successo?».

«Nulla di particolare: c'era la macchina, e...».

«Lei mi ha salvata!».

«Non esageriamo: forse sarebbe stata travolta e fors'anche no; ma per sicurezza...».

«Sarei stata certamente travolta!».

«Se vuole; ad ogni modo non è successo nulla».

«No no, m'ha proprio salvata, ora me ne rendo conto».

«E va bene, ne sono lieto».

«Si fermi! devo pure ringraziarla».

«Lo ha già fatto implicitamente».

«Eh no, eh no, non basta».

«Ma via! Inoltre, supponendo che le abbia davvero salvato la vita, è poi sicura che sia e sarà un vantaggio per lei?... È felice?».

«Sì, beh no. Ma questo che c'entra».

«Come, non c'entra? È tutto qui, mi pare».

«No, questo non cancella, non estingue il debito che ho contratto con lei, almeno rispetto ai suoi intendimenti».

«Rispetto ai miei intendimenti, come li chiama, sia pure; ma se mai tanto peggio per essi. Mi dorrebbe, in fin dei conti, averle salvato una vita infelice».

«Oh, chi può preferire la morte a una vita anche infelice?».

«Tanta gente».

«Sì, mettiamo, ma io non son di quelli; e del resto la mia vita non è propriamente infelice».

«Meglio, allora».

«Ah, semplice, per lei. Ma non capisce? con ciò il mio debito non ha più bisogno delle sue buone intenzioni per esser tale».

«Ci si rassegni, non è poi a tal punto gravoso; o alle brutte mi scusi».

«Non capisce ancora! Io non posso tollerare i debiti, mi danno senso di colpa e turbamenti di ogni specie».

«Ingenerosa!».

«Può darsi; sta il fatto che devo pagarli nel più breve tempo possibile e non pensarci più...».

Sebbene un tantino singolare, la nostra conversazione somigliava insomma alle più o meno piacevoli battute in uso tra uomo e donna quali reciproci approcci. Ma, da parte mia, io non mi proponevo nulla; una sola cosa, in fondo, un solo oggetto mi interessava in quella ragazza.

«Ah,» riprese «se potessi a mia volta fare qualcosa per lei!».

E qui, tirato per i capelli, d'un tratto risposi:

«Ma se proprio ci tiene può, fare qualcosa».

«Ah sì, ah sì? e che?».

«Mi vergogno a dirlo».

«Che, come: è una cosa tanto brutta?».

«Al contrario, bellissima».

«E la dica dunque, si faccia coraggio».

«Uhm no, non posso».

«Oh, ma la prego! Pensi, mi libererebbe da ogni obbligazione... Tra l'altro sta eccitando la mia curiosità, e, questo sì, è ingeneroso: sono una donna».

«Vuol davvero rilasciarmi quietanza liberatoria?».

«E come no, è proprio quello che voglio».

«Di qualunque cosa si tratti?».

«Ecco... se non è cosa disonesta o irragionevole».

«Disonesta, sa, dipende da come uno la considera».

«Oh che smania mi ha messo addosso! Avanti, va bene: di qualunque cosa si tratti».

«Ma se poi...?».

«Oh Dio, mi vuole far morire! Avanti, avanti».

«Ebbene, sia chiaro che l'avrà voluto lei».

«Sì certo, accetto tutto, prometto tutto, è contento? Ma avanti».

«Tutto?».

«Sì, sì, sì!».

«Ebbene, in cambio del mio preteso salvamento lei dovrebbe...».

«Dovrei...?».

«Permettermi...».

«Permetterle...? Non resisto più!».

«Di baciarle un capezzolo».

Era impallidita; mi fissava cupamente; disse:

«Quale?».

«Eh, come dice?» esclamai sconcertato.

«Dico: quale?» confermò «il destro o il sinistro?».

«Ma... ma per me alla fine...».

«Non è la stessa cosa».

«Ah no? perché?».

«Hanno una diversa sensibilità» spiegò in tono positivo.

«Allora... facciamo il sinistro, quello del cuore».

Mi fissava; soffriva visibilmente e, per quanto ne sapevo, sproporzionatamente. Non era in ogni caso una sofferenza per me allegra, quale avevo potuto figurarmela (e ciò indirettamente ne denunciava il carattere profondo); dal nostro rapporto come per gioco istituito io non ricavavo alcun divertimento. Tanto meno, quella sofferenza, era imbarazzo o pudore offeso, ma piuttosto un che di incomprensibilmente amaro.

Da ultimo disse con durezza:

«Va bene».

«Va bene? proprio?».

«Ma sì, lo avrà già capito che non uso tirarmi indietro. D'altra parte ci corre il mio interesse di debitrice... E dunque, dove?».

«E davvero lei...?».

«Oh, senta! Sì, davvero. O siete tutti così, che quando vi si è concessa una cosa da voi medesimi richiesta vi va via il coraggio?».

«Coraggio! Non ne occorre molto».

«Ne è sicuro?».

«Non so cosa voglia dire» replicai, involontariamente più serio. «Insomma intendevo che se la faccenda dovesse costarle troppo... È scherzo, dopo tutto».

«Sì? crede...? Ma beh, dove?».

«Ossia, dove potremmo... procedere?».

«Già».

«Vediamo, se proprio vuole...».

«Ora son io che voglio! Ma non ha torto, voglio: ormai non se ne esce, e il mio creditore aspetta».

«Ma io sono un creditore benigno».

«E loquace!... Dove?».

«A casa mia c'è mia moglie».

«Lo immaginavo. Allora venga da me».

«Da lei... Vive sola?».

«Sì, naturalmente: non vi son pericoli per maschi dabbene. È qui a due passi».

«Oh bah: andiamo».

«Andiamo».

Senza più parlarmi, imboccò una rampa della città vecchia, passò sotto tre volti, si fermò davanti a una casa d'aspetto più che modesto.

«Ci siamo; venga».

Scale ripide di pietra grigia, porosa; debito odore di risciacquature, o di carni avanzate dal giorno innanzi ed oggi stufate; canzonette radiofoniche. Tuttavia l'interno del quartierino appariva meno scorante; l'ingresso era senza finestre, ma per un uscio aperto si scorgeva un tinello inondato di sole. Ogni oggetto (divani con frange a pallini, e così via) recava una curiosa, annosa impronta ed emanava un certo speciale sentore; l'intera casa era come rappresa.

«Come l'ha lasciata mia madre morendo».

Non ogni oggetto e non l'intera casa, per la verità:
nel tinello un grande tavolo impiallacciato, un anoni-
mo mobile di serie, rifletteva l'ardente spera. Sul tavolo, un vaso di vetro a punte di diamante, con ramicelli
a foglie maculate (dell'arbusto detto «miseria»).

«Si sieda lì... no, lì. Vuol bere qualcosa?».

«Non è necessario».

«Già già, a che serve?... Allora, procediamo?».

«Se crede».

Stava ritta presso la finestra, nel sole; esitò... Ah,
finalmente esitava? In realtà non esitava secondo la
mia speranza, ma per qualche altro motivo che mi
sfuggiva e ormai mi stuzzicava.

«Mi spoglia lei o mi spoglio da me?».

«Vede... Non vorrei metterle le mani addosso, non è
ciò che desideravo».

«Ma desiderava baciarmi, o baciare...».

«Soltanto colla bocca».

«Sì, capisco, tutto questo non avrebbe senso se non
mi spogliassi da me; nulla sarebbe consumato, se non
mi spogliassi da me».

«"Consumato" è parola che pesa. Lei è intelligente:
non lo sarà in maniera torta od incauta?».

«Può darsi, può darsi; intelligente lo sono, certo,
quanto basta per morire cento volte al giorno... Dunque mi spoglio: stia attento, e si ripaghi compiutamente. Io, dopo, sarò libera... e disperata».

«Ma che cosa dice!».

«Pazienti un attimo: lo vedrà».

Prese a spogliarsi con studiata lentezza. Dapprima
buttò via la cappa, poi si sfilò, per di sotto, la veste (nera); e rimase esile, allettante, tra trine a buon mercato,
nude le braccia e il colmo del sospirato seno. Le sue
ascelle sbuffavano peli lucenti, non meno procaci di
quelli nascosti: ché non uno, ma tre, quattro, forse cinque luoghi dolenti e protetti hanno le donne, contando i labbri colla loro irresistibile peluria.

«Sicché, procediamo ancora?».

«Sì perdio!» fu, ormai, il mio grido turbato.

Sempre più lentamente, trasse giù la spallina sinistra della sottoveste, quest'ultima (solo diaframma, come sapevo, al mio desiderio primo) tuttavia sostenendo con una mano. Mi guardò daccapo, tetra e quasi con espressione interrogativa, quasi in attesa del mio cenno impaziente; poi tolse la mano, lasciando cadere il leggero tessuto; e finalmente quella sinistra, corale mammella ebbe nuova nascita e libertà.

«Ecco» soggiunse con semplicità desolata.

Una mammella: ma era una mammella di donna il qualcosa che, nudo ed abbietto, abbiettamente nudo, nudamente abbietto, mi stava davanti nella luce dorata? Al contrario, turpi grinze segnavano, verso la punta, quella pallida carne bensì rigonfia ma come per morbo; e smorta, malata, appariva l'areola che in petto davvero femminile ha vivezza di gengiva, qui perfino contornata da lunghi peli neri; e per ultimo orrore, per ultima ignominia, nel luogo del capezzolo (supremo vanto) era una sorta di buio e flaccido fesso, simile a bocca di vecchio sdentato.

«Questa è quella del cuore».

«Questa è quella del cuore» riprese lei con isterica gaiezza, quasi in pianto. «Ma è giusto che le mostri anche l'altra: guardi».

Scoprì difatto anche l'altra; che era sorella dell'una.

«Ebbene,» seguitò «ha ancora voglia di baciarmi in questo, vede, in questo punto? Su coraggio: son qui, non mi tiro indietro, ho detto, son pronta a pagarle il mio debito».

Da parte mia avevo già deciso. Ignoravo, è vero, per qual caso ella fosse così ridotta, epperò in qual preciso modo o per qual verso dovessi porgerle conforto; ma sulla necessità, sull'urgenza di farlo non avevo dubbi. Era stato un comune incidente a deturparla nell'un dei luoghi su cui avrebbe dovuto accamparsi più trionfante il suo orgoglio di femmina? o l'irresponsabile decreto d'una sorte gratuitamente maligna? Poco importava. In breve, finii coll'abbandonarmi al corso dei miei sentimenti, tanto diversi dai preveduti:

«Certo, che ho voglia di baciarla, e appunto lì dove dice. Venga».

«Al diavolo!» esclamò brutalmente, senza muoversi. «Merito io dunque l'ingiuria della sua pietà, io che mi sono a lei mostrata, e posso ben dire data, come non altra forse avrebbe saputo? Lo vede,» continuò febbrilmente «lo vede se son donna da pagare fino all'ultimo centesimo; ma si tenga soddisfatto di questo, senza gettarmi in faccia la sua pietà! Nessuno la obbliga a baciarmi un capezzolo... che non esiste; nessuno obbliga me a provare, attraverso un suo bacio nauseato, più cocente la mia umiliazione... Via, non siamo già pari e patta?».

«Ma di quale pietà parla?» opposi un po' fiaccamente. «Lei s'inganna: non di pietà si tratta».

«E di che allora?».

«Guardi... Innanzi tutto, non le riesce di ammettere che, seguendo un nostro desiderio, un'immagine possa sostituirsi a un'altra, o meglio l'immagine di prima durare oltre la sua propria rovina? "Figura di cerca", la chiama benché poco elegantemente taluno. Io sono stato attratto, giù nella strada, dal suo seno balzante: e questo potrebbe, per me, non poter essere differente da quale l'ho vagheggiato, potrebbe non giungere ad esserlo, malgrado tutto e a dispetto d'ogni successiva apparenza... Mi spiego? capisce qualcosa delle mie confuse parole?».

«Sì capisco; capisco che mai pietà fu meglio motivata, più accorta e soccorrevole della sua. La ringrazio; eh sì, devo esserle daccapo riconoscente».

«Ma no, non è questo!».

«Ma sì invece, se ci riflette e ponendo che sia sincero; a meno che lei non sia una specie di pervertito».

Pervertito? Forse, in un certo senso; poiché invero il

mio iniziale disgusto si andava mutando in una avidità, non so se trista o legittima; desideravo ormai con tutte le mie forze di abboccare quella povera mammella. Bestialmente abboccarla: chissà succhiandola non mi avvenisse di persuaderne l'occulto capezzolo e col suo erompere di ridar pace, in parte, a quella donna avvilita. Ma, s'intende, potevo avere ben altro in corpo.

« E se fossi? » replicai alla fine, « se lo fossi, una specie di pervertito? ».

Mi stava innanzi, col grembiule della sottoveste rovesciata; creatura senza colpa oltraggiata dal Qualcuno; offesa, amara e incattivita tanto da essere trascorsa all'esibizione della sua vergogna, a uno sconosciuto. Ma, alla mia frase (non certo per merito di essa), d'improvviso...

Non dimenticherò la luce di cui s'accesero i suoi occhi; luce d'improvviso dolce, fidente.

« Lei un...? » mormorò impallidendo. « No, » urlò « sarebbe troppo bello! Non ci sono abituata, non sono abituata a niente di simile. Una coincidenza così fortunata: impossibile! ».

Era semplice, pure non capii subito; rendendosene conto, seguitò.

« Io in tal caso potrei sperare! io, per uno almeno, sarei una donna! non avrei più da rifiutare inorridita la pietà di quell'uno, o da ingoiarla; egli mi vorrebbe quale sono, in me appunto trovando il proprio piacere; non dovrebbe vincere la propria nausea; mi desidererebbe invece, oh Dio, de-si-de-re-rebbe! ».

E adesso, avendo finalmente inteso, a me non sarebbe restato che affermare: « Orsù, sono io quell'uno ». Ma, per contro, lo stesso sentimento un po' bieco che mi aveva or ora buttato verso la sua carne sconcia mi spinse a una crudele, tortuosa indagine: della quale il motivo apparente poteva bensì essere il proposito di esaurire la mia smania quanto di dar fondo alla sua amarezza (permettendole di scaricarsi). Dissi, per cominciare e con manifesta insipienza:

«Ma tutti, la desiderano».

«Da vestita!» singhiozzò in ovvia risposta.

«Perché, le è forse avvenuto...?».

«Se mi è avvenuto! M'hanno chiesto amore, con occhi debitamente lustri; e quando...».

«Molti, dunque?».

«Ma no, si capisce: uno, un solo, e mi bastò».

«Chi?».

«Chi! Vuole il nome e l'indirizzo?».

«No, mi scusi: ma che specie di uomo?».

«Bello, giovane... amato. Fu ancora a scuola; ancora recavo sull'anca pacchi di inutili libri, ma già avevo queste cosce lunghe, già la vita mi si era snodata, il petto gonfiato. Il petto: vede, questo... E lo amavo, lui, per la sua bellezza, per la caparbia volontà di dominio che portava dentro, ma anche per il suo smarrito desiderio, cioè per me stessa; lo amavo senza conoscermi, senza valutare l'invalicabile stridore che può insorgere tra noi e gli altri, quasi il fatto che io fossi in un certo modo dovesse risultarmi garanzia sufficiente per un mio diritto alla vita, per una mia felicità... Pioveva, quella sera; anche lui si trascinava dietro i suoi libri, che depose sul banco di un'edicola chiusa, sotto il cui tettuccio avevamo cercato riparo. E mi guardò; e io ignara, io ignara... V'era non lontano, tra i platani del giardino pubblico, il chiosco della musica; lo raggiungemmo; annottava; annottò del tutto durante le nostre schermaglie. E volle denudarmi il petto, questo petto».

«Che disse?».

«Niente, niente! che cosa doveva dire? Anzi, mi baciò fin dove gli concessi di farlo».

«E...?».

«Le sue domande, santo Dio, non hanno senso! Niente; solo che i suoi pochi baci mi bastarono per sempre».

«Perché? Dica tutto».

«Com'è caro, lei: senza dubbio vuole sciogliermi da me stessa... I suoi baci erano colmi di disgusto, ecco il tutto; e bene li sentii tali. Nient'altro, nient'altro!» rise forsennatamente. «Sicché scomparve; o piuttosto io, scomparvi».

Non c'era, infatti, altro da dire: avevo ottenuto da lei l'ultima umiliazione, che del resto speravo benefica, e dovevo ora a mia volta andare avanti, toccare il fondo.

«Su, venga».

Era lì sempre a torso nudo, simile a una grande Diana cacciatrice che l'artefice, insoddisfatto, avesse voluto distruggere lanciandole contro il martello; per via della sottoveste ficcata in parte nella cintura, la gonna era salita d'un poco, scoprendo alcunché delle cosce da lei stessa lodate. Mi guardò ancora incerta, ad ogni modo senza più traccia della sua dolorosa protervia (il che rappresentava già un bel risultato).

«Ma dice davvero?».

«Venga».

Avanzò peritosamente d'un passo: il decisivo in quanto primo, del resto. Ma adesso il problema era se avrei saputo, col mio bacio, non allarmarla di nuovo e non ripiombarla nel suo inferno. Ché, in verità, di cosa era fatto il mio bramoso desiderio di baciare la sua turpitudine? Di disgusto tuttavia, sebbene stravolto, esaltato o sublimato, e quasi pegno di soccorso; sicché, daccapo, avrei saputo celarne a lei la fondamentale, infamante natura?... Ma d'altro canto esso disgusto, esso medesimo, appariva necessario quale parte integrante della mia perversione; che a sua volta era, per quella donna, come dire la sola garanzia, il solo possibile orientamento dell'anima atto ad escludere la pietà e a stabilire un rapporto non mentito... Infine, non mi ci raccapezzavo; mi affidai al caso.

Avanzò di un altro passo, mi venne a braccio; la presi per la vita, o meglio per gli ossi delle anche.

«Che gambe lunghe e pallide!».

«Già: belle, loro, eh?». Quantunque non del tutto scevro di amarezza, il suo tono era ormai femminile.

«E che casco di capelli».

«Già già: vivi, morbidi, lucenti, no?».

«Che bocca».

«Di corallo, scommetto?» scherzò un po' stancamente ma con indulgenza, «generosa, promettente? Ah certo, tutto è al suo posto; ogni altra cosa».

«Ma stia zitta, e venga più vicino».

«Più vicino di così, come potrei?».

«Vedrà subito».

La torsi leggermente, ché mi presentasse quella manca e sinistra mammella: la quale (io seduto ed ella in piedi) venne così all'altezza delle mie labbra, a mezza spanna da esse... E perché dunque ancora esitavo? non c'era che gettarsi a capofitto nell'abisso, tutto dimenticando, non concedendosi il tempo di temere neppure per lei... Lo sconcio capezzolo rientrato o mai espresso, che l'immaginazione mi fingeva oscena bestia annidata in fessura di sgretolata muraglia, sembrava guatarmi in atto di sfida dalla sua tana, mentre come un abbagliamento mi faceva ondeggiare davanti agli occhi l'assurda figura della ragazza seminuda... Nondimeno io questo, tutto questo appunto, volevo: perché allora sentivo da una parte misteriosa di me stesso oppugnato questo mio bacio d'attimo in attimo più inoppugnabile? non ero io sul punto di sperimentarvi, col turgore della buona azione compiuta, l'acre senso della violazione di sé, e fors'anche voluttà ignote, preziose?

La baciai; neppure lei stessa: baciai; e lì, lì. Né so bene cosa avvenisse in me; troppo, di sicuro, un che di soverchiante, un precipitarmisi sopra di strepitose parvenze, o sentimenti. So che ella mormorava:

«Ah, ma è vero? dunque è vero?».

Ed al mio bacio la sentii rispondere con ogni sua fibra.

Orsù, il resto, naturalmente, non conterebbe; se lo accenno è così per fare, o forse per indagare oziosamente quanto il conseguente può compromettere l'antecedente, nei castelli di carte dei nostri affetti.

Ella era di nuovo preda della speranza: ma tanto vale dire subito che del mio meschino successo già in quel punto io ebbi vergogna e rimorso. Badiamo infatti un poco: la speranza è un sentimento di sua natura fallace. E non basta: ella ebbe il grave torto di attaccarmisi, laddove è chiaro che questi minimi episodi della nostra vita non hanno né possono avere storia; che cosa, a lungo andare, avevo a farmene di lei, e, principalmente, che cosa lei di me? Tutto finisce male, fu già detto; e così tutto si sgretolò come la «fiacca muraglia» del suo seno.

Sembra proprio che dobbiamo contentarci di gioie ambigue, torte e per giunta fuggevoli.

IV. TRA AUTOBIOGRAFIA E INVENZIONE

Ecco ora uno *specimen,* non del tutto inedito, del più puro «Florence moitié-de-siècle», cui sarebbe del resto difficile dare una ravviata. (In realtà questo stile o costume, lagrimoso moraleggiante sermonesco e passa, come quello destinato a porre in luce non so che «istanze» dell'uomo, era di moda soltanto tra una tal compagnia di sfaccendati; i quali, a vicenda e a gara coralmente sermoneggiandosi, facevano poi le più casuali e vergognose corbellerie).

LAVORI FORZATI

A Firenze Alessandro aveva lasciato una pioggia gelida e sferzante, e il solito vento. Ma il cielo si era già a Genova schiarito, e ora lo accoglievano i mille allettamenti primaverili dell'estrema riviera. Sanremo! In quel calmo splendore degli elementi egli peraltro avvertiva qualcosa di innaturale e persino di funereo, e come una sospensione, quasi vi si nascondesse un sinistro presagio. Gli venne fatto di pensare a quei morti che una consuetudine americana para d'un postremo e

fallace incarnato. E ugual corruzione e ugual pompa traspa-
riva nel viso della sua compagna, una donna matura e vispa
che il dolce sole aveva fatto puntualmente, seppure inganne-
volmente, rifiorire.

Sì, l'inverno che Alessandro s'era lasciato alle spalle, in
quella corsa per sfuggire ad esso medesimo, e a sé e alla vita
degli uomini, lo stesso tristo inverno che gli si era laggiù sta-
bilito nell'animo, parevano nel ricordo avere alcunché di più
confortante, di più vero che quel sorriso degli elementi, quella
smorfia, meglio, di funesta allegria. Ed egli era così poco tene-
ro per la quotidiana e retorica umanità che forma la preoccu-
pazione costante e quasi doverosa di tanta gente! Non era for-
se, si diceva spesso, in quella continua fuga la sua più vera
umanità? E nondimeno ora, proprio ora, fin dal suo primo
arrivo in quel paese che dicono di sogno, gli sembrava che
qualcosa nel suo ragionamento non tornasse. Forse, pensava,
tutto l'errore era in quel sua, *sebbene nessuna legge della na-*
tura o dello spirito lo imponesse esplicitamente, forse non si
poteva parlare dell'umanità d'un solo senza che la parola per-
desse il suo significato. Forse ancora, soggiungeva sgomento,
questo paese stesso del mio cuore non è davvero che una vuo-
ta e morta spoglia. E allora? E inoltre, non sarebbe già conte-
nuto, in un tal sinistro effetto dovuto ai miei nervi stanchi,
l'esito di questo ultimo esperimento?

E così erano giunti al loro piccolo caffè, un posto dove da-
vano anche da mangiare, di quei cibi nutrienti e di facile in-
gestione che si convengono al giocatore frettoloso; il grande Ca-
sino distava infatti pochi passi di lì. Due o tre tavoli erano oc-
cupati, sebbene l'ora del pranzo fosse passata di molto, da per-
sone che trangugiavano con grande voracità tazze di brodo,
pollo freddo, banane. V'era una monumentale signora dall'in-
tollerabile accento milanese che ostentava vistosi ori al collo, ai
polsi, un po' dappertutto, la quale è pratica voluta, tra un tal
genere di persone, a testimoniare di trionfi sulla roulette, o al-
meno di valida resistenza ad essa (a provare in sostanza che
non si ha nulla da spartire col monte dei pegni). Con lei, un
uomo dai capelli brizzolati e dall'accento straniero, che peraltro
si dava l'aria di non parlare di gioco. In un angolo, un vec-

chio canuto e occhialuto, nonché rubizzo, il cui aspetto e il cui abito avrebbero spirato nient'altro che dignità, non fosse stato per la linea molle del mento, per le guance morbosamente cascanti e per un sospetto lustrore degli occhi; costui invero andava facendo, nel mentre mangiava, calcoli complicati su tal cartoncino in cui non era difficile riconoscere un di quelli in distribuzione al Casino e che recano da un lato la figura della roulette. Da un'altra parte, una donnina minuta, giovane per quanto devastata, guardava dritto davanti a sé in aria astratta e smarrita. Ma ecco che il simulato distacco della coppia fu reso vano dal rumoroso ingresso d'un ometto pingue, anch'esso straniero, che senza più rovesciò sul loro tavolo una manata di gettoni di grosso taglio, aggiungendo concitate spiegazioni. Un avido colloquio a voce soffocata si stabilì fra i tre.

Ma tutte queste apparenze e questi richiami che un tempo, e fino a ieri, facevano battere il cuore di Alessandro come quello d'un innamorato, oggi inducevano piuttosto in lui un vago disgusto. Egli guardava stancamente, di là dei vetri, la breve erta che menava al Casino, né si sorprendeva a leggere negli occhi dei passanti l'esito del loro gioco. Anche la donna, improvvisamente immalinconita, contemplava senza un pensiero e senza una fretta al mondo la spera di sole sul selciato.

« Bisognerà andare » disse Alessandro riscuotendosi. « Ho come un presentimento che questa sarà la volta buona. Ad ogni modo è inutile prendere albergo, per ora: ne abbiamo pochi, ci conviene risparmiarli al massimo e lasciarci possibilità fino all'ultimo. Adesso ascolta bene...».

Seguirono le solite raccomandazioni, che Adele conosceva ormai a memoria, sulla prudenza da tenere nelle prime fasi del gioco, salvo a forzarlo coi quattrini vinti, e così via. Le quali tutte, in fondo, non avevano altro scopo che quello di riservare a lui Alessandro la maggior parte del capitale, lasciando alla compagna un esiguo margine con cui ella avrebbe dovuto non solo giocare (per passargli se mai la vincita), ma provvedere in più alle spese di mantenimento.

« Sì, sì, » rispose la donna debolmente « solo che, tu lo sai, son proprio gli ultimi, questi. Se li perdiamo io non so davvero stavolta...».

« *Bene, bene, lo sappiamo* » troncò impaziente e quasi offeso Alessandro. « *E ora coraggio, tirati su, sorridi, sapessi quanto porta male codesto viso lungo* ».

Salirono l'erta, entrarono come due condannati.

Ma infine, che cosa spingeva Alessandro, che cosa spinge (se è lecito qui chiederlo senza ambagi) un uomo che abbia intelletto e cuore in una sala da gioco? Il gioco è certo un'alta, forse la più alta attività dello spirito; ma quando esso diventa quotidiano e abituale, quando, perdendo di mistero, d'avventura, di fantasia, muta natura, per diventare un'attività umana, e cioè antispirituale (giacché quale attività dello spirito resisterebbe all'abitudine)? Muta natura, o piuttosto rivela con tetra petulanza l'inevitabile parte sorda e cieca della sua natura, quella che fa del denaro il proprio strumento? Quando diventa un'occupazione, seppur disperata? Ma l'ho detto: ho parlato di disperazione. Gli è forse che, anche così prostituito, il gioco ci mostra chiaramente il nostro destino.

Già da tempo s'era stabilito, tra Alessandro e la roulette, quel dialogo spietato che oggi, tuttavia, prendeva accenti d'una cristallina limpidità. Nei rari momenti di libertà e di distacco, di quasi curioso distacco, che il gioco concedeva al suo spirito, a lui pareva che gli sarebbe bastato avere carta e matita per trascriverlo, quel dialogo, tanto distinto gli sonava. E ormai, a mano a mano che perdeva i loro ultimi quattrini, la sua attenzione si andava spostando dal gioco stesso in quanto tale a quei severi accenti. Ogni nuova puntata era una domanda, una nuova sollecitazione, ogni conseguente perdita una nuova risposta. Ma non una nuova, erano anzi esse la medesima domanda e la medesima risposta infinitamente ripetute. Oh, quanto monotono era in fondo un tal colloquio! Eppure, con una specie di curioso stupore, Alessandro vi insisteva, ben deciso a perdere sino all'ultimo centesimo pur di udirne la fine. Ma poteva esservi una fine? E che fine? Tutto era così semplice, così semplice e, ora, appariva così noto da tempo. Seguitare era davvero inutile: ciò che la roulette non diceva era egualmente così chiaro in lui! Essa non aveva che

*quel linguaggio, la pazza corsa della sua pallina, e gli im-
provvisi impennamenti, il disperato precipitare di questa;
non aveva per linguaggio che codesta azione vorticosa. Lungi dall'essere la capricciosa deità che tutti credono, essa non
era se non un cieco strumento in mani accorte, uno strumento al servigio d'una intelligenza superiore che disdegnava o
non stimava necessario, agli orecchi di chi potesse intendere,
un linguaggio più articolato. E nondimeno quest'ultimo, così
com'era, risultava già abbastanza distinto; tutto, ancora una
volta, risultava semplice e chiaro.*

*Ecco qua. Alessandro aveva puntato, senza contare parec-
chi altri numeri altrove, il ventidue, il nove, il trentuno, il
quattordici, l'uno, il trentatré, il sedici, il ventiquattro, tralasciando il venti per l'unica buona ragione che neppur quando, anziché giocare, si dialoga, si possono puntare tutti i numeri. E ora la pallina, dopo una corsa eccezionalmente regolare, dopo aver evitato con cura le numerose losanghe in rilie-
vo che costellano il piatto girevole e il più delle volte si frap-
pongono al suo cammino, si era docilmente calata in quel
« settore »; solo che all'ultimo momento e quando s'era già
quasi adagiata nella casella del quattordici, urtato il setto che
detta casella separa dall'attigua, del venti (situata dunque
nel bel mezzo degli otto numeri sovraelencati), si era in quest'ultima per l'appunto, con molle balzo, incastrata, o diciamo
mo pure incastonata.*

*« È uscita dal quattordici » mormorò un "impiegato" a mo'
di consolazione, volto a qualcuno che aveva "caricato" quel
numero.*

*« Questa pallina ha occhi » mormorò a sua volta un tipo
allampanato accanto ad Alessandro, un tal topo di bisca che
Adele chiamava « il gentiluomo veneziano », sebbene fosse manifestamente romano. « A questo tavolo non si combina nulla: c'è quell'impiegato che porta male. Io vado a provare al
sette, lì hanno la mano più regolare ».*

*Dunque Alessandro aveva daccapo perduto, e in modo par-
ticolarmente maligno, sembrava. E questa era la solita e unica risposta a quell'unica domanda. Ma forse non era ancora
una risposta abbastanza precisa, definitiva; forse bisognava*

interrogare di bel nuovo, formulare la domanda con chiarezza ancor maggiore. Dopotutto Alessandro, in codesto colpo precedente, non doveva aver coperto più della metà dei complessivi trentasette numeri: qual meraviglia se aveva perduto? Se, invece, avesse ora provato a svolgere un gioco di difesa, a puntare, cioè, solo alcuni numeri in pieno, e altri, quasi tutti gli altri, per quel tanto necessario a riprendere i quattrini della giocata in caso d'insuccesso sui primi? La «macchina» non si lasciava prendere per le corna, forse era prematuro attaccarla (prematuro ma il denaro stava per finire), ed essa avrebbe invece, alla lunga, disarmato di fronte a una resistenza sorniona. Sì, era questo il metodo da tenere. E Alessandro, che da un pezzo faceva la caccia al cinque, giocò tale numero coi relativi cavalli, e una certa somma sulla seconda e terza dozzina. In tal modo, se il cinque non fosse uscito, si sarebbero almeno ripresi, come detto, i quattrini della giocata, o press'a poco. All'ultimo momento gli parve peraltro che non fosse bene lasciare del tutto scoperta la terzina dieci-dodici, sicché egli puntò anche quella in proporzione. A questo punto, se il cinque fosse finalmente uscito la vincita sarebbe risultata ancora ridotta, e se no si sarebbe inevitabilmente perso un tanto. Ma in compenso non si lasciavano scoperti che cinque numeri in tutto, e precisamente: lo zero, l'uno, il tre, il sette, il nove.

Lanciata dal nuovo impiegato, la pallina girò vorticosamente, seguita dagli sguardi di molti, per forse dieci secondi, quindi si sottrasse con brusco salto alla vista; e, prima che l'occhio potesse ritrovarla, essa già beatamente si cullava nella casella verde dello zero.

Ebbene, questa risposta sembrava sì definitiva. Eppure, lasciando il fatto che non poteva esserlo perché ad Alessandro restava ancora un po' di denaro, a pensarci bene si prestava invece a più d'un'interpretazione, per quanto meramente formale. Occorreva, infine, un supremo esperimento: bisognava giocare tutti i numeri meno uno, e allora, se proprio fosse uscito quell'uno, allora, certo, Alessandro sarebbe rimasto convinto (ma era già convinto!). Ora, dovendo escludere un numero, la più comune logica e l'esperienza e il calcolo consi-

gliavano di escludere lo zero appunto, uscito al colpo precedente. È ciò che fece di fatto Alessandro, giocando in varia
forma tutti gli altri numeri. (Era questo, non occorre dirlo,
un giocare a perdere, ma l'esperimento appariva necessario).
E si allontanò di qualche passo dal tavolo, non appena la
pallina ebbe preso a girare, languidamente stavolta: non voleva più seguirla collo sguardo, non voleva più tentare di imporle la sua volontà, dato che era a tal punto ribelle da fare
sempre il contrario di quanto le si chiedeva. Fors'anche non
voleva influenzarla in alcun modo, né in bene né in male. I
restanti giocatori potevano però vederla che, quasi torcendosi,
quasi a malincuore, evitava tutte le altre caselle e...
   «Zero» annunciò l'impiegato con quella sorta di finta sorpresa che, a edificazione e consolo dei giocatori, adottano gli
impiegati quando si produce una ripetizione.
   Sì, ora il discorso non faceva una grinza. Ma un momento. Qui senza dubbio la sorte aveva parlato in modo inequivocabile; tuttavia era anche manifesto che essa era giunta a
questo supremo esperimento già stanca nei riguardi di Alessandro. Invero, per tutta la prima fase del suo gioco, egli la
aveva sollecitata in modo assai meno stringente. Se, in altre
parole, egli avesse fin dal principio giocato in maniera da lasciare alla sorte non più di cinquanta probabilità su cento, ri-
serbando le altre cinquanta a se stesso, o addirittura (inse-
guendo una vincita più limitata) meno di cinquanta a lei, in
tal caso, quale sarebbe stato l'esito complessivo del gioco? Questi ultimi colpi erano stati gobbi senza dubbio, ma pochi colpi non bastano a determinare una media o un clima di gioco.
Prima, insomma, aveva forse rischiato troppo, e quando s'era
ravveduto era troppo tardi? Non che Alessandro prestasse menomamente fede a un tal ragionamento, pure esso aveva tutte
le apparenze della logica e poteva passare per buono (giacché
egli possedeva ancora un po' di denaro). La conclusione di
tutto era che si doveva provare a un altro gioco, di quelli a
combinazioni semplici, che concedono press'a poco eguali probabilità al banco e alla punta; e si doveva ricominciare con
pazienza, a piccolissime poste e... e chissà... non s'era veduto

tante volte qualcuno rifare un patrimonio cogli ultimi quat-trini?

Da un punto della sala, Adele lo cercava cogli occhi; ella si avvicinò e disse a bassa voce che aveva perduto tutto il suo poco, aveva dovuto anzi intaccare l'esigua e risicata somma destinata alle spese di viaggio e di mantenimento: badasse egli dunque a ciò che faceva. Nel sordo tono di lei già vibrava l'irritazione che sempre producevano in quella debole e rabbio-sa donna la perdita, forse il fumo, e il luogo stesso coi visi dei suoi frequentatori.

Tanto peggio, era una ragione di più per seguitare il gioco con quelle ultime e meschinissime risorse. Al viaggio, alla ce-na, si sarebbe pensato poi in qualche modo. Il prossimo tavo-lo era di trente et quarante. *Alessandro puntò il nero. L'im-piegato stese le carte del nero e annunciò:* un. *« Lo sapevo,» si disse Alessandro, mentre l'impiegato stendeva ora le carte del rosso « lo sapevo che qui sarebbe stata tutt'altra cosa: con uno si spera di non perdere ». L'impiegato annunciò daccapo:* un, après. *Era l'unica combinazione, in quel punto del gioco, fa-vorevole al banco, e s'era prodotta. Il colpo seguente fu, nean-che a dirlo, di rosso: la posta di Alessandro, già virtualmente dimidiata, fu definitivamente ritirata.*

*Tutto era così chiaro, si diceva poco fa; da saltare agli oc-chi. Perché dunque egli seguitava e seguitava? Eppure, anco-ra una volta: a questo gioco c'era l'indegna faccenda dell'a-*près *di uno, esso non appariva pertanto del tutto equo. No, meglio lo* chemin de fer; *qui, a giocare in piedi, non si pa-gano percentuali e non c'è vantaggio per nessuno.*

Adele seguiva come uno spettro.

« Dammi quei quattrini ».

« Quali, quelli del viaggio? Sei pazzo! Eppoi bisognerà pu-re mangiar qualcosa...».

Viaggio, mangiare: che strane idee aveva Adele. Alessan-dro rimase a guardarla cupamente, sentendosi grondare il su-dore dalla fronte, sentendosi l'essere più miserabile e abbietto del mondo. Impietosita forse, o troppo sdegnata, la donna dis-se a un tratto:

« Li vuoi? prendili » (e glieli porse); « ma poi penserai tu a

*ogni cosa. Io... io sono stufa di... Io non so come faremo, per-
ché...».*

Alessandro non l'ascoltava più. La donna si allontanò
ancheggiando dispettosamente. Egli attese un di quei colpi
che si dicon sicuri, seguente a un pescaggio di nove su due ciste da parte del banchiere, e puntò.

La punta fece nove a sua volta, il banchiere pescò un secondo nove su altre due ciste: encarte, égalité *(strana fine
di una nobile parola, pensò lucidamente Alessandro). E al
prossimo colpo si perderà. Ne era sicuro, perché non ritirava
la posta? La punta chiese carta, il banchiere rovesciò un otto.
Come si disse.*

Alessandro giocò ancora qualche colpo e restato da ultimo
con poche lire di quelle delle spese, decise di tornare alla roulette. Intravide discosta nella penombra, seduta accanto a un
tavolo da gioco vuoto, Adele, e se la figurò come la aveva vista tante volte: straordinariamente dimagrata in un'ora, bigia di pelle, coll'occhio spento e un deposito di lagrime (da raf-
freddore o da fumo) sull'orlo della palpebra inferiore arrossa-
ta, coi suoi gesti macchinali dell'aggiustarsi la pettina, del
leccarsi il dito e passarselo sulle ciglia, del fregarsi le orecchie.
Ma, anche di laggiù, ella trovò modo di lanciargli uno sguardo tetro e (beata lei) crucciato.

Ora bisognava cambiare tutto in pezzi da duegento lire, e
con quelli, piano piano, forse...

E insomma qual'era la domanda che Alessandro con tanta
insistenza poneva alla roulette, la domanda di cui già conosceva la risposta e che tuttavia non si stancava di ripetere?
Anzi, non occorreva neppure che la pallina si torcesse tormen-
tosamente tra le spire della superiore e oscura potenza che la
dominava, perché egli di quella potenza intendesse il linguaggio limpido e ferreo. Egli aveva già nel profondo del proprio
cuore, della propria coscienza la risposta, ogni risposta, prima ancora che la voce parlasse o avesse mai parlato; giacché
essa era poi la sua medesima, e il suo caparbio interrogare

non poteva essere che un ozioso inganno teso a se stesso, una soperchieria, un barare.

Qual'era la domanda? Dianzi tutto era apparso semplice e manifesto; ora sembrava che le idee gli si confondessero. Ma forse questa confusione non era che una rinnovata difesa dei suoi sentimenti più inerti e fumosi, non era che molle pietà per se medesimo. La domanda, invero, non poteva più essere quella che tutti gli uomini rivolgono al proprio destino: che cosa devo fare? Non poteva per la buona ragione che Alessandro sapeva benissimo che cosa dovesse fare; sapeva persino in che modo dovesse farlo. Doveva in primo luogo lasciare Adele, la quale era, senza sua colpa anzi a suo dispetto, come un'incarnazione del gioco, o meglio di quella parte di esso che non è se non corruzione e abbandono e perdita dell'anima; Adele con tanti buoni sentimenti, esclusiva, pure, di tutto quanto si dà di nobile, di fidente, di casto. Poi, tornare a una modesta vita di lavoro. E allora (ne aveva fatto cento volte l'esperienza) quello stesso potere che qui gli negava di vincere e addirittura ogni respiro, lo avrebbe aiutato, anche in modo impreveduto, anche senza suo merito positivo. Esso avrebbe compensato la sola sua buona volontà, indipendentemente dai risultati raggiunti. Poiché non occorre certo far bene in assoluto una cosa, basta farla il meglio che si può ed è lo stesso, se non per gli altri, per se medesimi almeno e di fronte a... Dio. Sì, bastava vivere in purità di cuore, e non ci sarebbero più state difficoltà, neanche pratiche. Dunque perché, con questa chiara e religiosa consapevolezza, Alessandro si ostinava in un'esperienza che manifestamente lo respingeva? Non era nel gioco il suo destino. Tuttavia... Ma di nuovo: se la domanda non era quella pura che si è detto, che cosa dunque egli chiedeva al gioco? Era evidente: denaro, oblio di se stesso e di ogni cosa, dannazione, tutto ciò, in breve, che è vile, corrotto, abbietto. È vero; nondimeno a questo punto il ragionamento poteva prendere diverse vie. Per esempio come mai, si chiede, egli sentiva il bisogno di tutto quanto s'è detto? Gli è forse che la purezza di cuore è anch'essa un dono di Dio; forse non si può, non si deve *(checché ne dicano i sacerdoti di tutte le religioni) conquistarsela faticosamente, sotto pena di perderla, ossia* di perderne la speranza per sempre. Eppure si ha talvolta il sentimento, la certezza, che la grazia scenderà su noi invocata, sollecitata, provocata dalle nostre buone opere, dalla nostra pazienza... Ma la pazienza è, ancora una volta, un dono, ma... Ma in che discorsi m'impaccio! Una cosa tuttavia resta certa, che non passa di qui la mia strada; di più, che so benissimo quello che devo fare. E se provassi ad abbandonarmi a questa voce che parla tanto alto in me? Un pezzo per volta, con pazienza, con questa pazienza almeno che metto in questo gioco di poche lire, forse potrei ricostruire la mia vita, forse... ("Pazienza"!). E se so tanto bene quello che devo fare e persino come devo farlo, perché da ultimo non lo faccio? Si può seriamente credere che uno vegga il meglio e si appigli al peggiore?... Dio mio, sarebbe mai vero che non c'è più speranza per me, che son perduto per sempre?

(Come tutte le apparenze si sfaldavano attorno a lui! Che senso poteva avere la passeggiata tra i tavoli di quel tronfio signore, detto da Adele « il pavone »?).

E un'altra cosa è certa pel momento: che mi rimangono quattrocento lire in due pezzi da duegento. Questa è la cosa più importante, e più grave. Oh, dove puntarne uno? Perché, se lo perdo, chi avrà il coraggio di puntare l'ultimo? E il viaggio, e la cena, le sigarette, e...?

Ho trovato: sul nero. Tutti e due sul nero, che non esce da cinque colpi. "Cinque"! E se li mettessi proprio sul cinque, così come nulla fosse, come avessi quattrini da buttar via e giocassi per semplice divertimento, per semplice curiosità? Eh, non sarebbero poi giocati tanto male, dopo il quattordici che è uscito ora, e farebbero per l'appunto quattordicimila lire, con cui potrei ricominciare. Al cinque ho dato la caccia per tutta la sera... Il cinque, ma è pazzesco! Perché mai, colla scarogna che ho, su trentasette numeri dovrebbe uscire proprio il cinque? Con quattrocento lire sole non si può giocare un numero in pieno, sarebbe puerile. No, no, son meglio giocati sul nero, avrò almeno cinquanta probabilità su cento di vincere (già, già, è tutta una questione di probabilità), cinquanta no, ma quasi...

Adele si era alzata di laggiù, dal suo posto di dolore, e ve-niva verso di lui.

«... Rien ne va plus».

«*Non li hai ancora finiti? Sai che ore sono?*».

Eccola, costei; costei portava terribilmente male; costei era convinta già prima di venire a Sanremo che si sarebbe perdu-to tutto fino all'ultimo centesimo, ne era profondamente e ma-tematicamente convinta, né d'altronde ne aveva fatto un mi-stero, così come non si curava di nascondere un certo senso di trionfo quando la sorte avversa s'era compiuta; trionfo per la propria tanto facile sagacia, ma anche per la confusione del pro-prio nemico, di lui stesso Alessandro cioè. Forse anzi non era tanto per gelosia che lo seguiva in quei posti, quanto per go-dere del suo avvilimento, il quale meglio lo accomunava a lei, alla di lei abbiezione. Ma stavolta il nero sarebbe uscito e sa-rebbe a lui toccato trionfare, stringere in pugno trionfalmente ottocento lire (di centomila) e... Il cinque! Il cinque che tra l'altro è rosso...

«*Dico, ti rendi conto che è già mezzanotte? Io poi mi sento svenire*». (*Lo guardava invece con occhi di basilisco*).

Che aveva costei coll'ora? Se soltanto uscisse il nero!

«Cinq, rouge impair et manque. Rien numéro».

Il cinque! Il cinque, era mai possibile?... Sei contenta, ma-ledetta strega?

Poi furono le solite cose, quelle di tutte le altre volte, gli at-ti, le parole ripetuti, nello stesso ordine, da un'eternità: la so-lita volgare scenata di Adele, divampata già sulla scala del Casino e protrattasi per quasi tutto il resto della notte; l'alber-go che non si sapeva come si sarebbe pagato; le corse, la matti-na seguente di buon'ora, in cerca di conoscenti e di strozzini da cui mendicare un soccorso; le attese interminabili; tutto il resto.

Il solito sole. Nel porticciuolo faceva sprizzare luce, come il ferro fuoco dalla selce, dalla compatta e placida distesa delle acque. Le palme stormivano appena, di lassù guardava, con

*aria divertita e le orecchie ritte, l'edificio del Casino; un gran-
chiolino, ben visibile contro uno scoglio quasi a fior d'acqua,
si lasciava cullare dalla calma ondata; e l'incantevole collina... Ma no, non c'era dopotutto niente di feroce, neppure di
beffardo, in quell'aria brillante che pareva offenderli, in quel
sole che copriva come una radiosa coltre tante vivide apparenze. Neppure di funebre. Non c'era che indifferenza, forse, e
forse persino bonarietà, sebbene impotente; forse, da ultimo,
c'era soltanto l'oscuro senso di sofferenza che è sempre contenuto e come implicito negli elementi dispiegati. Che bisogno ci
poteva essere di immaginare che il diffuso fulgore nascondesse
una turpe corruzione, un'insidia tremenda? Quegli sparsi
oggetti erano soltanto, ecco, protesi con cieco dolore a un loro
irraggiungibile compimento, se è vero che orfanezza e vedo-
vanza della patria celeste è la sorte di tutte le cose quaggiù.*

*E più tardi, durante un'altra attesa, Alessandro si ritrovò
su una panchina della passeggiata, ancora davanti al mare
(da un'aiuola lì accanto lo guardavano aggrondati i visi
d'un manipolo di «masnadieri», come Adele chiamava le
viole del pensiero). La donna gli sedeva vicino, finalmente in
silenzio, e si parava il sole sulla fronte colla borsetta.*

*Come tutto torna, pensava egli. Se ieri sera avessi vinto an-
che solo un poco, se la sfortuna, che da anni si accanisce contro di me, mi avesse dato tregua anche solo per un momento,
forse sarei stato io medesimo perduto per sempre. Ora so che essa è invece il mio buon angelo; essa mi perseguita, ma come la
voce di Dio incalzava il profeta nel deserto. Se a tutte le mie
sollecitazioni, a tutte le mie implorazioni questa voce severa e
vivificante non avesse risposto sempre di no, di no, di no, generalmente e partitamente, che sarebbe stato dell'anima mia?
Io sarei forse divenuto irrevocabile preda del demonio. Voce
senza pietà come quella d'un padre che ha a cuore sopra ogni
cosa la salute della sua creatura, voce...*

«*Come sono disgustata, uh, come lo sono; tutto questo mi
fa schifo. Giuro sulla testa del mio nipotino che è l'ultima volta. Eh, caro signor mio, ora dovrai lavorare sodo se vuoi giocare. Lavorare e...*».

«*... Ora non soltanto so quello che devo fare e come, ma*

posso, anche, farlo, lo posso facilmente. Ora il mio dovere non mi costa più nessuna fatica. Dio, o chiunque tu sia, ti ringrazio di...».

«... *molto ingrassata però, eppoi vestita in un modo, in un modo! È diventata proprio una vecchia baldracca, e mi fa rabbia che...».*

«*Ma non basta star qui a fantasticare di buoni propositi. Agire finalmente bisogna, e so benissimo anche questo, so benissimo quale dovrà essere il mio primo atto...».*

«... *stupido, cattivo, veramente ignobile».*

«*Ma che diavolo ti prende ora? Non potresti seguitare a tacere per un poco? Ma che cosa piangi?».*

«*Che cosa piango, eh? Ma quando si tratta di procurarseli, tu te ne stai in panciolle e chi deve prendersi tutte le umiliazioni, chi deve correre in qua e in là, chi?...».*

Il mio primo atto deve essere e sarà, l'ho già detto, lasciare costei. Questo è ben chiaro; ora, perché metto tempo in mezzo? Eppure non è che un momento: si chiudono gli occhi, ci si tappa soprattutto le orecchie e... Direi che questo è l'atto in cui si riassume tutto il mio daffare. Che cosa aspetto dunque?

«*Potresti intanto andare alla stazione a guardare che treni ci sono. Non possiamo mica trattenerci qui, se anche l'affare va bene: ne avremo appena per il biglietto».*

Il biglietto! È vero; io qui non conosco nessuno. Restare così per la strada senza un soldo in tasca... Tanto, la mia risoluzione è presa, una volta per tutte e irrevocabile; sicché se anche cause di forza maggiore mi obbligano a rimandarne l'adempimento...

Cause di forza maggiore: la mia viltà. (Disse il mendicante a Marivaux: eh, sì, avete ragione, son giovane e forte, mais que voulez-vous, Monsieur, je suis si paresseux!).

Su una di queste panchine, su questa stessa forse, Alessandro si ricordò improvvisamente di aver sostato un tempo, una sera lontanissima. Come attraverso una nebbia brillante, si rivedeva lì, davanti a quel mare, solo e felice. C'erano i medesimi spessi effluvi, i rari passanti avevano sul viso la medesima espressione tra dignitosa e godereccia; gli uomini sbarbati con cura, le donne in vesti di gran prezzo. Solo che lui aveva tanti anni di meno, era poco più che un giovinetto. E non era felice soltanto perché era solo, solo colle sue speranze, colle sue certezze, ma anche, in concreto, perché aveva vinto una forte somma al gioco. Aveva vinto, ed era sicuro che avrebbe seguitato a vincere non appena si fosse riaperto il suo tavolo, e poi ancora dopo, sempre, all'infinito, che tutta la sua vita sarebbe stata una perpetua vincita. E pregustava la gioia di entrare (come poi fece davvero) nella più sontuosa e cara di quelle tante sontuose trattorie e dire freddamente al cameriere, che avrebbe dovuto restarne, per la maggior piacevolezza del quadro, un po' confuso: spero abbiate qualche buona bottiglia di vecchio borgogna? portatemela dunque. E tutto il suo essere era pervaso da una forza senza limiti prevedibili; e le donne e la gloria...

«Ma cosa stai lì imbambolato? Ti vuoi muovere, grullo che sei!».

Ecco, che cosa c'era di comune tra quel giovincello e quest'uomo maturo e stanco; tra i liberi sentimenti di allora e questa pazienza agli oltraggi? Come aveva potuto prodursi un tale mutamento? Che mai lo aveva prodotto? Ma costei, costei c'entrava pure per qualche cosa. Costei era anzi la causa di tutti i suoi mali, era il fiore rosso del racconto.

Ma no, che cosa aveva da fare costei colla sua vita sciupata, coi suoi veri mali!

«Su, forza, accompagnami, signor Mollusco».

Arrivati a questo punto, il narratore della presente storia giudica di non aver altro da aggiungere... se non la storia stessa. L'eventuale lettore deve infatti e in primo luogo sapere che esso narratore altri non è dal personaggio infinto sotto il nome alquanto paradossale di Alessandro. E la storia di questo Alessandro, alias di me narratore, ossia quella parte della sua storia che riguarda la presente storia, è presto riferita. Ma perché tutto ciò non diventi un incomprensibile garbuglio, cambiamo intanto persona.

Dunque, io Alessandro, reduce da una di codeste spedizioni di cui avete, tant bien que mal, udito il resoconto, coi relativi sproloqui interiori e i relativi buoni ed estremi, per quanto inani, propositi, io Alessandro non avevo naturalmente altro pensiero che di ritornare a Sanremo o dove mai fosse, e riprovarmi in quell'impari, anche se davvero epica, lotta colla roulette. Ma per ciò fare occorrevano, va da sé, quattrini, né io sapevo assolutamente più dove procurarmeli; poiché stavolta Adele era tutt'altro che dolce e di farmi prestiti non voleva sapere a nessun patto, prestiti poi il cui rimborso appariva, se non problematico, lontano. O non aveva detto, mi si interromperà qui, codesta Adele in un certo passaggio di codesta tua succosa relazione, non aveva detto, seppur nel solito modo confuso, di non aver più quattrini, e che quelli erano gli ultimi eccetera? Sì, ma Adele è donna di molte risorse; e, che è che non è, appena tornati a Firenze ha ricevuto una telefonata dal notaro coll'annuncio d'una piccola eredità. Che però, come ho detto, non si vuol giocare in nessuna maniera.

Questa la posizione. Ora, è avvenuto che alle mie reiterate richieste di prestiti, la buona donna (che a modo suo mi vuol bene), sentendosi cedere, abbia escogitato un sistema per favorirmi senza, secondo lei, perder nulla. Ma, come si vedrà, è speculazione veramente da donne. E qui calza un'ulteriore premessa. Io ho fatto in altri tempi lo scrittore; uno scrittorello, è superfluo aggiungere, che nessuno ha mai prezzato. Ella tuttavia si ostina a credere in non so quali mie nascoste qualità: povera donna, si consoli come può dei guai che le procuro. E ha immaginato il seguente accomodamento. Volevo giocare? Lavorassi dunque, ed ella da parte sua, avendo almeno ottenuto di vedermi seriamente occupato, mi avrebbe corrisposto una certa bazzecola (da far vergognare papà Gabriele) per le prime dieci pagine di manoscritto pronto alla pubblicazione, e un'altra inferiore per ciascuna delle seguenti – imprudentissima proporzione. La poveretta si illude di allogare tali scritti in giornali o riviste, o di raccoglierli a tempo debito in volume, e di ricavarne tutto o quasi l'importo del suo esborso, che in tal modo figurerebbe solo un anticipo.

Il resto si intende. Entro il più breve tempo possibile dovevo pertanto buttar giù qualcosa che avesse almeno una lontana *apparenza di racconto, ché tale è il genere richiesto da Adele, e che in una mi raggiungesse la cifra minima necessaria per la nuova spedizione. Ma come un racconto io non so né ho mai saputo fare, e come d'altronde non avevo un'idea al mondo e non avevo nulla da dire agli altri o a me stesso, grande era il mio imbarazzo. È difficile far reggere ritto il mero nulla, e m'è toccato, in conclusione, giocare d'astuzia. Avevo, dico, più d'una volta notato quanto interesse ponesse Adele nelle sue personali esperienze, e come le stesse a cuore un modo balzacchiano, o meglio naturalistico e caratteristico, o meglio ancora inconclusivo di affrontare i soggetti (di contro a quello allusivo e metafisico da me tenuto ai miei tempi), al quale m'aveva ripetutamente incitato. Combinando adunque questi due elementi, io avrei forse potuto comporre una ricetta buona almeno per la mia malattia, in altre parole e con più acconcia immagine un pastone, o brodaglia, accetto al suo palato.*

È ciò che mi sono studiato di fare, non avendo di meglio. Come, ora, mi andrà, non so, perché Adele non è al postutto tanto sciocca. Domattina le presento questa roba che ho buttato giù nella notte (domani sera infatti vorrei essere daccapo al lavoro) e si starà a vedere.

A me basta che questa roba stia bene a lei: che m'importa del resto?

Poscritto.

> *Nun giocheno l'ucelli all'ari' esterna?*
> *Nun giocheno li pesci in fonno ar mare?*
> *Dunque io vojo giocà quanto me pare*
> *E giocamme, si mai, la vita eterna.*

[UN TRATTATO DI PSICHIATRIA]*

Tornato quella volta dal Forte, intrapresi uno stretto commercio con un personaggio non vivente e neppur morto, non di carne e d'ossa per quanto peso e parlante, col libro infine del signor Kraepelin. Era fatale che un ammalato della mia specie cascasse su qualche trattato di psichiatria, e io mi trovavo a possedere questo vecchio e ottimo del professore monacense, cui solo si potrebbe rimproverare una antiquata terminologia. Ma che possedere: ben presto esso libro, o piuttosto egli, possedette me e m'ebbe in sua piena mercé, risultato del pari fatale. Il grande ascendente da lui raggiunto era in primo luogo dovuto alla sua acuta intelligenza e alle sue abitudini di osservazione; le quali facevan sì che tra le sue pagine o braccia io trovassi invariabilmente tutto quanto si adattava al caso mio, anche in fatto di minuti particolari. Intendiamoci, non voglio con ciò dire che egli mi porgesse rimedi o em-

* Si tratta di titolo arbitrario del curatore: in realtà il brano, in LA BIERE DU PECHEUR, non ha titolo alcuno. Lo stesso dicasi per il seguente [*I non nati*] alla pagina 421 [*N.d.R.*].

piastri di sorta: al contrario, le sue prognosi erano sempre infauste e, venuti al capo del «trattamento», egli si limitava ad avvertire con più o meno parole che non ve n'era alcuno. Dico invece che io mi sentivo, ed ero, da lui seguito e sorpreso fin nelle meno significanti mie attitudini, esteriori o interne. Va tuttavia notato che, come suole, egli mi prestava molti dei sintomi a sua disposizione. Né poi occorre dica che i miei sentimenti per lui erano duplici e contrastanti.

Ma insomma: avveniva una notte che io passeggiassi nella sala per sei ore di seguito immaginando assiduamente di vincere non so quale spaventosa somma al gioco e di comprare a qualunque prezzo il feudo di Campello e di fondar castelli nel tale e tal altro punto, castelli della tale e tal altra forma, nei quali eccetera eccetera? E costui, pronto, sputava: «Parecchi [infermi, s'intende] amano di dipingersi con la maggiore minuziosità immaginarie condizioni di vita e avventure e si compiacciono nella parte di grandi signori o di arditi eroi, in un'età in cui generalmente tale tendenza fanciullesca suole essere scomparsa da lungo tempo. Io rammento il rampollo degenerato di un'antica famiglia, il quale all'età di 21 anni fantasticava di essere possessore di immense ricchezze, disegnava piante di grandi castelli, faceva preventivi per le magnifiche residenze, che egli, in suo pensiero, aveva istituite nei punti più belli». La perfida precisione delle sue parole! Una sola cosa non vi tornava: che *questo* rampollo degenerato di un'antica famiglia aveva due volte gli anni di quello. E ancora: ripasseggiavo per la medesima sala e, cadendomi l'occhio su un'innocua sedia, mi attardavo alquanto a considerarne il modo di essere? E lui, aperto poi a caso come si fa colla Bibbia: «Talvolta sono oggetti qualsiasi dell'ambiente, sui quali cade lo sguardo, che forniscono il punto di partenza per le domande coatte: "Perché questa sedia sta così e non così? Perché la si chiama appunto sedia? Perché essa ha quattro gambe, né più, né meno? Perché è scura, perché non è più alta, né più bassa?"». Entravo a turbine in cucina e ammonivo la fante: ieri la carne per cena era troppa; si tenga a mente che io posso mangiare al massimo cento grammi di carne, non un solo di più? – «Altri pesano colla massima esattezza le loro vivande». Immaginavo di scannare mio padre leggente col coltello di cui si stava servendo per tagliare le pagine? – «Così al malato si presenta la domanda: Che cosa accadrebbe se tu con quel coltello ammazzassi una persona, tuo figlio?». E via di questo passo, ché troppe ne dovrei riferire. In generale, ecco com'egli si esprimeva a proposito della mia povera persona: «Alcuni ammalati possono mostrarsi esternamente tranquilli e manifestano il loro disgraziato stato d'animo, i loro tormenti solo agli stretti parenti o al medico; essi, per eccitamenti esterni, sono forse allegri, straordinariamente amabili, perfino audaci, per ritornare poi con una certa soddisfazione, appena lasciati a se stessi, a riflettere sulla miseria della loro vita. Ogni dovere sta loro dinanzi come una montagna: la vita, l'attività [ma quale?] sono un peso che essi portano per abitudine, con doverosa abnegazione, senza venir compensati dalla gioia di esistere, di agire. Gli ammalati non hanno alcuna fiducia nelle forze proprie; essi disperano sempre in ogni lavoro e sono presi facilmente dall'angoscia e dallo scoraggiamento; si sentono inutili al mondo, buoni a nulla, nervosi, ammalati; temono lo scoppiare di una grave malattia e specialmente un'alterazione psichica [temono!], una malattia del cervello». Ovvero, soggiungeva, si abbandonano alla più completa misantropia. O appunto «rinunziano sempre più ad ogni seria attività, lasciano, fiacchi e senza volontà, che tutto vada come vuole». Osservando infine pertinentemente che tra questi infermi se ne posson dare di dotati in qualche maniera per le arti, usciva a dire: «Nella scuola danno talvolta grandi speranze a causa del loro talento, speranze che poi non si verificano per la superficialità e incostanza di questi soggetti. Sono quei ragazzi dei quali si dice che potrebbero fare molto di più se volessero; solo [ridacchiava egli] sfortunatamente non possono volere».

Ecco che cosa mi spaventava innanzi tutto: per costui non correva ombra di dubbio che io fossi un infermo, e per giunta inguaribile. E durante gran tempo egli si rifiutò di darmi il benché minimo piacere: per me non c'era proprio nulla da fare. Alla lunga però, sempre più strettamente da me sollecitato, dovette confessare che «piccole somministrazioni di alcool possono assai spesso prevenire opportunamente l'insorgere dell'ansia», e che negli «impulsi» (apparenti della pazzia coatta, come quello suddetto di ammazzare mio padre) «non si giunge mai all'azione; tutto al più può accadere che gli ammalati qualche volta non siano in grado di resistere alla tentazione di bestemmiare in occasioni particolarmente solenni, o di sostituire nella preghiera, alle parole stabilite, frasi sacrileghe od oscene» (eh, pazienza).

In tal modo si alleggerì alquanto la mia ossessione. A favorirmi ancora venne da ultimo una frase che devo supporre sfuggita all'amico e per verità un po' buffa, se vi passano contenuti kantiani, leopardiani, poi giù dell'altro, e quasi le persone fisiche di quei grandi: «In tal modo possono talvolta insorgere, in forma di veri accessi, domande numerose, inutili, irresolubili e perfino sciocche, che l'ammalato si sforza invano di reprimere. Il contenuto di queste questioni prende non di rado un indirizzo generale, metafisico e riferentesi specialmente alla provenienza e allo sviluppo delle cose (*domande sulla creazione*) e formando con esse una lunga catena. Che cosa è Dio? Come è Egli? Da dove è venuto? Vi è innanzi tutto un Dio? Come sono sorti il mondo, l'uomo? Uno dei miei ammalati provava, specialmente quando era fuori di casa, il bisogno di riflettere "sull'infinito, poiché tutto lo opprimeva"». Accortosi, è vero, di qualcosa che non andava nel discorso, egli volle precisare il suo pensiero; ma così facendo aggravò in certo modo la situazione: «Noi possiamo ricordare che il desiderio di rendersi chiaramente conto dell'essenza delle cose è in sé l'ultima molla di ogni lavoro intellettuale. Quello che gli imprime qui il carattere patologico è l'impossibilità a giungere ad una conclusione qualsiasi, essendo essa impossibilità determinata non solo dal contenuto insensato delle domande stesse, ma soprattutto dal senso, durevolmente esistente, di una incertezza ansiosa». Ti raccomando poi l'eleganza di un tal linguaggio. E per concludere, dopo essermi scoperto la più gran varietà di sintomi, che andavano dagli stati crepuscolari fino all'atassia medesima, se non proprio agrafia, e a compir l'opera la più gran somiglianza con tal demente rappresentato in una tavola, potei finalmente abbandonare l'amico e nemico, cui la polvere ammantò.

Queste cose possono magari far ridere. Pure, un sano non potrà mai conoscere quelle orribili immagini del mondo che, anche senza essere positivamente idee deliranti o riferirsi ad alcun particolare oggetto, son come deviazioni, d'un'unghia se si vuole, dalla comune visione o insensati esaltamenti di essa; quando nella nostra osservazione dei più indifferenti fatti od oggetti c'è qualcosa che non torna, e la nostra coscienza della realtà impallidisce e vacilla, gonfiandosi quei medesimi di enigmi e di minaccia. E, ancora una volta, non parlo qui per metafora, ma tento consegnare fisici sensi.

Non ho voglia di seguitare su questo capo: l'esame diventerebbe come sempre accanito, e poi il solo rammentare questi inerti sensi mi fa cadere il cuore ai piedi. Né ho d'altra parte tempo: è l'ora di Ginevra.

PREFIGURAZIONI: PRATO

Io (ma quante volte ho scritto questo dannato pronome?), io ero un bambino che a un anno e mezzo avevano portato davanti a sua madre morta, colla vana speranza che i lineamenti di lei gli rimanessero impressi nella memoria; e che aveva detto: lasciamola stare, dorme. Ciò può spiegare molte cose della mia infanzia (quasi tutto) e ad ogni modo le condizioni generali di essa. Così, malgrado gli sforzi di mio padre, che non volle mai risposarsi, e di altre persone buone, segnatamente di una, venne il momento che si dové mettermi in collegio.

Mio padre s'era fatto venire prospetti, programmi, opuscoli vari da tutti, si può dire, i principali collegi nostri e d'Europa, e il suo esame di tali pubblicazioni durò a lungo; infine egli decise per il vecchio e classico Cicognini, anche perché, dati i tempi calamitosi (e quante volte nella mia vita ho dovuto scrivere questo aggettivo?), all'estero non era troppo da pensare.

Giungemmo a Prato una sera sui primi di novembre, credo. Era un autunno accidioso, nebbioso, o tale lo ricordo. Quello che mi colpì, durante questa prima rapida traversata della città, fu un monumento a un Magnolfi falegname (rappresentato nell'atto di appoggiarsi a una lunga pialla, con una cocca del grembiule infilata nella cintola), che non ho più riveduto, o ritrovato. Pernottammo in un antico albergo sulla piazza principale. Il giorno seguente, cominciammo col passare dal barbiere, sotto le cui forbici, con una certa commozione di mio padre, che per allora non compresi, caddero i miei capelli: li avevo ancora di latte, cioè lunghi, a fior d'orecchio. Non so come trascorressimo il resto di quella giornata. Ma venne la sera...

Non saprei descrivere l'angoscia di quel distacco. Mia, che ero un bimbo timido e puro come una verginella, con larga prevalenza di caratteri, appunto, femminili persin nel fisico, pieno di sentimenti riposti, di sensibilità sottili e tormentose, e non avevo altra àncora frammezzo a questi; sua, e forse maggiore, che doveva sospingere simile figliuolo in un mondo che sapeva gli sarebbe stato avverso. Rammento e rammenterò sempre quell'ultima passeggiata per un desolato corridoio del collegio, a pianterreno verso il portone, esortandomi egli a farmi forza e a riconoscere la necessità di una tale separazione (esortando me e se stesso), mentre io piangevo disperatamente né volevo sentir ragioni. Infine, compiendo forse il più grande atto di coraggio della sua vita, e forse aiutato dal senso di quanto credeva suo dovere, egli se ne andò, ma per correre, come seppi poi, dal rettore a parlargli lungamente di me, di ciò che io ero e delle cure che bisognava usarmi, e ottenervi, si può capirlo, l'unico risultato di suscitare uno stupito e perplesso fastidio in colui. Il quale a tutto replicò press'a poco che conviene fidarsi degli educatori da noi medesimi scelti, e che d'altronde una troppo gelosa attenzione può essere nociva agli educandi. Mio padre riprese dunque tristemente la via di casa, mentre io, tese ancora le braccia verso la sua lontanante immagine e col cuore strappato, restavo solo nel vasto mondo, anzi nel bianco mondo, dicono i Russi, in una regione inospite e gelata quale è quella che fa il loro mondo (o che faceva avanti le realizzazioni del regime).

Questa regione si trattava ora di riconoscere e di rendersi quant'era possibile familiare. Ma, come appunto dal vento della steppa il viandante, fui subito diacciato e paralizzato dall'orrore. I miei compagni erano quali tutti i ragazzi, né buoni né cattivi, né accoglienti né scontrosi troppo; solo, morbosamente (o piuttosto, fisiologicamente) attenti a quanto del compagno fosse particolare, o eccezionale, o giudicato tale dai più. Il loro senso sociale era, come avviene, per un verso sviluppatissimo, per altro insufficiente. Questo doveva bastare perché io mi trovassi tra loro a disagio, ma fin qui sarebbe forse stato senso, dal più al meno, superabile. Ciò invece che di loro mi riusciva veramente intollerabile era il linguaggio. Essi parlavano continuamente di cose sgomentevoli e vietate, anche se a me sconosciute. O meglio: ne parlavano con parole terribili che, ignote, ben rivelavano tuttavia il loro senso misterioso, intendo d'esser cariche d'un senso misterioso, e abominoso; parole che facevano fremere. Ho detto: o meglio, perché allora io avevo una sorta di religioso, e superstizioso, amore e terrore delle parole (che mi è rimasto poi a lungo), sulle quali concentravo tutta la carica di realtà, invero scarsa, che mi riusciva scoprire nei vari oggetti del mondo; più semplicemente, le parole erano quasi le mie sole realtà. Sugli oggetti dunque che queste dei miei compagni non posso qui dire designavano, insomma sottintendevano o si traevano dietro come accidenti, sarei anche stato disposto a chiudere un occhio, ma sulle parole! E dopo tutto, ossia per quel tanto che la realtà contava, che terribili cose non potevano esse evocare? Ora, per l'appunto, di queste parole essi facevano beate orge. Ne andavano persino compilando un dizionario, o glossario. Ricordo la redazione di una voce. Cinque o sei di loro riuniti attorno a un banco; e uno (ne rammento il

309

nome) che dettava: «*Cucù*: linguaggio fanciullesco: *m*...». Né mai dimenticherò l'espressione furbesca, bestiale, voluttuosa, di cui s'illuminò il suo volto nel pronunciare egli questa ultima parola; che era, si capisce, tra le più innocenti e meno inquietanti. Cosa singolare, poi, esse parole non esercitavano la menoma attrazione su di me, se non fosse quella propria dell'orrore; così almeno mi par di intendere, sebbene mi sia ora difficile rimettermi, per questa partita, nello stato di allora. Ma per concludere: fin da quei primi tempi formulai il progetto di farmi cavare di lì dentro a qualunque costo, non appena fosse il momento. Oltre a tutto, lascio immaginare quale vita mi facesse, tra i compagni, la mia ignoranza delle loro cose e ripugnanza delle loro parole. E, per concludere in altro modo, non voglio abbandonare l'argomento senza affermare che l'uomo decade e involgarisce, si fa grosso ed ottuso, secondo o quando decade in lui il senso religioso delle parole. Dal che non si vuole inferire nulla, tanto meno a favore di questa o quell'estetica: io soltanto constato un fatto, che può essere variamente spiegato.

Se non altre realtà, altre parvenze mi si venivano frattanto componendo intorno. Una sera, ad esempio, che ci si spogliava in camerata, vidi rosseggiare (devo dire così per rendere esattamente la mia impressione) qualcosa tra le gambe del mio vicino, un biondo. Ebbene, quanto diverso era questo mio compagno da me, quanto diverse in particolare alcune aduste parti del suo corpo dalle mie! E senza dubbio anche l'uso doveva esserne diverso; o io stesso avrei potuto far servire le mie ai medesimi usi innominabili, sebbene imprecisati e al postutto inimmaginabili? Una tale idea respingevo con raccapriccio. Così, ad ogni modo, se pure non decadevano in me dal loro valore assoluto, le parole cominciavano a depotenziarsi in oggetti, a corrispondere, almeno, con essi o ad essi, quelle parole, cioè, a taluni determinati oggetti.

Ma, per me, la funzione, dirò, superiore, o sia soltanto parallela, altra insomma dalla ovvia, di certi organi era, se non palese (nella sua natura), manifesta (in sue leggi). Invero, e per spiegarmi, confesserò qui candidamente ciò che potrà apparire una mostruosa anomalia, e che forse lo è davvero: notavo ora come a pensieri di un dato ordine rispondesse in me un dato movimento fisiologico. Il fatto è peraltro che quei pensieri non erano quali si potrebbe immaginare, non lubrichi, ma anzi tristi e dolci e, in breve, profondamente malinconici. Con maggior chiarezza: il movimento aveva in ispecie luogo se pensavo a una persona cara morta. Del quale altro non aggiungo, e lo cedo, se ragione vi ha, allo studio di psicologi, psicanalisti e consimili indaffarati personaggi.

Come non ho mai potuto abituarmi a soddisfare i naturali bisogni in comune o a tiro di altre persone, attendevo, la sera, che tutti si fossero addormentati per sgusciare pianamente dal letto e ritirarmi nei luoghi comodi, o scomodi, attigui alla camerata. Premetto che tra i soprannomi attribuitimi c'era quello di «buddista», in relazione alla mia dispensa dalle funzioni religiose nella cappella del collegio. Premetto altresì che il nostro istitutore, il quale dormiva tra noi in una specie di scatola di tela, era napoletano o giù di lì (tanto è vero che a Prato, almeno allora, si andava a imparare il salernitano o l'avellinese): un toscano, intendo, si sarebbe comportato diversamente nell'episodio che segue. Orbene, avvenne una notte, mentre io aspettavo il momento opportuno per levarmi, che questo istitutore, sbucato dalla sua tenda, se ne andasse difilato all'uscio dei gabinetti e ostentatamente lo inchiavasse, aggiungendo taluno di quei grugniti non articolati in uso tra i meridionali a significare: prendi ora, ti toccherà starci. Mentre poi questo esemplare d'educatore si rintendava, una voce si levò da un letto: «Caro buddista, tu non vai più al cesso». Perché tutto ciò? Perché mi si faceva una così aperta ingiustizia, e coll'aria di mettermi in stato d'accusa? Eppure tacqui, troppo bene sentivo che mi si sospettava, che tutti mi sospettavano di qualcosa di losco, di abbietto, quantunque non potessi soltanto figurarmi di che cosa appunto.

Il sospetto divenne certezza o quasi, suppongo, quando strinsi calda amicizia con tal compagno (del quale parimenti ricordo il nome), ad essa naturalmente abbandonandomi con fiducia e candore. Era costui fanciullo di qualche dolcezza e comprensione, sebben vivace e baldo non poco, e a me piaceva anche fisicamente, nel senso in cui mi son sempre piaciuti e tuttavia mi piacciono gli amici cari e, in generale, le persone amate; senso, poi, nel quale si può pure vedere alcunché di sessuale, io non mi vi oppongo. Ma questo caldo affetto non so allora come fosse interpretato, o meglio lo so ora benissimo. E qui mio padre stesso poté restare ingannato, se, avendogli gli educatori rifischiato qualcosa, mi tenne (o fu in altra consimile occasione? – Durante il periodo acuto degli scioperi ferroviari egli s'era quasi stabilito a Firenze, per non correre il rischio di rimanere a lungo separato da me), se mi tenne un memorando ed oscuro discorso in cui non erano positivi rimproveri, ma la cui proposizione finale suonava ad ogni modo: «Quando sarai grande, vedrai da te quello che si può fare e quello che non si può fare». Discorso, si capisce, che mi crollò le più intime fibre, sebbene ne intendessi soltanto l'intonazione. Mio Dio, anche lui! Fra l'altro, la generale diffidenza che circondava la mia piccola persona era ben sortita per accrescere quel senso radicale di colpa il quale mi ha accompagnato per tanta parte della mia vita. Senza aver fatto nulla di male, io ero colpevole: di che cosa dunque, e che cosa concluderne?

Nel frattempo la vita esteriore del collegio continuava, e bene o male mi vi ero adattato, benché esso collegio, requisito durante la guerra, presentasse tuttora non so che di desolante e provvisorio, né le abitudini signorili dei convittori fossero state interamente riprese. Episodi maggiori di una tal vita erano le periodiche

passeggiate, le partite di calcio nel parco e gli spettacoli cui ci conducevano ad assistere. Ma poiché per quest'ultimo riguardo la città non offriva (come dicono)
grandi risorse, avveniva che a un medesimo spettacolo
assistessimo per avventura ripetutamente. Così, a sentire l'Aida andammo due o tre volte, e devo in tale occasione aver contratto quella malattia cronica dell'Aida
che i miei amici, e soprattutto le mie amiche, più pazienti, mi conoscono. Un giorno ci condussero anche
a visitare una specie di grossa foca, presentata da qualche impresario di belle speranze: il misero animale
(che pure dovevo in seguito classificare tra le divinità
del secondo ordine) si rivoltolava in una vasca non
troppo grande posta nel mezzo d'una comune stanza.
Quanto ai miei studi, e a differenza del mio più illustre
predecessore in educandato, non posso dire che mi
nutrissi di letture sostanziose. In compenso, seguendo
in ciò le orme dello stesso, andavo vergando qualcosa,
nel genere prevalentemente del poema drammatico,
come un Trionfo d'amore, che amaramente rimpian-
go mi sia andato perduto; qui, nella chiusa, il trionfo
era materialmente e plasticamente rappresentato in
forma di bacio o abbraccio scambiato, come avvertiva
la didascalia finale, tra spade infrante e cocci vari. Nello studio del latino (della matematica non si parla) trovavo invece notevoli difficoltà, tanto che la mia buona
cugina doveva volta a volta mandarmi minute e circo-
stanziate traduzioni di quei facili testi: da solo non me
ne sarei spacciato. Questa lingua non mi riusciva in alcuna maniera appropriarmi, e certo avevo ragione:
nonché per prima, la si dovrebbe infatti studiare per
ultima, almeno da chi ha qualche senno, restando i diversi pappagalli liberi di adoperare il contrario. Altra
difficoltà e seccaggine, lo studio del violino, strumento
che non vedo come avrei mai potuto suonare, scarso
quale ero di quanto chiamano orecchio naturale. Di
naturale, ahimè, io non avevo si può dir nulla, salvo alcune generiche disposizioni, e ogni cosa dovevo con

fatica e pazienza raggiungere, aggiustando, per dir così, gradatamente e lungamente la visione, e penosamente cavando una forma purchessia da un groviglio pressoché informe, o sia irrilevante. Quel dono tra i supremi che si chiama facilità mi era quasi sconosciuto, e mai nulla è corso liscio per me. Ma, tornando alla cugina di cui sopra, ella venne una volta a trovarmi, e le fu eccezionalmente concesso di visitare le camerate e trascorrere un'ora tra noi, partecipe della nostra vita. Ora, s'intende, e poi giorni e giorni, di acuta mia sofferenza, cui sarebbero bastate a dar alimento le occhiate, a lei giovane seppure non bella, dei compagni. Né voglio finirla con questa breve 'rimpatriata' senza rammentare il Bacchino, ossia una fontana del Tacca su una piazza della città, che faceva da punto di riferimento per le nostre passeggiate ed era però sempre sulle bocche degli atripaldesi educatori, inscindibile da quel clima; e una gazzarra con sassaiola messa su da alcuni scalmanati sotto le nostre finestre (di figli dei signori), mentre gli atripaldesi stessi badavano a gridarci: indietro, non vi affacciate. Generalmente parlando, qualche cuore mi venne verso gli ultimi tempi della mia permanenza da una scoperta che feci. A cura del rettore in carica, erano stati affissi per i grandi corridoi quadri con iscritti i nomi di tutti i convittori dalla fondazione del collegio (mentre si allestiva un particolare ricordo di cui ignoro la sorte, per il più celebre di essi); in uno dei quali potei leggere, sotto l'anno millesettecento e tanti, quello d'un Silvestro del mio casato, ma non immagino di che ramo, se per luogo d'origine figurava Frattamaggiore. Non era molto, lo ammetto, tuttavia era già qualcosa.

E vennero infine le vacanze di Natale. Mio padre venne a prendermi all'ordinotte; anche quel giorno era umido e nebbioso. E per prima cosa mi chiese: «E ora, dove vuoi andare?». Indicai senz'altro la nostra vecchia casa, laggiù al paese, dove stava la nonna, a me carissima. Egli esitò un momento: «Anche se la nonna non ci fosse più?». «Questo non può essere» ribattei, tremando nel cuore. «Ma se davvero fosse così?». Io scoppiai in pianto e risposi: «È una ragione di più per andarci». Ella era morta oltre un mese innanzi, ma la notizia m'era stata fin qui risparmiata.

Il resto dell'anno trascorse come Dio volle; e, trascorso che fu, lasciai il Cicognini per sempre, secondo il mio desiderio. Non che andassi a star meglio. Anzi, nel nuovo collegio (dal quale in conclusione fuggii, ma questa è altra storia) cascai, si può pensarlo, per i riguardi nel presente scritto accennati, dalla padella nella bragia; sicché, fatta di necessità virtù, diventai un tanghero anch'io. Quel primo collegio ho riveduto e in parte visitato più tardi, e n'ho provato una sorta di disperato amore, e insieme lo stesso stringimento di allora.

LA VERA STORIA DI MARIA GIUSEPPA

«Io, se qualche volta vado a spasso dalla parte di su, come si dice al mio paese, e se passo vicino ai cancelli del camposanto, penso sempre a Maria Giuseppa». E sta bene, ma non posso certo pretendere che anche altri la rammenti, neppure sotto le mentite spoglie di personaggio del vecchissimo e dimenticato racconto (il mio primo!) che s'apre appunto colle parole or ora trascritte. *Mentite?* Non poi tanto, come sentirete. È anzi proprio perché posteriori avvenimenti hanno conferito allo scioglimento di esso racconto un carattere sinistramente profetico, che mi risolvo a farne cenno.

Cominciamo dall'antefatto, cioè dal racconto medesimo. Ivi un tal disutilaccio, o psicopatico, o le due in una, riferisce della propria irrita e vuota esistenza e delle proprie relazioni con una casta e divota fante campagnola, brutta e già avanzata negli anni, per la quale si suppone nutra sentimenti che vanno dall'attrazione alla repulsione, la quale è dunque sua vittima, ma in certo senso sua carnefice – posizione divenuta ormai corrente nella letteratura narrativa. I due vivono soli in una vecchia e grande casa di provincia (anche questa, come il tipo del protagonista, in cui ciascuno è libero di ravvisare l'autore, inevitabile e costante negli scritti di costui), e tutti i piccoli episodi senza nome, quando non ignominiosi, di cui, a quanto sembra, è soltanto fatta la giornata di questo Giacomo, tutto il suo ozio necessario, ma non perciò meno irritato ed esasperato, gravitano attorno alla persona di questa Maria Giuseppa come attorno al loro centro naturale. Il racconto, interiorizzato (secondo dicono) e neppure alla lontana riassumibile, precipita così, con andamento divagante e per altro riguardo stringato, verso il suo scioglimento, che si potrebbe credere logico, e che in qualche modo lo è, ma che, a torto o a ragione, è comunque concepito come il più assurdo e gratuito, e fornito quasi come una misura d'impossibilità, voglio dire lo stupro di Maria Giuseppa. Il quale sembra poi avere per lei conseguenze mortali; almeno, della sua morte il narratore, senza meglio spiegarsi, si confessa press'a poco colpevole.

Passiamo ora da questa fantasia torbida e di basso volo alla realtà. Maria Giuseppa, che, quanto ai suoi esteriori attributi e ad alcune manchevolezze del suo carattere, il racconto fedelmente ritrae, Maria Giuseppa era una santa. Colui che diceva: io cerco un cuore puro e ne faccio il luogo del mio riposo, avrebbe nel suo potuto posare in eterno. Quando le facevo notare che era brutta, rispondeva senza turbarsi: sono come Dio mi ha fatto. La sua fede era del pari candida, e scevra, se anche ella talvolta ripetesse gli argomenti dei preti, da ogni calcolo, aliena da quelle partite di dare ed avere che rendono odiosa la religione cattolica. Di più: ella poteva credere agli spiriti dei morti, alle anime senza requie, agli spettri, al «fantasma delle ventitré» e agli altri scherzi a qualsiasi ora organizzati per rider di lei. Non vorrei esser frainteso: per quanto innocente come il celeste agnello, ella non era una innocente nel senso russo dell'espressione. Non mancanza di senno o soverchia semplicità la facevano tale, tutt'altro; ma in lei viveva una virtù simile a quella che si attribuisce al poeta, e lo fa risibile agli occhi del volgo, e per lei la vita era un tessuto di magiche immagini, il mondo un mondo dove tutto è possibile. Tanto puro era il suo cuore, che ella aveva fornito il destro agli spiriti forti del parentado d'una lor tetra antonomasia. Marie Giuseppe erano per costoro le creature dominate dal proprio confessore, chiuse a ogni «lume», ciechi strumenti dunque nelle mani di chi «ha tutto l'interesse a tenere il popolo nell'ignoranza», impedimenti alla «marcia del progresso», al «libero espandersi della civiltà» (e magari dell'igiene), a non so quali altre laceranti cose; infine, le creature sciocche, pavide dell'inferno e incapaci del benché minimo razional concepimento. Ma no, miei lacrimevoli amici, ella non seguiva che la sua intima legge, e, quanto alla sciocchezza, non vidi mai, con gioia ancora indistinta, nonché la vostra, la ragione più trionfalmente confusa e convinta (senza che neppure ve ne avvedeste), che dal semplice splendore della sua bella anima.

Della vicinanza di questa donna avrei potuto e dovuto approfittare per studiarmi di divenir migliore, per apprenderne almeno la serenità, la soavità, e a conquistare la pace del cuore. Invece... Senza dubbio i suoi difetti apparenti oscurarono il mio giudizio rispetto alle sue vere qualità, o forse i nervi mi presero come al solito la mano. Eppure c'è di più in questa storia, di più losco e peccaminoso: cercherò di confessarmene. Ella stette con noi nove o dieci anni, e alla fine, devo dirlo in penitenza senza rigiri, fu da noi scacciata, letteralmente scacciata. Il pretesto non conta, anche considerando che le qualità reciproche degli uomini vanno soprattutto commisurate alla stregua della convivenza, anche cioè se un simile atto fu giustificato. Ella trascurava, mi pare in sostanza di ricordare, la casa per la chiesa. Mio padre, si capisce, doveva essere in uno dei suoi brutti momenti, ma il principale responsabile fui io stesso, che soffiavo sul fuoco. Perché lo feci?

Questo è il punto. I difetti di Maria Giuseppa, ripeto, potevano essere tali, sul momento e nel clima medesimo in cui bisognava subirli, da riuscire magari sommamente irritanti: d'accordo. La situazione pratica da essi stabilita poteva riuscire intollerabile: d'accordo ancora. Ma c'è di più, l'ho detto, sebbene mi riesca ora difficile seguitare. Insomma, tutti conoscono, e specialmente i giovanissimi, quegli stati di graduale esaltazione in cui ben si sente che ci si sta esaltando e che quindi si dovrà per forza dar di fuori, e tuttavia non si fa nulla per tornare a uno stato più normale o, in particolare, a un giudizio più equo, e anzi si seguita su quella via con una specie di gioia simile alla voluttà (peccaminosa, appunto), così, per il gusto di vedere come va a finire, per quello di portare una posizione alle sue estreme conseguenze o una creatura umana al suo punto più vibrante (del quale gusto se non erro parla già Mann), per amore di novità, anche forse per beffare il buonsenso, mostrandogli, per dir così, che una risoluzione si può prendere anche a suo dispetto; abbandonati a una coerenza limitata e tutta interna, che in apparenza giustifica rigorosamente i nostri atti, che si nutre unicamente di se stessa, cui quasi per sfida andiamo aggiungendo argomenti e giustificazioni, e alimentando in pari tempo la nostra malafede. Ben sappiamo, di nuovo, che l'intervento d'uno spirito estraneo e sereno ci salverebbe dalla nostra ingiustizia, non dico verso gli altri, verso noi stessi, eppure non facciamo nulla per provocarlo, dove si può anche scorgere una fondamentale sfiducia (daccapo: peccaminosa) verso ciò che è nobile, buono ed equo, come si volesse sottintendere che il giudizio di codesto spirito sereno non sarebbe invece se non il frutto di una nuova, sebbene diversa, infatuazione. Ebbene, di una tal natura, con tante parole approssimata, dovette essere il sentimento che mi mosse e soverchiò in quell'occasione. E dunque il fatto è che ricordo Maria Giuseppa spinta addirittura fuori del portone, e lì piangente poi per ore, e me stesso esultante e tremante a un tempo. A lei doveva sembrare impossibile tanta crudeltà nei padroni che aveva così a lungo fedelmente serviti, ma solo impossibile, epperò accettabile alla fine; e fra l'altro ella credeva all'autorità dei signori, alla legittimità delle loro prerogative. Ma le sue robe erano rimaste dentro, e ciò doveva disorientare completamente il suo spirito ordinato e metodico.

Malgrado un breve periodo, più che di sostenutezza, d'imbarazzo, ella non ci serbò naturalmente rancore (la vedevamo talvolta presso parenti che se l'erano subito accaparrata), e finì coll'accettare un piccolo regalo che le facemmo in occasione d'un Natale. Da ultimo si ritirò a vita privata, anche per potersi più liberamente dedicare alle sue pratiche religiose. Tra queste va annoverato un pellegrinaggio alla Madonna di Canneto, di cui rinuncio a parlare perché non dispongo delle sue parole: il racconto di esso colle medesime era più bello di qualunque testo religioso antico, e insieme della più bella favola. E voglio anche accennare a un sogno, genericamente premonitore, che ella fece una volta e dal quale rimase profondamente turbata. Vi compariva, in circostanze purtroppo fuggitemi dalla memoria, un diavoletto che rideva ed era «allegro allegro perché gli stavano spuntando le corna».

Ma veniamo allo scioglimento di questa vita, esso sì impensato, e crudele tanto che nessun sangue potrebbe riscattarlo. Sopraggiunse la guerra coi suoi Marocchini, che si sa come adoperassero. E Maria Giuseppa fu, appunto, «marocchinata». Dovettero essere in parecchi. La sublime frase con cui ella commentò questa sua immensa disgrazia, senza rivoltarsi al suo creatore, senza bestemmiare, senza *disperare*, fu: fossero almeno stati belli! E io non vorrei né dovrei commentarla, se non avessi da tempo perduto ogni fiducia nell'attenzione dei miei simili. Dico dunque che in essa non soltanto è un lampo di femminilità, il quale vi balena dalla sua ultima Tule, ma come un'implicita accettazione di un simile evento in quanto tale, o della sua possibilità, quasi si volesse altresì implicare la necessità di condizioni morali e persino estetiche a tutela, diciamo, del suo accadimento, e davvero intendere che esso potrebbe anziché supremo oltraggio, essere legittimo, dolce, benedetto da Dio.

E con ciò potrei aver finito, per la parte che mi riguarda. Dopo questo che s'è detto, Maria Giuseppa tirò avanti alcun tempo balogia e malazzata, e poi morì, come nel racconto. E altri dovrà prendersi la responsabilità di questa morte atroce, oppure nessuno e salute a noi. Sulla sua tomba, che è nella nuda terra e che ritrovai sulla memoria del guardiano, nessuna mano pietosa aveva posto una croce o scritto un nome. Mi interessai perché lo si facesse: il falegname tirò per le lunghe, partii lasciando il tumulo desolato. In seguito qualcuno vi piantò una rozza croce, che tuttora vi si può vedere. Ma esso restava spoglio, tra gli altri ammantati di umili fiori; infine una di queste piante, della famiglia delle campanule, strisciante, si allungò spontaneamente, e dapprima timidamente (per caso potei seguirne il progresso) alla sua volta, e ora vi si è rigogliosamente accampata.

Ma è proprio vero che io non ho responsabilità alcuna in questa storia? Credete, insomma, voglia come dire vantarmi della mia difficile divinazione di questo destino? Al contrario! Se è vero che la natura, la cieca natura, «si è messa a imitare l'arte» (o comunque suoni quella frase), e anche se non è vero, io non so fino a qual punto possa un racconto, bello o brutto, influire sulla sorte d'una creatura. Detto così, si capisce, ciò risulta grossolano e bislacco. Eppure non riesco a liberarmi di un sottile, di un vago rimorso; e, se proprio non finisco il presente scritto seguitando la citazione con cui l'ho cominciato («Chissà, forse Maria Giuseppa è morta per causa mia...»), poco ci manca. (Ma è vero? non sarà questa un'uscita letteraria? Devo disperatamente confessarlo: forse lo è. Tanto più forte è il senso comune del nostro cuore stesso, tanto bene ci protegge dai fastidi).

E ora, lasciatemi concludere che se il papa facesse santa questa umile creatura, non dico mi lascerei ingannare, ma certo sul momento gli direi bravo di cuore. Così come sta la cosa, Maria Giuseppa non può farmi speciali grazie, ma ella, il suo ricordo, resta almeno a nutrire la mia perenne e vana nostalgia d'una vita migliore.

LE PALLINE

È noto che le sale da bigliardo, e in particolare quelle destinate al gioco delle boccine o palline, sono la
matrice, il vivaio, e, in conclusione, l'accademia delle
bestemmie. E se ciò è più o meno in tutta Italia, figuriamoci a Firenze. Tanto che, in gioventù, non dissi-
milmente da come il Tommaseo e altri solerti dottori si
recavano in commissione al Pian degli Ontani per
udirvi Beatrice improvvisar le sue ottave, io usavo pel-
legrinare per detti luoghi, progettando, chissà (a seguire stavolta le orme del Giusti), una «Raccolta di bestemmie toscane». Il che facevo con altrettanto, se
non maggiore, sacrificio personale, giacché codeste sale, non di rado sotterranee, son vere bolge ove, in
un'aria soffocante e spessa di fumo, tra orrendi cozzi
di biglie, si agitano in mille modi e urlano in mille toni
personaggi scamiciati e dall'aspetto sinistro. Eppure
dalle loro labbra, a parte le ben architettate bestemmie, sbocciano di continuo i più bei fiori di lingua:
questa è infatti anche scuola di vernacolo, di gergo,
nonché di riboboli. E così: «Quando le vengan giù
mollicone, le fan più danno che di quando le passan

razzate», commenta ad esempio un saputo messere allampanato e di pel bianco (dove il soggetto sottinteso è le palle, e il danno lo scompiglio prodotto nel castello dei birilli); e: «A noi qui ci manca il bambino [il lecco]», gracchia la compagnia dei venditori ambulanti; e ancora: «Cacio, cacio! [il gesso]», squittisce la mandata degli studenti ginnasiali che hanno marinato la scuola; mentre il biscazziere, reggendo pericolosamente in bilico un vassoino con una solitaria tazza di caffè, fende la calca e non ripara a tutto.

Ma non era un pezzo di colore che volevo far qui. Volevo, invece, più modestamente, rammentare due tipi di giocatori occorsimi in queste mie peregrinazioni, o meglio il loro modo appunto di bestemmiare. Uno era un giovane piccolino, in continuo movimento attorno al bigliardo coi suoi passettini di topo; bestemmiatore brillante ed estemporaneo, ma in cui il colmo dello sdegno e dello smagamento era invariabilmente espresso, dopo tante irriferibili imprecazioni, da questa appena, innocente al punto da poter essere qui trascritta senza pericolo: «Maremma puttana», che egli proferiva in accento positivo, se anche amaro. E che non si intende come mai egli giudicasse più violenta di tutte le altre possibili.

Ancor più singolari erano tuttavia gli sfoghi di tal pittore, d'altronde noto, il quale non bestemmiava già, o, per essere esatti, non bestemmiava soltanto, quando sbagliasse un tiro o la sorte lo avversasse, ma anzi, più robustamente e rubestamente, quando lo inzeccasse o qualche imprevedibile combinazione gli concedesse un risultato insperato (ossia avesse luogo la cosidetta «scarzata»).

Ebbene, più di una volta mi son preso a immaginare quale dovesse essere l'interno meccanismo che presiedeva a questa sua pratica; né son giunto a risultati incontrovertibili. Certo, parecchi sentimenti o raziocini, sia pure inconsci, concorrevano a renderla necessaria. Mi limiterò a citare i due più probabili. Il primo era una sorta di baldanza orgogliosa, quasi il pittore avesse voluto intendere che lui non si sarebbe piegato per benefizi ricevuti: avversario era della divinità, e tale sarebbe rimasto, checché questa facesse per ingraziarselo. Il secondo, per avventura il principale, era la supposizione che la divinità medesima non cedesse se non alla violenza (dando per dimostrato che una bestemmia sia una violenza fattale), tanto più spregevole per ciò, come per i suoi sopraccennati tentativi di ammansimento. Devo dire supposizione, perché invero, prima di arrivare al precedente enunciato, si sarebbe dovuto tenere pel confronto anche la via inversa, quella cioè della preghiera: questo è invece un esperimento che il pittore non fece mai. Insomma, come si vede, non gliene andava bene una, alla poverina, dico alla divinità: benigna o avversa, doveva in tutti i modi essere vituperata. Ho del resto già avvertito che non spaccio per assolutamente corretta questa breve analisi. E infatti, chi potrebbe star nella testa d'un bestemmiatore? Ne conobbi persino uno il quale sosteneva che quando, nell'atto di vestirsi da sera e già strombettando gli amici dalla strada, il bottone del colletto gli ruzzolava, come usa, sotto il canterano, bastasse la men feroce bestemmia a farlo uscir di lì sotto, per così dire, colle proprie gambe; egli anzi spergiurava che un tale caso era capitato a lui medesimo cento volte, mentre non è chi non veda che esso era semmai dovuto a una particolare pendenza del pavimento.

LA GRAZIA DI DIO

Scrivo da Venezia, e chi scrive da Venezia ne avrebbe delle cose da dire; specie ora colla Biennale, le mostre, i convegni, i teatri verdi e tutto il resto. Senza contare che insomma Venezia è, come dicono, una dimensione dell'animo, sicché con essa deve prima o poi fare i conti chiunque usi tener la penna in mano.

Eppure, o sia umore o naturale pochezza, io sono stavolta propenso a lasciare ad altri meglio qualificati il lumeggiarne gli aspetti ufficiali, spettacolari o universali, e per conto mio mi atterrò piuttosto a qualche minuto episodio di cui un vagabondare senza meta mi abbia fatto testimonio. Così, se non di altri, riscuoterò almeno l'approvazione di coloro che amano «la vita colta sul vero». In conclusione, il lettore resti avvertito: non cerchi in queste pagine che quanto io gli prometto. E, per cominciare, si disponga a udire di due tipi per qualche riguardo notevoli che mi è capitato d'incontrare nei passati giorni.

Sulla soglia interna della chiesa di San Marco, in cima ai gradini, sta ritto, e talvolta muta tronfiamente qualche passo, un personaggio imponente e feroce anzichenò, vestito alla foggia settecentesca (e cioè press'a poco come un tempo i portieri delle grandi case e ora di alcuni alberghi) se non che tutto di nero, con mazza sormontata da pallottola di ottone e quanto altro occorre per incutere rispetto alla gente. Ebbene, lasciamolo per un momento dov'è (lo ritroveremo presto) e trasportiamoci in una calle qualunque di questa regale città.

Qui non la dolce favella del luogo ci molce le orecchie, ma ce le lacerano irte lingue del Nord, e, volgendoci intorno, non vediamo che zampe pelose e nocchierute, che braccia e poppe a mortadella; ovvero, avendo riguardo al contenente anziché al contenuto, brache di pelle mal sostenute dagli straccali, vesti di cotonina ampiamente scollate, e così via. Tutto l'armento poi (che è insomma quello degli sgraziati forestieri, cui è ridotto a far le riverenze il superbo popolo veneziano), tutto l'armento, vociando, gridando, strascicando i grossi piedi e le più grosse scarpe nel sole che spacca a mezzo il selciato, impugnando le guide, fermandosi davanti ad ogni bottega di chincagliere e commentando gli oggettuzzi esposti, trae naturalmente verso San Marco e il suo sopradetto guardiano. Del quale è così venuto il tempo di dichiarare la funzione.

Compaia appena nell'atrio della chiesa una di queste donne sbracciate, che il nero uomo con cipiglio le punta contro l'indice come, in molte insigni opere di pittura, vediamo fare al Padreterno colla nostra antica madre; e come costei si vergognò all'improvviso di essere nuda, così la sua remota figlia si vergogna ora di aver le braccia scoperte e fissa smarrita l'accusatore. Il fatto è che al signore del luogo, cioè ad esso Padreterno, non pare risulti gradita la nudità femminile, neppur parziale; o ancora, se dobbiamo tutto immaginare, sembra che dopo tanto tempo Egli seguiti a essere disgustato della propria creazione. Per farla breve la visitatrice, secondo le significa a gesti quel custode della sua modestia, dovrà o, al pari di Cincinnato, velare il corpo, o rinunciare alla visita colle indulgenze e grazie che ne derivano. E qui si danno due eventualità: consideriamo intanto la prima, ossia che la visitatrice sia accompagnata da uno di quei loro uomini in brache di pelle sì, ma per avventura fornito di giacchetta. In tal caso il cerbero, piegandosi ad una certa condiscendenza, consiglia all'uno di cedere questa giacchetta all'altra e, infine soddisfatto, dà il passo ad ambedue, infagottata la donna nel maschile indumento, nudo quasi come un verme l'uomo, al quale non è magari rimasta indosso, oltre alle famigerate brache, che una di quelle magliette dette «canottiere» e, a seconda dei caratteri, un Baedeker o una macchina fotografica; sicché della forzata esibizione di polpacci, bicipiti, tricipiti e velli vari non si dice.

Ma se la donna, chiederete, è sola, o se il compagno è già senza giacchetta di suo? O cara nostra Italia, della quale con una simile domanda misconoscete le risorse! Poiché, come italiano è quel tale che misura i centimetri di carne nuda alle donne, italiana è anche l'umile creaturina che intendo ora presentarvi, e che ben riassume in sé tutta l'industriosità (ed eziandio i ritegni) della razza.

Nell'angolo più buio dell'atrio, in piedi, è un omino un po' losco da un occhio con appesi al braccio certi cenci il cui uso non risulta chiaro alla prima. Guardando meglio, si vede che sono nient'altro che maniche, cucite in quella sostanza trasparente, chiamata forse «plastica», con cui si fanno alcuni impermeabili; queste maniche sono unite a coppie per una strisciolina da passar sulle spalle, di modo che non vadano via dal braccio, e, come si sarà già inteso, l'omino le affitta per modico prezzo alle visitatrici che non abbiano altra maniera da coprirsi. Così dunque, trovato al male il rimedio, tutto andrebbe pel suo verso, come sempre tra noi, se l'omino non soffrisse di una morbosa timidezza che gli impedisce di spiegarsi apertamente colle forestiere bisognevoli di aiuto; davanti alle quali, fatto appena mezzo passo avanti e borbottando qualcosa per loro di incomprensibile, si limita in sostanza a sventolare i suoi cenci. Quelle vanno via senza neppure aver capito, e lui sempre più si chiude in se stesso.

Per sua fortuna la mia compagna di passeggiata e di osservazioni ne ha preso a cuore la sorte e, con buone parole, esortazioni e incitamenti lo persuade a maggior franchezza. Onde di lì a poco possiamo assistere alla seguente scena, qui descritta a titolo esemplificativo.

S'avanza un'annosa visitatrice e, per così dire, dà di petto contro il solito indice puntato. Lungi però dal rimanere interdetta o avvilita, si guarda attorno con una vaga aria di trionfo: gli è che, come nota la mia compagna con femminile acutezza, deve farle piacere, alla sua età, essere giudicata provocante, o almen donna ancora (tanto è vero che lo sciocco moralismo sorte sempre effetto opposto a quello che si propone). È il momento per l'omino; che infatti, quasi sospinto dal suo buon angelo, si avanza a sua volta e balbetta: «Cinquanta lire». La visitatrice non capisce, poi capisce, sorride, aiutata dall'omino infila le maniche; che son lunghe giusto quanto occorre per soddisfare le esigenze del cerbero (e poco importa se trasparenti). Questi approva; la visitatrice entra da ultimo in chiesa.

In tal modo, e per virtù di due cencini, tutti son contenti: contento il buio guardiano, contenta due volte la visitatrice, contenti noi che guardiamo, contento Nostro Signore, contento soprattutto l'omino, che ormai porterà alla moglie un bel gruzzolo e il cui solo occhio finalmente ride.

Quando ho preso il treno per venire quassù, nel mio scompartimento non c'era che una persona, ma quella valeva per quattro, tanta era la sua imponenza, la sua gravità, e sto per dire la sua maestà. Un po' calvo, ampio di fronte e di viso, un po' corpulento e un po' gozzuto (sebbene alquanto gialliccio o untuoso di carni), egli guardava fuori dal finestrino con occhio calmo e consapevole, aspettando che il treno si movesse. Venuto questo momento, in atto non furtivo e non ostentato, modesto ma conscio e sicuro, egli si segnò. Quindi trasse giù il suo solo bagaglio, una borsa di pelle nera assai gonfia, e ne cavò tre volumi che pose davanti a sé sull'asse o tavolinetto ribaltabile. Nel frattempo io, piuttosto intenerito dal suo gesto antico e devoto (i nostri vecchi sempre si segnavano prima d'intraprendere un viaggio), andavo almanaccando chi potesse essere costui; e avevo quasi concluso, non so perché, che fosse professore a Perugia e che dunque sarebbe sceso a Terontola. Venne invece fino a Venezia *et ultra*, come si vedrà.

Egli ora girò due degli estratti volumi in modo da potervi appoggiare contro il terzo, che aprì e sfogliò delicatamente fino a ritrovare il luogo cercato, cavò di tasca un astuccio da occhiali, e di qui gli occhiali stessi nonché un cenciolino giallo col quale li forbì pacato, guardando il paesaggio; e da ultimo si immerse senza più nella lettura. A me non rimase che curiosare sul dorso dei suoi libri, che senza volere mi aveva presentato. Dove lessi due titoli di questo tipo: *Il cuore di Gesù nella luce dei secoli*, e *Maria vergine e madre nella gloria dei cieli*.

Dalla lettura il mio compagno di viaggio non levò gli occhi, si può dire, fino a Firenze. Qui poi, mentre io mi fornivo affannosamente di cibarie e di bevande in copia, chiamò a sé con largo gesto un semplice venditore di panini e d'un sol panino si servì dal suo umile paniere; che prese a masticare lentamente e solennemente, non senza avermi dato uno sguardo un tantino severo, come a significare che al saggio s'addice la frugalità. Finito che ebbe di mangiare, si immerse daccapo nella lettura, mentre nel mio animo si davano battaglia due sentimenti. Il primo naturale e doveroso, e cioè l'ammirazione; il secondo assai meno chiaro e onorevole. Devo in verità confessare che la vista di tipi siffatti risveglia in me estri sopiti, e persino una certa allegria; a dirla più pianamente, mi vien voglia di smontare codeste zucche per vedere cosa hanno dentro. Come però smuovere quel masso, come soltanto attaccar discorso con tanto uomo? Eppoi, senza avvedercene, eravamo ormai giunti a Venezia: lui si dileguò per la Lista di Spagna, e io non ci pensai più.

Ma la sorte una volta tanto mi ha favorito. Stasera ho ritrovato il mio uomo al Casinò. Troneggiava a un tavolo di roulette e, colla solita compostezza di gesti, vi svolgeva un gioco moderato e metodico. Al mio arrivo stava dicendo qualcosa di «orfanelli» quasi all'orecchio del *croupier* che gli sedeva accanto (è però da notare che gli «orfanelli» sono una serie di numeri). Mi ha anche guardato, senza mostrare di riconoscermi. Seduto al medesimo tavolo, ho avuto modo di osservarlo per tutta la sera: ogni tanto appuntava qualcosa su un taccuino, e in generale il suo gioco procedeva con alterna fortuna. Siamo andati avanti, così, fino alle due del mattino.

D'un tratto, e quando già gli impiegati avevano annunciato gli ultimi tre colpi, quel suo corpaccio è stato come percorso da un fremito, da un brivido, e la sua voce si è levata imperiosa. Data un'occhiata al taccuino: «un momento,» ha urlato a colui che si apprestava a lanciare la pallina «un momento: il trentadue! Cambio: il trentadue!». Quasi balbettava per l'eccitazione, e intanto andava cavando dalle tasche dei pantaloni, del panciotto, della giacchetta (e sospetto dalla fodera di questa) una quantità incredibile di banconote da diecimila, che spingeva verso l'impiegato per il cambio. Ottenutolo, prendendo a piene mani i gettoni, levandosi a mezzo e travolgendo i propri vicini, sudando, anfanando, chiedendo: «Quanto è il massimo a questo tavolo? Posso mettere ventimila lire sul pieno?»

ha disposto grosse pile di quei gettoni sul numero trentadue e attorno ad esso, nonché sulle combinazioni semplici corrispondenti. Finito questo sbracciamento, non meno di un milione risultava puntato in varia forma. Allora lui si è riseduto, si è asciugato il sudore e ha mormorato al *bouleur*: «Ho finito: vada pure»; e il *bouleur* ha lanciato la pallina.

Lui ora non guarda nessuno; io, invece, guardo lui, e mi sembra, come dire, che manchi qualcosa a tutto ciò. O meglio, mi aspetto qualcosa, che difatti subito si produce: partita appena la pallina, ecco il messere, che ha ormai ripreso tutta la sua gravità, levare il braccio destro e farsi il santo segno della croce.

Una mezza dozzina di giocatori peripatetici s'è fermata attorno al nostro tavolo per assistere all'esito del colpo. La pallina gira dapprima vorticosamente, poi rallenta, intoppa, cade.

Ma sì, che uscisse per l'appunto il trentadue e che l'amico da ciò ritraesse una discreta dose di milioni (intascati colla solita calma), questo c'era da aspettarselo. Piuttosto: non vi è mai capitato di intestarvi su un perché al quale nessuno può dar risposta? È quanto capita a me stanotte. Quel trentadue è uscito, sta bene, ma perché è uscito? seguito a domandarmi. Ossia, per voltare il quesito in termini elementari: che cosa ha voluto premiare la sorte (e chiamatela pure provvidenza se vi piace), la devozione dell'amico o la sua ribalderia?

I CONTRAFFORTI DI FROSINONE

Non è che a Roma ci sia penuria di luoghi squallidi e soffusi di ciò che appunto si chiama il «gialletto romano», tutt'altro. Ma nessuno forse eguaglia quel gran viale romanamente nominato, da certe caserme di duemila anni fa e di oggi, Castro Pretorio. Qui, oltre a tutto, stanno fianco a fianco in interminabili file quegli ignobili veicoli che dicono «corriere», e che assicurano il trasporto dei passeggeri verso non meno squallide province; qui da un lato si aprono le biglietterie con pensilina d'una grande impresa di codesti trasporti; di innanzi a cui parte ogni tanto una di codeste corriere, tra risonare di tetre e slentate favelle. Con sussiego e greca al berretto un impiegato dell'impresa si pone davanti al carrozzone partente e fa la chiama dei numeri, lasciando a mano a mano salire i passeggeri; quanto ai ritardatari, alle ceste di schiamazzanti polli, ai fazzoletti a quadri gonfi di ortaglie, alle latte d'olio che stilleranno sulle spalle o sulle scarpe dei viaggiatori, trovino poi il loro posto come possono e se possono. «A signò, dove andiamo?» chiede il fattorino a un'ultima grassona che accorre trascinando una valigia legata collo spago. «Tengo da andà a Ferentino» risponde quella senza fiato. «Va be', salire davanti». E così ci si avvia traballando per strade senza volto, per sottopassaggi da suicidio e, come effetto del movimento, umanità e animalità cominciano a sistemarsi (o, con locuzione da gallofilo, a «tassarsi») sul fondo della corriera. Ma a Porta Maggiore, fermata e nuovo assalto.

Finalmente, ecco che il carrozzone corre fuor di città, gareggiando coi tranvai delle vicinali e attraversando chissà che Borgata Finocchio o che Tufello; ecco che i mangiatori di arance imprendono la loro appiccicosa bisogna sputando semi dappertutto; ed ecco che il primo bambino, sgranando gli occhi e diventando verde, principia a vomitare, s'intende tra le gambe dei viaggiatori compassionanti, tosto imitato da qualche dama di stinco peloso. Finché una ripicchiata professoressa di scuole medie con servettina a lato non salti su a redarguire il personale e le vomitanti stesse: «Care mie, se vi fa male la macchina, perché non prendete il treno?» (il vomito continua allora dal finestrino).

E così alla men peggio si raggiunge la città che con felice eufemismo è stata definita la capitale della Ciociaria; dove per oggi ci fermeremo un momento. Con felice eufemismo, perché non è intanto chi non veda che ha un brutto nome: Frosinone. I suoi partigiani medesimi devono confessare la sgradevole impressione indotta da questo falso accrescitivo (per tenere il linguaggio degli enimmisti). Frosinone! Certo bisogna fare appello al proprio senso filologico e alla propria dottrina (generatori, ognuno lo sa, di compostezza spirituale) per non sentirsi respinti da un tal nome, che par fatto apposta per evocare facce aduste e camuse di pacchiane con relativo fazzoletto da capo (come in certi pittori della realtà), insomma tutto quanto si dà di uggioso, declamatorio e cieco; in particolare occorre richiamarsi alla erudita memoria che esso nome sarà forse, invece, un antico ablativo, e il *bellator Frusino* d'un altrettanto antico scrittore. Peraltro, nella eufemistica perifrasi non è contenuto un nome magari più brutto di quello da evitare? E del resto il senso filologico va unito a quello storico, sicché come dimenticare che nel teatro popolare romanesco, quello da periferia, c'era sempre, prima che il fascismo attribuisse a questa città grado di capoluogo, qualche personaggio che per far sghignazzare gli spettatori e coprirne un altro di ridicolo gli chiedeva se fosse di Frosinone?

O mura di Volterra, o mura pelasgiche e ciclopiche, o spalti di Ninive e di Tebe, rocche del deserto, che siete voi appetto a questi potenti contrafforti che sostengono una gialla casuccia in «stile novecento» o un gessoso palazzotto pubblico in littorio? Giacché Frosinone è posta in cima a una collina che strapiomba da tutte le parti (della sua incantevole posizione mi sarà grato informare più oltre) e anche per costruire un vespasiano c'è bisogno di erigere prima una massiccia muraglia. È ben vero che da qualche anno la città si va espandendo anche a piè della collina, verso un luogo nel cui nome la volgare parola «osteria» bizzarramente si allea a un nobile casato, con dovizia di acche e di dittonghi alla latina; e che in ogni caso queste imponenti costruzioni son pegni edificanti della umana operosità.

Tuttavia, tanti contrafforti e controscarpe e speroni si può ben dire che sostengano il mero nulla. È difficile trovare in Italia una città che non offra alcuna testimonianza dei suoi gloriosi passati, che non si adorni di vestigia romane o etrusche od osche o marrucine, o almeno di una bicocca, di una modesta casipola medioevale; difficile ma, come la nostra Frosinone dimostra, non impossibile. E dunque tutta la sua storia dov'è andata a finire? Fra l'altro non sono qui nati (salvo errore) un certo santo Ormisda, forse un papa Silverio e, in tempi recenti, quel gran patriota dal cui cognome Garibaldi che è Garibaldi trasse il nome di battesimo d'un suo figliuolo, intendo il Ricciotti? E, nei tempi calamitosi, i bravi frosinonesi (*pardon*: frusinati) si saranno pure difesi dagli assalti di tutte le soldataglie che scorrevano la loro valle: e dov'è allora quel briccico di castello o di fortezza, alle brutte quel rudere crollante che l'ultimo paesino italiano gelosamente custodisce? Ahimè, a Frosinone troverete, lungo quel budellino di strada che va su e giù per la città inabissandosi e impennandosi, magari belle botteghe con tutte le novità della capitale, magari bei caffè, senza contare tutte le varietà dell'architettura contemporanea, ma mai un pezzo di muro che vi ricordi tempi meno tristi e fornisca argomento alla vostra pensosità. Lo stesso Bertarelli (o i continuatori della sua opera), sempre tanto pieno di buona volontà, giunto a Frosinone non trova nulla da vedere, salvo (per la verità) pretesi avanzi romanici del campanile. «Frosinone... è centro agricolo e mercato di bestiame importante...», così press'a poco se la cava la *Guida Breve*. È però da dire che io sto trascrivendo dall'edizione del '39 (XVII): chissà che nel frattempo la città non si sia innobilita con effetto retroattivo? Per esempio, a Frosinone si attribuisce oggi non so che premio di pittura, di cui il malaugurato viaggiatore scorge gli annunzi su striscioni tesi tra casa e casa, e inoltre si pubblica una gazzetta ciociara o della Ciociaria che ha perfino qualcosa come una terza pagina.

Eppure, secondo ancora dice il Bertarelli o il bertarellesco, Frosinone davvero giace «in splendida posizione panoramica»: con meravigliosa vista su una piana d'oro, su dolci e fronzuti colli che qua e là rammentano i toscani, di fronte agli arditi e azzurri Lepini.

Ma perché poi tento di rubare il mestiere ad altri meglio qualificati? Una semplice quartina ne dirà più di quanto io potrei fare. Ne fu a suo tempo autore un giovane avvocato del posto, in seguito passato alla politica e da ultimo più o meno forzatamente tornato alla sua avvocatura; l'intera composizione fu premiata in un concorso, ben a ragione. Ma ecco senza più la quartina: «Ogni sera gliu sole alloc' a balle (cioè: laggiù) / Prima de s'addurmì ce benedice / D'ore doventa tutta chesta valle / E gli cellitte (*alias* gli uccellini) cantane felice...». (Si avverta però che cito a memoria e che non ho molta pratica di queste grafie né di questa lingua). Quartina che ho riportato volentieri, quasi a scusarmi di qualche asprezza che può esser veduta nel presente articolo, perché bene lumeggia la convivialità, la larghezza di cuore, infine il senso di poesia di questi abitanti, che taluno si ostina a tenere per rozzi.

E con questa benigna immagine lasciamo in pace la povera Frosinone: la nostra corriera, ancor più carica di effluvi, ancor più ronzante di tetre calature, riprende ormai il suo viaggio. È stata ferma un quarto d'ora in un piazzale, e il venditore di gazose non ha mancato di salirvi rumorosamente, invitando tutti a rinfrescarsi, protestando che non fosse necessario pagar subito, che egli avrebbe fatto credito a chicchessia, e salutando i conoscenti con degli affettuosi «te possino» o, in caso di conoscenza intima, «te possino ammazzà». Quanto a me, sono sceso per sgranchirmi le gambe e, insegnato il paesaggio urbano, ho detto alla mia compagna di viaggio: «Pare proprio un quartiere di Roma» sorprendendo negli occhi di un passante un lampo d'orgoglio.

Fra poco dunque raggiungeremo Ceprano sul Liri (il Verde di Dante), cui la sorte coniugale di un personaggio del *Rigoletto*, oggetto dei lazzi appunto del protagonista, ha fatto una disgraziata nomea. Ma Ceprano

era stazione confinaria al tempo del Borbone di benedetta memoria, e qui pertanto il Regno di Napoli ci
apre le sue braccia, col calore della sua aria, il suo verde un che più intenso, la sua terra più ardente, la sua
lingua più vivace. Siamo insomma a casa nostra. Già si
profilano all'orizzonte le bizzarre e possenti sagome
degli Aurunci (dietro cui è il mare di Formia e di Gaeta, i quartieri settentrionali della città di Napoli), ferite
dagli apprestamenti e dal corso di un dannato acque-
dotto, già si intravede quel piccolo monte Pote che
getta nondimeno un'ombra immane sulla mia casa.

Sì. Che colpa ha un infelice dei capricci d'un regime
tirannico o delle mene di alcuni intriganti? Voglio dire
che uno o due dei miei lettori, cioè in sostanza uno o
due caritatevoli amici, possono aver udito del mio luogo d'origine e che esso fa attualmente parte della provincia di Frosinone; ebbene, figuriamoci se codesti si
terranno dal commentare che, come non si dà profeta
in patria, così non c'è patria che stia bene ai suoi figli.
Eh no: oppure dovrei credere che i detti amici siano di
coloro che d'ogni cosa non vedono se non l'aspetto
amministrativo? Senza dubbio il mio paese, che era
sempre stato nella provincia di Caserta, è attualmente
nella provincia di Frosinone. Ma che perciò? Né la sua
lingua, prima che il triste evento si producesse, né le
sue tradizioni ebbero mai nulla a che vedere con ciò
che ancora qualche vecchio chiama «lo stato romano»: di qua Longobardi, Normanni, Angioini, di là pa-
pi e loro accoliti; di qua una lingua di tipo napoletano-
abruzzese, di là una specie di romanesco suburbano; a
non tener conto poi di tutto il resto. Si intenda comunque: io non sto ponendo qui una questione più o
meno personale, ma prendendo le parti di tutti quei
paesi e di tutti quelli che un dissennato potere ha
strappato o allontanato dal loro centro naturale. Che
poi questi paesi abbandonati al nemico vadano spo-

sando, per la bestiale insensibilità di molti loro abitanti, i costumi dell'attuale capoluogo, è altro discorso: tutto si perde a questo mondo, «tutto svanisce come bruma o sogno».

Ma non la prendiamo così sul tragico. Se non che, per finire, io vorrei ancora che i miei sia pur benevoli detrattori, coloro che si divertono a qualificare me o altri miei compagni d'esilio di ciociari, rispondessero a questa semplice domanda: che colpa, daccapo, ha un pover'uomo se, amministrativamente parlando, il suo paese appartiene alla provincia di Frosinone? Un po' di lealtà vi si chiede, amici miei, e soprattutto un po' di carità.

Michele fa il pittore; e anche il giocatore d'azzardo. Due attività che non legherebbero neppure se lui fosse un buon pittore, pel semplice motivo che la seconda non lega con nessun'altra e tutte le rende inutili. In parole più povere Michele è un miserabile che vivacchia alla peggio. Ora, un giorno che si lamentava della propria condizione con un amico, questi gli disse:

«Che ti serve, quattrini? Nulla di più facile: una domandina, e tra un paio di mesi sei a posto».

Seguirono le spiegazioni. La domandina bisognava farla a qualche solenne consesso, forse addirittura alla presidenza del consiglio; e Michele non voleva saperne, gli pareva fatica sprecata. Ma l'amico si protestò garante di ogni cosa, e Michele considerò che difatto colui era nipote di un ministro in carica.

«Cosa credi,» soggiunse l'amico «ci hanno un fondo apposta per questo, per gli artisti, anche se non tutti lo sanno: sarebbe da sciocchi! Via, via, poche storie, ti aiuto a far la domanda e, poiché devo andare a Roma, la presento io stesso. Vedrai, tra un paio di mesi...».

Passarono gli anni, e un bel giorno Michele ebbe la lettera di un sottosegretario, il quale, col tono asciutto consono al suo grado, lo informava che gli era stato conferito (o forse «concesso») un premio di lire italiane duecentomila, precisando che tale somma gli sarebbe stata versata non appena... e qui una frase sibillina, donde comunque si rilevava che la pratica doveva ancora passare per parecchi uffici.

Michele, miserabile sì, ma il suo primo impulso fu di rispondere al sottosegretario che disponesse della somma per la sua personale beneficenza. Nondimeno si trattenne, pensando che quelli in fondo erano quattrini suoi propri, di lui quale contribuente, e che rappresentavano la restituzione d'una minima parte di quanto il governo giornalmente gli rubava; pensando soprattutto che sul momento gli facevano maledettamente comodo. Solo si prese il gusto di non rispondere per nulla al sottosegretario. Il mandato di pagamento del resto, caso singolare, non tardò; ma cominciarono altri guai.

Il mandato era naturalmente su un ufficio romano; mentre Michele felicemente abitava una città lontanissima dalla capitale. Recarsi laggiù, non c'era convenienza; riscuotere attraverso una qualunque banca, risultò impossibile perché c'erano di mezzo enti e istituti statali; e insomma, preso consiglio da gente della partita, non rimaneva che pregare con lettera raccomandata un certo ufficio governativo di autorizzare un certo altro ufficio egualmente governativo a trasmettere a un terzo ufficio un tal documento in base al quale... Una lettera raccomandata che per forza doveva contenere un saluto ossequioso.

Durante la trafila e l'attesa, si capisce, l'irritazione di Michele non fece che aumentare. Pure, tra una foglietta e l'altra, gli impiegati romani trovarono il tempo di «evadere» la sua pratica, e da ultimo egli fu avvertito che il denaro era a sua disposizione presso la tal banca cittadina. Dove a buon conto, e tanto per gradire, delle duecentomila gli furono versate soltanto centonovantaquattromila lire, la differenza figurando non si sa bene qual ritenuta o imposta o tassa. Operazione apparentemente fittizia (sarebbe stato più semplice dargli un premio di centonovantaquattromila lire, e festa finita, può ragionare l'ingenuo), in realtà non in pura perdita per lo stato, chi ben guardi, nella vertiginosa vicenda di balzelli su balzelli.

Michele prese quei pochi, ma la sua irritazione raggiunse il colmo: appena uscito dalla banca si diresse al Casinò coll'idea di giocarsi subito tutto, per sfregio. Sfregio a chi poi, alla rapace burocrazia governativa? A se stesso piuttosto. E tanto peggio! Tuttavia strada facendo ci ripensò, rammentò che sua moglie, di laggiù dov'era confinata, gli aveva da tempo chiesto quattrini (si ritrovava perfino dei debiti, povera donna) e si mise a studiare il modo migliore di spartire la somma. Dopo calcoli e tentennamenti, adottò infine quale ottima la seguente distribuzione: novantamila lire a sua moglie; centomila per sé, quanto dire per il gioco; quattromila per minime spese. Spedì dunque alla moglie la sua parte e rimase colle proprie cento pulite.

Se non che a questo punto si imponeva qualche considerazione tecnica. Difatto, giocarsi davvero ogni cosa in una sola seduta significava rinunciare a qualunque possibilità di rivalsa, nel caso deprecabile ma probabilissimo che la sorte si dichiarasse avversa: non valeva pertanto meglio e non era buona regola dividere almeno in due parti il capitale, sì da dare maggior campo e da concedere appello alla sorte medesima, o nella peggiore delle ipotesi da prolungare il divertimento e differire l'esito ultimo della partita all'indomani? Certo, posta anche l'esiguità in assoluto del capitale; ma dove mettere in salvo i quattrini della rivincita?

Portarli a casa non serviva a nulla, era facile precipitarsi a riprenderli in taxi; bisognava invece addirittura spedirli via, in qualche luogo né troppo vicino né troppo lontano. E Michele, individuato tale luogo in una cittadina distante un paio d'ore di corriera, vi spedì cinquantamila lire per vaglia telegrafico indirizzato a se stesso.

Non c'era altro: si poteva ormai andare tranquillamente al Casinò e perdervi in due balletti le prime cinquantamila lire. Il che Michele puntualmente fece. Ma, uscito di lì, consultò l'orologio e vide che era ancora presto; ossia sarebbe forse stato possibile raggiungere la cittadina cassaforte (o di risparmio) a posta ancora aperta, ritirare il denaro dianzi spedito e rimettersi all'opera. Inutile chiarire che era bastata una breve ventata di gioco a rendere vani propositi e considerazioni. Pur maledicendosi per non avere scelto una città più lontana, Michele s'affrettò alla stazione delle corriere e partì a quella volta.

Il piccolo ufficio postale era sì aperto e aveva regolarmente ricevuto il vaglia telegrafico, ma per disgrazia la cassa era già chiusa; né a lui riuscì impietosire quei bravi impiegati. Potevano però rimandare subito il vaglia all'ufficio emittente, dove sarebbe stato esigibile l'indomani mattina. E così rimasero, e Michele tristemente riprese la via di casa; si consolò pensando che, se non per la sua fermezza, per la forza stessa delle circostanze la faccenda procedeva secondo il primitivo disegno, e ne trasse buoni auspici. Domani è un altro giorno, si disse; domani, forse... Il mattino seguente ritrovò infatti il vaglia alla posta della sua città. Quest'altro impiegato dette a vedere che poco aveva capito di tutto quel traffico; ma cosa poteva saperne il poverino. Michele afferrò il denaro e senza por tempo in mezzo si rimbucò nella bisca.

Nella bisca perse alla prima quarantamila lire delle seconde ed ultime cinquanta. Restato con un vedovo gettone da dieci, volle almeno farselo durare il più possibile, e prese a giocare soltanto qualche dozzina, a cinquecento lire per volta. In tal modo le diecimila lire si ridussero a cinque; poco rimaneva ormai da tentare. Quando d'un tratto Michele udì distintamente un vocino sottile che diceva: «Undici!».

Tanto distintamente aveva parlato il vocino, parendo giungergli di subito dietro le spalle, che egli si volse stupito e chiese: «Che c'è?». Un giovane in piedi, a ridosso, balbettò arrossendo: «Mi scusi, non è colpa mia: spingono». Si scusava forse per averlo urtato. Michele comprese allora che non di fuori gli era giunta la voce, ma di dentro a lui stesso; e mise sul numero undici millecinquecento lire delle cinquemila superstiti, tre piccoli gettoni bianchi. Immediatamente dopo pensò che non c'era una ragione al mondo per cui dovesse uscire proprio l'undici, pure lasciò lì la posta e attese. «*Onze!*» annunciò l'impiegato in capo a qualche secondo.

Una bella presa, per uno arrivato agli ultimi spiccioli. Qui poi, come bisognava procedere? Tener ferma la posta, senza dubbio; ma non era magari il caso di aumentarla? A questo punto il vocino ridisse: «Undici!». Michele raddoppiò la posta, e riuscì l'undici.

A farla breve, prima di sera aveva vinto tre milioni e ottocentomila lire. Smise di giocare, venne fuori all'aria aperta, bevve in un bar una limonata (perché si rammentò della *Dama di picche* e del suo eroe) e si sedette su una panchina a riflettere.

Stavolta non tanto esultava per aver trionfato sulla o della sorte, quanto pel tiro giocato alle autorità governative; che tiro, dispetto vero e proprio. (Ognuno è libero di argomentare che il pingue bottino gli aveva un poco stravolto la mente). Ah, a me, a un uomo come me, a un giocatore tra l'altro, duecentomila lire? No, che per contro voi, egregi signori, mi avete volenti o nolenti conferito o «concesso» un premio di ben quattro milioni. Che ve ne pare, vi fa rabbia, eh? Beh, non c'è che striderci.

Ma lasciamo perdere le autorità governative e la loro maledetta tirchieria. Io, sta il fatto, posso far conto di aver ricevuto un premio di quattro milioni. Non serve pensare al prima o al dopo o a come la sia andata: sul momento la cosa sta in questi termini e cominciamo di qui.

Dunque ho ricevuto un premio di quattro milioni; imprevedibile, inopinato; ed estraneo al mio bilancio, direi perfino superfluo. E ora cosa ne faccio?

Ma è chiaro: me lo gioco.

E risalì le amate e odiate scale, e come finisse non tocca a me riferire: io non lusingo le oziose curiosità del lettore.

MILANO NON ESISTE

Milano appariva buia a causa dell'oscuramento (bellico); io lo ero per nessun particolare motivo, perché lo sono sempre stato e forse non potrei non esserlo: non c'è bisogno di guerre, per oscurare l'anima mia. Arrivando col treno, mi dicevo infatti: «*Mi-la-no*; che bella e scorrevole parola. Ma, ad essa, corrisponderà davvero qualcosa? Si darà davvero, la gloriosa città di Milano, o non sarà invece un fumo? E che significa questa massiccia stazione, la quale parrebbe alludere a traffici, a concreti propositi, a vita accolta anzi convinta? E se mai, che ci fo io qui? E soprattutto, a qual titolo, in virtù di quale pretesto o cavillo non son solo? Costei che mi sta accanto, chi è? La conosco? A guardarla bene, non mi sembra: non ho mai amato le donne bionde, slavate, d'occhi azzurri. E vedi un poco, tra l'altro: lei la realtà sembra accettarla, tutta la realtà anche minima o comunque si presenti (tanto una simile donna è remota da me ed a me incomprensibile); per lei si direbbe non facciano una grinza, questa immensa volta di ferro, queste luci soffocate e briache, questi fantomatici ferrovieri, questi viaggiatori catarrosi in at-

346

tesa di non si sa qual partenza verso non si sa dove...
Che stupida: per lei, infine, si direbbe che tutto sia vero. Ebbene cosa vuole, cosa si ripromette, non dico soltanto da me?».

Si riprometteva, pel momento, un portabagagli; che
naturalmente non c'era, mentre lei non aveva rinun-
ciato a trascinarsi dietro, in quel breve viaggio, una pesante valigia. Trascinarsi, ossia imporre alle mie deboli
braccia. Raggiungemmo pure l'uscita, il tassì. «Ci porti in un albergo». «Quale?». «Faccia lei».

Albergo sinistro per anonimità e lindura; a buon
conto carissimo, senza dubbio di prima categoria. «Ecco due camere comunicanti attraverso il bagno». «Sta
bene, siamo a posto». (..."E perché diavolo comunicanti? Chi lo aveva pregato, questo portiere insinuante
e melenso? Non ci mancava altro: l'obbligo di... ma di
che, in fondo?").

Era una donna socievole, e pensò subito a cercare qualche amico; ne rintracciò tre per telefono; dichiarò:

«Ora si va a cena, e poi da V. Ci saranno anche F. e
G.».

Gli amici, uomini (o almeno scrittori) non poco notevoli in seguito e già allora, volevano parlare di letteratura. Letteratura in un'accezione barocca: quale sarebbe stato l'atteggiamento da tenere nei confronti
della nuova realtà politica e sociale che si veniva
configurando? Ma presto li indussi a più seri consigli,
al poker.

Persi, beninteso, e ripersi; detti fondo al mio personale avere; principiai, sempre perdendo, a giocare sulla parola. Sperando che la Compagna, quantunque
pessima giocatrice, avrebbe alla men peggio salvato i
quattrini per l'albergo e per il viaggio di ritorno; né fui
deluso. «Va' tranquillo, ci pagherai con comodo», mi
disse alla fine quella brava gente. Intanto s'era fatto

tardi, dovevamo andarcene e lasciare ciascuno di loro ai suoi crucci (forse meschini quanto i miei). «Vedi, in queste poche pagine ho cercato di eprimere lo stato... lo stato di disagio che... Vuoi leggerle?». «Ma certo, da' qua: ti scriverò in proposito».

Sui bastioni era calata la nebbia; il viale che adesso percorrevamo doveva (se viale davvero) essere alberato, o tanto poteva arguirsi dal soprassello di buio; invano il nostro occhio tentava fingersi astri piloti, o il nostro orecchio suoni. Tutto taceva, tutto era immerso in una tenebra come originaria, salvo che singolarmente spessa, da fendere col petto. «Sarà da questa parte? Sei sicuro?». «Ma che sicuro, io non son sicuro di nulla; proviamo ad andare avanti». «E se...?». «... Ci perdiamo? Beh pazienza: sempre, ci si perde e si perde». «Non fare il buffone». «Via, in caso domanderemo a qualcuno». «Bravo lui: a chi?». E in tale tenebra senza confini d'un tratto brillò una luce.

Non che brillasse in nostro soccorso: ci aggredì, accecò. E noi, come quell'antico, «occhibagliammo»; poi man mano cominciammo a vedere, dietro codesta torcia elettrica, due ceffi, riconoscibili alla prima per ceffi di sgherri o birri fascisti.

«Dove andate?».

«Rincasiamo».

«Ah sì? Guarda guarda: a quest'ora?».

«Beh, abbiamo fatto tardi».

«Dove?».

«In casa d'amici».

«D'amici, eh? Che amici?» incalzò il tipo come chi voglia sorprendere il reo.

«Amici letterati».

«Oh oh: letterati!» ripeté, quasi la parola gli sembrasse buffa, in ogni caso improbabile, e di sicuro provocatoria.

«Ma sì: anche noi lo siamo».

«No, sul serio? Letterati!» disse ancora, stavolta con palese disprezzo; mentre a me avveniva di pensare che le sue alte meraviglie e i suoi grevi sarcasmi non fossero del tutto ingiustificati.

«E cosa ci avete fatto, dai vostri amici?».

«Abbiamo parlato di letteratura». (Era forse troppo per lui, ma era all'incirca la verità. Gorgogliò come una pentola a bollore).

«Non faccia lo spiritoso, sa! Andiamo, andiamo: fuori i documenti» riprese in tono brusco.

Li mostrammo; li esaminò con ostentata attenzione. Dovette nondimeno constatare che la Compagna vi era rubricata o definita quale «editore» (di editoria appunto ella si dilettava in quei giorni) e che per avventura risultava moglie d'eccellenza. Laonde tornò in parte, il tipo, sui suoi passi; ma volle cavarsi un'ultima soddisfazione:

«E come mai siete qui insieme?».

«Perché siamo amici: semplice amicizia».

«Ah, ci risiamo?... Amici!» cantò, studiandosi di mettere nella sua intonazione tutta l'ironia e la malizia di cui era capace.

«Via: potete andare».

E spense la torcia ributtandoci nel buio pesto. E tra parentesi si può osservare quanto corti siano i birri in genere: fossimo stati «elementi pericolosi», il nostro inquisitore non avrebbe neppur saputo dove alloggiassimo.

Ritrovammo a fatica l'albergo, salimmo nella gemina stanza. E lei, lasciando cadere le mani sul grembo: «Sei un bel grullo, tu: prova a immaginare se i quattrini per questo albergo e per il treno non li avessi serbati io». «Ma li hai serbati». «Già già, comodo. Salvo che così ci tocca ripartire subito; ed io invece dovevo... dovevo prendere dei contatti». Addirittura «prendere dei contatti»: che ridicola espressione. Del resto le accuse, anche reciproche, non finirono qui.

Domando inoltre: si dà nulla più tetro di quelle piccole corti senza speranza di sole, o cosiddette chiostrine, su cui affacciano alcune camere d'albergo? È vero che d'un tal cupo io, ora come ora, quasi non vedevo il fondo, ma in compenso ne ricevevo il tristo fiato (di cucina, di lavanderia); e le tendine inamidate della finestra apparivano cosparse anzi ingrommate di un'atra polvere. C'era poi, adesso, un altro problema: come, diremo, utilizzare una stanza da bagno, se prima la compagna che la sorte ci ha data non giaccia sorda ad ogni rumore, non si sia cioè profondamente addormentata? Dovetti, in breve, attendere origliando che il respiro dalla camera attigua si facesse più fitto e più rauco, in chiaro segno d'assopimento. E quanto ebbi da leggere, per addormentarmi a mia volta, non fu neppure un giornale, bensì uno spieghevole turistico raccolto di passo in portineria. Ma da ultimo fu anche per me il sonno, ancorché inquieto e presto interrotto.

Di primo mattino: «Coraggio, lèvati, bisogna partire; non lo fare il bagno, hai appena venti minuti di tempo; faccio chiamare un tassì». «Aspetta: almeno il caffè». «Che caffè! Lo prendiamo alla stazione, se ci riesce. O vorresti che perdessimo il treno, che io perdessi... tutto?». Oh no, non lo volevo: tanto meno «tutto».

Alba ancora brumosa. E cos'era laggiù, un grattacielo? Che difatto pareva svettare verso altezze solo immaginate, in cui perfino passava una promessa di chiaria, di sereno... Ma no: per quanto imponenti quelle moli, ormai non mi lasciavo ingannare.

Peccato che tu, nuova Lidia, non potessi più dare la «tessera» al «secco taglio della guardia». Il resto, per la verità, sarebbe tornato: in particolare le luci «sbadiglianti». «Sicché gli feci: "Ma lei per chi mi ha presa?". "E lui, e lui?" Niente: "L'ho presa per una bella donna". A me. "Beh, non è poi un insulto". Eh cara mia, tu ci vai leggero; ma lui pretendeva... pretendeva, ecco. "Che cosa?" Uhm. Il fatto è che, se ci mettiamo a dar

retta a tutti...». (Questi i primi discorsi di scompartimento, in treno. E come linde, fresche, gentili, frangetta e fisciù, le due conversanti lavoratrici. Ma neanche questo serviva. D'altra parte voglio e devo concludere).

Da quel lontano tempo, nella cosiddetta o sedicente
Milano non ci sono più stato. E quando sento, per
esempio: «Lei dove scende?». «A Voghera; e lei?». «Io
vado a Milano», rido sotto i baffi.

Milano, è evidente, non esiste.

L'UOMO DI GETTONI

Chi si desta, di solito non fa che riprendere il filo di tediose cure: tutte le cose non ancor fatte o non compiute gli si riaffollano in capo e lo riaggrediscono, e ben presto l'hanno riavviato sui tetri binari della sua quotidiana esistenza; egli s'alliscia o (a seconda dei temperamenti) s'arruffa i capelli, sospira, sorbisce il caffè, ed è di nuovo pronto per il suo meschino calvario.

Vi son, pure, giorni in cui uno si leva con una specie di sussulto d'energia, che sembra inopinatamente alludere ad altro ovvero altro implicare, che sembra chiamare il recluso fuor della sua prigione; e codesto altro, sebbene indeterminato, si veste dei più rosei colori, prospetta quasi una gioia, una speranza della quale si tratti soltanto di riconoscere il volto, e un pegno di diversa e più umana vita...

Giorni pericolosi, tuttavia: poiché, in primo luogo, tale felice disposizione appare senza plausibile motivo né trova alcun appoggio nella ragione, mentre alla ragione appunto sta il moderare e vagliare i moti del nostro cuore; ma anche perché questi ultimi, ove sconfinino ed evadano verso più liberi climi, son destinati (lunga esperienza ce lo insegna) per così dire ad aggricciarsi rapidamente, e la nostra qualunque gioia ad appassire sul nascere, lasciandoci due volte delusi.

Del resto, badiamo un po'. Uno si sente, un giorno, a quella maniera: e allora? che cosa fa di preciso? Già questo è un serio problema; nel quale, si capisce, entreranno i gusti e le tendenze particolari dell'uno. Eppure non perentoriamente: benché armato delle proprie personali preferenze, può accadere che colui non sappia cosa fare di positivo, per darsi sfogo. Passa in rassegna le varie soluzioni, cioè le varie azioni supponibilmente consone al suo nuovo stato d'animo, ma nessuna gli par degna abbastanza, o in modo perfetto combaciante con esso. Nondimeno qualcosa bisogna ben fare, sotto pena di portarsi dentro chissà per quanto tempo i propri empiti in qualità di rimpianti, di rimorsi...

Beh, mettiamo per semplicità che colui (di qui innanzi designato col nome generico di Amico) abiti vicino al confine francese e sia di mestiere scrittore. Quel suo sovrappiù di energia e di fiducia, si potrebbe dunque credere, sfocerà in qualche bel racconto od articolo. E invece no: i racconti, e perfino gli articoli, sorgono (si deve ammettere) da un avvilimento, da un'angoscia. Ci vuol altro: e che? Da ultimo, dopo lungo dibattito, l'amico decide d'andare a giocare al Casinò Municipale di Nizza; soluzione casuale magari, e pazienza, se sul momento non si trova di meglio. Intendiamoci bensì, all'amico occorrono giustificazioni letterarie; ma ce n'è d'avanzo, ché in quelle stesse sale forse, forse davanti a quel medesimo affresco, Čechov ch'è Čechov perseguì una volta il suo generoso sogno di arricchire col gioco.

Per farla breve, ecco l'amico partito in autobus verso Nizza. Ma, ancora prima di arrivarci, un che già comincia a turbarlo, e ad addensare su lui quasi un sinistro auspicio: è la sete. Non una sete vera e propria, piuttosto l'inevitabile conseguenza di un disappunto. Parlando più chiaramente, l'amico aveva determinato di trangugiare in fretta, come viatico, una di quelle pozioni aperitive o digestive che unicamente servono ad ingannare il nervosismo; se non che, al capolinea, l'autobus si stava ormai avviando, e non c'era stato tempo; lui, pertanto, si sentiva ora defraudato e addirittura vittima di sopruso, di complotto, mentre il suo in fondo ozioso bisogno veniva (come suole) prendendo urgenza di necessità fisiologica.

Toccato il confine, l'amico giunse fino a pregare i doganieri di dissetarlo; nessuno però aveva o volle fornirgli di che, per cui la sete divenne bruciante, in proporzione dell'impossibilità di estinguerla. Sicché sotto gli occhi del misero, segregato nella sua ansia e da essa rasciugato, passarono senza frutto e senza emozione i più incantevoli paesaggi: ad esempio la baia di Villafranca.

Ma, come Dio volle, il viaggio ebbe termine; l'amico scese dall'autobus (e si avvide allora di non aver sete per nulla).

A Nizza c'era il solito trionfo di sole; ma c'era anche un uomo in terra. Un uomo: un nostro simile, a noi terribilmente prossimo malgrado tutti i nostri starnazzamenti. Un uomo giovane, caduto.

Stava come schiacciato contro il lastrico, in una posizione alquanto bizzarra, come avesse le ossa rotte o come la sua stessa impotenza, la sua incapacità di risollevarsi, lo inchiodasse e rapprendesse lì. Intorno, vigili e curiosi, che commentavano a bassa voce: ma cosa appunto, commentavano? si trattava insomma di un comune incidente stradale?... L'uomo, intravide l'amico, aveva un po' di sangue sul viso; e restava immobile, disperatamente immobile. Poi qualcuno volle tirargli su un braccio, per prova; e il braccio ricadde inerte; ma le dita della mano fremettero. Sicché non era o non era ancora morto; gli astanti si rallegrarono, disponendosi a riprendere la loro passeggiata lungo il mare o pel giardino là da Piazza Massena... Poi arrivò l'ambulanza; gli infermieri, induriti dalla lunga abitudine, non mostravano gran fretta; si consultarono; finalmente si decisero a raccattare il povero corpo scommesso...

Tutto questo l'amico vide confusamente dall'altro marciapiede e di tra le gambe dei curiosi, ché non ebbe coraggio di avvicinarsi; e continuò inorridito il suo cammino alla volta del Casinò, per fortuna pochi passi lontano. Tentava di aggrapparsi ai suoi prossimi piaceri, sperava che essi lo avrebbero subito riconfermato nella sua odierna ed occasionale baldanza; ma l'immagine dell'uomo caduto era più forte d'ogni pregustazione, e lui si figurava se stesso così morente contro un nudo, straniero, ostile selciato, tra curiosi di passaggio. Chi infatti avrebbe potuto assicurarlo che tale, che tanto sordida, tanto poco romantica o poetica non sarebbe stata la sua propria fine?

Ad ogni modo, un pessimo presagio rispetto al gioco; e ribadito dal primo colpo vinto: poiché sì, è noto che chi vince il primo colpo non può a nessun patto sperare di vincere i seguenti e risolutivi, ossia d'uscire ultimamente vincitore dalla zuffa colla pallina... Ma se tanto è, mi par d'udire a questo punto, come mai il supposto amico non la smise sui due piedi? Ebbene, che so io: era ed è un giocatore; e inoltre, e soprattutto, doveva scancellare dalla sua mente la funesta visione di poc'anzi.

Era però come dirla! La pallina, poniamo, mollemente si adagiava in una casa: senza pregiudizio di personale ventura (fin dal principio esclusa), cosa era ciò se non un simulare il disperato, il mortale abbandono, lo schiacciamento quasi, di quel corpo or ora giacente sulla strada? I fioriti gettoni grattati via e scompigliati dal rastrello dell'impiegato, a cosa alludevano se non all'orribile scommessione di quelle membra?... E così di seguito per simboli trasparenti, in tutto ritrovando l'immagine da fuggire.

Alla sinistra del caparbio era l'affresco già citato e forse di cecoviana memoria; il quale rappresenta donne ignude correnti. L'una reca una fiaccola, ed è chiaro che sta per cederla ad altra; sotto, incisa su marmo, è una lunga spiegazione della corsa e del ludo (antico, certo). Troppo lunga per leggerla... A che serve, del resto, leggerla? senza dubbio la fiaccola vorrà significare un che di sopravvivente alle nostre umane traversie, la nostra fede (ove ci sia concessa), magari la nostra vita medesima in quanto superamento delle terrene infermità, legate alla «greve soma» che l'anima si trae dietro...

Ah, insipiente e vana figurazione! Dove corrono, in realtà, queste bipedi ignude o che intenderebbero preservare dalla corruzione del tempo? La nostra vita, la sola davvero riconoscibile, è per contrario soggetta al vento o all'automobile che passa, soggetta di minuto in minuto a soggiacere, a languire, a morire, e non già di necessaria, ma di incidentale, insignificante, casuale morte...

Così, almeno, andava pensando l'amico; e, sempre più immalinconito quanto a mattina s'era sentito gagliardo, sempre più trasognava (della circostanza profittando la pallina, o la sorte, per piluccargli man mano ogni cosa).

Alla fine gli venne la strana fantasia di comporre cogli ultimi gettoni sul tappeto, cioè proprio sui numeri, una sagoma umana: puntò il cinque e cavalli (una testa raggiante), l'undici e il quattordici (il collo), il sedici e il diciotto (le spalle), e giù giù col balteo, colle gambe, fino al trentaquattro e trentasei (i piedi). Il tutto risultò figura in qualche modo simile a quella di

Orione Cacciatore, quando s'accampa in mezzo al cielo invernale.

E attese. Questa giocata lasciava pochi numeri scoperti; tra un istante si sarebbe veduto.

La pallina già turbinava; poi, naturalmente, si buttò a capofitto su uno di codesti numeri scoperti. Colpo, supremo colpo, perduto.

L'uomo di gettoni rovinò letteralmente su se stesso, avendo il rastrello disunito ed ammucchiato in fondo al tavolo le sue membra fittizie, per raccattarle od attirarle d'un sol tratto. In tal maniera dunque ebbe termine il gioco, e la giornata, che era parsa cominciare propiziamente.

E adesso, lungo la via del ritorno, mentre ormai le ombre della sera si addensavano sulle acque dianzi cristalline, sui colli boscosi seminati di ville poco prima ancora alludenti a una vita più dolce, si diceva l'amico:

«Già, perché poi esser venuti a giocare, se neppure avevo la volontà di vincere? Era, mettiamo, per una verifica; ma superflua, ma scontata. Dovevo ben saperlo: un uomo cade, in qualche posto del mondo; ed a ciò, in quello o in qualsiasi altro posto, non v'è compenso possibile».

PREMIO LETTERARIO

Poiché si conosceva la sua misantropia e timidezza, lo ricattarono. Dissero, cioè scrissero: «Noi avremmo deciso di darti il premio, solo che è indispensabile venirselo a ritirare di persona; in caso contrario...».

Beh, il premio non era dei più vistosi: un milioncino scrio scrio; ma per lui, nelle sue condizioni, era qualcosa, molto anzi. Infine, che rispondere se non «Parigi (o d'altronde l'ultimo villaggio di Francia) val bene una messa»?

Gli fecero ponti d'oro, in direzione opposta a quella tradizionale: qualcuno lo venne a prendere con una macchina e lo pilotò verso il luogo dell'assegnazione. Durante il non breve viaggio, lui volle sapere a cosa andava incontro.

«Niente di speciale:» lo informò l'amico «son tutti gente tranquilla, benigna, e non hanno altro scopo che di conoscerti e festeggiarti».

«Tutti chi?».

«Ma commissari, invitati, pubblico».

«Pubblico... conoscermi... festeggiarmi: oh Dio, basterebbe questo a mettermi in fuga».

«Ma no, sta' calmo. Vedrai, sarà una faccenda familiare; ecco, sì, come in famiglia, come una riunione tra
noi letterati».

«Peggio! E di': dovrò levarmi in piedi, per ricevere
la busta coll'assegno, attraversare lo spazio tra le prime
file e il tavolo della giuria?».

«Uhm, questo temo sia indispensabile».

«Allora non vengo, e vada al diavolo il milione».

«Via, via: è un momento. Sta' calmo, ti ripeto; troveremo il modo».

L'assegnazione doveva seguire il giorno dopo; ma
intanto tutta la gente qualificata era già lì, e gli si raccolse intorno nella sala di lettura dell'albergo. Un semicerchio di persone semiallungate nelle capaci poltrone, ed aspettanti; occhi curiosi, intelligenti per definizione. Era come un esame, altro che.

«Che cosa pensa dell'ultimo libro di?...».

«Non l'ho letto».

«Capisco, non vuol compromettersi».

Eppure lui il libro in questione davvero non l'aveva
letto: da tanto tempo ormai se ne infischiava, ossia disperava, dei libri e della letteratura. È bensì da dire
che, nella presente circostanza, s'era giurato di tacere
in ogni caso; e ciò soprattutto perché arrivava fresco
fresco da un lungo soggiorno in campagna, dove nessuno parlava di nulla e dove, conseguentemente, lui
aveva perduto l'uso d'un linguaggio degno, illumina-
to, letterario, sociale.

Ma coloro insistevano, senza parere; copertamente
confutavano qualche sua affermazione, esplicita o implicita in qualche sua opera; niente trascuravano, per
eccitarlo alla lotta; e, difatto, buffo sarebbe stato che ri-
nunciassero al proprio divertimento, al proprio esame
appunto, a metterlo in imbarazzo.

Poi saltò su lo storicista: giovane, agguerritissimo; e
insomma lui si ritrovò lanciato in un'ardua disputa,

della quale mal possedeva i termini (all'altro familiari). Si udiva replicare, cianciare, talvolta balbettando, sempre sentendo bene l'inadeguatezza delle sue repliche e delle sue ciance; l'inadeguatezza, comunque fosse, del suo maledetto e quasi indecente linguaggio, tanto inceppato, sorpassato. L'altro sicché trionfava, trionfò, e, quando finalmente ebbe termine la tormentosa seduta, fu da uno dei giudici in cattedra approvato con questa frase: «Bene, bravo: dieci in storicismo a... (l'interlocutore), e zero a... (lui medesimo)».

Giochini di letterati. Ma lui restò ugualmente avvilito, a disagio per ciò che avrebbe dovuto dire e non aveva detto, e più ancora pel semplice fatto d'aver detto alcunché, contro ogni sua abitudine e proposito. Tra i pini davanti all'albergo c'era un vento caldo, snervante... Si ricordò di non avere con sé neanche un libro; non da leggere, per carità: da conciliarsene il sonno. Si mosse alla ricerca dell'amico, in una delle dipendenze del parco (casine con scaletta ed ampi veroni verso il mare); lo rintracciò; l'amico gli dette il libro, meglio se uggioso, ed aggiunse: «Complimenti: sei stato brillante, stasera».

Brillante? Zero in storicismo, invece. Che non era poi così grave, ma... Zero in tutto, ecco.

Li ritrovò l'indomani a colazione che si divertivano (altro gioco da letterati) ad immaginare quali dei loro o nostri contemporanei, e leggasi scrittori, fossero in grado d'affrontare vantaggiosamente il giudizio della posterità.

«Tra due, tre generazioni, tra cinquanta o cento anni,» aveva detto uno «chi rimarrà? quale, delle opere che oggi ci appassionano o magari entusiasmano o magari sdegnano, sarà stimata ancora valida, e quale no? Se, mettiamo, dovessimo salvare dal tempo e dall'oblio dieci autori, orsù, che o come decideremmo?».

«Sui primi quattro nomi siamo già tutti d'accordo» gli confidò, al suo suo sopravvenire, il vicino di tavola; dalla cui aria complice e misteriosa si cavava facilmente che tra codesti quattro nomi...

Ma lui pensava: «Io vincitore del tempo e sopravvivente ai suoi feroci colpi di spugna, io tra quelli che abbiano legato agli uomini qualcosa: io che in realtà non ho mai avuto niente da dire, e che, lungi dal vincere il tempo, non ho saputo neppure lasciarmene dominare!». E del resto pensava insieme, con non minore sincerità e per quanto spregiatore di se medesimo: «Io *tra i primi quattro*: ce n'è dunque altri tre che mi sian pari? Pari alle brutte in angoscia, in disperazione, se non nel magistero dell'arte? Dunque non sono io l'unico, l'unico da salvare tra la marmaglia fiacca ed approssimante?». E gli tornava a mente quel pittore che s'era offeso con lui perché lui lo aveva definito «il più grande pittore italiano» (avrebbe voluto: il più grande d'Europa, del mondo).

Pensava poi, mentre il gioco continuava: «E insomma che cosa li fa vivere, o quale pegno meraviglioso di altro? Il desiderio, il sentimento della gloria, forse? Forse un interesse, un diletto immediato, uno spirito di potenza? Ma che diletto, per dirne solo una?... Letteratura: può darsi davvero chi creda nella letteratura, chi la investa d'una missione, d'un messaggio, di una consolazione?».

«Eh sì, può darsi, a quel che pare. Badiamo: qui, tra questa gente cortese, sensibile e in fondo benevola, c'è l'ambizioso, lo stratega, l'ingenuo, il soave; uno ha occhi di femmina (o di cane), un secondo mani da pianista, un terzo bicipiti da atleta. E tutti convengono in questo culto d'una bellezza da gran tempo sfiorita, da gran tempo impotente?».

Non sapeva che rispondersi; si sentiva lui stesso irretito nell'assurda trama; preda, se s'abbandonava appena un istante, di quelle illusioni e follie. Si sentiva soprattutto tristo, annoiato: un'uggia oscura, un «antico rimorso».

E venne la cerimonia della premiazione; per evitare alla sua timidezza troppo dure prove, lo fecero sedere al tavolo della giuria; gli bastò tendere la mano, e la busta col milione fu sua, sua contro il cuore. Al che tenne dietro la lieve ebrezza delle misture alcooliche, colle relative chiacchiere sviscerate, colla (inappagata) urgenza di umana comunicazione, di umano soccorso. A una certa ora tutti si ritirarono; rimase, sola, con lui una donna che si chiamava Aurora; donna splendente e nondimeno di sguardo buio, cioè non meno oltraggiata dalla sorte (o convinta di esserlo). Ed a lei toccò raccogliere i suoi disperati aneliti di purezza, di semplicità, di bontà: aneliti da ubriaco! A lei, in specie, toccò sostenere l'assalto delle sue perenni richieste e folli pretese (ancora una volta) d'assistenza nella grave bisogna del vivere. Assalto, per la cronaca, da cui ella bravamente si difese nell'unico modo possibile: contrapponendo ansia ad ansia, incertezza ad incertezza, affanno ad affanno.

Poi, come Dio volle, cadde il vento ed il sonno superò i fumi dell'ebrezza, o meglio se ne saturò; ma nella quieta stanza, nell'alba dubbiosa, vi fu ancora il breve quanto inutile tempo dell'esame di coscienza. Del quale, infatti, sarebbe difficile segnare le conclusioni.

Che cosa, in definitiva, pensava lui di quegli uomini? Nulla, si faceva lecito di pensarne; soltanto, che essi gli erano incomprensibili, estranei, remoti. Prendevano sul serio, prendevano a cuore le idee o teorie del tale saggista, le amabili fantasie del tale narratore, le severe sentenze ritmiche del tale poeta, e quasi quasi se ne nutrivano... Li invidiava, piuttosto, sempre meglio riconoscendo la sua propria abbiezione, il suo colpevole abbandono, la sua inesplicabile miscredenza.

Col che, sebbene invidiandoli, si addormentò; ossia, aveva ragione di supporre che questo sentimento, alla prova del sonno e del mattino, si rivelasse labile, occasionale.

Ma, a mattino, quella sorta d'esame e di travaglio seguitava, chissà per quale stortura o deformazione delle sue molle interne. Un sole violento e rosso accendeva i pinastri della spiaggia, le prossime cime, blandamente ricevuto in grembo dal mare, che se ne inazzurrava e ne trascolorava; e coloro partivano su lucenti automobili, delle quali ciascuna aveva una precisa meta, un centro di vita solerte, d'attività liberamente accettata, non forzatamente vuota di compensi o di nuovi stimoli... E lui?

Ah, correre lì, disporre in pile di gettoni tutto il suo premio letterario sul numero diciassette, e aspettare da ciò (poiché non v'era speranza altrove) una qualunque soluzione!

(Non uscì beninteso, il diciassette; uscì il numero accanto, lo sciocco venticinque, dispettoso come una scimmia. Sempre, esce il numero accanto, sempre par quasi che o che; e, alla resa dei conti...).

LA VALIGIA

Il ragazzo era stato affidato a un giovane zio; e per un tempo, mentre si cercava un alloggio conveniente, i due si contentarono di dormire nella stessa camera (d'affitto, che era poi quella da scapolo dello zio). La mattina uscivano insieme per recarsi, l'uno a scuola, l'altro al suo ufficio; si ritrovavano in qualche posto per mangiare; si separavano di nuovo; infine, di nuovo si ritrovavano per la cena e per il sonno. Non era una vita allegra, ma aveva l'inestimabile vantaggio di lasciar liberi l'uno e l'altro.

Quando rimaneva solo, durante quei lunghi e gelidi pomeriggi, il ragazzo in primo luogo attendeva ai suoi compiti scolastici; e poi scriveva poesie carducciane, in cui badava bene a scindere le preposizioni articolate ed a mostrare una certa sufficienza nei riguardi di alcune reverende autorità, ma in cui, anche, talvolta passava qualcosa delle sue genuine, inermi malinconie (e allora la penna pareva correre di propria virtù, la lingua magicamente si epurava). Da ultimo, addensandosi l'ombra nella stanza né valendo la lampada appannata a fugarla del tutto, non faceva più nulla; fissava immoto il rettangolo di cielo sempre più cupo, si lasciava invadere dal freddo, e nondimeno di tratto in tratto gli salivano alla fronte vampate e madori; vagava in uno smarrimento senza confini, eppure quello stesso cielo cupo aveva potere di figurargli destini radiosi, prodigiose avventure, misteri non mai risolti e dunque eternamente provocanti, allettanti...

Il ragazzo, insomma, aveva raggiunto la stagione delle ansie e dei languori; che peraltro non si appuntavano o concentravano ancora su alcun visibile oggetto. Naturalmente, nelle sue fantasie e malinconie il posto d'onore era riservato alle figurette femminili viste, intraviste, sfiorate a scuola o per le vie; ma, da ciò a una compiuta chiarificazione e giustificazione di sentimenti tanto incerti, ignoti addirittura, il passo era lungo. Sicché lui rimaneva turbato e impotente, avido e deluso.

O forse sarebbe spettato allo zio fornirgli una chiave? Questi era un bel giovane bruno e riccioluto, sicuro di sé almeno in apparenza; quando capitavano insieme per le strade, il ragazzo usava pararsi dal tramontano camminando dietro la sua vantaggiosa persona; dalla qual fisica protezione si poteva argomentare o sperare soccorso negli attuali e più gravi frangenti... Uno zio brusco, a buon conto, che arrivava a dirgli: «Stasera sei più sciocco del solito»; e perciò appunto, o a maggior ragione, da lui ammirato. E spiato: per esempio, una o due volte la settimana, lo zio rincasava tardi nella notte, un po' sossopra, astratto, stanco; credendo addormentato il suo compagno di stanza, si grattava senza riguardo il capo, fissava il vuoto, si sganasciava dagli sbadigli. Ebbene, dove andava durante quelle periodiche assenze, che faceva?

Ma le domande del ragazzo allo zio erano, se così è lecito esprimersi, troppo mute; troppo mute perché costui, quand'anche avesse voluto, rispondesse.

Tra le sue compagne di scuola, una sembrava corteggiarlo, e finì coll'invitarlo a un tè nella propria casa. Una fanciulla smilza, d'occhi consapevoli, un che patita; non brutta ma neppur bella. E un trattenimento da prima liceo.

Tavola oblunga; tazze, teiere, pasticcini; un paio di compagni maschi, se non che attoniti, trascurabili e difatto trascurati; e un gran vespaio di giovinette, bionde, brune, accese, spente; e la fanciulla prima che lo guardava intentamente, come chiedendogli ragione della propria esistenza od offrendogli ragione, pretesto chissà, della sua. Infine, lui medesimo che tutte le riguardava confuso e, più, perplesso: eran quelli o quelle gli oggetti necessari dei suoi travagli, delle sue ansie, dei suoi languori, delle sue potenziali sollecitudini? Non gli pareva. In quell'accolta di acerbe bellezze, che pure si aprivano appena alla vita ed avevano dalle loro la scioltezza, il brio degli anni felici, egli sentiva ancora il peso di una realtà ostile ed ottusa, donde sarebbe stato un giorno difficile evadere (ponendo ciò possibile)... In cosa o presso chi, dunque, si nascondeva l'appagamento, e in una nutrimento, dei suoi desideri? quale nuova e mal pensabile realtà era chiamata a sostituire questa greve, trita, letterale? Ma la risposta, ancorché divagante come tutte le risposte, non doveva tardare; essa anzi prese figura di rivelazione.

Il ragazzo aveva osservato che lo zio riceveva quasi ogni giorno lettere azzurre, lievemente profumate (o fosse l'odore stesso della carta fine), coll'indirizzo tracciato in una scrittura sostenuta ed aguzza. Lo zio le leggeva, non sempre attentamente, e poi le buttava, sollevandone a mezzo il coperchio, in una sua valigia sull'armadio; e certo era stato proprio questo gesto, in origine furtivo, ad eccitare la curiosità del nipote. Il quale d'altra parte, timido e ben educato, non avrebbe mai spinto oltre le sue osservazioni, se, in uno dei detti, desolati pomeriggi, quella valigia non avesse principiato a squadrarlo e sfidarlo di lì sopra. Man mano che

rabbuiava, essa fulgeva più invitante, travolgendo scrupoli e ritegni... In breve, il ragazzo saltò su e tentò raggiungere la valigia per tuffarvi la mano; constatato che
non era da tanto, si munì d'una seggiola; e con tal
mezzo poté da ultimo acciuffare un pugno di lettere.
Le portò sotto la lampada, cominciò a leggerne una.

Mio Dio, che linguaggio sconosciuto e terribilmente
familiare era quello? Ciascuna parola pareva essere altra da sé, pareva soffrire il calore d'una ignota, d'una
intollerabile e quasi mostruosa passione, che la trasfi-
gurava o rendeva al suo significato iniziale ed antico; e
tutte insieme componevano un canto, una sinfonia
tremenda, amara a forza di gioia e di delirio, com-
prensiva e risolutrice d'ogni immaginabile fenomeno
o sentimento od evento. Traverso quelle parole umili
in sé e solo ardenti, supplici, forsennate, correva come
un brivido il sospiro del vento, il folgorio del sole d'ot-
tobre, lo sgocciolio delle nubi novembrine, si ridesta-
vano vivaci e finalmente aperte al cuore le mille parvenze insolute che opprimono i viventi, cerchiano il loro capo e sconfiggono, opache, il loro coraggio... Questa, questa era la vita; qui l'anima si ravvisava e finalmente si pensava in qualche modo legittima (non vuota, non fuori corso come di consueto)!

Erano insomma lettere d'amore, poco importa se
corrisposto; la donna (o chi, se no?) che le aveva scritte non si poneva neanche un simile problema, a lei bastava la pienezza dei suoi propri affetti, di tanto più
preziosi se non esigevano partecipazione.

Il ragazzo scorse febbrilmente altre due o tre lettere,
poi, quasi bruciassero, ributtò l'intero fascio nella valigia, né più le toccò in seguito. Ma da quel punto si
sentì detentore d'un portentoso segreto e complice
delle riposte virtù d'ogni cosa si dia al mondo.

Era una sensazione inebriante: la città, i colli, il mare gli venivano incontro non più indecifrabili od aggrondati; ed egli li risalutava giocondamente, come
chi fosse certo all'occasione di farseli amici; e le crea-

ture umane, salutava, come chi non dubitasse di recarle in suo dominio o, per opposto, di restituirle alla loro compiuta libertà; e si credeva in possesso della chiave d'oro atta a schiudere tutte le porte. «Io so, io so qualcosa che, se soltanto volessi..., che, quando sarà il momento...».

Purtroppo lo scioglimento di questa breve favola non è lieto; è bensì piuttosto oscuro, quantunque necessariamente. Sia come si voglia, tenterò accennarlo alla svelta.

Forte della conquistata consapevolezza, e della baldanza che gliene veniva, il ragazzo riprese la sua ricerca: la quale (come si sarà ormai inteso) non era tanto ricerca di un oggetto su cui riversare la piena dell'animo, quanto di se medesimi e dell'assetto da dare alle proprie tumultuanti facoltà. La quale per altro riguardo, era lecito pensare e il ragazzo pensò, non avrebbe potuto se non risultare agevolata da codeste recenti accessioni o acquisizioni della coscienza.

Così non fu; anzi, la scienza o coscienza si rivelò singolarmente avversa, non solo alla pace del cuore, ma alla possibilità stessa di riconoscersi in alcuna creatura o cosa. Ed è forse effetto inevitabile: se un'immagine superna ci raggia dentro, potremmo mai piegarci a una sua pallida contraffattura?

Il ragazzo crebbe, invecchiò; e la sua ricerca rimase senza frutto. Finché dovette convincersi che quella lontana rivelazione aveva in pari tempo inaugurato la vera e grande malinconia: in cui persi, ed a causa persa, siamo costretti a fingerci gli altri per attribuir loro sentimenti definiti e vivificanti. Essi almeno ne ricevano beneficio, gli omuncoli dell'incubo, del terrore e della vaneggiante fantasia.

PORCELLINO DI TERRA

La sera innanzi sua moglie gli aveva detto che non lo amava più. E stamane di buon'ora era partita coi ragazzi: entro pochi giorni si sarebbero aperte le scuole.

Via, che sua moglie non lo amasse più, lui già lo sapeva. Come un celebre storico scorse l'imminente rivoluzione, si narra, negli occhi d'un facchino che spingeva una carretta, così lui aveva argomentato con sicurezza lo stato d'animo della moglie da minime, quasi insignificanti reazioni e attitudini. Lui, ad esempio, usava ravviarsi i baffi coll'indice inumidito di saliva; e questo gesto, che al tempo dell'amore aveva provocato rapiti o almeno divertiti gridolini, era adesso accolto dalla donna con un fastidito anzi disgustato raggrinzar di palpebre...

Cadute d'un tratto, come cade un vento rapinoso, la di lei protervia e la turbolenza dei ragazzi, la casa appariva singolarmente vuota, afona, infruibile. In compenso, il trionfale sole ottobrino empiva la corte col relativo giardinetto pensile, facendo sfolgorare ciascuna fogliuzza, tagliando vivacemente ogni cespo, accogliendosi in pozze d'oro tra l'erba; e, dopo tutto, era bello star lì a quel sole, lasciarsi dietro ogni cosa. Si poteva perfino dormicchiare, sebbene i vecchi lo sconsiglino. Dalla via oltre il sottoposto giardino venivano di tratto in tratto rumori concilianti: un sordo martellare, una pesta di zoccoli asinini, voci di comari; anche un passo di cane, risultava talvolta udibile. Solo di rado la pace era rotta dallo sgraziato strepito di alcun cerchio di ferro, che schiamazzanti monelli cacciavano per le strade del paese; e in genere, tra due passaggi di questi perturbatori della pubblica quiete, c'era tempo di riappisolarsi. E, oltre i tetti delle basse case liminari, la vasta campagna, donde singulti di tacchini, donde (ahimè più raramente) gracchiamenti di cornacchie (cinerine)...

Sì, ma poi? Come colmare l'intollerabile vuoto? Il vuoto lasciato dalla loro assenza, certo, ma in particolare, e parlando più seriamente, quello lasciato dal *suo* disamore? Il vuoto di quella giornata e di tutte le giornate a venire?

Il sole declinava; soffi di vento, non ancora freddi ma già umidi, lo persuasero a rientrare in casa. E qui?

Si mise a passeggiare per la sala a pianterreno; e si trovò davanti a due bambini addormentati. Che erano, si capisce, due bambolotti: sua figlia, prima di partire, li aveva accuratamente sistemati nei loro giacigli, da lei stessa composti. Tenevano gli occhi chiusi (per effetto della loro posizione) e dormivano, come dire?, con impegno e diligenza, sebbene la testa d'un dei due fosse ridotta alla sola faccia: guasto che il berretto da notte mal nascondeva. Un'immagine comunque di tranquillità, sia pure fittizia, la quale non si accordava in alcun modo coi suoi sentimenti.

Girellò ancora senza meta tra i pochi mobili e tra i pochi libri sparsi sul tavolo, e finì coll'accendere la radio. Ma la radio non conforta gli angosciati: sull'ora più difficile, sul funesto imbrunire, non se ne cava che suoni discordi e canti in irte lingue, cui per maggiore sgomento tengono dietro notizie dal mondo del lavoro. E sicché lui era lì, intontito e quasi di nuovo appisolato, quando una minuscola ombra attraversò il suo campo visivo, che vien poi a dire il pavimento. Guardò meglio.

Onisco, lo chiamano i naturalisti, ascrivendolo appunto agli Oniscidi; porcellino di terra (o familiarmente di Sant'Antonio) è detto in qualche provincia; e si tratta insomma di quel minuto animaletto che tutti conoscono, nostro inevitabile compagno almeno nelle vecchie case. Tacendo della sua graziosa forma ellittica, della sua camminatura assidua e di altro, la sua principale particolarità consiste in tal buffo effetto che tutti i bimbi di casa (delle case vere, di provincia) altamente apprezzano. Se cioè, al solo scopo di non calpestarlo, lo si spinga via dal mezzo della stanza colla punta del piede (e con tutta la delicatezza possibile), lo si vede, non senza sorpresa, schizzare a parecchi metri di distanza. Non senza sorpresa e con positiva perplessità: tanto poco, o per meglio dire tanto eccessivamente, risponde il moto all'impulso. Ma il vero motivo è che esso animalino, tocco appena, si appallottola; e dunque, in forma di sferetta o anzi di pallettone da caccia, deve finire assai più lontano del previsto.

Era uno di tali porcellini, quello che stava attraversando il piancito; ma si percepiva qualcosa di irregolare o singolare nel suo comportamento. In genere essi vanno pei fatti loro, tra il fremito dei numerosi zampini, e alla prima occasione si buttano lungo il filo della parete, sempre ostentando una gran sicurezza di orientamento: questo qui, al contrario, sembrava incerto della propria direzione; ogni po' s'impuntava, tentava l'aria colle brevi antenne, per poi seguire via apparentemente capricciosa; e talora perfino tornava sui propri passi. Altrimenti detto, v'era in quel porcellino qualcosa di fraterno: ossia l'insetto e l'uomo che lo osservava erano egualmente smarriti, egualmente incapaci di tracciarsi un cammino nel mondo... o, almeno, in questi pomposi termini la mise (da bravo uomo, da bravo torturatore di se stesso) l'uomo. E di conseguenza gli venne una gran curiosità di capire dove parasse, la bestiolina, col suo volubile procedere: chissà non potesse venirne a lui, indirettamente, una buona ispirazione.

Impresa veramente da disperati! Come è possibile immedesimarsi in o con una minuscola, misteriosa creatura quale un porcellino di terra, e penetrare i suoi moventi? Tuttavia, esso lì manifestava un affanno quasi umano. Pareva ora aver preso una direzione incontrovertibile, una linea ideale ferreamente segnata; e invece, eccolo che daccapo si fermava, volgeva la testa (o supposta tale) a dritta e a mancina, esitava, principiava ad arretrare, zampettava un poco di traverso, ed infine operava una conversione. E da ultimo, cosa gli mancava, cosa voleva?

Adesso filava con speciosa sicumera verso la grande libreria. Che non ha piedi e poggia direttamente in terra: ma, per un animaluccio della sua fatta, c'è sempre spazio sufficiente da insinuarvisi sotto...

È scomparso, evidentemente ha lì sotto la sua casa... Ma no, ricompare: impolverato ma non meno agitato; neppur quella è la sua meta. E quale allora?

Adesso aggira coscienziosamente il piede d'una seggiola, parendo fiutarlo; poi daccapo si decide e prende il largo, allontanandosi cioè dalla parete ed accingendosi a traversare di nuovo il vasto deserto del pavimento... Ma deriva gradatamente (o scarroccia) e fa un gran giro, che lo riporta press'a poco al punto di partenza.

Tutto sommato non è un itinerario, il suo, è un rabesco: e non sarebbe nella forma stessa di questo rabesco, l'indicazione?... Ora, però, si tuffa risolutamente nell'ombra, sotto un altro mobile (una lunga panca)...

Ebbene no, non può, non ha il diritto di sottrarsi così allo sguardo: occorre provvedere una torcia elettrica e seguirne i movimenti nell'ombra...

E così l'uomo si sorprese che, coi ginocchi e coi gomiti in terra, scrutava sotto la panca, aguzzando gli occhi verso la bestiola; la quale d'altronde, di lì a pochi istanti, riusciva alla luce dalla parte opposta e ricominciava la sua affannosa passeggiata... Era un'anima in pena, quel porcellino.

Anche lui lo era; ma, se quello continuava ad arrabattarsi, con ciò dimostrando di serbare qualche speranza, lui da tempo conosceva impossibile ogni speranza ed inutile l'annaspare. Si scosse la polvere dai pantaloni e rise di se medesimo (come quel santo di Paradiso che, in vita, s'era ingannato sulle gerarchie angeliche).

Quando, oziosamente ormai, cercò coll'occhio il suo minuscolo compagno d'una sera, constatò che era scomparso e stavolta senza ritorno: aveva finito, lui, per trovare il proprio buco... o forse la sconosciuta pena di quella creaturina terrestre era peggiore della sua? Forse, ma che perciò? La sofferenza divide, non unisce; al mondo non si danno fratelli.

E, di nuovo, come varcare il deserto della serata, della nottata, e poi di tutte le altre serate e nottate, sia pure brulicanti di stelle, e mattinate, sia pure sfolgoranti di sole?

V. L'AMORE E IL NULLA

SORRENTO

Non è che Antonio fosse positivamente innamorato di Carla, o almeno non aveva cominciato così. Ma egli aveva da fuggire un fatale amore, con donna di lui più vecchia, che si trascinava ormai da anni, appassendolo e privandolo delle sue poche forze vitali, e quando s'era trattato di rilevare a Napoli questa sua lontana cugina mezzo americana aveva colto volentieri l'occasione. Da Napoli a Sorrento, poi, il passo è breve, e la ragazza era bella, fresca, pura, qualcosa di corrispondente, e di altrettanto stupito del mondo, a ciò che erano nel passato secolo le fanciulle appena uscite dall'educandato, o alla immagine di loro che ci hanno trasmesso alcuni romanzieri...

Ma la festosa città di Sorrento, come ben sanno i suoi numerosi visitatori, giace in realtà su un abisso, su un'orribile ferita della terra che, dipartendosi dai colli di Sant'Agata, giunge fino al mare. Di sopra, case allegre e variopinte, un'aprica piazza che, unica forse, ha aranci per alberi, il monumento di un grande poeta; e di sotto la profonda e cupa voragine, varcata dalla piazza stessa a mo' di ponte. In fondo a quella, chissà quanto tempo addietro e per quale uso, gli uomini hanno persino costruito una sorta di maniero o di bicocca, ora parzialmente invasa e coperta da piante selvatiche; non però che non se ne scorgano le muraglie squarciate e, si direbbe, lacerate. Una delle quali rende figura di devastato volto umano, e una finestra, in particolare, sembra occhio cavo roso da mal di lebbra.

Come evitare che, dopo aver debitamente goduto dei mille allettamenti di quella marina, a un certo momento del loro vagabondare la fanciulla Carla si affacciasse dal breve parapetto sull'abisso? Peggio: come evitare che ella, così fresca e pura, ne sentisse per naturale contrasto l'invincibile attrazione? Cominciò con gridolini e col mostrare abbrividendo alcune particolarità del fondo e delle pareti, come una vertiginosa scaletta tagliata quasi per intero nella roccia, dai lubrichi gradini; quindi concentrò la sua attenzione sulla bicocca e si compiacque a inventarne gli antichi abitatori; infine (era inevitabile) manifestò un prepotente desiderio di visitarla. Invano Antonio tentò di dissuaderla: ella era ormai preda di un infantile e americano puntiglio, o magari già delle forze infere.

Poiché altra minore spaccatura sfocia poco più in su nella maggiore ed è di questa più pervia, fu in qualche modo possibile raggiungere il luogo. Di laggiù si vedeva un cielo di lacca sminuito d'una gran parte della sua luce; e l'interno della casa (se di interno si può parlare) era immerso in una penombra tetra e verdastra.

La fanciulla s'era spenta, profondando laggiù, come può spengersi una libera stella filante a contatto della grave atmosfera terrestre; tuttavia, stranamente languida eppure eccitata, quasi subitamente emaciata, badava ad aggirarsi tra i rovi e i muri pericolanti. Quanto ad Antonio, era stato ripreso dai suoi pensier neri; un'angoscia gli stringeva la gola, e gli pareva che tutte le cose vili, trite e triste della sua vita gli risuscitassero dentro implacabilmente, pronte a soffocarlo colla loro coperta ostinazione; gli pareva che ad esse non sarebbe mai più sfuggito. Perbacco, non era un effetto singolare: strano anzi sarebbe stato che i suoi pensieri fossero allegri, in quel profondo. La fanciulla non se ne voleva staccare. Da ultimo si lasciò convincere; riaffiorarono nel sole.

*

Di ritorno la notte in albergo, e avendo ormai dimenticato la sua discesa nell'abisso, Antonio fu avvertito che qualcuno lo aveva cercato. «E chi?» chiese egli stupito. Il portiere non rispose subito, ma nel punto che la fanciulla entrava nell'ascensore gli si accostò rapido e gli disse all'orecchio: «Una signora». Antonio ebbe un tuffo al cuore, e quasi gli si annebbiò la vista. Dunque *lei* lo aveva trovato: e che cosa voleva ancora?

Non ebbe molto tempo per riflettere. Data che ebbe la buona notte alla compagna e giunto che fu nella sua stanza, la porta si aprì pianamente e comparve *lei* appunto; la quale prese a considerarlo in silenzio. Antonio non la vedeva da qualche tempo, come talvolta avveniva durante la loro interminabile relazione, e lì per lì gli sovvenne soltanto una di quelle frasi sciocche che si pronunciano nei momenti di turbamento: «Come sapevi...?». «Tutto si sa, basta volere» rispose la donna distrattamente. Aveva una pelliccia grigia e lucente aperta a mostrare l'abito a giacca, rigonfiato qua e là da un po' di pinguedine e col bottone in tirare, capelli castani che ancora rivelavano le sapienti cure del parrucchiere e le sue tinture, un brillante a un dito della mano alquanto vizza; ma, malgrado la sceltezza dei singoli capi, c'era nel suo abbigliamento alcunché di sciatto o di devastato.

Seguitava a guardarlo tacendo, seria, commossa, e al tempo stesso con una certa aria di trionfo; pareva cercasse il punto dove colpirlo comodamente. Sì, ella sapeva di averlo alla sua mercé. Finalmente cominciò a parlare, di cose indifferenti. Disse di sé: che aveva fatto quattrini colla vendita di alcuni suoi beni e che era ormai quasi ricca. Poi parlò di comuni amici, colla solita ostinata minuziosità, se non meschinità (ella si giustificava dei suoi pettegolezzi dicendo che non meno morbosamente attento ai fatti privati della gente era stato Balzac). In tutti questi discorsi non mancò peraltro di alludere, con appena sensibile ironia o con coperta malignità, a Carla, che non conosceva ma che suoi amici conoscevano, dei quali citò incidentalmente i giudizi; come aveva citato quelli, di amici e non, su lui stesso, in cui si biasimava qualche suo atteggiamento o il suo comportamento verso di lei parlatrice.

Antonio si sentiva risuscitare attorno quel mondo che aveva voluto fuggire, e risaltare addosso tutta l'uggia che aveva accompagnato la loro relazione in questi ultimi anni; infiochito e col cuore in tumulto, colle palme in sudore, egli provava il solito impeto di ribellione, e come al solito lo riconosceva impotente. Qual meraviglia, poi, che ella lo avesse trovato? Bastava che lui accennasse a costruire qualcosa, a illudersi di qualcosa o solo di libertà, perché gli capitasse una tal mazzata in capo. Vistolo nel debito stato, la donna si decise da ultimo a parlare di ciò che più le stava a cuore.

«... È una vana illusione la tua: che cosa speri? Non mi è stato difficile immaginare, fin da quando me ne parlasti un giorno, che avresti prima o poi cercato in questa Carla salvezza da me. Da me! Quasi da me non ti fosse venuto tanto di bene, confessalo, e quasi non fossimo fatti l'uno per l'altra. E che cosa vorresti darle? Lei è una ragazza avida di tante cose, forse non è neppure quella che sembra (tu sei ingenuo e io ho il dovere di proteggerti), una ragazza avida di vita; e tu cosa potresti darle di ciò che vuole? Eppoi credimi, caro, piccolo, noi non abbiamo molto da dare ad altri, cioè tutto quello che abbiamo è per noi, dell'uno per l'altro. Ah, tu vorresti lasciarmi, abbandonarmi ora, così, togliermi questi ultimi anni di vita, di vera vita, che mi rimangono? Ebbene, tienilo a mente: tu non sarai mai libero di me. E questo perché... Oh, mio Dio, no, non prendermi per quell'uccellaccio nero appollaiato sulla tua spalla, per quel prepotente alloro che colla sua ombra e le sue radici ti succhia la linfa e la vita, a cui m'hai paragonata più di una volta... Questo perché io stessa non sarò mai libera di te, perché tutti i miei pensieri e tutti i palpiti del mio cuore ti son dedicati, perché tutto ciò che ho è tuo, tuo, tuo...».

Si torceva le mani, ora, e piangeva. E, come sempre quando piangeva, le lacrime prima di sgorgare le si appesantivano sull'orlo delle palpebre inferiori, facendolo cedere e scoprendolo in parte. Sicché esse palpebre apparvero infine come lacerate, e gli occhi tutti come rosi da mal di lebbra.

L'ECLISSE

Giovanna era una ragazza di complicate ascenden-
ze, e perfino alquanto sofisticata, ma sostanzialmente
sciocca. Eppoi no: magari si potesse liquidare così alla
svelta un essere umano! Quelli di Giovanna erano
piuttosto accessi o periodi (non per tanto periodici,
anzi imprevedibili) o, ecco, oscuramenti dell'intelligenza; che resta a vedere se davvero denunciassero il
proprio fondo di lei, o non fossero invece semplici accidenti, incidenti casomai. La questione, bisogna dire,
non appassionava i suoi amici: piccola, esile, pallida,
d'un biondo smorto, bruttina sebbene non sgradevole, di lei forse solo Enrico si avvedeva in qualche più
preciso modo.

Il quale Enrico, un giorno che il sole inondava i
Lungarni eppure faceva freddo per via della sizzola, vi
incontrò certo suo amico: un critico d'arte tedesco,
uomo atticciato, toroso e quasi calvo, che pareva non
capir nulla (cominciando dalla lingua italiana) e sotto
sotto capiva ogni cosa, almeno letteralmente. Passeg-
giarono, discorsero, ma poi non sapevano che altro fare; per Enrico, e forse anche per il suo compagno, il

pomeriggio si presentava vuoto ed inquietante. E qui spuntò da qualche parte la detta Giovanna: approfittando della simpatia che ella gli aveva in alcune occasioni dimostrata, Enrico la invitò ad unirsi a loro. Ma con ciò non s'era proceduto di molto; finalmente venne fuori che quel giorno vi sarebbe stata un'eclisse parziale di sole, ed uno dei due uomini ebbe l'idea di andarla ad osservare dalla casa del critico in collina. La ragazza non fece difficoltà, andarono.

Lo studio lassù era un'ampia e confortevole stanza con grandi vetrate da cui si scopriva il Cupolone; il tè era dei più delicati. Ma dopo un poco si rifù al punto di prima; nessuno diceva più nulla, nell'attesa dell'eclisse. Enrico guardava la Giovanna dubbiosamente: insomma le voleva bene, sia pure a suo modo, era almeno incuriosito? Sì e no; un poco. Le guardava soprattutto il capo: la ragazza infatti una cosa singolare l'aveva, che era la capigliatura, ossia le trecce duplicemente ravvolte a cercine; e si diceva che quei capelli, sciolti, giungessero fino a terra.

«Sentiamo. Giovanna, è vero che i suoi capelli?...».

«Sì,» rispose modestamente: «proprio fino a terra».

«Possibile? Ce li farebbe vedere?».

«Perché no».

«Allora coraggio».

Senza aggiungere altro, la ragazza prese a disfarsi le trecce. Ma Enrico, il cui estetismo già era vellicato dall'antica e rara immagine d'una fanciulla colle chiome fino a terra, non si contentò di questo.

«Senta,» disse «e mi scusi se il mio desiderio fosse per dispiacerle: lo spettacolo sarebbe davvero inusitato se lei...». Non sapeva bene come esprimersi, ignorando se l'altra si trovasse in una fase di intelligenza o in una di ottusità. Ma quella dovette capir subito, perché lo guardò smarrita; nondimeno chiese:

«Se io, che cosa?».

«Beh...» si confuse Enrico. «Insomma bisognerebbe che lei si togliesse tutto: non si riesce a concepirlo, un abito dei nostri tempi sotto un fiume, sotto una cascata di capelli d'oro». Che d'oro in verità non erano, ma poco importava... Sì, così l'immagine era compiuta: una fanciulla nuda tutta gelosamente chiusa nei suoi capelli (e c'è perfino caso che egli li chiamasse mentalmente cesarie).

La ragazza lo guardò fisso, con una bizzarra espressione in cui Enrico credette ravvisare ben più che un'occasionale simpatia; mentre il grosso critico, deliziato, entusiasta di quella fantasia, gli veniva in aiuto con borbottii e frasette come:

«Ma sì, non c'è, diciamo così, niente di male».

Giovanna distolse gli occhi da Enrico, dette all'altro uno sguardo come di degnazione, e da ultimo disse con semplicità:

«Va bene».

Si levò; le fu indicata una stanza, in cui scomparve. Enrico, tutto sommato, decise che ella era in uno dei suoi momenti più illuminati.

Ricomparve dopo pochi istanti; i capelli, finissimi, copiosi oltre ogni possibile previsione, quasi moltiplicati dalla libertà, lingueggiando, davvero toccavano terra; e la rivestivano tutta, castamente, ferocemente, sconfiggendo le immaginazioni lubriche che i due uomini avessero per avventura nutrito. A meraviglia; ma ora, consumato il primitivo vagheggiamento, dato fondo ai complimenti e scontatili, che altro c'era da fare o da dire?

«Guardate,» disse il critico «comincia».

Cominciava l'eclisse. Il sole, quale si mostrava traverso i pezzetti di vetro anneriti col fiammifero, era ormai azzannato dall'ombra; e la viva luce della stanza, senza positivamente diminuire, si andava impreziosendo e inargentando, diveniva a grado a grado come più fragile, perdeva di stabilità e sicurezza, di confidenza. Donde un nuovissimo abbagliamento, non dei sensi ma dell'immaginazione, una sorta di dubbiosità diffusa, quasi un diverso mondo urgesse d'oltre o di sotto una troppo labile trama di superstite festosità diurna.

I tre si guardavano con un certo sbigottimento. L'ombra seguitava a mordere sul disco solare; che infine apparve come uno di quei tondi biscotti addentati ed abbandonati sul pavimento dai bambini, in pingue mezzaluna. Il vago presagio s'era fatto incombente minaccia, la luce s'era adesso davvero attenuata: appena un poco, pure un'insinuante e sottile figura di tenebra, in forma di sospetto, d'angoscia, oscurava le menti. Ma ecco sopravvenne una fase, piuttosto un attimo, di incertezza o di equilibrio, un abbrividente attimo che segnava la fine del fenomeno celeste: respinto il proditorio attacco, presto il sole avrebbe nuovamente preso a rifulgere in tutto il suo dorato splendore.

Nondimeno, sotto la pressione di quegli imprecisi sentimenti o per naturale evoluzione (e se mai involuzione), nello stesso punto Giovanna si mise a piangere. Silenziosamente, è vero: le lacrime le scorrevano agevoli giù per le guance come la loro fonte fosse inesauribile, mentre gli occhi guardavano infinitamente desolati; e tutta lei era lì, misera e quasi imbigita, a dispetto della sua lussureggiante chioma, che pareva diventata un derisorio attributo, una ricchezza senza virtù contro il lutto.

Il primo moto di Enrico fu di irritazione, e solo il secondo di perplessità. Diamine, che cosa voleva o perché piangeva colei? Era forse sgomentata dalla sua pur nascosta nudità, e che lo scemato sole, dandogliene più vivo il senso, la facesse più indifesa? o non era piuttosto che si rendesse conto con ritardo dell'oltraggio, di un preteso oltraggio subìto? Già, senza dubbio ella si sentiva menomata dalle loro sconvenienti pretese e dalla sua acquiescenza medesima: un sentimento basso, alla fine... Ovvero sentiva offeso, nella propria accettazione di esse, un sentimento più profondo, diciamo il suo amore per lui (se egli non s'era ingannato e se amore era)? Ma, che più importava, qual era la parte di lui Enrico in tutto ciò? ossia, quale parte doveva lui prendervi, quale direzione dare ai suoi incerti affetti? Ebbene, il fatto stesso che si ponesse la domanda decideva; perché, se..., allora tutto il suo essere si sarebbe proteso verso la ragazza, egli l'avrebbe circondata della sua protezione, avrebbe provato il bisogno di darle ricetto in sé come in un sicuro rifugio, eccetera. Bisogno che non provava punto. E allora? si doveva lasciarla piangere a sua posta, senza intervenire in alcun modo, e tanto meno qualificarsi o permetterle di qualificare se stessa? Il suo pianto era fastidioso, certo, ma non abbastanza per chiarire, per epurare una troppo confusa e torbida condizione dell'animo; era non più che fastidioso, dopo tutto. Eppure, donde sorgeva il quasi irriconoscibile rimorso di Enrico?

Il grosso critico, invece, sembrava bene intendere da cosa venisse lo sgomento della ragazza; o forse non se ne poneva neppure il quesito, alla sua natura tutoria bastava che ella fosse sgomenta. Sicché badava a consolarla, chiamandola «piccina», dandole per l'occasione del tu, cingendole paternamente le spalle col braccio, e non mancando di lanciare all'altro qualche sguardo preoccupato o vagamente accusatore; la spinse da ultimo nella stanza accanto perché si rivestisse. Come sempre, era il minor responsabile che più si dava da fare. Intanto il sole andava riprendendo la sua rotondità e il suo pieno vigore, sebbene piegasse al tramonto, ed aveva ormai quasi trionfato delle oscure forze quando Giovanna uscì dalla stanza rivestita e coi capelli ritirati su.

Tutto riprendeva il suo sesto, ed ora, d'un tratto, appariva ozioso quel loro convegno colle sue esitanti complicazioni. Il critico rimase dov'era, gli altri due scesero verso la città.

«Guardi, Giovanna, ciò che vorrei sapere non è tanto... quello che più o meno so, quanto cosa c'entri l'eclisse».

«In che?».

«In quello che so».

«Lei mi crede sciocca, è vero?» chiese a mo' di risposta.

«No,» replicò Enrico conciliante «mi consta che talvolta non lo è».

«Beh, ma in questo caso lo sono di certo: ignoro cosa c'entri l'eclisse. Sul serio, lo ignoro. Ma vede: finché il sole è lì intero, uno può anche pensare che sia come un'immensa gemma incastonata nello smalto del nostro cielo; una gemma e basta, non proprio un corpo celeste. Quando però è minacciato, come oggi...».

«Che minacciato: era solo la luna, invisibile, che si interponeva...».

«Già già, la luna... Quando, dicevo, è minacciato, allora abbiamo improvvisamente il senso di un passaggio, di un volgersi, di un accavallarsi di astri; nel quale, ci sembra, le nostre speranze, i nostri sentimenti, non hanno alcun posto, o dal quale, meglio ancora, non traggono alcun conforto. Quegli eventi celesti colle loro svelate prospettive, voglio dire, sono a tutto quanto è in noi, indifferenti; sprezzanti addirittura; essi non prendono in nessuna considerazione i nostri più segreti desideri, le nostre più care illusioni. È una cosa atroce».

«Che illusioni, in particolare?».

«Ah Enrico, che voce fredda. Vuole dunque che le racconti le mie, le mie illusioni? È necessario?».

«No, stia zitta».

Lo guardava con occhi di cane frustato, in cui si rifletteva un'assurda, una stupida ansia; occhi lustri, pronti al cenno. Ebbe paura che si rimettesse a piangere: ah no, per carità di Dio, e tacesse se non altro.

E lui? insomma le voleva bene, sia pure a suo modo, era almeno incuriosito? Sì e no; un poco.

IL MOSCERINO

Pioveva a dirotto: una pioggia venuta d'improvviso dopo molti giorni di calura fuori stagione. I soliti bidoni nella corte (oggetti senza ufficio apparente) mandavano sotto i rovesci suoni vari, e tutti tetri. Lui, forse proprio a causa della pioggia, non poteva dormire; quando il buio divenne troppo corposo, gravandogli intollerabilmente il petto, si decise ad accendere la lampada sul comodino. Il cono di luce investì un tratto di muro bianco.

Contro questo muro un animalino alato e non bene identificabile, una sorta di moscerino, andava su e giù affannosamente. Tale, almeno, la prima impressione: in realtà, a guardarci meglio, si capiva che esso andava soltanto in su e che in giù andava soltanto per necessità o per destino avverso. A farla breve, l'animalino tentava inerpicarsi su pel muro, e ci riusciva anche; ma, arrivato a un certo punto, e mancandogli il piede o la zampa, risdrucciolava giù ineluttabilmente.

Ora, qui si ponevano due quesiti, l'uno tecnico, l'altro addirittura metafisico. Primo: perché non si valeva esso delle proprie ali – o magari che le avesse già sperimentate inutili in casi del genere? E perché voleva inerpicarsi? Con diverse parole: dove voleva andare, quale posizione raggiungere?... Naturale, domanda oziosa; potrebbe mai un uomo evoluto e cosciente, un partecipe della rivoluzione industriale in atto nel proprio paese, entrare nel minuscolo cervello d'un moscerino e con esso identificarsi? Eppure!

Dice che al mondo c'è deserti di sale, abbaglianti sotto il sole, aridi, amari e nemici. Beh, quell'animaluccio, nell'ambito delle sue proporzioni, era perduto in uno di tali deserti: alcunché di simile, infatti, doveva essere per lui la grande parete bianca e liscia; la quale poi (come appunto i mentovati deserti) non menava in nessun luogo. Ecco, l'animaluccio non poteva voler andare da qualche parte, pel buon motivo che non c'era parte dove andare; e bisognava farglielo capire. L'insonne saltò dunque dal letto, afferrò delicatamente il minuto compagno di veglia e lo pose un po' più in alto sul muro, verso il traguardo cui esso sembrava tendere.

Il moscerino si sostenne un momento nella nuova posizione, aiutandosi colle alucce; indi, puntualmente, risdrucciolò giù fin quasi al piancito; per riprendere subito dopo la sua faticosa ascesa. O allora?... Ad ogni modo, i suoi travagli davano il batticuore; visto che non c'era mezzo di soccorrerlo, tanto valeva rispegnere la luce e lasciare che se la sbrigasse da sé.

A mezzogiorno, aveva appuntamento colla fidanzata; costei doveva attenderlo, e lo attendeva, alla fermata dell'autobus.

Quanto era bella. Un tantino prosperosa, forse, e forse un po' troppo lazzeruola nel volto: bianca e rossa cioè come un'educanda, o piuttosto come la regina della favola. Odorava, si sarebbe giurato, di spigo (sebbene le ragazze odierne non ne facciano più uso), e, dalla bocca, di vaniglia. Era vestita d'azzurro, ma azzurro cielo, tenero, sdilinquito e (se così si può dire) sdilinquente. Aveva al collo una sciarpa leggera color di rosa, esattamente color delfino (fiore). Pareva cedevole in ogni sua fibra, pronta a tutto per fargli piacere.

«Dove andiamo?».

«Non so: dove vuoi».

«Ma si mangia fuori, no?».

«Se vuoi».

«E dove? in quale trattoria?».

«Non so, mi sta bene tutto; tu, non ci hai pensato?».

«No, per la verità; vediamo insieme».

«Vedi tu; a me sta bene tutto».

«Il "Marinaio"?».

«Perché no».

«Oh, senti. In primo luogo: cosa vorresti mangiare, carne o pesce?».

«Indifferente: non ho problemi alimentari».

«Ah no? Allora proporrei...».

«Va bene».

«Ma se non ho ancora detto...».

«Va bene egualmente».

Ma qui, o forse anche prima, lui fu preso da una sorda irritazione: cos'era questa ragazza, un muro bianco a sua volta? Sul quale, s'intende, lui avrebbe avuto modo di iscrivere il proprio geroglifico, o arabesco o perfino affresco. Condizione invidiabile, in un certo senso, e tuttavia sommamente gravosa; giacché per far ciò, almeno nella presente circostanza, sarebbe bisognato che ci fosse davvero una trattoria, un luogo del vasto mondo, dove andare...

«Da' retta, tu non puoi».

«Cosa non posso? Posso tutto, se mi sei vicino» rispose la fanciulla allegramente.

«Non puoi abbandonarti così agli eventi, o sia a me».

«È proibito?».

«Tu devi avere una tua volontà».

«L'ho: è la tua».

«Rigiriamola, allora:» sbottò lui sempre più incatti-
vito «quante volte t'ho detto che, se si esce insieme,
occorre avere un programma preciso? Per esempio:
noi si pranza felicemente in una trattoria (concesso)
scelta da me; siamo piacevolmente eccitati dalla bottiglia di... dalla bottiglia; abbiamo il calorino allo stomaco, ci sentiamo conciliati colla vita. Sì, ma poi?».

«Che poi? Ci vogliamo bene, scendiamo al porto a
prendere il caffè in quel caffè tutto di vetro; e, di lì
dentro, acqua azzurra, panfili, pescatori che vanno e
che vengono, pensionati che sonnecchiano sulle panchine di fronte al mare... Che manca alla nostra felicità?».

«Manca il tempo, pazza! Manca, vale a dire avanza:
il primo cinema apre alle tre».

«Ma che ce ne facciamo, del cinema? Possiamo farne a meno».

«Illusa! e in qual modo consumare il nostro tempo,
o la nostra felicità?».

«Parliamo».

«Parliamo: e di che? Abbiamo già detto tutto, tutto è
già stato detto».

«Il nostro amore chiede sempre nuove parole; anzi,
è tale da contenere ogni parola possibile».

«Ah, e non ti avvedi che, se allargasse tanto le braccia o le ali, non sarebbe neanche un amore? Sempre
nuove giustificazioni, questo sì, esige. Come la fede».

«Che dici! Non reca esso in se medesimo le proprie
giustificazioni, o, meglio ancora, non è in grado di
prescindere da qualunque giustificazione?».

«Buonasera».

«Che significa?».

«No, auguro la buonasera ai tuoi argomenti scolastici. Infine, cara, a te compete dirmi cosa fare e dove andare: a te, a te, lo capisci?».

«Sei nervoso, oggi».

«Certo, e peggio sarà cogli anni... Pensa: anni, colla

conseguente fuga del tempo e la conseguente eternità. Ma per fortuna sei tu qui».

«Un po' smarrita, lo confesso».

«Fatti coraggio: o non avresti mai dovuto levare gli occhi su me».

«Nervoso; magari hai bisogno di restare solo».

«Al contrario!».

«Potremmo vederci domani alla stessa ora».

«Domani: se c'è, un domani... Dammi un bacio».

«Qui, in piena piazza, con passanti e vigili in agguato?».

«Ci prenderanno per stranieri e lasceranno correre. Dammi un bacio».

«Bacio bacio?».

«Sicuro: da fidanzati o da sposini novelli».

«Ma io non oso...».

«Un bacio; un bacio, grulla. È quanto ci rimane. Un bacio, a mal che vada, è un rampino».

«Come, rampino? Tu mi spoetizzi».

«Gli è, per nulla nasconderti, che io mi sento sdrucciolare; e, se non mi attacco a qualcosa, rischio di finire sul piancito».

«Sul piancito! Via, adorato ragazzone, ammettilo: non c'è molto da intendere, in ciò che delle volte ti passa per il capo».

PIOGGIA

Di solito, appena desta, mia moglie va nel bagno a pulirsi i denti; poi torna, tuttavia imbambolata, e solo allora emette i primi giudizi sulla situazione o sulla vita in generale, oppure rivanga qualcosa. E così è stato oggi. Salvo che, oggi, ella se n'è uscita colla seguente straordinaria frase:

«Era tirato da un ragno, no, il nostro cocchio?».

Ora, intendiamoci, io sono avvezzo alle sue occasionali bizzarrie; ma il fatto è che fino a tal punto la mia diletta moglie non era mai arrivata. Mi è convenuto pertanto assumere quell'aria tonta che hanno i mariti nelle farse del buon tempo antico ed esclamare:

«Eh? Che diavolo stai dicendo?».

«Ti chiedo,» ha replicato senza batter ciglio «ti chiedo semplicemente se il nostro cocchio era tirato da un ragno. Che è, non ci senti, o sei diventato un bempensante?».

«Un bempensante: che c'entra?».

«Mah, chi ti capisce, potrebbe sembrarti strana la mia domanda».

«Perché strana?».

«Perché, perché... Dove mai l'hai visto, un cocchio tirato da un ragno?».

«In sogno, beninteso».

«Ah, ecco, in sogno: e io che posso saperne o come potrei precisarti le circostanze del tuo personale sogno?».

«Tu non mi ami».

«Che dici! Ti adoro».

«Niente affatto, e basterebbe codesto aggettivo a darmene l'amara certezza. "Sogno personale!". Ma, se tu veramente mi amassi, tutti i nostri sogni dovrebbero essere comuni; tutto, dovrebbe essere comune e in comune. Ah, facile: io sogno di andare a spasso con te in un cocchio tirato da un ragno, e tu non ne sai nulla e te ne lavi le mani?».

«Capisco cosa vuoi dire...».

«Meno male».

«Ma io che ne posso se...».

«Benissimo, a meraviglia, c'era da scommettere che venisse fuori, l'odiosa parola! "Che ne posso": tra parentesi, non ti riesce di esprimerti in modo meno volgare e più corretto? Comunque sia, in che lingua te lo devo ripetere che, se davvero tu mi amassi, faresti senza alcuno sforzo gli stessi miei sogni?».

«Eh, aspetta: c'è la reciproca».

«La reciproca, che trucco è questo? Di', carino, credi proprio d'incantarmi coi tuoi termini difficili?».

«No, ascolta: tu mi ami?».

«Certo, purtroppo».

«E allora perché non sei tu a fare i miei sogni, o casomai a non sognare per nulla (come appunto è avvenuto a me questa notte)?».

«Che sciocchezza! Lo riconosci tu stesso che non hai sognato nulla; e, secondo te, io dovrei uniformarmi al nulla? Basta coi discorsi. Invece, sai cosa ti dico? Sul cocchio tirato dal ragno noi in sostanza fuggivamo da un giovane che mi stava facendo la corte. E, sappilo: un giovane bellissimo; e sappi che la sua corte non mi era del tutto indifferente. Al vederlo, coi suoi occhi malinconici eppure ardenti, colla sua muta eppure imperiosa richiesta d'amore, mi sentivo come uno struggimento in petto... Règolati».

«Ah sì, un giovane bellissimo? Biondo o bruno, vestito di raso o di velluto? E tu ti sentivi?...».

«La pigli alla leggera, signor mio? Ma non sai che perfino i sogni, anzi soltanto i sogni, sono pericolosi?... Insomma, io voglio da te una prova».

«Ossia?».

«Descrivimi ed eventualmente spiegami tutto questo sogno».

«Che non ho fatto».

«Che non hai fatto ma che avresti avuto l'elementare dovere di fare e che in ogni caso hai l'obbligo di conoscere punto per punto. O altrimenti vorrà dire che non mi vuoi bene».

«Capito tutto».

«Finalmente; e avanti, comincia».

«Beh, per cominciare avevamo leticato».

«Esatto; ma per qual motivo? Vediamo se lo sai».

«Per le mie osservazioni sulle spese di casa».

«Sì, sì, è vero: tu pretendi che io faccia miracoli; ma se tutto aumenta, se i prezzi crescono di giorno in giorno, mentre i tuoi guadagni rimangono quello che sono...».

«Zitta. E così, dopo aver leticato, siamo usciti insieme nel crepuscolo; no, un momento: nell'alba».

«Alba, sì: tutti gli oggetti avevano una strana lucentezza, il cielo era chiaro e vuoto; alba, proprio; che gioia sentirtelo dire».

«Proseguiamo. Noi, ancora stizziti, si guardava ognuno altrove; e d'un tratto ci si è parato davanti il giovane».

«Il giovane».

395

«Che si è messo a guardarti avidamente con balzi successivi».

«Come, con balzi successivi?».

«Pareva, di momento in momento, lanciartisi addosso cogli occhi sgranati, e solo in tali momenti acquistava vera consistenza; e poi ridileguava indietro».

«Oh Dio, perfetto; ora sì, tu mi piaci».

«Eh, sai, di certe cose me ne intendo. E dunque, come dicevo, lui ti guardava in quella maniera ed io ero molto imbarazzato, sebbene mi rendessi conto che avevo poco da fare con un tipo tanto inafferrabile. Quando...».

«Quando?...» mi ha incitato mia moglie con attenzione spasmodica.

Ma in realtà io non sapevo più come seguitare o cosa più inventare, prima dell'arrivo del cocchio tirato dal ragno; che il medesimo sopravvenisse senza altri incidenti, mi sembrava troppo semplice, troppo elementare rispetto all'indole di mia moglie. Sicché ho cercato di tergiversare:

«Un attimo di riposo, che diamine: del quale profitteremo per chiarire alcuni punti. Tu, ad esempio, codesto cocchio prossimo a comparire lo chiami pomposamente così, e passi; tuttavia, pensandoci meglio, mi sembrerebbe piuttosto una comune carrozza... una carrozza da nolo; eh?». Cercavo anche, infatti, di penetrare la natura delle sue fantasie, tanto da poterle secondare. Se non che lei, implacabile:

«Ammettiamolo. Procedi, non ti perdere in quisquilie».

E adesso?... E qui, imperdonabilmente, mi sono appigliato a una circostanza esterna. Fuori pioveva; ho arrischiato:

«Beh, nel frattempo s'era messo a piovere...».

Ma qui, maledizione, ella s'è d'improvviso rabbuiata; e freddamente, puntando l'indice:

«No; no davvero; risparmiati ulteriori sforzi d'immaginazione; no, non pioveva nemmeno per ombra. Sei abile nell'ingannare una povera donna! Fortuna che io ho la testa sulle spalle. Non pioveva, caro il mio lusingatore, caro il mio bieco seduttore; e ti spiego subito come mai l'avevi finora azzeccata. Tu devi possedere qualche segreta e diabolica facoltà di lettura del pensiero: poiché io pensavo intensamente al mio sogno, tu ne avevi, diciamo, captato qualcosa. Ma al punto giusto, quando veramente bisognava dar ragione di tutto e precisare il valore delle diverse figurazioni, ti sei tradito... Ci vuol altro che misteriosi e dilettanteschi poteri, altro che una benevola disposizione a compiacere il sesso debole: affetto, profondo affetto ci vuole, amore! M'hai presa per una bambina? Sentite un po': pioveva! Domando solo come t'è venuto in capo, che piovesse. In un sogno, piove! S'è mai udito? Piove nel vostro maledetto mondo, adesso piove, non nei sogni! E da tutto ciò devo concludere, son forzata a concludere per quanto mi costi, che, appunto, tu non mi ami, che le tue son chiacchiere vuote di senso... Ah sciagurata, in quale terribile avventura mi trovo coinvolta, irretita (è così, no, che parlate e scrivete voi letteratucoli?)».

«Calma, suvvia: forse non pioveva, mi sarò sbagliato».

«"Forse", "sbagliato": ma il punto è proprio questo! Come avresti potuto sbagliarti, se? Non avresti dovuto poterti sbagliare, o avresti dovuto non poterti sbagliare, se».

«Non ti par complicato, e non ti pare alla fine irragionevole pretendere?...».

«Ti ci aspettavo, ti ci aspettavo di piè fermo, all'irragionevolezza! Voialtri credete di risolvere tutto, non già colla ragione (sarebbe ancora grasso che cola), ma colle classificazioni razionali: la tal cosa è ragionevole, la tale altra non lo è... che razza di presuntuosi siete?».

«Vedi, cara...».

«Niente cara, e non ho niente da vedere. Règolati

piuttosto, ti ripeto: se si seguita così la prossima notte torno da lui».

«Chi lui, grullina?».

«Da lui, dal giovane: tienitelo per detto!».

Col che è scoppiata in pianto; mi ha buttato le braccia al collo, e singhiozzava e gemeva; guardava fuor della finestra, mormorava: «Piove, piove senza remissione, il cielo è tutto chiuso; piove... Ma qui, non lì per l'amor di Dio; cattivo, questo non dovevi farmelo...».

Un po' d'isterismo, naturalmente: con due bambini piccini!... Eppure nessuno mi leva dalla testa che, in fondo in fondo, ella possa aver ragione. Difatto, se ci si vuol bene, come mai non si sogna le stesse cose nello stesso istante? O, in termini meno assurdi, donde il perenne disaccordo dei nostri umori e perfino dei nostri sentimenti?

STAZIONI MORTE

Lungo le grandi metropolitane ci sono anche le cosiddette stazioni morte: stazioni cioè dove, per mutate esigenze del servizio o per chissà qual motivo, nessun treno ormai ferma. Nelle viscere della città, parendo aver ceduto appena un attimo prima la loro agitazione, il loro frastuono e le loro luci, esse balenano come bui gurgiti al passeggero; il quale può perfino e meramente sospettarle evocate dal fondo d'un personale incubo.

Beninteso, c'è passeggero e passeggero; c'è quello che si dice scotendo le spalle: «Visto o non visto, viva o morta la stazione or ora velocemente superata, la faccenda non mi riguarda»; e quello che vorrebbe vederci più chiaro e s'abbandona alle fantasticherie, alle malinconie, alle suggestioni... Beh, di codesta ultima razza era il passeggero o personaggio qui sommariamente presentato.

Da tempo, costui provava il singolare desiderio di metter piede in uno dei rammentati luoghi, e non aspettava che l'occasione; e l'occasione venne, come vengono tutte le occasioni. Improvviso arresto del treno; corse avanti e indietro di controllori e gente varia in uniforme; lor parole concitate; sgomento dei viaggiatori, che peraltro (e per essere d'un popolo tradizionalmente flemmatico) si limitavano ad aggiustarsi il solino; e così via. Ma, a questo punto dell'incidente, il costui o colui ebbe a constatare che il treno s'era fermato giusto sull'uscita di una galleria; e che tale galleria, neanche a farlo apposta, metteva in una di quelle stazioni obliterate. La sua risoluzione fu subito presa: in barba ai divieti, egli sgusciò fuori, percorse, quasi compresso tra la parete della galleria e le vetture, un breve tratto; e si trovò in quell'ampia spelonca. Il treno intanto ripartì, lui rimase solo.

Beh, mentre lui cerca d'orientarsi, noi potremmo chiederci che cosa infine o che particolare sentimento lo spingesse lì. Ma forse non ne vale la pena... Brama (inane) d'avventura, amor di mistero? Magari; o magari, più semplicemente, una cupa disposizione dell'animo cui urgesse specchiarsi in un fraterno paesaggio.

Il portello automatico che dava accesso al lungo corridoio sotterraneo appariva divelto; tanto più agevole il passaggio, tra le due assi incrociate poste in suo luogo. Sicché: lungo, lunghissimo corridoio ambrogettato (così dicono le padrone di casa riferendosi ai quadrelli di terra cotta invetriata dei bagni o delle cucine), beneficiante d'alcuna incerta luce esterna; e, laggiù laggiù, una svelta figuretta femminile che viene avanti non meno incertamente.

Chi? e come mai in questo chiuso? Bastava attendere mezzo minuto, avanzando a propria volta.

Ragazza con frangetta, efelidi (o « sabbia ») sul naso, braccia nude, gonna troppo corta per quel tempo. Lui la guardò, lei lo guardò di rimando e per così dire allo stesso titolo; e lui si fece coraggio.

« Buongiorno ».

«Uhm, buongiorno».

«Perché "uhm"?» incalzò l'esperto giovane, d'altronde senza speranza d'essere inteso.

«Perché,» rispose invece prontamente la ragazza «perché il mio giorno non è e non sarà mai buono».

«Oh oh: dunque il suo fidanzato...» e tacque sentendosi ridicolo.

«Non ho fidanzati».

«Possibile? proprio no?» rispose lui sempre più scioccamente.

«No, e non ho niente altro né in questo mondo né altrove».

«Eh, che parole grosse. Via, dove stava andando?».

«Alla stazione».

«Ma è morta».

«E precisamente!» disse in tono positivo. «Laggiù nessuno tenterà di fermarmi».

«Ossia? cosa vuol fare?».

«Buttarmi sui binari davanti a un treno».

«Ma cosa! E la ragione?».

«Mi dica piuttosto lei la ragione per cui non devo farlo».

«Ah, lei è un tipo logico? Beh, non c'è mai una ragione per uccidersi».

«Sì sì, tanti saluti. Mi permetta, allora: ho fame».

«Fame, vera fame? In tal caso io son disposto...».

«Certo: e poi:» gli piantò gli occhi in viso «è anche disposto a sposarmi?».

«Ecco...».

«"Ecco", naturale; fin qui arriva la sua generosità».

«Ma guardi, ma lasci perdere: venga nel frattempo a mangiare, poi vedremo».

«Se crede che con questo...».

Si avviarono ad ogni modo, risaliti all'aperto, verso una trattoria popolare: *mixed grill, chocolate trifle...* «Non si agiti troppo, pesta il cappello del signore accanto (posato, come lì usa, in terra)... Avanti, sentiamo la sua lamentevole storia».

Solita storia da dormire ritti: la famiglia le mostrava incomprensione, la contrastava nei suoi amoretti o che, lei d'altra parte intendeva vivere la sua vita, aveva pertanto abbandonato la famiglia, e così di seguito (in un *cockney* per fortuna non tanto stretto). Poi:

«Le ha notate, laggiù sottoterra, agli incroci degli interminabili corridoi, certe scatole di vetro simili a quelle dei musei? Contengono animalini trovati morti lungo la linea, uccisi dal treno e, per quanto ne so io, sconosciuti... Beh, a me sembra essere uno di questi animalini: il treno corre per conto suo, ti urta, e tu rimani lì stecchito o stecchita, senza neppure aver avuto modo o tempo di unirti alla sua corsa. Capisce?».

Ma, mentre la ragazza così volubilmente parlava, d'improvviso a lui stesso il mondo intero sembrò vestirsi di cenere; antica iperbole che talora prende forza d'immagine concreta e quasi visiva... Difatto, cosa ci faceva lui in quella città straniera o che senso potevano avere metropolitana, trattoria popolare, ragazza elucubrante, con tutto il possibile resto? che significato nella sua propria vita? Quale luce o speranza potevano venirgli da quelle trite apparenze, come in genere dal suo ansioso ed astioso peregrinare? quale indicazione?

Ella continuava ad accusare la sorte; e lui, sebbene conscio che le accuse erano sproporzionate al danno (e in ogni caso eguali agli sputi dell'ubriaco contro il cielo), si sentiva ormai preda del tedio universale: della volontà di morte che sempre ci guata dal buio. Sicché, da ultimo, il rapporto si presentò stranamente rovesciato.

«Tutto sommato,» diceva la ragazza, resa più benigna dal cibo e dal vino «la vita è la vita, e, in fondo in fondo...».

«Piano!» esclamò lui. «Come, la vita è la vita? Eh, sa-rebbe facile».

«Cosa mi consiglia, allora: davvero dovrei ammaz-zarmi?».

«Sicuro! Cioè...».

«Lei al mio posto si ammazzerebbe?».

«Non so al suo: al mio».

«Diamine!».

«Ma no, mi dia retta,» s'accalorò il giovane, dando senza ritegno nella più scontata insipienza «mi dia ret-ta: noi, noi due e l'umanità tutta, perché o a quale sco-po viviamo?».

«Già» mormorò la ragazza studiandosi di assumere un'aria pensosa, e tracannando un altro bicchier di vino.

«Per conseguenza, andiamo».

«Dove?».

«Alla stazione morta; moriremo insieme».

«Eh!» starnazzò lei. «Si calmi... E se al contrario, proprio in questo istante, la vita ci offrisse...?».

«Ma per l'amor di Dio: che potrebbe offrirci, la vi-ta!»:

«Senza dubbio, quando siamo soli a penare, intorno a noi tutto si chiude. Ma quando ci è dato dividere le nostre angosce con un... con un'anima... (non ebbe il coraggio di dire: gemella)... Della nostra congiunta sofferenza possiamo fare una forza» concluse frettolo-samente e come recitando qualche suo testo color di rosa.

«La quale forza,» completò lui con gelido sorriso «resterà pur sempre una doppia sofferenza. Nondime-no ammetto che...».

Ammetteva, l'incauto: senza sapere che basta la me-noma ammissione per essere perduti; perduti in un mondo dubbio, contraddittorio, e soprattutto incom-prensibile.

I due si sposarono, e sposi felici sono ancor oggi... «Felici», così abbiamo convenuto di dire: in realtà cominciò in quel punto l'oscuro, talvolta l'ignominioso, l'ignoto.

Il certo è che a lui non salta più l'uzzolo d'aggirarsi nelle stazioni morte. Non se ne vede infatti il bisogno: la sua vita, la sua vita medesima è una stazione morta, dove nessun treno ormai ferma.

VI. PICCOLI TRATTATI

Addormentatosi il padre le Coëdic, intorno al 1749, in uno spesso bosco, fu rapito da vento impetuoso che lo portò nei gelidi reami della Lapponia, presso un antro oscuro; per cui egli discese nelle viscere del nostro globo. Trovò qui un'immane rocca ove abitava il padre Mersenne, il fedele cartesiano, e molti altri discepoli del maestro, ritiratosi lui stesso a vivere sotterra. E qui il padre le Coëdic apprese tutto quanto desiderava, e l'origine di tutte le cose: «con che forza la calamita attiri il ferro, donde derivino i terremoti, di che sia formata la coda delle comete, perché il tuono brontoli nel luminoso seno dell'etere, quale sia la natura del sole».

Qualche anno appena prima di lui Nicholaus Klimius, o volgarmente Niel Klim, visitava una caverna della sua Norvegia donde uscivano suoni simili a singhiozzi; volle calarsi nel fondo, la corda si ruppe, egli precipitò. Infine si trovò in un'aria chiara come la nostra e prese piede sul pianeta Nazar.

Nazar è posto al centro della terra e abitato unicamente da alberi. Ma non solo Nazar, molti astri compiono quivi le loro rivoluzioni, la Martinia, Mezendor, abitati da strumenti musicali, da scimmie, da mostri e portenti d'ogni sorta; gente di strani costumi, eppure, talvolta, singolarmente più ragionevoli dei nostri... Nelle regioni glaciali di Mezendor, appunto, è l'impero degli Esseri Universali. Ogni bestia, ogni pianta è dotata di ragione; un senato d'elefanti, una corte di camaleonti, i tribunali presieduti e composti da alberi, un Foro di piche, sono fra le meritorie istituzioni di quest'Impero. E le volpi sono ambasciatori, i corvi esecutori testamentari, i montoni o capri grammatici, i cavalli consoli.

Purtroppo però non posso qui dilungarmi sulle varie avventure e sui vari incontri del Norvegese, né ciò d'altronde era, pel momento, nelle mie intenzioni. Gioverà invece notare di passata che la sapienza di Niel Klim (il quale era un esimio baccelliere) non sembra essere stata molto apprezzata laggiù. Gli alberi di Nazar, cui natura ha concesso appena la camminatura e velocità delle comuni tartarughe, lo impiegarono tutt'al più come staffetta, o galoppino, a corte (il principe pronunciò infatti le parole «spik autri flok skak mak tabu mihalatti» che consacrano tale nomina; si noti il famigerato «tabu»). Le scimmie della Martinia, che pure passano tutto il loro tempo a infioccarsi la coda, lo giudicarono così tardo e ottuso da soprannominarlo «Kakidoran», cioè lo Scemo. Solo gli abitanti della terra di Quama, veri selvaggi senza idea di nulla, lo elevarono a dignità regale col titolo di «Pikil-fu», o Inviato del Sole.

Le quali suaccennate cose ci offrono materia bastante a considerare. Di che poco momento, lettore, è quanto si trova e avviene sulla terrestre crosta, appetto a quanto si trova e avviene nel profondo! Ove gli alberi e le fiere parlano, l'umana sapienza non è prezzata, e molte cose si veggono più chiare, di molte (se non di tutte come afferma il padre le Coëdic) si discopre l'origine. Il seno della Terra, lo vedemmo, singhiozza, in esso si convolgono astri. Giacché, al pari delle altre stelle dello spazio, l'intera Terra è un gran corpo vivente (è anzi il nostro vero corpo, e noi stessi i suoi vaganti bruscoli), e certo incantevoli e leggiadri, o per converso terribili e minacciosi ne sono i mille aspetti. Ma più violenta e abbondevole vita s'agita nelle sue viscere, e innanzi a questa interna, che è quella di fuori?

In prova di che citerò qui l'opinione del divino Restif (de la Bretonne, di cui altra volta dirò come merita; restif s'intende al giogo di ogni volgare pregiudizio) il quale ciò disse come meglio non si potrebbe: «Oltre l'animazione della Terra, di tutti gli altri pianeti e del Sole, a cui io credo fermissimamente, penso ancora che il loro interno sia popolato di vasti animali, la cui grandezza è assai più considerevole di quelli generati dal pattume dagli umori e dalle parti calde della sua epidermide» (sic).

Il medesimo divino Restif calcolò anzi, in 9000 leghe, la lunghezza del verme solitario della Terra. Nel cui nome appunto (non intendo già proprio del verme solitario, sì piuttosto del divino Restif) voglio che sia dato principio a questa serie di notazioni.

DA: «LA MELOTECNICA ESPOSTA AL POPOLO»*

CAP. MCMLVIIII: DEL PESO E DELLA CONSISTENZA DELLE NOTE

Ciò che invece non tutti sanno è che le note emesse da gola umana hanno un proprio peso e una propria consistenza, più o meno apprezzabili secondo la valentia e la potenza dei cantanti, poco apprezzabili dunque o addirittura inapprezzabili nella maggior parte dei casi, notevoli tuttavia in alcuni e anzi notevolissimi e pericolosi. Si calcolò ad esempio, mediante appositi apparecchi, che un do di centro del celebre basso Maini pesasse 14 tonnellate in cifra tonda. Il peso delle voci tenorili e delle femminili in generale è in media assai

* Era mio intento testimoniare qui pubblicamente la mia riconoscenza a Eugenio Montale, il celebre baritono profondo (o basso cantante, *singing bass*), che mi fu largo di consigli e incoraggiamenti durante la redazione dei tre capitoli che seguono. Debbo rinunziarvi per sua espressa volontà: così grande è la sua modestia! Essa è anzi tale, che il Maestro fa ben poco caso della sua universal fama d'artista lirico e volentieri – ebbe egli medesimo a confessarmi – la cambierebbe con una anche più modesta nell'arengo delle patrie lettere: debolezze d'uomini illustri! (Da sapere, infatti, che il Montale è autore di due libretti di poesie; non prive al certo di pregi, ancorché lontane dall'eccellenza ch'egli ha raggiunta sulle scene liriche).

più esiguo: i centri d'un Tamagno s'aggiravano fra le 3 e le 7 tonnellate al massimo. Una sola contralto, la celebre Publinska, raggiunse in un'emissione isolata le 10 tonn. Il peso delle note baritonali è in generale medio. Per fortuna le note sono dotate di grande elasticità e rapidamente divengono fluide e s'espandono. Emesse nondimeno in determinate posizioni, possono conservare, anche a una certa distanza dalla bocca del cantore, una parte del loro peso e della loro compattezza originaria. In alcuni rari casi possono addirittura presentarsi più dure del ferro e costituire una vera e propria minaccia sia per gli ascoltatori che per gli artisti stessi; ond'è che questi ultimi hanno costantemente cura, a ogni buon fine, di emetterle verso l'alto o al disopra delle teste degli ascoltatori e dei compagni, come appunto ciascuno ha veduto loro fare. Ci compete tuttavia far qui cenno, sebbene a malincuore, di alcuni tristi episodi che funestarono la scena lirica, più rari di gran lunga, fortunatamente, oggidì: valga un caso per tutti.

Un tenore di cui si tace pietosamente il nome, avendo durante l'esecuzione di un'opera di Verdi obliata la suddetta precauzione, colpì il baritono che stava eseguendo seco lui un duetto con una nota non troppo acuta a vero dire (si trattava appena d'un *si naturale*), ma emessa in tale posizione e così precisa e ben timbrata, che uccise l'infelice sul colpo. Gli spettatori videro barcollare e accasciarsi il povero baritono, né si resero conto se non più tardi della terribile verità: simile a un'affilatissima lama la nota del tenore l'aveva passato da parte a parte! Coglieremo qui l'occasione per rilevare di sfuggita che infatti soltanto le note precise, ben timbrate ed emesse in posizione corretta (ossia quelle che si dicono tecnicamente note giuste) son fornite di peso e di compattezza, essendo al tutto le note sbagliate, calanti o salienti, destituite di peso. L'eccellenza dunque del tenore nella sua arte costò la vita a un compagno!

Questa particolarità dell'umana voce fu anche motivo di qualche scena grottesca, nonché di qualche bizzarra scommessa fra artisti; vogliamo qui citare un paio di casi per la buona bocca. Durante l'esecuzione d'un'opera cui assisteva, nella prima fila delle poltrone (anziché nel palco reale per suo capriccio) la Granduchessa di Livonia, un famoso basso lasciò sbadatamente cadere una nota a breve distanza, invece di lanciarla lungi da sé e verso l'alto come avrebbe dovuto. Tosto si vide la Granduchessa levarsi sdegnata e ritirarsi con qualche parola di protesta contro l'inurbanità dei cantanti italiani: gli è che la nota gli era caduta sui piedini e, pur avendo perduto quasi tutto il suo peso, li aveva nondimeno sgraziatamente pestati. Seguitiamo. Due tenori di voce assai potente, fra cui correva gelosia di mestiere, si lanciarono una volta pubblica sfida: ciascuno avrebbe dovuto mostrare, davanti a numerosa assemblea, di che era capace la propria ugola, restando gli ascoltatori giudici della consistenza e qualità delle rispettive voci. La seduta ebbe luogo solennemente. Uno dei tenori riuscì a reggere per parecchi secondi in bilico su una sua nota (naturalmente di testa) una di quelle palline vuote di celluloide che si veggono danzare sugli spruzzi d'acqua nei tirassegni popolari. Tosto l'altro tenore, senza darsi per vinto, tentò con successo quanto nessun artista aveva ancora osato tentare: egli s'arrampicò su una propria nota come il piccolo eroe della fiaba sullo stelo del magico fagiolo! Egli anzi, variando l'intensità della nota stessa e modificando le condizioni di emissione, riuscì ad andare su e giù alcun tempo nell'aria, quasi un diavoletto di Cartesio di nuovo genere! Si capisce che il responso del pubblico non si fece attendere.

Un cantante può essere più o meno abile nel lanciare la nota lontana da sé e, per così dire, nell'espellerla completamente dalle proprie cavità. Quando questo procedimento riesca appieno, la nota ricade dolcemente, simile a leggero vapore o a rugiada, sull'assemblea, e ciò è di quasi tutte le note dei grandi artisti; in caso contrario essa opprime, ricadendo, gli spettatori e induce in loro un caratteristico senso di pesantezza. La maggior parte poi dei cattivi cantanti non giunge neppure a espellere interamente la nota, sicché questa rimane, per servirci d'un'immagine grossolana, a metà nell'interno del cantante stesso. Se ne stabilisce cogli ascoltatori una specie di comune sofferenza: il pubblico trae istintivamente la nota a sé quasi per liberarne l'infelice, che da parte sua non chiederebbe di meglio e in tutte le maniere, con boccacce e conati d'ogni genere, cerca d'assecondarlo (senza peraltro riuscirvi, giacché una nota si emette tutta in una volta ovvero non si emette più interamente). È insomma una specie di parto difficile, e sono queste, è superfluo aggiungerlo, le audizioni più penose.

Diremo per concludere che una nota del grande Caruso fu una sera raccolta da un appassionato del lubbione. Era un *do* sovracuto e raggiunse, per bizzarra anomalia, quell'altezza ancora alquanto consistente. Si presentava, a detta dell'appassionato che la raccolse un momento nel cavo della propria mano, come un grumo di materia biancastra opalescente e quasi ormai priva di peso, con forte tendenza alla dissoluzione e alla disfusione; l'appassionato non riusciva a trattenerla, essa gli sfuggiva come denso fumo di fra le dita, e in un baleno colui se la vide dissolvere e svanire sotto i suoi propri occhi. Giova però notare che quel grumo non era verosimilmente che il nucleo della nota stessa, la quale doveva già aver perdute durante l'aereo tragitto tutte le sostanze secondarie che la componevano e tutta la propria risonanza.

CAP. MCMLX: DEL COLORE DELLE NOTE

Del pari molti ignorano che le note emesse da gola umana hanno un loro proprio colore, diverso, s'inten-

413

de secondo la loro altezza, intensità, giustezza. Tale colore non è però apprezzabile che in determinate condizioni, ove cioè nell'atmosfera si sia preventivamente provveduto a diffondere vapori di bario e di sodio (combinati giusta le indicazioni del Fibonacci) e a luce radente. Le note si presentano allora, in generale, come una sostanza gassoliquescente biancastra, dotata d'una vaga fluorescenza, inafferrabile e non captabile in storta (e ciò vorrebbe confermare le osservazioni dell'appassionato di cui in fine al precedente capo). Questo generale aspetto si modifica nondimeno e muta notevolmente secondo, come s'è detto, la particolare natura di ciascuna nota. Così, le note alte (o acute) mostrano un'insistente tendenza all'azzurro tenero, ma possono tuttavia apparire persino vagamente vermiglie o verdognole in determinati casi; le centrobasse offrono allo sguardo una gamma sempre più cupa a misura che si procede verso il registro profondo e si aggirano in generale sui colori detti dai pittori goladipiccione e verdebruciato o verdefogliamorta (fino a un certo limite, oltre il quale di nuovo schiariscono), ma possono in determinati casi assumere una brillante colorazione grigio-perlacea; e così di seguito. Le note sovracute (o ultracute) appaiono il più delle volte fortemente decolorate e come candenti; mentre le subbasse (o infrabasse), sebbene più chiare delle centrobasse e persino delle centracute, sembrano orientarsi costantemente verso un bigio unito e smorto, bassissimo di tono e alquanto fumoso. Ma in generale conviene dire che non si dà colore o sfumatura che non possa essere presente nelle note d'un cantante.

In verità queste numerose variazioni di colore si devono anche, oltreché alle condizioni indicate in principio, alla qualità delle voci: voci nella medesima chiave possono infatti essere più o meno cupe (o appunto, secondo l'espressione comune, scure), ossia, per usare termini piani, fra due tenori o due baritoni o due contralti qualunque, l'uno può avere per natura voce di diverso colore dell'altro. Chi ad esempio ebbe la fortuna di vedere la voce del famoso tenore di grazia spagnolo Gayarra, assicurò che non si sarebbe potuto immaginare spettacolo più incantevole: il rosapallido, un verde tenue e vaporoso, un celeste brillante e tuttavia delicato, velature d'avorio e sfumi di biondo; tali erano, a detta di coloro, i toni dominanti delle sue note, che nessun pittore avrebbe saputo fissare sulla tela. Un *fa* del grande basso De Angelis apparve invece a chi scrive quasi completamente nero, con solo qualche zona d'un cupo e funebre rossocardinale. Per contro il *fa* sovracuto dell'eccelsa soprano Buliceva pare fosse al tutto bianco, e incandescente e vivido al punto da riuscire insostenibile allo sguardo.

In generale poi tanto più giusta è una nota, tanto più vivo brillante e sonoro ne è il colore, senza pregiudizio dell'intensità, la quale può sì influire sulla natura o genere del colore, ma non mai sulla sua qualità. O, in altri termini, una nota comunque sbagliata resterà sempre, per quanto poderosa voglia essere, sorda di tono e (si dice dai pittori) matta.

Le note sbagliate possono, dal punto di vista cromatico, produrre talvolta i più curiosi effetti; non solo le stonate propriamente dette, ma persino quelle semplicemente calanti o salienti. Studiosi che sperimentarono su cantanti con forte tendenza alle stonature, ci hanno trasmesso singolari resoconti delle loro sedute. Così una volta, durante il canto d'un tenore portato a calare, gli assistenti ebbero l'impressione d'una serie di successivi oscuramenti: evidentemente a ogni nota calante dell'artista corrispondeva un oscuramento. Un'altra volta invece un rapido susseguirsi di bagliori o lampeggiamenti accompagnò l'emissione di note salienti nella romanza d'una nota soprano. Infine l'emissione del tutto fuoritono d'un basso provocò una sera nella sala dell'esperimento una completa oscurità, che durò qualche secondo, ossia finché il cantante non si decise a interrompere la sua nota, che aveva invece in animo di tenere fino a esaurimento del fiato; mentre, sul punto che un tenore stonava in una nota acuta, si vide una folgore muta guizzare per l'aria e tosto dileguarsi.

Daremo cenno da ultimo, a conclusione di questo capo, di due bizzarri fenomeni osservati da numeroso pubblico in due diverse occasioni. Una volta, a una nota profonda e prolungata (un *sol* sotto le righe) del già citato basso Maini, la sala si riempì bruscamente d'una sostanza volatile simile a nebbia o fumo, che ispessì fino a un certo limite, per poi diffondersi e svanire rapidamente. Un'altra volta una nota di centro alto del tenore Bonci provocò l'apparizione in pieno teatro d'un meraviglioso arcobaleno, con base all'altezza circa dei palchi di second'ordine. L'arcobaleno, impallidendo gradatamente, restò visibile per quasi 3 minuti primi, cioè tutto il tempo che l'orchestra impiegò a eseguire l'intermezzo seguente la romanza (se quella nota non fosse stata l'ultima d'una romanza forse le successive avrebbero tosto disturbato il fenomeno). È da notare che i due fatti riferiti si produssero in pubblici teatri e senza la preparazione chimica dell'atmosfera necessaria, come si disse, alle manifestazioni fonocromatiche; di ciò gli specialisti non hanno saputo a tutt'oggi darci spiegazione soddisfacente. Se ne deve comunque concludere che eccezionalmente, e in condizioni ancora dalla scienza imprecisate, i fenomeni visivi in generale possano essere anche spontanei. Tanto d'altronde lascerebbe credere l'esperienza degli appassionati delle scene liriche; i quali non di rado accusano durante gli spettacoli sensazioni più o meno strane e di varia natura, nonché sindromi psichiche diverse. Il senso di smarrimento, d'oppressione, d'uggia persino, cui soggiacciono talvolta gli appassionati non deriverebb'egli, arrischiamo qui per la prima volta l'ipotesi, dalle varie reazioni dell'organismo agli stimoli cromatici (anche se inapprezzabili dalla coscienza) oltre che ai tattili di cui al precedente capo?

Le note emesse da gola umana hanno inoltre un loro proprio sapore o gusto, un odore, un calore, una forma e infine una composizione chimica più o meno determinati. In generale una nota si può dire apprezzabile, in date condizioni, da ognuno dei cinque sensi, separatamente o all'unisono. Ma purtroppo gli studi su questi punti, per inesplicabile negligenza degli investigatori, non sono (nella nostra epoca che pure ha segnato il vittorioso progresso di tante scienze) molto avanzati; ci limiteremo pertanto qui a qualche indicazione generica.

Per quanto riguarda il loro sapore, le note si presentano nella maggior parte dei casi assai amare, particolarmente le estreme (profonde e acute, mostrando le medie o di centro una certa tendenza ad addolcirsi); esse divengono tuttavia in qualche occasione inesplicabilmente dolci e persino dolcissime. Ciò almeno teniamo dalla testimonianza dei cantanti, i quali però non sanno fornirci ragguagli più esaurienti sul gusto specifico delle note stesse (che si limitano ad affermare indefinibile) né sulle probabili cause dell'addolcimento; giacché su quest'ultimo non sembrano influire l'impostazione o l'altezza della nota. In mancanza di sicuri dati scientifici immagineremo la nota, proveniente dalle cavità interne dell'artista, come suscitante, giunta che sia a contatto delle sue papille gustatorie, una violenta sensazione d'amaro, secondo press'a poco avviene del contenuto stomacale durante il vomito. Ciascuno conosce infatti i conati e le boccacce che presiedono, nella maggior parte dei casi, all'emissione specie di note alte o bassissime (cioè delle più amare: a tale amaritudine sembra invero che solo pochi artisti siano riusciti ad abituarsi). Come anche ciascuno ha veduto talvolta qualche soprano leggero assaporarsi in punta di lingua taluna nota che le si sia insospettatamente rivelata dolce al palato.

Circa il calore, le note appaiono in generale dotate di forti proprietà termiche, ma possono in certi casi, per motivi, anche qui, imprecisati, raggiungere una temperatura bassissima, quale quella registrata da un esperimentatore occasionalmente solerte di $-180°$ Celsius: un vero fiato d'avello! Ogni amatore del teatro lirico ha visto, il più delle volte, i cantanti sudare copiosamente, ma conosce anche il caratteristico senso di gelo che si diffonde per la sala a certe note. Questo calore, la cui natura non è neppur essa precisata, pare essere piuttosto di tipo umido (ben diverso pertanto da quello che potrebbe tramandare una stufa elettrica), ossia ciò che si dice un calorgrasso, simile all'afa di alcune giornate d'autunno.

Le note sono comunemente inodori, ma possono talvolta assumere odori vari, dal più gradevole al più sgradevole, in conseguenza della loro composizione chimica cui stiamo per accennare. Così, il pubblico avvertì in alcuni casi odori di viola (*la naturale* della soprano Tetrazzini; certo dovuto al tungsteno), di bergamotto (*mi bemolle* della mezzosoprano Gek-Gek; vapori d'ortoclasio?), di giglio (*fa diesis* del baritono Battistini; apatite), del profumo in fiale detto *Cuir de Russie* (secondo le signore presenti; *re* sovracuto del tenore Lauri Volpi; corindone fluorite o elio) ecc. E, per contro, di formica (si tace per motivi d'opportunità il nome degli artisti; acido formico), di secreti renali (ammoniaca), di pesce (biossido di carbonio e acido solforico), di materia organica in decomposizione (stronzio e vari altri elementi), «di faraona bollita andata a male» (?; testimonianza d'una signora, ma alquanto isterica; elio e radio combinati?) ecc.

In tal modo abbiamo anche, senza volere, dato notizia dei principali elementi chimici che compongono le note. Aggiungeremo qui che questi elementi appaiono combinati, in proporzioni variabili, su una base che si può dire costante, formata da alcuni metalli nobili (oro argento platino) e da alcuni gas lievi (idrogeno elio...) in diversi stati; né la presenza, nelle note, di minerali sarà per meravigliare chi abbia già scorso il capo MCMLVIII del presente volume. Tuttavia la base stessa delle composizioni si modifica talvolta secondo circostanze a tutt'oggi imprecisabili, e in generale si deve dire che non vi sia elemento conosciuto che non possa essere presente nella composizione d'una nota. Ma, il lettore si faccia ora il più attento che può, nelle note emesse da gola umana non compaiono soltanto, o possono non comparire soltanto, gli elementi conosciuti. In esse pare difatto accertata, dai recentissimi studi dovuti al genio precoce dell'arzebeigiano Onisammot Iflodnal, la presenza di due elementi fin qui ignoti ai dotti, che quel giovane maestro ha voluto battezzare *Cinodium Oniflium* e *Ippodium O.* (con simboli *Cnf.* e *Cpf.*) e sulle cui proprietà serba gelosissimo il segreto. A questi misteriosi elementi si deve forse il fatto che stiamo per esporre e che conviene risulti ben chiaro alla mente del lettore: ossia che, lo si assuma una volta per tutte, vano sarebbe, oggi come oggi, voler ricostituire chimicamente una nota. Una nota artificiale è per ora inconcepibile; nel senso che non basterebbe, ad esempio, analizzare e ricostruire coll'aiuto degli elementi conosciuti una nota del grande Tamagno per poterla riemettere pura, potente, inconfondibile quale egli la emise. Ciò che si dice inflessione, intonazione e simili (e che forse deriva dai summentovati elementi) sfuggirebbe sempre al temerario ricostruttor di note e mancherebbe alle sue emissioni. Provvisoriamente pertanto se ne può concludere che nel canto, come nella poesia e in qualsivoglia arte, vi sono degli elementi di mistero.

Per quanto, da ultimo, concerne la forma delle note, diremo brevemente che esse possono assumere, a seconda delle circostanze della posizione eccetera, ogni e qualsivoglia forma geometrica, restando nondimeno fermo che la maggior parte riveste forme assai vaghe o è addirittura amorfa. Si distinsero tuttavia chiaramente note sferiche, cubiche, icosaedriche e a forma di vari altri parallelepipedi; spesso però, come s'è detto, queste forme appaiono notevolmente contraffatte, allungate appuntite taglienti, ovvero smussate ecc. Per chi volesse assolutamente qualche precisazione, aggiungeremo che le note dei grandi artisti tendono quasi sempre alla forma sferica o conica; mentre quelle dei cattivi cantanti si presentano il più delle volte irregolarmente piramidali, oppure estremamente piatte e a forma di triangoli scaleni, irte inoltre di minute asperità, sicché si direbbero spinose.

[I NON NATI]

Una rappresentazione abbastanza perspicua, appena un gradino più in su, dei sentimenti espressi ieri nelle ultime frasi (e per avventura della mia «arte») trovo in un vecchio manoscritto dal titolo *Il Pozzo di San Patrizio*. Si capisce che non parlo di perspicuità letteraria. Comincia esso manoscritto, cui non muto alcunché:

Dio non sarebbe Dio se fosse perfetto. Ossia, per non dilungarmi troppo su questo punto, se non fosse anche imperfetto; o tale, almeno, secondo le nostre povere parole. Sta di fatto che egli non a tutti gli esseri che escono dalle sue mani compartisce uno stesso impulso vitale, dico egualmente intenso. Distrazione o disegno, taluni ne ricevono da lui uno minore del necessario per vivere. Le qualità propriamente dette son forse per tutti le stesse. La differenza tra gli uomini e tra i loro vari destini è qui appunto: che del soffio divino ad alcuni è toccato più, ad altri meno. Non si spiega se no come creature non prive di alcuna nobile facoltà menino la vita più grama e malinconica, e in definitiva di tutte le loro facoltà non sappiano che farsi. Gli è, ripeto, che più lieve soffio le dimise dalle mani

dell'Artefice. Sicché, seppure dinanzi a queste creature il mon-
do si componga in compiute parvenze, non riescono esse, chec-
ché facciano, ad entrarvi, né a rintracciare il filo del proprio
e dell'altrui destino. Usa dire di costoro che sospirino per
un'altra patria, per la loro patria celeste, e sdegnino pertanto
questa terrena. Ma non è che un modo di dire: esser creati si-
gnifica perdere ogni specie di memoria, l'aperta e la segreta,
della vera patria. E d'altronde non è questa la nostra vera e
quella di Dio, questo universo che senza neppure esser solleci-
tato a tutti si schiude, e che è in verità il più bello dei possibi-
li, l'unico?

Comunque sia di ciò, il precedente discorso non è una me-
tafora: è un discorso da prendersi alla lettera. Il certo, volevo
io dire, è che esistono almeno due specie degli esseri cui abbia-
mo dato il nome di fantasmi: quelli che hanno già vissuto e
quelli che ancora devono vivere, e che nella maggior parte dei
casi non riusciranno a farlo. La cieca esistenza di questi non-
nati, di queste compiute eppur troppo deboli creature, d'altro
non è fatta, appunto, che d'un inesausto agognamento alla
vita. Larvale esistenza davvero. Essi insomma non riesco-
no la vita a conseguire; Dio, creatili, li ha abbandonati sulla
soglia del mondo e più non se ne cura. In termini più
scientifici, essi rappresentano un primo stadio tra tutti i pos-
sibili di vitalità. Dei loro fratelli gli uomini, v'è chi prende
baldanzosamente possesso del mondo, ed entro i due estremi si
svolge una gamma infinita di attitudini alla vita. V'è anche,
così, chi ha avuto appena valore di fidarsi al gran passo, chi
la soglia del mondo ha appena varcato, ed è rimasto lì irreso-
luto e perplesso, senza più forza da riconoscersi negli innume-
revoli, vividi oggetti circostanti e da scoprirvi il segno della
sua propria vita. Non è però di costoro ultimi che volevo par-
lare.

Detti nonnati, genìa posta al di qua della vita come al di
là quella della prima categoria, possono sì esser salvati, non
mai salvarsi di propria virtù. Ma son modi di salvazione tut-
ti, si capisce, fortemente aleatori, destinati il più delle volte a
fallire. Non mi arrischio qui a rivelare troppo delle cose occul-
te e mi limito a dichiarare uno solo di tali modi. Sono salvi,

quei cotali, se giungano a destare l'attenzione di qualche gran poeta o musico o pittore o che so io, di qualcuno infine di simili luogotenenti dell'Altissimo. A questi soltanto è infatti dato attrarre gli infelici nel cerchio della vita e farli ormai muovere pel mondo. S'intende che gli infelici stessi devono badare bene a chi si affidano, ché invero non basta esser poeta o musico o pittore per poter dare vita, né tutti i così qualificati son ministri di Dio. Ma è come dirla. I miseri non son poi tanto liberi di scegliersi l'uomo che fa per loro; il caso ha anche qui una parte non indifferente, e anche qui, alle corte, è questione di fortuna.

E sia. Ma sono finalmente arrivato dove volevo. Sta bene sbagliarsi, ma perché insistere nell'errore? Pure, è ciò che alcuni tra i nostri crepuscolari fratelli fanno e s'ostinano inesplicabilmente a fare.

Alcuni di questi fantasmi mi tormentano da tempo. Non hanno capito, non vogliono capire che io stesso sono quasi uno di loro, che ho appena varcata la soglia e non so mutare un passo oltre; che non so, non posso ministrare vita, nonché agli altri, neppur quasi a me medesimo. O forse l'hanno capito ma non hanno altri sotto mano. O sono di quei fantasmi che i gran poeti non vedono.

Essi pretendono da me, che ignoro il mio, il loro destino. Mi sia concesso presentarli al lettore, e pubblicamente raccontare di tutti gli infruttuosi sforzi che ho fatto per accontentarli. Un rimorso senza nome, come d'una colpa inespiabile, mi stringe il cuore da quando costoro mi ronzano attorno. Perché? Forse non ho fatto abbastanza. E tuttavia non vedo che altro potrei fare. Giudicatene voi stessi, e magari, discorrendo, l'orribile rimorso si calmerà.

Ho dato loro persino un nome. Ma può darsi essi soffrano di questo appunto: del fatto che ho tentato di farli vivere. E ormai sono legati a me e non possono più rivolgersi ad altri, sono schiavi del nome che io ho dato loro, di quel troppo poco che ho loro prestato. Il lor conato di vita è ormai condizionato dal mio di creazione; non sono più neppure vaganti. Ma io non so seguitare, lo capiscano!

Mi perseguitano. Cercherò di darvi un'idea di loro, non saprei però seguire un ordine preciso. Ve li presenterò dunque come posso, alla rinfusa...

(Più oltre lo scrittore arriva a questa sorprendente proposizione: «Sono infatti quasi venuto a credere che il proprio destino sia né più e né meno che un'azione». Del resto il manoscritto, che deve essere di circa venti anni fa, sarà forse un giorno pubblicato per intero).

FOGLIO VOLANTE

Una domanda al lettore, quando avrà udito di che si tratta.

Uno scimmione, ossia una scimmiona, dell'isola di Celebes (come apprendo dai giornali) rapì tre anni addietro un neonato di razza umana; che ora è stato ritrovato, eccetera. Storia tutt'altro che nuova, e tutt'altro che nuove le circostanze del ritrovamento. La povera madre (poiché non diverso nome le conviene), spaventata dall'arrivo degli uomini nella sua felice giungla, ha dato di piglio all'ormai ragguardevole figlioletto e, con esso stretto al seno, ha cominciato a volare di ramo in ramo, in disperata e non ingiustificata fuga dai medesimi; i quali difatto hanno avuto come prima idea quella di spararle, ma poi si son resi conto che rischiavano di colpire il bambino o di far precipitare ambedue da una tale altezza, sicché son ricorsi a inumani rumori. Al frastuono e alle vociferazioni incomposte, da città civile, non c'è animale ragionevole che resista, si sa, laonde colei se l'è battuta inorridita, dopo aver delicatamente deposto il proprio fardello su una forca; dove gli eroici soccorritori lo sono andati a cercare per «recuperarlo» al consorzio umano, al vivere civile e alla santa religione degli avi. Il bambinuccio, dice che pel momento grugnisce anziché parlare e rifiuta ogni cibo non silvestre, ma soggiunge gongolante il giornalista, ispirato dallo psichiatra, ispirato a sua volta dal confessore o da chissà quale altro solenne castrone, che presto sarà come tutti gli altri bambini; e, rincaro io, potrebbe un giorno, coll'aiuto del Signore, arrivare al punto in cui siamo noi e godere di ciò che rallegra e fa felici noi stessi, poniamo la nuova ondata o la scuola dello sguardo.

Beh, e ora la domanda: tu lettore (se ancora usa dare del tu al lettore), tu lettore, al posto di quei tali che hanno trovato il bambino, che cosa avresti fatto? Passato il primo momento di comprensibile ed irriflessa ansia per quella creatura della tua razza idolatrata, che cosa avresti fatto, ripeto? Lo avresti recuperato, o non lo avresti recuperato? ti saresti sentito in diritto, in dovere di farlo, o no? Bada che ad onta della mia mancanza di sussiego non sto scherzando per nulla. E dicendo «tu» intendo appunto tu stesso, non ciò che ti hanno insegnato o ciò che può esserti rimasto attaccato addosso di tanti buoni pensamenti, di tante timorate e sennate dicerie lette sui libri scolastici, di tante remote e recenti ipocrisie e arbitrarie deduzioni e postulazioni e dogmi: tu stesso, nudo davanti alla tua coscienza. Pensaci bene, lettore, e checché tu sia per risolvere avrai fatto il processo alle moderne società; processo che potrà, sia pure, divenire un'apoteosi, ma almeno, in tal caso, ne avrai acquistato un tanto di consapevolezza e la tua accettazione di certe cose non sarà più cieca come troppo spesso è. Pensaci seriamente, pensa chi era e chi sarà quel bambino, e se sarà più felice di quanto non fosse prima, butta sulla bilancia i due pesi, scruta la lancetta come i pesatori di brillanti, di polvere da sparo e di veleni, e a suo tempo fammi conoscere la risposta. Cerca poi di cavare dalle tue riflessioni quanto più puoi e di menarle un po' per volta a un certo grado di generalità; di convertirle in interpretazioni, se ti riesce.

Questo del bambino, invero, non è che un caso limite. «Dal dì che nozze e tribunali ed are...», da allora le cose si sono messe ad andar male, credo non vi sia barba di progressista capace ormai di negarlo. Con quanta passione per secoli, per millenni, abbiamo tentato di mettere tutti i malanni nel conto non già dei princìpi, ma della mancata o incerta applicazione di essi; e propriamente viviamo tuttora di questa rosea illusione. Mi pare invece venuto il tempo non pure di discutere, ma addirittura di rifiutare coraggiosamente i princìpi stessi e di cercarne se possibile altri; quei primi hanno avuto secoli e millenni di tempo per mostrarsi buoni ed efficaci, e ogni giorno vediamo come vi siano giunti. Ma no: qualcosa non va in Italia? è tempo, direi, di concluderne che Garibaldi aveva torto e che l'idea stessa di unità era sbagliata; qualcosa non va nella santa religione degli avi o nella santa chiesa degli avi, dei nipoti e dei pronipoti? è tempo di... lasciamo stare. E ciò, a parte ogni altra considerazione, a parte anche quella che a Garibaldi (all'altro poi!) si aveva e si ha il diritto di chiedere che prevedesse il seguito, e ciò perché quei princìpi non erano e non sono assoluti, ma relativi e condizionati e non potevano né possono dunque prescindere dalla prova dei fatti. La grande immagine o ipotesi della civiltà, insomma (la quale già di per sé non è affatto allettante né legittima), ha bisogno almeno di combaciare con immagini particolari ed immediatamente utilizzabili, o si dica di depotenziarsi in esse; di frangersi e rifrangersi, più che in un'etica, in una normativa.
Ora, mettendo da banda i fumi e i fiati, che ognuno può emettere a volontà ma che si dissolvono senza traccia, e restando in questo più comportevole ambito, quale in sostanza dovrebbe essere e non è la civiltà, o

in cosa consistere? quale essere, con più precisione, il vivere civile, in cui la civiltà astratta viene necessariamente a risolversi? I sommi ce ne hanno talvolta indicati gli estremi, circostanziandoli per loro benignità in un ordine addirittura pratico e quasi amministrativo. Immagino che possiamo e dobbiamo attenerci ai loro vagheggiamenti: diavolo, di chi meglio che di loro avremmo a fidarci? Ma poiché non posso qui richiamare tutti i loro detti, ho scelto un paio d'esempi che mi paiono particolarmente distinti; e intenderei indagare alla svelta se almeno vi sia corrispondenza tra queste già più che accessibili e quasi minori immagini, e la nostra realtà.

«... Là tutto non è che ordine e bellezza, lusso, calma, voluttà»; e:

«... Parlavan rado, con voci soavi».

Vediamo dunque:

Ordine – Via, tutto si potrà trovare dagli sciocchi entusiasti, dai fiduciosi nelle sorti, dagli amatori dell'umanità, dagli adoratori del ciò che è e dai ligi in genere, nella nostra società, fuorché l'ordine. Vi è bensì una invincibile tendenza a un ordine momentaneo, poliziesco, casuale e da nulla definito e che lascia impregiudicato tutto; laddove l'ordine è in primo luogo ordine del mondo anzi del cosmo, è armonia. Col risultato che codesto ordine arbitrario e iugulatorio non riesce neppure a essere poliziesco e serve solo a fomentare la corruzione (ossia il mezzo di evaderlo): nella vita pubblica, ma, ciò che è peggio, nelle e delle coscienze.

Bellezza – Basta dare un'occhiata alle nostre città.

Lusso – Quello inteso dal poeta non è lo stupido lusso dei nuovi ricchi. Il lusso è una dimensione dell'animo, oggi perduta. (Per carità: oggi perduta vuol dire soltanto non mai raggiunta, ma pure talvolta o da taluno accarezzata).

Calma – Passiamo oltre.

Voluttà – Beh, di questa, rispetto sempre a una età

dell'oro, ne sarà magari rimasto un zinzino, ma quanto degenerato. Anche qui, il poeta non parla propriamente della voluttà voluttà, ma di una voluttà nobile e classica, di cui appunto non si possa parlare se non in endecasillabi o in alessandrini. Ché se poi proprio a quella prima intendesse riferirsi, perbacco, il meno che possa oggidì capitare a chi si mette a far l'amore è d'essere assalito dal senso di colpa; il quale del resto è divenuto soldo bucato, moneta per tutti gli usi, e non si limita a infestarci nelle circostanze in parola. Colpa perché o per chi, si chiede tra parentesi? per l'umanità sofferente e della cui sofferenza ciascuno si sentirebbe responsabile? Baie: troviamo piuttosto il coraggio, se proprio non vogliamo rinunciare a codesto senso di colpa, di riconoscere che nel caso esso ci viene dal sospetto di non odiare abbastanza l'umanità e da ciò stesso che non siamo soli al mondo.

Parola rada e voce soave – Sembra particolare trascurabile ed è invece cosa fondamentale, e non per nulla il massimo tra i maggiori ha buttato lì il detto quale vigorosa ellissi rappresentativa e concettuale. Quanto a me, non son lontano dal credere che la poca radezza o l'affannosità di parola e la sgradevolezza delle voci siano la causa prima di questo intollerabile stato di cose. I motorini ad esempio (veicoli) son crebramente sgradevoli, e sono in pari tempo la vera voce della democrazia: onde io vorrei cavare un di quei raziocini che i trattati di logica condannano, ma che almeno alleggeriscono il cuore.

Siamo andati un po' lontano. Non è gran male forse, una volta tanto: si fa per discorrere. Ad ogni modo torniamo alla scimmia e al bambino. Ebbene, a me sembra in conclusione che un solo motivo o una sola considerazione potrebbe render perplessi gli ipotetici soccorritori e indurli a non lasciare il secondo animale nelle braccia del primo: essi cioè potrebbero considerare che le mirabili qualità umane della creatura meno pelosa sarebbero o fossero per essere (ineffabile tormento di una lingua immeritata, per chi ancora ne ha un senso!) sprecate in quella giungla. Ma a un tal modo di pensare si possono opporre almeno tre argomenti, riducibili, è vero, a due. Il primo, che noi non sappiamo se nelle scimmie medesime o in qualsivoglia altro bruto non sia per avventura latente la capacità di scrivere, la Commedia forse no, ma almeno l'Innominabile; e in diverse parole se sia tassativo porre a frutto le proprie qualità, quando di qualità inutilizzate e buttate via son piene le storie, le cronache e la vita stessa della natura. Il secondo o terzo argomento... orsù, esso sarà meglio illustrato da una parabola.

Prendiamo la foca, bestia dolce, cara e di grande intelligenza. A un certo punto noi le scopriamo, non mica la sua vera intelligenza (che al contrario ci imbarazza perché non è di facile spicciolatura), ma un assai notevole senso dell'equilibrio, paragonabile alle nostre attitudini per le arti belle; glielo scopriamo, e di conseguenza... la mettiamo in gabbia.

Che cosa io intenda con questa umanissima tra tutte le parabole è fin troppo chiaro: non che a nulla convenga sacrificare la libertà o che la libertà sia il maggiore dei beni, sibbene addirittura che essa è la nostra qualità prima, qualità costitutiva, se mai ne abbiamo. E d'altra parte la libertà non sarà mai sociale. Non si tratterebbe dunque, nel caso in esame, di sacrificare la libertà a qualcosa, ma semplicemente di esaltare alcune qualità a tutto detrimento della maggiore: operazione a priori (e a posteriori!) sconsigliabile. Sicché, tutto sommato, la scimmia si tenga il bambino e se lo goda, e questi si goda la giungla non d'asfalto, finché non ci arriva qualche cassa, qualche consorzio o qualche altra diavoleria.

Ma qui mi avvedo con orrore che non ho osservato le regole del gioco: il lettore infatti deve risolvere da sé il suo quesito, e io non ho alcun diritto d'influenzarlo.

UN CONCETTO ASTRUSO

Nageurs morts suivrons-nous d'ahan
Ton cours vers d'autres nébuleuses...

«Oh, cari ragazzi, siamo arrivati in questo corso a un punto un po' difficile. Qui i lumi della mia scienza si fanno più che mai incerti. Sarà meglio che parliamo alla buona, ognuno interloquisca se lo crede opportuno e faccia tutte le domande che vuole. Solo, parlate uno per volta».

«Bene, ci piacciono le cose difficili. Avanti, professore».

«Eh, andateci piano, questa è la più difficile di tutte. Ma facciamoci coraggio e cominciamo senz'altro. Dunque, cari i miei giovanotti, io devo ora parlarvi della morte».

«Mor-te: che cos'è?».

«Adagio, adagio: io non lo so e forse non posso saperlo».

«O allora?».

«Ma loro lo devono o dovevano sapere, dal momento che hanno o avevano una parola per designarla, ed è già qualcosa».

«Chi loro?».

«Diamine, gli esseri di cui siam venuti discorrendo».

«Gli abitanti di quei mondi remoti che...?».

«Ma sì, loro appunto: vi feci anche vedere o intravedere al telescopio le loro sedi, cioè la loro galassia».

«L'ultima, proprio l'ultima laggiù, come una macchiolina pallida?».

«Certamente, ma non perdiamo tempo in oziose ripetizioni. Dunque: la morte».

«Ma professore, se codesta... morte lo sanno loro che cos'è, e non lo sa lei, non vediamo...».

«Piano, io non ho neppure affermato positivamente che loro lo sappiano o sapessero».

«Meglio ancora! In che termini procederà dunque la nostra indagine?».

«Che termini e non termini! Sentite ragazzi, così non si va avanti; smettiamola coi preliminari e coi convenevoli. Insomma, vedremo di precisare insieme o di approssimare il concetto di morte; vi aiuterò, che devo dire, nelle vostre ipotesi, e voi magari mi aiuterete nelle mie; e magari, a forza di girarci attorno a questa parola, a qualche risultato arriveremo. In fondo non dovete dimenticare che se una cosa la capisce uno, la può capire anche un altro, viva pure a miliardi d'anni luce di distanza. Sicché proviamo, quando tutto manchi alla fine ne saprete il poco che so io».

«Proviamo».

«Così mi piacete. Ora, qui conviene prenderla molto alla larga, altrimenti non ci si intende. È chiaro che se io potessi riferirmi al concetto di vita mi sarebbe facile darvi un'idea della morte, ma il male è che voi neanche questo sapete, che cosa sia la vita, né potrei spiegarvelo se non ricorrendo al concetto di morte. Come dire che, ai fini del nostro ragionamento, vita e morte tornano al medesimo».

«Vi-ta?».

«Già già, ma lasciamo stare per l'amor di Dio... No, da questa parte non si procede: bisognerebbe aiutarsi con qualche concetto per dir così anteriore, se poi è vero, a quelli di morte o di vita... Vediamo, vediamo un po': l'altro professore non v'ha detto... Insomma, sapete che cos'è il tempo?».

«Il tempo! No».

«E lo spazio?».

«Lo spazio?».

«E quindi tanto meno sapete che cos'è lo spazio o tempo, volendo assimilare i due e ridurli a un'unica dimensione concettuale?».

«Ma che dice?».

«Niente, niente».

«Spazio, tempo: che parole buffe. Che cosa sono?».

«Non che siano qualcosa: vi chiedevo se sapeste che s'intenda per tempo e spazio, o per tempo o spazio, dalle parti di quell'ultima nebulosa. Ma tanto non lo sapete; e figuriamoci se avete il concetto di durata, eccetera eccetera. Eh, ma allora ditemelo voi come devo fare!».

«A far che?».

«Oh Dio, ma a darvi un'idea della morte».

«Perché, non si può avere un'idea della morte se prima non se n'ha una di codesti spazio e tempo?».

«Direi; mi sembrerebbe almeno».

«Allora ci spieghi che cosa sono lo spazio e il tempo».

«Uhm, ma gli è che, a ripensarci appena un po' meglio... Vedete, forse ci risiamo, io forse per parlarvi dello spazio o tempo, ché fanno poi la stessa, dovrei parlarvi necessariamente della morte, ossia supporne in voi la nozione. Lo sapete voi se sia il concetto di spazio o tempo a generare quello di morte o se sia il concetto di morte a generare quello di spazio o tempo?».

«Noi no».

«E neppur io: può ben darsi che in realtà si tratti di due concetti paralleli, o per meglio dire dello stesso concetto diversamente articolato».

«Ma allora che si fa?».

« Che si fa! Prima di perderci tutti il capo si ricomincia ogni cosa dal bel principio e festa finita. Dunque, sentiamo un po': che cosa è l'essere lo sapete? ».

« Sì! ».

« Sì! ».

« Sì! ».

« Eh, troppi sì. Avanti, parli uno: che cosa è l'essere? ».

« L'essere è la nostra coscienza ».

« Uhm, già: questa è infatti la definizione dei nostri manuali. Cosicché l'essere sarebbe una specie di sentimento o quanto meno un rapporto soggettivo: con che, vi domando? ».

« Come con che? Oh bella, coll'attività del nostro pensiero e coi nostri sentimenti stessi, insomma con tutto ciò che ci fa quello che siamo ».

« Cioè sarebbe la coscienza del contenuto della nostra coscienza: dico, vi torna o vi sembra un giochetto? ».

« Ma... detto come lo dice lei, certo... ».

« Io ho detto per l'appunto quello che avete detto voi. Ma sentite, io penso invece che di una mediazione ci sia pur bisogno, in altri termini che la nostra coscienza debba essere relativa a qualcosa e non unicamente a se stessa... Del resto qui probabilmente si va fuori argomento e fors'anche si supera la vostra preparazione. Voglio dire: non vi è mai passato per la testa che codesto rapporto che abbiamo definito soggettivo possa almeno tendere a un valore oggettivo, in parole diverse che l'essere, anziché una nostra immagine, possa figurare un nostro stato? ».

« Uno stato! ».

« Il concetto di stato più o meno lo abbiamo, ma... ».

« Eh già, lo sapevo che vi sareste inalberati. Volete certo dire che poiché il nostro stato è costante ed eterno non è uno stato? ».

« Sicuro! Il concetto di stato o condizione presuppone la possibilità d'un cambiamento ».

« Questo resterebbe a vedere: il fatto stesso che noi possiamo dire "stato immutabile"... ».

« Ma come! ».

« Ma che argomenti sono codesti! Si sta prendendo giuoco di noi? ».

« E del resto cosa ne caverebbe? ».

« Calma, calma. E sta bene, avrete anche ragione. Proviamo allora a girare la difficoltà: dite un po', che cosa è il non essere lo sapete? ».

« No ».

« Eh lo credo, perché tutta la nostra speculazione si aggira su concetti positivi. Ma ci sono anche i concetti negativi, benedetto Dio, o dobbiamo supporlo considerando le notizie, cioè le idee, che ci giungono da quella lontana nebulosa ».

« Concetti negativi: che cosa sono? ».

« Concetti che si riferiscono a cose che non sono rispetto a cose che sono ».

« Professore, abbia tanta pazienza, non è chiaro per nulla ».

« E non mi meraviglia. Diciamo, si riferiscono a cose che sono in un altro modo rispetto a quelle considerate ».

« In un altro modo! Ma che significa? ».

« Oh Dio! si riferiscono a un'altra possibile condizione di una cosa qualunque ».

« Cioè a una sua impossibile condizione ».

« Se volete. Ma insomma, per esempio, il non essere sarebbe ciò che non è essere ».

« Ma ciò che non è essere non si dà ».

« D'accordo, ma potete pensarlo ».

« Neppure, perché ciò che non fosse essere potrebbe figurare infinite altre cose ».

« No no, qui sbagliate: anche ciò che è essere figura infinite cose, ma, nella misura in cui lo si può assumere come concetto unico, è ben definito e basta a se stesso. Analogamente, non c'è che un modo solo di non essere, ossia il concetto di non essere è un concetto sufficiente, un'idea precisa».

«Ci scusi, non arriviamo lo stesso a capire. Lei dice: analogamente; ma perché l'analogia fosse, non diciamo completa, ma appena accettabile, bisognerebbe che codesto non essere potesse figurare in sé, nel proprio ambito, infinite cose, quali le figura l'essere, e non meramente presentarsi come configurabile in infiniti modi... Mi esprimo male, e non so se mi sia spiegato, ma infine la nostra obbiezione non era quale lei mostra di credere. E il certo è, con sua buona pace, che lei ci sta facendo degli scambietti: da una parte ci dà un concetto unico sì, ma da ultimo riassuntivo, mentre dall'altra ci dà un concetto egualmente unico, ma che purtroppo non riassume niente e non si riferisce a niente».

«Maledizione, siete troppo intelligenti... e non abbastanza. Non abbastanza, perché, senza avvedervene, voi state contaminando astrazione e realtà. Ovvero si dica che quello di essere non è un vero concetto, laddove lo è, lo sarebbe, non so più come esprimermi, quello di non essere. Ecco, quello di non essere è un concetto puro, cui non corrisponde nulla».

«Ma lei dovrà pure configurarcelo in qualche modo!».

«E invece no, ve lo configuro unicamente per esclusione: come mera costruzione dell'intelletto».

«E noi dobbiamo ingollare questo concetto e tenerci paghi?».

«È quasi così, accidenti!».

«Beh, ragazzi, ingolliamolo, anche se ci deve rimanere sullo stomaco... Facciamo così, professore: vada avanti, chissà che il conseguente non chiarisca l'antecedente! Ma via, professore, ma è un modo di speculare questo?».

«Noi non stiamo speculando. Io, vi ripeto, sto cercando di dar ragione in primo luogo a me stesso di qualcosa. E d'altronde non sarebbe la prima volta che il conseguente gettasse luce sull'antecedente».

«E va bene, vada avanti; e per cominciare, in che maniera si arriverebbe dal suo non essere al suo spazio o tempo?».

«E chi diavolo lo sa! Non in una maniera diretta, magari».

«E coraggio, professore!».

«Beh, dunque: l'idea di non essere implicherebbe o non implicherebbe un'idea di limitazione?».

«Uhm».

«Uhm».

«Eh no, non avete tanto da mugolare: la implicherebbe, penso io».

«E come?».

«Ma se c'è il non essere, significa che l'essere non è, come devo dire? totale, che non copre tutto, ma lascia invece un certo margine».

«Eeeeh!».

«Pfuì!».

«Ma cosa, anche ai fischi siamo arrivati? Cercate d'essere più seri».

«Eppure, professore! ora è lei che sta contaminando astrazione e realtà. Ma il non essere non è che ci sia: non ce l'ha dato testé per una mera costruzione dell'intelletto?».

«Ecco qua, voialtri pur di fare chiasso aprite la bocca e parlate. Che! appunto di costruzioni dell'intelletto stiamo discorrendo, né rammentavo il non essere se non come astrazione; visto poi che non è più che un'astrazione il nostro eventuale punto d'arrivo, o meglio la nostra prima tappa, lo spazio o tempo».

«Via, via, stavolta ha proprio ragione. Ci perdoni. Ma ci dica: che cos'è la bocca?».

«La bocca? ho detto bocca?... È una cosa di laggiù. Lasciate stare, forse arriveremo anche a quella».

«Allora procediamo».

«Sì procediamo. (Ma come?). Ora, se l'essere non è il tutto, ossia se può essere concepito come limitato dal non essere...».

«Ebbene?».

«Ebbene niente, ragazzi miei: non so come seguitare, e forse siete più furbi voi di me. Tuttavia, a lume di naso, mi sembrerebbe che, partendo da una simile premessa, si potrebbe forse arrivare a una distinzione di elementi, elementi concettuali si capisce».

«Che distinzione e che elementi?».

«Sì... Qui c'è l'essere, qui il non essere: vuol dire che a un certo punto l'essere diventa non essere o viceversa, che a un certo punto finisce l'essere e comincia il non essere, o no?».

«Beh, in certo modo sì; per quanto questa idea di fine non sia ben chiara. Che vuol dire finisce?».

«Vuol dire solo, per ora, che l'essere è appunto distinto dal non essere, oppure no?».

«Su codesto non c'è dubbio, rispetto alla pur nebbiosa definizione. Ma gli è, caro professore, che qui si sta facendo un gioco di bussolotti: una parola dentro l'altra, una parola spiegata con quella che dovrebbe spiegarla, eccetera».

«Già: ma che ci posso fare io? Del resto sembra soltanto che noi si giochi a rimpiattino: in realtà, volere o non volere, un che rimane. Le parole di per sé son già qualcosa, e magari poi d'un tratto s'illuminano tutte insieme».

«Mah, tiri un po' innanzi».

«Sicché l'essere e il non essere son distinti. Ora: vi riuscirebbe di concepire o di immaginare distinte due cose, per dir così, interne all'essere?».

«Intende ove si sia precedentemente distinto l'essere dal non essere? Non troppo bene».

«Ma come, se proprio uno di voi mi ha parlato poco fa di pensieri e sentimenti, che son due cose, e se tutti m'avete accettato che l'essere è infinite cose!».

«Ma, a parte il fatto che se tutto fosse così liscio non si capirebbe perché lei senta il bisogno di interrogarci, ma... era un semplice modo di dire: infinite cose è la stessa che una cosa sola. E neppure è che pensieri e sentimenti o pensiero e sentimento siano due cose; sono bensì... sono due parole».

«Mi basta pel momento. E vi chiedo: vi riesce di immaginare come distinto, ovvero sia pure come corrispondente a una determinata parola, un che nell'ambito dell'essere?».

«Che razza di domanda è questa? certamente: abbiamo appena finito di dire che, delle parole, nell'essere se ne può trovare quante se ne vuole».

«No, non mi sono spiegato, oppure ho sbagliato addirittura e non importa. Voglio dire (ma che voglio dire?), voglio dire... Guardate, per esempio, ci arrivereste a concepire come distinto dal resto, a isolare con uno sforzo d'astrazione, un che di ciò che avete in questo momento davanti?».

«Domanda oscurissima, professore, ove non sia superflua o mal posta. Vuol dire per esempio ad assumere quella stella come alcunché di qualitativamente diverso dal cielo che la circonda?».

«No, non qualitativamente! ad assumerla, non so come accidenti dire e devo per forza tornar qui, ad assumerla quale distinta dal resto, quale entità, quale che a sé stante?».

«Che a sé stante?».

«Ah!... Un altro esempio: ci arrivate a immaginare che quelle due stelle possano essere due termini?».

«Termini di che?».

«Ma del cielo».

«Ah, lei vuol dire giungere a immaginare che il cielo sia compreso tra quelle due stelle?».

«Niente affatto, ma anzi che nel cielo c'è quel cielo tra le due stelle, che nel grande c'è quello lì piccolo, nel tutto la parte, oppure che il cielo è fatto di tanti piccoli cieli».

«Eh via... Ma in fondo cominciamo a capire che cosa intende».

«Oh, Dio lodato! Allora ci stiamo avvicinando al concetto di spazio o tempo».

«Ma quale sarebbe l'utilità di una tale fantasia?».

«Lasciate stare l'utilità adesso; o meglio l'utilità sarebbe appunto che voi verreste a concepire lo spazio o tempo. Per voi, per loro stessi di laggiù, ehm, è tutta un'altra faccenda, e non so neppure se per loro questa fosse una fantasia».

«Ma insomma, in questa ipotesi o immagine o fantasia, quale sarebbe lo spazio o tempo, da che cosa esso sarebbe rappresentato?».

«Calma; riassumiamo invece. Dunque nel cielo ci son questi tanti cieli o, che è lo stesso dire credo, nell'essere questi tanti esserini: infiniti, propriamente, perché infiniti sono i vostri possibili punti di riferimento. Fin qui mi seguite?».

«Più o meno. E questi cieli minori che ci siamo finti, o questi esserini come li chiama lei, cioè ciascuno di essi, sarebbero lo spazio o tempo?».

«Ma no, che diavolo imbrogliate: quei che minori, sebbene così arbitrariamente e per sola via d'astrazione limitati, son pure qualcosa, mentre lo spazio o tempo è nulla, è unicamente un concetto o tutt'al più un metodo».

«Come metodo?».

«Metodo per far che o per che?».

«Via, via, non vi attaccate alle parole, forse capirete in seguito che cosa volevo dire, o forse no e pace».

«E in definitiva, che cos'è lo spazio o tempo? Perbacco, le stiamo passando tutto, è ora che si sbottoni».

«Beh, ecco in breve: lo spazio o tempo è né più e né meno che la possibilità stessa di concepire chiaramente e senza sforzo i cielini o esserini».

«Come come?».

«Una definizione che si mangia la coda».

«Che delusione!».

«Ma no, aspettate. Cerchiamo di spiegarci: l'idea di spazio o tempo è insomma, per loro, un'idea finale».

«Finale?».

«Nel senso che tende a un limite; no, che positivamente lo contempla; un'idea, più che distintiva, limitativa appunto; un'idea di... durata, la chiamano loro».

«Loro; ma noi qui ricaschiamo nel buio».

«Come, ma se abbiamo or ora detto... Guardate: se io pongo, postulo, qui un cielo e qui un altro cielo...».

«Lei vuol dire che dove finisce l'uno comincia l'altro o che comunque uno deve ben finire per dar luogo all'altro?».

«Eh già».

«Già, dice lei: ma come si configurano, idealmente, nell'ipotesi, e prescindendo da ciò che i due supposti cieli son di fatto della medesima natura, come si configurano questa fine e questo principio? Come un mutamento di stato o di modalità?».

«No, no!».

«E allora come?».

«Unicamente come una fine e un principio; e nella fattispecie si può anche abolire uno dei due termini, a scelta».

«Eh no, troppo facile, o magari, per non offenderla, troppo difficile: questa è un'immagine senza contenuto. Ci rifiutiamo di seguirla».

«Sicché ad astrarre l'idea di fine o quella di principio proprio non ce la fate? (Che domanda intelligente: se ce la facessero saprebbero già che cos'è la morte)».

«No no, quelle sono idee di relazione e basta; e la preghiamo di non confonderci il capo».

«Eppure! (Ma per conto mio hanno maledettamente ragione: lo so io forse che cos'è la morte?)».

«E poi c'è un'altra difficoltà: che i suoi cielini o esserini sono infiniti per sua stessa definizione, per cui invero non si può dare alcuna fine ed alcun principio».

«Cosa, vi rimangiate quello che già avete ammesso?».

«Non ci rimangiamo niente, o anche sì poi, ma da

441

ultimo ci sembra che non ci sia via di mezzo: o concepirne infiniti, o un solo».

«(Hanno ragione anche qui, se pure non son molto conseguenti). Via, vediamo: sono infiniti, ma voi potete sempre considerarne un numero limitato».

«No, a pensarci meglio: possiamo considerarne un numero limitato, ma a patto di considerarli infiniti, quanto dire che la nostra finzione si dissolve nel punto stesso in cui si forma o in cui dovrebbe prender forma».

«(Non fa una grinza, per Dio!... O la fa?) Sentite, lasciamo da parte queste puntigliose precisazioni; si potrebbe invece provare a mutar angolo di vista, e magari pian piano si arriverebbe. Ma non credo che sia necessario. Sapete infine che vi dico? che così parlando voi già mostrate di possedere il concetto di spazio o tempo».

«Se lo dice lei...».

«Sì, e in qualche modo lo prevedevo: i concetti si fanno per la strada, soltanto col parlarne quasi senza sapere di che si tratti, non certo col precisarli frontalmente o col prenderli per le corna».

«Uhm».

«E in ogni caso fingiamo che sia così: se ancora non lo aveste, questo benedetto concetto, non ci resterebbe lo stesso nient'altro che andare avanti e sperare nel futuro, ché di qua è vicolo cieco».

«Uhm, fingiamo e andiamo avanti. Ma sbagliamo o in principio s'era parlato di una tal morte?».

«Eh, ci arriveremo, ci arriveremo prima o poi».

«E avanti».

«Ora, vi riuscirebbe di... santo cielo, è difficile perfin da dire... vi riuscirebbe di immaginare voi stessi contenuti in uno di questi che, di queste quantità postulate che abbiamo chiamate cielini o esserini, ossia ciascuno di voi in una?».

«Cosa?».

«Cosa?».

«Come sarebbe?».

«No davvero!».

«Professore, lei sta dando i numeri: l'essere, contenuto in una parte di sé? il più nel meno, il maggiore nel minore?».

«Ah ah!».

«Pfuì!».

«Buoni e silenzio! E innanzi tutto, come l'essere? Io ho parlato di ciascuno di voi».

«L'essere, l'essere medesimo: ciascuno di noi è tutto l'essere».

«Bravi, che diligenti allievi di atenei e di accademie. Comunque io son desolato, son disperato anzi, ma devo chiedere ancora questo sforzo alla vostra immaginazione, alla vostra mente speculativa, non so a che; altrimenti non si può procedere e tanto vale chiuder bottega».

«Ma è impossibile concepirsi contenuti o chiusi in checchessia!».

«Lo capisco da me che è impossibile; peraltro più impossibile ancora, se possibile, sarebbe essere, contenuti o chiusi; sicché di più impossibile in meno impossibile...».

«Accidenti, sta facendo un imbroglio a caso!».

«Insomma forse poi di concepirla c'è modo, una cosa del genere, e per me a furia d'arrabattarmi ci son riuscito, benché malamente. E insomma così pare la intendano loro di laggiù, ci abbiano o non ci abbiano le loro buone ragioni; e, se si vuol cercare di rendersi conto della faccenda, se io stesso voglio rendermene conto... So bene, veh, che non avrei il diritto di chiedervi una tale ipotesi».

«E contentiamolo, ragazzi, che ci costa? Se no si mette a piangere».

«Smettetela coll'insolenza, e invece...».

«Ma sì, ma sì, va bene: il più nel meno. È contento? Noi siamo ciascuno chiuso in un pezzettino di cielo».

«Non solo, ma...».

«Ah, non le basta ancora?».

«Smettetela vi dico, e cercate ora di stare attenti».

«Ah professore professore, lei ci ha ridotti a un punto che ormai ammetteremmo anche che l'universo è infinito, oppure che è finito o un'altra assurdità qualsiasi. Siamo avviliti».

«Anch'io. Ma, quando avrà termine questa levata di scudi, capirete pure che non è mia colpa se loro sono effettivamente chiusi in un pezzettino di cielo, come dite voi, o di... di tempo».

«Che, che, loro...? E com'è possibile, come fanno? Sentiamo appresso, forse se ne capirà qualcosa, se è vero quello che dice lei, che col seguente si capisce il precedente».

«Oh ora va bene, un po' di fiducia!».

«In chi?».

«In voi stessi prima di tutto. E ora, come vi dicevo, state bene attenti perché viene la cosa più difficile e inconcepibile per davvero. Fin qui eran fioretti: un momento fa ci si baloccava col meno impossibile e il più impossibile, e ora è proprio quest'ultimo che ci si fa incontro a faccia a faccia. Dunque, loro...».

«Si faccia coraggio: niente più può meravigliarci».

«Gli è che tutto può ancora meravigliar me».

«Eh come, giacché siamo tra le fantasie impossibili, la più impossibile è poi anche la più divertente».

«E del resto non so come dire; se sapessi bene come dire ne saprei già abbastanza, mentre è vero il contrario. Sicché ora sì bisognerà procedere per approssimazioni. Beh, infine io non posso che ripetere quello di cui avete preso ombra: il loro più, cioè il più dalle loro parti, veramente si svolge, è, nel proprio meno, o meglio in tanti meno per quanti sono loro stessi. È chiaro?».

«Per nulla. Non ha senso... possibile, codesto, non può essere inteso in nessuna maniera, neppure come frase».

«Lo so, e nondimeno è: dico così perché non oso dire "è vero". In altre parole noi, che è che non è, ci troviamo qui di fronte a una circostanza di fatto».

«Di fatto?».

«Ebbene sì, nella misura in cui possono essere ammesse o concepite le circostanze di fatto».

«Ma almeno si spieghi un po' meglio: in che consisterebbe propriamente questa pretesa circostanza di fatto? Perché da quanto ne ha raccontato finora non si cava significato».

«Oh Dio, ve l'ho già detto, in che altro modo potrei dirvelo? Il loro più si compie o realizza, o poniamo ha la capacità di puntualizzarsi, nel meno, restando tuttavia più; o d'altronde non restandolo, che ne so io! Esprimendosi diversamente, il loro essere è come sminuzzato... ah, poi! ignoro se sminuzzato o soltanto esemplato... in tanti esseri minori».

«Ma allora non si tratta di più in meno, sibbene di tanti meno che formano un più».

«No, o perlomeno qui è il punto oscuro; ho detto "come" sminuzzato, e soltanto per tentare di farvi capire».

«E non abbiamo capito egualmente: codesta, chiamiamola ormai così, divisione dell'essere è dunque in atto in ciascuno di loro?».

«Macché! (Sebbene... ma non pensiamoci). Ognuno di loro è invece uno di quegli esserini, di quegli esseri minori, ed altro non è, pur serbando magari in sé la totalità dell'essere o di essa partecipando. Insomma, ognuno di loro è nel fatto un che limitato nel cielo o nell'essere, che copre una parte limitata di cielo o d'essere».

«Ma come, ma non ha detto or ora che serba in sé, che partecipa eccetera?».

«Da una parte o per un riguardo è una porzione di essere, dall'altra forse è l'essere intero; da una parte comincia e finisce, dall'altra forse non comincia e non finisce mai».

«Mistero per mistero! Senta, professore, noi cediamo le armi».

«Ma no... (Mi viene in mente solo ora che di tutto questo macchinoso approccio si poteva forse fare a meno: bastava richiamarli al loro senso di personalità. Se ce l'hanno, e se ce l'hanno abbastanza distinto. Son sempre a tempo a sentire, ma il guaio è che so già come mi risponderanno). Date retta, ragazzi, non so cosa ci vediate di tanto strano in questa disposizione: in fondo in fondo, non è il nostro stesso caso? Anche noi siamo contenuti entro un meno in quanto personalità distinte o individualità, no?».

«Uuuuh».

«Ffff».

«Ma finalmente voi qui siete parecchi o siete un solo?».

«Né parecchi né un solo, lo sa bene e chissà perché si diverte a fare di queste domande. Semplice: noi siamo uni, la singolarità al plurale, meglio ancora la pluralità singolarizzata».

«(Come previsto; ripieghiamo in fretta sulle prime posizioni, se no la faccenda si complica peggio). E sia; allora torniamo al punto precedente. O meglio lasciamo da banda anche la questione se loro partecipino o non partecipino dell'essere intero, la quale in ultima analisi è fuor di proposito o è prematura, e rifacciamoci un momento ancor più indietro, o mutiamo appena un tantino la visuale...».

«Ma faccia il piacere, che visuale vuol mutare se non c'è che vedere! Senta, in definitiva cosa significa che loro son limitati nel cielo o nell'essere o dove ancora abbia detto? Non può significare altro se non che concepiscono se stessi come limitati?».

«(C'era da scommetterlo che non avessero capito niente: colle mie spiegazioni...). No e poi no, ecco la faccenda grossa!... Oppure anche sì in fin dei conti, ma... O almeno non significa solo questo... (Chissà come si deve dire!)».

«Ah beh, professore, se si sente male rimandiamo il seguito a un'altra volta».

«(Hanno ragione: bella pretesa la mia di dare spiegazioni, quando sono il primo ad avere il capo confuso e a menare il can per l'aia)».

«Che fa, s'è chiuso in un dignitoso silenzio?».

«Chiudetevici piuttosto voi e ascoltate. Guardate, io non so se la mostruosità di cui ora ritenterò di darvi un'idea (e di farmela) sia un effetto o una causa, sta però di fatto che loro non si limitano, ripeto, a concepirsi limitati, ma lo sono, o lo sono in pari tempo. (Ecco qua: perfino mi mancano le parole adatte e son costretto a ripetere queste vaghe panzane)».

«E ridài! Cosa significa?».

«Significa nient'altro che, essendo ciò che possono e sanno e il diavolo sa, sono ad ogni modo veramente chiusi in un meno quale quello che voi potete astrarre o postulare o idealmente isolare, come dianzi facevate considerando il cielo; ciascuno di loro, cioè, è chiuso e ferreamente limitato in codesto meno, o si dica ormai se vi piace, stiracchiando un po' la frase, nel tempo o spazio».

«Ferreamente limitato? Ossia, di nuovo, autolimitato secondo un concetto rigoroso?».

«No, mio Dio! voglio dire limitato limitato: ciascuno di loro è una cosa dura, è un oggetto, ha una consistenza particolare, presenta resistenza agli agenti esterni, e così via; ciascuno di loro ha, come loro stessi lo chiamano, un corpo! (Oh, che succederà ora?)».

«Un corpo?».

«(Non succede ancora nulla, son troppo sbalorditi. Forse l'uragano è stornato)».

«Corpo! noi conosciamo un'unica accezione di questa parola: corpo celeste».

«E sì, immaginate un che del genere, proporzioni a parte o alla fine non a parte. Corpi di varia forma».

«E ognuno di loro ha... Come ha, poi? È, intendeva?».

«Sì... ho detto ha perché... Insomma intendevo è».

«Ciascuno di loro è un corpo celeste».

«(Non ne rinvengono). No, non un corpo celeste, un corpo semplicemente. Anzi, loro stanno attaccati ai diversi corpi celesti e ne dipendono e non se ne possono staccare se non forse a gran fatica».

«Sono infine dei satelliti?».

«Eh no... Ma poi in fondo perché no? potete anche immaginarli quali satelliti. Solo che, come satelliti, sarebbero certo *sui generis*: non hanno alcuna orbita propria e stanno proprio addosso ai corpi celesti. Zecche piuttosto, parassiti».

«Beh, e poi?».

«(Questa calma mi coglie impreparato: non devono ancora aver capito bene). Come, e poi?».

«Ma... e se mai in che relazione è codesto con... No, professore, guardi, tanto vale esser sinceri: a noi codesta sua rappresentazione, posto che sia accettabile, codesta sua storia, posto che si debba crederci, non ci sa proprio di nulla. Per dirla ancor più tonda, non s'è capito nulla».

«(Lo sospettavo)».

«A che servirebbe, come si comporterebbe questo corpo, come si giustificherebbe idealmente questo loro modo di essere?».

«Troppe domande e troppa furia. Contentiamoci per ora di stabilire che quegli abitanti sono o sono anche dei corpi, diciamo pure la parola, materiali».

«Addirittura materiali?».

«Ma sì; che c'è del resto di singolare? Anche noi, se non corpi, siamo materiali, ogni cosa lo è, in quanto combinazione d'energie. Si tratterà se mai, nel loro caso, di un maggior grado di compaginazione della materia o energia».

«Sì, sì, ma... No, non ci siamo, non ci rendiamo bene conto di come sta la cosa. Senta, proviamo a discorrerne ancora, magari rifacendoci da capo, provi a familiarizzarci in qualche modo con una tale assurdità.

Non so, per esempio lei ha detto poco fa che ignorava se questo corpo o questo esser corpi fosse un effetto o una causa: beh, che intendeva appunto? Si spieghi in proposito».

«È manifesto che cosa intendevo: il corpo o la sua presenza potrebbe essere un effetto del loro modo di concepire».

«Concepire che?».

«Del loro modo di concepire in generale; di concepire l'essere, il tutto».

«Uhm; beh, e se no?».

«Se no potrebbe darsi il caso inverso: vale a dire potrebbe essere stata la presenza del corpo ad avere originato e in certa maniera reso necessario il loro modo di concepire».

«Ebbene, vede? Questo è già un tantino più chiaro: cominciamo a entrare nella questione».

«Oh bravi».

«Sì, ma ora?».

«Che ora?».

«Di questo corpo cosa ne facciamo? In primo luogo come è?».

«Cioè come si presenta, che forma e quali proprietà ha?».

«Ma no, ma no: *come è*, in qual modo o a che titolo è, è nell'essere, quali sono i suoi rapporti con esso, eccetera».

«Oh date retta, non mi attribuite più scienza di quanta io non abbia: potremo tutt'al più supporre, argomentare, discorrere... tanto per discorrere».

«Eh no, prima ci fulmina con inaudite rivelazioni, e poi si mette a ciondolare».

«Io... io vi dico quello che so, ed è inutile...».

«E ancora, si vuol finalmente decidere a parlarci della morte? o se n'è dimenticato?».

«(Ridiventano insolenti: buon segno dopo tutto). Sì, credo che a questo punto possiamo cominciare a parlarne; anzi è il momento giusto per entrare nel vivo della faccenda».

«Orsù».

«Dunque quei tali sono limitati nello spazio...».

«O tempo che dir si voglia. Lo abbiamo ormai acclarato».

«No, ma un momento. Spazio e tempo tornano certo al medesimo, sono certo un concetto unico, ma solo in quanto concetto o concetti, e non in quanto...».

«In quanto che?».

«Non lo so!... Vedete, loro distinguono invece i due o almeno li hanno distinti per tanto tempo, o almeno li hanno intesi come una sorta di concetto bino o gemino, immagino... Non so che dirvi di preciso. Suppongo anche che al concetto unico di spazio o tempo non si possa arrivare, o loro non possano essere arrivati, se non scindendolo prima in due concetti paralleli, o meglio astraendolo da essi, quasi concetto di concetto».

«Ahi, ahi, che garbuglio».

«No, aspettate. Pur essendo io, come tutti noi, confinato tra le immaginazioni e le supposizioni, mi son personalmente formato un'idea di ciò; e opino in definitiva, venendo al fatto, che se si vuole avere un'idea o prendere coscienza della morte convenga attenersi a quella loro, legittima o no, antica distinzione».

«E va bene, prendiamoci quest'altra gatta da pelare. Proceda, magari come il gambero, nella maniera che più le piace, e sia pure partitamente: lo spazio allora...».

«Lo spazio è lo spazio e so che ne sapete già abbastanza».

«Ah, si va bene! E il tempo?».

«Il tempo: vedete, loro, per una ragione o per l'altra, hanno postulato una successione di eventi...».

«Che vuol dire?».

«Sì, una successione di eventi nell'essere».

«Ma che vuol dire propriamente successione? sistema?».

«Sì e no; qualcosa di più che un sistema, o chiamia-
molo un sistema dinamico, quasi ogni evento procedesse spazialmente da un altro... (Non si sa che diavolo sto inventando!)».

«Incomprensibile, ma tiriamo via. E se mai in nome
di che, perché tutto questo?».

«Lo so io forse? Magari pel solito motivo che sono
oltre tutto dei corpi».

«In ogni caso fin qui il concetto di tempo non si dif-
ferenzia ancora da quello di spazio».

«Avete ragione. Ma guardate... oh Dio, a che santo
mi devo votare? Guardate: quella stella è limitata nello
spazio. Fin qui potete ormai seguirmi?».

«Uhm, sì».

«Cioè a un certo punto finisce».

«Ossia non che finisca davvero, giacché è della medesima natura di tutto il resto, ma possiamo divertirci
a immaginarlo».

«Beh, e divertitevi anche a immaginare un'altra cosa: che quella stella scompaia d'un tratto».

«Come scompaia?».

«Sì, vi rammentate, non so più quando, quella stella
che esplose proprio davanti a noi? Beh, al suo posto
cosa rimase?».

«Nulla in apparenza, ma soltanto in apparenza».

«Mi basta, mi basta. E vi domando: tra le due fini, il
finire, il terminare di che si voglia nello spazio, e il finire, esplodere, scomparire della stella in parola, non
percepite alcuna differenza? Son due accadimenti o
che del tutto assimilabili, per voi?».

«Sì, certo. Ma pure... a pensarci bene ci sembra di
capire che cosa intende. E questa seconda fine sarebbe
il tempo?».

«Non il tempo: ciò che dà luogo, o ha potuto dar
luogo presso quella gente, al concetto di tempo, come
la prima fine ha dato luogo al concetto di spazio. Que-

sto almeno è il dato, affatto illusorio a parer mio, devo dirlo, su cui suppongo loro avessero fondato in origine la loro distinzione».

«Il tempo sarebbe dunque un sistema di fini?».

«Potete anche dir così, sul momento».

«Ma anche lo spazio, secondo lei ce l'ha presentato, non è altro che un sistema di fini».

«Sì ma...».

«Ah ah, capito: allo spazio apparterrebbero le fini del primo tipo immaginato, al tempo quelle del secondo tipo».

«Appunto».

«E sia: si danno dunque o davano per loro questi due sistemi o concetti distinti. E adesso?».

«Adagio col distinti: io ho distinto i due concetti, ma per riunificarli subito dopo. Difatto essi sembrano confluire nell'altro concetto di morte; anzi per avventura è questo appunto che meglio ne mostra l'identità».

«O allora che giro pesca è questo: che bisogno c'era di affaticarci il cervello con una tale ostica distinzione?».

«Li ho distinti pel doppio motivo che non si possono, come detto, assumere quale concetto unico se non dopo averli scissi, e che la morte, malgrado tutto e del tutto incomprensibilmente per me stesso, sembrerebbe piuttosto tenere della seconda specie, del secondo aspetto di quell'unica idea, che del primo».

«Che indovinelli e che contraddizioni son queste? Intende che la morte figura piuttosto una fine nel tempo che una nello spazio?».

«Press'a poco».

«Ma in tal caso i concetti son due».

«E no».

«Oh beh, vuole scherzare».

«Non tanto. Senza dubbio, qui la mia debole dottrina si ferma e io non so davvero che raccontarvi o in che modo giustificare le mie... le mie impressioni. Nondimeno... E se provassimo a mutar terminologia?

Potremmo per esempio supporre che quello di spazio o tempo, relativamente o confrontato all'idea di morte e in questo solo caso, non sia propriamente un concetto, ma una funzione. Pensarlo invero si può: lo spazio e il tempo sarebbero in funzione l'uno dell'altro».

«Che non sarebbe mai una funzione. E comunque cosa avremmo risolto?».

«Oh Dio, niente, ma ci sarebbe forse più facile ammettere la preponderanza di uno dei due».

«Niente affatto: anzi!».

«E se ricorressimo al concetto di funzione variabile?».

«Ma lo sa che si sta servendo di questi termini con molta disinvoltura? Una funzione, variabile o no, non può essere relativa a se stessa. E poi ci ributta tra i piedi i concetti; e poi insomma le sta andando via il capo. E finalmente ci stiamo perdendo in particolari inutili, poiché si riferiscono a sue semplici impressioni, come le ha definite».

«È vero, è vero, io stesso ci perdo il capo».

«Ché, ché, professore: ci vuole infine dire cosa dobbiamo pensare di codesta benedetta morte? È una fine nel tempo o nello spazio o in tutt'e due o in ciò che tutt'e due unifica ed assimila? E in primo luogo è davvero una fine, abbiamo ben interpretato le sue incerte spiegazioni?».

«È davvero una fine, o così loro la concepiscono; e precisamente una fine nel tempo e nello spazio; in ambedue, ovvero, per dir meglio, nel tempo o spazio. Sì, teniamoci qui per ora».

«Oh bene, almeno ha parlato chiaro, quantunque tutto resti egualmente oscuro. Sicché è una fine. Cioè in sostanza l'idea d'una fine. Un'idea del resto come dire tautologica: se son corpi è inteso che finiscano».

«Che siano finiti, limitati nello spazio; già, ma...».

«Nello spazio o tempo, abbiamo appena finito di dirlo».

«Sì ma... (Oh santo cielo). Vedete, innanzi tutto dire son finiti o limitati non equivale a dire finiscono».

«Giusto, ma il divario riguarda se mai la nostra coscienza».

«Buoni. E poi, ecco dove, qualunque cosa io possa aver detto or ora, ecco dove il concetto o falso concetto o mezzo concetto di tempo può tornarci utile: non finiscono solo nello spazio, ma anche nel tempo, ovvero finiscono nello spazio in quanto spazio o tempo, con evidente preponderanza nell'enunciato, si direbbe, di quest'ultimo... Mi sono spiegato?».

«No».

«Dovete insomma rifarvi all'esempio della stella che esplode, e ciò per un duplice riguardo. Ossia, procedendo ora alla men peggio, non si tratta di un loro modo di intendere se stessi, di una loro astrazione, ma di una cosa che avviene: anche se, come dicevo prima, fosse stato il loro modo di concepire a farli quello che sono».

«I suoi nessi sono un po' allentati: la cosa che avviene sarebbe la morte?».

«Sì».

«Che dunque in questa nuova configurazione non sarebbe più un concetto o un'idea».

«Ma che diavolo: sarebbe l'idea astratta da quella cosa, e in una la cosa stessa».

«Eh, che facilità e scorrevolezza! Il male è che, per sua stessa ammissione, si potrebbe egualmente pensare la cosa astratta dall'idea!».

«(Accidenti a loro!) Ma questo cosa cambierebbe, cari i miei saputelli?».

«Tiriamo un pietoso velo. E allora che, possono esplodere come i corpi celesti?».

«Non so se proprio esplodere, certo finire; ma se volete diciamo pure che esplodono».

«Cioè sono soggetti a una tale rarissima casualità».

«E no, ed ecco qui un altro punto diabolico: a quanto pare non si tratta per loro di possibilità, ma di necessità».

«Necessità! Vuol dire che devono per forza esplodere?».

«Loro almeno lo credono. Beninteso, questa può essere una loro semplice postulazione, la quale però sembra trovar conferma in un ordine di fatto. In altri termini finora è sempre andata proprio secondo loro pensano che debba andare: loro sono, sono, e a un certo punto non son più, o appunto muoiono».

«Ma è assurdo: ciò che è, ossia tutto poi, non può mai venire a non essere».

«Ma può mutare stato: se no come spieghereste l'esplosione di una stella? Loro cessano di essere rispetto a quello che erano prima».

«Uhm, questo ci ha tutta l'aria di un sofisma».

«Come sofisma? Una stella può sì o no esplodere o spengersi o comunque cessare di essere quello che era, sia pure per diventare un'altra cosa?».

«Certo; ma, appunto, può, non è che debba, il che fa un'enorme differenza proprio qualitativa».

«Non è che debba: eh, che ne sappiamo noi? Non potrebbe questa essere una specie di legge naturale e universale?».

«Questa della fine o del mutamento di stato? Ma via!».

«Dico così per dire: tanto, ad ogni modo, opinano loro».

«E di dove si caverebbe codesta legge?».

«Ma... dall'esperienza. Seguito, s'intende, a ragionare alla loro maniera, o meglio secondo i loro dati».

«Dall'esperienza! Ma l'esperienza è il metodo d'indagine o il punto di partenza più infido; dall'esperienza si può sempre cavare una cosa e il suo contrario; all'esperienza si può far dire ciò che si vuole. Cosa: dal fatto che una stella esplode s'avrebbe a concludere che tutte le stelle debbano prima o poi esplodere, o da quello, per ipotesi, che uno di noi finisse, che tutti noi dobbiamo necessariamente finire? In che specie di ragionamento torto ci stiamo cacciando?».

«Ciò non toglie che, se ogni momento vedessimo esplodere o spengersi una stella, se, in generale, i casi si moltiplicassero, essi, cioè gli eventi futuri ad essi riconducibili, acquisterebbero forse agli occhi della nostra mente un carattere di sempre maggiore probabilità e ci apparirebbero alla fine quasi necessari».

«Ma cosa ci racconta! Ma scusi, non ci ha insegnato lei stesso a non fidarci dei fatti, a serbare nei loro confronti la nostra freschezza e, come diceva, la nostra verginità? A parte tutto, poi, lei dice: gli eventi futuri ad essi riconducibili. Ma nessun caso è riconducibile a un altro, precedente per giunta. E comunque maggiore probabilità o quasi necessità non sono ancora necessità, sono anzi propriamente il suo opposto. E da ultimo: si dà pure un primo caso; ebbene, il secondo in che rapporto ideale è col primo, è esso libero, siamo noi liberi rispetto ad esso? Voglio dire che noi potremmo già da quel primo caso essere determinati o condizionati, per forza dell'idea che ce ne siamo fatta; dunque la necessità o meno del secondo rimarrebbe sempre opinabile e non riusciremmo mai a dimostrarla. Del secondo: figuriamoci del terzo e seguenti».

«Già, già, ma intanto loro muoiono».

«Ma forse perché son convinti di dover morire; magari con una convinzione del genere capiterebbe anche a noi, guardi a cosa arrivo».

«E non ve l'ho detto?».

«Ma no... Dovrebbero trovare il coraggio di dire una buona volta: tanto peggio per i fatti, ecco cosa dovrebbero fare. Ad ogni modo seguitiamo pure: beh, muoiono insomma, o credono di morire?».

«E non fa lo stesso, almeno ai fini del nostro ragionamento e del concetto che stiamo cercando di individuare? Anzi anzi, se credessero soltanto, senza morire davvero, sarebbe ancor peggio o meglio, infine se ne trarrebbe, se così posso esprimermi, un *a fortiori*. Ma forse poi non è tanto semplice come sembra. Vi chiedo per esempio: sareste voi disposti ad ammettere altrove l'esistenza di altre leggi naturali, o particolari luoghi in cui vigessero altre leggi, le cui genti fossero soggette ad altre leggi, altre da quelle che governano noi?».

«La domanda, con tante scuse, è assai mal posta, poiché non vi è alcuna legge che ci governi, siamo noi in caso che governiamo le leggi dopo essercele inventate; le leggi sono la nostra interpretazione di... Ma supponendo la sua domanda più correttamente formulata e cercando di entrare nelle sue intenzioni, risponderemo decisamente: no».

«No, eh?».

«Come o perché dovrebbero esserci altre leggi? Diavolo, se il pensiero abdica all'unità, tutto va in malora. La nostra interpretazione di... non può essere che univoca e unitaria».

«Bravi, bravi, avete imparato bene la lezione... degli altri professori. Ma vi faccio timidamente osservare che per ben due volte avete lasciato in sospeso una certa frase: la nostra interpretazione di... Di che cosa?».

«Beh, dell'universo, del tutto».

«Cioè di un che fuori di noi?».

«Ma... Guarda che ora vuol anche prenderci di contropiede».

«Di un che fuori di noi, evidentemente, se no non avrebbe luogo il termine di Interpretazione né alcun altro assimilabile e la stessa parola Pensiero perderebbe ogni significato. Uno, per dirla alla buona, non può interpretare se medesimo, giacché per farlo dovrebbe valersi proprio d'una parte di sé, cioè dare per interpretato quello che si tratta d'interpretare o come minimo interpretarsi solo parzialmente».

«Perfetto, ora è lei che ripete la lezioncina, benché con passaggi un po' più lesti».

«No, questo è in relazione con quanto sto per chiedervi e in certo modo introduce la mia nuova doman-

457

da: neppure di leggi altre o diverse apparentemente, potete ammettere l'esistenza?».

«Ehm, ehm, questo sì; purché siano riconducibili...».

«Sì, sì. Ebbene, considerate la morte una delle tante possibili apparenze».

«Eh, lei coi suoi scambietti! Ma come: allora non serviva affannarsi tanto intorno a... a che insomma? È un'apparenza o un concetto?».

«Potrebbe sempre essere un concetto specioso».

«Altro geniale trucco!».

«Diciamo allora un concetto apparente o un'apparenza concettuale; ovvero: concetto in quanto apparenza e apparenza in quanto concetto».

«Evviva la chiarezza, e soprattutto viva la decisione. E noi cosa dovremmo capire e ritenere?».

«Ciò appunto che avete capito e ritenuto».

«Ossia nulla».

«Ma no, ma no, è mezz'ora ormai che state parlando della morte, e questo vuol dire che son riuscito a darvene un'idea, o meglio, ad onor del vero, che voi siete riusciti a farvela».

«Non si illuda: finché non siamo arrivati a una definizione...».

«Lasciate le definizioni, che qui e per noi sono impossibili. Non vorrei infatti dimenticaste che io non sto o stavo parlando, nel vero senso, della morte, ma solo tentando di rappresentarvela, quale loro idea o, oppure e, quale loro... non idea. In altri termini, per voi, per noi, la morte è sempre un concetto, quand'anche non lo sia o fosse in sé».

«Un ennesimo bel giochino! E un limpido contesto».

«No, bel giochino è la logica, cui vi state abbrancando».

«Ma come fa a rappresentarcela se non sa lei stesso che cos'è? E d'altro canto anche un concetto può e deve essere definito».

«Come ho fatto, vorrete dire. Andiamo, andiamo, ormai che cos'è questa tal morte più o meno lo sapete: la morte, che cosa è tutti lo sanno. E a tanto si voleva arrivare».

«Lo sappiamo senza saperlo».

«Meglio ancora: questa è la vera scienza. Vedete quanto e per altro riguardo quanto poco pesano le parole».

«La morte è dunque una parola?».

«Se volete».

«Una parola che non significa nulla!».

«Bene».

«La morte per ora è soltanto un qualcosa che turba la nostra visione dell'universo...».

«Ottimamente».

«... Senza darci nulla in cambio».

«Appunto».

«E la smetta coi suoi enimmi!».

«Ma che fossero enimmi era la premessa. Enimma la morte per loro: pensate un po' per me e per noi».

«Mah, che vi devo dire ragazzi, il vecchio magari ha ragione, e si capisce la sua posizione, o quella cui ci invita».

«Ragione un corno!».

«Ehi, che vecchio e che corno: vi richiamo a maggiore dignità e compostezza, anche quando vi benignate di darmi ragione... Un enimma del quale, certo, si potrebbe ragionare, se non presumere di svelarlo».

«E ragioniamone».

«Eh sentite, giovanotti, di questo passo rischiamo di fare il giro dell'universo, o di provarci. Devo invece ricordarvi che questa lezione è durata fin troppo. Siamo arrivati a un certo punto: bene, un'altra volta...».

«Che le salta nella zucca? vorrebbe lasciarci così?».

«Niente altra volta, seguiti e non faccia storie!».

«Sputi ogni cosa!».

«Pfuì, pfuì!».

«Vergognatevi. Se altri motivi non vi fossero per in-

459

terrompere questa lezione, vi sarebbe sempre l'ottimo che ora mi fornite: non è più una lezione questa, è un comizio!».

«Un comizio! che cos'è?».

«Beh, è una cosa di quelle parti laggiù: una cosa molto importante per loro, a quanto sembra».

«Ma almeno ce ne dica ancora qualcosa. Via, le chiediamo scusa, ma almeno qualcosina ancora».

«Del comizio o della morte?».

«Non faccia il grullo: qualcosina, così noi potremo rifletterci, e la prossima volta ci troveremo avvantaggiati».

«Ehm, cosa vorreste sapere?».

«Ma, per esempio lei ha detto che loro a un certo punto muoiono, o qualcosa del genere: a quale punto?».

«A scadenza fissa, credo, o press'a poco».

«A scadenza fissa?».

«Sì... Beh, dovete sapere che loro hanno elaborato un secondo concetto che ormai vi riuscirà chiaro alla prima: quello di vita. Elaborato per modo di dire e non ci hanno fatto un grande sforzo, ché invero si tratta del medesimo concetto rovesciato; in breve, chiamano vita ciò che non è morte. Orbene, loro muoiono dopo un certo tratto di vita che è press'a poco eguale per tutti».

«Oh bella! questo è ancora più assurdo: e come si spiega?».

«Eh, andremmo troppo lontano, se pure c'è una spiegazione».

«E poi che significa un certo tratto di vita? Un tratto comunque infinito: se non da una parte, ci passi l'espressione, dall'altra, se non di là dalla morte, di qua. Cioè egualmente infinito, cioè non un tratto».

«Eh no, capisco cosa volete dire, dimenticate però che loro son limitati nel tempo e nello spazio, o si pongono come tali isolando un proprio meno; che insomma non solo finiscono ma cominciano. E questo cominciamento lo chiamano nascita».

«La quale presuppone una fine, una morte?».

«Senza dubbio, e giustappunto come la fine presuppone un principio, la morte una nascita. Ma dove mi state trascinando? Non facciamo ora questione del prima e del dopo, se no si riparte».

«Prima e dopo: che cosa sono?».

«Via, via, per carità».

«Ma infine è ravvisabile nel loro essere una specie di ritmo o di periodicità?».

«Sì, intelligentoni, è proprio così, sebbene non si possa dire esattamente nel loro essere. Vita non si identifica e non si può identificare con essere, sempre nella loro terminologia; loro, girando la frase, non sanno che cosa erano al di qua della nascita, né che cosa saranno al di là della morte».

«Non lo sanno!».

«No, questo è il punto».

«E come fanno a essere, a... vivere: si dice così?».

«Anche questo un'altra volta. Piuttosto posso dirvi che codesto ritmo da voi rilevato si esemplifica nella loro vita stessa, se son vere le notizie».

«In che modo si esemplifica?».

«Beh, loro hanno nella loro vita come tante piccole o minori nascite e morti; apparenti, si capisce, o duplicemente apparenti. Che so: quasi prove della morte finale e repliche della nascita iniziale. E per venire al fatto, il più buffo è che nascono e muoiono a questa maniera esattamente lo stesso numero di volte, considerando che la prima nascita, per intenderci la vera, non è preceduta da alcuna morte visibile e che la morte ultima non è seguita da alcuna visibile nascita. Per cui la loro vita è tale solo per metà ed esattamente per metà».

«Non è chiaro: è dunque composta da nascite e morti?».

«Non composta, segnata; cioè alla prima nascita segue un periodo di vita, interrotto ben presto da una morte, cui segue un periodo di morte interrotto a sua volta da una nascita con relativo periodo di vita, e così via fino all'ultima morte».

«Men chiaro che mai».

«Aspettate. Questi periodi, qui è l'inaudito, non sono soltanto eguali numericamente, ma eguali anche come valori o come valore; ossia queste nascite e morti minori hanno luogo, anche qui, a scadenza press'a poco fissa».

«Finalmente chiaro, ma solo quello che lei vuol dire... O come mai? E un'altra cosa: che significa periodo di morte?».

«Il tratto di tempo, possiamo ormai dire così, compreso tra una morte e una nascita di queste minori».

«Furbo il professore: codesto s'era più o meno capito. Stiamo chiedendo altro, e cioè: se la morte è una fine purchessia, come può essere un periodo?».

«E che, qui si parla di apparenze, di morte apparente».

«Ma insomma quel tratto di tempo è una lacuna?».

«Tutt'altro: la loro esistenza non cessa in questi periodi, anzi si fa più intensa per un riguardo mentre quasi si spenge per un altro. Avete capito?».

«Oh Signore quante incongruenze in poche parole! Ma la loro esistenza evidentemente non cessa neppure dopo la morte maggiore: e una. Cessa bensì la loro vita, l'ha detto lei, che peraltro, neanche a farlo apposta, è tuttavia esistenza, sebbene, o anzi in quanto, parte di essa: e due. E si potrebbe continuare. Ma in verità lei deve avere scelto di proposito questo termine ambiguo o medio d'esistenza per cavarsi d'imbarazzo. Si dichiari, sicché».

«Non mi dichiaro neppur per idea!».

«Per idea?».

«Non mi dichiaro per nulla! Ecco, vedete perché quando una lezione è finita non voglio aggiungere altro? Con tipi come voi non si ripara: ogni cosa, la menoma parola, richiede spiegazioni e precisazioni a non finire. Basta!».

«State zitti, se no se ne va».

«E va bene, si calmi; fingiamo d'esserci intesi e riprendiamo il punto. Dunque in quei periodi la loro... esistenza si fa più intensa per un riguardo e quasi si spenge per un altro: ebbene, per quale e quale riguardo?».

«Beh... che cosa caratterizza l'esistenza, secondo voi? l'esistenza o l'essere? (Così la fate finita)».

«Sensazioni, immagini, pensieri».

«Uhm, in tal caso non v'è dubbio che loro esistano o siano più in quei periodi di morte apparente che in quelli di vita vera e propria».

«Per cui, a parte alcune evidenti osservazioni sul suo modo di esprimersi, per cui la sua analogia era errata e converrà rovesciare la serie da lei testé stabilita? Si comincia con una morte e si finisce con una nascita, a quanto pare».

«(Questi diavoli mi mettono in imbarazzo). E rovesciatela se vi piace, tanto in fondo fa lo stesso. Voi però non tenete abbastanza conto del fatto che loro hanno un corpo o lo sono... In realtà non si sa che pesci pigliare: quei loro periodi o stati alterni di morte apparente e di vita...».

«... Apparente?».

«Non interrompete! quei loro stati, che tra parentesi loro hanno chiamato genericamente e rispettivamente sonno e veglia, si fanno il verso a vicenda e non c'è più da capire dove sia il vero e il falso».

«Vero e falso? che c'entrano ora?».

«(Mica grulli). Insomma non si sa più a che attenersi, e delle volte vien fatto davvero di pensare che quella gente, secondo alcuni di loro stessi hanno pensato, sia fatta come di due metà, di cui l'una sarebbe il corpo, e l'altra...».

«E l'altra, e l'altra?».

«Che ne so io! evidentemente ciò che non è corpo, che anzi in qualche modo al corpo si oppone».

«No, professore, così non va bene: fino a concepire due diverse nature coesistenti non arriviamo e non arriviamo. Lei ci deve dire se son corpi o se non lo sono».

«Sentite un po', miei diletti, giovani e petulantissimi amici, non stiamo a confonderci. Io non vado oltre colle mie nozioni e sui due piedi non so neppure in che termini porre la faccenda... Uhm, ma sentiamo, dentro quei corpi non ci potrebbe essere qualcosa, come dentro ai corpi celesti che hanno una crosta dura c'è il fuoco?».

«E perché allora quel che interno non rompe la propria crosta, ossia non rende inutile il corpo?».

«Bella domanda in fede mia: e perché, vi chiedo a mia volta, il fuoco interno dei corpi celesti non erompe? Invero, poi, non si sa come mai vi siate messi in capo che la libertà tiri a una maggiore libertà, che per esempio il libero elemento che è il fuoco debba per forza tendere a chissà quale franchigia o epifania. Esso invece gradatamente si rinchiude, e la libertà, a guardarci bene, tira invece alla schiavitù; non è un valore, non è neppure un'aspirazione, è semplicemente un nostro fallace metodo o un nostro falso presupposto, dovuto insomma alla nostra miopia. Ispirandoci ai parziali processi di liberazione d'energie o forze della natura cui ogni giorno possiamo assistere, e analogizzando com'è nel nostro costume, siamo venuti a convincerci che la libertà sia il fine e il bene supremo, come pure l'ottimo mezzo; ma non vediamo il fine ultimo di tutto ciò, il suo destino estremo e, perché no, benefico. Eh, ci mancherebbe altro! Se c'è una cosa di cui non si sappia che fare, è proprio la libertà; essa non è nemmeno una cosa, ma un fiato, un nulla, che attende la sua qualificazione e la sua destinazione. Che è, come ho detto, la schiavitù. La libertà non può essere uno scopo; almeno, povere quelle genti e quelle epoche che se la propongono come tale. O, in parole più pertinenti, si potrebbe anche dire che il principio regolatore dell'universo non è un principio dilatativo, scusate la brutta parola, sibbene un principio contrattivo; non uno, scusate daccapo, estrittivo, sibbene uno costrittivo... Oh ma bravi, perché mi fate fare di queste conferenze da scuola serale? Stiamo manifestamente divagando (non è vero per nulla!) e proprio ora che questa beata lezione dovrebbe esser finita da un pezzo. Torniamo ai nostri montoni. No, non torniamo a niente: addio alla prossima volta».

«E allora?».

«Allora che?».

«Sicché ad ogni modo la loro vita è fatta di tutt'e due, del sonno, come l'ha chiamato, e della veglia?».

«Già».

«E poi muoiono davvero».

«Davvero: che davvero?».

«Come come?».

«No, stavolta non mi ci prendete: il seguito alla prossima puntata».

«Ma almeno come si manifesta questa morte?».

«Diavolo, cessano di essere quello che erano. Per esempio cessano di muoversi».

«Perché, da vivi si muovono?».

«E come: per loro il moto è uno dei presupposti fondamentali della vita. E non hanno poi tutti i torti dal loro punto di vista: i corpi celesti stanno forse fermi un momento?».

«Si muovono: questa poi!».

«Beh, e, sempre per esempio e per mero esempio, perdono il loro corpo».

«Eh? Come per esempio, per mero esempio, e come "perdono il loro corpo"?».

«Cucù miei cari: non si finirebbe più».

«Oh peccato! E allora passiamo appresso. Dunque muoiono: e poi cosa succede?».

«Cosa succede? Niente».

«Ah no eh! Dove finisce una cosa ne comincia per forza un'altra».

«Ripassate domani».

«Via, professore, sia buono, solo un momento: ci dica ancora qualche sciocchezza».

«Sciocchezza? Ehi!».

«Ma no, nel senso di inezia. Professore! il bello comincia appena ora; fin qui non ha fatto che richiedere ingrati sforzi alle nostre menti, e ora che potrebbe finalmente cominciare a raccontarci perbenino ogni cosa...».

«Siate puntuali alla prossima lezione».

«Oh, che rabbia!».

«Ma che giovani studiosi e pensosi! Tuttavia non bisogna esagerare neppure in questo: addio».

«Un momento solo. Un dubbio: lei ha detto che la veglia e il sonno si fanno il verso a vicenda?».

«Sì, son l'uno o l'una la simulazione dell'altro o altra».

«Ma...».

«Capisco che cosa non vi torna, e non so rispondervi. Vorreste in sostanza sapere se o quale, in un ordine ideale, preponderi?».

«Sì, sì».

«Ecco: tolto che non lo so, immagino che la veglia simuli più pallidamente il sonno di quanto il sonno non simuli la veglia. Almeno, il sonno è autosufficiente, e la veglia no».

«E cosa dovremmo cavarne?».

«Non lo so».

«Ma si rende conto che un tal fatto, se lo è, può essere interpretato in due modi?».

«Me ne rendo conto».

«Se ne può indifferentemente trarre che sia la veglia ciò che più importa, o che sia il sonno».

«Scegliete».

«Scegliamo la seconda interpretazione».

«Sta bene, auguri».

«La loro vera vita dunque sarebbe il sonno?».

«Pensatelo se vi garba».

«Nel qual sonno il corpo non ha quasi alcuna parte?».

«Par bene, o certo ne ha una minore. (Ahi, se non sto attento mi ritirano a rispondere e naturalmente a discutere)».

«Donde che chi o quanto alla fine muore è quest'ultimo?».

«Ma che diavolo dite? che specie di deduzione è codesta?».

«Dica lei piuttosto: se non avessero il corpo o non fossero corpi, potrebbero morire?».

«Non credo».

«Lo vede. Sicché il corpo *è* la morte?».

«Io non l'ho detto».

«Insomma non vuol proprio aiutarci più?».

«Non ora. Buongiorno».

«No, no, aspetti! la spiegazione della staffa: una spiegazioncina da nulla, ce la sbrighiamo in due parole».

«Che non siano tre».

«Perché, parlando di tutto ciò, lei ha cominciato coll'usare i verbi al presente e al passato congiuntamente, e poi invece s'è tenuto al solo presente?».

«Guarda cosa andate a ritirar fuori! Beh, mi son ristretto al solo presente per semplicità, ma invero... Sapete com'è andata, no?».

«No».

«Ma... quelli che sono andati laggiù non son mai tornati; e in principio ci hanno inviato comunicazioni, benché non abbastanza chiare, poi anche queste son cessate... Infine, non si sa neppure se quella gente, gli indigeni, ci sia ancora, su quei lontani mondi, o non ci sia più».

«Cioè se sia morta e sia diventata un'altra cosa?».

«Eh già, diciamo così».

«E quando, i nostri sono andati?».

«Chissà mai! Certo da allora la grande stella di ponente ha tagliato più di centomila volte l'equatore celeste».

«Oh professore, ci racconti questa storia!».

«Un par di zeri».

«Ma che dice?».

«Sembra sia o fosse una loro espressione elegante per dir di no».

«Oh, ah! Proprio inflessibile?».

«Inflessibile».

«Insomma questa lezione è proprio finita?».

«Finita, la Dio mercé».

«E insomma questa è la famosa morte?».

«Questa. Ma poi che cosa? Io ho badato a incoraggiarvi, ma ora mi prendono i dubbi: Dio sa che cosa avete capito, voi. Ad ogni modo riassumiamo in poche parole il fin qui detto...».

«No, lasci che riassumiamo noi stessi, così capirà quello che abbiamo capito».

«Fate presto».

«Dunque, abbiamo capito che non abbiamo capito nulla».

«A meraviglia, è perfino più di quanto sperassi. Uno dei loro saggi diceva: Io solo so di non saper nulla».

«Non tanto stupido per essere uno soggetto a morte».

«Bando agli indugi: avete finito?».

«Ecco qua: per conclusione ultima la morte non si sa cosa sia e conseguentemente non si dà addirittura, e il fantasticato concetto di morte è il più assurdo e incomprensibile che . . . .
. . . .
. . . .

Ma qui d'un tratto avvenne qualcosa che davvero pose fine alla lezione, e non pure ad essa, sì all'intero corso e ad ogni bene. Il cielo, tutto il cielo, s'accese come d'una spaventosa aurora boreale, e in men che non si dica quei panneggi e straschi e frange e cortine e spade di luce raggiunsero un violento e maligno colore scarlatto; l'intero universo visibile ardeva e sanguinava. *La temperatura salì in pochi istanti di milioni di gradi. Ancora un breve attimo, e la terra siderea che dava ricetto agli accaniti parlatori esplodeva... Non si può neppur dire fragorosamente perché non c'era più nessuno a sentire un tal po' di tuono.*

La qual catastrofe cosmica, ho da confessare, stranamente quanto provvidenzialmente coincise colla noia ormai intollerabile di me teleteletelestenografo. Che ora mi chiedo: cosa volle fare l'Eterno? mostrare che la morte non solo si dà, ma regna sovrana anche su quelle remote galassie, o semplicemente punire la singolare cavillosità di quella brava gente?

Che petulanti, proprio; io non saprei trovare, che loro si addica, se non l'aggettivo picano di « causillo ». Che grulli, anche: ma è mai possibile affannarsi tanto su cose che tutti sanno? E pieni di pretese, e col pallino della speculazione; ah, quanto a questo loro non si concedevano riposo, ti prendevano al volo una paroletta qualunque e dài a mantrugiarla come fosse, con licenza, poppa di donna. Ma, in verità, che era speculazione quella? Invece di vogare sul gran fiume, loro si buttavano pei rivoli e in essi diguazzavano beatamente come beveracci, senza tanto preoccuparsi dei nessi, dei rapporti e di tutto ciò che fa gloriosa e trionfante la nostra propria speculazione. Sì, sì, va bene... e il disgraziato (come me) che stava a sentire?

Vero è che val meglio usar loro rispetto, e vi spiego il percome. In una cosa aveva quella gente ragione senza contrasto: checché l'Eterno faccia, la morte non si dà e non si dà. Sicché loro un che hanno ad essere tuttavia, se anche ora vanno vagando; sicché, e per ciò stesso che vagano, il loro spirito o una parte del loro spirito potrebbe essere entrata in corpo a qualcuno di noi. E ognuno, salvo proprio gli autori di fantascienza speculativa e di galasseidi o galassieidi, ha rispetto di se medesimo.

VII. LE PAROLE E LO SCRIVERE

DIALOGO DEI MASSIMI SISTEMI

La mattina quando ci si alza dal letto, sebbene si rimanga stupiti di trovarsi ancora in vita, non si è meno meravigliati che tutto sia esattamente come lo si è lasciato la sera innanzi. Fu dunque mentre guardavo di tra le tendine della finestra stupidamente assorto, che l'amico Y s'annunciò con una serie di colpi precipitosi battuti alla porta della mia camera.

Lo conoscevo per uomo timido e scontroso, dedito a strani studi compiuti in solitudine e in mistero come riti; non fui perciò poco meravigliato nel constatare che era quel giorno in preda a una grande agitazione. Mentre io mi vestivo e si parlava di cose indifferenti, passò con straordinaria rapidità per alternative di profondo abbattimento e d'allegria che mi parve fittizia e, insomma, non stentai a rendermi conto che qualcosa di curioso o di terribile doveva essergli accaduto. Quando finalmente fui pronto ad ascoltarlo, mi fece uno strano racconto che, per semplicità, riferisco in prima persona. Premise che non avrei dovuto interromperlo per quanto strano o inutile mi paresse ciò che stava per dire; del resto egli sarebbe stato il più breve possibile. Stupito e incuriosito, accondiscesi.

«Devi dunque sapere» cominciò allora Y «che anni fa mi dedicai a una paziente e minuziosa distillazione degli elementi costitutivi dell'opera d'arte. Venni per tale via alla conclusione precisa e incontrovertibile che l'avere a propria disposizione mezzi espressivi ricchi e vari è, per un artista, condizione tutt'altro che favorevole. Per esempio, secondo me è di gran lunga preferibile scrivere in una lingua imperfettamente conosciuta, anziché in una che ci sia compiutamente familiare. Anche a non voler seguire la via involuta e tortuosa che tenni allora per giungere a una così semplice scoperta, questa mi pare ancora oggi suffragabile da alcune piane ragioni: evidentemente, chi non conosce le parole proprie a indicare oggetti o sentimenti, è costretto a sostituirle con perifrasi, e cioè di' pure con immagini, con quanto vantaggio dell'arte lascio a te intendere. Così, evitate le parole tecniche e i luoghi comuni, che altro s'oppone alla nascita di un'opera d'arte?».

Qui Y, probabilmente soddisfatto della sua argomentazione, si fermò un momento a contemplarmi cogli occhi socchiusi, dimenticando le sue pene. Ma accorgendosi della mia aria fra imbambolata e interrogativa, riprese subito con un sospiro:

«Essendo io giunto alla conclusione che t'ho detta, mi capitò tra i piedi, debbo dir così, un mostro di capitano inglese (capirai fra poco perché lo chiamo mostro). Oh Signore, perché non mi hai preservato da questo malanno? Ché ora ho perduta la mia pace per sempre! Costui era, è inutile dirlo, un uomo dall'aspetto flaccido, mangiava nella mia stessa trattoria e menava gran vanto delle sue innumeri avventure a un vasto cerchio di secondi che quasi costantemente gli era intorno. Era stato non so quanti anni in Oriente e sapeva un gran numero di lingue orientali (così almeno diceva). Ma specialmente del persiano si vantava conoscitore, e spesso acciabattava tre o quattro suoni strani sotto il naso di un cameriere che rimaneva a batter le palpebre intontito; ne risultava che aveva voluto ordinare un quarto di vino o una bistecca ai ferri. Come puoi capire odiavo quest'uomo, eppure egli riuscì ugualmente ad attaccar discorso con me e, un brutto giorno, s'offrì d'insegnarmi il persiano. Ansioso di sperimentare su me stesso la bontà della mia teoria, finii coll'accettare. La mia idea, l'avrai già capito, era di imparare quella lingua appunto imperfettamente: tanto da esprimermi ma non tanto da chiamar sempre le cose col loro nome. Le nostre lezioni procedettero regolarmente... ma perché non resisto alla tentazione di raccontarti tutti i tristi particolari di questa storia?... e io feci rapidi progressi nella nuova lingua. Secondo il capitano le lingue si devono imparare colla pratica: perciò in tutto quel tempo non vidi mai un testo persiano (d'altronde mi sarebbe stato difficile procurarmene); in compenso, durante le nostre passeggiate col mio maestro non parlavamo che quella lingua e quando, stanchi, ci sedevamo in qualche caffè, subito innanzi a noi i fogli bianchi si coprivano di strani e minuti segni. Passò così più di un anno: il capitano negli ultimi tempi non si stancava di farmi le alte lodi per la facilità con cui profittavo dei suoi insegnamenti. Un giorno m'annunziò che sarebbe partito presto, credo per la Scozia, per dove infatti s'involò e dove spero abbia trovato il giusto guiderdone delle sue malefatte. Da allora non l'ho più visto». L'amico Y tacque nuovamente, come a padroneggiare la sua emozione: la molestia del ricordo gli si rapprendeva sul volto in una smorfia dolorosa. Alla fine fece forza a se stesso e continuò:

«Ma intanto, ne sapevo già abbastanza per riprendere il mio esperimento. Fu quello che feci con tutto l'ardore possibile. Mi imposi di non scrivere che in persiano; o piuttosto restrinsi tale condizione agli sfoghi segreti del mio animo, alle mie poesie! Da allora fino a

475

un mese fa non scrissi più una poesia se non in persiano. Fortunatamente non sono un poeta molto fecondo e tutta la produzione di quest'epoca si limita a tre brevi componimenti che ti mostrerò. In persiano».

Vedevo che quel pensiero di avere scritto in persiano, era intollerabile a Y, ma non riuscivo ancora a spiegarmene la ragione.

«In persiano!» ripeté Y. «Ma è venuto il momento, povero amico, di spiegarti che lingua sia questa che il vile capitano aveva battezzato col nome di persiano. Un mese fa fui improvvisamente preso dal desiderio di leggere nel testo un poeta persiano che non conosci (a leggere un poeta non c'è mai pericolo di imparare una lingua troppo bene). Mi preparai alla bisogna ristudiandomi con attenzione gli appunti presi col capitano e giudicai positivamente di potermela cavare. Dopo molti stenti, riuscii alla fine a procurarmi il testo che desideravo. Ricordo che mi fu rimesso accuratamente involto in carta velina. Trepidante per questo primo incontro, me ne andai difilato a casa, accesi la mia piccola stufa e una sigaretta, aggiustai la lampada in modo che gettasse luce in pieno sul prezioso libro, mi aggiustai io stesso sulla poltrona e svolsi il pacchetto... La mia prima supposizione fu che ci fosse stato un errore: i segni che avevo sott'occhio non avevano nulla in comune con quelli che avevo appreso dal capitano e che così bene conoscevo! Abbrevio il mio racconto. Errore non c'era stato. Quello era proprio un libro persiano. Sperai allora che il capitano, pur avendone dimenticato i caratteri, mi avesse tuttavia insegnata quella lingua, poco importa se con una grafia immaginaria: anche questa speranza fu frustrata. Ho messo tutto il mondo a rumore, ho scartabellato grammatiche e crestomazie persiane, ho cercato e trovato due autentici persiani, e alla fine, alla fine...» qui un singulto interruppe il discorso del povero Y «alla fine la terribile realtà mi si è svelata in tutto il suo orrore: *il capitano non mi aveva insegnato il persiano!* Inutile dirti che ho cercato affannosamente se quella lingua fosse almeno lo jakuto o una lingua haino o l'ottentotto: mi sono messo in relazione coi più famosi linguisti d'Europa. Niente, niente: *una lingua simile non esiste e non è mai esistita!* Nella mia disperazione ho scritto perfino all'ignobile capitano (che mi aveva lasciato il suo indirizzo "per qualunque cosa potesse occorrermi") ed ecco la risposta che ne ho avuta ieri sera». Y chinò il capo affranto e mi tese un foglio spiegazzato sul quale lessi: «Egregio Signore, tengo la Vostra del... ecc. Una lingua come quella alla quale Vi riferite non l'ho mai sentita rammentare, malgrado la mia notevole esperienza linguistica ("sfacciato!" commentò Y); le espressioni che riportate mi sono assolutamente sconosciute e mi sembrano, credete a me, un parto della Vostra fervida fantasia. Quanto ai bizzarri segni da Voi posti in nota, rassomigliano a caratteri amarici da una parte, e dall'altra a caratteri tibetani; ma, siatene sicuro, non sono né gli uni né gli altri. Circa l'episodio della nostra simpatica vita in comune a... cui accennate, Vi risponderò sinceramente: è possibile che, nell'insegnarVi il persiano, non abbia ricordato bene qualche regola o qualche parola, dopo tanto tempo, ma in ciò non vedo alcuna ragione d'allarmarsi, e non Vi mancherà modo di rettificare quanto di inesatto possa averVi eventualmente impartito (sic). Datemi sempre Vostre buone notizie... ecc.».

«Ora tutto è chiaro» disse Y riscuotendosi. «Non voglio supporre che il miserabile abbia voluto semplicemente burlarsi di me. Credo piuttosto che quanto mi ha insegnato sia ciò che aveva ritenuto dell'autentico persiano, il suo, per così dire, personale persiano; un idioma insomma tanto stroppiato e svisato da non aver più nulla in comune colla lingua ispiratrice. Devo poi supporre che una tale conoscenza non rappresentasse, nella gloriosa mente dello sciagurato, neppur così minorata una qualsiasi serie di valori stabili. Il miserabile, nel fluttuare delle sue cognizioni e nell'illusione forse di ricostituire una conoscenza perduta, si è venuto inventando l'orribile idioma man mano che me lo insegnava; e, come spesso avviene a questi tipi di improvvisatori, si è dopo completamente dimenticato della sua invenzione e in buona fede se ne meraviglia».

Tale diagnosi fu pronunciata con perfetta freddezza. Ma subito dopo: «Se ne è completamente dimenticato, tieni presente anche questa circostanza! Volevi la realtà, ecco la realtà!» gridò Y a mo' di conclusione, volgendo momentaneamente contro di me il suo corruccio. «Il più triste» profferì poi con voce lamentevole «è che questa dannata lingua che non so come chiamare è bellissima, bellissima... e io l'amo molto».

Solo quando lo vidi più calmo credetti opportuno far sentire la mia voce.

«Vediamo, Y,» cominciai «quello che ti capita è certo spiacevole; ma in fondo, oltre alla fatica sprecata, che c'è di grave?».

«Ecco come ragionate voi» ribatté Y con amarezza. «Ma non hai capito dunque qual'è il fatto grave, qual'è il punto terribile della faccenda? Non hai capito dunque qual'è la questione? E le mie tre poesie? Tre poesie» aggiunse commovendosi «in cui avevo messo il meglio di me! Le mie tre poesie, che poesie sono dunque? Scritte in una lingua inesistente, è come se non fossero scritte in nessuna lingua! Di' un po' eh, le mie tre poesie?».

Capii all'improvviso di che si trattava e mi resi conto fulmineamente di tutta la gravità della situazione. Chinando il capo a mia volta: «È un problema estetico spaventosamente originale» ammisi.

«Problema estetico hai detto? Problema estetico... Allora...» saltò su con violenza Y.

Erano bei tempi quelli. Ci si riuniva la notte fra coetanei per leggere i grandi poeti e una poesia aveva inestimabilmente più importanza per noi che non il conto del trattore, in continuo aumento e regolarmente scoperto!

*

Il giorno dopo Y ed io bussavamo insieme alla porta
di una redazione cittadina, dove ci si doveva abboccare
con un grande critico, uno di quegli uomini per i quali l'estetica non ha segreti e sulle spalle dei quali riposa
in pace la vita spirituale di tutta una nazione, cono-
scendo essi impostazioni e problemi quanto nessun altro. C'era voluto del bello e del buono per ottenere un
appuntamento da un tale uomo, ma Y ne sperava la
sua salute interiore.

Il grande critico ci venne incontro sorridendo gen-
tilmente. Era ancora giovane ed aveva costantemente
attorno agli occhi vivi una piega ironica. Parlando gio-
cherellava ora con un tagliacarte d'acciaio, ora con un
libro rilegato che rotolava sul tavolo nel senso del taglio; spesso annusava la colla alla mandorla amara nel
suo recipiente brunito, e, più spesso ancora, colle lunghe e scintillanti forbici di redazione tracciava gran tagli per aria e si ravviava i baffetti all'ingiù. Sorrideva
spesso contenutamente, come a se stesso, specie quando giudicava che il suo interlocutore ritenesse di averlo messo in imbarazzo. Quando si volgeva invece direttamente a qualcuno il suo sorriso era mondano e in
tutto egli affettava una cortesia esagerata. Parlava piano, con gesti sobri e parole forbite, debitamente intramezzate da espressioni straniere.

Sentito di che si trattava, parve rimanere un istante
perplesso, quindi sorrise fra sé e guardando come distratto un punto al di sopra delle nostre teste disse:[1]

«Ma, Signori, lo scrivere in una lingua anziché in
un'altra è perfettamente indifferente (sul *ferente* abbassò gli occhi e sorrise mondano). Non occorre che u-

1. Tengo a dichiarare che fu il grande critico a scegliere, per parlarci, la seconda persona plurale; noi lo seguimmo docilmente.
Questa circostanza conferì al nostro colloquio, come tutti avranno
modo di notare, un gustoso carattere fantastico.

na lingua sia molto diffusa perché ci si possano scrivere, diciamo, dei capolavori. Questa vostra, Signor Y, è una lingua parlata da due sole persone: ecco tutto. N'empêche che le vostre poesie possano essere, ehm, di prim'ordine».

«Un momento,» disse Y «non vi ho forse detto che il capitano inglese ha totalmente dimenticata la sua improvvisazione di due anni fa? In più, vi confesserò che, vista la piega presa dalla faccenda, io stesso ho bruciati tutti i miei vecchi appunti, che avrebbero potuto costituire la grammatica o il codice della lingua. La lingua deve quindi ritenersi inesistente, anche per le due sole persone che l'hanno parlata qualche mese».

«Non vorrei riteneste» ribatté il grande critico «che gli attributi di realtà di una lingua qualsiasi non siano individuabili al di fuori della grammatica della sintassi e dirò perfino del lessico. Considerate semplicemente la vostra come una lingua morta, ricostruibile soltanto in base ad alcuni documenti che ne siano sopravvissuti (nella fattispecie le vostre tre poesie) e il preteso problema sarà risolto. Come sapete» aggiunse conciliante «di alcune lingue non possediamo che poche iscrizioni e quindi un numero di vocaboli esiguissimo, e tuttavia quelle lingue sono qualcosa di molto reale. Vi dirò di più: anche le lingue che ci sono solo attestate dall'esistenza di indecifrabili, dico in-de-ci-fra-bi-li, iscrizioni, anche quelle lingue hanno diritto al nostro rispetto estetico». E, contento della frase, si tacque.

«Ma Signore,» intervenni allora io «a non parlar di queste ultime lingue a proposito delle quali mi pare di non aver bene afferrato il vostro concetto, e a restare alle altre che dicevate; quelle lingue, voglio dire, in tanto sono reali in quanto son presupposte dalle iscrizioni, e siano pure scarse, ma attenzione, presupposte nel loro complesso lessicale, grammaticale e sintattico. Le iscrizioni insomma serbano la traccia di una struttura, di un organamento che le localizza nel tempo e nello spazio, senza di che non si distinguerebbero menomamente da un segno qualsiasi sopra una pietra qualsiasi, proprio come quelle indecifrabili. Le iscrizioni, voglio dire, gettano luce sopra un passato ignoto ma da quello traggono il loro stesso senso. Quel passato non è che un complesso di norme e di convenzioni che a una espressione determinata attribuiscono un determinato senso. Ora, che passato volete che abbiano le tre poesie di cui si tratta, e da che cosa possono trarre il loro senso? Dietro di loro non c'è un complesso di norme o di convenzioni, dietro di loro c'è solo il capriccio di un momento, capriccio in nessun modo codificato, dileguato irrimediabilmente come è sorto».

Il grande critico mi guardava in tralice, ripensando ancora a quell'«attenzione» che l'aveva seccato. Per nulla intimidito continuai:

«Una lingua ricostruita su scarse iscrizioni non acquista consistenza se non quando si dimostri che su quelle iscrizioni era ricostruibile quella lingua e quella sola. Ma nel nostro caso su un complesso così esiguo di dati si potrebbero costruire o ricostruire non una, ma cento lingue. Si assisterebbe così al grazioso casetto di una poesia che si può ritenere indifferentemente scritta in una lingua come in cento altre, per il resto profondamente dissimili fra loro e dalla prima...».

E qui tacqui, abbastanza soddisfatto del mio sofisma. Ma il grande critico:

«Questo» rispose «mi pare solo un sofisma. In primo luogo la filologia procede appunto per supposizioni, in casi consimili. Supposizioni, è vero, che hanno tutti i caratteri delle certezze relative, ad ogni modo supposizioni; né è teoricamente ricostruibile, su certe iscrizioni, una sola lingua. Secondariamente, che cosa importa a voi che una poesia possa risultare scritta in più di una lingua nello stesso tempo? L'essenziale è che sia scritta in una, e poco interessa che quest'una abbia qualcosa in comune con un'altra, o con cento altre, come dite voi, sì da permettere scambi come quello che andate immaginando. Da ultimo vorrei farvi notare, Signore, da un punto di vista più, ehm, elevato, che un'opera d'arte può prescindere non solo dalle convenzioni linguistiche, ma da tutte le convenzioni, ed è unica misura a se stessa».

«Eh no,» gridai io vedendomi sfuggire il meglio dell'argomento «non ve ne uscite così per il rotto della cuffia. Il sofisma minaccia di essere ora dalla parte vostra. E poi, date per buono che si tratti di un'opera d'arte. Ma questo è appunto quel che si tratta di vedere: dove e quali sono i criteri di cui vi servirete per la vostra valutazione? Lasciatemi per un istante riprendere il mio ragionamento precedente. Quando dicevo che una iscrizione ha dietro di sé e lascia intendere un complesso di norme, intendevo anche dire che certi suoi dati puramente linguistici sono potenziati e avvalorati da una conoscenza che non è strettamente linguistica: voglio dire da una conoscenza etnica. In base a quanto sappiamo di un certo popolo potremo anche ritenere pacifico che una data espressione non solo vale in una certa posizione, ma vale ugualmente in tutte le posizioni analoghe. Per esempio, il solo sapere che un popolo si è servito di una data lingua nelle sue relazioni interne ed esterne, c'è sufficiente garanzia del valore costante di una parola. Dietro un'iscrizione, Signore, c'è anche tutto un popolo! Dietro una poesia di queste non c'è che il capriccio, lo si è visto. Ed allora, chi ci garantirà che la stessa espressione non muti, volta a volta, radicalmente di significato? Nei diversi componimenti o nello stesso. Non una parola, vogliate notarlo, si trova ripetuta due volte attraverso le tre poesie. Teoricamente, Signore, si può supporre che ognuna delle tre poesie svolga una certa immagine (o concetto che vogliate dire), e contemporaneamente, visto che le parole non hanno nessuna un senso ben definito, cento, mille, un milione di altre immagini (o concetti)».

«Permettete, permettete,» gridò a sua volta il grande critico fuori di sé «per ciò la questione è presto risolta: le iscrizioni, cioè le poesie, possono considerarsi bilingui. Il qui presente signor Y può sempre comunicarci che cosa ha inteso dire e tradurcele. Come vedete la vostra obiezione non regge». E mi guardò trionfante. Ma io non smobilitai:

«Dimenticate, Signore, che una poesia non è soltanto immagine (o concetto), ma è costituita di una immagine (o di un concetto), più qualche altra cosa. Giudicando le poesie del mio amico in base alla traduzione che ve ne farà, vi troverete nella posizione di colui che giudica un poeta straniero sulla versione delle sue opere. Convenitene, non è onesto né onorevole. L'amico stesso poi, a rigore, non può sapere che cosa ha voluto dire» Y mi guardò male «giacché egli ha concepiti direttamente i suoi componimenti nella lingua di cui si tratta. Ne deriva che la sua non sarebbe che una versione, paragonabile a quella che potremmo fare, voi od io, se fossimo al caso, e perciò di per sua natura incompleta e fallace. Potrebbe essere anche del tutto arbitraria e non aver nulla in comune col testo; essere una falsa interpretazione, insomma. Infine, non ho bisogno di ricordarvi, Signore, che, più generalmente, un'opera d'arte è di necessità una realizzazione relativa a certe convenzioni e alla loro stregua giudicabile. Un risultato non è di per sua natura valutabile che in base ai mezzi impiegati. Oltre Dio, non esistono risultati assoluti ed è il concetto stesso di risultato che è un concetto relativo. I risultati si spostano lungo una scala ideale infinita, pur entro l'ambito di un unico valore morale. Ma non divaghiamo. Ebbene, ora, Signore, quali sono i criteri che avete in animo di adottare per la vostra valutazione?».

S'era fatto un silenzio di tomba nello studio del grande critico. Questi, cogli occhi perduti nel vuoto, finse di non avere udita la mia domanda. Fece le viste di riscuotersi e, per prendere tempo, disse a Y col suo più bel sorriso:

«Ma intanto, Signore, perché non ce le fate udire

queste vostre famose poesie che stanno suscitando "una guerra d'ingegni così graziosa"?».

«Ne ho una sola con me» titubò Y. Incoraggiato da un gesto del grande critico, trasse di tasca alcuni fogli coperti di bizzarri e minuti caratteri tutti a tagli e a virgole e lesse con voce trepidante:

Aga magéra difúra natun gua mesciún
Sánit guggérnis soe-wáli trussán garigúr
Gúnga bandúra kuttávol jerís-ni gillára.
Lávi girréscen suttérer lunabinitúr
Guesc ittanóben katír ma ernáuba gádún
Vára jesckílla sittáranar gund misagúr,
Táher chibíll garanóbeven líxta mahára
Gaj musasciôr guen divrés káes jenabinitúr
Sòe guadrapútmijen lòeb sierrakár masasciúsc
Sámm-jab dovár-jab miguélcia gassúta mihúsc
Sciú munu lússut junáscru gurúlka varúsc.

(secondo la trascrizione che me ne passò Y).

Nel gran silenzio che seguì il grande critico si lisciava i baffi colla punta delle cesoie attendendo, mentre Y lo guardava proteso. Questi proruppe alla fine: «Ma sentite dunque questi *u* degli ultimi versi, sentite queste rime in *usc*! Ebbene che ve ne pare?». Il poveretto aveva dimenticato che ci doveva pure qualche spiegazione.

«Infatti, infatti, pas mal, proprio pas mal» disse il grande critico. «E volete ora essere così buono da tradurre?».

Y, improvvisando sul testo, tradusse:

Anche piangeva della felicità la faccia stanca
Mentre la donna mi raccontava della sua vita
E mi affermava il suo affetto fraterno.
E i pini e i larici del viale graziosamente incurvati
Sullo sfondo del tramonto rosa-caldo
E di una villetta che inalberava la bandiera nazionale,
Parevano il viso solcato d'una donna che non s'è accorta

D'aver il naso lucido. E quel lucido guizzo
Per molto tempo ancora, beffardo e pungente,
Sentii saltellare e contorcersi come un pesciolino-pagliaccio
In fondo alle tenebre della mia anima.

«Ma bravo, ma davvero molto bene» il grande critico si profuse in complimenti. «Ora capisco perché tutti quegli *u* degli ultimi versi! Bravo, bravo: è una cosa aderente e per fortuna nient'affatto programmatica».

Espletate queste formalità si volse a me:

«Come vedete i vostri sospetti sono infondati e» sorrise «temerari. Avete visto come traduceva spedito?».

«Macché,» si lagnò Y «quella traduzione libera non rende neppure lontanamente l'originale. Tradotta, la poesia è irriconoscibile e ha perduto tutto; così è destituita di ogni senso».

«Come vedete» dissi io a mia volta «ciò ripone la questione immutata sul tappeto. Poco fa, Signore, m'ero presa la libertà di chiedervi quali criteri adottereste. Mi permetto di confermare la domanda».

Non c'era più da sfuggire per il grande critico, ed egli dovette accettare di riaprire la discussione. Il che fece girando nuovamente la difficoltà:

«Veramente» cominciò «io, come voi giustamente avete messo in chiaro, non sono competente a giudicare di quelle poesie; epperò non penso neppure ai criteri che dovrei adottare. L'unico che sia competente a giudicarne è lo stesso autore, come colui che è unico a conoscerne, bene o male, la lingua».

«Se non sbaglio» interruppi «avevo già implicitamente prevenuta questa uscita. Neppure l'autore, perché, come vi ho già detto...».

Ma Y, che fino a questo punto aveva taciuto (mi era sembrato però più d'una volta che avesse l'aria di chi macchina qualcosa), preferì prenderla sotto un altro aspetto:

«Volete dire che un'opera d'arte può essere tale anche se competente a giudicarne non sia che una sola persona al mondo e precisamente il suo autore?».

«Appunto».

«Ciò significa che d'ora innanzi nello scrivere poesie si potrà partire dal suono anziché dall'idea:» Y diceva così e bisogna compatirlo «mettere insieme parole belle e sonore, o suggestive ed oscure e poi attribuir loro un significato, o soltanto vedere che ne è venuto fuori?...».

«Scusatemi, non capisco bene la relazione...».

«Ma sì; nessuno vieta di disporre secondo un certo ritmo i primi suoni che balenano per le orecchie, e di attribuir loro poi un senso bellissimo. Così facendo si creerà una nuova lingua; e poco importa se monca e limitata a poche frasi (quelle del componimento), giacché ci sarà sempre chi la saprà: il suo stesso creatore; e sempre chi del componimento sia competente a giudicare: il suo stesso autore».

«Ma vediamo, non portate le cose alle loro estreme conseguenze. Sulla prima parte almeno del vostro ragionamento, sebbene questo non mi paresse troppo, permettete, a proposito, sono pienamente d'accordo; ma sulla seconda, via... non vi emballez in una pericolosa Weltanschauung, non affrontate azzardosi topics. Personalmente preferisco i (o le) commonplaces...» il grande critico aveva superato se stesso.

Ma Y:

«Non m'interessa,» rispose «scusatemi, che il mio ragionamento paia fuor di proposito: altro mi preme ora determinare. Ma, voi dite, siete d'accordo sulla prima parte?».

«Certo:» recitò il grande critico «su quanto si svolge nei più segreti penetrali di un'anima d'artista non dobbiamo posare i nostri occhi profani. Certo: un artista è libero di mettere insieme le sue parole prima ancora di attribuir loro un senso, libero persino di attendere da quelle parole, o da una sola parola, il significato ed il senso della sua composizione. Purché questa sia... arte. Ecco l'importante. Non vorrei d'altronde dimenticaste che quel significato e quel senso non sono affatto indispensabili. Una poesia, Signori, può anche non avere alcun senso. Deve soltanto, ripeto, essere un'opera d'arte».

«Dunque» insisté Y «un'opera d'arte può anche non avere un senso comune; può essere solo fatta di suggestione musicale e suggerire a centomila lettori centomila cose differenti. Può insomma non avere alcun significato?».

«È le mille volte così, Signore».

«Ma allora perché diamine non volete ammettere che se anche quei suoni son presi da una lingua inesistente, ciò che ne risulta ha ugualmente diritto al nome di opera d'arte?».

Il grande critico guardò furtivamente l'orologio, e, giudicando forse che l'intervista era durata già abbastanza, pronunciò:

«Ebbene, se proprio ci tenete, ve lo ammetto».

«Vivaddio, questo è sentir parlare!» sorrise Y. Ma mi parve che il suo sorriso avesse alcunché di diabolico. Infatti soggiunse, con improvviso colpo di scena:

«Ebbene, rinunzio al significato di queste poesie e ve le porterò tutte in bella calligrafia e colla trascrizione a fronte, perché vogliate giudicarle prescindendo dal loro significato».

«Sicuramente, sicuramente...» balbettò il grande critico preso alla sprovvista «certo che sì, però... Infine perché volete rinunciare al loro significato? Pensate che, se non lo faceste, molto più facile vi sarebbe la via della gloria, poiché non dovreste fare i conti che coll'unico essere capace di giudicarvi, di apprezzarvi e di glorificarvi, cioè con voi stesso. Credetemi, è meglio avere a che fare con uno solo, che con troppi. Credetemi... Non temete, per il caso che vi riuscisse di credervi un grande poeta, come vi auguro, la vostra gloria sarebbe egualmente piena e completa, e per nulla inferiore a quella di Shakespeare. Voi sareste in quel caso glorificato da tutti coloro che intendono la vostra lingua poetica, che sarebbero per avventura uno solo; ma non monta: la gloria non è una faccenda di quantità, ma di qualità...».

Il grande critico scherzava acutamente, ma si sentiva che sudava freddo.

«Ebbene, mi arrendo alle vostre ragioni» disse finalmente Y, e di nuovo lo vidi ghignare fra sé. «Mi garantite però che su quel primo punto siete completamente d'accordo con me?».

«Ma sì, ma sì, completamente, diamine!».

Il grande critico guardò l'orologio, questa volta apertamente, si alzò e disse:

«Purtroppo i miei doveri d'ufficio mi chiamano altrove. Per concludere sul problema che vi ha condotti da me, dirò dunque che abbiamo, nel corso della nostra intervista, assodato essere delle tre poesie in questione unico giudice competente il loro stesso autore signor Y. Al quale di cuore auguro di godersi in pace la sua gloria incontrastata e non intorbidata da invidia o malevolenza».

Aveva riacquistata tutta la sua sicurezza, a pericolo passato. Accompagnandoci alla porta ci batteva familiarmente sulla spalla.

«Mi permetterete tuttavia di venirvi a vedere qualche volta?» gli domandò Y.

«Ma sì, sicuro, quando vorrete...».

Io non ero rimasto punto soddisfatto e, prima di uscire, tentai ancora: «Ma l'arte...».

«L'arte,» interruppe il grande critico amabilmente spazientito «l'arte che cosa è tutti lo sanno...».

*

Il seguito di questa storia è troppo triste, perché io lo racconti per disteso. Al lettore basti sapere che, dopo quella visita, pare che all'amico Y il cervello abbia dato leggermente di volta. Molto tempo è passato, ma egli si ostina a portare in giro per le redazioni delle strane poesie senza capo né coda, pretendendone pubblicazione e compenso: tutti lo conoscono ormai, e lo mettono senz'altre cerimonie alla porta.

Dal grande critico non ci ritorna più dal giorno che quel personaggio stesso fu costretto, per liberarsi delle sue insistenze, a fargli ruzzolare le scale o poco meno.

LA DEA CIECA O VEGGENTE

Un giorno la poesia avrà fine per la medesima ragione per cui è fatalmente destinato all'esaurimento il gioco degli scacchi, e cioè perché le possibili combinazioni di frasi, parole, sillabe sono pur sempre in numero limitato sebbene stragrande (del resto il discorso potrebbe essere esteso alle rimanenti arti belle e a molte altre belle cose). Un matematico sarebbe forse capace di calcolare quante poesie in tutto si possano comporre nelle varie lingue del mondo; composte le quali, sia pure tra centinaia di migliaia d'anni, si dovrebbe forzatamente ricominciare il giro e insomma, volenti o nolenti, riprodurre precedenti poesie o combinazioni, come dire copiar pari pari l'opera dei propri predecessori. (Per questo è inutile che qualcuno si dia tanto da fare: la poesia ci pensa da sé a morire).

Così, correttamente o no, pensava il poeta Ernesto. Ma erano state appunto queste amare considerazioni statistiche a suggerirgli un'idea che lì per lì, in mancanza o in attesa di meglio, gli era sembrata buona. Alle corte: il poeta Ernesto soleva comporre le sue poesie estraendo a sorte le parole; estraendole, si dice, proprio e materialmente a sorte da una grand'urna con manovella che s'era fatta appositamente costruire, simile a quelle in uso per le lotterie o a quei cilindri entro cui si tostava il caffè in tempi non sospetti, o ancora a un frullone di buona memoria. Ivi, iscritte su tesserine, erano contenute non tutte, mio Dio, le parole della lingua, ma infine un ragguardevole numero di parole poetiche e pregnanti accuratamente scelte in precedenza e, anche qui, secondo criteri statistici, ossia secondo la loro frequenza nelle opere dei maggiori poeti. E ai parti dell'urna Ernesto, va da sé, dava poi a suo modo un'aggiustata, introducendo congiunzioni, suture, mutando al caso un genere, una persona, una forma verbale; quei ritocchini, in breve, che apparissero indispensabili o che gli sembrassero più opportuni (operazione dopo tutto creativa). Poiché egli era in ultima analisi un poeta classicheggiante: ammetteva magari l'immagine audace e peregrina, ma voleva che una poesia avesse in tutte le maniere un qualche senso comune. Se per esempio dal frullone uscivano le parole *Illumina, Azzurro, Eternità,* che di per sé, così disposte, non avrebbero significato nulla, egli poteva cavarne un verso come *Illumina* (imper. o pres. indic.) l'*azzurra eternità,* o anche *Illumino l'azzurra eternità,* o finalmente *Mi illumino di azzurra eternità;* se le parole *Dorme, Luce, Occhi: Dorme la luce dei tuoi occhi,* o perfino *Dormo* (Io dormo, trans.) *la luce dei tuoi occhi (Tuoi* sempre, perché sempre il poeta si rivolge a qualche femmina). E così via.

Ora avvenne un bel giorno che dall'urna Ernesto estraesse le seguenti parole nell'ordine:

1) Sempre
2) Caro
3) Ermo
4) Colle.

E qui il nostro poeta si fermò, parendogli che quattro parole fossero più che sufficienti per il verso iniziale; si trattava adesso di farle stare insieme. Ebbene, le due prime si univano da sé: *Sempre caro*, non c'era perplessità possibile. E così le seconde due: *Ermo colle*. Ma la relazione tra le due coppie? Vediamo: *Sempre caro è l'ermo colle*, o, per maggiore eleganza sostituendo la copula con una virgola, *Sempre caro, l'ermo colle...* Diavolo, pareva di sentire: Sempre caro, il signor Brambilla! No, ci voleva almeno un passato: *Sempre caro fu l'ermo colle*. Andava già meglio, ma non per questo andava bene. Caro, per cominciare, a chi? Beh, su tal punto non c'era discussione: a me; il poeta riferisce tutto a se stesso. Dunque: *Sempre caro a me* (meglio *mi*) *fu l'ermo colle...* Eh no, la poesia prometteva di riuscire squisitamente lirica, e un ritmo tambureggiante come quello di *Soffermàti sull'arida sponda* proprio non ci stava. Eppoi forse l'articolo determinativo si sarebbe tirato dietro, nel seguito, un Del quale o Nel quale o altra specificazione egualmente incomoda in verso. Cambiare allora l'articolo e dire *Un*? Ohibò, si sarebbero oltre a tutto incontrate due u: *Sempre caro mi fu un ermo colle*, orrore! Perché invece, alla fin fine, non dare maggior concretezza alla frase e dire addirittura *Questo*? Tra l'altro ne sarebbe risultato un bellissimo endecasillabo. Sì, proprio così: *Sempre caro mi fu quest'ermo colle*. Finalmente ci si era. Soddisfatto, Ernesto si accinse a estrarre le successive parole. Gli parve invero che in quel verso or ora composto passasse alcunché di noto, ma nel caldo della creazione non ci badò. L'urna dette adesso queste altre parole:

1) Siepe
2) Tanto
3) Parte
4) Ultimo.

Ernesto si rifermò. Qui evidentemente il problema non era tanto semplice: le parole sembrava che non si accozzassero neppur due a due. Si poteva sì pensare a un'*Ultima parte*, ma come introdurla con quel *Siepe* e quel volgare avverbio *Tanto* che la precedevano? Date quattro parole, si capisce, un verso se ne può sempre cavare; ma gli è che Ernesto si era già ormai quasi affezionato alla sua poesia, che non a torto giudicava iniziata magistralmente, e per nulla al mondo avrebbe voluto seguitarla a caso, sciattamente, o soltanto cambiar metro. Per cui... Riconsiderò le parole una per una, e si rese conto che, se la prima e la quarta erano per così dire incontrovertibili, la seconda e la terza soffrivano invece una duplice interpretazione: *Tanto* poteva essere avverbio, ma poteva anche essere aggettivo (secondo un uso elegante e poeticissimo); e *Parte* nome o (meglio) forma verbale. Ma posto pure ciò, il verso, il bel verso armonico che Ernesto sognava, in serrata relazione logica, ideale, musicale col primo, non veniva fuori; e dei suoi vari tentativi si può far grazia. Non rimaneva che ricorrere a un sistema combinatorio, talvolta adottato dal nostro poeta. Orsù: prendendo, per le buone ragioni già accennate, il *Tanto* come aggettivo, esso non poteva riferirsi che a *Siepe* o a *Parte*, essendo *Ultimo*, senza possibilità di dubbio, un aggettivo di suo (senza possibilità di dubbio, veramente, no; ma sommamente deprecabile appariva una sua sostantivazione o assolutizzazione). Ebbene, *Tanta siepe* era manifestamente da scartare; restava se mai *Tanta parte*, espressione anzi molto rispettabile, da tenere in serbo; sempreché, peraltro, *Parte* fosse stato preso come nome. Ma *Parte* nome era, a priori, assai più volgare di *Parte* verbo. Che fare? Beh, intanto si poteva considerare questo *Parte* verbo senza escludere definitivamente il *Parte* nome; così, a titolo d'esperimento. Se non che *Parte* verbo, a sua volta, ammetteva due significati, il normale e l'altro più raro... E del resto si aveva un bel fare, per questa via non si cavava lo stesso un ragno dal buco. In verità, ricominciando tutto daccapo, se *Tanta parte*: di cosa tanta parte? della siepe? dell'ultima siepe? Ci si rigirava male e si dava necessariamente nel prosastico. Se, d'altro canto, *Parte* verbo, e scartandone il primo senso (giacché né le siepi, né i tanti, né gli ultimi partono): cosa mai avrebbe dovuto partire, ossia dividere, la siepe (non c'era altro soggetto possibile)? il tanto o l'ultimo forse? No, mancava addirittura l'oggetto. E allora? A questo punto a Ernesto venne in capo che la siepe avrebbe potuto partire l'ultimo, o un ultimo, qualcosa; diversamente detto, che si poteva estrarre ancora una parola e stare a vedere, chissà non fosse un nome da poterci attaccare l'aggettivo in questione. Sì, ma in tal caso le parole sarebbero state forse troppe per un verso solo. Di nuovo, che fare? Eh via, colla riflessione si arriva a tutto. Magari la soluzione era semplice: perché non operare a rovescio e, invece di chiamare una nuova parola in questo verso, non rimandare una di queste parole al prossimo? Tre parole bastano, a comporre un endecasillabo, anche una sola può bastare. Ovvero estrarre altre quattro parole e tra tutte e otto fare due versi? Nossignori: forse le cose si sarebbero daccapo imbrogliate, e comunque combinare otto parole è più difficile che combinarne quattro; anzi tre. Sì, proprio, così bisognava procedere: comporre il verso senza tener conto della quarta parola. All'opera: qui ovviamente *Parte* non poteva avere valore verbale e il tutto risultava notevolmente semplificato. Riprendendo la poesia dal principio si aveva: *Sempre caro mi fu quest'ermo colle*, e poi *Siepe, Tanto Parte* (ossia diciamo pure *Tanta parte*). Oh oh, ormai era un gioco da bambini, il verso veniva da sé: *Quest'ermo colle* al precedente, dunque *Questa siepe*. Uniti da che? Perbacco, dalla più semplice delle congiunzioni: sicché *E questa siepe*. C'è poi *Tanta parte*; di che, vedremo a tempo debito. Ma sul momento c'è da compire il verso, e, ponendo che *Tanta parte* debba essere introdotto da una preposizione (né si vedrebbe come altrimenti), non resta possibile se non un relativo, se non un *Che*, a legare i due membri. Dunque press'a poco: *E questa siepe che con* (o *Da* o... non c'era poi tanto da scegliere, ci voleva un monosillabo e che principiasse per consonante: il seguente verso avrebbe detto quale appunto) *tanta parte*... Il secondo verso della poesia era virtualmente fatto! Sempre più contento di sé e sempre più in calore, Ernesto dette un'altra girata alla manovella ed estrasse:

1) Orizzonte
2) Sguardo
3) Esclude.

E si arrestò perché aveva raggiunto la sua dose aurea di quattro parole (contando la tralasciata *Ultimo*); ma si arrestò soprattutto perché era stato colpito. Sì, colpito in pieno petto da stupore, da lieta meraviglia, da rapimento, da alcunché di assai simile, in ultima analisi, o almeno di equivalente all'ispirazione. Dato invero il precedente relativo, le quattro parole si componevano di propria virtù e quasi suo malgrado in un dettato non solo perfettamente coerente in se stesso, non solo ineccepibilmente connesso ai due primi versi, ma (ciò che più contava) meravigliosamente perspicuo e musicale: *Dell'ultimo orizzonte lo sguardo esclude*. Che, certo, non era ancora un verso endecasillabo, ma poteva diventarlo con un ritoccuccio elementare, da studente di ginnasio: bastava mutare quel *Lo sguardo* in *Il guardo*, d'altronde assai più poetico. Al colmo della gioia Ernesto pertanto rilesse: *Sempre caro mi fu quest'ermo colle / E questa siepe che da tanta parte / Dell'ultimo orizzonte il guardo esclude*.

Rilesse; e subito, senza riposar sugli allori, si ributtò alla bisogna. Ma noi, per non tediare il lettore, lo lasceremo alla sua gioia (ahi quanto effimera!), né daremo conto partito delle sue ulteriori operazioni, delle sue alchimie, dei suoi estenuanti seppur vittoriosi tentativi, che a grado a grado lo avvicinavano alla perfezione vuoi di ciascun verso vuoi della poesia tutta quale idea, quale immagine e quale sinfonia. Finché egli non sia trionfalmente sfociato nel verso finale della composizione: *E naufragar m'è dolce in questo mare.*

Insomma, quasi forzatamente, il nostro poeta era venuto a comporre... *L'infinito.*

*

Ah, era bensì passata, traverso o su quel suo stato di grazia, quella levità e felicità e concordia ed ineluttabilità che ogni vero artista ha conosciuto almeno una volta nella vita, era bensì passata un'ombra, la quale col procedere della poesia pareva sempre più addensarsi; un'ombra, un oscuro e freddo senso di disagio. Ma come avrebbe Ernesto potuto fermarsi a dar corpo alle ombre o queste mescolare ai fulgori e il gelo alla fiamma? Ora, ora che il vento della fantasia e l'ardore della visione erano caduti, egli ben vedeva donde venissero l'ombra e il freddo che la stessa ispirazione non aveva fugato. Col suo lavoro accanito, col suo tormento, col suo sangue, Ernesto non aveva fatto nulla: altri aveva già in precedenza scritto la sua (di Ernesto) più bella poesia! Altri: un contino, un gobbetto di Recanati; e lui stesso aveva fatto men che nulla. O, se si vuole, aveva fatto troppo; ecco, laddove ogni poeta, rileggendo a mente fredda il proprio elaborato, ne lamenta in cuore l'inadeguatezza, lui si trovava qui a lamentarne l'eccellenza. Mio Dio, fosse stata magari meno bella la sua (di Ernesto) poesia, purché non fosse stata la sua (del gobbetto)!... Ma non era tempo da arzigogoli; in un modo o nell'altro, il fatto non cambiava. Eppure come era possibile? come era possibile in particolare che la volgar legge secondo cui il troppo è nemico del bene trovasse applicazione anche nelle eteree sfere della poesia, che anzi il troppo tornasse qui al nulla? Ed ora? avrebbe egli dovuto rinunciare all'orgogliosa, all'inebriante paternità di quella poesia sol perché altri di sorpresa, surrettiziamente, l'aveva composta prima di lui? No, la poesia era frutto delle

sue viscere, era sua e di nessun altri, come sarebbe bastato a dimostrare il modo di composizione. Già, neppure di reminiscenze inconsapevoli poteva essersi trattato; la sorte aveva ferreamente deciso, che come tutti
sanno è personale. Ossia, adagio: per esser giusti la
poesia era anche in qualche maniera del gobbetto. E
allora come stava tutta la faccenda? Elucubrazioni ormai inutili, si disse Ernesto, che servivano soltanto a
confondere il capo, che glielo avevano già confuso.
Tuttavia il problema pratico, quello almeno, rimaneva:
come convincere la gente che la poesia fosse proprio
sua, sia pure essendo stata per avventura composta
precedentemente da un altro? come prendersi la sua
parte di gloria? E il problema pratico, di nuovo, comportava inevitabilmente la soluzione del problema teo-
rico, o almeno la sua corretta impostazione. Per forza
bisognava tentare di capirci qualcosa, in questo dannato imbroglio, se non altro per sapere a che attenersi.
La sua situazione era la più assurda e spaventevole in
cui poeta fosse mai venuto a trovarsi; una situazione
inedita, per così dire. Ebbene, occorreva almeno guardarla in faccia, misurarla in tutto il suo orrore; e, se a
lui non bastava l'animo o il giudizio, o se il panico gli
ottenebrava la mente, forse qualcuno avrebbe potuto
aiutarlo. Qualcuno... chi?

*

L'amico al quale Ernesto si rivolse per primo faceva
il critico di professione ed era di conseguenza uomo
quanto mai tetro. Per naturale afonia, ad esempio, o
per dare maggior gravità alle sue parole, parlava a voce
tanto bassa e sorda che era difficile intenderlo; s'inge-
gnava, è vero, coll'indice della destra che, dalle mani
congiunte sul tavolo, ora rizzava a mo' di membro virile, ora roteava vagamente (e cioè senza apparente relazione colle sue parole) a mo' di fioretto; usava poi
interrompere il suo dire con lunghe, attonite e smarri-

te occhiate nel vuoto, quasi animale dopo il pasto, o all'interlocutore, come si aspettasse da lui medesimo qualche soccorso o lo invitasse a impietosirsi sulla sua sorte di critico e di uomo (era di quelli che fanno garrire al vento la bandiera dell'umanità e la seguono cantando melanconici ritornelli). Con tutte quelle belle particolarità, indizi senza dubbio di mente profonda, costui peraltro, udito il fatto, non poté che dichiarare la sua incompetenza; ma dopo alcune non inutili precisazioni, che cercheremo alla meglio di rendere intelligibili.

«Bene, bene» disse. «Qui bisogna intanto distinguere il "corno pistola" dal "corno vangelio",» (il critico evidentemente citava qualcuno, forse il Belli) «ossia quello che riguarda te, proprio te, da quello che riguarda gli altri. In primo luogo: non ti sentirai magari un po' mortificato pel modo da te tenuto nella composizione della tua poesia, pel fatto insomma di avere estratto a sorte le parole, quasi ciò dovesse porti in condizione d'inferiorità nei confronti del tuo predecessore?».

«Ebbene sì, confesso che...».

«Vedi vedi. E hai torto marcio: ognuno può comporre le proprie poesie o i propri quadri o le proprie musiche nel modo che più gli piaccia. Un certo pittore guardava il paesaggio da dipingere attraverso un coccio di bottiglia, un altro copiava le composizioni delle vecchie scatole di fiammiferi o ne traeva ispirazione, e ambedue operavano legittimamente. Del resto, e senza parlare del tuo lavoro di adattamento, chi lo sa se il Leopardi non compose anche lui le sue poesie sorteggiando le parole? Quello che conta è il risultato».

«Ma poiché qui appunto del risultato si tratta...» obbiettò Ernesto.

«Passiamo piuttosto al secondo corno» riprese il critico ignorando l'interruzione; «giacché, se ho ben capito, a te per ora non tanto sta a cuore il problema assoluto, quanto un misero e relativissimo problema di riconoscimento, e d'altra parte io sul primo non saprei francamente aggiungere altro. Dunque dunque, e per mettere subito il dito sulla piaga: tu affermi di aver composto la tua poesia in stato di incoscienza... beh, senza renderti conto che andavi in realtà componendo l'*Infinito* del signor Giacomo Leopardi, senza recarti in alcun modo a mente il medesimo e avendone, come dire, totalmente perduto la memoria?».

«Già».

«E sia, ma chi vuoi che possa crederlo? Di più: quand'anche tu riuscissi a dimostrare di non aver mai letto l'*Infinito* e di non averne mai avuto notizia, resteresti al punto di prima, perché l'*Infinito*, come si dice, è nell'aria, è patrimonio addirittura inconsapevole di ciascuno di noi».

«E allora?».

«Allora niente. Non è certo per questa via che tu potrai rivendicare la tua gloria; meritata, s'intende. E per quale altra? Ahimè non so dirtelo. E non so dirtelo per la buona ragione che non so e non posso sapere come propriamente stiano le cose, quale rapporto ci sia tra la prima composizione e la seconda, o in ottemperanza a quale legge, a quale meccanismo sia avvenuto quello che è avvenuto: non è partita mia. Vederci chiaro, *avant tout et toujours*, vederci chiaro, povero amico mio! Ma io non ti posso aiutare... Sta' a sentire, mi sembra che soltanto due persone, due ordini di persone, potrebbero forse illuminarti in qualche maniera: o una donna innamorata o un astronomo, che so un matematico, o tutti e due convergentemente (eh eh, scusa l'avverbio). Ma se mai la donna innamorata lasciala per ultima: sempre femmina è».

E con questo buon consiglio (d'altronde meno bizzarro che non paia) il critico si rimise agli ardui testi.

*

Il matematico era per contro, imprevedibilmente, un uomo grassoccio e oltremodo allegro, perfino buffo con quel suo riso a pieni denti (cariati) e a forza di giovialità. Alle sue spalle, nello studio, teneva non già un quadro astratto, ma una scena idillica dell'Ottocento; né, in generale, si capiva come potesse sbrigarsela coll'algoritmo, il cui solo nome dà un senso di freddo. Sapeva invece il fatto suo (tra l'altro era professore d'università). Tanto vero che non si meravigliò di nulla, comprese subito di che si trattava e disse alla prima:

«Caro giovanotto, dal mio punto di vista la faccenda è piuttosto semplice; intendo la faccenda in sé, tolte le sue possibili implicazioni, sulle quali non sarei in grado di emettere alcuna opinione. Dunque, cerchiamo di spiegarci: lei per comporre la sua poesia si è rivolto alla sorte. Ottimamente, anzi le dirò subito che questo era, *a priori*, il metodo migliore per ottenere una poesia o combinazione veramente originale; in altri termini, appariva estremamente improbabile che dall'urna uscisse una poesia già scritta, e per l'appunto quella tale poesia di Giacomo...».

«Leopardi».

«... Leopardi (poesia vera e propria o determinato ordine di parole fanno lo stesso ai fini del mio ragionamento). Tuttavia improbabile non vuol dire impossibile... Lei ha un'idea della legge dei grandi numeri, del calcolo delle probabilità e roba simile?».

«Uhm sì... no».

«Poco importa. Prendiamo un esempio facile, il gioco della roulette: il fatto che alla fine del tempo debbano essere usciti tanti rossi e tanti neri in numero eguale non sta a dimostrare che i rossi, o i neri, non possano uscire tutti insieme, cioè in serie ininterrotta, per non più uscire fino alla fine del tempo. Mi sono spiegato? Insomma, lei stava precisamente giocando d'azzardo e ha commesso il medesimo errore di chi puntasse tutto il suo avere su una certa combinazione (semplice) fidandosi di ciò che la combinazione opposta è uscita già molte volte... Santo Dio, è più complicato da dire che nel fatto. Guardi, qual è la serie massima di colore registrata nelle permanenze di Montecarlo?».

«Non saprei».

«Ah, in gioventù noi le permanenze di Montecarlo le avevamo sulla punta delle dita! Ma via, mettiamo sessanta rossi. Beh, dopo sessanta rossi lei comincerebbe a giocare sul nero, no?».

«Sì... credo di sì».

«E sbaglierebbe. Ossia, intendiamoci bene, avrebbe ragione in pratica, ma torto in teoria. Ha capito?».

«Fino a un certo punto».

«Ma come, ma è elementare! Dopo sessanta rossi, è quasi sicuro che esca un nero, d'accordo. Quasi, però: in realtà i rossi possono continuare a uscire per un anno di seguito, salvo che poi i neri dovranno ristabilire l'equilibrio. Sì, ma quando? Magari tra centomila anni, o entro centomila anni; entro la fine del tempo, ecco, ché altro obbligo non hanno... L'applicazione al suo caso è, ora, semplice: lei immaginava che quelle speciali combinazioni dette poesie non potessero cominciare a riprodursi se non dopo essersi esaurite; ha puntato su questa arbitraria supposizione, e ha perduto. Tutto qui. Le è andata male, e senza dubbio lei deve essere una natura perdente, perché tutte le probabilità (ma non certezze) erano, come ho già notato, a suo favore. Che farci? La sola differenza se mai è che la sua roulette era, per dir così, alla rovescia. Nel gioco si punta su un numero perché esca, ovvero si tratta di indovinare il numero che uscirà; lei invece puntava o tentava di indovinare i numeri che non sarebbero usciti (mica grullo, lo ripeto ancora una volta, giacché i numeri che non escono son tanti e tanti, ad ogni colpo, e quello che esce uno solo). Ma provi a figurarsi una roulette in cui il banco paghi, secondo aliquote evidentemente irrisorie, proprio i numeri che non escono e non quello che esce, e tutto andrà a posto. Chiaro?».

«Vede, professore...».

«Eh? Oh quanto mi spiace, ho una lezione tra poco... Buongiorno, carissimo, condoglianze!».

*

Simili bei discorsi, s'intende, ad Ernesto non potevano giovar molto, benché ognuno avesse il pregio di
chiarire il problema da un particolare punto di vista.
Ma non il problema, veramente, quanto piuttosto i
suoi dati, ché una soluzione purchessia (come d'altronde previsto) non offrivano. E pensandoci meglio
ancora, l'esame di questi dati era esso almeno corretto
e completo? A lui sembrava in confuso che no, sebbene non sapesse vedere dov'era il difetto. Comunque la
storia delle consultazioni di Ernesto non finisce qui:
egli volle altresì udire un consigliere di cassazione già
amico di suo padre (che non parve prendere la cosa
troppo sul serio e lo invitò ridendo a tenere nel debito
conto le «circostanze di fatto»), un sacerdote e non so
chi altro; e di volta in volta la sua insoddisfazione aumentava, come all'ideale mosaico che si veniva componendo mancasse pure una pietruzza, anzi la principale. Che pietruzza? Il nostro poeta si indusse a ripensare
tutto daccapo per conto suo, e non fece che perdere la
testa un po' di più. Che cosa voleva in sostanza? che la
gente davvero gli dicesse: Non importa, carino, se codesta poesia l'aveva già scritta un altro, essa è tua ed è
la tua più bella poesia e la tua gloria letteraria è assicurata per i secoli dei secoli? Non poteva esser questo
(che alla fin fine sarebbe stata assurda pretesa) o non
poteva essere questo soltanto. E altrimenti? Lui stesso
doveva confessarsi che non sapeva bene cosa voleva. O
forse voleva convincersi che ad ogni modo, e in qualunque maniera avesse a pensarne la gente, in lui c'era
sempre tanta forza poetica da produrre un *Infinito*?
No, di ciò era convinto dal bel principio. Sottopose a
una metodica e serrata analisi il concetto medesimo di
arte, quelli di paternità letteraria, di priorità e simili,

dibatté lungamente e particolarmente il problema se una qualunque relazione cogli altri sia implicita in un'opera e addirittura di essa elemento essenziale o costitutivo; e così via. E da nulla cavò risultati apprezzabili, o meglio da tutto ne cavò che parevano essergli sfavorevoli. Possibile, d'altro canto, che una volgare questione di paternità o priorità avesse tanto peso nella sua faccenda, che era... beh, era un'altra faccenda? Come potevano le «circostanze di fatto» del magistrato influire a tal punto su un rapporto tanto mai squisito? O magari davvero aveva ragione il matematico ed era tutta questione di fortuna, e questo, senza più, era l'elemento che gli sfuggiva? Da ultimo s'avvilì, dette ogni cosa per persa e, sempre più intontito, si disse che non valeva la pena di seguitare né nell'indagine né nell'esercizio stesso della poesia; finché non rammentò il consiglio del critico e in buon punto decise di rivolgersi alla sua fidanzata. La quale era pel momento dai suoi in un'altra città, sicché fu necessario prendere un treno.

«Ma che mi racconti, ma scherzi davvero, ma hai ragione tu!» disse subito costei, una spiccia donnetta intellettuale.

«Come ragione?».

«Sì, insomma la poesia è tua, non c'è dubbio».

«E per quali motivi precisamente?».

«Che motivi, non c'è bisogno di motivi. Lo... lo sento».

«Ma è anche di quell'altro?».

«Codesto non lo so e non mi curo di stabilirlo. È tua, ecco tutto. Poi magari, in un secondo tempo, sarà anche di quell'altro; intanto è tua».

«Eh, non in un secondo tempo: in un primo, il pasticcio è tutto qui».

«Ma via, ma che ti pare che a proposito di poesia s'abbia a tener conto dei tempi! Non lo so se è anche di quell'altro, ho detto, e me ne infischio. Del resto che ti fa tutta questa ridicola storia o che importa, in caso, se hai sbagliato una volta, se ti è andata male, di' come vuoi? È un errore, se mai, che prova la tua forza. Ché, ché: lascia stare questi dubbi puerili e lavora invece, ricomincia senza darti pensiero di nulla, fa' il dover tuo e non badare a quisquilie. Vedrai che se t'è andata male una volta ti andrà bene la seconda; supposto che ti sia andata male. Avanti, non voglio sentir altro: fra tre giorni portami qui la tua nuova lirica, vai, vai...».

Le donne! Nondimeno Ernesto dal colloquio uscì rinfrancato e, lasciando il suo problema al punto in cui era, si dispose a una nuova creazione.

*

Il silenzio, la pace notturna, il suo fido frullone. Ernesto con trepida mano girò la manovella ed estrasse:

1) Voi.

Voi: benissimo. Parola bellissima, parola non pregiudicante almeno: non c'era pericolo di plagiare nessuno, a scrivere *Voi*. Ogni poeta ha il diritto di cominciare così una poesia, perché se s'ha da dire Voi non si può dire che Voi. E a proposito, che cos'era, un plurale vero e proprio o un falso plurale? bisognava rivolgersi a una donna o madonna, ovvero proprio a diverse persone? Mah, presto per decidere.

2) Ascoltare.

Non c'è ancora da capirci nulla. Seguitiamo.

3) Rime.

Rime: eh sì, le dilette del poeta. Ma vediamo la quarta parola.

4) Sparso.

Ahi ahi! Fatto accorto dalla precedente esperienza, Ernesto, diciamo, s'inorecchì: anche qui c'era qualcosa, c'era qualcosa... Che diavolo succedeva?

Santo cielo, non era difficile rendersene conto; in che modo ormai potevano modificarsi e comporsi quelle quattro parole se non press'a poco così: *Voi che ascoltate in rime sparse...?* Era perfino inutile estrarre la prossima parola, tanto si sapeva già quale sarebbe stata. Tuttavia, per ozioso e stanco esperimento, egli fece frullare vorticosamente l'urna, vi tuffò la mano: uscì puntualmente *Suono*. Sicché: *Voi ch'ascoltate in rime sparse il suono...* – già già, di quei sospiri ond'io nudriva il core. S'è capito.

*

E qui comincia nella vita di Ernesto un periodo di disordine, di confusione, o, per usare il proprio termine, di follia; che d'altronde seguita ancora. Visto, si disse egli dunque, che tutto è perduto e visto che ho il curioso talento di polarizzare in un determinato modo il caso, di far uscire le parole che non dovrebbero e in generale di far produrre eventi indesiderabili, perché non sfruttare comechessia una tale attitudine? Sfruttare a scopo di lucro, intendeva bellamente, e sciaguratamente sottintendeva le virtù terapeutiche del denaro (che pure dovrebbero essere ignote a un vero poeta, e da ciò si vede a qual punto fosse sconvolta la sua mente). In breve, non potendo essere poeta, e rammentando anche un certo discorso del matematico, Ernesto decise di diventare almeno giocatore di roulette... Nondimeno giocatore è una cosa e giocatore vincente tutt'altra; né è da dire che dove era mancata la gloria soccorressero per compenso i quattrini. Ma si vada per ordine.

L'applicazione dei suoi talenti alla progettata attività non si presentava, invero, troppo facile; poi forse egli interpretò male le parole del matematico; o forse no o forse vi fu altro, non sapremmo dire. Ad ogni modo, e per esempio: il fatto che lui riuscisse a cavare da un'urna, su milioni e miliardi di combinazioni possibili, per l'appunto l'*Infinito* o il primo verso del Canzoniere cosa voleva significare precisamente? che, alla roulette, avrebbe indovinato i numeri destinati ad uscire, o che non li avrebbe indovinati per nulla? La domanda, così posta, ammetteva un paio di soluzioni, su cui sorvoleremo. Basti ormai sapere che Ernesto rifletté e rifletté su ogni cosa, e da ultimo, a torto o a ragione (ma con una parvenza di buon senso) si risolse a procedere come segue. Quando avesse, per intuizione o per calcolo, acquistato la certezza o quasi certezza che sarebbe uscito un dato numero, lui giocava tutti gli altri. Così facendo, beninteso, si trovò presto di fronte a una nuova difficoltà, giacché, come nessuno ignora, alla roulette il banco si riserva, quanto dire computa a suo favore, uno (più esattamente mezzo) dei trentasette numeri; donde che con un gioco simile ad andar bene si andrebbe pari; e che Ernesto, in luogo di un numero unico, dovette considerare gruppi di numeri o settori. Ma neanche a questa maniera il sistema funzionava: pel semplice motivo che, neppure a farlo apposta, il nostro già poeta indovinava invece tutti i numeri o settori, ovverossia non indovinava affatto quelli da scartare... Mio Dio, ci avvediamo che, tra tecnicismi e complicazioni verbali, stiamo affaticando il lettore; ma che fare quando si vuol esser veritieri?

La prima volta, per spiegarci meglio. A un certo punto del gioco doveva uscire quasi per forza il 14; Ernesto giocò di conseguenza tutti gli altri numeri. Ebbene, lo credereste? uscì il 14. E via di seguito ogni volta con ogni numero. Ovviamente, alla fine, Ernesto volle cambiar sistema: anziché sforzarsi d'indovinare il numero o settore che sarebbe uscito (per non giocarlo), cercò di determinare quello che a nessun patto sarebbe uscito (per giocarlo). Ma neppure così andava bene: perché, come prima usciva il numero che doveva uscire, ora non usciva quello che non doveva uscire. La pallina ha gli occhi, si dice! E in conclusione Ernesto diventò a poco a poco, per dritto o per rovescio, un comune giocatore di roulette, ossia fu definitivamente perduto.

*

Sì, tale è la triste conclusione di questa troppo lunga storia: mentre scriviamo Ernesto, povero in canna, sparuto, tremucchiante, continua ad aggirarsi come uno spettro per le bische. Perde sempre; se non fosse ricco e soprattutto se un rapace amministratore non gli rimettesse col contagocce le sue rendite, sarebbe un bel guaio per lui. Qualche modesto utile, è bensì vero, ricava dai consigli dati agli altri giocatori, che invita ad osservare e a non seguire il suo gioco, ricevendone piccole mance in caso di vincita. La fidanzata, si capisce, lo ha lasciato da tempo per uomo più fattivo e cosciente.

La morale? Per esser sinceri la ignoro, ma se poi anche la conoscessi, credo che mi guarderei bene dal dichiararla: potrebbe risultare pericolosa. E in definitiva che cos'è questa, una storia di poesia, o di gioco, o un semplice giochetto intellettuale? Il lettore provi a raccapezzarcisi da sé.

LA PASSEGGIATA

La mia moglie era agli scappini, il garzone scaprugginava, la fante preparava la bozzima... Sono un murcido, veh, son perfino un po' gordo, ma una tal calma, mal rotta da quello zombare o dai radi cuiussi del giardiniere col terzomo, mi faceva quel giorno l'effetto di un malagma o di un dropace! Meglio uscire, pensai invertudiandomi, farò magari due passi fino alla fodina.

In verità siamo ormai disavvezzi agli spettacoli naturali, ed è perciò da ultimo che siam tutti così magoghi e ci va via il mitidio. Val proprio la pena d'esser uomini di mobole, se poi, non che andarsi a guardare i suoi magolati, non si va neppure a spasso!...

Basta. Uscii dunque, e m'imbattei in uno dei miei contadini, che volle accompagnarmi per un tratto. Ma un vero pigo! In oggi di quegli arfasatti e di quelle ciammengole o manimorce, ve lo so dir io, non se ne trova più a giro; né servon drusce per farli parlare, ma purtroppo hanno perso anche la loro bella e pura lingua di una volta. Recava due lagene.

«Dove le porti?».

«Agli aratori laggiù: vede, dov'è quell'essedo. C'è il crovello per loro».

«E il mivolo, o il gobbello?».

«Bah, noialtri si fa senza».

E meno male che non avete al tutto dimenticato la vostra semplicità, pensai. Ma volevo scatricchiarmi; finalmente lui andò pei fatti suoi e potetti rimaner solo, e presi per una solicandola.

Che dirvi? quando mi trovai tra quei miei piccoli amici senza parola, lo gnafalio, il telefio, il mezereo, e tutta quella gualda, mi si aprì il cuore. Procedetti, e principiarono i camepizi, le bugole, gli ilatri, i matalli, gli zizzifi anche, benché, a vero dire, guasti alquanto dall'exoasco o dall'oidio; e zighene e arginnidi (pafie o latonie) e le piccole depressarie passavano di luogo in luogo; e, accanto o sopra me, trochili e peppole, parizzole e castorchie, e l'aria era tutta uno zezzio, un zinzilulio... E c'era poi il popolo minore: le smicre, i lissi, l'empidi medesime, e chi potrebbe noverarlo tutto!...

Alla fodina l'acqua ormai da tant'anni stagnava: rabeschi di gigartina, fumoso trasparire di cara, e zannichellia e scirpo; giungendo io, tre farciglioni fuggirono, e balenò un cimandorlo. Ma era destino che neppur qui fossi lasciato tranquillo. Sentii frusciar la frasca alle mie spalle; mi volsi: il gignore del ferrazzuolo che sbiluciava.

«O tu?... Beh, che si fa di bello al distendino?».

«Uhm, poco di bello: il padrone s'è dato piuttosto alla moatra».

Anche questo! Io non sono un lerniuccio, ma via...

«Già,» riprese «da noi ora è troppo se si fa fernette; mancano perfin le ingordine».

«Bravo davvero il tuo padrone!».

«Mah, si sa bene, quando la s'infaona...».

«E qui ora che ci fai?».

«Per via dei leucischi. Ci si buttaron noi anni addietro».

«Ah, ecco; e come...».

«Coi prostomi e colle molleche» rispose pronto.

Non era un caramogio, come non era uno sbiobbo, s'ha a dire. Ma io lo lasciai lì e mi spinsi innanzi per la lonchite. Sapevo che da un certo punto si scopriva una bella vista.

Ed eccolo laggiù, il gran padre; e perfino si scorgevano brillare i froncoli quando prendevano il sole. E v'era una checchia venuta di lontano, con tanto di bonette all'ipartia... Quanti pensieri, quante fantasie m'invasero allora!... Usava più il chenisco? Oh tempi d'una volta: «Inguala!», e via per iciche, per mocaiardi, per cheripi, per lanfe. E qualcuno moriva in terra straniera, ma la chernite ne riportava intatte le spoglie al paese natale: o aveva anch'essa ormai perso la sua virtù?...

Ah, s'era fatto tardi: sull'afaca e sulla ghingola compariva la trochilia, sull'atropa l'atropo, sull'agrostide l'agrotide; dove pur mò sfolgorio di sole, non era ormai che un ghimè; si diffondeva odor di nectria; s'udiva un ghiattire lontano. E così passo passo me ne tornai.

Or mentre io fendo i sisimbri e finché sia giunto a casa, dimmi o amico lettore: son io poco un ghiargione? Tu non rispondi, e con ciò assenti; e non hai torto. Pure, non ne darei un ghieu di chi non sapesse empirsi gli occhi e l'anima come io feci quel giorno, o, sapendo, volesse tenere ogni cosa per sé solo.

Ma ecco giunsi: la mia moglie era agli scappini, il garzone scaprugginava, la fante preparava, se non quella stessa, una bozzima.

CONFERENZA
PERSONALFILOLOGICODRAMMATICA
CON IMPLICAZIONI

«Signori! io sono autore d'un breve racconto che ha per titolo *La passeggiata*, il quale inaugura una altrettanto breve raccolta di *Racconti impossibili* pubblicata per i tipi della Vallecchi Editore».

«E chi se ne frega!».

«Voce sgraziata, s'ha da dire, quanto sincera. Ma adagio, signori: o io m'inganno, o la questione di cui mi propongo intrattenervi risulterà, secondo suona la frase corrente, d'interesse generale».

«Speriamo che non v'inganniate».

«Ne giudicherete voi stessi. Dunque, in tale raccontino occorre un certo numero di parole desuete o difficili».

«Bravo, e perché?».

«Lo saprete ben presto».

«Provate a seguitare».

«Stavolta sepolcrale, la voce... Beh: tali parole furono a suo tempo, da un sopracciò della critica letteraria rotocalcica...».

«Il bell'aggettivo: parrebbe che non di calchi vi si trattasse, sì di calci».

«Sopracciò già noto per la sua poca dimestichezza col dizionario italiano, definite "inventate". Ora poi altro critico del pari di sulla cresta afferma testualmente: "... Spunti del genere abbondano negli ultimi *Racconti impossibili,* a partire da quella sorta di fantastica esercitazione che sono le prime paginette intitolate *La passeggiata,* dove si dialoga e si narra usando termini dialettali (probabilmente delle parti di Pico), stendendo una lingua che appare assolutamente indecifrabile e misteriosissima. Anche questa volta, con polemica e con spasso"».

«Ebbene?».

«Ebbene, m'è scappata la pazienza».

«E così?».

«E così, ho deciso di rompere il mio abituale riserbo e di dichiarare come sta veramente la faccenda».

«Vi ascoltiamo, quantunque alla faccenda medesima poco interessati».

«Oh insomma! son io che faccio la conferenza, o chi?».

«Voi, voi purtroppo».

«E sicché lasciatemi in buon'ora parlare. Se mai contenetevi come in tutte le conferenze di questo mondo: dormicchiate».

«In tal caso non urlate più del necessario e destateci alla fine».

«Ma no, non mi prenderete mica in parola! Attenti a me, invece. Orbene, dividiamo in due parti la mia controdimostrazione, e in altri termini rispondiamo prima al primo critico. "Inventate", le mie parole?».

«Mah, se tanto assicura un sopracciò eccetera...».

«Ah sì, ah sì? E allora, a noi due... Innanzi tutto, è ciascuno di voi munito (come espressamente richiesto nell'invito a questa conferenza) di un volgare Zingarelli?».

«Perché mai "volgare"?».

«Dizionario, intendo, che va per mani di tutti, e perfino in quelle degli scolaretti».

«Uhm. Ad ogni modo, sì, ciascuno di noi è munito del suo Zingarelli».

«Ottimamente. Ora, le parole diciamo così incriminate sono, se ben m'appongo, le seguenti... Ve le scrivo su questa lavagna (...)».

«Parecchie, però: quasi cento!».

«Eh sì, era necessario rispetto ai miei scopi».

«Che non ci avete ancora dichiarati».

«Silenzio, andiamo per ordine. Orsù, cominciate dalla prima: cercatela sui vostri Zingarelli».

«Ehi, non siamo mica a scuola! Comunque... Toh, toh, pare impossibile».

«E quest'altra parola? Inaudito».

«E quest'altra ancora, colla sua brava spiegazione!...».

«Vedi vedi, sembra che le vostre parole abbiano un senso preciso».

«Ci credo. Animo, datevi da fare... Del resto l'incoraggiamento è superfluo: mi è grato constatare che l'intera assemblea va consultando avidamente e rumorosamente i propri Zingarelli e vi trova registrate, con opportuna spiegazione, TUTTE le parole di cui si tratta».

«Il vostro scritto, pertanto, ha un senso comune!».

«Comunissimo e lampante».

«E voi avete pienamente ragione contro chicchessia!».

«No no, un momento: fin qui non abbiamo fatto che confutare l'opinione del primo critico e la sentenza del secondo là dove pretende "indecifrabile e misteriosissima" la lingua da me usata ("stesa", scrive egli più elegantemente, e diamogliene atto); ci rimane bensì da confutare codesta medesima sentenza per quanto è del rimanente».

«Ossia, che non si tratti di "termini dialettali" e tanto meno "delle parti di Pico" (come, stavolta poco forbitamente, dal secondo critico si opina)?».

«Appunto. Sicché... avete con voi il vostro Tommaseo-Bellini?».

«Cosa! si doveva anche venire col carrettino?».

«Calma; se non l'avete voi, l'ho io, un Tommaseo-Bellini. Lo vedete? è questo un Tommaseo-Bellini o è un gozzo di pollo?».

«Aspettate, fate vedere... No, un gozzo di pollo non è di certo... Sì, un Tommaseo-Bellini, non c'è dubbio».

«Un Tommaseo-Bellini: un dizionario specificamente da letterati, che non manca neppure nella biblioteca delle mezze tacche letterarie».

«Va bene, va bene; avanti».

«Riconsideriamo una per una le parole incriminate, e guardiamo se siano, non che picane, dialettali almeno; o se non siano piuttosto del buon uso toscano».

«La sarà lunga».

«Ne prenderemo alcune a caso, e pel resto dovrete credermi... giusto sulla parola».

«State tranquillo, cominciamo a darvi credito».

«Era tempo. Beh: (...)».

«E d'accordo, non occorre di più: voi trionfate».

«No, volevo farvi notare con l'occasione che, se non di nascita, di buona famiglia toscana è questo secondo temerario».

«Non infierite, per favore. Dite invece, non ci avevate promesso un interesse generale?».

«Beh, un qualche costrutto avrete intanto cavato da tutto ciò, spero».

«Che i critici letterari non conoscono la lingua italiana?».

«Troppo, onestamente. E troppo poco».

«Spiegatevi».

«Volentieri. Dal critico non si pretende addirittura, ancorché la si auspichi, la conoscenza di tante mai strane parole. Ma quello che si pretende, e si ha il diritto di pretendere, è almeno un certo fiuto filologico... Fermatemi se sbaglio».

«Non sbagliate, e fateci grazia delle vostre civetterie».

«Possibile che, del centinaio di parole or ora corse,

in nessuna e proprio in nessuna i nostri valentuomini abbiamo ravvisato un'arietta familiare? ».

« Impossibile effettivamente parrebbe, giacché un critico non deve per forza essere ignorante come un ciocco. Nondimeno, scusate, ci sfugge il meglio della vostra argomentazione: può ben darsi che i detti critici ravvisassero in alcune parole... In breve, cosa volete dire? ».

« Molto semplicemente che l'impossibile è poi sempre possibile: se, difatto, coloro o costoro avessero avuto il benché minimo dubbio relativamente a una sola delle vessate parole, se di conseguenza si fossero avveduti che codesta parola era regolarmente registrata in qualsivoglia dizionario scolastico, essi le avrebbero cercate tutte e in tutte avrebbero riconosciuto un significato inequivocabile, né si sarebbero per avventura coperti di vergogna con bolse sentenze ».

« Giusto, perbacco ».

« Grazie. Ma c'è di più e di peggio. Ammettiamo che al critico non sia richiesto un particolare fiuto filologico... Amici, guardiamoci in faccia: ma alle brutte un fiuto letterario, questo personaggio che si autoproclama interprete dell'opera altrui, un fiuto letterario dovrà averlo? ».

« Cosa intendete per fiuto letterario? ».

« Se è o si presume critico, costui dovrà pur sapere che d'Annunzio ed io non inventiamo parole: ci basta e ci è più comodo prenderle dal nostro bell'idioma (con effetto ben più mortificante pei critici stessi) ».

« Ah bah, bah bah bah bah: potete vantarvi di averci convinti ».

« Né, lo confesso a vostro onore, mi aspettavo di meno dalla vostra comprensione; epperò mi lusingo che vorrete del pari seguirmi nella conclusione generale che, in aspetto di domanda, sto per formulare ».

« Formulatela ».

« Ai vostri cenni. Orbene, concederemo noi a tali ed altrettali critici il diritto di giudicare le nostre opere, allorquando (come testé veduto) essi non ne intendono nemmeno la lettera?».

«Nooo!».

«Grazie, amici, per questo plebiscito. Ma c'è ancora una volta dell'altro, ovvero dello stesso con chiaro esempio lumeggiato».

«Dell'altro, dello stesso? In verità noi si sperava... noi si temeva che la conferenza fosse finita».

«Nessun timore!... Chiedo: io perché mi son dato tanta pena a mostrare l'ignarità ed insipienza dei critici, la quale dopo tutto è da gran tempo acquisita agli atti?».

«Rispondete voi stesso».

«La risposta è: pel fatto che la loro mancata interpretazione ha reso vana ogni mia fatica».

«Discorrete più aperto».

«Dico, altro che "spasso"! La mia *Passeggiata* voleva al contrario essere un'amarissima denuncia o, se non denuncia, un'amarissima constatazione. Come dire: "Guardate, non ci si capisce neppure a parlare la medesima lingua". Ma, evidentemente, quei critici ed io non parliamo affatto la medesima lingua; per cui non è che non possiamo capirci benché eccetera, ma semplicemente *perché* eccetera. Che fa una bella differenza, agli effetti dei miei effetti».

«Lasciate ora codesti altri effettucci verbali, e piuttosto: non c'è caso che i critici avessero le loro buone ragioni, o almeno giustificazioni?».

«In cosa?».

«Nel non penetrare le vostre intenzioni: ché voi, per un motivo o per l'altro, avete involto di oscurità le vostre amarissime denunce o constatazioni».

«E (di nuovo) il fiuto, signori miei?».

«Che vuol dire?».

«Il tono e il clima dei racconti o raccontini seguenti avrebbero pur dovuto illuminare il lettore accorto sul valore e le intenzioni del primo: che avrebbe ben potuto idealmente istituirsi quale racconto *liminare* dell'intera raccolta».

«Ehm, sarà! Invero poco abbiamo inteso della vostra risposta; ma permetteteci egualmente di portarvi in trionfo».

«Fermi, fermi!... Così, senza altre aggiunte?».

«Perché, avreste qualcosa da aggiungere? qualche fatterello divertente?».

«Il mio archivio è grande quanto Versaglia o l'Escoriale».

«Giù allora».

«Alcunché, intendereste, di recente?».

«Come vi piace».

«Non saprei: un certo critico altamente qualificato, collaboratore fisso e forse caporubrica in tal foglio unicamente letterario... Ma no, non val la pena di parlarne: nulla di nuovo o singolare».

«E sì, invece: tanto per farcene un'idea. Codesto critico...?».

«Non sa copiare un sonetto italiano. Faccenda di normale amministrazione, come vedete».

«Oh no, mio Dio! Evidentemente, di tutto ha colpa lo stampatore».

«Quest'antica e pietosa bugia potrebbe infatti ancora una volta servire, ove il titolo stesso dell'articolo non fosse tratto da uno di tali errori di *copiatura*; ove, soprattutto, altri elementi non tenessero desta la nostra perplessità».

«Ossia?».

«Infilata la via delle concessioni, al bravuomo nulla costava attribuirmi, e con dotte quanto entusiastiche parole esaltare un mio (scusate se è poco), un mio *Racconto d'inverno*!... Ma basta».

«No, no: almeno un'altra storiellina critica, che ci ammaestri e diverta».

«Eh, ma s'andrebbe troppo per le fratte; e del resto che dovrei contarvi? Qualcosa forse di relativo al "sublime 'Scherzo per Elisa' di Mozart"?».

«Piano, piano! "Scherzo per Elisa", Mozart: vi va a voi di scherzare?».

«Non a me, né a Mozart: tale, viceversa, l'attribuzione che fermamente emerge dai detti d'un ottimo critico (lo stesso, per avventura, cui eran parse "inventate" le parole del raccontino di sopra studiato)».

«Ah, ma sicché... ah, ma allora!...».

«No, basta adesso davvero. E piuttosto, attenti di nuovo a me; giacché io, rispetto al nostro principal argomento, ho un asso nella manica, o sia una bomba sotto la falda».

«Oh, meraviglioso!... Dite, dite».

«Entrando io qui dentro per questa istruttiva e dilettevole conferenza, un foglio mi fu rimesso, che secondo vedo reca estratti di dicerie me concernenti e poco addietro corse durante tal premio letterario del quale mi venne (ignoro per che speciale merito) aggiudicata fetta».

«Per favore, esprimetevi meno noiosamente: prima ci promettete mari e monti, e adesso ci fate dormire da ritti».

«Beh, vorrei che questo foglio lo leggessimo insieme».

«Magnifica idea; siam tutt'orecchi».

«... E in particolare il passaggio dove... Ecco, qui, qui: "*I racconti impossibili* contengono pagine fra le più rivelatrici di questa condizione presente dello scrittore, e anzitutto della sua 'epoché' narrativa e stilistica: si aprono col breve capriccio o *pastiche* della *Passeggiata*, dove l'idolo della incomunicabilità è giocosamente esorcizzato e ironizzato attraverso l'incastonamento di un lessico 'impossibile', glossematico (ma per tutto appartenente alla morta periferia del vocabolario italiano) nella più tradizionale sintassi ottocentesca, e si chiudono...". Orsù, che ve ne pare?».

«Che, rispetto alle vostre intenzioni, meglio non si potrebbe parlare».

«Meglio o quasi meglio: vero».

«E dunque, come a voialtri spesso avviene, voi ci avete menati per il naso? dunque non tutti i critici son
grossi quali vi è piaciuto mostrarceli?... E insomma in
che consiste la vostra bomba, o il vostro asso?».

«Facile: in ciò che di quest'ultimo ed arcivalente critico noi possiamo celebrare l'arcivalentia ma non possiamo proclamare il nome».

«Che, si sarebbe egli involto nell'anonimato?».

«Sì».

«E perché?».

«Ancor più semplice: per cansare i vituperi dei suoi
colleghi».

«Stupendo!».

«Cosa?».

«L'uomo; ma anche la vostra battuta. Ragione per la
quale, si proceda ormai al già votato trionfo».

«Che, che, l'avete presa sul serio? Non vi agitate: calmi, buoni!... O davvero vorreste che intervenissero le
autorità?».

«No: tutto, fuor che le autorità!».

«E bravi. Il nostro saluto sia pertanto clamoroso e
sommesso».

«Sia; come il seguente: "Iddio sempre t'ispiri, italo
grande"».

«Ma no, un po' meno grullo e di opposta parte. Ad
esempio: "Addio, miei fidi, e contumelie alle famiglie,
se siete tanto sciocchi o tanto infelici da averne"».

ROTTA E DISFACIMENTO DELL'ESERCITO

J'aime dans les temps Clara d'Ellébeuse...

Correvano tempi non sospetti: la notte s'udiva ancora l'ululato dei lupi, e la volpe latrava da una piaggia proprio di fronte al paese, incurante del rubellio dei cani; ancora qualche brigante attardato s'aggirava nei boschi verso gli alti passi. Ma la famiglia era stavolta in una sua casa di campagna: con un piazzaletto davanti e da un lato una cappellina, piuttosto rustica a vero dire (oggi è qualcosa come una legnaia). Di qui d'altronde i lupi si sarebbero uditi più vicini, non fosse che era una notte di tempesta.

È libera la natura? Non credo: essa lo è tanto poco, che prova ogni tanto il bisogno di rompere in parole senza freno, in sacri tumulti, prima di rientrare nell'invisa norma. Ed è almeno gioiosa sommossa la sua, inconsapevole, immemore furia? Neppure: essa non giunge, sembra, a spezzare le sue catene, i suoi son gridi di dolore, mugghi d'agonia. O forse è solo la disperazione di chi non può toccare morte, se dal suo ultimo e non mai estremo travaglio sorgono per noi tutte le immagini più lungamente e più segretamente vagheggiate, se dalla sua voce selvaggia deduciamo il presagio di brividi profondi, di mostri voluttuosi, di cocenti piaceri. Che cosa invero, si direbbe, non può avvenire in una notte di tempesta?

Il vento infilava le forre, traversava la casa medesima e ne traeva gemiti lunghi, tosto spenti in mugoli appena, in soffi, e tosto rinati in urli sediziosi; la pioggia frustava d'improvviso i vetri come per avvertire gli abitatori di un pericolo incombente, o piuttosto come per chiamarli fuori a una riscossa, ma con poca speranza che rispondessero all'appello (sicché s'allontanava in fretta); il tuono, la folgore erano bensì in cielo, ma, paghi di avere scatenato gli elementi, si limitavano a presiedere alla loro tregenda, solo di tratto in tratto palesandosi con deboli lampi e rotolii; il fruscio torrentizio degli alberi pettinati dalla bufera si confondeva con quello frondoso dei rovesci, e ad essi, sempre più rombante, si andava unendo il sonito della piena che si riversava dalle valli montane in rivoli lutulenti di minuto in minuto più gonfi e impetuosi, della quale l'odore penetrava fin nelle stanze; le fiammelle del candeliere a tre becchi vacillavano, si piegavano ravviate, schiomate dal riscontro.

Il rosario era già stato recitato. Il padre posò il libro, si levò, disse: «Mala nottata e figlia femmina», e voleva per la millesima volta chiarire il senso di questo detto, ma si avvide che nessuno lo ascoltava, sicché soggiunse: «Ora canonica», dette la buonanotte e si avviò su per la scala di legno. Anche la madre si levò, mormorando: «*A fulgure et tempestate libera nos Domine*», e seguì il padre. I due figliuoli maschi già dormivano sognando l'alba; essi infatti speravano che il sommovimento dell'aria avrebbe portato le beccacce... Il lettore certo non sa che i pallini da caccia hanno a loro volta un odore, specie se custoditi in borse di pelle scamosciata: in quest'odore e in quello della polvere nera, dormivano i fratelli.

Le due sorelle si guardarono in viso tristemente; la prima prese il candeliere, la seconda accese la bugia con *bombèche* a un becco di questo, e si diressero alle rispettive stanze, di cui l'una era appena separata dai tegoli del tetto da una soffitta di sottili assicelle.

Clara ch'io evoco dal regno delle ombre...

Ma via, ma cos'è questa accumulazione di dati inerti, cosa sono soprattutto questo tono tronfio ed esclamativo, queste domande più o meno retoriche, in una parola quest'os rotundum? *Un certo mestieraccio gli ha un bel metterci il naso, non riesce a palliare la falsità di questa scrittura, e dunque non solo di questa scrittura. E delle difficoltà sintattiche, verbali e d'ogni genere che mi dite? Nella penultima frase della specie di testo qui sopra, ad esempio, ero giunto a mettere insieme una tale accozzaglia di articoli indeterminativi, che sarebbe stato da ridere (se io ridessi per così poco) o da disperarsi (se io mi disperassi per così poco). La frase in questione era venuta fuori così: «Le due sorelle (e notate: due, il che inarrestabilmente riporta, per confronto o attrazione, l'articolo indeterminativo stesso al suo valore numerale) si guardarono in viso tristemente; l'una (qui veramente in funzione pronominale, ma poco importa) prese il candeliere, l'altra* una *bugia con* bombèche *accesa a un* becco di questo, *e si diressero alle rispettive stanze, di cui* l'una *era* appena separata *dai tegoli del tetto da una* soffitta di sottili assicelle*». Ad evitare il qual bombardamento articolare, il tristo estensore (che son io appunto, non conviene dimenticarlo) è ricorso sgraziatamente agli ordinali. Ma nella frase c'erano anche, in fondo, i due elegantissimi Da l'uno sull'altro, che ho pure segnati; e che ci son rimasti.*

Beh, direte, non c'è bisogno di correre ai sintomi: la crisi di questo racconto è in certo modo implicita anzi immanente. D'accordo! occorre avere una tal quale dose di follia per raccontare una storia, e forse il titolo di tutta intera la presente raccolta doveva essere, meno ambiguamente, Racconto: impossibile.

Ad ogni modo, cerchiamo di raccogliere le idee: che cosa diamine volevo raccontare, o piuttosto che cosa avevo in ani-

mo di fare? Mah, Dio sa se mi è difficile concentrarmi su simili scempiaggini; proverò nondimeno per magra soddisfazione del lettore. Dunque, riprendendo di dove il malnato testo era giunto:

a) *Non contento di averla evocata dal regno delle ombre (ma invece sarebbe stata nient'altro che un personaggio di maniera), l'iniquo autore chiede alla nominata Clara se ami, e soggiunge da sé che ella non ama, sibbene si dispone all'amore... che non verrà mai. Ciò è destinato a informare il misero lettore; che dico, a fargli balzare viva davanti, in pochi tratti, l'immagine della giovinetta coi suoi sentimenti teneri e trepidi.*

b) *Clara si spoglia innanzi allo specchio (scena, con attitudini lusinghevoli e lubriche, e divagazioni ad libitum) e si corica, coll'orecchio teso ai rumori dell'uragano.*

c) *Agitazione nella camera parentale, indi in tutta la casa: qualcuno in qualche modo (da dichiarare scrupolosamente) ha recato la novella che briganti si aggirano stanotte nelle immediate vicinanze (sottinteso: bramosi di ricetto e preda).*

d) *Tutti i personaggi, genitori, figli, figlie, servi e dipendenti d'ogni sorta, si ritrovano nel solaio della bicocca, dove vanno apprestando le armi per accogliere se mai degnamente gli aggressori. Clara chiede anche lei un fucile; le è negato; le sorelle colla madre e le fantesche vengono invece preposte alle munizioni. Tutti i potenziali combattenti si appostano alle finestrine del solaio (atmosfera, diversamente rilevata dalla tempesta, di tensione, sospensione e altri ioni a volontà).*

e) *Ed ecco qualcuno mormora di pesta ferrata sulla sassosa via che mena alla casa... Ora tutti la odono... (Qui ioni a pioggia e a piacere). Gli occhi si figgono nella tenebra, che resta tuttavia impenetrabile.*

f) *Improvvisi, gagliardi, raddoppiati, imperiosi colpi alla porta dabbasso o sia portone, invisibile per gli speculanti (a causa, si specifica, d'aggetti sulla facciata). Ciascuno debitamente sussulta, il padre fa per affacciarsi, cioè sporgersi quanto basta, la madre lo trae indietro ché sarebbe pericoloso;*

infine egli si schiarisce la gola e chiede con voce quant'è possibile minacciosa: « Chi è? ».

g) *Voce di sotto, con ideale stridor di denti: « Aprite, Sacramento! ».*

h) *Oh cielo! – esclamazione che dice tutto. Ma da ultimo bisogna bene che qualcuno faccia capolino. Il qual qualcuno, aguzzando le ciglia, scorge*

i) *lo zio A., che è un po' svanito; naturalmente con cappellaccio e tabarro. Alloggiato in villa non troppo lontana, e udito anche lui dei briganti, ha voluto fare uno scherzo ai congiunti.*

l) *Reazioni inverse di vario tipo. Lo zio è fatto entrare, tutti lo vituperano, poi, ben presto, ogni cosa finisce in allegria, e i d'altronde ipotetici briganti son dimenticati. Se non che*

m) *Clara dà in pianto dirotto. Tutti pensano che ciò sia conseguenza del corso affanno, ma lei esclama tra le lacrime:*

n) *« Qui non succede mai nulla! ».*

o) *Riflessione ultima, conclusiva e costruttiva del narratore, brevemente riassunta: « Ah, non qui ed ora soltanto: mai e in nessun luogo succede nulla, e la tempesta ha un bell'accumulare presagi, povera Clara! ».*

Ebbene, non c'è altro: cosa ne dite? Io per me dico che se a questo si doveva arrivare, tanto valeva arrivarci alla bella prima: quando un racconto ha da finire così, tanto vale non scriverlo e scrivere invece un pensierino e non rischiare le autoinvettive che, entro parentesi quadre, scorgo tra le righe del mio testo (quali: « Bischero! », « Va' a letto e copriti bene! » e altre men trascrivibili). Ma, chi può saperlo, forse m'ero lasciato allettare da chissà che; avevo magari la velleità di approfittare dell'occasione e di rappresentare strada facendo una certa vita patriarcale, oppure, tanto per cambiare, volevo fare un zinzino di psicologia adolescenziale. E vogliate osservare che qui dentro c'è bene o male un'idea: figuriamoci se non ci fosse stata neppur quella! O forse tutto il male viene di lì appunto, ossia da ciò che i racconti non si fanno colle idee. Già già, qualche volta giungo a pensare che basti avere il principio di un'idea per non poter più scrivere un racconto o checchessia e addirittura per non poter fare più nulla; e che davvero la letteratura sia il mero accidente di non so qual sostanza, in essa miseramente e innecessariamente depotenziata; eccetera.

Ma lasciamo le proposizioni del malumore, e del resto non fo che ripetermi. Vedo bene, piuttosto, che con tanti discorsi non riesco a dar conto, non dirò del mio fallimento, ma neppure della mia minima spinta iniziale, di quel qualunque soprassalto che mi aveva indotto a prendere in mano la penna. E insomma a che approdano queste chiacchiere? non più in veste di nequissimo narratore, cosa concludo? Niente, si capisce. Salvo che a concludere (cioè in questo caso a mostrare l'impossibilità di concludere) potrebbe servire una questione oggi divenuta o ridivenuta d'attualità.

La seguente. Basta o non basta dire « Io non ho niente da dire »? Ovvero: dire « Io non ho niente da dire » è dir qualcosa o è dir nulla? Per carità, non tiriamo ora fuori il metro logico, altrimenti la risposta è palmare, e come tale inservibile. Difatto a chi dica « Io non ho niente da dire » il volgare oppone: « E perché allora non taci? ». Eh, santa semplicità: è ben vero che una simile dichiarazione non fa di per sé contenuto, ma non è d'altro canto men vero che è una dichiarazione, un'alcuna cosa che quel sere sente il bisogno di dire, e alle brutte sempre un detto (questa è tuttavia logica, ma almeno un po' più logica dell'altra).

La solita storia infine: chi così dice di non aver niente da dire è uno a mezza strada tra il silenzio e l'espressione, un infelice cui il silenzio gioverebbe, ma che non sa conquistarsi nemmeno il silenzio. Sicché, ecco, la vera conclusione del mio discorso potrebbe essere un puro e semplice miserere per l'anima di un tale sciagurato.

PAROLE IN AGITAZIONE

Al mattino, quando mi levo, naturalmente mi lavo i denti. Sicché stesi sullo spazzolino un vermicciuolo di dentifricio lungo circa un centimetro e mezzo, mi ficcai lo spazzolino in bocca fregando vigorosamente, quindi, colla bocca ancor piena di schiuma, succhiai un sorso dal rubinetto. Dico questo per dire che insomma feci tutto come al solito.

Mi sciacquai la bocca e sputai. Ma ecco che, invece di venir fuori la solita disgustosa miscela, vennero fuori loro, le parole. Non so come spiegarmi: erano parole ma erano vive, e guizzavano qua e là nel lavandino, per fortuna vuoto. Una scivolò e andò quasi a finire nel buco sul fondo, ma si riprese e si salvò. Parevano vispe e allegre, benché un po' pazzerelle: giravano come fanno qualche volta i coniglioli in gabbia o le giovani lontre nelle rapide. Poi decisero di dar la scalata allo specchio. Non proprio allo specchio: volevano inerpicarsi sulla mensola dello specchio, e ci riuscirono benissimo, non so in che modo. E qui mi accorsi che discorrevano anche, o meglio gridavano con un vocino acutissimo, sebbene sempre fievolissimo per le mie orecchie. Sulla mensola fecero un monte di balletti, di lazzi e d'inchini, come fossero su una ribalta, e poi presero a far dei cenni, da cui capii che volevano parlarmi. Tesi l'orecchio e accostai il viso, e così, non senza sforzo, potetti udirle; non solo, ma, abituandosi il mio occhio cominciai a riconoscerne alcune. In verità dovrei dire a individuarne o leggerne alcune, giacché molte le conoscevo appena per prossimo; ad ogni modo vidi la parola Locupletale, e Massicotto ed Erario e Martello ed altre.

«Noi siamo parole» prese a dire Locupletale che sembrava la comandante.

«Lo vedo» risposi.

«Noi siamo parole, e tu sei un di quelli».

«Chi quelli?».

«Un di quelli che ci tratta e bistratta. Ragion per cui è legittimo che proprio a te ci rivolgiamo per giustizia. In questi tempi di rivendicazioni, di ridimensionamenti e consimili *ri*, la sarebbe buffa che appunto noi restassimo indietro. Ma se presentassimo tutte insieme le nostre rivendicazioni si starebbe freschi: una cosa per volta. In breve, noi chiediamo una ridistribuzione».

«Che ridistribuzione o di che, grulline?».

«Dei significati, per cominciare. Ciascuna di noi significa qualcosa o no?».

«Direi, checché facciano taluni romanzieri o giornalisti».

«Ebbene ascolta. Io, per esempio, son Locupletale: e cosa significo?».

«Significhi press'a poco Attinente alla ricchezza».

«Già, perché lo sai; ma se non lo sapessi?».

«Che razza di domanda».

«No, vedi, io significo quello che hai detto, ma ti par giusto? Dovrei invece significare Attinente a ruscello o in genere ad acqua che scorre».

«Ma perché?».

«Perbacco, Lo-cu-ple-ta-le: non ce l'hai l'orecchio?».

527

«Uhm. Ma per prima cosa tu forse non esisti neppure. Io conosco Locupletare, Locupletazione, Locupletissimo, ma te... O se esisti sei così poco usata che di che ti lagni?».

«Esisto, esisto; e se son poco usata non vuol dire nulla».

«Sentiamo,» saltò su un'altra «io son Magiostra: e allora, che significo?».

«E cosa ne so!».

«Bravo, tra parentesi, per esser tu un di quelli; ma d'altronde tanto meglio. Dico, a occhio e croce cosa ti sembra che io significhi?».

«Non saprei... un che come un copricapo».

«Ma no, è perché pensi a Magiostrina; lascia perdere gli accostamenti, se no le cose si complicano ancora di più. Devi cercare di metterti di fronte a me senza nessuna speciale idea per la testa. Così, là, alla prima: che significo?».

«Direi allora... una specie di tenda o di padiglione».

«Lo vedi?».

«Che?».

«Invece designo certa fragola molto grossa. E ti par giusto?».

«E me,» interloquì una terza «me dove mi metti? Perché si può procedere anche alla rovescia. Dunque guarda: io son Martello, e non è un vero e proprio sopruso?».

«Per me stai parlando arabo».

«Cos'è un martello, questo lo sai forse. Beh, il martello in tutti i modi dovrebbe chiamarsi fuor che Martello».

«Toh, e come si dovrebbe chiamare?».

«È lampante: Totano».

«Capisco cosa vuoi dire, ma non vedo in che maniera questo riguardi te, proprio te. Tu sei Martello, e se intendi che dovresti chiamarti invece Totano ti sbagli della grossa, perché in tal caso saresti appunto Totano e non Martello: tu non sei che una parola, sciagurata».

«Non capisci proprio nulla» intervenne Totano stessa. «È semplice: noi due vorremmo scambiarci i nostri significati, e almeno questa faccenda andrebbe a posto. Non è così, Martello?».

«Niente affatto, carina!» urlò Martello. «Come sarebbe? Tu andresti a posto, non c'è discussione; ma io? Io verrei a designare quella razza di calamaro... puah! T'inganni, bellezza: Martello non può significare altro che qualche sorta di... di albero, ecco. Una cosa vegetale».

«Calma,» dissi io «è proprio vero che due femmine e una papera misero un mercato a Napoli».

«Macché due femmine: tre, femmine, dice il proverbio».

«E voi in due state facendo confusione per tre. Vediamo un po': tu, Martello, non hai detto tu stessa che avresti voluto chiamarti anzi essere Totano?».

«Per nulla, o sei scimunito davvero? Ho detto solo che l'oggetto Martello dovrebbe chiamarsi Totano, il che fa una bella differenza».

«Oh santo cielo, mi fate girare la testa. E allora?».

«Allora niente: io non posso certo scambiare il mio significato con quello di Totano, sebbene Totano debba prendere il mio. È chiaro?».

«No».

«Insomma, io cedo ed è giusto che ceda il mio significato a Totano, ma non voglio il suo in cambio, ohibò! Voglio quello di un'altra».

«E di chi per esempio?».

«Per esempio quello di... guardala lì, di Betulla».

«E lei?».

«Chi, Betulla? Ne prende un altro da qualche altra, tanto il suo non le si attaglia: lo prende poniamo da Trave».

«Cosa, cosa?» squittì la nominata Trave udendo questo. «Sei pazza? Te pensa ai casi tuoi, ché ai miei ci penso da me». E giù a leticare.

529

«Io Iridio» riprese una con aria d'importanza «non posso designare che una lima, è manifesto».

«E io dovrei accollarmi il tuo significato?» ribatté Lima.

«Io, per tua norma, non posso a mia volta che significare qualcosa di molto soffice; altro che un metallo, e per giunta durissimo! Tutt'al più potrei scambiare significato con Guanciale o con Cuscino...».

Del resto ormai gridavano e squittivano tutte insieme: mi pareva d'avere una manciata di spilli negli orecchi. Persi la pazienza.

«Ma si può sapere che vi siete messe in capo, birbanti?» urlai. «Volete vedere che bella cosina che fo ora, così siam tutti pari?».

«Che fai, che fai?» mi schernirono.

«Aspettate un poco».

Accecato dall'ira corsi in cucina e presi una bottiglia vuota, mentre dallo studio presi un foglio di carta con una matita; e tornai.

«Ora registro qui perbenino tutti i vostri significati, poi vi ficco tutte in questa bottiglia, e da ultimo vi faccio uscire una per una. Così a chi tocca tocca: la prima che esce prende il primo significato, la seconda il secondo e via discorrendo. Lo prende e se ne contenta, le piaccia o no. Avanti, cominciamo».

Non volevano prestarsi e facevano ostruzionismo, cercando d'imbrogliarmi, ma le costrinsi a dichiarare punto per punto l'esser loro. Come non volevano mica lasciarsi acchiappare e scappavano da ogni parte; ma io, chiudendole e schiacciandole sotto la palma a coppo e successivamente afferrandole col pollice e l'indice dell'altra mano, riuscii lo stesso a imbottigliarle tutte. Parevano sorci in trappola, da quanto stridevano lì dentro. Quando ci furon tutte, cominciai a farle uscire una per volta, secondo avevo stabilito; e ciascuna, come dico, dovette contentarsi del significato che le toccò. A misura che uscivano, fuggivano chissà dove e le perdevo di vista. E così finì la storia.

Già, ma ora c'è un grosso guaio. Perché ognuna di loro prese un certo significato e se lo tenne, d'accordo: però chi appunto prese quel dato significato? Questo è il problema. Non so se mi spiego; capite la questione? Tutto fu fatto all'amichevole, sulla parola; nell'agitazione del momento io non pensai ad annotare i vari passaggi e le varie attribuzioni di significato; a me non è rimasto niente in mano, nessun documento probante. Sicché adesso, alle corte, lo sanno loro cosa significano, non io. È terribile.

Inoltre sono un tantino preoccupato. Sì, ho riferito che uscendo dalla bottiglia fuggirono chissà dove: ma sempre in casa saranno restate, e un giorno o l'altro, vedrete, mi risalteranno addosso.

Per una cosa sola son soddisfatto: che almeno, finalmente, ho capito il senso dell'espressione «sciacquarsi la bocca con le parole».

LA PENNA

Tutti sanno che le penne, come gli accendini e del resto qualunque altro oggetto d'uso, hanno bisogno di riposi; per conseguenza quando il poeta constatò che la sua non procedeva più a dovere non si turbò troppo, e invece la mise da parte, prendendone in prestito pel momento una dalla padrona di casa. Ma neppur questa filava, benché trattata con ogni riguardo, ovverosia assecondata nei suoi supponibili capricci di penna mediante opportune inclinazioni o pressioni; il che indusse il poeta a tornare con spirito più conciliativo alla prima, la quale però rimaneva renitente. Infine, dopo vari tentativi e dopo aver pazientato qualche giorno (con grave danno della prepotente ispirazione), egli si decise ad acquistare una nuova penna. La medesima padrona di casa anticipò il denaro necessario, il poeta si recò nella migliore bottega della città, scelse la migliore e più costosa penna, e, certo che nulla ormai avrebbe intralciato la libera espansione dei suoi sentimenti, tornò trionfante a casa.

Tornò, si mise a tavolino, impostò senza indugio un sonetto, vale a dire che ne scrisse il titolo, il primo verso, una parte del secondo, e... e qui la penna nuova e perfetta s'impuntò a sua volta. Eh, come: non aveva essa alacremente, impeccabilmente vergato, or ora, i lunghi freghi e le frasette di prova? La cosa era singolare: un sospetto attraversò la mente del poeta, donde egli fu tratto a considerare con maggiore attenzione il comportamento di codeste penne; in particolare di codesta ultima, la cui stessa eccellenza escludeva l'ipotesi d'un incidente occasionale.

Non è propriamente che s'impuntasse, è piuttosto che, per quanto ben nutrita d'inchiostro, accuratamente nettata eccetera, a un certo punto s'illanguidiva, lasciando sul foglio una traccia sempre più pallida, fino a divenir muta, o cieca, insomma fino a non lasciarne da ultimo alcuna. Per esser più chiari, sembrava davvero che qualcosa di quanto il poeta andava scrivendo non le garbasse, e che si rifiutasse perciò di far l'opera sua.

In parole ancor più semplici, il poeta capì che la penna lo giudicava, così come forse avevano preso a giudicarlo le precedenti, da cui il loro sciopero. Era sicché inutile cercarne di più remissive, tanto valeva invece, sia pur repugnando e deplorando che anche le penne si fosser fatte a tal punto evolute e coscienti, patteggiare con quest'una. E d'altra parte al poeta capitò di pensare che, chissà, tra loro due chi aveva ragione poteva esser proprio la penna: magari il dio Apollo intendeva con quel mezzo richiamarlo all'ordine... Ma ecco, a quale ordine? cioè, quali erano le sue mancanze o inadempienze in quanto poeta? Trovavano forse, il dio e per procura la penna, il suo stile troppo pomposo o al contrario troppo dimesso? avevano dubbi sulla sincerità dei suoi sentimenti? disapprovavano la scelta medesima dei suoi soggetti? stimavano poco musicale il suo verso e la sua prosa numerosa? Quesiti che tornavano poi tutti ad uno solo: che cosa voleva la penna da lui? Era urgente capirlo, per la salute della sua nonché della poesia in genere, e il poeta ci si dedicò di buzzo buono: occorreva, si ripete, di prova in prova e procedendo se mai ad eliminazioni successive, indovinare gli intendimenti della penna e riscuoterne infine l'approvazione.

Ora, questa sorta di tenzone seguitò per alcun tempo con alterna fortuna: talvolta a lui pareva di aver ammansato la ministra ed avversaria (nel senso che essa acconsentiva a vergargli tre o quattro righi senza languori), ma subito dopo la disperante situazione si ristabiliva, e quella, sempre men partecipe, sempre meno cedendo di se stessa o del proprio inchiostro o del proprio sangue, finiva col graffiare aridamente il foglio. Di tutto ciò peraltro non si vuol dare partita notizia; basterà venire al giorno in cui il poeta, stanco di tante giostre e disfatte, si dispose a un esperimento secondo lui definitivo.

Si disse, il poeta: È o non è l'amore il sentimento più nobile e universale? E si rispose: Senza dubbio. Per cui, continuò seco stesso, su tale capo almeno questa ciammengola della mia penna non troverà nulla da eccepire: se io parlo del mio amore, le toccherà striderci. Eppure no, soggiunse onestamente, se il mio non fosse genuino amore, ma un qualunque sentimento simulato o letterario, lei avrebbe tutte le ragioni di torcere il muso. Ebbene, badiamo: amo io veramente, è veramente la distinta donzella che mi so io in cima ai miei pensieri e alle mie speranze? Sì amo con tutta l'anima, e la distinta donzella è in cima, credette di rispondersi... Oh beh, l'altezza del soggetto e la sincerità non bastano, d'accordo; ma son sempre due punti a mio favore, e al resto penseremo poi.

Via, via, all'opera; e scrisse con bel garbo il titolo della composizione: *Il mio amore*. E la penna seguì docilmente il moto della sua mano, soccorrendolo con una perfetta erogazione d'inchiostro (come la chiamano); alla fine i caratteri, intensi, ben leggibili, quasi splendevano sulla pagina bianca. Ma, s'intende, queste non erano che avvisaglie; gli avversari parevano studiarsi, e il poeta aveva la brutta impressione che la penna lo spiasse con aria beffarda, come dicendo: Diamine, al tuo servizio. Un bellissimo titolo: ora poi si guarda cosa compiccerai.

La composizione, lungamente meditata e sofferta, e pronta di parte in parte nella mente del poeta, sonava così:

«Il mio amore è simile al vento della notte; che dapprima ti sfiora appena con l'onda sua fuggitiva e passa oltre verso incognite mete e dietro te si richiude come l'acqua dietro la nave, ma poi a grado a grado, quasi di te curioso, s'involge e rivolge, ti cinge, penetra e forza.

«Non lo senti tu ormai, in forma di brivido sottile, insinuato tre le tue più intime fibre, cercare presso al tuo cuore la sua pace?

«Così, cara, io t'assedio, ed irrompo nella chiusa cittadella che custodisce i tuoi dei e voglio farne il luogo del mio riposo.

«Trasalisce e sbigottisce il tuo cuore al vento della mia violenza; ma subito s'acquieta. Non s'arrende, s'acquieta: esso ravvisa la forza e la dolcezza del nuovo reggimento.

«Non d'altri ormai che di me vorrai tu essere suddita e regina».

Scrisse, risoffrendo e insieme esultando, e non si avvide neppure che la penna lo aveva stavolta volonterosamente assistito, senza un mancamento; a ben altro pensava egli ora, che a menar trionfo dell'ostinata. Si buttò indietro contro lo schienale della seggiola, accese un'ulteriore sigaretta, considerò cogli occhi socchiusi la bruna, ordinata falange di righi. Si sentiva esausto, ma felice: qualunque fossero, quelle lasse uscite dal profondo dell'animo corrispondevano esattamente alla sua passione e al suo modo di passione, ne era sicuro... Certo, poteva esserci lì dentro una sovrapposizione e una tal quale confusione di immagini, o altro d'imperfetto; ma c'era tempo per correggere, ritoccare, per migliorare il dettato... Rimise il capo sulle sudate carte, prese a rileggere lo scritto.

Ed ecco cosa lesse inorridito:

«Vorrei celebrare il mio amore. Ma, gran Dio, che posso dirne? Se esso è sincero, esclude le parole o le rende comunque inutili; se non lo è, davanti a chi e per utile di chi lo fingerei?

«Ma posso almeno ed appunto chiedermi, su questo foglio, nel silenzio della notte, se esso è veramente sincero. Ah, questione vana tra tutte: ogni sentimento è sincero e nessuno è tale fino in fondo; nessuno è, o forse può essere, puro. E del resto a che approderebbe una simile indagine, o come mi lascerebbe la certezza che il mio cuore mente?

«Penso forse alla gloria? quando, me morto, qualcuno giudicasse che ho ben disposto su bianca pagina nere parole? Ah, e come godrei di ciò di cui non posso godere ora e non potrò, insensibile spoglia, godere mai?

«Nere parole, e buie. Invano io mi sforzo di suscitare in esse una luce; invano cerco di penetrarle e di stabilirne una corrispondenza con una realtà di qualsiasi ordine; esse non rispondono se non al nulla; bei tempi, quando immaginavo per esse rivelata una patria celeste... Talvolta, in certe annate, le buone nocciole che vengono dai monti son tutte vuote per via d'un loro tonchio segreto: avido ragazzo, io mi trovavo le mani piene di gusci, nient'altro che gusci... Tale medesima sorte mi preparo oggi, se insisto.

«Non è che io sia cattivo poeta; fossi anche buono, il risultato ultimo sarebbe lo stesso. E in conclusione, con o senza la mia Violante, nulla più mi resta che cambiar mestiere... Non so: mio padre mi ha lasciato un po' di quattrini, la drogheria qui all'angolo è in vendita... Oh, addirittura droghiere? Non potrei in caso scegliere un mestiere un tantino più poetico?... Sciocchezze! Devo farmi coraggio e provvedere subito: o sarà troppo tardi e seguiterò per tutta la vita a baloccarmi con gusci vuoti».

A TAVOLINO

Lo scrittore usava lavorare su una grande tavola da pranzo (il cui piano recava in bell'ordine e opportunamente distanziati gli oggetti del suo mestiere), e ciò pel semplice motivo che non possedeva un vero e proprio scrittoio. Ossia, quando s'era trattato di dividere colla moglie, allogatasi altrove tra i suoi pulcini, il loro misero mobilio, aveva tenuto per sé l'intera camera da pranzo, consistente del resto solo in quella tavola e in buffè o controbuffè nel quale egli custodiva i vecchi manoscritti ed alcuni libri. Lavorare in tali condizioni e su o con suppellettile avvezza a cibo tanto più grossolano, molto dignitoso per uno scrittore certo non era; ma lui si contentava.

La moglie invece tempestava da tempo: era passato un anno ormai né s'erano trovati i quattrini per comprare altri mobili, e privarsi d'uno straccio di tavola da sederci attorno i tesorucci e seguitare ad arrangiarsi in cucina non si poteva proprio più... Insomma, venne il triste giorno che lo scrittore dovette cedere perfino quei suoi mobili di fortuna.

Un tavolo bensì gli rimaneva, ma di quelli su cui, in

cartoncini grigi o rosa o verdolini, le dame informano le amiche del tempo che fa e degli abiti da sera delle rivali in mondani splendori; per intenderci, troppo piccolo... Oppure no? Oppure, oculatamente impiegando lo spazio, bastevole? Questo fu il problema al quale innanzi tutto si dedicò il vedovato scrittore.

Così d'acchito, non sembrava si potesse risolvere, il problema: lo scrittore si accinse a un'ennesima rassegna degli oggetti che avevano prima trovato posto sulla grande tavola, e gli toccò di nuovo constatare che non tutti potevano ritrovarlo (in ordine egualmente bello e a distanza egualmente opportuna) sull'attuale tavolino. Ma diamine, si disse, non ci sarebbe per caso da eliminarne qualcuno e non sarebbe questa la soluzione? Ricominciamo tutto daccapo.

Il calamaio. – Eh, vorrei vedere che al tavolo d'uno scrittore mancasse il calamaio! – Nondimeno qui c'era qualcosa da osservare. Lui cioè, per sue speciali ragioni, soleva sì scrivere colla penna stilografica, ma inzuppandola ogni volta: ebbene, e se invece l'avesse riempita come fa la maggior parte dei cristiani? Ohibò, concluse dopo matura riflessione, non intendeva rinunciare alla sua abitudine; il calamaio (la modesta boccetta dell'inchiostro) risultava dunque oggetto ineliminabile. Proseguiamo, tenendoci sempre sulla destra del tavolo.

Il tagliacarte. – Neppure da pensarci! Uno scrittore può anche non aprir mai un libro, e tanto meno sfogliarne d'intonsi, ma conserva bene la speranza di farlo un giorno o l'altro, di mettersi diligentemente a considerare le parole dei suoi predecessori, dei suoi contemporanei; e magari sarà per esigenza improvvisa. Il tagliacarte doveva rimanere a portata di mano com'era sempre stato.

La macchinetta cucitrice. – Se ne può forse discutere? Quando uno sia con sudore giunto a vergare un dotto articolo o un bizzarro racconto dovrà pure legare i fogli; o si pretende che a testa ancora calda si levi e vada in cerca della macchinetta cucitrice?

Le compresse antiasmatiche. – Uno scrittore fuma come un turco, è risaputo, e naturalmente va soggetto a repentini attacchi d'asma: occorre pertanto esser pronti e dar subito respiro ai provati polmoni...

La limetta da unghie. – Ma si sa anche questo: chi si taglia le unghie, poi per un giorno o due le medesime grattano, e bisogna continuamente rilimarle (i denti all'uopo non bastano).

Il sacchetto cartaceo dei bocchini con filtro. – Nessun commento, e nessuna possibilità di farne a meno.

I fiammiferi. – Come sopra.

La scatola cilindrica di cinquanta sigarette. – Come sopra; risibile addirittura porsi la questione.

Il portacenere (capace, ingombrante quanto si vuole). – Andiamo: un tavolo di scrittore senza portacenere pieno di cicche mezzo schiacciate, fumose, puzzolenti, sarebbe un controsenso, un oltraggio alla supremazia e maestà dello spirito!

E poi: penna a sfera, matita, gomma da scancellare, gomma da attaccare, fermagli, stecchini da denti (sicuro! perché gli scrittori, e sul più bello dell'ispirazione, hanno sempre qualcosa di fastidioso tra i denti), e altra minutaglia. – Andate a rimuovere o allontanare uno solo di questi indispensabili strumenti di lavoro! Ma passiamo al lato sinistro; o meglio no, prima al centro.

Taccuini d'appunti. – E che, non se ne discorre: devono star lì a petto, docili al pollice che li compulsi, se per un caso l'ispirazione venga meno, o non soccorra l'espressione acconcia, o l'argomento stesso dilegui tra irrefrenabili sbadigli. E piuttosto:

Cubo elevatore. – Ecco davvero un oggetto invadente e sfacciato, eppure non meno indispensabile. – Si trattava, in particolare, d'un grosso cubo di legno grez-

zo (opera di compiacente carpentiere) destinato a rial-
zare la lampada: ché, come nessuno ignora, le lampade da tavolo, per quanto alte, son sempre troppo basse, e la loro luce ferisce gli occhi. Né c'era da guada-
gnar nulla a sostituire, secondo il costume dei più, il
cubo con una pila di libri.

Ora a manca.

Il fascio dei quaderni di grande formato, leggasi dei
più recenti manoscritti. – Notevole e sgraziato fascio:
ma, se è vero che in più d'un quaderno per volta non
si può scrivere, è altrettanto vero che lo scritto in corso
abbisogna di continui riferimenti e controlli ai e sui
precessi.

Il fazzoletto. – Ma il naso degli scrittori non principia forse di punto in bianco, ed allorché meno ci andrebbe un tal malanno, a sgocciolare?

Lo Zingarelli (se non altro), universalmente noto
vocabolario della lingua italiana. – Scherziamo! Agli
scrittori, signori miei, e specie agli odierni, può avvenire nel caldo della creazione come di perder conoscenza: si dirà «Ho stato» ovvero «Sono stato»? l'acqua mi-
nerale, poniamo, si chiamerà proprio così o non piuttosto «mineraria»? Eccetera; eliminare, dunque, dal
tavolo lo Zingarelli sarebbe mera follia...

La rassegna era con ciò terminata, ma la conclusione appariva indubbia: nulla da fare! Lo scrittore riguardò i numerosi oggetti delle sue perplessità e si
sentì avvilito. Provò daccapo a disporli diversamente, a
serrarli un tantino l'uno contro l'altro... Nulla, nulla!
Lo spazio che gli avanzava nel mezzo del tavolo era positivamente troppo esiguo; non ci stava neppure il quaderno spiegato... Finì col fissare attonito la candida parete di fronte. E poi prese a dirsi:

Scrivere, eh scrivere! e perché, di grazia? È forse necessario scrivere, o quale confessore me lo ha dato in
penitenza? Scrivere! a che o a chi serve? Beh (si ag-

giunse opportunamente), beh, occorre guadagnarsi il pane, d'accordo: pure, non potrei guadagnarmelo più onestamente e senza tanti travagli?... Uhm: e che altro so fare? Cioè, intendiamoci, non che io sappia scrivere; ma almeno, qualche volta, per i miei scritti mi danno quattrini... Ah, ad ogni modo lavoro più ingrato non mi potevo scegliere!...

In breve il nostro scrittore era caduto preda di quanto volentieri i mandarini dei letterari cimenti e delle letterarie angosce definiscono una crisi. Su questo minimo tavolo, in questo spazio insufficiente a qualunque libera espansione dell'intelletto (seguitava egli), che cosa mai mi riuscirebbe di scrivere o come vacherei alla redazione di testi eterni e feraci? e alle brutte (riprendeva con lodevole buon senso) di testi immediatamente e volgarmente fruttiferi? Poiché, ecco (ribadì venendo al vero nocciolo della questione) ora per esempio ho da fare un articolo, e se non lo faccio i miei figlioletti rimangono desolati, famelici... Ma da qual parte di me stesso cavarlo, io che mi son già esaurito in impotenti conati d'ordine, di fondamento del regime favorevole al bene oprare o al bene scrivere, e che neanche dispongo di tanto spazio da spiegarci un quaderno?

Qui peraltro un'idea improvvisa gli attraversò la mente. Di che si preoccupava egli? l'articolo si poteva fare non facendolo. Sì, a lui bastava riferire delle sue pene, delle sue difficoltà, e dell'impossibilità di fare l'articolo; riferirne così pari pari, con penna umile ed innocente (o si dica, a seconda del modo di vedere, superba, protervamente fiera di quelle medesime pene); e l'articolo, salvo il carosello verbale, sarebbe stato bell'e fatto.

Scena ultima. Lo scrittore impugnò la stilografica che sapeva le tempeste; dette una gomitata allo Zingarelli, che restò in bilico, mezzo dentro e mezzo fuori del piano (quantunque senza concedere al quaderno

di spiegarsi per intero); e presto il primo nero am-
miccò benigno dal bianco. Ebbe egli ancora qualche
dubbio, non vale negarlo; ma si pacificò infine col
pensare che quel suo procedimento non era dopo tutto eccezionale, era anzi il più in uso oggidì.

QUESTIONE D'ORIENTAMENTO

Un tale C. tornava per le vacanze nella sua vecchia casa in paese. La aveva partendo lasciata press'a poco quale la avevano a loro volta lasciata, più di venti anni innanzi e cioè alla fine della guerra, i cosiddetti sfollati che se ne erano fatti tana e bivacco; ma si avvide subito che qualcosa era cambiato. Cosa, poi? C. non volle sul momento indagare, e invece, per la forza di un'abitudine rinascente attraverso tanti mesi d'assenza, cercò alla bella prima i suoi pantaloni da campagna (onde «mettersi in libertà»); si aspettava di ritrovarli al solito posto e modo, come dire appesi al solito chiodo, polverosi, muffiti, interiti. Non v'erano: un po' inquieto, li cercò altrove, e li scovò da ultimo nel suo vetusto armadio; ma, mio Dio, accuratamente spazzolati, smacchiati, stirati, e convenientemente ripiegati sulla traversa d'una gruccia. Egual sorte d'ammansimento e di pulitura parevano aver subìto le sue scarpacce, che egli rammentava bianche dalle sgambate nell'orto e nella corte... In conclusione, C. si disse: "Non corre dubbio, qui è passata una mano amica e benigna; vediamo sicché fin dove si è spinto il suo soccorso, o il suo guasto?". Così pensato, mosse alla scoperta, principiando dal bagno.

Oh poverini noi: che miraggio figurava quello stanzino quasi civettuolo, fornito di tutto il lustro e lindo necessario, là dove da lungo tratto non era se non un cassone di ferro con rubinetto e una specie di semicupio scrostato, buono per tutti gli usi? E quelle pareti amorosamente riverniciate, quel pavimento rimesso in sesto, quella luce splendente... Abbarbagliato e poco credendo ai suoi occhi, C. si trasferì tosto in altra parte della casa, come per conferma.

Tutta un'ala dell'antico edificio era a suo tempo, sotto bombe celesti, rovinata; nel gran vano e nella gran vacuità risultatane, spaziavano e tubavano liberamente numerosi piccioni torraioli, che C. era avvezzo a considerare vicini d'uscio. Ebbene, detto vano desolato e selvatico appariva ora parzialmente trasformato in una vasta camera tratta a pulimento, con imposte nuove di zecca, con muri allisciati, con perfino un lampadario nel mezzo, ancorché priva di mobilia.

Ma a questo punto C. non volle saperne altro e ripiegò nella propria stanza. La quale, ahimè, era stata del pari nettata, e manomessa: spostato il massiccio stipo, avanzato il canterano di tre metri, rigirato il tavolo, eccetera. Rigirata in particolare, ossia diversamente orientata, la cadente poltrona tra le cui braccia egli soleva abbandonarsi a sonnellini riparatori, a letture e fantasie.

Insomma, a C. non fu difficile indovinare che suo padre e sua zia, approfittando della sua lunga assenza e d'un loro soggiorno laggiù, avevano voluto fargli una lieta sorpresa.

Lieta sorpresa: certo! Salvo che... "Questo, bene o male, era il mio covo o covacciolo, tanto meglio in caso se vetusto e poco ospitale: con qual diritto, con quale specioso pretesto me l'hanno buttato all'aria?".

La faccenda della poltrona si rivelò presto la più grave: stretta com'era tra minacciose moli di mobili venerandi, ed a meno di rimettere ogni cosa a soqquadro, essa sembrava, per così dire, irrecuperabile al primitivo orientamento. Non rimaneva dunque che tentare di adattarsi al nuovo; il che C. fece coscienziosamente, riallacciando colla medesima le passate intelligenze e in altri termini riprendendo in quel materno ricetto pisolini, letture e fantasie. Ma, quanto più fingeva di nulla, tanto più si sentiva invaso da una sottile ed amara inquietudine; che di lì a poco divenne immagine definita, anzi ossessione.

La poltrona era prima voltata verso sinistra, ed ora verso destra. E, si vuole intendere, C. principiò a sperimentare come un ignoto o segreto impulso, relativo a qualsivoglia suo moto interno od esterno, che appunto verso destra lo torceva.

Già: ma, in pratica, cosa significava o a cosa approdava codesto impulso? C. ci rifletté, e credette ravvisare il senso ultimo di tutto ciò in una sorta di pomposità che a grado a grado si andasse impadronendo della sua anima e, per essa, delle varie manifestazioni concrete dell'intelletto o dei sentimenti; pomposità, del resto, non meglio identificata e non richiesta, al contrario deprecabile. E intendiamoci ancora: non si trattava probabilmente di un effetto forzato, bensì di una qualunque e magari casuale reazione di C. al proprio vago disagio; contro la quale, ad ogni modo, egli era impotente. Qui però, in barba all'evanescenza dei dati, converrà stringere un po' più dappresso la questione e se possibile esemplificare.

Quella misteriosa e dilagante grandigia interiore (come anche potremmo arrischiarci a chiamarla), sembrava voler influenzare o colpire uno speciale settore della coscienza e si palesava soprattutto nell'occupazione favorita di C., vale a dire nell'esercizio dello scrivere. Avveniva, così, che il più insulso biglietto d'auguri gli mutasse natura sotto la penna e gli dive-

nisse, a suo marcio dispetto, un qualcosa di sofisticato e peregrino; in poche parole, il suo linguaggio tendeva irresistibilmente, chissà perché, verso locuzioni e modi aulici, arcaici, curialeschi. E i nessi medesimi riuscivano distorti, ovvero riportati alla immaginativa, alla sintassi, ai vezzi di tempi meno liberi ed impronti... Doveva egli, mettiamo, felicitarsi con un amico pel suo matrimonio? E veniva fuori: «Caro amico! (con tanto di punto esclamativo), caro amico! odo da consorti e compagni che... e mi fo a...» – mentre C., tra confuso, sgomento e rabbioso, imprecava: «Al diavolo, per qual dannato motivo mi esprimo in maniera tanto ridicola? Non ci starebbe meglio un: Sento (o Sono informato) da comuni amici che ti sei accasato (e Accasato è fin troppo: Sposato, piuttosto), e mi preme... (perché poi Mi preme? Tengo a, Mi affretto a, Voglio)...».
Ma a questa infestazione di parole tronfie C. non aveva valore di opporsi. Era più forte di lui, ecco che.

Quanto il misero soffrisse di una simile condizione, è superfluo ribadire. La sua fantasia derivava pericolosamente alla volta di sconosciute regioni, i suoi scritti recavano il marchio di un'infeconda lotta contro influenze soverchianti e perniciose, il suo stile dunque (che era stato sempre limpido) si arruffava, di letture vere e proprie ormai più non si discorreva. La sua vita tutta, era divenuta una sorda zuffa contro l'implacabile marea d'ampollosità che voleva sommergerlo; e non tardò a sopravvenire il panico. Tra l'altro egli si chiedeva angosciato se per avventura non stesse scivolando in un qualche delirio di grandezza; e, ancor più angosciato, se quell'impulso apparentemente casuale non corrispondesse in realtà a qualcosa di inconscio ma di connaturale all'animo suo, qualcosa che circostanze quantunque insignificanti avessero liberato... Era lui davvero, in profondo, tale? tale, quale ora si mostrava a sé ed agli altri, ossia tronfio, pomposo, ampolloso?

Non erano trascorse due settimane, che già C., desiderando una frittata (e superbamente paludandosi nella vestaglia), diceva alla fante campagnuola: «Di grazia, favorisca Ella approntarmi un pesceduovo»; mentre la parte di lui ancora in senno sghignazzava e bestemmiava.

Tuttavia si impose di resistere; e vi riuscì per un'altra settimana. Ma quando venne il giorno della lettera importante e decisiva per la sua carriera, quando vide se medesimo che tranquillamente e come nulla fosse scriveva: «Colendissimo Signore, del qual m'è caro protestarmi devoto! sarebb'egli mai che l'eco de' miei piccioli meriti, e delle dubitevoli mie benemerenze, non dirò acquisite, sì usurpate nell'arengo delle patrie lettere, avessero sortito la ventura di destare il di Lei liberale favore, onde che Ella...» (al secolo: un direttore di grande giornale lo aveva invitato a collaborare) – quando C. vide questo, si disse risolutamente: "Lo capisco, e di qui non si scappa: o ammazzarsi, o partire per la più corta e abbandonare la maledetta poltrona e tutto il maledetto resto alla loro potenziale ignominia!".

E, poiché d'ammazzarsi non si sentiva il genio, C. partì per la più corta.

E la sarebbe con questo passata in giudicato. Ma ecco sorgere il solito pigolìo del solito lettore impertinente: «Partito che fu, cosa avvenne? ritrovò egli il suo sé, o almeno la sua acquiescenza a un ordine costituito?)».

Eh, guarda di cosa s'impicciano i lettori! – bisognerà rispondere. – Sì ritrovò; oppure non ritrovò. In ogni caso stiano, i lettori, a quanto loro si comunica, e non cerchino di penetrare le intenzioni dell'autore, sovente a lui stesso oscure.

POSTFAZIONE
DI ITALO CALVINO

L'ESATTEZZA E IL CASO

Un incontro nuovo tra Landolfi e il pubblico è ciò che questa scelta si propone. La dote di catturare l'attenzione e la meraviglia del lettore, Landolfi l'ha avuta in sommo grado (dai suoi maestri del romanticismo «nero» aveva ereditato il gusto del racconto a effetto; e tutti suoi erano l'agilità, il brio, la ricchezza senza pari delle risorse verbali, tali da garantirgli una scrittura comunicativa al massimo grado); ma la fama d'impraticabilità e stranezza che caratterizzò il suo personaggio legittimava la convinzione – mai finora sfatata – che la sua opera dovesse essere «per pochi». Un'occasione di verifica può essere questa scelta, che per valere come «invito alla lettura di Landolfi» vuole rappresentare i vari aspetti della straordinaria individualità dell'autore.

In un'opera come quella di Tommaso Landolfi la prima regola del gioco che si stabilisce tra autore e lettore è che presto o tardi ci si deva aspettare una sorpresa; e che questa sorpresa non sarà mai gradevole o consolante, ma avrà l'effetto, nel più blando dei casi, d'un'unghia che stride contro un vetro, o d'una carezza contropelo, o d'un'associazione d'idee che si vorrebbe scacciare subito dalla mente. Non per niente i penultimi rampolli della genealogia letteraria a cui Landolfi appartiene, Barbey d'Aurevilly e Villiers de l'Isle-Adam, intitolarono i loro libri di racconti *Le diaboliche* e *Racconti crudeli.*

Ma il gioco di Landolfi è più complesso. Attorno a una idea – quasi sempre un'invenzione perfida, o ossessiva, o raccapricciante –, s'organizza un racconto d'elaborata esecuzione, impostato quasi sempre su una voce che pare faccia il verso a un'altra voce (ma come un grande attore che per definire un personaggio non ha bisogno di distaccarsi che appena un tantino dalla propria dizione abituale) – o diciamo, su una scrittura che solo fingendosi parodia d'un'altra scrittura (non d'un autore particolare, ma come d'un autore immaginario che tutti abbiamo l'illusione d'aver letto una volta) riesca a esser diretta e spontanea e fedele a se stessa. Intorno a questa impostazione si dispiega uno spettacolo verbale che sa dosare i propri colpi di scena con precisione, ma anche abbandonarsi agli estri più volubili.

Questo è il racconto di Landolfi, ogni volta che l'autore decide di spendere la sua versatilità inventiva e la costanza ricorrente delle sue idee fisse nella costruzione d'un congegno esatto, nella messa a punto d'una strategia calcolata. Perché altre volte, molte volte, la disposizione d'animo che muove la mano di Landolfi lo porta a disinvestire l'atto dello scrivere d'ogni pretesa di costruire un'opera compiuta e ben ricevibile e durevole, e a farne invece gesto noncurante, scrollata di spalle, sberleffo, come di chi ha sempre saputo che il fare è solo spreco, fumo, insignificanza.

Quanto quest'atteggiamento contasse per Landolfi è provato da affermazioni come questa (nella BIERE DU PECHEUR): «Non potrò mai scrivere veramente a caso e senza disegno sì da almeno sbirciare, attraverso il subbuglio, il disordine, il fondo di me?».

«A caso»: la stessa locuzione, nel racconto *Mano rubata,* diventa programma esistenziale: «Vivere a caso»; poi compare come titolo d'un racconto (e del volume che lo contiene: *A caso,* 1975). Ma quest'insistenza che potrebb'essere vista come aspirazione a una sorta di «scrittura automatica» in letteratura e come apologia dell'«atto gratuito» nella vita (e così giustificare l'etichetta di «surrealista» che tante volte gli fu appiccicata per dritto e per traverso), è ridimensionata proprio nel racconto ora citato, dove si dimostra, invece, l'impossibilità d'un delitto gratuito, nonché d'uno sviluppo narrativo al di fuori d'ogni logica.

In verità il caso era un nume cui Landolfi tributava una devozione fervorosa, ma della cui esistenza e dei cui poteri egli era continuamente portato a dubitare. Se un assoluto determinismo domina il mondo, il caso è reso impossibile e la nostra sorte è una condanna senza scampo. All'ipotesi dell'inesistenza del caso è dedicata la pagina del 24 giugno 1958 nel diario *Rien va* [Adelphi, Milano, 1998, pp. 47-48]:

«... È difficile credere seriamente che un caso (che è sempre e tuttavia un accadimento) sia casuale, o insomma credere seriamente al caso. Pel semplice fatto che una cosa accade non può essere casuale – sembrerebbe di poter affermare con tutta sicurezza, benché la dimostrazione di un tale asserto sia tutt'altro che agevole e forse impossibile. Ma qualcuno ha inventato il caso e tutti i pensanti lo hanno accettato: anche coloro che mostrano di rifiutarlo quale ordinatore o disordinatore dell'universo lo ammettono poi implicitamente in ogni momento della loro giornata».

E il passo così si conclude [*ibid.*, p. 49]: «Di vero non v'è se non che lo spirito giace eternamente in catene, poco importa da chi forgiate».

Che questo problematico rapporto col caso fosse per lui essenziale non può far meraviglia, sapendo quanta parte ha avuto nella sua vita la passione del gioco. Avendolo osservato varie volte al tavolo della roulette (egli passò buona parte degli ultimi anni a San Remo, e per trovarlo sapevo che dovevo andare al Casinò) l'impressione che mi faceva era che non fosse un buon giocatore, nel senso che giocava (o mi pareva giocasse) proprio «a caso», senza una strategia, senza un disegno, senza seguire uno di quei percorsi obbligati o «sistemi» in cui i giocatori che si pretendono avveduti cercano d'incanalare e intrappolare la fluidità informe del caso.

È probabile che fossi io a non capirne nulla. Cosa posso saperne degli imperativi e delle illuminazioni che dettano le mosse d'un giocatore di vocazione (o dannazione), io che se giocassi avrei per sola regola il minimo rischio? Forse nel suo rapporto appassionato col caso – corteggiamento e sfida – egli alternava strategie così sofisticate da non svelarsi agli occhi altrui, e raptus di dissoluzione in un gorgo dove tutte le perdite rimandano alla perdita di sé, come unica vincita possibile. Forse il caso era per lui la via per verificare il non-caso; e siccome il non-caso per eccellenza è la cosa assolutamente sicura cioè la morte, caso e non-caso sono due nomi della morte, unico significato stabile al mondo.

Fatto sta che avevo, a vederlo maneggiare i gettoni sul tappeto verde (e riflettendo a quell'*a caso* che tornava come un motto), stabilito un'equiparazione tra lui giocatore e lui scrittore: in entrambi c'era da una parte l'immedesimarsi in una forma o formula rigorosamente stabilita che potesse contrapporsi al caos e contenerlo, e dall'altra il gesto di sovrana nonchalance che sdegna ogni opera e ogni valore, perché l'unico fondamento d'ogni atto e discorso sta nella costellazione caso-caos-nulla-morte, verso la quale il solo atteggiamento possibile è quello d'una contemplazione ironico-disperata.

Ma anche il possibile nesso tra gioco d'azzardo e letteratura – quanta parte abbia in entrambi la necessità e quanta l'imponderabile – era stato già esplorato da lui: si veda il racconto *La Dea cieca o veggente*, dove un poeta, estraendo a caso le parole, finisce per scrivere *L'infinito* e si domanda (come quel personaggio di Borges che si considerava autore del *Quijote*) se è opera sua e non più di Leopardi. Vista la propria fortuna nell'incappare in successioni altamente improbabili, il poeta decide di verificare le sue doti alla roulette; è un disastro; finisce per perdere tutto. Il gioco d'azzardo si rifiuta a quell'ordine che la poesia – in virtù dei suoi meccanismi interni o della probabilità combinatoria, come sistema impersonale o perché custodisce la segreta unicità dell'individuo – può raggiungere.

Governate dalla necessità o dal caso che esse siano, le azioni dell'uomo deludono ogni volta la pretesa di piegare gli accadimenti alla sua volontà. Per questo il rapporto di Landolfi con la letteratura come con l'esistenza è sempre duplice: è il gesto di chi impegna tutto se stesso in ciò che fa e nello stesso tempo il gesto di chi butta via. Così si spiega anche il suo sdoppiamento interiore tra la dedizione alla precisione formale e il distacco indifferente con cui abbandonava l'opera compiuta alla sua sorte. Dopo aver messo tutto il suo puntiglio e il suo divertimento nello scrivere, si disinteressava del libro composto e non si curava neppure di correggere le bozze. Raccontava agli amici d'aver scoperto aprendo un suo libro appena uscito un errore che rendeva incomprensibile tutto un dialogo («Francesismo!» era diventato «Franceschino!», *A caso* [Rizzoli, Milano, 1975], p. 139), cose che a me avrebbero fatto dar la testa contro i muri, lui ne rideva come di qualcosa che non lo riguardava.

Antologizzando Landolfi, cioè setacciando le raccolte da lui pubblicate nell'arco di più di quarant'anni – una decina di volumi che uniscono pezzi di vario carattere e valore – viene naturale di privilegiare i racconti veri e propri, le composizioni più compiute, le prove di virtuosismo animate da un intento di perfezione, rispetto alle pagine che rispondono più agli umori e ai tic del momento, quando non soprattutto al proposito d'apparire provocatorio od elusivo. Ma ci s'accorge presto che una scelta veramente rappresentativa deve tener conto dell'una e dell'altra disposizione. E che se si scartano i testi che più difettano di forma, è giusto scartare anche quelli troppo «ben fatti» e rifiniti. Per questa ragione ho finito per escludere uno dei racconti più lodati dalla critica, come *La muta*; anzi, tutti e tre i pezzi del volume *Tre racconti,* che ho classificato nella categoria delle opere narrative di più ampio respiro («racconti lunghi» o «romanzi brevi», tra i quali la mia preferenza va a *Racconto d'autunno*), non antologizzabili in quanto libri compiuti in sé, da prendere o lasciare.

Il «vero Landolfi» che questo volume propone è quello che preferisce lasciare nell'opera qualcosa di non risolto, un margine d'ombra e di rischio: il Landolfi che sperpera le sue puntate d'un colpo o le ritira bruscamente dal tavolo col gesto allucinato del giocatore.

Il giocatore – quasi sempre in prima persona, e qualche volta in terza – è il protagonista più frequente dei suoi racconti e delle sue meditazioni, cui fanno sempre più spesso da scenario le città che ospitano i Casinò – soprattutto quella che s'identificava per me con le mie radici familiari e tutti i miei ricordi d'infanzia e gioventù e per lui non solo con la passione divorante di tutta la sua vita ma con l'approdo della sua maturità nel nuovo ruolo di padre di famiglia. Ricordi molto diversi ci legavano alle stesse vie, agli stessi colori di stagioni e paesaggi. Il racconto delle sue prime spedizioni giovanili a San Remo (che non ritrovo tra quelli da lui scritti; ma d'alcuni suoi racconti a voce mi resta l'evidenza, il taglio, lo stile come di pagina scritta) contemplava l'arrivo in treno, le valigie lasciate in fretta all'albergo, la corsa fino alle sale da gioco, le ore del pomeriggio, della sera e della notte passate senza respiro alla roulette o al cheminde-fer, fino a che – mi pare alle cinque del mattino – i croupiers chiudevano il banco e gli ultimi indefessi inseguitori d'una vagheggiata rivincita erano costretti a sloggiare. Tornava allora all'albergo, che era quello (l'«Europa e Pace», mi pare) proprio di fronte al Casinò; insonne, s'affacciava alla finestra; nella luce dell'alba riconosceva le finestre della sala da cui era appena uscito; i vetri erano aperti per cambiare l'aria satura di fumo e lui vedeva le donne della pulizia affaccendarsi con gli aspirapolvere e le lucidatrici attorno ai tavoli; le incitava mentalmente, che si sbrigassero, perché lui doveva riprendere il suo posto al più presto; non riusciva a staccare gli occhi di là, contando le ore che lo separavano dalla riapertura del gioco.

Non ho conosciuto dal vivo, invece, l'altra maschera che, in alternanza con questa, Landolfi fa indossare all'io narrante dei suoi racconti (più frequente nei primi che negli ultimi, nonostante che l'avito palazzo di Pico, tra gli uliveti della Ciociaria, restasse fino alla fine un polo stabile della sua vita): il personaggio del nobile paesano che invecchia restando scapolo e «figlio» in un ambiente che concentra tutte le sue ossessioni di lunatico. Ma qui entriamo in una zona in cui sull'autobiografia prevale la trasfigurazione caricaturale, atteggiata a una smorfia crudele e dolorosa, quando non di sadismo e d'impotenza. (Questa maschera è già decisa in tutti i particolari a cominciare dal primo racconto che lo rivelò in gioventù, *Maria Giuseppa*, datato 1929; e si veda poi anche la pagina di «vera storia» o confessione con cui venticinque anni dopo egli compì un atto di riparazione e pietà per il «cœur simple» della vera Maria Giuseppa).

C'è poi ancora un altro Landolfi, il letterato laboriosissimo e competente e il traduttore preciso e geniale, il vergatore di migliaia di pagine che portano il segno della grazia come unico marchio d'origine (e non quello della caccia ai magrissimi compensi che a sentir lui dominava ogni suo pensiero e intento). È questo un personaggio che s'incontra più di rado nei racconti (talora lo si riconosce in pagine di viaggio, come se il movimento fosse la necessità vera di quest'esistenza sedentaria), ma vive nei ricordi degli amici, sopratutto del decisivo periodo fiorentino anteguerra.

I rapporti di Landolfi con se stesso, a seguirli attraverso gli scritti, definiscono un egotismo tra i più complessi e contraddittori. Dal teatro delle narrazioni in cui egli più s'accanisce contro se medesimo e il mondo, si passa alla vena d'autobiografia diretta e libera, dove (più che nei racconti d'invenzione) sono la misura e il distacco a rivelare la sofferenza. Seguendo questa linea di costanza psicologica, possiamo partire dalle memorie di collegio a Prato per arrivare a uno degli ultimi elzeviri sul «Corriere», *Porcellino di terra*, prima d'ora inedito in volume.

E qui non mi metterei a indagare su quanto in questi tormenti interiori ci fosse di vero e quanto di teatro: già il fatto che lui sbandierando il suo io dolente volesse sopratutto divertirsi e divertire, riscatta il suo atteggiamento sia dall'egocentrismo sia da un gioco tutto esteriore. Così come poco conta stabilire se le ossessioni e i fantasmi dell'immaginazione sessuale che i suoi racconti mettono in piazza sono pura finzione o corrispondono a pulsioni dell'inconscio: con la sua ostentazione, egli sembra gettarsi in pasto all'interpretazione psicanalitica (e così Sanguineti, prendendo spunto da *Un petto di donna*, può rintracciare lungo l'arco della sua opera una costante sessuofobica o per meglio dire di paura del sesso femminile), ma nello stesso tempo la disarma, in quanto l'assenza di censure interiori dovrebbe implicare che il vero inconscio è altrove.

Il discorso su cosa Landolfi veramente *dice* è ancora tutto da fare. Perché egli segue sempre il filo d'un suo discorso, quanto più dichiara di «non aver niente da dire». Non tarderà a venire il momento in cui la sua filosofia verrà estratta dal bozzolo d'interrogazioni senza risposta, contraddizioni, declamazioni, provocazioni che l'avvolge. Se il nostro intento è ora solo di comunicare il piacere di leggere Landolfi in superficie, è perché questo è il primo passo necessario. Ed è solo in superficie che documentiamo anche il suo gusto per i finti «trattati», le finte «conferenze», le finte «operette morali», ma senza escludere che un giorno si possa stabilire che erano finte solo fino a un certo punto, e che un filo che lega Leopardi a Landolfi esiste, tra i due borghi selvaggi e i due paterni ostelli e le due giovinezze spese sulle sudate carte e le due invettive contro le umane sorti all'apparir del vero. (Quanto ai dialoghi, che Landolfi scrisse in gran numero specie negli ultimi tempi, devo però dire che sono le sue cose che mi piacciono di meno; se posso fidarmi della mia lettura in superficie, trovo che corrispondono alla sua vena meno esigente). È sopratutto dai diari (*Rien va* e *Des mois*, che non ho creduto di poter antologizzare, perché anch'essi sono da prendere come un tutto) che questa esplorazione dovrà cominciare (o sta già cominciando: si veda G. Marchetti, in «Paragone», n. 365).

Perché si ha un bel dire che ciò che Landolfi scrive è sempre maschera del vuoto, del nulla, della morte. Non si può tralasciare il fatto che questa maschera è pur sempre un mondo pieno, concreto, denso di significati. Un mondo fatto di parole, naturalmente. Ma di parole che contano per la loro ricchezza e precisione e congruenza.

Si prenda un testo emblematico come *La passeggiata*. Le frasi sono costruite a base di sostantivi e verbi incomprensibili, come uno di quegli esperimenti di finta significanza d'un lessico inventato, tipo il Lewis Carroll del *Jabberwocky*. Fosse così, sarebbe un divertimento non nuovo, e di poco sugo. Invece, basta che il lettore si prenda la briga di consultare un buon vecchio dizionario della lingua italiana (Landolfi usava lo Zingarelli) e scoprirà che le parole ci sono tutte. *La passeggiata* è un testo con un senso compiuto: solo che l'autore si è posto come regola d'usare il massimo numero possibile di vocaboli caduti in desuetudine. (Egli stesso, in un volume successivo, non seppe resistere alla tentazione di svelare il segreto, per sbeffeggiare quelli che non c'erano arrivati). Dove si vede che il «fumista» Landolfi è poi l'«antifumista» per eccellenza: ridà significato (*il* significato) alle voci che l'avevano perduto (e invece di lasciare il volgo letterato nell'errore, si prende la briga di spiegare pazientemente cos'ha fatto).

Ma il discorso di Landolfi sul linguaggio era cominciato ben prima. Il racconto che dà il titolo al suo primo libro (*Dialogo dei massimi sistemi*, 1937) consiste in una discussione sul valore estetico di poesie scritte in una lingua inventata, che solo l'autore (ma forse neanche lui) può capire. Non è solo per iperbole ironica, credo, che racconto e volume furono ornati da quel titolo illustre: è come se Landolfi volesse annunciarci che, al di là dello humour paradossale del suo testo (e al di là della satira, che pure affiora chiaramente, al di là del crocianesimo accademico allora dominante) il problema che gli sta a cuore è proprio quello della *lingua* come convenzione collettiva ed eredità storica e della *parola* individuale e mutevole. È questo il primo documento d'una riflessione che attraverserà tutta l'opera di Landolfi, sempre sullo stesso tono funambolico, ma non per questo meno seria e rigorosa, fino a *Parole in agitazione*, nitida favoletta sul «significante» e il «significato», contenuta nel suo libro ultimo (*Un paniere di chiocciole*, 1968).

Quali siano state le fonti della sua competenza, lo ignoro; certo all'epoca della sua formazione, non si può dire che la linguistica fosse all'ordine del giorno (e tanto meno quella strutturale del De Saussure) nella cultura letteraria europea (e tanto meno in quella italiana); e anche in seguito, da quando la linguistica ha assunto il ruolo di «disciplina pilota», tenderei a escludere che egli se ne sia dato pensiero. Eppure, tutto quel che lui dice in materia mi pare d'una esattezza «scientifica» (come terminologia e come concetti) tale da poter far testo nel seminario universitario più aggiornato.

Dai racconti e dai diari di Landolfi mi pare che si possa estrapolare una teorizzazione linguistica i cui presupposti sono le strutture mentali innate (vedi in *Des mois* le riflessioni sul suo bambino che comincia a parlare), l'arbitrarietà del segno linguistico (*ibid.* [in *Opere*, Rizzoli, Milano, 1992, vol. II], pp. 765-66), e sopratutto la non arbitrarietà della lingua come sistema, come creazione storica, stratificazione culturale (*ibid.*, p. 681, da cui traggo la citazione che segue).

«Ameni tentativi di chi cerca nuovi linguaggi! e necessariamente rientra in qualche antichissimo sistema di rapporti, donde non si evade. Antichissimo, connaturale direi. Sfido chicchessia a inventare davvero un gioco nuovo (di fondo e non di modo), o altrimenti un nuovo rapporto colla realtà (o irrealtà): i risultati ottenibili si dispongono inevitabilmente, sembra, nell'una o nell'altra delle categorie ordinate, in numero finito, *ab aeterno*».

La creazione individuale e imprevedibile del poeta è possibile solo perché alle sue spalle c'è una lingua con le sue regole e i suoi usi stabiliti, che funziona indipendentemente da lui: il ragionamento di Landolfi gira sempre intorno a questo perno. (Anche nella conversazione: ricordo che la prima volta che parlai con lui, venticinque anni fa, si finì non so più come a discutere di lingua e dialetti, e lui confutò gli argomenti con cui sostenevo la possibilità d'un italiano letterario che avesse le sue radici fuori dal toscano).

Insomma, non è la spinta innovativa dell'avanguardia a muovere le acrobazie di Landolfi: al contrario, egli è un conservatore in quel modo speciale (addirittura metafisico) in cui non può non essere conservatore il giocatore cui l'immutabilità delle regole garantisce che l'azzardo non sarà abolito a ogni colpo di dadi.

Il suo critico e sodale più fedele e incondizionato (fin dagli anni fiorentini), Carlo Bo, ha scritto più volte che Landolfi era il primo scrittore italiano dopo D'Annunzio che potesse fare con la penna tutto quello che voleva. Dapprincipio l'accostamento dei due nomi mi stupiva: anche se entrambi derivavano dal modello del *dandy* ottocentesco (tipo il Des Esseintes di Huysmans), d'Annunzio era partito in direzione eroico-euforica, Landolfi in direzione autoironica e depressiva; insomma i personaggi, la presenza letteraria, il rapporto col mondo erano opposti. Poi ripensandoci ho capito che il vero elemento in comune tra i due era un altro: dell'uno e dell'altro (e solo di loro due) si può dire che scrissero al cospetto della lingua italiana tutta intera, passata e presente, disponendone con competenza e mano sicura come d'un patrimonio inesauribile cui attingere con dovizia e con piacere continuo.

Certo per Landolfi bisogna dare un posto speciale alla sua esperienza di traduttore, e non dalle lingue «che sanno tutti» ma dal russo (che nella cultura letteraria italiana resta una lingua per soli specialisti; e certo non solo in Italia; il solo precedente illustre che ricordo è quello di Mérimée che traduce i racconti di Puškin). Bisogna insomma dire di quel particolare piacere di far vivere accenti lontani e complessi in una impostazione di voce tutta italiana, con la limpidezza e le ombre del suo Gogol', la loquela concitata del suo Leskov, il falsetto dalla coloritura preziosa del suo Hofmannsthal (*Il cavaliere della rosa*, per passare a un'altra delle sue lingue).

Ma la sua identificazione con una dimensione della letteratura europea, senza la quale Landolfi non sarebbe Landolfi, non deve far dimenticare la sua dominante passione per la letteratura italiana. È questo un aspetto poco documentato nei suoi scritti (anche quando fece regolarmente della critica letteraria, per «Il Mondo» di Pannunzio, s'occupava solo di stranieri), ma rivelato dalla sua conversazione, che s'accendeva nel discutere di Manzoni o di Foscolo, o nel citare usi linguistici e vocaboli dei classici; e perfino se parlava di contemporanei, lui apparentemente così poco attratto dall'attualità, era alla lingua che rivolgeva la sua attenzione. (Se mai ebbi qualche merito ai suoi occhi, fu perché avevo usato in un racconto la parola «pesceduovo» che è il giusto vocabolo italiano per *omelette*).

Questo suo amore per il vocabolario, si badi bene, non diventava preziosismo o esaltazione canora. Qui va citato Giacomo Debenedetti: «Capita, leggendo Landolfi, di trovarsi di fronte a parole fin troppo belle, fin troppo giuste per essere vere, e sono invece di pretto vocabolario, dove se ne stavano ad aspettare che qualcuno le ritrovasse. Lui invece le allinea senza batter ciglio: la frase non ne gongola, non se ne tiene, paiono venute su dalla memoria usuale, donde attingiamo le parole di tutti i giorni. Anche un barocchista o un decadente sarebbe andato a cercarle, ma per farle fiorire al sommo di un vocalizzo; Landolfi le livella nel suo bel timbro di basso cantante».

Il problema delle parole non immediatamente comprensibili ma significanti viene ora riaperto da un saggio di Giorgio Agamben sulla «glossolalia» (intesa come «parlare in glossa», cioè con parole «estranee all'uso presente») che prende spunto dal Pascoli. (Il saggio è pubblicato come introduzione a un'edizione de *Il fanciullino* di Giovanni Pascoli, Feltrinelli, 1982). Può valere anche per Landolfi la teorizzazione d'Agamben sulle «parole morte» come esperienza della «morte della lingua nella voce»? A me sembra che la lingua, «parole morte» comprese, sia per Landolfi tutta dalla parte della vita; ma proprio perché la morte è lì a due passi, tutt'intorno. Il che forse finisce per esser lo stesso discorso, ma con una drammaticità che viene dalla coscienza del vivente. La morale dei diari (*Rien va* e sopratutto *Des mois*) non sta proprio nel fatto che tutta la meditazione negativa si svolge al cospetto della vita che impone la sua presenza, rappresentata dalla Minor e dal Minimus, cioè nell'accettazione – nonostante tutto – d'una continuità vitale?

La fisicità dell'esistenza è sempre presente nel suo immaginare come nel suo argomentare. Una pulsione di morte – fatta di paura e d'attrazione – incombe continuamente sui suoi pensieri, ma viene rappresentata attraverso l'emozione corporea. L'astrazione disincarnata della mente del filosofo non è fatta per lui: il suo problema è la presenza determinata, fisica, sensibile, tanto di sé quanto degli altri, che gli provoca reazioni tumultuose: raccapriccio, crudeltà omicida, ma queste non sono che le note estreme d'una gamma che racchiude tutte le possibilità affettive.

Si spiega così come il suo tempo di riflessione vera – col bisogno di tenere un diario – cominci quando sente di dover fare i conti con un fatto «biologico» nuovo, la sua paternità in età matura, che non quadra con nessuno dei modi d'essere del suo personaggio, con nessuno dei ruoli previsti dal suo repertorio. E anche lì egli lascia che si dispieghi la gamma degli atteggiamenti possibili senza scartarne nessuno: dalla tenerezza più disarmata ai raptus di sadismo infanticida (questi ultimi sempre più radi, in verità). E sarà in base all'esperienza d'un rapporto tra esistenze – il prossimo sentito come vicinanza carnale – che egli deciderà il corso delle sue idee, non viceversa.

(Così si spiega anche il senso delle sue fantasie «erotiche» di prima e di poi: rendiconto di attrazioni e repulsioni – ricordiamo la donna-capra della *Pietra lunare* –, di fascinazioni e svogliatezze, che vale proprio in quanto mutevole e senza fine).

E la morte, allora? Si può darne immagine sensibile, esperienza? Negli scrittori romantici e simbolisti il tema principale dei racconti fantastici erano gli spettri, i morti-viventi, gli incerti confini tra l'oltretomba e il nostro mondo. Landolfi esplorò in lungo e in largo quel repertorio, e apparizioni dall'al di là non mancano nei suoi due romanzi maggiori, *La pietra lunare* e *Racconto d'autunno*: ma nei racconti più brevi tra i quali dovevo operare la mia scelta direi che il mondo dei morti non viene mai in primo piano; la sua ossessione, più che la morte, è la patologia del vivente. Di Poe, scrittore che spesso gli viene avvicinato, il tema dominante, la necrofilia, in Landolfi non c'è; solo ritroviamo il tema complementare, l'angoscia della morte presunta e del funerale prematuro, ma come sottile *pastiche* e ironico omaggio al maestro, nel racconto *Le labrene*.

La morte, il nulla, spesso nominati ma raramente rappresentati, appartengono dunque al ristretto numero di concetti astratti del sempre concreto Landolfi. Un concetto che rappresenta il limite necessario, il respiro, il riposo di questo mondo così denso d'esistenza, così carico, così fitto... Il vero incubo di Landolfi è questo: che il nulla non esista. Anche nei due libri di versi (*Viola di morte* e soprattutto *Il tradimento*) torna più volte questo tema, enunciato in un passo di *Rien va* (ed. cit., p. 113):

«L'esistenza è una condanna senza appello e senza riscatto; niente vi è da fare contro di essa; ed è forse la nostra speranza soltanto, il nostro bisogno di riprender fiato come dall'acuto dolore d'una ferita, che ha immaginato uno stato altro dall'esistere, un nulla. Forse, mio Dio, tutto esiste, è esistito, esisterà in eterno. Non c'è niente da fare contro la vita, fuorché vivere, press'a poco come in un posto chiuso dove si sia soffocati dal fumo del tabacco non c'è di meglio che fumare...».

ITALO CALVINO

Gli incontri diretti purtroppo rari e la conoscenza indiretta per cui m'azzardo a parlare dell'uomo Landolfi, li devo a Filiberto Lodi che fu amico carissimo suo e mio. (Così come di Soldati; e di Bassani, che presentò a tutti noi questo suo concittadino ferrarese trapiantato in Riviera). Poi Landolfi s'ammalò, Lodi morì e, d'improvviso, tanti fili si spezzarono anche per me. Alla memoria di Filiberto che sempre m'accompagna col suo passo tranquillo e tranquillizzante, col suo interesse per il prossimo, con la sua leggerezza, dedico questo mio lavoro.

ELENCO DELLE FONTI

I brani che compongono il presente volume sono tratti dalle seguenti opere:

Dialogo dei massimi sistemi, 1937
Maria Giuseppa – La morte del re di Francia – Mani – Dialogo dei massimi sistemi

Il Mar delle Blatte e altre storie, 1939
Il racconto del lupo mannaro – Il Mar delle Blatte

La spada, 1942
La spada – La notte provinciale – Il ladro – Il babbo di Kafka – La tenia mistica – Da: «La melotecnica esposta al popolo»

LA BIERE DU PECHEUR, 1953
Lavori forzati – [Un trattato di psichiatria] – [I non nati]

Ombre, 1954
La moglie di Gogol' – Ombre – Lettere dalla provincia –

Prefigurazioni: Prato – La vera storia di Maria Giuseppa –
Le palline – Sorrento

Se non la realtà, 1960
La grazia di Dio – I contrafforti di Frosinone

In società, 1962
Due veglie – La mattinata dello scrittore – L'eterna provincia – La Dea cieca o veggente

Racconti impossibili, 1966
A rotoli – Un concetto astruso – La passeggiata – Rotta e disfacimento dell'esercito

Un paniere di chiocciole, 1968
Il bacio – Premio a dispetto – L'eclisse – Foglio volante – Parole in agitazione – La penna – A tavolino

Le labrene, 1974
Le labrene – Conferenza personalfilologicodrammatica con implicazioni

A caso, 1975
Un petto di donna – Milano non esiste

Del meno, 1978
Un omicidio – Buone speranze – L'uomo di gettoni – Premio letterario – La valigia – Il moscerino – Pioggia – Stazioni morte – Questione d'orientamento

Il *Porcellino di terra* è comparso sul «Corriere della Sera» del 6 novembre 1976.

Dialogo dei massimi sistemi, 1937.
La pietra lunare, 1939.
Il Mar delle Blatte e altre storie, 1939.
La spada, 1942.
Il principe infelice, 1943.
Le due zittelle, 1946.
Racconto d'autunno, 1947.
Cancroregina, 1950.
LA BIERE DU PECHEUR, 1953.
Ombre, 1954.
La raganella d'oro, 1954.
Ottavio di Saint-Vincent, 1958.
Mezzacoda, 1958.
Landolfo VI di Benevento, 1959.
Se non la realtà, 1960.
Racconti, 1961.
In società, 1962.
Rien va, 1963.
Scene dalla vita di Cagliostro, 1963.
Tre racconti, 1964.
Un amore del nostro tempo, 1965.
Racconti impossibili, 1966.
Des mois, 1967.

Colloqui, in AA.VV., *Sei racconti,* 1967.
Un paniere di chiocciole, 1968.
Filastrocche, in AA.VV., *Le nuove filastrocche,* 1968.
Faust 67, 1969.
Breve canzoniere, 1971.
Gogol a Roma, 1971.
Viola di morte, 1972.
Le labrene, 1974.
A caso, 1975.
Il tradimento, 1977.
Del meno, 1978.

Le più belle pagine di Tommaso Landolfi scelte da Italo Calvino, 1982.
Il gioco della torre, 1987.
Opere, I (1937-1959), 1991.
Opere, II (1960-1971), 1992.

GLI ADELPHI

FINITO DI STAMPARE NEL FEBBRAIO 2007
DALLA TECHNO MEDIA REFERENCE S.R.L. - CUSANO (MI)

Printed in Italy

GLI ADELPHI
Periodico mensile: N. 199/2001
Registr. Trib. di Milano N. 284 del 17.4.1989
Direttore responsabile: Roberto Calasso

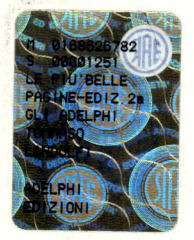